Une vengeance si parfaite

L'espoir de Noël

L'inconnu de Yellowstone

W0277172

KATHERINE GARBERA

Une vengeance si parfaite

Traduction française de
MURIEL LEVET

PASSIONS

HARLEQUIN

Collection : PASSIONS

Titre original :
BILLIONAIRE MAKEOVER

© 2022, Katherine Garbera.
© 2023, HarperCollins France pour la traduction française.

Ce livre est publié avec l'autorisation de HARLEQUIN BOOKS S.A.

Tous droits réservés, y compris le droit de reproduction de tout ou partie de l'ouvrage, sous quelque forme que ce soit.
Toute représentation ou reproduction, par quelque procédé que ce soit, constituerait une contrefaçon sanctionnée par les articles 425 et suivants du Code pénal.

Si vous achetez ce livre privé de tout ou partie de sa couverture, nous vous signalons qu'il est en vente irrégulière. Il est considéré comme « invendu » et l'éditeur comme l'auteur n'ont reçu aucun paiement pour ce livre « détérioré ».

Cette œuvre est une œuvre de fiction. Les noms propres, les personnages, les lieux, les intrigues sont soit le fruit de l'imagination de l'auteur, soit utilisés dans le cadre d'une œuvre de fiction. Toute ressemblance avec des personnes réelles, vivantes ou décédées, des entreprises, des événements ou des lieux serait une pure coïncidence.

Le visuel de couverture est reproduit avec l'autorisation de :

© STARSSTUDIO/STOCK.ADOBE.COM/ROYALTY FREE

Tous droits réservés.

HARPERCOLLINS FRANCE
83-85, boulevard Vincent-Auriol, 75646 PARIS CEDEX 13
Service Lectrices — Tél. : 01 45 82 47 47 - www.harlequin.fr
ISBN 978-2-2804-8812-9 — ISSN 1950-2761

Composé et édité par HarperCollins France.
Imprimé en septembre 2023 par CPI Black Print (Barcelone)
en utilisant 100% d'électricité renouvelable.
Dépôt légal : octobre 2023.

FSC
www.fsc.org
MIXTE
Papier issu de sources responsables
FSC® C159065

Pour limiter l'empreinte environnementale de ses livres, HarperCollins France s'engage à n'utiliser que du papier fabriqué à partir de bois provenant de forêts gérées durablement et de manière responsable.

1

Olive Hayes prit un café à emporter avant de sauter dans un Uber pour rejoindre les locaux de la brasserie Inferno. L'entreprise avait racheté un ancien entrepôt près de Navy Pier et l'avait restauré pour y loger la fabrique de bière, ses bureaux, ainsi qu'un magasin de vente au détail, donnant sur le lac. Comme tous les habitants de la ville, tout au long de l'hiver et du printemps, elle avait écouté avec ravissement les publicités radiophoniques du président de la société, Dante Russo, sur le thème de l'authenticité et du changement des saisons.

Son message avait été reçu 5 sur 5 par le public. Mais il semblait à Olive que c'était surtout la voix de Dante, grave et sensuelle, qui avait fait le succès de ces publicités, et par conséquent, de la bière Inferno. Quoi qu'il en soit, elle avait été ravie d'être contactée par la directrice marketing de la brasserie, Kiki Marin.

Kiki s'était montrée très claire : Dante avait besoin de changer radicalement d'image, et si elle avait sollicité son aide, c'était à cause de sa réputation de spécialiste du changement. Après cette conversation, Olive avait immédiatement entrepris de faire des recherches sur les réseaux sociaux, une tâche qui s'était révélée rapide et aisée dans la mesure où il n'y figurait pas. Pas de compte Facebook ou Twitter. Pas même un petit abonnement sur Instagram ou TikTok. En dehors de sa voix à la radio, il était totalement absent de la scène médiatique.

Ce qui était plutôt une bonne chose, de son point de vue : elle n'aurait rien à corriger, elle allait pouvoir tout construire de A à Z. Kiki avait affirmé qu'il était assez rustre, mais la directrice marketing avait sans doute exagéré. Avec une voix pareille, il devait plutôt faire dans la finesse, notamment avec les femmes. *Ça suffit ! Arrête de rêver !* Tout en soupirant, elle prit une gorgée de café et se tourna vers la fenêtre pour regarder les rues de Chicago défiler.

Elle avait choisi sa tenue avec soin pour cet entretien : une robe d'été vichy et une paire de sandales à talons compensés. Ainsi qu'un sac à main que son associée Paisley avait confectionné pour elle l'année précédente.

Aussitôt après avoir fini ses études, elle avait monté son entreprise avec ses amies Paisley et Delaney. Toutes trois étaient belles, riches et relativement célèbres. Des héritières égoïstes et insouciantes, qui avaient laissé sur les réseaux sociaux une empreinte particulièrement négative. Ce qui ne leur avait laissé d'autre choix que de procéder à des changements. Leur stratégie avait fonctionné, et très vite, elles s'étaient aperçues que de nombreuses personnes de leur entourage avaient également besoin de redorer leur image. Dont le petit ami de Delaney, qui avait été recruté par une équipe de base-ball professionnelle et qui voulait faire oublier son statut de fêtard écumant les soirées pour mieux coller à l'image que l'on se fait d'une grande star du sport.

Ce n'était là que l'une des nombreuses transformations qu'elles avaient opérées en huit années. Ses parents ne comprenaient pas son travail, mais ils étaient fiers d'elle et la soutenaient à 100 %. Sa mère avait essayé de l'inciter à se chercher un mari, mais Olive ne se sentait pas prête pour ça. Il lui fallait déterminer qui elle était en tant qu'individu avant d'envisager de devenir une part d'un couple.

Elle continuait d'évoluer et commençait tout juste à apprécier la femme qu'elle devenait. Longtemps, elle s'était couchée dans un état second et réveillée en regrettant son comportement de la veille.

Au moment où le chauffeur s'arrêta devant les locaux de la brasserie, elle releva ses lunettes de soleil pour lui sourire gentiment en lui souhaitant une bonne journée. Et après avoir jeté son gobelet dans une poubelle de recyclage, elle se servit de la caméra de son téléphone pour vérifier son maquillage.

Elle était nerveuse, mais elle se força à sourire en passant le portique de sécurité.

— Bonjour, dit-elle à la réceptionniste. Je suis Olive Hayes. J'avais rendez-vous à 10 h 30 avec Kiki Marin.

Après l'avoir à son tour saluée, la jeune femme hocha la tête en lui remettant un badge d'invité.

— Asseyez-vous, je vous en prie. Mme Marin sera là dans quelques minutes.

Une fois confortablement installée sur l'un des fauteuils du hall, Olive tira de son sac son carnet de notes pour relire les informations que Kiki lui avait transmises. Le changement d'image de Dante devait être achevé avant le festival Taste of Chicago, le week-end du 4 Juillet. Elle avait donc six semaines pour le remodeler. Kiki lui avait confié qu'il aurait peut-être besoin d'une formation aux médias, ce qu'Olive avait bien pris soin de noter. Elle s'attelait toujours à interroger ses clients lors du premier entretien pour déterminer comment ils réagissaient face aux questions impromptues et potentiellement déstabilisantes.

Absorbée dans ses pensées, elle ne s'aperçut pas qu'une jeune femme s'était approchée d'elle.

— Bonjour, Olive, je suis Kiki Marin. Ravie de vous rencontrer.

Tout en souriant, Olive lui serra la main.

— Tout le plaisir est pour moi. Je vous avoue que je suis curieuse de rencontrer l'homme qui est derrière les publicités de la brasserie Inferno. Comme toutes les personnes qui l'ont entendu à la radio, j'ai très envie de savoir à quoi il ressemble.

— D'accord, répondit Kiki d'un air gêné. Mais une fois que vous l'aurez vu, promettez-moi de ne pas vous enfuir.

— Fuir n'a jamais été une solution, répondit Olive, soucieuse.

Qu'allait-elle vraiment découvrir en entrant dans le bureau de Dante Russo ?

Kiki finit par la conduire jusqu'à une porte, au bout d'un couloir.

— Nous sommes là, Dante, dit-elle après avoir frappé.

— Entrez.

Ce timbre grave et sexy… Il vous aurait presque fait frissonner.

Kiki ouvrit et Olive la suivit à l'intérieur. Mais elle s'arrêta net face à ce qu'elle découvrit.

Une masse de cheveux bouclés, encadrant un visage difficile à discerner derrière une barbe épaisse et mal entretenue. L'homme finit par se lever. Il portait un T-shirt gris ample et un pantalon cargo kaki.

Elle comprenait mieux ce que Kiki avait voulu dire. Le défi allait être difficile à relever.

Olive Hayes est là.

Dante avait du mal à croire que la fille dont il était complètement fou à l'université, la fille qui l'avait cruellement rabaissé et rejeté, le forçant ainsi à prendre de difficiles décisions, se trouvait ici devant lui. En chair et en os.

Et plus belle encore que dans ses souvenirs.

— Bonjour, dit-il en s'approchant. Je suis Dante Russo.

Sa courtoisie n'était qu'une façade. En réalité, il ne pensait pas pouvoir travailler avec elle. Mais il allait tout de même lui laisser une chance. Pour la simple et bonne raison que Kiki l'avait identifiée comme la personne la plus compétente pour effectuer cette mission.

— C'est un véritable plaisir de vous rencontrer, dit Olive d'une voix suave. Naturellement, j'ai reconnu votre voix et je suis déjà à moitié conquise.

En revanche, elle ne l'avait manifestement pas reconnu, lui. Ce qui n'avait somme toute rien d'étonnant. À l'époque de l'université, il ne portait pas de barbe. Et il était légèrement en surpoids.

— Merci.

— J'imagine que vous comprenez mieux pourquoi nous avons besoin de vous, intervint Kiki. Il a une voix extraordinaire, mais…

Agacé, il interrompit sa directrice marketing en lui jetant un regard mauvais. Elle allait tout de même un peu loin.

— Mais quoi ? demanda Olive. C'est exactement ce à quoi je m'attendais de la part de la voix derrière la brasserie Inferno. Un homme authentique, sans artifice. Je pense qu'il va falloir lisser un peu votre image si vous voulez faire des publicités vidéo ou des apparitions publiques, mais je crois aussi que vous devez rester fidèle à votre identité. Si on essaie de vous faire passer pour une star de Hollywood, vos admirateurs se rendront tout de suite compte de la supercherie.

Il s'était retourné vers Olive, et à présent, il ne voyait plus l'étudiante qu'elle avait été mais la professionnelle qui se tenait devant lui dans son bureau. Ses cheveux roux mi-longs, soyeux, avaient été ramenés en queue-de-cheval. Un sourire chaleureux se dessinait sur son beau visage en forme de cœur, et il avait du mal à détacher son regard de sa bouche. Cette bouche, il avait passé des heures à l'observer et à fantasmer dessus. Elle avait beau être une garce, elle avait le genre de sourires qui donne aux hommes le sentiment d'être des géants, et à chaque fois qu'il observait ses lèvres pulpeuses, bien dessinées, avec ce parfait arc de Cupidon, il brûlait d'envie de l'embrasser.

Quoi qu'il en soit, son discours lui semblait judicieux. Il ne savait pas si elle essayait de lui faire comprendre qu'il ne serait jamais une star de Hollywood (si c'était le cas, il ne lui en voudrait pas), mais il était presque sûr de l'avoir entendue dire qu'elle n'essaierait pas de faire de lui quelque chose qu'il n'était pas.

— Je suis d'accord, affirma Kiki. Je te demande pardon si je suis allée trop loin, Dante. Mon seul but, c'est que ton image soit parfaite pour le lancement du nouveau produit.

— J'ai bien compris. Et je ne suis pas vexé, ne t'inquiète pas.

Il ne se faisait en effet aucune illusion sur son identité. Et ce en partie grâce à Olive, qui lui avait permis de comprendre qui il était vraiment. À partir de là, il avait cessé d'essayer d'être un homme qu'il n'était pas.

— Bien, reprit-il. Puis-je vous offrir quelque chose à boire ?

— Je veux bien un verre d'eau, merci, murmura Olive. Le mieux, c'est que vous m'exposiez directement vos objectifs. Une fois que je saurais ce que vous voulez faire, on pourra commencer à travailler ensemble pour créer l'homme qui correspondra au fantasme que votre voix a éveillé.

Tout en parlant, elle s'était assise devant la petite table basse qui occupait l'un des coins de son bureau. Kiki prit place à côté d'elle tandis qu'il allait leur chercher des boissons.

Ils passèrent l'heure qui suivit à discuter du lancement du nouveau produit, dont la date de sortie devait correspondre à celle d'une soirée glamour organisée dans le cadre du festival Taste of Chicago. Quelques autres événements plus modestes devaient mener à cette grande soirée. Mais avant toute chose, Kiki souhaitait transformer tous les comptes que possédait l'entreprise sur les réseaux sociaux pour faire de Dante le visage de la brasserie Inferno. Pas uniquement sa voix.

Au bout d'un temps, Kiki dut s'en aller pour se rendre à un entretien. Après son départ, Olive releva les yeux de ses notes.

— Parfait. Je sais à présent ce que votre directrice marketing veut de vous. Mais c'est vous qui allez procéder à tous ces changements. J'aimerais donc savoir quels sont vos tabous.

— Mes tabous ?

— Les choses que vous refusez catégoriquement de faire. Coiffure, barbe, vêtements... Je pense que nous allons devoir vous trouver de nouvelles tenues qui correspondent à votre style décontracté et *outdoor*, mais sans pour autant faire...

— Bûcheron chic ?

Tout en riant, elle hocha la tête. Ses cheveux s'agitèrent autour de son beau visage et un enivrant parfum de fraise parvint jusqu'à lui. Il lui rendit son sourire.

— Alors ? Quels sont vos tabous ?

— Je n'ai rien contre une nouvelle coupe de cheveux et un passage chez le barbier. En revanche, quelqu'un m'a un jour dit que j'avais un menton fuyant, alors je pense que je vais tout de même garder la barbe, si ça ne vous dérange pas.

— Qui vous a dit ça ? demanda-t-elle d'un air consterné. Les gens sont parfois tellement indélicats. Je suis sûre que vous avez un très beau menton. Mais si vous voulez garder la barbe, pas de souci.

Qui lui avait dit ça ? Elle. Cela faisait partie de la liste des nombreuses raisons qu'elle avait évoquées pour expliquer pourquoi elle n'accepterait jamais de danser avec lui.

— Une femme que j'ai connue dans le passé.

— Elle devait être très imbue de sa personne. Mais passons. Je connais quelqu'un qui est très bien pour les cheveux et la barbe. Je vais vous prendre un rendez-vous avec lui. Avez-vous un peu de temps aujourd'hui ? Plus vite on commencera, mieux ce sera.

Il reste six semaines avant la grande soirée. Mais le premier événement doit avoir lieu…

Elle baissa les yeux pour consulter ses notes.

Toutefois il ne l'écoutait plus. Il n'arrivait à penser qu'à ce qu'elle avait dit au sujet de la fille. Était-elle imbue de sa personne, à cette époque ? Après cette humiliation publique, il s'était rendu compte qu'il ne la connaissait pas du tout. Il avait vu une jolie fille et avait un peu fantasmé sur elle, comme il l'avait fait bien d'autres fois dans le passé. Mais quand ils avaient été amenés à travailler ensemble sur un projet de groupe, le fantasme avait presque tourné à l'obsession.

Il ne commettrait pas cette erreur une seconde fois.

— Ça vous va ? lui demanda-t-elle, coupant court à ses pensées.

— Je suis désolé. Pouvez-vous répéter ?

À ces mots, elle posa la main sur la sienne et il sentit aussitôt une décharge de plaisir le traverser. L'air embarrassé, elle s'écarta vivement de lui en se passant la langue sur les lèvres.

— Je vous ai demandé si vous étiez d'accord pour qu'on vous coiffe cet après-midi.

Il lui répondit que oui. Quelques minutes plus tard, elle quittait son bureau. Après son départ, instinctivement, il s'approcha de la fenêtre qui donnait sur la place pour la regarder partir. Mais quand il se rendit compte de ce qu'il était en train de faire, il se hâta de se réinstaller à son bureau. Elle était très belle et très sexy, il ne pouvait pas le nier. Mais quoi qu'il arrive, il ne s'éprendrait pas d'elle une deuxième fois. Il était trop intelligent et trop sûr de lui pour ça.

2

Olive ouvrit Slack pour voir où en étaient Paisley et Delaney dans leur travail. Une grossière manœuvre pour s'empêcher de penser à Dante Russo. Le « bûcheron chic » était vraiment... sexy. Il y avait chez lui une sensualité indéniable. Mais il était hors de question qu'elle se mette à fantasmer sur un client. Elle s'autorisa tout de même à songer à nouveau à la lueur d'intelligence qui illuminait ses beaux yeux verts et à la façon dont elle l'avait surpris à porter sur sa bouche un regard viril et appréciateur, qui n'avait absolument rien de professionnel. Puis elle se mit au travail.

Elle avait déjà demandé à Pietro, son coiffeur, de se rendre dans les locaux de la brasserie en début d'après-midi pour dompter la barbe de Dante, et surtout sa masse de cheveux. Il fallait à présent qu'elle commence à constituer pour lui une nouvelle garde-robe. Le problème était qu'elle ne savait pas par où commencer.

Après avoir un peu réfléchi, elle prit son téléphone pour lui envoyer un message.

J'aurais besoin de connaître votre taille pour vous proposer des vêtements.

Comment ça ? J'ai des jeans et des T-shirts très bien à la maison.

Elle leva les yeux au ciel. Le mieux était sûrement de l'appeler.

Dès la première sonnerie, sa belle voix grave, envoûtante, se fit entendre :

— Vous savez, je ne cherche pas à vous mettre des bâtons

dans les roues. C'est juste que je déteste gaspiller de l'argent dans des vêtements.

Un délicieux frisson lui parcourut le dos. Cette voix... Elle dut secouer la tête pour se forcer à se reconcentrer sur son travail. Il venait de lui dire qu'il ne dépensait pas beaucoup d'argent dans ses vêtements. Ça, elle l'avait déjà deviné.

— Je comprends. Mais nous devons nous faire une idée de ce que votre image pourrait être. Je voudrais juste qu'on ait différentes possibilités de tenues pour qu'on puisse aller de l'avant une fois que le coiffeur aura terminé. Si vous êtes d'accord, je peux inspecter votre garde-robe et sélectionner certaines pièces.

— Je n'aurai pas le temps ce matin, répondit-il après avoir longuement soupiré.

— Pas de problème. Alors donnez-moi votre taille. J'irai emprunter des vêtements et nous ne les garderons que si vous êtes sûr de les porter.

— Très bien, grommela-t-il. J'imagine que, si j'ai accepté de suivre vos conseils, je ne peux pas contester ce que vous dites à chaque fois que vous parlez.

— Eh bien, ce sera en effet beaucoup plus simple si vous ne le faites pas. Mais je comprends totalement votre point de vue, Dante. C'est votre bière que vous vendez, pas vous. Le truc, c'est que... avec ces publicités radiophoniques, les gens pensent vous connaître, et il me semble que votre directrice marketing a totalement raison de jouer là-dessus. Je vais donc faire de mon mieux pour lui donner satisfaction sans pour autant me montrer trop intrusive envers vous.

— Je vous en remercie. Je viens de vous mettre dans la liste des personnes autorisées sur ma Centurion American Express. Je vais vous envoyer le code pour que vous puissiez faire vos achats.

— Mais vous n'avez pas à...

— Si. Tant qu'à faire les choses, je veux les faire bien. Par ailleurs, puisque vous faites du shopping pour moi, j'aurais besoin d'un nouveau costume pour la grande soirée.

— Je vais faire venir un tailleur pour qu'il prenne vos mesures.

— Parfait. Je dois vous laisser. J'ai un rendez-vous. Mais avant ça, pourriez-vous me dire où je dois me rendre pour le relooking ?

Dans sa voix magique, elle percevait déjà l'homme qu'il deviendrait après la transformation, et l'espace d'une seconde, elle envisagea de lui répondre de se rendre chez elle. Elle avait très envie de découvrir à quoi il ressemblerait, une fois bien apprêté. Cette voix… c'était celle d'un homme qui pouvait ébranler tout votre univers. Mais qu'est-ce qu'il lui prenait, aujourd'hui ? Comment se faisait-il que son client suscite chez elle ce genre de pensées ?

— Kiki m'a proposé d'utiliser votre salle de conférences. Je vous ferai parvenir des vêtements à essayer après votre rendez-vous chez le coiffeur.

— Ça me fait de plus en plus penser à ces émissions de relooking que ma maman regarde à la télé.

— Ça sera exactement comme ça. Un moment vraiment sympa.

Elle avait hâte de voir la transformation. Serait-il aussi sexy qu'elle l'imaginait ?

— Bon, d'accord. À plus tard, Olive.

— À plus tard, Dante.

Après avoir raccroché, elle reçut plusieurs messages, dont un d'American Express l'informant qu'elle était autorisée comme utilisatrice sur la carte bancaire de Dante. Il lui envoya également sa taille, qui était plus petite qu'elle ne l'avait pensé. Mais tout bien considéré, les vêtements qu'il portait lors de l'entretien de la matinée étaient plutôt amples. Quoi qu'il en soit, elle avait à présent toutes les clés en main.

Ayant toujours adoré faire du shopping, elle appréciait vraiment cet aspect de son travail. Dans les magasins, plutôt que d'acheter des vêtements pour l'homme qu'elle avait rencontré au cours de la matinée, elle garda en tête l'image que sa voix avait évoquée, ce timbre grave qui était devenu la toile de fond de tous ses fantasmes depuis quelque temps. Elle ne sélectionna que des tenues qui correspondaient à cet homme.

Elle s'apprêtait à faire des achats à la parfumerie de Bloomingdale's quand elle se retrouva face à face avec son amie Delaney.

La jolie blonde, héritière de la fortune des produits d'entretien Alexander, était présentée par les médias comme une jeune femme frivole. Mais la réalité, c'était que Delaney travaillait tout autant qu'Olive et Paisley. Elle veillait à ce que les photographes la surprennent avec des jeunes hommes convoités tard dans la soirée, mais elle se présentait toujours à l'heure au bureau le lendemain matin.

— Coucou. Qu'est-ce que tu penses de ça ? lui dit Olive en lui tendant un carton imbibé de parfum.

— Pour qui est-ce ?

— Brasserie Inferno.

— J'aime bien, mais que dis-tu de ça ? lança son amie, en prenant un autre testeur pour vaporiser un peu de son contenu sur un carton.

Les notes du parfum étaient davantage boisées. En fermant les yeux pour le humer, Olive n'eut aucun mal à se représenter Dante. La décharge de plaisir qui l'avait traversée quand elle lui avait touché la main... Il n'y avait pas de doute : elle était attirée par lui. Ça devait être sa voix.

— J'adore. C'est parfait.

Convaincue, elle acheta le parfum, l'after-shave et le gel douche, qu'elle fit livrer à la brasserie.

— Quoi de neuf ? demanda-t-elle à son amie une fois qu'elle eut payé.

— Je pense que Malcolm voit une autre femme, lui répondit Delaney en prenant la direction de la sortie.

— Quoi ? Je croyais qu'il t'aimait ! s'exclama Olive.

En réalité, elle n'était pas vraiment surprise. Delaney ne sortait qu'avec des mauvais garçons. Pour quelque obscure raison, elle semblait attirée par les menteurs. Elle n'avait jamais eu de relation saine avec un homme, et Olive regrettait de ne pas savoir quoi dire ou faire pour l'aider.

— C'est ce qu'il a prétendu, mais je commence à croire qu'il n'a dit ça que pour obtenir une invitation à la soirée du nouvel an de papa. Papa est très sélectif, et Malcolm n'avait absolument rien pour répondre à ses critères.

— Mis à part ton amour.

Voyant que son amie avait à présent les yeux humides de larmes, Olive la serra tendrement dans ses bras.

— Je suis désolée.

— Moi aussi. Mais ça va aller... Tu as un peu de temps pour déjeuner ?

Olive consulta sa montre.

— Oui, mais il va nous falloir faire vite. Il faut que je sois de retour à Inferno à 14 heures.

L'humiliation publique que lui avait fait subir Olive à l'université avait complètement changé sa vie. Dante avait pris la décision de ne plus jamais essayer d'être autre chose que lui-même, ainsi que de cesser de mentir. Il n'avait pas l'habitude de le faire vis-à-vis des autres, mais il avait passé beaucoup de temps à se leurrer sur sa véritable identité. Après Olive, il avait arrêté de se forcer à devenir un homme qu'il n'était pas. Devait-il lui rappeler qui il était. Son nom lui évoquerait-il quelque chose ? Se souviendrait-elle de lui ?

Indécis, il poussa un lourd soupir. Quel intérêt aurait-il à lui dire qu'elle s'était montrée cruelle envers lui à l'université ? Il obtiendrait peut-être un léger avantage sur elle. Mais cela aurait un impact indéniablement négatif sur leur relation de travail. Cependant, il n'eut pas le temps d'y réfléchir davantage, car Kiki venait d'arriver comme une tornade dans son bureau, sans même avoir pris le temps de frapper, chose qu'elle avait tendance à faire quand elle ne parvenait pas à contenir son enthousiasme.

— Chef ! On vient d'avoir une demande de sponsor pour la fête de la bière du Milwaukee le mois prochain. J'ai été tentée de refuser, vu la façon dont les organisateurs se sont comportés avec nous il y a cinq ans...

— Mais tu es au-dessus de tout ça, coupa-t-il sans ciller.

— Exactement. Et ce sera la parfaite occasion de présenter au public le directeur sexy dont la voix a déjà fait chavirer bien des cœurs.

Ces propos le firent sourire.

— Pour ce qui est du « directeur sexy », je n'en sais rien, mais je pense que ce serait bien, en effet, d'en profiter pour tester ma nouvelle image. Y aura-t-il un concert au cours de cet événement ?

— Oui. Et figure-toi que c'est ton groupe préféré, After Dark. Il faut vraiment qu'on le fasse. Le destin cherche à nous y pousser.

— Le destin me joue beaucoup de tours aujourd'hui.

Le destin... Peut-être était-ce pour cette raison qu'Olive était de retour dans sa vie.

— Qu'est-ce que tu veux dire par là ? lui demanda-t-elle en prenant un air décontenancé.

— Rien.

Il n'évoquait jamais de sujets d'ordre personnel devant Kiki. Sa directrice marketing était une femme extraordinaire, mais elle demeurait son employée, et il n'avait aucune envie de parler de ce qui s'était passé à cette époque-là à l'un ou l'autre de ses employés. Ou à qui que ce soit, d'ailleurs.

— Je pensais juste au groupe, au timing, au festival... Je crois que le coiffeur ne devrait pas tarder à arriver. Tu pourrais aller vérifier ?

— Bien sûr, chef ! À votre service ! répondit-elle d'une voix chantante, avant de quitter le bureau en sautillant.

Perdu dans ses pensées, il reprit son téléphone sur son bureau et constata qu'Olive lui avait envoyé plusieurs photos de tenues.

Ces vêtements le laissèrent perplexe, mais Kiki avait raison, il n'était plus le chef d'une microbrasserie et il devait à présent jouer le rôle qu'on attendait de lui. Il avait quitté son petit studio pour une jolie villa quand il avait gagné son premier million. Pendant un temps, il avait fréquenté les soirées huppées, acheté d'onéreux vêtements et enchaîné les rendez-vous avec les filles les plus en vue. Cependant il s'était rapidement lassé.

L'argent avait beau le rendre plus désirable aux yeux de toutes les Olive Haye du monde, il gardait en lui un profond sentiment d'insatisfaction. Il avait multiplié les conquêtes, pour essayer en quelque sorte de se venger d'Olive, mais il avait eu tôt fait de comprendre qu'il n'allait pas de l'avant. Aussi avait-il abandonné le beau monde pendant quelques années pour essayer de se trouver. Les publicités radiophoniques qui avaient conquis toute la ville avaient commencé comme de simples réflexions sur la vie. Des mots qui l'avaient extirpé des sombres lieux vers lesquels il se tournait quand il obtenait les choses qu'il pensait vouloir et finissait par se rendre compte de leur vanité.

Des coups frappés à la porte le tirèrent brusquement de ses pensées.

— Dante ? fit une voix d'homme. Kiki m'a dit que vous m'attendiez.

— Entrez. Vous êtes ?

— Pietro Savarino, lui répondit un jeune homme en ouvrant la porte. Ah... Je vois que je vais avoir du travail. Avez-vous une idée de ce que vous souhaitez ?

— À ce que j'ai cru comprendre, je suis censé m'en remettre totalement à vous. Mais j'aimerais tout de même garder la barbe.

— Pas de problème.

Cela faisait bien longtemps qu'il n'était pas allé chez le coiffeur. Aussi fut-il surpris lorsqu'il regarda le résultat dans le miroir. *Pas mal.* Sa coupe était plus courte, mais Pietro avait quand même conservé une certaine longueur, qui mettait en valeur ses boucles, désormais domptées. Quant à sa barbe, elle suivait à présent la ligne de son menton et lui donnait un air sérieux.

— Ça me plaît vraiment. Merci.

— Je vous en prie.

Ce fut à ce moment-là qu'Olive entra sans frapper dans le bureau.

— Waouh... souffla-t-elle, l'air émerveillé.

Leurs regards se rencontrèrent et il sentit quelque chose passer en lui, quelque chose d'électrique et de sexuel. *Non, ce n'est rien*, se dit-il fermement en lui-même pour essayer de se raisonner. Hors de question qu'il se laisse de nouveau charmer. Il était à présent trop vieux et trop expérimenté pour ça. Mais plus il la regardait, plus il se posait de questions. Pourquoi sa revanche contre les riches héritières n'avait-elle pas fonctionné ? Peut-être parce qu'il ne l'avait pas mise en pratique contre Olive Hayes elle-même ?

Il se souvenait encore de la première fois qu'il l'avait rencontrée. Ils étaient inscrits au même module de psychologie, au cours duquel on leur avait demandé de faire un travail de groupe. Tout sourire, elle avait pris la direction des opérations. Avec le recul, il se rendait compte qu'il s'était laissé berner par ce beau sourire. Elle s'était servie de lui parce qu'il était doué en psychologie. En fin de compte, il avait fait tout le travail pour elle.

Ces sourires, ces cafés qu'elle lui apportait l'avaient tellement charmé qu'il ne lui était même pas venu à l'esprit qu'elle puisse se montrer gentille avec lui pour obtenir quelque chose de sa part. Au bout de quelques semaines, elle était devenue la femme de ses rêves. De son point de vue, tout dans le comportement qu'elle avait envers lui semblait indiquer qu'elle partageait ses sentiments. Jusqu'à ce que…

Après l'humiliation qu'elle lui avait fait subir, il s'était juré de ne plus jamais laisser personne se servir de lui comme d'un pion. Pendant un temps, il s'était changé en une version masculine d'Olive : il avait menti aux femmes et avait brisé bien des cœurs. Il s'en était ensuite voulu pour ça. Mais à présent, il s'agissait de la véritable Olive.

Que se passerait-il s'ils laissaient cette chose qu'il y avait entre eux se développer ? S'il tentait de la charmer pour lui faire, ensuite, exactement la même chose que ce qu'elle lui avait fait ? Cela lui permettrait-il de tourner la page, enfin ?

Peut-être. Mais dans ce cas, il serait comme elle et la femme qu'elle avait été, et non comme l'homme qu'il avait fait l'effort de devenir. Or, il ne savait pas si c'était une bonne chose ou non.

Olive n'arrivait pas à croire au changement qui s'était opéré chez Dante. Il avait suffi d'une coupe de cheveux et d'un taillage de barbe pour que tout ce qu'elle avait ressenti au moment où sa main avait touché la sienne vienne se confirmer. Mais elle savait que sa réaction était superficielle. Même si elle avait été attirée par lui avant même ce passage chez le coiffeur, elle se connaissait bien. Elle avait toujours eu tendance à faire des hommes ce qu'elle voulait qu'ils soient.

— On va passer en revue les vêtements que j'ai sélectionnés. Kiki m'a dit pour la fête de la bière. Ce sera parfait pour votre première apparition publique. Mais avant cela, il faudrait peut-être vous faire faire une petite formation aux médias.

Tout en parlant, elle avait quitté avec lui son bureau pour se diriger vers la salle de conférences qu'elle avait transformée en salon d'essayages.

Déterminée, elle redressa le dos. Elle allait se montrer

professionnelle en ignorant le fait qu'il était devenu conforme à l'image de rêve sur laquelle elle avait fantasmé la première fois qu'elle avait entendu sa voix à la radio. Elle allait y arriver. Même si elle avait très envie de l'embrasser. Passer sa main sur son menton viril, caresser sa barbe finement taillée pour voir s'il y avait du vrai dans ce que ses hormones semblaient lui suggérer.

— Ça me plairait bien, dit-il, coupant court à ses pensées.

Surprise, elle s'arrêta brusquement pour se tourner vers lui.

— Quoi donc ?

— La formation aux médias. Je m'en suis bien sorti pour la campagne publicitaire, mais j'avais mon texte sous les yeux. Je ne sais pas toujours quoi dire quand le cadre est moins bien délimité.

Elle était presque sûre qu'il mentait. Il n'était que confiance et assurance. Même avec ses cheveux longs et sa barbe hirsute, il émanait de lui une aura de force et d'autorité qu'il était impossible d'ignorer.

— Je suis sûre que vous vous en sortirez très bien, lui répondit-elle, en essayant de ne pas trop le regarder, même s'il lui était difficile de détourner les yeux.

Elle avait bien imaginé qu'il serait aussi séduisant que l'image qu'elle s'était faite de lui, mais le changement allait au-delà de ses espérances. Il était, en quelque sorte, devenu l'incarnation de tout ce qu'elle avait toujours voulu trouver chez un homme.

— Il y a un problème ? Vous vous êtes arrêtée brusquement comme si vous aviez oublié quelque chose.

Sentant ses joues s'empourprer, elle essaya de lui dissimuler son visage en se détournant de lui.

— Non, aucun. Je voulais juste vérifier que vous étiez bien derrière moi.

Il la regarda d'un air dubitatif mais ne fit pas de commentaire.

— D'accord. Alors, pourriez-vous me dire ce à quoi je dois m'attendre ?

Tout en hochant la tête, elle s'éclaircit la gorge.

— J'ai fait venir des mannequins pour que vous puissiez vous faire une idée de ce que vous aimez. Vous allez avoir besoin d'un smoking pour la grande soirée, mais les autres tenues, pour les festivals et vos apparitions de tous les jours, relèveront davantage de vos choix personnels.

— Un smoking ?

— Vous m'avez dit qu'il s'agissait d'une soirée VIP. Vous devez donner l'impression que vous êtes un homme très important. De plus, toutes les femmes se pâmeront devant vous quand elles vous auront vu en smoking.

— Elles se pâmeront ? répéta-t-il d'un air amusé.

Cette remarque la fit sourire. Elle se faisait peut-être des idées, mais elle avait l'impression qu'il cherchait à flirter avec elle.

— Tout à fait.

— D'où vous vient ce bel accent ?

— Je suis originaire du Texas. Et vous ?

— De la côte Est, répondit-il en lui faisant un clin d'œil. Mais j'ai toujours eu un petit faible pour les accents du Sud.

Il cherchait donc bien à flirter avec elle. Elle le voyait dans ses yeux et elle ne pouvait pas lui résister. Elle eut envie de jouer la carte de la séduction, elle aussi, mais aussitôt que cette idée lui traversa l'esprit, elle tourna les talons et se remit à avancer.

Cette femme n'était pas celle qu'elle voulait être. Même si ce qui se passait entre eux n'était pas calculé. Même si elle n'essayait en aucun cas de le séduire dans le but d'épouser un homme riche (ce qui était son objectif principal jusqu'à ce qu'elle quitte l'université). En se cherchant elle-même, elle avait fini par comprendre qu'elle s'appuyait trop sur ses anciens comportements quand elle se sentait peu sûre d'elle. Or, il fallait qu'elle soit totalement confiante pour répondre au feu de Dante par le sien.

Ce qui signifiait ne pas flirter avec lui juste parce qu'il était beau et qu'elle adorait sa voix. Elle méritait mieux de la part d'elle-même. Et lui aussi.

— Nous y voilà, dit-elle. Ces mannequins vont vous présenter les looks décontractés qui, me semble-t-il, fonctionneraient le mieux sur vous.

Elle avait convoqué Sam et Ted, qui travaillaient tous deux dans le milieu de la mode avant qu'elle ne signe un contrat avec eux.

— Regardez juste les tenues et choisissez celles qui correspondent à votre style.

À ces mots, il plaça doucement la main sur son épaule.

— Oui ? fit-elle en relevant les yeux vers lui.

— Je vous prie de m'excuser si mon attitude vous a paru déplacée.

Tout en passant sa langue sur ses lèvres soudain devenues sèches, elle se rapprocha de lui pour que ses employés ne surprennent pas leur conversation.

— Votre attitude ne m'a pas paru déplacée. Je vous apprécie, Dante, mais vous êtes un client, c'est pourquoi je pense que le mieux serait que nous adoptions tous deux un comportement strictement professionnel.

— Je suis d'accord, affirma-t-il.

Il retira la main de son épaule pour s'éloigner.

Légèrement tremblante, elle resta quelques instants immobile, à le regarder bavarder et plaisanter avec Sam et Ted. La conversation semblait porter sur les vêtements qu'arboraient les mannequins, mais elle n'arrivait pas à se concentrer sur ce qui se disait. Était-ce elle qui avait eu une attitude déplacée ? Peut-être aurait-elle mieux fait de ne rien dire, mais la vérité, c'était qu'elle l'appréciait vraiment et que cet avertissement était moins destiné à lui qu'à elle-même.

Cette sensation qu'elle éprouvait au creux de son ventre, elle ne l'avait pas ressentie depuis des années. La dernière fois, tout son univers s'était écroulé sous ses pieds. Ses amies de la sororité l'avaient traitée de garce, et elle n'était pas sûre de pouvoir endurer ça une seconde fois. Elle avait fini par renaître de ses cendres et avait reconstruit sa vie. Cependant, elle avait encore beaucoup de chemin à parcourir pour devenir la femme qu'elle rêvait d'être.

Mais elle allait devenir cette femme.

Oui, elle allait y arriver.

3

Plus Dante se regardait dans le miroir, plus il avait l'impression d'être redevenu l'homme arrogant qu'il avait jadis été. Il essayait de lutter contre ce sentiment, mais la première tenue qu'on lui présenta, manifestement inspirée par une silhouette Givenchy, lui plut beaucoup : pantalon à motifs noir, T-shirt et bottes noirs.

— Je vais d'abord essayer ça.

— Super, lui dit Sam. Je vais aller dans la cabine pour tout vous préparer pendant que Ted vous montrera le reste des tenues.

Du coin de l'œil, il vit Olive s'approcher de la cabine d'essayage qui avait été adossée à l'un des murs de la salle de conférences. L'ignorant du mieux qu'il le pouvait, il essaya de se concentrer sur Ted, qui lui présentait une autre tenue. Mais la vérité, c'était qu'il était très conscient de la présence d'Olive. Ainsi que des sentiments qu'elle éveillait en lui. Ce n'était pas le désir qui le gênait. Elle avait toujours été très sexy, cette attirance n'avait rien d'un choc.

Le problème était la colère.

Depuis plusieurs années à présent, il était convaincu d'avoir fait la paix avec son passé. Mais il avait suffi d'un simple effleurement de sa main pour qu'il retourne au statut du crétin qu'il était devenu quand il avait acquis son premier million de dollars. Et même à celui de l'étudiant naïf qui avait proposé à Olive Hayes de danser avec lui.

— D'accord. Vous savez quoi ? Je vais essayer toutes les tenues que vous m'avez présentées. Et je vais le faire dans une mise en scène digne de Hollywood. Je vais mettre de la musique pour qu'on soit dans l'ambiance.

Tout en rejetant la tête en arrière, Ted éclata de rire.

— Comme vous voulez. Vous n'avez qu'à voir ça comme… je ne sais pas ce qui pourrait faire sens pour vous. La première gorgée d'une nouvelle bière qui deviendra un succès international.

— D'accord. Ça marche.

Ce fut à ce moment-là qu'Olive revint vers eux en rangeant son téléphone dans son sac.

— Qu'est-ce qui marche ? demanda-t-elle.

Il avait remarqué qu'elle cherchait à garder ses distances avec lui et il voyait à présent que son sourire ne parvenait pas à illuminer ses yeux. Était-ce à cause de ce qu'il lui avait dit ?

Agacé, il serra les dents. Il ne voulait pas la voir comme un être humain qui avait des sentiments. Il voulait qu'elle demeure cette femme glaciale qui traversait la vie sans même se rendre compte qu'elle laissait derrière elle une traînée de cadavres.

De toute façon, avait-il le pouvoir de refaire briller cet éclat dans ses yeux ? Et en avait-il réellement envie ?

Oui. Il avait envie de voir si elle avait changé. Dix ans étaient passés depuis leur dernière rencontre, il y avait donc de fortes chances pour qu'elle ait évolué. Mais en bien ou en mal ?

— Je leur ai dit de me préparer toutes les tenues pour que je les essaie. Les regarder sur eux ne m'aide pas vraiment.

— Pourquoi ?

— Je ne suis pas très visuel, dit-il en se rapprochant d'elle. Je suis plutôt tactile.

Délicatement, il ramena une mèche de ses doux cheveux derrière son oreille. Il l'entendit alors reprendre son souffle. Elle écarta les lèvres, releva les yeux vers lui. Et au moment où leurs regards se rencontrèrent, quelque chose sembla passer entre eux. Il y avait donc bel et bien des émotions derrière les magnifiques profondeurs brunes de ses pupilles. Mais il n'eut pas le temps de réfléchir aux conséquences que cela avait, pour elle comme pour lui, parce que, brusquement, elle le prit par la main pour l'attirer à l'autre bout de la pièce.

—Qu'est-ce qui vous arrive ? siffla-t-elle. Nous nous étions mis d'accord, dans le couloir, pour rester sur des bases strictement professionnelles, sans le moindre contact physique.

Alors elle l'appréciait vraiment... Qu'allait-il faire de cette information ? Machinalement, il jeta un coup d'œil à son reflet dans le miroir. Avec cette nouvelle coupe de cheveux et sa barbe bien soignée, il correspondait parfaitement à l'image du brasseur milliardaire et il n'allait pas hésiter à jouer là-dessus. Il avait envie de voir jusqu'où cette attirance pouvait aller. Et peut-être aussi de se venger un peu de l'humiliation qu'elle lui avait fait subir dans le passé.

Était-ce juste ?

Sans doute pas. Mais pour citer Olive Hayes elle-même, qui avait dit que la vie était juste ?

— Je suis désolé. Mais je me demandais si ce n'était pas juste l'idée du relooking qui vous attirait vers moi. Et je voulais voir ce qui se passerait tant que j'étais encore moi. Avant que je ne devienne votre version.

Elle porta sa main à sa gorge comme si elle avait du mal à respirer.

— Ma version ?

— Ces silhouettes Givenchy... Je suis sûr que l'idée vient de vous.

Une jolie teinte de rose colorait à présent ses joues.

— Bien vu. Je suis à l'origine de quasiment toutes les tenues. Sam est très doué pour accessoiriser et Ted a un véritable don pour prendre mes idées et les personnaliser de sorte que le client ait un look unique et ne ressemble pas à tout le monde. Mais notre but est de vous mettre en valeur, Dante.

En entendant son nom s'échapper de ses belles lèvres, il sentit un délicieux frisson lui parcourir le dos. Son sexe avait immédiatement durci. Tout en changeant de posture, il hocha la tête. Il avait envie d'elle, et par conséquent, toute velléité de vengeance pouvait se révéler dangereuse. Il ne devait surtout pas l'oublier.

Cette femme lui avait fait du mal dans le passé, et s'il voulait suivre cette voie, il allait devoir se montrer extrêmement prudent. Ce serait son piège à lui, pas le sien, et s'il la jouait fine, il la laisserait exactement dans le même état que celui dans lequel il s'était retrouvé à cause d'elle par le passé.

Il n'était pas vraiment fier de ce désir de la faire souffrir comme elle l'avait elle-même fait, mais cette volonté était là, il ne pouvait pas la nier. Après tout, elle l'avait obligé à sortir de cette zone de confort où il était populaire au sein de son groupe d'amis sans avoir le moins du monde conscience qu'il n'était qu'un raté. C'était uniquement grâce à ses remarques qu'il était parvenu à porter un regard critique sur l'homme qu'il était et l'image qu'il renvoyait au monde extérieur. Elle avait fait voler en éclats ce qu'il croyait savoir sur son identité, l'obligeant ainsi à devenir tout ce que les autres valorisaient... ou plus précisément, tout ce qu'elle valorisait. Un garçon musclé avec du style. Une sorte de mâle alpha arrogant.

Il lui avait fallu des années pour redevenir lui-même. C'était son travail sur la fabrique de bière qui lui avait permis de faire le chemin entre le garçon qu'il était à l'université et l'homme qu'il était à présent. Mais il s'était montré présomptueux en imaginant que toutes ces émotions appartenaient au passé. Il y avait toujours une part de lui qui souhaitait la faire souffrir. Et il avait beau s'en vouloir pour ça, il ne pouvait rien y changer.

— Merci, Olive, finit-il par dire. Je ne doute pas de vos capacités à me mettre en valeur.

Olive et ses collaborateurs attendaient que Dante sorte de la cabine en bavardant gaiement. Elle appréciait vraiment Sam et Ted, qui étaient avec elle depuis les tout débuts d'IDG Brand Imaging. Cependant, elle était tourmentée. Car Dante avait dit quelque chose qui ne cessait de lui revenir en mémoire.

Il avait joué sur ses peurs secrètes en laissant entendre que, si elle était attirée par lui, c'était uniquement parce qu'elle était déterminée à le changer pour faire de lui la vision que sa voix avait évoquée chez elle.

Avait-il raison ?

Elle ne pensait pas, non. Si son objectif était de le voir bien habillé, c'était parce qu'on la payait pour ça. Ce relooking n'avait rien à voir avec son attirance pour lui.

Mais si son passé lui avait appris quelque chose, c'était bien qu'elle faisait toujours des choix dangereux quand il s'agissait des personnes vers lesquelles elle était attirée. Elle aurait aimé être comme son amie Paisley, qui se montrait toujours très détachée à l'égard des hommes avec qui elle sortait, sachant parfaitement que, s'ils s'intéressaient à elle, c'était en partie pour sa fortune. Mais hélas, Olive n'était jamais parvenue à adopter ce point de vue.

Agacée, elle soupira.

— Qu'est-ce qu'il y a ? lui demanda Sam. Tu penses que les tenues ne conviennent pas ?

Tout en souriant, elle secoua la tête.

— Même si on le laissait dans ses chemises à carreaux et ses cargos, il ferait un carton.

— Je suis d'accord, intervint Ted. Cet homme a tellement de charisme qu'il peut se permettre de porter n'importe quoi.

— Tout à fait.

— C'est de moi que vous parlez ? demanda Dante, qui venait de sortir de la cabine.

— Waouh !

— Impressionnant !

Ignorant les commentaires de ses collaborateurs, elle s'approcha de Dante, en essayant de se rappeler qu'elle devait se montrer professionnelle. Ce qui lui semblait chose impossible. Ce T-shirt noir faisait ressortir les nuances chaudes de sa peau hâlée, ainsi que la couleur de ses yeux, qui, tout bien considéré, étaient moins verts que gris. Quand leurs regards se rencontrèrent, elle se trouva comme hypnotisée. Il portait l'épaisse chaîne en or qui allait avec la tenue, mais sur lui, cet artifice semblait superflu. Il n'avait pas besoin de ça pour attirer l'œil.

Avec ces bottes, il la dominait totalement. Le pantalon était un peu large, mais une fois qu'ils auraient ses mesures exactes, ils le feraient reprendre. Fascinée, elle passa derrière lui, en faisant mine d'examiner sa tenue. Mais la vérité, c'était qu'elle avait besoin de quelques instants pour se remettre de ses émotions.

Comment avait-il pu cacher ce corps de rêve, à la fois mince et musclé, sous des vêtements ? Et surtout, pourquoi ?

— Alors ? finit-il par lui demander en se tournant vers elle.

Ses larges épaules, à présent, occupaient tout son champ visuel. Tout en portant la main à sa gorge, elle releva les yeux vers lui.

— C'est parfait. Ça vous plaît ?

— Contre toute attente, oui. Quand j'ai vu cette fermeture Éclair sur la cuisse... je ne vais pas vous mentir, j'ai levé les yeux au ciel. Mais avec cette tenue, ça fonctionne.

— Je suis d'accord. Il va juste falloir qu'on prenne vos mesures. Après ça, j'enverrai tous les vêtements chez le tailleur pour qu'il vous les reprenne.

Sans répondre, il se tourna vers le miroir triptyque qui avait été installé et il reprit son téléphone pour faire une photo.

— Je vais tout de même demander l'avis de Kiki, puisque c'était son idée, au départ.

Kiki. Sa jolie petite directrice marketing. Y avait-il quelque chose entre eux ?

— Comment se fait-il qu'elle ne soit pas là ?

— Elle est en réunion, répondit-il avant de se mettre à ricaner en regardant son téléphone. Manifestement, Kiki approuve.

Ravie que ça plaise à cette idiote, songea-t-elle. Mais elle se hâta de se reprendre. C'était méchant de sa part de penser ça. Et de plus, elle appréciait Kiki.

— Bon. Si on passait à la tenue suivante ? dit-elle en s'éloignant du groupe pour s'approcher de la fenêtre.

Mais qu'est-ce qu'il lui prenait ?

Cela faisait bien longtemps qu'elle ne s'était pas montrée aussi malveillante. S'était-elle fait des illusions en pensant avoir accompli des progrès ? Était-elle toujours une garce qui se cachait derrière son joli sourire ? Elle espérait que non. Mais avec les pensées qu'elle venait d'avoir sur Kiki, elle n'avait d'autre choix que de remettre en cause l'évolution de sa personnalité.

Une petite pause. C'était de cela qu'elle avait besoin. Cela lui ferait du bien.

— Sam, il faut que je passe en appel en urgence. Je peux compter sur toi ?

— Bien sûr. Ted et moi avons les choses en main.

Plus rapidement qu'elle ne l'aurait souhaité, elle reprit son sac et sortit, non sans avoir jeté un coup d'œil au miroir, au passage. Le reflet de son visage lui déplut. Cette expression, elle ne la connaissait que trop bien. Et elle aurait préféré ne plus jamais la voir. C'était son « air de garce », comme disaient jadis les paparazzis.

Arrivée aux toilettes, elle verrouilla la porte derrière elle et s'adossa au mur. Durant tout ce temps, elle avait cru que les bonnes actions qu'elle faisait, en aidant les autres à corriger les choses qui les empêchaient d'avancer, lui avaient permis de se racheter des erreurs de son passé. De rétablir l'équilibre karmique. Mais ces erreurs pesaient toujours aussi lourd dans la balance. Et le pire, c'était qu'elle continuait d'en commettre.

Elle avait encore du travail à faire. Beaucoup de travail. Et elle était bien résolue à poursuivre ses efforts.

Dante termina les essayages. Il était déçu qu'Olive ne soit plus là, mais peut-être était-ce mieux ainsi. Au moment où il finit par remettre ses vêtements, ils ne lui semblaient plus adaptés à sa personnalité. Ils ne correspondaient plus à l'image qu'il se faisait de l'homme qu'il était.

Ou, plus précisément, de l'homme qu'il souhaitait être. Il avait fait beaucoup d'efforts pour se réinventer. Mais ses retrouvailles avec Olive avaient tout chamboulé dans son esprit. En lui ouvrant une voie qu'il n'avait aucune envie d'emprunter. Furieux contre lui-même, il fit une petite grimace. Envisager une sorte de revanche sexuelle était une très mauvaise idée. Mais il n'avait pas envie d'y réfléchir pour le moment. Ce qu'il lui fallait, c'était un bol d'air frais.

D'un geste déterminé, il sortit son téléphone de sa poche pour envoyer un message à Max, son meilleur ami, qui avait été son colocataire à l'université :

J'ai besoin de me détendre un peu. Ça te dit d'aller boire un verre avec moi ce soir ?

Et comment ! Je vais demander à Mia.

Mia, qui était l'épouse de Max, avait toujours été adorable avec Dante. Mais il allait avoir besoin de son meilleur ami pour mettre en avant tout le positif qu'il avait en lui. Max avait un véritable don pour le ramener à la réalité et à son identité profonde. Ne lui restait plus qu'à espérer que Mia accepterait de le lui « prêter ».

Cinq minutes plus tard, il en reçut la confirmation :

Mia est d'accord.

Tout en riant, il envoya une émoticône « pouce levé ». Et quand il quitta la cabine de fortune qui avait été installée dans la salle de conférences, il fut surpris de découvrir qu'Olive était de retour.

De retour « en mode professionnel », aurait-il été tenté de dire. Un blazer bleu marine à double boutonnage couvrait désormais la tenue légère qu'elle portait. Le problème était que cette veste moulait ses courbes alléchantes et que, plus elle essayait d'ériger des barrières professionnelles entre eux, plus il était tenté de relever le défi.

Il n'avait jamais su résister à un défi. Mais surtout, il n'avait jamais su résister à Olive.

— Je ne voudrais pas vous déranger, mais il nous faut prendre vos mesures pour le tailleur. Sam et Ted sont partis. Ça ne vous ennuie pas si c'est moi qui le fais ?

— Absolument pas.

On ne lui avait jamais pris ses mesures. Pas même pour le mariage de Max, dont il avait pourtant été le témoin. La cérémonie ayant eu lieu à la plage, le costume n'était pas de rigueur.

— C'est rapide et ça ne fait pas mal, lui dit-elle en souriant. Désolée de ne pas avoir pu assister au reste des essayages, mais les garçons m'ont dit que vous aviez apprécié la plupart des tenues choisies.

— Tout à fait. Vous pouvez garder celles que j'ai sélectionnées.

— Très bien, murmura-t-elle. Pour les mesures, je vais commencer par vos épaules et votre torse.

Tout en parlant, elle s'était rapprochée de lui. Instinctivement, il ferma les paupières. Elle sentait l'été. Et ce parfum de fleurs et de belles journées ensoleillées submergea soudain tous ses sens. Mais il se força à rouvrir les yeux.

Tout près de lui, elle regardait désormais son torse. Leurs corps étaient si proches qu'ils se touchaient presque. Mais il dut bouger légèrement, car soudain, il y eut un contact physique. Léger. Rien que son bras qui effleura le bas de sa robe. Et pourtant, il l'entendit reprendre son souffle bruyamment.

Aussitôt, il fit un pas en arrière.

— Vous voulez que je lève les bras ?

Plus vite ces mesures seraient prises, mieux ce serait pour lui comme pour elle.

À l'aide de son mètre-ruban, elle mesura chaque partie de son corps, en dehors de son tour de hanches, qu'il insista pour faire lui-même. Si elle lui avait touché les cuisses, il n'aurait pas eu confiance en ses réactions. Il était excité, bien plus encore qu'il ne l'était à l'époque où il multipliait les aventures d'un soir, cinq ans plus tôt.

— Je crois qu'on a terminé, finit-elle par murmurer. Écoutez, pour en revenir à ce que vous avez dit tout à l'heure, je tenais à me montrer très claire avec vous : je n'essaie pas de faire de vous ma version de l'homme que vous êtes.

— C'est vrai ? demanda-t-il en remuant un peu pour essayer de trouver une posture décontractée qui aiderait ses hormones à se calmer.

— C'est vrai, oui. Vous m'avez embauchée pour vous aider à façonner l'image de l'homme que vos clients imaginent quand ils vous entendent à la radio. Je sais bien que nous ne pourrons pas répondre aux attentes de chacun, mais je pense que, avec ces tenues et cette coupe de cheveux, quand vous vous regarderez dans le miroir, c'est vous que vous verrez, et non pas une version de vous modelée par quelqu'un d'autre. Et si ce n'est pas le cas, n'hésitez pas à me le faire savoir. Nous reprendrons tout depuis le début pour vous trouver un style avec lequel vous serez plus à l'aise.

Il prit le temps de réfléchir à ses propos. Les efforts qu'elle avait investis dans ce relooking étaient déjà considérables. Certes, cela ne faisait qu'une journée qu'elle travaillait pour lui. Mais avec l'aide de ses collaborateurs, elle avait déjà accompli énormément de choses. Et, même s'il avait l'impression de sortir un peu de sa zone de confort avec toute cette attention concentrée sur lui, il appréciait vraiment les tenues que son équipe et elle avaient choisies.

— Je suis très satisfait. Et ma remarque de tout à l'heure n'avait rien d'une critique.

— Ce n'est pas comme ça que je l'ai perçue. Mais je sais que je peux parfois avoir l'air un peu trop directive quand je travaille sur l'image de marque de mes clients.

— Ah oui ? Je n'ai rien remarqué.

— Vous mentez. Mais peu importe. Demain, j'ai prévu pour vous une séance de formation aux médias. Kiki m'a également informée qu'elle souhaitait vous faire tourner une vidéo. Mais elle ne m'a pas dit où.

— On devrait faire ça en extérieur.

À ces mots, elle fronça les sourcils et fit une petite grimace.

— Les plans en extérieur sont plus difficiles à tourner. La lumière ne peut pas être contrôlée et il peut aussi y avoir des problèmes de son... Mais si c'est ce que vous voulez vraiment, on s'arrangera pour que ça marche.

Elle ne cherchait pas à insister pour faire les choses à sa façon. Une attitude qui lui semblait nouvelle chez elle. Tout bien considéré, avant de mettre en œuvre son projet de vengeance, il allait falloir qu'il apprenne à connaître cette femme nouvelle qu'elle était devenue.

— On va y réfléchir ensemble. Je vais demander à Kiki de vous contacter à ce sujet et nous pourrons ensuite discuter logistique et déterminer ce qui est le mieux.

— Parfait, répondit-elle en commençant à avancer vers la sortie.

Il l'escorta jusqu'aux ascenseurs qui se trouvaient à l'autre bout du couloir.

— Merci pour tout ce que vous avez fait aujourd'hui, Olive. Je ne sais pas si votre plan va fonctionner, mais en tout cas, il me plaît. En revanche, ne dites surtout pas à Kiki que j'ai dit ça. Elle me le ferait payer jusqu'à la fin de ma vie.

— Bouche cousue, répondit-elle en faisant glisser son doigt sur ses belles lèvres.

Il observa sa bouche pulpeuse et poussa un sourd grognement. Il brûlait d'envie de l'embrasser. Instinctivement, il se pencha vers elle. Elle posa sa main à plat sur son torse, mais pas pour le repousser, comprit-il au moment elle empoigna fiévreusement le tissu de sa chemise.

Hélas, les portes de l'ascenseur finirent par s'ouvrir derrière elle et il n'eut d'autre choix que de la laisser partir. Après s'être sensuellement passé la langue sur les lèvres, elle tourna les talons et entra dans la cabine.

4

Olive avait besoin d'un verre. Cela tombait bien, on était jeudi, le jour des margaritas entre filles. Elle prit un Uber pour se rendre au bar où elles avaient l'habitude de se retrouver, mais en arrivant sur place, elle fut surprise de trouver Paisley confortablement installée sur une banquette avec son nouveau petit ami. Le jeudi, c'était toujours soirée filles, et elle avait vraiment besoin de parler de toutes les horribles vérités sur elle-même dont elle avait pris conscience dans la journée.

La garce qui, malgré tous ses efforts, était toujours en elle, menaça de refaire surface. Mais elle parvint à la retenir. Déterminée à ne montrer que la part la plus douce et la plus gentille de sa personnalité, elle se força à sourire à Paisley et son petit ami.

— Salut, tous les deux, lança-t-elle.

Elle ne se souvenait plus du nom du petit ami de Paisley.

— Salut, toute seule. Olive, je te présente Jack. Je ne sais pas si tu t'en souviens, mais tu l'as déjà rencontré, l'autre soir, au Hestia's Hearth.

— Je m'en souviens très bien, dit-elle avec ce sourire étincelant qui lui avait valu le titre de Miss Texas quelques années plus tôt. Contente de te revoir. Qu'est-ce que vous buvez, tous les deux ? Je vais aller vous chercher du ravitaillement.

— Des margaritas, bien sûr, lui répondit Paisley.

En repartant vers le bar, Olive baissa la tête pour essayer d'apaiser sa colère. Absorbée dans ses pensées, elle ne remarqua pas que Delaney s'était approchée d'elle… jusqu'à ce que son amie lui glisse le bras autour de la taille pour appuyer sa tête contre son épaule. Instinctivement, Olive la serra dans ses bras en retour. Elle paraissait aussi triste que la dernière fois qu'elle l'avait rencontrée, alors qu'elle faisait ses achats chez Bloomingdale's.

— Tu as eu d'autres mauvaises nouvelles ?

— Oui. C'est officiel, Malcolm m'a quittée. Il m'a carrément chassée de sa maison. Tu y crois ? Quand je suis rentrée, toutes mes affaires étaient devant le perron. Lyle a eu du mal à tout ranger dans la voiture.

— Que faisait ton chauffeur avec toi ?

— J'étais venue pour me venger en vidant la cave de Malcolm. Quoi qu'il en soit, j'ai appelé le majordome de papa, qui m'a laissée rentrer chez lui. Je n'arrive pas à croire que je doive me trouver un nouveau logement. J'ai mis mon appartement en location quand j'ai emménagé avec Malcolm.

— Tu peux venir chez moi, si tu veux. J'ai une chambre d'amis et je serais ravie de te tenir compagnie.

— Si ça ne te dérange pas, ça me ferait vraiment plaisir, répondit Delaney en sanglotant. Je ne supporte pas l'idée de retourner vivre chez papa. C'est à se demander si Malcolm n'a pas cherché à m'humilier.

— Je ne suis pas dans sa tête, mais ce que je peux dire, c'est qu'il s'est montré petit en mettant tes affaires dehors. Tu veux une margarita ?

— Épicée. Merci.

Olive se retourna vers le bar pour passer la commande.

— Pourquoi quatre margaritas ? lui demanda Delaney.

— Pais est venue avec son homme.

L'air profondément déçue, Delaney soupira.

— Quelle journée ! En fait, je suis vraiment contente pour elle qu'elle ait trouvé l'amour, mais, toi, tu es célibataire. Et moi... Bref, on aurait bien eu besoin d'une soirée entre filles.

— Ça va aller. On va passer un bon moment. Et comme ça, on pourra le tester, répondit Olive.

Le mieux était en effet qu'elle considère sa présence comme une distraction, qui l'empêcherait de trop réfléchir à ses récents accès de méchanceté. Jack avait l'air d'un homme bien... mais n'est-ce pas le cas de la plupart des hommes la première fois qu'on les rencontre ?

— Je suis assez suspicieuse à l'égard de Jack, murmura-t-elle.

— Pour tout t'avouer, moi aussi. Mais c'est surtout parce qu'il a l'air trop bien pour être vrai. Rien qu'hier soir, il a traversé la moitié de la ville pour aller chercher à Paisley ses donuts préférés. Il est tellement gentil.

Delaney avait raison. Alors, pourquoi Olive cherchait-elle la faille ? Et tout bien considéré, n'était-ce pas ce qu'elle faisait toujours ? Elle avait fait exactement l'inverse avec Dante, certes. Mais d'un autre côté, il paraissait si parfait. Un homme ordinaire qui était devenu milliardaire et qui n'attendait qu'elle pour le transformer en Prince charmant.

Une margarita dans chaque main, elles jouèrent des coudes pour retrouver la table de Paisley et Jack. Et au moment où elle s'installa en face d'eux, Olive remarqua que son amie semblait... heureuse, tout simplement. N'était-ce pas leur objectif, à toutes ? La raison pour laquelle elles avaient fondé leur entreprise ? Être en paix avec le passé et être bien dans leur vie de tous les jours ? Tout en fronçant les sourcils, Olive soupira. Il fallait qu'elle arrête de réfléchir, qu'elle lâche prise.

Ensemble, ils finirent par lever leurs verres.

— Un pour tous, tous pour un.

Et quand Olive porta le sien à ses lèvres, elle sentit les derniers vestiges de sa mauvaise humeur se dissiper. La meilleure chose qui lui était arrivée était sa rencontre avec Paisley et Delaney. Elle ne devait jamais oublier ça.

— Où est Malcolm ? demanda Paisley. J'ai dit à Jack de m'accompagner parce que je pensais qu'il viendrait.

Tout en se mordillant la lèvre d'un air gêné, Delaney haussa les épaules.

— Je crois que tout est fini entre nous.

— Qu'est-ce qui te fait penser ça ? demanda Jack.

Manifestement bouleversée, Delaney se borna à secouer la tête.

— Quand elle est rentrée chez cette ordure aujourd'hui, elle a trouvé toutes ses affaires devant le perron, intervint Olive.

— Sale type, siffla Jack.

— De toute façon, ça ne marchait pas entre nous, balbutia Delaney. Ce matin même, j'ai dit à Olive que je pensais que c'était terminé.

— Oui, fit Paisley. Mais entre avoir envie que ça se termine et le voir terminer les choses de cette façon... Bref, ce n'est vraiment pas bien, ce qu'il a fait. Je suis désolée, Delaney.

— Merci. Mais il appartient déjà au passé. Vous avez devant vous une nouvelle Delaney.

Et une nouvelle Olive, songea l'intéressée. Elle avait pris sa décision : elle allait retourner aux fondamentaux. Renforcer tous les bons côtés de sa personnalité tout en aidant son amie à se remettre de sa peine de cœur. De nouveau, ils trinquèrent. Quelques instants plus tard, Jack s'éloigna pour répondre au téléphone. Paisley le suivit.

— J'aimerais vraiment trouver un homme comme lui, lui dit Delaney. Un homme en qui je pourrais avoir confiance.

— Pour ma part, j'aimerais trouver un homme qui me donnerait confiance en moi, répondit Olive.

Dante longea la marina jusqu'à arriver au bateau de Max. Son ami l'attendait sur le pont. Après une étreinte fraternelle, Max lui prit des mains la glacière qu'il transportait.

— Je suis vraiment content que tu m'aies appelé. Ne dis rien à Mia, mais avoir un bébé, ce n'est pas du tout comme je l'aurais imaginé. En fait, je suis ravi d'être papa, mais c'est beaucoup plus dur que je ne le pensais. Je serais prêt à mourir pour Rosie, mais d'un autre côté, je me sens complètement exténué. Et pourtant, tu sais, je ne m'occupe pas de grand-chose. C'est Mia qui fait le gros du travail. Du coup je me sens vraiment nul de ressentir le besoin de passer une soirée tranquille.

— Il n'y a rien de mal à avoir besoin d'une petite pause de temps en temps.

— J'imagine que tu as raison. Mais si on parlait de toi ? Tu veux qu'on vogue sur le lac ou tu préfères qu'on reste ici à siroter tranquillement nos bières ?

— Je préfère qu'on reste tranquilles. J'ai besoin de tes conseils avisés.

— Waouh... Ça promet. Qu'est-ce qui se passe ? Eh ! Mais tu t'es taillé la barbe. Tu as bien fait.

— Oui, répondit Dante en riant aux éclats.

— Comme le dit toujours Mia, je ne suis pas très observateur.

Après s'être confortablement installés sur des chaises longues, les deux amis commandèrent des pizzas.

— Alors, qu'est-ce qui se passe ? lui demanda Max en ouvrant deux bouteilles de bière.

— Eh bien, tu me connais. Je veux dire que tu connais tous les aspects de ma vie d'adulte, depuis le statut d'étudiant insipide jusqu'à celui d'entrepreneur milliardaire.

— C'est vrai. Et toi, tu m'as vu passer du statut fêtard déjanté à celui de mari idéal pour Mia.

Max s'interrompit

— Tu es tombé amoureux de quelqu'un ? lui demanda-t-il brusquement, en plissant les yeux.

Dante but une longue gorgée de bière avant de secouer la tête.

— Non. Mais Olive Hayes a débarqué dans mon bureau ce matin.

— C'est vrai ? Qu'est-ce qu'elle voulait ?

Tout en se passant une main sur la nuque, Dante observa la ligne d'horizon déchiquetée par les gratte-ciel, derrière lesquels le soleil se couchait. Qu'est-ce qu'elle voulait ? Faire son travail. Rien de plus.

— Kiki a embauché sa société pour qu'elle procède sur moi à un relooking dans le cadre des affiches et vidéos publicitaires qu'elle envisage de me faire faire.

— Tu lui as dit d'aller se faire voir ?

— Elle ne m'a pas reconnu.

— Quoi ?

Lentement, Dante se retourna vers son ami. Max était la seule personne au monde à savoir combien l'incident qui avait eu lieu au cours de cette soirée l'avait fait souffrir. Aussi inspecta-t-il le visage de son ami pour essayer de deviner ses pensées.

— Tout bien considéré, tu ne dois pas être le seul à avoir été traité de la sorte par Olive Hayes. Je ne suis pas vraiment surpris qu'elle ne t'ait pas reconnu. Mais comment l'as-tu pris ?

— Je le prends plutôt bien. Mais... à un moment, elle m'a touché la main et j'ai eu l'impression qu'une sorte de courant électrique passait entre nous... Je crois qu'elle est attirée par moi.

Max termina sa bière avant de lui répondre.

— Ça complique un peu les choses. Et toi ?

— C'est Olive Hayes. Elle est exactement comme quand elle m'apportait des cafés en souriant pour me faire faire son travail à sa place.

— Bon. Alors qu'est-ce que tu envisages de faire ?

Dante releva les yeux vers son ami, qui était sans nul doute le meilleur homme qu'il ait jamais rencontré. Il ne pouvait pas mentir à Max.

— J'ai pensé à coucher avec elle, lui faire croire que j'envisageais une relation sérieuse puis, au moment où elle commencerait à s'attacher, la laisser tomber, brusquement, comme ça. Une sorte de revanche sexuelle.

— Ça paraîtrait cohérent si tu étais toujours l'homme que tu étais jadis. Mais tu as changé, non ? À moins que tu n'aies envie de redevenir un séducteur briseur de cœurs...

— Je n'en ai pas envie, non. Ce genre de vie ne m'intéresse plus, affirma Dante.

Et c'était la pure vérité. Il aimait la paix qu'il avait commencé à trouver dans son existence jusqu'à ce qu'Olive Hayes ne se présente dans son bureau.

— Très bien. La question est donc : vengeance ou pas ?

— Oui. Et quand on y réfléchit, elle a dû faire souffrir des tas d'autres hommes. Pas seulement moi.

— Et pas seulement des hommes. Elle était dans la sororité de Mia et elle était horrible avec elle tout le temps.

Absorbé dans ses pensées, Dante soupira. Il se souvenait bien de ça. C'était une véritable garce. Gentille quand elle avait besoin de vous, mais le reste du temps, convaincue qu'elle était mieux que tout le monde et que les autres n'étaient là que pour lui rendre la vie plus facile. La beauté texane par excellence, avec ce bel accent sudiste qui vous poussait à croire qu'elle était sincère. Jusqu'à ce qu'elle vous poignarde dans le dos.

— Est-ce qu'elle a changé ? lui demanda Max, coupant court à ses pensées. Quand on y pense, moi-même, je ne suis pas l'homme que j'étais à l'université, et toi non plus, d'ailleurs. Elle n'est peut-être plus comme ça.

— Je ne sais pas trop. En tout cas, elle s'est montrée très gentille avec ses collaborateurs et avec Kiki. Et avec moi, bien sûr. Même avant que je ne passe par la case coiffeur.

— C'est peut-être juste parce qu'elle travaille pour toi

— C'est tout le problème. Je ne pourrais pas lui faire confiance tant que je ne la connaîtrais pas davantage. Et j'ai très envie de la connaître davantage, si tu vois ce que je veux dire.

— C'est normal. C'était la fille de tes rêves quand tu étais étudiant.

Dante grogna au souvenir des heures qu'il avait passées à parler d'elle à l'université. Puis il resongea à ce baiser qu'ils avaient failli échanger devant l'ascenseur. L'attirance sexuelle était presque palpable entre eux. Il avait eu envie d'elle. De la femme qu'elle était à ce jour. Il n'avait pas pensé une seule seconde à la jeune fille qu'elle avait été.

— Alors, qu'est-ce que tu vas faire ?

— Je n'en sais rien. Et c'est pour cette raison que je suis venu voir mon ami qui est toujours de bon conseil.

— Hmm. C'est vrai que je suis de bon conseil. Tu as de la chance de m'avoir pour ami, murmura Max avant de relever les yeux vers lui. Mais je ne la connais pas. D'un côté, j'ai envie de te dire, vas-y. Sers-toi d'elle, fais-toi plaisir et laisse-la tomber. Tu mérites bien ça, après tout ce qu'elle t'a fait subir.

Dante observa son ami. Il savait bien que Max ne prendrait pas le parti de la vengeance.

— Mais de l'autre côté ?

— Si tu agis ainsi, tu finiras par en souffrir. Tu n'as jamais été aussi dur que tu ne penses l'être. Même à l'époque où tu étais le roi des aventures d'un soir, tu avais des sentiments.

— Alors quoi qu'il arrive, je suis perdant ?

— Non. Prends ton temps et observe ce qui se passe. Elle finira sûrement par te révéler la femme qu'elle est vraiment, bien ou pas bien, et à partir de là, tu pourras prendre ta décision.

Le conseil de Max lui parut judicieux. Une fois cette conversation terminée, ils dégustèrent leurs pizzas en discutant base-ball. Vers 21 heures, Mia envoya un message à Max pour lui demander quand il comptait rentrer. Et soudain, Dante se rendit compte qu'il enviait son ami. Qu'il avait envie d'une femme à qui il manquait quand il était absent. La vengeance n'était pas le meilleur moyen de trouver cette femme. Mais il avait le sentiment qu'il avait besoin de ça pour tourner la page.

Delaney était ivre et déterminée à bien terminer sa journée. Aussi Olive et Paisley ne furent-elles pas surprises de la voir rentrer chez elle accompagnée du barman avec qui elle avait flirté toute la soirée. Mais avant de partir, elles prirent soin de photographier discrètement le jeune homme. Et avec l'application de suivi qu'elles avaient toutes téléchargée, elles savaient qu'elles pourraient retrouver facilement leur amie si les choses dégénéraient.

Après le départ de Delaney, Olive se tourna vers Jack et Paisley.

— Jack peut nous raccompagner toutes les deux, lui dit son amie. Je ne veux pas te laisser seule.

— Je ne serai pas seule. Mon Uber est presque arrivé. Ne t'inquiète pas.

— On va attendre que tu sois dans la voiture, dit Jack.

— Qu'est-ce que vous avez prévu, après ? demanda Olive.

— Rien de spécial, répondit Jack. Je devais faire un basket avec des amis que j'essaie de voir une fois par mois, mais j'ai préféré accompagner Paisley ici. C'est dommage que Malcolm ne soit pas venu.

— Tu as laissé tomber tes amis pour nous ? s'exclama Olive, sidérée.

— Oui. Paisley ne me demande pas grand-chose, répondit-il.

Et il prit sa petite amie par les épaules pour l'attirer contre lui. Tendrement, Paisley lui sourit… et Olive se sentit soudain comme la cinquième roue du carrosse.

Jack et Paisley semblaient en parfaite symbiose, une harmonie qu'Olive n'aurait pas crue possible. Et pourtant elle était là, sous ses yeux. Comment se faisait-il qu'elle n'ait pas jamais rien connu de tel avec un homme ?

Le karma. L'explication était aussi simple que ça. Elle faisait toujours du bénévolat pour essayer de se racheter de ses erreurs du passé, mais elle avait encore beaucoup de chemin à parcourir pour que l'univers rétablisse un certain équilibre dans sa vie. Alors qu'elle se faisait ces réflexions, une voiture s'était arrêtée un peu plus haut dans la rue. Un homme en descendit. Et à sa grande surprise, elle reconnut Dante Russo.

— Ne me dites pas que vous êtes mon chauffeur.

— Non. Mais je pourrais le devenir, lui répondit-il avec un sourire étincelant. J'étais sur le chemin pour rentrer chez moi, mais si vous voulez, je peux faire un détour pour vous raccompagner.

Paisley et Jack s'approchèrent.

— C'est ton chauffeur ? demanda Paisley.

— Euh… non, c'est mon nouveau client.

Après avoir fait les présentations, Olive consulta l'application Uber. Sa course avait été annulée. Elle ne pouvait pas en réserver une autre. Elle avait déjà fait perdre suffisamment de temps comme ça à Jack et Paisley.

— Vous étiez sérieux quand vous m'avez proposé de me raccompagner ?

— Absolument.

— Je veux bien, merci, lui dit-elle avant de se tourner vers ses amis.

Paisley la prit dans ses bras.

— Il est vraiment sexy, lui chuchota-t-elle à l'oreille.

Tout en souriant, Olive s'écarta d'elle.

— Merci de m'avoir attendue, dit-elle.

Et elle monta dans la voiture de Dante.

— Merci. Mon chauffeur vient d'annuler ma course.

— Je vous en prie. Où allons-nous ?

— Eh bien, je vis en banlieue. Ça ne fait pas trop loin ?

— Quelle banlieue ? Pour ma part, j'habite Westmont. Alors

à partir du moment où vous n'êtes pas dans la banlieue nord, ça devrait aller.

— J'habite Westmont, moi aussi. J'ai acheté une maison au mois de janvier.

— C'est une jolie ville.

Ils discutèrent ensuite de tout et de rien, jusqu'à ce que la chanson *Don't You Worry Child* ne passe à la radio.

Instinctivement, elle se mit à chanter, et il ne tarda pas à se joindre à elle. Elle était bien. Toutes les inquiétudes qui l'avaient tourmentée depuis qu'elle avait eu ces mauvaises pensées à l'égard de Kiki semblaient à présent loin derrière elle. La journée avait été longue. C'était exactement ce dont elle avait besoin. Chanter dans une voiture avec un homme qui lui plaisait beaucoup mais qu'elle connaissait à peine.

Ils riaient tous deux aux éclats au moment où il se gara devant sa maison.

— J'adore Swedish House Mafia, lui dit-il.

— Moi aussi. Et je me suis bien amusée. Je crois que j'avais vraiment besoin de ça. Merci de m'avoir raccompagnée.

— Pas de problème, lui dit-il en descendant de la voiture.

Il allait lui ouvrir la portière. Cela faisait bien longtemps qu'un homme n'avait pas fait une telle chose pour elle. Ce n'était pas indispensable, naturellement, mais tout de même. Ce genre de petite attention fait toujours du bien.

— Plus je te connais, moins je pense que tu as besoin de mon aide pour améliorer ton image publique, murmura-t-elle tandis qu'il lui prenait la main pour l'aider à sortir de la voiture.

— Je n'en suis pas si sûr. Même mon meilleur ami a remarqué que je m'étais fait tailler la barbe. En temps normal, les hommes ne voient pas ce genre de détails.

La façon dont il avait formulé les choses la fit sourire.

— Tu avais juste besoin d'un peu de discipline.

— Je n'aime pas tellement la discipline.

— Moi non plus, répondit-elle en resongeant à la tenue qu'il portait lors de leur première rencontre.

Il avait fait un effort vestimentaire : il portait à présent un jean brut et l'une des chemises de créateur qu'elle avait sélectionnées pour sa nouvelle garde-robe.

— Tu es très beau ce soir, lui dit-elle, même si c'était son client, et même si elle avait décidé de ne plus flirter avec lui.

Il lui rappelait quelqu'un, mais elle n'arrivait pas à trouver qui. Le ciel d'été était étoilé, et il était tellement proche d'elle, son parfum était tellement tentant qu'elle comprit qu'elle ne pourrait pas résister.

Elle avait envie de lui. Ici. Maintenant.

N'y tenant plus, elle releva la tête vers lui. Et elle sentit son souffle contre sa joue juste avant que ses lèvres ne viennent effleurer les siennes. En fermant les yeux, elle comprit : c'était ce qu'elle voulait depuis qu'elle l'avait vu avec cette nouvelle coupe de cheveux. Cela lui avait ouvert les yeux sur l'homme qu'il était sous cette masse de cheveux hirsutes et elle savait à présent qu'elle ne pourrait plus jamais le voir de la même façon qu'auparavant.

5

Dante n'avait pas prévu d'embrasser Olive, mais quand ils avaient chanté ensemble, toutes les barrières étaient tombées, et le sourire qu'elle lui avait adressé lui avait semblé si radieux et si sincère qu'il s'était dit qu'il y avait peut-être chez elle une femme nouvelle. Une femme humble et douce.

Il lutta de toutes ses forces pour s'empêcher d'approfondir le baiser. Mais elle avait un goût de paradis. Elle sentait l'été et la margarita. Dans un grognement de désir, il l'attira plus près d'elle, se délectant de la sensation de ses courbes douces contre son torse ferme et son sexe érigé.

Il en avait rêvé pendant bien plus d'années qu'il n'aurait voulu l'admettre. Elle semblait incroyablement à sa place entre ses bras, ce baiser était bien meilleur encore que tout ce qu'il avait pu imaginer… et il le touchait bien plus qu'il ne l'aurait souhaité.

Rien d'étonnant à ça, tout bien considéré.

C'était Olive Hayes.

Elle était dangereuse. Très dangereuse.

Il essaya de relever la tête. Mais il n'y parvint pas. Il avait envie de plus.

Alors, sans se laisser le temps de trop réfléchir, il plongea sa langue dans sa bouche pour approfondir le baiser. Il aurait certainement dû se montrer plus tendre et plus doux, mais cette bouche… elle le tentait depuis tellement longtemps. Comme elle s'était ouverte à lui, il mêla sa langue à la sienne. Elle avait un goût de tequila et de citron vert. Ivre de désir, il intensifia encore le baiser en s'accrochant fermement à sa nuque délicate. Après quoi il fit un pas en arrière, s'adossant à l'aile de la voiture tout en la serrant fermement contre lui. Pouvait-il coucher avec elle ?

Oui, répondait fermement son corps. Il pouvait très bien coucher avec elle, même s'il avait passé sa journée à s'interroger sur le bien-fondé d'une revanche sexuelle. C'était tellement bon de la tenir entre ses bras.

Il avait envie d'elle et il n'y avait aucune raison à ce qu'il se refuse ce plaisir.

Ou plutôt si.

Il y avait une raison et une bonne raison à ça : il avait envisagé de se servir du sexe comme d'une arme pour se venger. Il avait d'ailleurs passé sa soirée à en discuter avec Max. Hors de question, donc, qu'il agisse sans réfléchir. Il fallait d'abord qu'il prenne une décision.

À contrecœur, il la libéra de son étreinte, mais comme il brûlait toujours d'envie de la toucher, il laissa ses doigts s'attarder sur son bras nu, se délectant de la douce sensation de chaleur de sa peau contre la sienne.

— Bon... fit-il maladroitement.

Tout en passant sa langue sur ses lèvres sensuelles et gonflées par son baiser, elle releva la tête vers lui.

— Je pense que... commença-t-elle.

Mais elle s'interrompit.

Manifestement, elle était prise entre son désir pour lui et sa volonté de se montrer professionnelle. Ils travaillaient ensemble. Une relation sexuelle ne pouvait les mener qu'à des ennuis.

— Très bien, dit-il. Je ne vais pas m'excuser, parce que ce baiser était incroyablement bon. Ce que je peux faire en revanche, c'est te promettre que nous ne le referons plus tant que nous travaillerons ensemble.

Il devait lui donner le meilleur de lui-même s'il voulait qu'elle fasse la même chose pour lui. Si le rejet dont il avait fait l'objet de sa part à l'époque de l'université l'avait tant touché, c'était parce qu'il avait eu l'impression qu'il n'était pas digne d'elle. Et qu'il était parfaitement normal qu'il fasse tout le travail à sa place en échange de quelques sourires de sa part et de quelques paroles gentilles. Il avait commis là une grave erreur et il était hors de question qu'il retombe dans ce piège.

— Je te le promets moi aussi, finit-elle par dire en inclinant la tête sur le côté pour lui sourire. Merci de m'avoir raccompagnée et d'avoir chanté avec moi.

— Avec plaisir.

Toujours adossé à la voiture, il la regarda s'approcher de sa porte d'entrée. Elle lui fit un petit signe de la main avant de la refermer derrière elle.

De retour chez lui, il trouva sa maison bien vide. Il avait oublié le chemin qu'il avait parcouru pour en arriver là où il en était arrivé. Tout ça à cause d'Olive. Sa mère disait toujours que les événements marquants n'étaient que des points de repère dans la vie. Qu'il n'y avait pas de bonne ou de mauvaise expérience, qu'il n'y avait que des opportunités à saisir.

Il se demandait bien ce qu'elle dirait s'il lui racontait ce qui s'était passé. Mais il ne le ferait pas. Il n'avait jamais été du genre à se confier.

Il s'assit dans son fauteuil, alluma la télévision. Mais presque aussitôt, une idée lui vint. Un texte pour une nouvelle publicité.

Après avoir éteint l'écran, il enclencha le dictaphone de son portable et ferma les yeux.

— L'été est chaud bouillant. La ville est en ébullition. J'ai besoin de quelque chose pour m'extirper de l'enfer que je traverse. Je ne dois pas oublier le chemin que j'ai parcouru.

Brusquement, il mit un terme à l'enregistrement. Il n'était pas sûr de vouloir partager le reste de ses pensées.

La vibration de son téléphone le fit sursauter. Il venait de recevoir un message d'Olive.

Merci encore pour tout.

De rien. Je contemple le vide de la nuit et je me dis qu'on s'est peut-être montrés un peu trop prudents.

Moi aussi. Mais je sais que je serai contente demain matin.

Il n'était pas sûr que ce serait son cas. Mais mieux valait ne pas insister.

Idem.

Alors… bonne nuit, Dante.

Bonne nuit, Olive

Bonne nuit, Olive. Des mots qu'il ne pensait jamais avoir l'occasion de prononcer un jour. Il savait bien qu'avec ce baiser il s'était engagé sur une pente glissante. Il ne pouvait pas se dissocier de son passé. C'était son passé qui avait fait de lui l'homme qu'il était aujourd'hui et Olive avait joué un rôle prépondérant dans cette évolution. Reverrait-elle un jour en lui le garçon fade qu'elle avait côtoyé à l'université ? Peu importait de toute façon. Il avait pris de la distance, cela ne le gênerait pas.

Cependant, il avait toujours en lui un peu de la colère et de l'amertume que ses paroles avaient éveillées. Il la voyait parfois comme la femme nouvelle qu'elle était devenue, parfois comme la Olive qu'il avait connue.

L'enfer n'était pas seulement la chaleur de l'été. La véritable torture, c'était de se retrouver face à cette femme qu'il avait jadis désirée et qui était à présent à sa portée. Il fallait absolument qu'il se débarrasse de l'idée qu'il pouvait agir en restant détaché.

Il ne resterait pas détaché. Le baiser qu'ils venaient d'échanger le lui avait prouvé. Le mieux était donc de suivre le conseil de Max et, naturellement, de garder ses distances. Il pourrait ainsi voir si elle avait réellement changé.

Olive essayait de se convaincre que, si elle était aussi enthousiaste, c'était parce qu'elle adorait son travail. Mais la réalité, c'était que, après avoir passé dix jours sans contact avec Dante, elle était tout excitée à l'idée de le revoir. Ils devaient se retrouver dans un studio d'enregistrement qu'elle avait réservé pour l'après-midi. Elle aurait ainsi l'occasion de voir comment il se comportait devant une caméra avant sa première interview, qui devait avoir lieu le lendemain dans le cadre d'une émission diffusée en direct sur une chaîne locale.

Elle regarda sa montre pour la énième fois depuis qu'elle était arrivée au bureau. Il était 9 h 05. Leurs retrouvailles n'auraient pas lieu avant 14 heures. Il fallait absolument qu'elle se concentre.

Elle venait de se faire cette réflexion quand Delaney entra dans son bureau en lui présentant son téléphone.

— Tu as vu ça ? lui demanda-t-elle.

Olive lui prit le portable des mains pour mieux regarder. La page affichée était celle de *Wend-Z City*, le site people de référence de Chicago, qui suivait les stars de cinéma comme celles de la téléréalité, sans oublier les personnalités célèbres de la ville.

Delaney la peste a encore frappé

Manifestement, l'héritière du liquide vaisselle ne connaît aucune limite. Après s'être fait jeter par Malcolm Quell, elle a été vue sur son perron, se disputant avec son majordome pour essayer de rentrer. Un peu de dignité, ma chérie ! Il faut parfois savoir s'arrêter.

Tout en grimaçant, Olive releva les yeux vers son amie, qui semblait prête à exploser.

— Bon, le point positif, c'est que ce n'est pas la pire chose qu'elle ait écrite sur toi.

— Non. Mais, premièrement, ce n'est pas vrai. Et, deuxièmement, je ne me suis pas fait « jeter ».

— Euh… techniquement…

— Arrête ! Je croyais que tu étais mon amie.

— Je suis ton amie ! Et tu sais qu'on a un très bon avocat, qui pourra intenter des poursuites si elle a inventé cette histoire.

Delaney avait emménagé chez Olive trois jours après le baiser qu'elle avait échangé avec Dante. Mais elle était presque aussitôt repartie, parce que, d'après elle, on s'ennuyait trop en banlieue. Elle avait acheté un appartement surplombant le lac Michigan, dans lequel elle vivait depuis.

— Contre qui allons-nous intenter des poursuites ? demanda Paisley, qui venait d'entrer dans le bureau.

— *Wend*-Z. Ils ont publié un article calomnieux sur Delaney, lui répondit Olive en lui tendant le téléphone de l'intéressée.

Paisley en observa longuement l'écran avant de hausser les épaules.

— Si tu veux mon avis, ignore-les.

— Pas question, répondit Delaney d'un air courroucé.

— D'accord, dit Paisley. Mais tu sais que la calomnie est une chose très difficile à prouver devant un tribunal. Qu'est-ce qui est faux dans cette histoire ?

— Je ne me suis pas disputé avec le majordome pour récupérer Malcolm, mais pour récupérer Stanley.

— Je croyais que vous vous étiez mis d'accord pour partager la garde de ce petit chien.

— C'est exact. Sauf que, quand je suis venue le chercher, le majordome m'a dit que Malcolm et sa nouvelle copine étaient partis en week-end avec lui.

— D'accord, dit Olive. Nous allons donc devoir contacter notre avocat, au moins pour la garde de Stanley. Malcolm n'a pas le droit de t'empêcher de le voir. C'est toi qui l'as adopté. C'est ton bébé.

— Tout à fait. Et Malcolm l'a pris en otage. Exprès. Parce qu'il sait très bien combien j'y suis attachée. Si j'ai accepté de partager sa garde, c'est uniquement parce que ce petit amour de traître aime bien Malcolm.

— On va régler ça. Quand seront-ils de retour à Chicago ? demanda Paisley.

— Je ne sais pas.

— Je vais me renseigner, dit Olive.

Et elle prit son téléphone pour appeler l'aéroport privé. Après une brève conversation avec la réception, elle était mieux informée sur les projets de Malcolm.

— Il a pris un vol pour la Barbade. Il n'a pas prévu de date de retour pour le moment.

— Ce n'est pas vrai ! s'exclama Delaney d'un air à la fois furieux et attristé.

— Très bien, dit Paisley. Je vais appeler l'avocat. On va régler ça.

Sur ce, Paisley quitta le bureau d'Olive, avec Delaney sur ses talons. Olive était bouleversée par ce qu'elle venait d'apprendre. Stanley était le plus adorable de tous les petits bouledogues français du monde et Delaney l'avait adopté après avoir passé une année particulièrement difficile. C'était tellement injuste.

Ou peut-être pas tant que ça. Dans son passé, Delaney n'avait pas brisé autant de cœurs et de vies qu'Olive, mais elle avait tout de même agi à de nombreuses reprises sans la moindre considération pour les autres.

Encore une histoire de karma.

La sonnerie de son téléphone l'extirpa brusquement de ses pensées. Dante. Rien qu'en voyant son nom, elle sentit son cœur s'emballer. Instinctivement, elle se passa la main dans les cheveux pour se recoiffer. *Il ne peut pas te voir. Décroche.*

— Bonjour, Dante.

— Bonjour, Olive. J'aurais besoin d'un petit service. Je dois me rendre à la collecte de fonds d'une association ce soir à l'Art Institute, mais ma cavalière vient de me laisser tomber. Je me demandais si tu accepterais de m'accompagner.

Elle avait beau se dire que c'était une invitation strictement professionnelle, il venait tout de même de lui proposer un rendez-vous. Cela faisait bien longtemps qu'elle n'était pas sortie avec un homme et il ne s'agissait pas de n'importe quel homme, mais de Dante.

Prends un air détaché.

— D'accord. Ça nous permettra en plus de tester ton nouveau look. Je te retrouverai là-bas.

— Parfait. On se voit cet après-midi, de toute façon, lui dit-il avant de raccrocher.

Il s'était montré parfaitement professionnel, ce qui était raisonnable de sa part. Ce n'était pas parce qu'elle passait ses journées à songer à nouveau à ses lèvres sur les siennes qu'il ressentait la même chose pour elle. D'ailleurs, elle n'aurait pas dû penser à lui de cette façon. Mais depuis qu'elle l'avait rangé dans la catégorie des hommes inaccessibles, et donc interdits, son imagination était devenue incontrôlable. Et elle ne rêvait que de lui.

Malgré les dix jours qui s'étaient écoulés depuis la dernière fois qu'il l'avait vue, force lui était de constater qu'il ne se sentait pas aussi détaché à l'égard d'Olive qu'il ne l'aurait souhaité. En l'embrassant, il avait réalisé son rêve de jeune homme. C'était fait, il aurait dû pouvoir tourner la page. Et pourtant, quand il la vit arriver dans cette tenue si féminine, il sentit aussitôt son sexe durcir de désir.

Elle lui fit un petit signe de la main en s'approchant et, bêtement, il ne put s'empêcher de se redresser pour paraître plus grand. Dans la chaleur de l'été, son parfum avait quelque chose de printanier qui ne faisait que lui rappeler le baiser qu'ils avaient échangé.

— Kiki m'a dit que tu avais été invité à une émission de télé. Avec ton charme, je suis sûre que tu t'en sortiras très bien. Mais si tu veux que je t'accompagne, pas de problème.

La perspective de cette interview ne l'impressionnait pas plus que ça. Mais si elle voulait le retrouver au studio d'enregistrement, il n'allait certainement pas lui dire non.

— D'accord. De cette façon, je pourrais bénéficier de tes conseils de dernière minute.

— Compte sur moi. En attendant, on va s'entraîner un peu. Je te présente Lucas, qui est étudiant en cinéma et qui te filmera. Et Courtney, qui est réalisatrice et qui te dirigera.

— Enchanté, leur dit-il.

Laissant Kiki et Olive donner des instructions au jeune garçon, Dante observa les accessoires que sa directrice marketing avait apportés. Un arrière-plan de la brasserie Inferno, ainsi qu'un fût et un pack de bières d'été.

— À ce que j'ai cru comprendre, tu as toujours improvisé pour tes publicités radio, lui dit Olive. Tu veux procéder de la même façon ?

— Oui. À moins que Kiki ne m'ait écrit un texte…

— Non, répondit l'intéressée. Tu es bien meilleur quand ce n'est pas moi qui te souffle tes mots. Mais n'oublie pas le message. L'été est torride et il n'y a qu'un seul homme qui sache quoi faire de cette chaleur.

— Satan ?

— Je croyais que tu ne voulais pas qu'on t'appelle comme ça… lui dit Kiki en lui faisant un clin d'œil.

— Je pense qu'il vaudrait mieux éviter toute référence au diable, intervint Olive. « Inferno » est déjà suffisamment évocateur comme ça.

— Très juste, dit-il. Bon, et maintenant, que dois-je faire ?

— Être toi-même, rien de plus. Kiki et moi allons nous placer derrière la caméra. Tu nous regardes et tu nous parles des produits.

Quand Olive et Kiki se furent installées, il alla se poster hors-champ.

— Bonjour Chicago. Vous et moi, on est de vieux amis, dit-il en se mettant lentement à avancer vers le champ de la caméra. Vous ne me reconnaissez sans doute pas, mais ma voix doit éveiller des souvenirs en vous et vous évoquer l'été. L'été, et peut-être même une bonne bière au bord du lac Michigan… Vous avez devant vous le président et fondateur de la brasserie Inferno, Dante Russo.

Une fois son discours achevé, il prit l'une des bouteilles de bière qu'il leva devant lui en souriant à la caméra.

— Super ! Tu as été excellent, chef ! s'exclama Kiki avant de se tourner vers Lucas. Est-ce qu'on peut visionner la scène ?

— Je m'occupe de ça tout de suite, lui répondit le jeune homme.

Tous deux s'éloignèrent tandis qu'Olive se rapprochait de lui.

— Qu'est-ce que tu en as pensé ? lui demanda-t-il.

Il avait très envie de l'impressionner. Si elle se souvenait de lui comme de Danny Russo, il voulait qu'elle soit époustouflée par le chemin qu'il avait parcouru. Les changements qui s'étaient opérés en lui.

— C'était très bien. Je n'ai quasiment pas de conseils à te donner, sauf que tu aurais peut-être dû énoncer le nouveau slogan publicitaire, à la fin de la scène.

— Excellente idée. Je suis sûr que Kiki approuvera.

— Moi aussi. Elle est très… intelligente, dit-elle en tournant son regard vers la directrice marketing.

Se pouvait-il qu'elle soit jalouse de Kiki ? Non, c'était impossible. Il s'agissait d'Olive Hayes. La femme qui avait tout et qui le faisait savoir à tout le monde.

Et pourtant…

— Kiki est comme une sœur pour moi, ne put-il s'empêcher d'ajouter, pour la rassurer.

— C'est vrai ?

— Oui. Elle travaille pour moi depuis les tout débuts de l'entreprise. Elle était là dans les moments difficiles, bien avant que nos efforts ne soient couronnés de succès.

— Tu as apparemment trouvé les bonnes personnes pour t'entourer à chaque étape de ta carrière. D'abord Kiki, et ensuite moi.

— C'est certain, dit-il, surpris par cette remarque. Mais que les choses soient claires entre nous : je ne te considère pas comme une sœur.

— J'espère bien que non, lui répondit-elle en lui faisant un clin d'œil.

Kiki interrompit la conversation en leur faisant signe de la rejoindre.

— Hé ! Venez voir ça.

La caméra était à présent connectée à un ordinateur portable. Et à l'observer, il se sentit soudain nerveux. Il avait tendance à éviter de se regarder en photo ou vidéo, une vieille habitude qui remontait à l'époque où il manquait de confiance en lui et où il n'appréciait pas vraiment son apparence.

Sa propre voix se fit entendre. Un instant plus tard, il apparaissait à l'écran. Et pendant une brève seconde, il ne parvint pas à se reconnaître, avec ses nouveaux vêtements, parlant comme s'il était certain que tout le monde avait envie d'entendre ce qu'il avait à dire.

Il lui fallut un peu de temps pour le comprendre, mais ce qu'il voyait sur cet écran, c'était l'homme qu'il avait toujours voulu être. Il était sur le point de réaliser son rêve de toujours. Et pour toucher enfin au but, il fallait absolument qu'il continue d'aller de l'avant.

Pas question, donc, de ressasser le passé ou d'envisager de se venger. Les pensées qui le tourmentaient portaient sur une situation appartenant à un passé révolu. Il devait laisser ça derrière lui. Autour de lui, ses collaborateurs parlaient et il hochait la tête comme s'il suivait la conversation, mais en réalité, il n'y prêtait pas vraiment attention. Paradoxalement, il avait fallu qu'il se voie sur cet écran pour prendre conscience du chemin qu'il avait parcouru et comprendre qu'il n'avait aucune envie de retourner en arrière.

— On va recommencer, dit-il. Avec le nouveau slogan, comme le suggère Olive.

Tout le monde le trouva encore une fois excellent. Mais il

insista pour s'entraîner en faisant trois autres essais. Quand tout fut terminé, au moment où il quitta Olive, il fut pris d'un vague sentiment de tristesse. Il avait beau savoir qu'il allait la revoir un peu plus tard dans la soirée, elle allait lui manquer.

6

Après avoir longuement réfléchi à ce qu'elle allait porter, Olive avait choisi un ensemble jaune paille qui consistait en un pantalon large et une veste assortie. Elle avait laissé la veste ouverte sur un haut de bikini en triangle, qui couvrait néanmoins largement sa poitrine. Une paire d'escarpins Louboutin, une pochette Chanel, et le tour était joué. Pour l'occasion, elle avait décidé de passer la nuit dans le nouvel appartement de Delaney, qui était située au cœur de la ville et tout près de l'Art Institute.

Indécise au sujet de sa coiffure, elle finit par sortir de la chambre que son amie lui avait prêtée.

— Tu crois que je devrais m'attacher les cheveux ?

Delaney releva les yeux et poussa un hurlement de loup. Amusée, Olive prit la pose et fit un clin d'œil à son amie.

— Merci. Alors, mes cheveux ?

— Je les laisserais lâchés. Tu as l'air très élégante et sophistiquée, mais on dirait que c'est ton style naturel.

— Parfait. C'est exactement ce que je recherche. En fait, c'est un rendez-vous professionnel, mais c'est aussi avec Dante, alors...

— J'aimerais vraiment voir comment il est. Est-ce qu'il est aussi sexy que sa voix ne le laisse présager ?

Tout en se mordillant la lèvre, Olive acquiesça. Devait-elle confier ce qu'elle ressentait à son amie ? Oui, évidemment. Quand elle commençait à cacher des choses, elle finissait toujours par s'enfoncer dans une spirale infernale.

— Plus sexy encore. Pour tout te dire, je n'arrive pas à m'empêcher de fantasmer sur lui.

— Waouh ! Mais... pourquoi t'en empêcher ? Ce n'est pas comme si c'était ton supérieur.

— Peut-être, mais c'est mon client. Et c'est pour cette raison que nous avons tous deux décidé de garder nos distances jusqu'à ce que notre relation professionnelle soit terminée.

— Pourquoi avez-vous décidé ça ? S'est-il passé quelque chose ?

— Nous nous sommes embrassés, répondit Olive en essayant de faire comme s'il s'agissait là d'un événement anodin de la vie quotidienne.

Mais naturellement, son amie ne fut pas dupe. Comme pour l'encourager à poursuivre, elle se mit à la dévisager en haussant les sourcils.

— D'accord, d'accord. Je ne m'attendais pas du tout à ce qu'il soit comme ça. Il est gentil, amusant, intelligent...

— Mais ?

— Il y a quelque chose chez lui qui tend à faire ressortir tous mes mauvais côtés. En fait, avant que je ne lui prenne un rendez-vous avec le coiffeur, il ne me faisait aucun effet. J'ai peur de l'apprécier uniquement parce que j'ai fait de lui ce que j'ai envie qu'il soit.

Tout en parlant, Olive s'était assise sur le rebord du fauteuil de son amie. Delaney posa doucement la main sur son épaule.

— Dans ce cas, tu as raison d'attendre. Ça te laissera le temps de mieux comprendre ce qui se passe dans ta tête.

Son amie avait raison. Les dernières aventures qu'elle avait eues n'avaient duré que quelques semaines, tout au plus quelques mois. Elle avait toujours fini par y mettre un terme parce qu'elle ne voulait pas s'attacher. Mais n'était-ce pas là un mensonge ? La vérité, c'était plutôt qu'elle avait le sentiment de ne pas en avoir fait suffisamment pour être digne d'être aimée.

— Je voudrais être assez bien pour lui, Dellie.

— Tu l'es, lui répondit son amie en se levant pour la prendre dans ses bras. Quand vas-tu cesser de te punir pour tes erreurs du passé ?

Olive ne pouvait pas répondre à cette question. Elle avait tellement de choses à se faire pardonner et elle avait toujours le sentiment de ne pas en avoir fait assez.

— J'ai eu un moment de pure méchanceté le premier jour où je l'ai rencontré.

— C'est vrai ? Qu'est-ce que tu as fait ?

— Je n'ai rien fait à personne. Mais j'ai eu des pensées horribles, murmura Olive en resongeant à sa jalousie à l'égard de Kiki.

— Et alors ? Ça m'arrive tout le temps. Tiens, rien que tout à l'heure, quand tu es sortie de la salle de bains. Je me suis dit : « Cette garce ! Elle est beaucoup trop jolie. »

Delaney s'interrompit pour lui sourire.

— Ce n'est pas un problème de penser des choses comme ça.

Comprenant que son amie essayait simplement de lui remonter le moral, Olive se força à lui rendre son sourire. Mais elle n'avait pas oublié son ancienne façon d'appréhender le monde. Ces pensées qui prenaient de l'ampleur pour se transformer en un véritable état d'esprit régalien. Qui la portaient à croire que les autres n'existaient que pour lui rendre la vie plus facile.

— Merci, sale garce.

— Ah ! Tu vois ? Ça fait du bien, de temps en temps, de dire ce genre de choses. Mais il faut garder un certain équilibre. Conformément à ta théorie du karma. Alors, pour me racheter d'avoir été si méchante avec toi, je vais te dire que je t'adore.

— Je sais, répondit Olive en serrant son amie dans ses bras en retour.

Au même instant, l'alarme de sa montre bipa pour lui signaler qu'il était temps de partir pour son rendez-vous.

— Il faut que j'y aille. Souhaite-moi bonne chance.

— De la chance ? Tu n'as pas besoin de ça, crois-moi. Dès qu'il te verra, il regrettera d'avoir dit qu'il voulait que les choses restent strictement professionnelles entre vous.

— Merci. À tout à l'heure.

— Ou pas, lui répondit Delaney en lui faisant un petit signe de la main depuis le canapé.

Quelques minutes plus tard, son chauffeur la déposait à quelques mètres de l'Art Institute. Devant la porte ouverte du bâtiment, elle pouvait voir les journalistes, les projecteurs et le tapis rouge. Elle se mit en retrait pour chercher Dante, qu'elle finit par repérer dans la foule.

Elle le trouvait déjà irrésistible dans ses nouveaux vêtements décontractés, mais quand elle le vit dans ce smoking sur mesure, qui mettait en valeur sa haute stature et ses larges épaules, elle crut bien que son cœur allait s'arrêter. Il observait attentivement chaque visage, il devait sans nul doute la chercher. Retenant son souffle, elle se promit de tout faire pour être digne de lui.

Ce smoking ayant été confectionné à ses mesures, Dante ne pouvait pas dire qu'il se sentait comprimé dedans, mais il n'était pas à son aise. C'était Mia qui aurait dû l'accompagner ce soir-là. Son amie avait en effet éprouvé le désir de prendre elle aussi une soirée pour elle, après celle que son époux avait passée avec lui sur le bateau. Mais sa petite Rosie était tombée malade, et même si elle ne le lui avait pas dit directement, il avait bien compris qu'elle n'avait pas envie de laisser son bébé seul à la maison avec Max. Elle était très protectrice à l'égard de leur fille.

Il avait parfaitement compris la position de Mia, qui avait d'ailleurs tourné à son avantage, puisqu'elle lui avait fourni une excuse pour inviter Olive à sa place. En passant en revue la petite foule qui s'était rassemblée près du tapis rouge, il ne tarda pas à repérer sa cavalière. Belle comme l'été dans cet ensemble jaune, elle lui fit un petit signe de la main. Et quand elle commença à avancer vers lui, il sentit un élan de désir le traverser.

Elle se mouvait avec cette grâce naturelle qui avait immédiatement attiré son attention toutes ces années plus tôt, mais il y avait également dans sa démarche quelque chose de tellement spécial, tellement féminin, qu'il aurait été impossible de ne pas la remarquer. La tenue qu'elle portait était à la fois élégante et sexy. Toutes les têtes se tournaient sur son passage.

Et pour la première fois, il remarqua la douceur qui émanait d'elle. Son sourire était bienveillant, accueillant, et c'était directement à lui qu'il était adressé.

Curieux. Elle ne souriait à personne dans le passé. Sauf quand elle essayait d'obtenir quelque chose.

Il s'efforça d'écarter cette pensée de son esprit. Mais au fond de lui, il était ravi d'avoir constaté cette preuve qu'elle avait changé.

Il avait très envie d'en trouver d'autres et espérait ne pas se faire d'illusions. Mais pour l'heure, il n'allait pas se soucier de ça. Il allait juste savourer cette occasion d'explorer l'attirance qu'ils avaient l'un pour l'autre dans ce cadre sûr, où les limites étaient clairement fixées.

— Tu es magnifique, lui dit-elle.

— Et je peux te retourner le compliment. Mais je regrette de ne pas m'être débarrassé de ce nœud papillon.

— Pour ma part, je ne regrette pas. Tu es vraiment éblouissant avec.

— Content que ça te plaise. Kiki m'a conseillé de faire savoir à un maximum de personnes que je suis le président de la brasserie Inferno. Mais je ne sais pas trop comment m'y prendre.

— Pas de problème. Je m'occupe de ça. Est-ce que tu sais comment te présenter pour les photos ?

— Euh... il suffit de se mettre devant l'objectif, non ?

— Je vais reformuler ma question. Est-ce que tu sais comment prendre la pose ? On aurait dû procéder à quelques essais sous différents angles, mais je ne m'attendais pas à ce que ce genre de situations se produise si tôt. Le conseil que j'ai à te donner, c'est de regarder directement l'objectif et de te mettre de côté, peut-être avec les mains dans les poches. Veille aussi à serrer le bas de ta veste sous ton bras pour mettre en valeur ton corps.

— D'accord. Autre chose ?

— Souris. Ah, et prends ce regard ténébreux que tu avais cet après-midi.

— Je ne vois pas du tout de quoi tu parles.

Sans répondre, elle releva les yeux vers lui. Son regard s'était obscurci, mais il discernait au fond de ses pupilles une lueur de passion voluptueuse.

Un élan de désir le traversa. Si violent qu'il lui fallut serrer les poings pour se retenir de la toucher.

— Essaie, lui dit-elle.

Il essaya, mais il se sentit stupide. Et l'éclat de rire que ses mimiques lui tirèrent ne fit que confirmer ses soupçons : il n'avait pas fait les choses comme il fallait.

—J'en déduis que ce n'est pas ça.

— Contente-toi de sourire. Tu as le plus beau sourire que j'aie jamais vu.

— Le plus beau, c'est vrai ? demanda-t-il, à la fois surpris et touché.

— Oui. Ne va pas prendre la grosse tête, mais je pense que tu n'aurais aucun mal à te faire une place à Hollywood.

— Je suis très bien où je suis, dit-il en posant doucement sa main sur la sienne.

Inclinant la tête sur le côté, elle releva les yeux vers lui.

— Moi aussi.

Ce moment d'émotion fut hélas interrompu par les organisateurs de l'événement, qui les invitèrent à s'approcher. La déception de Dante fut intense. Il avait envie de continuer à parler avec elle.

Mais elle finit par s'écarter de lui.

— Je vais discuter avec les journalistes. Ils viendront certainement te poser des questions. Essaie de t'en tenir à la brasserie et à la chaleur de l'été.

— Compris.

Il la regarda s'éloigner, captivé par le balancement de ses hanches parfaites. Ses jambes paraissaient étonnamment longues dans cette tenue. Qu'est-ce que cela ferait de les sentir enroulées autour de lui ?

— C'est à vous, monsieur, lui dit un homme, coupant court à ses pensées.

Après avoir pris une profonde inspiration, Dante se détourna à contrecœur d'Olive pour s'approcher du jeune homme.

— Votre nom ?

— Dante Russo, brasserie Inferno.

— Ravi de vous rencontrer. Je trouve votre bière d'été vraiment rafraîchissante et délicieuse. Puis-je vous demander de prendre la pose devant le logo ?

— Naturellement.

Il s'exécuta. Des dizaines d'objectifs étaient braquées sur lui. Tout sourire, il répondit aux questions. Mais les flashs l'aveuglaient à présent, il n'était vraiment pas dans son élément. Et déjà, Olive lui manquait. D'un geste de la main, il lui fit signe de le rejoindre pour qu'ils puissent poser ensemble devant le logo.

Au moment où il baissa les yeux vers elle, elle lui fit un clin d'œil en glissant son bras autour de sa taille. Instinctivement, il suivit son exemple, s'émerveillant de la sensation que ce geste lui procura : elle semblait parfaitement à sa place contre lui.

Après avoir souri une dernière fois au photographe officiel, ils avancèrent ensemble vers l'entrée de la salle.

Une fois à l'intérieur, il se rendit compte qu'il était encore tendu. Sans doute parce qu'il avait pour cavalière la femme qui lui avait jadis dit qu'elle préférerait encore mourir plutôt que d'être vue en public avec lui.

Cette réflexion eut pour effet de réveiller en lui le déstabilisant désir de vengeance. Mais soudain, elle lui sourit.

— Contente que tout ce cirque soit terminé et qu'on puisse enfin profiter de la soirée. Tu vas chercher notre table pendant que je vais commander nos boissons ?

Ce n'était plus la même Olive. À présent, elle se conduisait avec lui comme Mia avec Max. Comme s'ils étaient un couple. Embarrassé, il se passa la main sur la nuque. Il ne pouvait pas rester dans cet état d'esprit. Un peu de distance l'aiderait sûrement à s'en libérer.

— D'accord. Un whisky coca, s'il te plaît.

— À tout de suite, dit-elle avant de disparaître dans la foule.

Le jeu auquel il jouait était dangereux. Il allait peut-être falloir qu'il se désiste. Parce qu'il avait très peur de la faire souffrir.

Dante et elle se trouvaient à une table de huit avec trois autres couples qui se connaissaient tous. Ils étaient plutôt sympathiques, mais après les menus propos, il ne restait plus grand-chose à dire.

Il y avait donc là une occasion à ne pas manquer d'en apprendre un peu plus sur Dante. Ils se trouvaient en zone neutre. Elle pouvait poser toutes les questions qu'elle n'aurait pas pu soulever dans le cadre d'un rendez-vous galant.

— Tu m'as dit que tu avais grandi dans le Midwest ?

— Oui, répondit-il en la regardant d'un air intrigué. Pourquoi cette question ?

— Juste pour apprendre à mieux te connaître en dehors du travail.

— Ah. Alors tu as changé d'avis au sujet de tout ça ?

— Peut-être, répondit-elle en haussant les épaules. Ou plutôt non. Pour tout te dire… j'essaie de devenir une femme meilleure.

— Et ne pas coucher avec moi t'aiderait à atteindre cet objectif ?

— À quel moment avons-nous parlé de coucher ensemble ?

— Si ce baiser avait duré une minute de plus…

Il s'interrompit pour glisser sa main sous la table et la poser sur sa cuisse.

— Mais ce n'est peut-être qu'une impression, conclut-il.

Au contact de sa main, elle sentit un délicieux frisson la parcourir. Ses seins lui semblaient plus lourds, le rythme de son cœur plus rapide. Elle avait envie de se rapprocher de lui pour l'obliger à faire remonter sa main un peu plus haut.

— Cette impression est partagée, finit-elle par dire en lui mettant à son tour la main sur la cuisse.

— C'est bien ce qui me semblait. Mais ma mère m'a toujours dit qu'il ne fallait jamais tirer de conclusions hâtives de quoi que ce soit.

— La mienne aussi. Elle est pleine de bons conseils.

— Tu as des exemples ?

— Un sourire t'ouvre toutes les portes.

— Tu me montres ? demanda-t-il d'un air de défi.

Tout en rejetant ses cheveux en arrière pour se dégager le visage, elle se tourna vers lui et lui adressa son plus beau sourire. Celui qui lui avait toujours permis d'obtenir des résultats.

— Pas mal. Avec ça, je t'ouvrirai la porte, c'est sûr.

Tout en riant aux éclats, elle secoua la tête.

— Et toi, quels conseils t'a-t-on donnés ?

— Sois toi-même et les autres te respecteront pour ce que tu es.

— C'est un bon conseil.

À ces mots, une ombre sembla passer sur son visage.

— Sauf quand on est un raté, marmonna-t-il.

— Ce qui n'est à l'évidence pas ton cas.

— Et si ça l'était ? demanda-t-il d'un air soudain beaucoup plus sérieux.

Le ton de la conversation était jusqu'ici léger, mais tout à coup, son comportement avait changé. Il lui cachait quelque chose, c'était certain. Mais elle n'arrivait pas à réfléchir quand il se trouvait si près d'elle.

— C'est impossible. Il n'y a pas de « ratés ». Tu sais, fut une époque dans ma vie où je n'aurais jamais été capable d'admettre une telle chose.

— Pourquoi ? lui demanda-t-il après avoir bu une longue gorgée de whisky coca.

— Parce que je portais un regard négatif sur le monde.

Elle venait de se confier, mais ce n'était pas du tout la conversation qu'elle souhaitait avoir avec lui.

— Je pensais que tu étais un buveur de bière, dit-elle en désignant son verre de la tête pour changer de sujet.

— Ça ne m'empêche pas d'aimer le whisky. Et toi, qu'est-ce que tu aimes ?

— Bière aux pique-niques, aux matchs de base-ball et aux fêtes foraines. Mais j'aime aussi les cocktails et le vin. En fait, je ne crois pas avoir un jour goûté quelque chose que je n'aime pas. Ah, si. La sambuca. Pas terrible, je trouve.

— Personne n'aime la sambuca. C'est le genre de boissons qu'on prend dans les bars tard dans la nuit.

— C'est vrai. Quand j'avais une vingtaine d'années, je faisais souvent la fermeture des bars.

— Moi aussi. Surtout en première année de fac. Mais à l'âge de vingt-quatre ans, je me suis dit qu'il fallait que j'arrête les alcools forts. J'imagine que j'avais mûri.

Elle sourit. Parce que c'était exactement au même moment de sa vie qu'elle avait commencé à prendre du recul sur son comportement et à modeler l'image de la femme qu'elle souhaitait devenir.

— J'ai pris la même décision au même âge.

Après le discours du président de l'association, on leur servit le dîner. Ils continuèrent de bavarder, ce qui lui permit de découvrir beaucoup de choses sur lui. Tout comme elle, il préférait la mer à la montagne. Il aimait le rock, et particulièrement les Beastie Boys. Elle lui expliqua qu'elle était une fan absolue de Miley

Cyrus, mais que ses morceaux préférés étaient les chansons de Hannah Montana.

Un point commun avec lui, qu'il reconnut avec une réticence qui la fit sourire.

À la fin du dîner, un DJ monta sur scène. Et quand la musique débuta, elle retint son souffle. Danser... Avait-elle vraiment envie de rester pour ça ? Oui.

— Tu danses ? Ou tu trouves que c'est trop personnel pour un dîner d'affaires ? lui demanda-t-elle alors que leurs compagnons de table se levaient pour rejoindre la piste.

— C'est exactement la question que j'étais en train de me poser. Mais on a tous les deux acquis une certaine maturité. Alors à partir du moment où aucun d'entre nous ne commande une sambuca, je pense que ça devrait aller.

Cette remarque la fit rire aux éclats.

Au son de *Happy*, de Pharrell, ils firent leur entrée sur la piste. Et tout en dansant avec lui, elle s'émerveilla des changements qui s'étaient opérés en elle depuis ses vingt-quatre ans. Amusant qu'il ait mentionné le fait d'avoir pris de la maturité. Elle avait oublié le chemin qu'elle avait parcouru pour devenir la femme qu'elle était actuellement. Elle pensait que les changements étaient modestes, mais ils étaient peut-être plus significatifs qu'elle ne l'avait imaginé.

Elle n'était plus la femme qui se détestait elle-même et qui détestait tous les autres. Et elle était ravie d'en être arrivée là et de se trouver là, sur cette piste de danse. Avec cet homme.

Ils dansèrent sur tous les morceaux que le DJ passa. Elle but plus de vin qu'elle n'aurait dû, et à la fin de la soirée, quand les premières notes de *Closing Time*, de Semisonic résonnèrent sur la piste, Dante l'attira plus près de lui et se pencha vers son oreille pour chuchoter :

— Dis-moi que je ne suis pas le seul à avoir envie d'un shot de sambuca.

De nouveau, elle se laissa aller à rire aux éclats. Elle était heureuse. Parce qu'à l'évidence la femme nouvelle qu'elle était devenue plaisait à cet homme qu'elle trouvait si fascinant.

7

Le week-end de la fête de la bière, toute l'équipe de la brasserie prit la direction du Milwaukee. Inferno était sponsor de l'événement. Ce serait la première fois qu'ils auraient une tente pour eux tous seuls, au lieu de se retrouver avec tous les autres jeunes brasseurs. Sa marque de bière étant la star du festival, c'était à Dante qu'on avait demandé de monter sur scène pour présenter les musiciens qui se produiraient au concert. Cette journée s'annonçait donc comme un grand moment.

Et le mieux de tout, c'était qu'Olive serait là. Elle devait les rejoindre sur place pour l'aider à mettre en valeur son image. Il lui semblait qu'il n'avait plus vraiment besoin de conseils sur ce plan-là. Cependant, il était réticent à l'idée de mettre un terme à leur relation. Après la soirée caritative organisée par l'Art Institute, quelque chose avait changé entre eux. Il ne la voyait plus seulement comme la jeune femme de son passé ; elle était bien plus que ça et il appréciait chaque nouvel aspect de sa personnalité qu'il découvrait. Plus il apprenait à la connaître, plus il lui semblait judicieux de se montrer honnête avec elle. Mais il ne savait pas comment soulever le sujet de leur relation passée.

Tous les membres du personnel d'Inferno portaient les T-shirt promotionnels qui avaient été conçus pour l'occasion et un avion avait été affrété pour transporter les neuf variétés de bière différentes proposées par la marque. Ils arrivèrent au festival aux alentours de 9 heures et Dante supervisa le déroulement des opérations. Il aurait pu déléguer cette tâche, mais il se considérait comme un homme de terrain, et depuis les débuts modestes de sa société, il lui était difficile de lâcher prise. Surtout quand il s'agissait d'importants événements tels que celui-ci.

— N'oubliez pas qu'on ne peut offrir de T-shirts qu'aux personnes majeures. Pour les enfants et les adolescents, il y a les peluches en forme de diable.

Tous les membres de l'équipe acquiescèrent.

— Et surtout, amusez-vous, ajouta-t-il.

— Quel discours ! fit Kiki d'un air moqueur. Tu l'as écrit toi-même ?

— Tout à fait, répondit-il sur un ton tout aussi ironique. Ma directrice marketing était à un rendez-vous galant hier soir. Elle n'a pas pu le faire elle-même.

— Elle a bien de la chance, lui répondit Kiki en souriant avant de s'éloigner.

Au même instant, Olive s'approcha de lui.

— Besoin d'une paire de mains supplémentaires ?

Elle était vêtue d'un short blanc qui lui arrivait à mi-cuisses, d'un T-shirt qu'elle avait noué sur le côté et d'une casquette de base-ball frappée du logo de la brasserie Inferno. Ce fut cette dernière qui retint le plus son attention. Elle portait un accessoire promotionnel de la marque qu'il avait créée. Ce qu'il trouvait à la fois excitant et touchant.

— Je crois que tout le monde est à son poste, mais si tu veux nous aider, on aurait bien besoin d'une personne en plus pour les doudous. Ils partent toujours très vite.

— Ils sont super. Je suis étonnée que tu aies pensé à ça.

— Pourquoi ?

— Eh bien, parce que tu es un homme, j'imagine. Mais ce n'est pas très gentil de ma part de dire ça. Je trouve juste qu'ils sont vraiment mignons, pour des objets promotionnels.

— La plupart des autres marques ne pensent pas aux enfants. Ou alors, ils donnent des tétines en forme de bouteilles. Ça va à la fête de la bière, mais passé ce moment, elles doivent toutes finir à la poubelle. Alors que ces petits diables seront plus durables.

— Ça me semble découler d'une bonne idée et d'une conviction sincère. Comme toutes les autres choses que tu fais. Bien, en quoi puis-je t'aider ?

Sincère. Oui, il l'était. Sauf qu'il avait omis de mentionner le fait qu'ils s'étaient connus à l'université. Il fallait qu'il lui dise la vérité. Et vite. Mais pour l'heure, il devait se concentrer sur le travail. Aussi lui indiqua-t-il l'entrée de la tente, devant laquelle plusieurs jeux avaient été installés.

— Comme je te l'ai dit, j'aurais besoin de quelqu'un pour distribuer les peluches aux enfants qui ont gagné en tournant la roue. Il y a aussi des serviettes et des ballons de plage. Fais au mieux pour distribuer les lots. Si un enfant veut vraiment une peluche, ne lui dis pas non. Je veux que tous les clients s'en aillent avec le sentiment d'avoir vécu une expérience positive.

— D'accord. Je pense pouvoir faire ça. Et toi, où seras-tu ?

— Je vais distribuer des bières à la dégustation gratuite. Je ne serai pas loin. Si tu en as marre, tu m'appelles. Je t'enverrai des renforts.

— Je ne pense pas que ce sera nécessaire. Ça me fait plaisir de vous donner un coup de main. On pourrait peut-être se retrouver pour le déjeuner et faire le point sur ta tenue et ton discours de ce soir ?

— Avec plaisir. Tu n'as qu'à venir me retrouver à 13 heures, dit-il en essayant de paraître détaché.

Mais il était en réalité très impatient de la voir.

Il s'était accordé du temps pour déterminer si elle avait changé. Or, plus le temps passait, plus il lui semblait que c'était le cas. La Olive qu'il avait connue à l'université ne se serait jamais présentée à un événement de ce type. La femme qui était devant lui semblait bien différente.

Et il avait envie de croire que ce changement était réel, mais au fond de lui, il avait peur de lui accorder sa confiance.

Olive n'aurait jamais imaginé qu'elle puisse prendre autant de plaisir à faire des jeux avec des enfants. Cela allait à l'encontre de tout ce qu'elle pensait savoir sur elle-même et tout ce qui définissait jadis la personne qu'elle était. Mais les petits étaient adorables et les employés de la brasserie très sympathiques. Quant aux parents, ils semblaient ravis que quelqu'un ait pensé à leurs enfants, au sein de cet événement où les petits ne pouvaient pas vraiment profiter de tous les divertissements mis à la disposition des clients.

Régulièrement, elle cherchait Dante du regard. Il semblait parfaitement dans son élément. Malgré le changement de look qu'elle avait orchestré pour lui, elle n'avait aucun doute sur le fait que c'était vers l'homme qu'il était réellement que son regard était attiré. Il y avait quelque chose qui la touchait dans le naturel avec lequel il s'adressait à ses clients et ses employés, sa façon de mettre tout le monde à l'aise. Avec ce jean et ce T-shirt Inferno, il était incroyablement sexy, certes, mais ce n'était pas seulement son corps qui l'attirait.

Elle surprit quelques commentaires à son sujet. Les clientes le trouvaient plus sexy encore qu'elles ne l'avaient imaginé en écoutant les publicités à la radio. Cela la fit sourire. C'était elle qui était à l'origine de ça. Mais d'un autre côté, elle avait eu la chance de travailler sur un modèle exceptionnel. Elle n'avait pas eu à faire beaucoup d'efforts pour mettre en valeur ce qu'il y avait de meilleur en lui.

Quand il finit par remarquer qu'elle le regardait, il lui fit un petit signe de la main, qu'elle lui rendit avant de se détourner. Elle ne s'était jamais montrée aussi sincère avec un homme. Sans doute parce que c'était la première fois qu'elle vivait ce genre de relations. Ils travaillaient ensemble et, même s'il y avait une forte attirance entre eux, ni lui ni elle ne voulait mettre en péril l'équilibre de leur relation professionnelle. C'était sans doute pour cette raison qu'il lui était plus facile de baisser la garde.

— Madame ! fit soudain une petite voix flûtée, qui la ramena doucement à la réalité.

Olive baissa les yeux. La fillette qui se trouvait devant elle avait de grands yeux bruns encadrés de cils incroyablement longs. Attendrie, elle s'accroupit pour se mettre à son niveau.

— Mon frère aurait vraiment voulu un doudou... mais il a eu un ballon à la place.

Ce ne fut qu'à ce moment-là qu'Olive remarqua le petit garçon, qui semblait se cacher derrière sa sœur.

— Dans ce cas, on va lui donner un doudou, dit Olive en se

redressant pour attraper l'un des diablotins qu'elle tendit au petit garçon.

— Merci, murmura-t-il.

— De rien.

En relevant les yeux, elle vit que la maman les observait.

— Merci beaucoup, lui dit-elle.

— Ce n'est pas du tout un problème. Passez une bonne journée.

Avant de s'éloigner, la maman complimenta sa fille et expliqua à ses deux enfants qu'il ne fallait jamais hésiter à demander poliment. En observant la scène, Olive sentit son cœur palpiter dans sa poitrine. Au fond d'elle, elle espérait devenir un jour maman. Mais elle n'était pas sûre d'être prête pour ça. Il fallait avant tout qu'elle parvienne à s'aimer. Elle n'y était pas encore, mais elle allait y arriver.

Tout bien considéré, son travail avec Dante l'aidait à se percevoir sous un jour nouveau. Fut une époque où elle se serait enfuie en courant si on lui avait demandé de travailler bénévolement pour un événement tel que celui-ci. Et où elle n'aurait pas hésité à dire non à ces enfants. Pas par méchanceté, mais parce qu'elle avait été élevée comme ça. Tu prends ce qu'on te donne. La devise de ses parents expliquait sans doute pourquoi elle s'était toujours arrangée pour obtenir directement ce qu'elle souhaitait.

Mais elle n'était plus comme ça. Et elle regrettait de l'avoir été.

La belle voix de Dante la tira doucement de ses pensées.

— On va déjeuner ?

Elle ne s'était pas aperçue qu'il s'était approché d'elle. Mais il était à présent si proche qu'elle pouvait sentir la chaleur de son corps contre son dos. Fermant les yeux, elle s'appuya contre lui. Elle ne put s'en empêcher.

Le désir qu'elle avait pour lui devenait incontrôlable. Il n'avait plus besoin de ses services professionnels, mais elle avait peur de le lui dire, peur de perdre cette bonne raison de continuer à le voir. Et il y avait un autre problème : elle ne pouvait plus attendre. Elle voulait absolument explorer cette attirance qu'il y avait entre eux.

— Oui, dit-elle.

Glissant sa main dans la sienne, il la fit sortir de la tente.

— Je n'arrive pas à croire qu'il y ait une telle file d'attente pour entrer, murmura-t-il.

— Moi, si. Tu es devenu une célébrité.

— Grâce à ton relooking et à la campagne marketing de Kiki. Sans vous, personne ne serait venu voir l'homme des bois.

— Je n'en suis pas si sûre, dit-elle d'une voix taquine. Tu étais mignon en homme des bois.

— Tu trouves ? J'aurais juré que je n'étais pas ton type.

— Je ne pense pas avoir un type. Ou plutôt si : j'aime les hommes confiants qui savent ce qu'ils veulent.

— Je corresponds, affirma-t-il avec assurance en la prenant dans ses bras.

Il sentait un peu la bière d'été d'Inferno et beaucoup ce parfum enivrant qui lui était propre. Le parfum de l'homme sur lequel elle fantasmait toutes les nuits. Parfaitement consciente de franchir une limite qu'elle s'était promis de ne pas dépasser, elle inclina la tête sur le côté.

— Je suis d'accord.

— Ravi de le savoir. Je vais pouvoir arrêter de rouler des mécaniques à chaque fois que je croise ton regard.

Cette remarque la fit sourire.

— Tu n'as pas besoin de ça, tu sais ?

— Tu aimes mon physique ?

Doucement, elle posa la main à plat sur son cœur.

— Oui, Dante. Dès le moment où je t'ai vu avec ta nouvelle coupe de cheveux, je t'ai trouvé époustouflant.

— Dès la première fois où je t'ai vue, je t'ai trouvé époustouflante, dit-il en se penchant vers elle.

Elle sentit sa bouche effleurer sa joue et elle écarta les lèvres. Elle brûlait d'envie de l'embrasser. Cela faisait si longtemps qu'elle ne l'avait pas senti aussi près d'elle. Deux semaines pour être exact. Depuis ce moment à l'Art Institute où ils avaient dansé sur *Closing Time* et où elle avait compris qu'elle avait envie de rentrer avec lui.

Elle s'était défilée.

Mais cette fois-ci, elle était bien déterminée à céder à son instinct.

— Je t'ai fait une promesse, Olive, dit-il en passant doucement la main sur son cou. Et c'est là la seule raison pour laquelle je n'irai pas plus loin. Je veux que tu saches que je suis un homme de parole.

Tournant les talons, il lui reprit la main et commença à avancer.

— Et si je te disais que j'ai changé d'avis ?

Dante baissa les yeux vers Olive. Il ne s'était jamais senti aussi tenté de sa vie. Il observa leurs mains jointes et dut se faire violence pour ne pas lui voler ce baiser dont il brûlait d'envie depuis qu'il l'avait surprise à le regarder sous la tente.

Heureusement, ce fut à ce moment-là que quelqu'un l'appela par son nom, le ramenant brusquement à la réalité.

— Dante ! Tu es là ! Il faut que tu retournes dans la tente. Un responsable de Brewing Energy Worldwide est là. Il veut te parler.

Larry était son bras droit au sein de l'entreprise. Quant à Brewing Energy Wordlwide, il s'agissait d'une importante société de distribution. Qui pourrait potentiellement les aider à faire une percée en Europe, comme il en rêvait depuis quelque temps.

— J'arrive tout de suite, répondit-il en tournant un regard penaud vers Olive.

— Vas-y, lui dit-elle avec un doux sourire. On pourra toujours parler plus tard.

Il hésita, pourtant. Parce que des moments tels que celui-ci ne se présentent qu'une fois. Mais d'un autre côté, il ne pouvait pas mettre en péril son entreprise pour elle. À contrecœur, il finit donc par hocher la tête et partir avec Larry, rassemblant en chemin tout le courage et toute l'assurance dont il allait avoir besoin pour vendre sa société au distributeur.

— Je vous présente Dante, président et fondateur d'Inferno, dit Larry. Dante, voici Jeff Werner, de Brewing Energy Wordlwide.

— Enchanté, Jeff. Avez-vous goûté notre bière d'été ?

— Oui. Très rafraîchissante. J'aimerais d'ailleurs discuter avec vous d'un contrat de distribution. Mon assistante m'a dit que vous aviez appelé plusieurs fois mon bureau.

— C'est exact.

— Je vous prie de m'excuser de ne pas vous avoir rappelé. Pour tout vous avouer, nous sommes contactés par une dizaine de nouvelles marques de bière chaque semaine et nous ne sommes pas en mesure de toutes les distribuer.

— Je comprends. Content que vous ayez eu l'occasion de venir aujourd'hui pour pouvoir au moins goûter nos produits.

— Moi aussi. Ça m'a permis de réaliser que cela faisait bien longtemps que je n'avais pas bu une excellente bière. Et j'aimerais à présent rattraper le temps perdu. Accepteriez-vous de déjeuner avec moi pour que nous discutions affaires ?

Il ne pouvait pas laisser cet homme partir sans avoir eu une discussion avec lui, et ce même s'il avait fait d'autres projets avec Olive.

— Avec plaisir. Si vous pouvez juste me laisser une minute pour que je prévienne mes employés.

— Prenez votre temps.

D'un geste de la main, Dante fit signe à Kiki d'approcher.

— J'avais promis à Olive de déjeuner avec elle. Elle est près des camions, dehors. Est-ce que tu pourrais t'excuser pour moi auprès d'elle et lui dire que j'ai dû m'absenter pour affaires et que je la retrouverai ici tout à l'heure ?

— Bien sûr, chef. Je vais prendre ta place et l'emmener déjeuner. De cette façon, on pourra comparer nos notes sur toi.

Tout en plissant les yeux, il secoua la tête.

— Pas de ragots.

— Ce n'est pas mon genre, répondit-elle en lui faisant un clin d'œil malicieux.

Peut-être. Mais il n'était pas pour autant rassuré. Tout bien considéré, il aurait préféré que Kiki ne parle pas du tout de lui à Olive. Et si elle lui disait quelque chose qui lui permettrait de faire le lien entre lui et le jeune étudiant qu'il avait été ? Peu importait de toute façon. Il n'avait pas le temps de discuter de ça avec sa directrice marketing.

— Montre-toi professionnelle. C'est tout ce que je te demande.

— Je le suis toujours, chef ! Mais on a tout de même le droit de plaisanter. Bon, bonne chance pour ton entretien.

— Merci. Je n'arrive pas à croire que Brewing Energy soit venu à nous.

— Moi, ça ne m'étonne pas. Ils ne sont pas stupides.

Après avoir souri à Kiki, il alla retrouver Jeff pour le déjeuner.

Deux heures plus tard, il était de retour dans la tente, ravi du contrat qu'il venait de négocier avec Brewing Energy Worldwide. Il rêvait depuis longtemps de vendre ses produits sur le marché européen, mais jamais il n'avait imaginé qu'il atteindrait cet objectif à la fête de la bière. C'était un vrai coup de chance.

La tente était toujours bondée, et à sa grande surprise, il constata qu'Olive était retournée travailler avec les enfants. Un grand sourire aux lèvres, elle discutait joyeusement avec des familles, et une fois encore, il s'émerveilla du changement qui semblait s'être opéré en elle.

Il était attiré par elle. Mais ce n'était pas qu'une question de désir physique. Il y avait également son esprit, son rire et, aussi étrange que cela puisse paraître, sa gentillesse. La Olive qui se tenait devant lui n'avait rien de commun avec la garce dont il s'était épris dans un lointain passé.

Il aurait même pu dire qu'elle était plus belle encore à présent. Et il avait encore plus envie d'elle qu'à l'époque où il s'endormait en fantasmant sur son corps dans la petite chambre qu'il occupait à la cité universitaire.

En resongeant à cette véritable obsession qu'il avait jadis entretenue pour elle, il se força à se détourner. Et il quitta la tente. À cette époque, il s'était laissé berner par ses sourires, dont elle se servait pour obtenir tout ce qu'elle désirait. Et s'il s'était laissé berner, c'était parce qu'il manquait totalement de confiance en lui. Mais il n'était plus ce jeune garçon, et l'homme qu'il était aujourd'hui avait de l'assurance à revendre.

Le soleil brillait, haut dans le ciel, mais la chaleur ne semblait pas le toucher. Était-il de nouveau obsédé par elle ?

Cette nouvelle version de la même femme ? Cette femme qu'il avait en quelque sorte toujours considérée comme inaccessible ?

Il ne pouvait pas laisser cela se produire à nouveau. D'ailleurs, plus il y réfléchissait et plus il lui semblait important de maintenir le cap et de rester dans une relation strictement professionnelle avec elle. Il avait besoin de la connaître vraiment pour ne pas reproduire l'erreur qu'il avait commise à l'université. Idolâtrer une femme dont il ignorait tout.

Il avait envie de coucher avec elle. Et c'était sans doute pour cette raison qu'il lui était si facile de se convaincre qu'il percevait des changements en elle. Mais pour la paix de son esprit et pour son bonheur sur le long terme, il lui fallait en être sûr.

Soudain, comme par magie, il entendit sa jolie voix résonner à côté de lui.

— Dante, comment s'est passé ton rendez-vous ?

Il se tourna vers elle en souriant.

— Très bien. Je suis vraiment désolé d'avoir dû annuler notre déjeuner. As-tu quelques minutes pour qu'on fasse le point sur les différentes choses que tu souhaitais me dire ?

— Oui. On va essayer de trouver un endroit calme pour en discuter. Kiki m'a donné deux ou trois autres idées, que j'ai bien sûr notées. Et nous avons apporté quelques petites retouches à ton discours.

— Je connais un endroit calme, lui dit-il.

La tente VIP, qu'il venait de quitter après son déjeuner avec Jeff.

Il la conduisit jusque-là. En essayant de rester dans un état d'esprit professionnel. Même si les fruits de ses efforts furent réduits à néant au moment où elle passa devant lui pour rentrer dans la tente et où son regard se posa sur ses longues jambes fuselées.

8

Le soir venu, Olive fut surprise quand Dante la conduisit vers un coin tranquille, à gauche de la scène, au moment où la musique débuta. Son discours avait été acclamé par le public. Plus le temps passait, plus elle était convaincue qu'il pouvait se passer de ses services. Il y avait chez lui une assurance et un charme naturels qui forçaient l'attention.

D'ordinaire, quand elle procédait à un relooking pour un client, il s'agissait surtout de le « faire sortir de sa coquille ». Mais Dante n'était pas un homme renfermé sur lui-même, elle n'avait pas eu besoin de l'aider dans ce sens-là.

Des guirlandes lumineuses avaient été suspendues partout dans la tente. À côté de la petite table à laquelle ils s'étaient installés se trouvait un seau à glace sur pied rempli de bouteilles de bière Inferno. Ils avaient une vue dégagée sur la scène, mais c'était comme s'ils se trouvaient à un concert privé, car des bottes de paille les séparaient du reste de la foule.

Elle avait troqué son short contre une robe d'été au moment où le soleil s'était couché. Lui portait un T-shirt vintage frappé du logo du groupe qu'il avait présenté, ainsi qu'un pantalon en cuir qui mettait particulièrement bien son corps en valeur.

Aussitôt qu'ils furent assis, il lui servit une bière dans un verre Inferno.

— On est bien ici. On peut enfin se détendre un peu.

La musique était forte, mais pas assourdissante.

— C'est vrai. Dis-moi quelque chose...

Elle attendit qu'il ait fini de se servir et qu'il ait trinqué avec elle.

— Quoi ?

— Pourquoi m'as-tu embauchée ?

— Ce n'est pas moi. C'est Kiki.

— Tu vois très bien ce que je veux dire. Tu aurais pu te prendre un rendez-vous chez le coiffeur et faire tout ça tout seul. Tu étais peut-être un peu négligé, mais tu n'avais pas vraiment besoin d'un relooking.

Après avoir haussé les épaules, il but une longue gorgée de bière. Allait-il finir par lui répondre ?

— C'est compliqué, dit-il enfin.

Cette explication paraissait cohérente. Car c'était un homme complexe, au-delà de l'image qu'il renvoyait. Un lac placide, mais avec beaucoup d'activité qui bouillonnait sous la surface. Le groupe s'était mis à chanter une chanson qui parlait de tomber amoureux un soir d'été. Pensive, elle soupira. Elle avait elle-même des papillons dans l'estomac.

Était-elle en train de tomber amoureuse ?

Non.

Bien sûr que non.

Elle n'était pas le genre de femmes à tomber amoureuse. Elle établissait des partenariats stratégiques. Mais quand il se mit à chanter au son de la musique, et quand il la regarda dans les yeux pour lui faire un clin d'œil, elle ressentit l'envie de le devenir. D'être une femme dont les hommes peuvent tomber amoureux un soir d'été, au premier coup d'œil.

Mais elle était trop marquée. Trop brisée. Elle essayait de se reconstituer, mais la progression était lente et difficile.

— Compliqué… comme toi ?

— J'imagine, répondit-il en hochant la tête. Danse avec moi, Olive.

Il lui tendit une main, qu'elle accepta sans hésiter. Et elle sentit son cœur s'emballer au moment où il l'attira contre lui. À présent, ils se mouvaient ensemble au rythme de la musique, et elle avait l'impression que c'était un rêve, que c'était à une autre personne que tout cela arrivait. Il lui aurait été plus facile d'y croire si elle avait pu oublier toutes les erreurs qu'elle avait commises dans le passé. Jeter l'ancienne Olive, ne garder que cette femme neuve qu'elle était devenue.

Quand la musique se termina, ils applaudirent et se rassirent.

— Alors tu n'es pas si simple que tu en as l'air. Je l'avais deviné, dit-elle.

Car elle n'avait pas envie que la conversation se termine. Elle voulait tout savoir sur lui. Absolument tout.

— Je t'expliquerai peut-être plus tard.

Instinctivement, elle posa la main sur son avant-bras musclé.

— Tu peux me faire confiance.

— Ah oui ? Pour le moment, je dirais que, toi et moi, on patauge un peu entre notre attirance physique et notre relation professionnelle. Mais la confiance… c'est quelque chose qui est généralement réservé aux intimes.

Intimes. Le mot resta comme suspendu dans l'air entre eux. Elle voyait bien ce qu'il voulait dire. Elle lui demandait d'aller au-delà des limites qu'ils avaient eux-mêmes fixées. Elle voulait en savoir davantage sur lui. Parce qu'il avait pris une importance considérable à ses yeux.

Elle avait besoin de connaître le véritable Dante Russo pour cesser de le voir comme cet homme qu'elle avait contribué à façonner. Mais avait-elle vraiment joué un rôle dans l'identité de l'homme qu'elle avait devant les yeux ? C'était ce qu'elle cherchait à déterminer.

— Je peux te confier quelque chose de personnel, moi aussi, si c'est ça qui te fait peur.

Elle s'était elle-même surprise en prononçant ces mots. Mais si elle voulait déterminer ce qu'il y avait entre eux, elle devait elle aussi se dévoiler. Cela serait difficile et douloureux, elle ne l'ignorait pas, mais au fond d'elle, elle avait le sentiment qu'il valait bien ce risque.

— Quoi, par exemple ? Tu as l'air d'une femme merveilleuse. Je n'ai pas l'impression que tu caches quoi que ce soit.

— C'est vrai ?

Elle prenait cela comme un compliment, mais elle n'était pas sûre de pouvoir le croire.

— Oui. Alors… quels sont tes secrets ?

Elle prit une profonde inspiration, avant de boire une longue gorgée de bière. Après quoi elle plongea son regard dans le sien, ses hypnotisants yeux gris-vert, et l'espace d'un bref instant, elle eut une impression de déjà-vu. Comme si, dans le passé, elle s'était déjà retrouvée aussi proche de lui.

Elle l'avait embrassé quelques jours plus tôt. Ça devait être ça.

Il fallait qu'elle épanche son cœur. Qu'elle assume son passé pour pouvoir vivre son présent avec Dante. Elle ne savait pas si elle serait un jour le genre de femmes dont on tombe amoureux un soir d'été, mais tant qu'elle ne se serait pas déchargée du poids de son passé, elle ne serait pas elle-même.

— Quand j'étais plus jeune, j'étais une véritable garce. Je n'aurais sans doute jamais fait ta connaissance dans le passé, parce que, rien qu'en voyant tes cheveux et ta barbe hirsutes, je t'aurais méprisé et j'aurais considéré que tu n'étais pas assez bien pour moi.

Hébété, Dante regardait Olive fixement. Et maintenant, que faire ? Jusqu'ici, il lui avait semblé presque normal de ne pas évoquer leur passé commun, dans la mesure où elle semblait l'avoir oublié. Mais à présent... devait-il lui dire que leurs chemins s'étaient déjà croisés ?

— Je t'ai choqué, c'est ça ? Ou bien je t'ai déçu ? Je n'en suis pas fière, tu peux me croire. J'ai même été condamnée pour harcèlement et j'ai dû accomplir trois cents heures de travaux d'intérêt général. J'aimerais pouvoir te dire que ça m'a aidée à prendre du recul, mais non. Pendant les cent cinquante premières heures environ, j'avais l'impression que c'était moi la victime. Mais ensuite... Ensuite, une fille qui est à présent l'une de mes meilleures amies m'a fait comprendre que j'étais horrible et m'a encouragée à me sortir de cet état d'esprit.

— Waouh...

Il n'avait rien trouvé d'autre à dire. Son esprit essayait toujours frénétiquement de mesurer les conséquences de cette révélation. Elle s'était montrée plus honnête que ce à quoi il s'attendait de sa part, et après ce discours, il aurait dû lui être plus facile de lui accorder sa confiance. La situation venait de basculer. À présent, si c'était lui qui gardait le passé dans l'ombre, ce serait lui qui lui mentirait.

Il ne pouvait pas faire ça.

— Je ne suis pas déçu, dit-il pour la rassurer. Au contraire. Et je trouve incroyablement courageux de ta part de t'être montrée aussi honnête avec moi.

— Je ne sais pas si c'est courageux. Tout ce que je sais, c'est que je déteste cette fille que j'ai été. Ma thérapeute maintient que je dois l'oublier. Reconnaître que je ne suis plus cette fille. Mais c'est plus difficile que ça en a l'air.

Doucement, il prit sa main dans la sienne pour en caresser le dos du bout de son pouce. Il n'aurait jamais imaginé ressentir un jour de la compassion pour Olive Hayes. Et pourtant, c'était le cas. Elle avait raison quand elle disait qu'il était difficile d'oublier le passé. Même après avoir commencé à faire de bons choix et à prendre le contrôle de sa vie, il lui était arrivé tellement souvent de se sentir comme le jeune homme qu'il avait été. Peu sûr de lui. Indigne qu'on lui accorde du temps ou de l'attention.

— Quand j'étais plus jeune, j'étais en surpoids. Mais je ne voyais pas de problème là-dedans. J'avais pris de mauvaises habitudes de vie à cause de ma maman, qui m'adore et me considère toujours comme, je cite, « le plus beau du monde ». Je t'assure qu'elle me dit toujours ça, textuellement.

Il s'éclaircit la gorge avant de reprendre.

— Bref, j'ai longuement mené ma vie tranquillement, en jouant à des jeux vidéo et en grignotant entre les repas. Jusqu'à l'époque de l'université, où j'ai eu un véritable déclic qui m'a permis de me tirer de là.

— Ta maman n'a pas tort, dit-elle en tournant son regard vers lui.

Mais son visage reflétait toujours une telle vulnérabilité qu'il se demanda si elle avait vraiment entendu ce qu'il venait de lui dire.

— Je crois qu'à sa place, je t'aurais gâté moi aussi, ajouta-t-elle.

Parce qu'il savait que c'était ce qu'elle attendait de lui, il sourit. Mais elle ne pouvait pas comprendre l'effet que ce sentiment d'adoration avait eu sur lui. Il avait toujours eu l'impression d'être invincible, et, à l'université, le réveil avait été brutal. Il s'en sortait plutôt bien. Il avait d'excellents amis, notamment Max, avec qui il passait de bons moments. Et jusqu'à cette soirée où elle avait publiquement qualifié son corps de gras, mou et mal entretenu, il ne s'était pas rendu compte que les autres le voyaient de cette façon.

Elle l'avait forcé à voir une version de lui-même qui avait sans doute toujours été là, mais qu'il n'avait jusqu'alors jamais remarquée.

— Une fille, celle qui m'a dit que j'avais un menton fuyant, m'a clairement fait comprendre que j'étais loin d'être « le plus beau monde ». Elle est même allée jusqu'à affirmer que je n'étais pas digne de me trouver dans la même pièce qu'elle ou de lui parler.

— Quelle garce ! J'étais comme ça, moi aussi. Je ne me souciais pas des sentiments des autres. Je me croyais au-dessus d'eux. Je suis sûre qu'il y a des tas de personnes qui ont des anecdotes similaires à raconter sur moi.

Il faillit lui dire que c'était elle, mais il ne put se résoudre à prononcer les mots. Parce qu'il ne l'avait jamais entendue parler d'elle-même de cette façon. Il y avait, dans sa voix, quelque chose qui évoquait de la haine de soi, et malgré toute la rancœur qu'il avait pu entretenir à son encontre, il ne lui avait jamais souhaité ça.

— Tu étais jeune.

— Peut-être. Mais tu étais jeune toi aussi, dit-elle d'une voix triste. Tu n'aurais pas dû être traité de cette façon. Je sais que ça ne changera rien aux blessures qu'on t'a infligées, mais je suis désolée pour ce que tu as enduré.

Sous le coup de l'émotion, il sentit sa gorge se nouer. Tout en le regardant avec ses grands yeux bruns, elle venait de lui présenter des excuses des plus sincères. Il lui avait parlé de cette soirée où elle l'avait humilié, et elle n'avait toujours pas fait le lien avec lui. Et pourtant, elle s'était excusée. Pour celle qu'elle pensait être une autre garce.

Le regard qu'il portait sur elle n'était plus du tout le même. Après ça, il ne pourrait plus jamais la voir comme la fille cruelle qu'elle avait été.

— Ça change beaucoup de choses au contraire, finit-il par dire.

J'accepte tes excuses. Et je suis ravi que nous ayons tous deux eu le courage d'assumer nos passés respectifs.

— Moi aussi, lui répondit-elle en souriant. Ce n'était pas du tout la conversation à laquelle je m'attendais, mais pour tout te dire, je me sens plus libre maintenant que je t'ai parlé. J'avais peur que tu me juges.

À présent qu'ils avaient tous les deux mis leurs cœurs à nu, il se sentait prêt à tirer un trait sur le mal qu'elle lui avait fait. Devait-il lui dire que c'était elle, la fille qui l'avait humilié ? Non. Le moment aurait été mal choisi. S'ils avaient tous les deux assumé leurs passés, c'était dans le but de tourner la page.

Sur un coup de tête, il se leva et lui tendit la main pour l'inviter à faire de même. Après quoi il la serra dans ses bras.

— Je me sens plus léger moi aussi. Et je suis content que tu aies eu suffisamment confiance en moi pour m'en parler.

— Moi aussi, répondit-elle en appuyant doucement sa tête contre son épaule. Je sais qu'on s'est mis d'accord pour rester sur une relation strictement professionnelle, mais… je commence à regretter d'avoir lancé cette idée.

Tendrement, il baissa les yeux vers son beau visage en forme de cœur, dans lequel il lui sembla percevoir les aspects regrettables de son passé tout autant que la réconciliation qu'elle essayait de trouver dans le présent. Et à cet instant, il eut envie d'elle. Plus que jamais. Baissant la tête, il effleura ses lèvres des siennes tandis qu'ils se mouvaient ensemble au rythme de la musique. Ivre de désir, il approfondit le baiser en pressant ses mains sur la courbe parfaite de ses fesses pour l'attirer plus près de lui encore. Passant ses bras autour de son torse, elle mêla sa langue à la sienne, et quand elle finit par écarter son visage du sien, elle appuya sa joue contre les muscles de son torse, juste à l'endroit où se trouvait son cœur.

Son cœur qui battait à tout rompre tandis qu'il s'interrogeait sur la prochaine étape à suivre. Il l'avait entre ses bras et cela lui semblait juste. Olivia Hayes lui semblait juste. Il n'aurait jamais imaginé penser cela un jour. Mais c'était la vérité et il ne pouvait pas passer à côté.

Elle inclina la tête sur le côté, et au moment où leurs regards se rencontrèrent, une idée lui vint à l'esprit. Il s'était trompé. Il aurait dû lui dire qu'elle était la fille qui l'avait fait souffrir. Mais face à son beau visage, toutes ses pensées rationnelles finirent par disparaître. Baissant la tête, il se remit à l'embrasser avec toute la passion qu'elle lui inspirait.

C'était extraordinaire. Cette étreinte semblait les guérir des souffrances qu'ils avaient tous deux endurées. Sa langue, dans sa bouche, l'extirpait du passé pour le projeter dans le présent, où son désir pour elle ne cessait de grandir. Doucement, elle se mit à onduler avec beaucoup de sensualité contre son sexe érigé.

Oui.

Mais pouvait-il vraiment succomber à cette tentation ? Se laisser happer par l'instant présent sans lui avoir dit la vérité ? Oui. C'était ce qu'il allait faire. Mais le moment de vérité viendrait plus tard. Elle méritait de savoir qui il était. Il ne lui avait révélé qu'une seule partie de la vérité, la plus humiliante. Il se devait à présent de lui dévoiler l'autre partie. La partie qu'il était réticent à lui confier, parce que cet aveu risquait de changer les choses entre eux pour toujours.

Dans la chaleur du baiser brûlant de Dante, Olive ressentait une sérénité qu'elle n'avait pas connue depuis bien longtemps. Elle avait dévoilé son passé, en avait parlé à une personne qui ne la connaissait pas à cette époque, et tout s'était bien déroulé. Elle avait fait ce qu'elle avait à faire. Il n'y avait pas eu de conséquences négatives.

Comme le groupe se mit à jouer un morceau rock, elle s'écarta un peu de Dante. Elle avait des papillons dans l'estomac. Elle ne se souvenait pas de la dernière fois qu'elle s'était sentie si heureuse. Ensemble, ils se mirent à onduler au rythme de la musique. Une expérience cathartique, qui semblait leur permettre à tous deux de se libérer de leurs inquiétudes et de leurs inhibitions.

C'était leur soirée. Et elle était magique.

Oui, magique.

Elle lui avait révélé le pire aspect d'elle-même et il l'avait acceptée. À partir de là, elle ne pouvait que progresser. Il lui fallait ignorer le pas en arrière qu'elle avait fait quelques jours plus tôt avec ce sentiment de jalousie. Si elle avait eu ce type de pensées négatives, c'était uniquement parce qu'elle avait développé des sentiments pour Dante. Il lui plaisait énormément. Et c'était pour cette raison qu'elle avait laissé la jalousie prendre le dessus sur elle.

Ils continuaient de tournoyer et de sautiller ensemble au rythme de la musique, et soudain, il la hissa dans ses bras et se mit à chanter à tue-tête. De bonne grâce, elle se joignit à lui.

Elle dansait, chantait, riait avec cet homme incroyablement beau et sexy. Et soudain, sans même s'en rendre compte, elle fondit en larmes.

Le contrecoup dont son thérapeute lui avait parlé.

Immédiatement, Dante la reposa à terre. Prenant tendrement son visage entre ses grandes mains, il se mit à essuyer ses larmes du bout de ses pouces.

— Ça va ? lui demanda-t-il.

Elle était très gênée de pleurer en public, mais elle n'arrivait pas à s'arrêter.

— Oui... Je... Je ne sais même pas pourquoi je pleure.

— Ça va aller, lui chuchota-t-il à l'oreille en la serrant doucement contre lui. Pleure. Je pense que c'est un moyen pour toi de te libérer de ta culpabilité du passé.

Avait-il raison ?

Elle l'espérait. Elle ne parviendrait pas à se libérer de toute sa culpabilité, mais si elle pouvait en perdre un peu, ne serait-ce qu'un tout petit peu... ce serait bien.

Instinctivement, elle se serra un peu plus fort contre son torse ferme et rassurant. Sa mère avait raison de porter ce regard adorateur sur lui. C'était un homme bien, gentil. Le genre de personnes auquel elle regrettait de ne pas avoir ressemblé toute sa vie. Mais elle devait à présent aller de l'avant.

Tout en passant sa langue sur ses lèvres sèches, elle releva la tête vers lui.

— Je suis désolée.

— Tu n'as pas à l'être. On a le droit de montrer ses émotions, répondit-il tendrement.

— La plupart du temps, ça met les gens mal à l'aise.

— Peut-être, mais ce n'est pas en gardant les choses en soi qu'on réussit à régler ses problèmes. Adolescent, quand j'étais en colère, je tapais dans les murs à coups de poing. Mais un jour, mon père m'a dit qu'il valait bien mieux parler et, dans le cas où ça ne fonctionnerait pas, aller dehors pour hurler.

— C'est sûrement un bon conseil, mais je pense que la plupart des gens seraient horrifiés si je me mettais à hurler.

— Ça dépend du lieu où tu te trouves, répondit-il en souriant. Ici, au concert, on peut hurler tant qu'on veut sans que personne ne nous remarque. On essaie ?

Il la regardait à présent avec un air de défi par lequel elle se laissa immédiatement charmer. Sans même réfléchir, elle lui prit la main et se mit à hurler aussi fort qu'elle le put. Elle entendit à peine sa voix tant la salle était bruyante.

En revanche, elle l'entendit, lui, crier à son tour.

Relevant les yeux, elle vit qu'il avait rejeté la tête en arrière. Ce fut alors qu'elle comprit que ses papillons qu'elle avait dans l'estomac n'étaient pas uniquement dus au désir. Elle avait commencé à s'éprendre de lui. Elle ne savait pas si elle avait fait de lui son homme idéal ou quelque chose de ce genre-là, mais ce qu'elle savait, c'était qu'elle avait encore beaucoup à découvrir sur lui. Et qu'elle était tout excitée par ces différentes possibilités. Elle n'avait jamais rien ressenti de tel jusqu'ici. Cela lui faisait un peu peur, mais elle était bien déterminée à écarter cette émotion de son esprit. Ne pas réfléchir. Vivre l'instant présent.

— Pas mal, finit-il par dire. Qu'est-ce que tu dirais qu'on s'en aille d'ici ? J'ai réservé un hôtel pour la nuit. Si tu veux qu'on y aille ensemble… Mais je ne te mets pas la pression. Si tu me réponds non, je ne t'en voudrais pas.

— Ce serait avec plaisir. J'ai réservé une chambre, moi aussi. On pourrait les tester toutes les deux, pour voir laquelle a le meilleur lit, murmura-t-elle sans chercher à dissimuler son désir pour lui.

Elle s'était toujours montrée très directe dans ses relations avec les hommes. Ce n'était pas ce jour-là qu'elle allait changer.

— Avant qu'on se retrouve dans le feu de l'action, je tiens à te dire que je prends la pilule.

— D'accord. Mais si tu préfères, je peux toujours utiliser un préservatif.

— Je préférerais, oui.

— Pas de problème. Mieux vaut prévenir que guérir.

— Je suis d'accord. Dans quel hôtel es-tu descendu ? Je vais te retrouver là-bas.

C'était le même que le sien. Il la raccompagna jusqu'à sa voiture et l'embrassa avec beaucoup de fougue juste avant qu'elle ne s'installe au volant.

Quand elle finit par quitter le parking, elle constata qu'il la suivait.

Elle avait beau regarder dans son rétroviseur, pour la première fois de sa vie, elle avait l'impression d'aller de l'avant. Et elle se plaisait à penser qu'elle touchait enfin au but. Qu'elle était à deux doigts de devenir la femme qu'elle avait toujours voulu être.

9

Dante pensait qu'il se sentirait nerveux. Mais comme si c'était la chose la plus naturelle du monde, ils traversèrent le hall de l'hôtel main dans la main. Olive était époustouflante de beauté et incroyablement sexy. Il brûlait d'envie de la sentir à nouveau contre lui.

Aussitôt qu'ils eurent refermé la porte de la chambre derrière eux, relevant leurs mains jointes au-dessus de sa tête, il la plaqua contre le mur et appuya doucement son front contre le sien pour la regarder dans les yeux. Aucun doute. Elle avait envie de lui tout autant qu'il avait envie d'elle. Du bout de son pouce, il se mit à lui caresser la joue. Il ne devait surtout pas se précipiter. Il avait envie de savourer chaque instant de cette nuit avec elle.

Mais ce n'était pas facile. Du tout. Parce que c'était Olive Hayes et parce qu'il avait désormais compris qu'elle était bien plus que la fille dont il avait rêvé sans vraiment la connaître.

Il fallait qu'il se maîtrise, cependant. Il ne pouvait pas gâcher ce moment.

Mais alors qu'il se faisait ces réflexions, elle avait glissé la main sous son T-shirt et s'était mise à caresser les muscles de son torse.

Le paradis.

De délicieux frissons parcoururent son corps et il sentit son sexe devenir plus dur encore. Prendre son temps ? Il n'y arriverait jamais.

Baissant la tête, il effleura ses lèvres des siennes. Dans un doux gémissement de volupté, elle s'ouvrit à lui et mêla sa langue à la sienne. Fougueusement, elle fit glisser sa main sur son torse, jusqu'à arriver à son nombril, autour duquel elle se mit à décrire des cercles en parfaite harmonie avec le mouvement de leurs langues.

Le paradis.

N'y tenant plus, il la hissa dans ses bras pour la porter jusqu'au lit. Il ne lui fallut pas longtemps pour trouver la fermeture Éclair de sa robe, sur laquelle il tira avant de glisser ses mains sous le tissu pour, enfin, sentir la douceur de sa peau contre la sienne.

Caressant langoureusement son dos de haut en bas, il finit par s'arrêter sur ses fesses rondes et fermes, sur lesquelles il appuya pour la serrer un peu plus fort contre lui sans cesser de l'embrasser fiévreusement. C'était incroyablement bon mais il ne pouvait pas se contenter de ça. Il avait envie de plus. Besoin de plus.

D'un geste impatient, il finit par retirer son T-shirt. Et quand il se remit à la regarder, il vit qu'elle l'observait attentivement.

— Ne t'arrête pas là.

Tout en hochant la tête, il finit par quitter le lit, juste le temps d'aller chercher dans son sac de voyage une boîte de préservatifs, qu'il déposa sur la table de chevet.

— Tu en as toujours sur toi ?

— Pas toujours, non.

En réalité, il n'aurait su dire pourquoi il avait pris soin de mettre cette boîte dans son sac à la dernière minute.

— Inconsciemment, j'avais peut-être déjà décidé de revenir sur l'accord qu'on avait passé.

— Il n'y a pas de « peut-être » à ce que je peux en voir, murmura-t-elle, le regard fixé sur son sexe érigé.

Il en était venu à adorer le corps qu'il s'était modelé à la sueur de son front, mais il devait reconnaître que le regard admiratif qu'elle portait dessus ne faisait que décupler son ego. Lentement, il descendit la fermeture de sa braguette. Et au moment où il sortit son sexe, il lui sembla qu'il était plus gros et plus dur qu'il ne l'avait jamais été.

Gracieusement, elle s'était agenouillée sur le lit pour retirer sa robe. Et quand elle fut enfin nue devant lui, il retint son souffle, fasciné par la finesse de sa taille, en contraste direct avec la plénitude de ses seins, dont les tétons pointaient dans sa direction. Elle ne portait plus qu'une minuscule culotte en dentelle noire, mais bien vite, elle se leva du lit pour la retirer. Le regard qu'elle lui jeta alors était si langoureux, si brûlant, qu'il put presque sentir son esprit déserter son corps. Il n'y avait plus que ses hormones, à présent, et elles ne désiraient qu'elle.

Guidé par son instinct, il s'approcha d'elle, mais elle l'en dissuada en levant la main.

— Je veux que tu sois nu toi aussi.

Impatiemment, il se débarrassa donc de son jean et de son boxer. Puis il tendit les bras vers elle. Mais elle l'avait devancé. Déjà, il sentait ses caresses sur son torse, ses mains chaudes contre sa peau.

— Je n'arrive pas à croire que tu cachais ce corps si sexy sous tes vêtements de bûcheron chic le jour où nous nous sommes rencontrés, murmura-t-elle.

— L'habit ne fait pas le moine.

Cette réponse était stupide. Mais il ne parvenait pas à se concentrer sur la conversation car elle était désormais suffisamment proche de lui pour qu'il puisse atteindre ses seins. Cédant à son instinct, il en prit un au creux de sa main, testant la fermeté de son téton du bout de son pouce.

Tout en se cambrant contre lui, elle avait recommencé à lui caresser le torse. Sauf que, cette fois-ci, elle ne s'arrêta pas à son nombril. Elle descendit plus bas pour prendre ses testicules au creux de sa main avant d'empoigner son sexe pour se mettre à le caresser sensuellement d'avant en arrière.

Dès le moment où elle commença, il grogna son nom. Un son rauque et guttural. Il avait suffi d'une seule caresse de sa part pour faire voler en éclats la sophistication qu'il avait mis tant d'années à acquérir.

Instinctivement, il l'attira contre lui et joignit fermement ses lèvres aux siennes. Elle continuait de le caresser, menaçait de lui faire perdre le peu de contrôle qu'il lui restait sur lui-même. C'était la deuxième fois qu'elle faisait ça ce soir-là. La première fois, elle était parvenue à ce même effet grâce à son honnêteté.

Olive n'avait jamais imaginé que Dante puisse être si beau sous ses vêtements. Il était tout en muscles. Pas des muscles saillants de body-builder, non. Mais ceux, athlétiques et sexy, d'un homme qui faisait les efforts qu'il fallait. Quoi qu'il en soit, elle n'aurait jamais pensé que la simple vision de son corps puisse à ce point l'exciter.

Plus elle le caressait, plus elle le sentait durcir sous sa main. Son baiser était en train de la rendre folle. Elle sentait son sexe palpiter de désir, c'en était presque douloureux. Elle avait envie de plus. Quelque part au fond de son esprit, une petite voix semblait chercher à l'avertir : elle venait de se mettre à nu devant lui sur le plan spirituel. Se remettre à nu devant lui sur le plan physique pouvait se révéler dangereux.

Mais elle n'avait aucune envie d'écouter ces arguments.

Cela faisait bien longtemps qu'elle ne s'était pas sentie heureuse et comblée par l'instant présent. Or, elle l'était dans la chaleur de ses bras. Et elle comptait bien continuer ainsi. Ne se soucier de rien. Ou peut-être seulement de la taille imposante de son sexe et de sa capacité à le prendre en elle.

Déterminée à se laisser aller, elle s'écarta un peu de lui et posa sa main libre sur son torse pour le pousser vers le lit, libérant son sexe au moment où il se laissa tomber dessus.

Ivre de désir, elle s'agenouilla alors entre ses grandes jambes musclées pour observer son corps de rêve et son sexe érigé, en se passant sensuellement la langue sur les lèvres. Il avait au genou une cicatrice sur laquelle elle fit délicatement glisser ses doigts. Elle semblait très ancienne. Incapable de résister au besoin de toucher à nouveau son sexe, elle fit remonter sa main le long de sa jambe, à l'intérieur de sa cuisse.

Et au moment où elle le prit en main, il ferma les yeux dans un sourd grognement de plaisir. Après l'avoir longuement caressé d'avant en arrière, elle se pencha pour le goûter et essaya de le prendre aussi profondément qu'elle le put. Elle sentait à présent sa main sur ses cheveux, qu'il caressait avec ardeur. Et quand elle passa la sienne sous ses testicules, elle le sentit tressaillir. Manifestement, il était à deux doigts de venir.

Plaçant ses mains sur ses épaules, il la fit reculer et l'attira vers lui pour l'encourager à le chevaucher.

Alors, il pressa ses lèvres sur son sein, dont il aspira le téton. Le plaisir fut tel qu'elle dut s'accrocher à ses épaules. Il était tellement fort. Jamais elle n'aurait pu imaginer à quel point la première fois qu'elle l'avait rencontré.

Cette force, il l'avait cachée. Délibérément. Pour quelle raison ? Elle se posa la question un instant, mais cette pensée ne tarda pas à disparaître de son esprit. Le plaisir ne cessait de grandir, il réclamait à présent toute son attention. N'y tenant plus, elle se hissa juste au-dessus de son sexe, mais il la repoussa doucement vers l'arrière et pointa du doigt la table de chevet.

Le préservatif.

Elle rampa sur le lit pour aller le chercher. Profitant de sa position, il posa ses mains sur ses fesses, qu'il caressa une à une, avant de faire glisser un doigt entre elles. Le sexe palpitant de désir, elle se tourna pour le regarder. Il observait son corps. Si intensément qu'il paraissait presque hypnotisé. De son autre main, il lui caressait l'intérieur de la cuisse, progressant lentement et sensuellement vers son sexe. Elle finit par attraper la boîte qu'elle ouvrit maladroitement pour en sortir un préservatif, dont elle déchira l'emballage.

Elle était toujours à quatre pattes, et soudain, elle sentit son corps derrière elle. Sensuellement, il frottait son sexe contre ses fesses, son torse contre son dos. Glissant son bras autour de son buste, il prit en main l'un de ses seins tout en pressant fermement ses lèvres sur sa nuque. Le corps tremblant de plaisir, elle cambra brusquement le dos. Elle avait envie de tellement plus. Elle avait besoin de tellement plus.

Instinctivement, elle tendit le bras en arrière pour lui caresser le sexe, mais au contact de sa main, encore une fois, il s'écarta d'elle.

— Non.

— Pourquoi ? balbutia-t-elle.

— Je vais venir si tu me touches encore une fois.

Ces mots la firent frissonner. Elle était toute proche de l'extase elle aussi. Elle finit par se tourner pour lui faire face et enfiler le préservatif sur son sexe érigé.

— Je ne peux plus attendre, lui dit-elle en guise d'explication.

Après avoir poussé un sourd grognement, il releva les yeux vers elle.

— Moi pareil. Mais je n'ai pas non plus envie que cela s'arrête.

— Qui a dit qu'on ne pouvait le faire qu'une seule fois ?

Sans répondre, il se laissa retomber sur le lit et, fougueusement, elle reprit sa position, au-dessus de son sexe érigé. Leurs regards étaient connectés.

Et quelque chose sembla alors passer entre eux. Sans doute la vérité de leurs passés, qui étaient si différents et qu'ils avaient cependant partagés. Ils avaient réussi à y survivre et ils étaient à présent là, ensemble, tous les deux. Tout en s'accroupissant pour le prendre en elle, elle l'embrassa aussi profondément qu'elle le put

Ce fut difficile, mais elle progressa lentement jusqu'à ce qu'elle le sente tout au fond d'elle. Après quoi, immobile, elle attendit un instant que son corps s'adapte au sien. Et soudain, elle sentit ses mains glisser le long de son dos. Il l'avait fermement attrapée par les fesses pour l'encourager à commencer.

Pour mieux s'adonner au plaisir, elle rejeta la tête en arrière et elle se mit à se mouvoir au-dessus de lui. Le prendre en elle, encore et encore, pour se rapprocher toujours un peu plus de l'orgasme, sans se soucier de rien d'autre que de lui.

Olive suivait un rythme de plus en plus rapide, et soudain, Dante sentit les muscles de son sexe se resserrer autour du sien. Il l'attrapa fermement par les fesses pour l'aider à contrôler ses mouvements, à présent plus saccadés. Un instant plus tard, elle criait son nom et se laissait retomber contre son torse. Reprenant le contrôle de la situation, il s'enfonça encore plusieurs fois en elle, sur le même rythme rapide, jusqu'à ce qu'il sente l'orgasme déferler dans son propre corps, un plaisir d'une telle force qu'il eut l'impression que quelque chose avait explosé en lui.

Quand les dernières vagues de volupté furent passées, il se tourna sur le côté en la serrant fort dans ses bras.

Elle avait le visage appuyé contre son torse et leurs membres étaient entremêlés. Tout en lui caressant doucement le dos, il essayait de reprendre son souffle, attendait de se sentir à nouveau normal.

Sauf qu'il ne pourrait plus jamais se sentir normal. C'était impossible. Ce qui venait de se passer, il en avait rêvé pendant des années puis s'était juré que cela ne se produirait jamais. Or, à présent, il était là. Au lit, avec Olive Hayes.

Mais c'était elle et seulement elle. Il le comprit au moment où elle releva la tête vers lui et lui sourit. Il lui était à présent impossible de faire le lien entre elle et la jeune fille sans pitié dont il avait envisagé de se venger.

Il savait qu'il allait devoir réfléchir à cela, mais plus tard. Pas maintenant. Pour l'heure, il avait juste envie de la serrer dans ses bras et de lui parler. Comme s'ils étaient un couple normal. Et non pas un homme et une femme avec un passé commun et complexe dont seul l'un d'entre eux avait gardé des souvenirs.

Perdu dans ses pensées, il soupira.

— Qu'est-ce qu'il y a ?

Il ne pouvait pas faire ça. Il ne pouvait pas se décharger sur elle de cette vérité qui pesait à présent sur son cœur comme un lourd poids.

— Le préservatif commence à me gêner. Je reviens.

Une fois dans la salle de bains, il referma la porte derrière lui. Et après s'être débarrassé du préservatif, il s'appuya de chaque côté du lavabo pour observer son visage dans le miroir.

D'un côté, il avait envie de retourner au lit et de profiter du reste de sa soirée avec elle. Faire comme si elle n'était qu'une attachée de presse qu'il avait rencontrée dans le cadre de son travail et qui lui avait tout de suite plu.

Mais il savait que ce n'était pas vrai. Et il regrettait de ne pas être l'homme qu'il avait à une époque rêvé de devenir. Le coureur qui ne recherchait que le plaisir. Il n'était pas cet homme, non. Il ne l'avait jamais été et ce n'était certainement pas avec elle qu'il allait le devenir.

Il allait falloir qu'il lui dise la vérité.

Mais... Mais il allait attendre la fin de la nuit. Il lui révélerait tout au petit matin et verrait bien ce qui se produirait.

À son retour dans la chambre, il la trouva assise sur le rebord du lit, vêtue de son T-shirt. Sur la petite table devant elle étaient disposés toutes sortes d'encas et de boissons.

— J'espère que ça ne te dérange pas. J'ai fait une razzia sur le minibar.

— Pas du tout, répondit-il en souriant. Qu'est-ce que tu as trouvé ?

— Des M&M's, pour commencer. J'adore. Et comme je ne savais pas ce que tu aimais, j'ai pris tout le reste. C'est bizarre, tu sais, mais je déteste les cacahuètes, et pourtant, j'ai toujours été incapable de résister aux M&M's.

Quelque chose n'allait pas, c'était certain. Pour commencer, elle semblait divaguer. Et de plus, elle n'avait pas relevé les yeux vers lui depuis qu'il était sorti de la salle de bains. Après avoir remis son boxer, il alla s'installer à côté d'elle sur le lit.

— Qu'est-ce qui se passe ?

— Rien. Pourquoi cette question ?

Prenant son menton entre ses mains, il l'obligea à se tourner vers lui.

— Je trouve ton comportement étrange. Tu n'es pas toi-même. Tu regrettes ?

— Absolument pas, répondit-elle en secouant la tête.

— Tant mieux. Alors qu'est-ce qui se passe ?

Elle prit une profonde inspiration, qu'elle retint quelques secondes avant de soupirer longuement.

— Eh bien... c'est la première fois que je parle à un homme de mon passé. Alors j'imagine que je me sens un peu moins confiante que je ne le suis d'habitude après le sexe.

Tendrement, il la prit dans ses bras. Et il s'allongea sur le lit en l'attirant contre lui.

— Tu sais, c'est un peu pareil pour moi. C'est la première fois que je dis à une femme que j'étais un étudiant en surpoids qui s'est fait publiquement rejeter par la fille de ses rêves.

À ces mots, elle releva la tête pour le regarder dans les yeux.

— Cette fille était une garce.

Il fallait qu'il lui dise la vérité. Mais il fallait aussi qu'il se montre prudent dans ce moment d'émotion.

— Peut-être. Je ne savais rien d'elle. Avec le recul, je me dis que j'aurais d'abord dû apprendre à connaître.

— Elle n'aurait probablement pas voulu te connaître. Si tu savais comme je m'en veux d'avoir été comme ça...

— Mais tu as tiré les leçons de tes erreurs et tu es une femme meilleure à présent, dit-il.

Et il commençait vraiment à le croire. Il l'avait vue agir avec ses collaborateurs, ses employés, et même les clients ce jour-là. La Olive qu'il tenait dans ses bras n'était plus la jeune fille qu'elle avait été.

— Tu ne dois rien regretter de ce qui s'est passé ce soir.

— Curieusement, je ne regrette pas. Je suis contente d'en avoir enfin parlé à quelqu'un. Contente que ce soit toi, dit-elle d'une voix douce.

— Je suis content moi aussi.

Elle lui sourit et joignit ses lèvres aux siennes.

— Télé et grignotage ? Qu'est-ce que tu en dis ? Je n'arriverais ni à m'endormir ni à le refaire tout de suite.

— Télé, c'est très bien. Je crois qu'il y a un match de...

— Pas question. Il y a une nouvelle émission de téléréalité. Sur un homme à qui on a présenté plus de cent jeunes femmes mais qui n'arrive pas à trouver l'amour.

— Ça t'intéresse vraiment ? grommela-t-il.

— Oui. On joue à pierre-feuille-ciseau ? lança-t-elle en lui mettant un petit coup de poing dans l'épaule.

Charmé, bien malgré lui, il acquiesça. Elle était pleine de surprises... et il ne parvenait pas à lui résister. Tout bien réfléchi, il commençait à s'éprendre d'elle, alors qu'il savait très bien que c'était mal avisé, compte tenu de leur passé et du fait qu'il ne lui avait toujours pas dit qui elle était pour lui.

Ils firent tous les deux « pierre » la première fois, ce qui donna lieu à des éclats de rire. Il n'avait jamais réalisé à quel point il pouvait adorer le rire d'une personne avant ce moment.

Ils recommencèrent, et il la battit avec la « feuille ».

Sans chercher à contester sa défaite, elle se blottit contre lui pour regarder le match.

Aussi étrange que cela puisse paraître, la femme qui l'avait brisé semblait parfaitement à sa place entre ses bras. Et il n'avait aucune envie de la laisser partir.

10

Le jeudi soir, les trois amies se retrouvaient généralement dans leur bar préféré, mais comme Delaney avait récupéré Stanley, elles avaient toutes eu très envie de revoir l'adorable petit chien. C'était pour cette raison que Paisley avait lancé l'idée d'une soirée pyjama. N'ayant pas de rendez-vous le lendemain matin, Olive avait accepté. Elle avait apporté un pack de bières Inferno, ainsi que de quoi préparer ses célèbres tacos aux crevettes. Mais le mieux de tout, bien sûr, était le secret qu'elle avait à confier concernant l'évolution de sa relation avec Dante.

L'appartement de Delaney surplombait le lac Michigan et disposait d'une immense terrasse équipée d'une cuisine d'été et d'un luxueux et confortable mobilier de jardin.

Olive avait été accueillie par Stanley, qui s'était cependant hâté de rejoindre sa maîtresse. On aurait dit que Delaney lui avait beaucoup manqué, à lui aussi. Quelques instants plus tard, du balcon, elles virent Jack déposer Paisley devant l'immeuble et l'embrasser tendrement avant de s'en aller.

— Elle a vraiment déniché la perle rare, dit pensivement Delaney. Quand va-t-elle finir par admettre que c'est l'homme de sa vie ?

— Ça risque d'être long. Parce qu'à cause des problèmes conjugaux de ses parents, elle s'est juré de ne jamais se mettre dans une telle position de faiblesse, répondit Olive en levant les yeux au ciel. Tu sais très bien comment elle est. Elle serait capable de passer tout son temps à rechercher la faille chez l'homme parfait, s'il existait.

La sonnette finit par retentir et Delaney alla ouvrir, suivie de près par Stanley. En attendant, Olive se rendit dans la cuisine d'été pour faire griller les crevettes marinées sur le barbecue.

— Coucou, fit Paisley derrière son dos. Je suis tellement contente qu'on ait pu organiser cette soirée. On a été beaucoup trop occupées ces derniers temps.

— Je suis d'accord. Et puis, toutes les deux, vous aimez votre travail, mais moi…

Delaney s'interrompit pour soupirer.

— Enfin, reprit-elle, ça ne me dérange pas vraiment de travailler pour Keats ; c'est l'un de mes cousins préférés. Mais depuis quelque temps, le travail occupe toute la place dans ma vie.

— Arrête, Dellie, dit Olive. On sait très bien que tu aimes tes clients.

— Je les aime bien, oui. Mais je me préfère, moi, répondit Delaney en riant.

— Qu'est-ce qu'on boit ? lança joyeusement Paisley.

— J'ai apporté de la bière de Dante, dit Olive. Si vous voulez la goûter…

— Comment ça se passe avec lui ? demanda Paisley.

Avant de répondre, Olive servit les bières.

— Mieux que je ne l'aurais imaginé, finit-elle par dire.

— Ça ne m'étonne pas, dit pensivement Paisley. J'ai bien compris que tu lui faisais de l'effet le soir où il t'a proposé de te raccompagner dans ta banlieue.

— Il a fait ça ? s'exclama Delaney. Quand ? Oh ! ça ne serait pas le soir où je suis rentrée avec Raul ?

— C'est avec Steve que tu es rentrée le soir où Dante m'a raccompagnée. Mais peu importe. On s'était mis d'accord pour que notre relation reste platonique tant que nous continuerions de travailler ensemble, mais le week-end dernier, dans le Milwaukee, la situation s'est embrasée.

— Intéressant, fit Delaney avec un sourire espiègle.

— Je suis contente pour toi, intervint Paisley. Mais tu ferais bien de te montrer prudente si tu couches avec un client.

— Je n'ai jamais dit que je couchais avec lui…

Tout bien réfléchi, elle aurait vraiment dû s'en tenir à l'accord qu'ils avaient conclu au départ. Elle ne voulait surtout pas causer de problèmes à la société qu'elle avait fondée avec ses amies.

— Tu n'as pas eu à le dire. Mais tu sais, ce n'est pas un problème. J'imagine que vous en avez discuté tous les deux.

— J'espère bien que non ! s'exclama Delaney. Ce genre de conversation, ça doit être un véritable tue-l'amour. Vous imaginez ? « Au fait, tu pourrais signer cet accord de confidentialité avant qu'on ne passe aux choses sérieuses ? »

Tout en secouant la tête, Olive retira les crevettes du barbecue pour garnir les tacos.

— Ça ne s'est pas passé comme ça. En fait, on s'est tous les deux mis d'accord pour attendre que notre relation professionnelle soit terminée avant de passer à la relation intime. Mais les choses ont en quelque sorte évolué.

— Tu n'as pas à te justifier, lui dit Delaney. Paisley et moi sommes avec toi.

— Tout à fait, renchérit Paisley. Mais sois tout de même prudente. Alors, comment c'était ?

— Vraiment super. En fait… je lui ai parlé de mon passé et il l'a très bien pris. C'est la première fois que je couche avec un homme qui sait qui j'ai été.

Elles déposèrent les tacos sur la table de jardin, autour de laquelle elles s'assirent.

— J'ai hésité, mais je me suis dit que je ne pouvais plus continuer de cacher ça comme si j'avais honte. Au fond de moi, c'est vrai, j'ai toujours honte, mais ça ne peut pas durer éternellement.

Tendrement, Paisley la prit par les épaules tandis que Delaney lui adressait un clin d'œil gentil.

— Il était temps que tu t'en rendes compte.

— Je suis vraiment contente pour toi, dit Paisley. J'ai le sentiment que Dante est un homme bien. Qu'envisages-tu de faire ensuite ?

— Je ne sais pas. On est tous les deux très occupés par notre travail. On ne s'est pas recontactés depuis. Je ne sais vraiment pas où ça peut nous mener.

— Attends de voir, lui dit Paisley.

— C'est ce que j'envisage de faire. Mais assez parlé de moi. Comment ça se passe entre Jack et toi ?

Avant de répondre, Paisley soupira.

— Plutôt bien. Il est super. Il s'est installé chez moi et on s'entend vraiment bien. Il range ses affaires, il m'apporte le café au lit, il remet la lunette des toilettes...

— Toutes les choses importantes. Alors pourquoi ce soupir ? demanda Delaney.

— Je ne sais pas. C'est juste qu'au fond de moi je ne suis pas encore certaine que ce soit vraiment mon homme idéal.

— On a toutes des problèmes avec les hommes, dit pensivement Delaney. Mais je crois que Stanley est et restera l'amour de ma vie.

Toutes trois se mirent à rire et Olive sentit se dissiper une partie de la tension qui s'était emparée d'elle depuis son retour à Chicago. Elle allait régler ses problèmes avec Dante et, quoi qu'il arrive, elle aurait toujours ses deux meilleures amies à ses côtés.

Le jeudi soir, Max se présenta au bureau de Dante à l'improviste. Il tenait dans une main un sac contenant des beignets de poulet de leur pub préféré. Dans l'autre, un couffin où reposait sa fille, endormie.

— Désolé de te déranger, mais il fallait absolument que je te voie.

Et après avoir serré son ami dans ses bras, Dante sortit deux bières du réfrigérateur.

— Qu'est-ce qui se passe ? Tu as des ennuis ?

— Pas vraiment, non. Mais Mia a invité ses amies à la maison pour une soirée filles. La dernière fois, elles ont fait tellement de bruit que je n'arrivais même pas à entendre le match. Alors je me suis dit que je ferais mieux de déserter les lieux et d'emmener Rosie voir son tonton préféré.

La petite dormait. C'était un jour de semaine. Quelque chose n'allait pas. Manifestement, Max ne lui avait pas tout dit.

— Tout va bien entre Mia et toi ?

— Bien sûr. Pourquoi ça n'irait pas ?

— Parce que tu te conduis bizarrement.

À ces mots, Max fit une petite grimace et il but une longue gorgée de bière avant de se mettre à parler.

— Je déteste mon travail. J'ai failli démissionner aujourd'hui.

Mais j'ai des obligations financières et je ne peux pas demander à Mia de subvenir toute seule à nos besoins. Le problème, c'est que je ne sais pas combien de temps encore je vais pouvoir tenir.

Profondément touché par la détresse de son ami, Dante prit le temps de réfléchir. Cela avait été un pur hasard, mais lui-même avait eu la chance de trouver un métier qu'il adorait.

— Tu aimerais travailler avec moi ? lui demanda-t-il en prenant place à côté de lui. Inferno s'est beaucoup développé et j'aurais vraiment besoin d'un juriste de confiance.

Pendant quelques secondes, Max se contenta de le dévisager. Était-il allé trop loin ? Peut-être, mais Max était son meilleur ami, et s'il ne lui avait pas fait cette proposition plus tôt, c'était uniquement parce qu'il le pensait satisfait de son emploi actuel.

— Tu es sérieux ? finit-il par lui demander.

— Absolument. Un : j'ai une confiance absolue en toi. Deux : nous sommes en train de négocier un contrat de distribution pour l'Europe et je ne suis pas certain que notre juriste actuel soit à la hauteur. Trois : ça fait des années que tu me dis qu'Inferno devrait développer un service juridique.

— Laisse-moi d'abord en parler à Mia. En fait… oui, bien sûr que oui. Mais on s'est promis de toujours discuter ensemble de toutes les décisions importantes, alors je ne peux pas te donner mon accord officiel avant… Merci. Merci infiniment.

— De rien. Je pense sincèrement que je serai aussi gagnant que toi. Si ce n'est plus.

— Je ne crois pas. Mais c'est sympa de ta part de présenter les choses de cette façon. Quand souhaiterais-tu que je commence ?

— Ce soir. Non, je plaisante. Mais dès que tu pourras.

— Tu es vraiment sûr de vouloir travailler avec moi ?

Sans hésiter, Dante acquiesça. Max avait un véritable don pour l'aider à préserver la paix de son esprit. Travailler avec son ami était la meilleure idée qu'il ait jamais eue.

— Oui. À 100 %.

Juste au moment où ils terminèrent leurs beignets de poulet, la petite Rosie se réveilla. Dante prit sa filleule dans ses bras et lui fit faire le tour du bureau en la berçant tandis que Max nettoyait les restes de leur repas. Quand son ami eut terminé, ils allèrent s'installer sur le canapé de la salle de conférences, devant les grandes baies vitrées qui offraient une vue imprenable sur les toits de la ville.

— Comment ça se passe avec Olive ? lui demanda alors Max.

Olive.

Il fallait absolument qu'il lui dise qu'il l'avait connue à l'université. Mais pour l'heure, son planning de travail surchargé l'avait empêché de la voir.

— Dan ?

— On couche ensemble.

— D'accord. Dans quel cadre ?

Dans une chambre, eut-il envie de lui répondre. Mais il avait très bien compris ce que son ami voulait dire.

— Ce n'est pas une vengeance sexuelle. En fait, elle n'a plus rien de la Olive Hayes que j'ai connue à l'université. Elle est tellement différente, maintenant. Douce, gentille, l'esprit ouvert. Par contre, elle m'a avoué qu'elle avait été une garce dans le plus pur sens du terme.

— Tu lui as dit que tu étais au courant ?

— Euh... non.

— Alors qu'est-ce que tu lui as dit ?

C'était compliqué. Mais cette discussion avait au moins le mérite de lui faire prendre conscience de la dure réalité : il n'avait pas dit ce qu'il aurait sans doute dû dire.

— On avait une discussion d'ordre général et je lui ai expliqué qu'une fille m'avait humilié à l'université. Elle m'a avoué qu'elle avait été comme ça. Et elle s'est excusée au nom de toutes les femmes cruelles et... et je n'ai pas réussi à lui dire que c'était elle.

Max le regardait désormais d'un air incrédule. Il se sentait mal à l'aise, jugé. Il allait vraiment falloir qu'il se rattrape.

— Je vais le lui dire.

— Il le faut. Tu dois faire vite. Même si je sais que ça ne sera pas facile.

Max avait raison. Cacher ce secret à Olive n'était pas facile. Et pourtant, lui révéler la vérité serait certainement la chose la plus dure qu'il aurait jamais à faire dans sa vie.

Après le départ de son ami, Dante décida d'envoyer un message à Olive, mais il ne savait pas trop quoi lui dire. Les pieds sur la table basse, il observait toujours les toits de la ville, son téléphone à la main. Il avait mis la radio, une station de musique classique, et quand les programmes s'interrompirent pour les publicités, il reconnut sa propre voix.

— L'été est la saison des journées infinies, des possibilités infinies. Le moment de tenter sa chance. Reconnaître ses péchés et apprendre à vivre avec. Quelle que soit l'erreur que vous ayez commise, sachez qu'il y a toujours un moyen d'en sortir. L'enfer n'est qu'un aspect de votre vie. Ce n'est pas votre vie.

Tout en soupirant, il coupa la radio. Le monde des affaires lui avait toujours semblé plus simple que la vie réelle. Il se considérait comme un homme sûr de lui qui ne commettait pas d'erreur pour tout ce qui concernait son entreprise. Mais dans la vraie vie…

Il était un homme complexe, imparfait… humain.

Un homme qui commettait des erreurs. Comme ne pas avouer la vérité à Olive. Ne faire les choses qu'à moitié. D'un autre côté, il n'aurait jamais imaginé qu'elle puisse lui parler de ce qu'elle avait fait, et encore moins qu'elle puisse s'excuser. À présent, il avait presque l'impression que c'était lui qui se montrait cruel.

Encore une fois, il soupira. En réalité, il ne savait pas où il en était. On ne pouvait pas dire qu'elle l'avait harcelé de messages pour chercher à le voir depuis qu'ils étaient tous deux rentrés à Chicago. Peut-être ne serait-ce qu'une aventure d'un soir, après tout.

Agacé, il se passa la main sur la nuque. Il fallait absolument qu'il se secoue, qu'il s'extirpe de ses pensées.

Ce fut la voix de Kiki qui finit par l'en tirer :

— Qu'est-ce que tu fais encore là ? demanda-t-elle depuis la porte restée ouverte.

— Et toi, qu'est-ce que tu fais là ?

Il jeta un coup d'œil à sa montre. Presque 23 heures. Elle aurait dû être rentrée chez elle depuis longtemps.

— Je suis tombée sur un garçon vraiment lourd dans un bar et je ne voulais pas prendre un Uber, de peur qu'il me suive jusque chez moi. Alors j'ai décidé de revenir ici. Pour terminer deux ou trois choses.

— Si tu as fini, reste un peu avec moi, lui dit-il en lui faisant signe de s'asseoir à côté de lui. Je te raccompagnerai.

Quand elle prit place sur le canapé, il remarqua qu'elle sentait la tequila et le club. Un mélange de fumée et de transpiration.

— Qu'est-ce que tu fais encore là ? répéta-t-elle en s'enfonçant dans les coussins.

— Je réfléchis.

Il laissa le silence s'étirer entre eux. Il n'était pas sûr de ce qu'il devait lui dire. Elle avait eu des problèmes, elle aussi, ce soir-là, il l'avait bien compris. Rencontrer des personnes du sexe opposé n'est pas chose facile. Il n'y a pas de recette toute prête pour faire la connaissance de quelqu'un et ouvrir son cœur sans pour autant se mettre en danger. Malheureusement.

— Ce garçon, il t'a fait peur ?

— Un peu, oui. On s'était déjà vus deux ou trois fois, et il me plaisait assez. Mais ce soir, il s'est montré vraiment insistant. Et moi, je n'étais pas d'humeur à ça. Je crois que je commence à me lasser des aventures sans lendemain.

— Je comprends. C'est bien pendant quelque temps, mais au bout d'un moment…

— On a envie d'autre chose. Je ne te dis pas que je rêve de me marier, mais si je pouvais trouver un homme bien avec qui je pourrais à la fois coucher et discuter, ce serait vraiment parfait.

C'était exactement ce dont il avait envie lui aussi. Mais il avait déjà trouvé la personne idéale pour ça. Olive.

— Puis-je te poser une question ? Tu as le droit de ne pas répondre.

— Encore heureux. Et je te préviens que je ne répondrai pas si j'estime que c'est déplacé.

— Je ne pense pas que ça le soit. Tu sais, en ce moment, je vois plus ou moins quelqu'un.

— Olive.

— Exact. Olive. Je ne lui ai pas envoyé de messages depuis vingt-quatre heures parce que je ne voudrais pas passer pour un lourdaud et…

— Chef, tu ne joues pas dans cette catégorie. Et de plus, j'ai vu comment était Olive avec toi. Il y a quelque chose entre vous.

— Tu crois ?

— Oui. Tu lui plais.

Il ne savait pas si c'était vrai, mais il était content de savoir que Kiki le pensait.

— Merci. On rentre ?

— D'accord. Mais si tu pouvais me rappeler, vendredi soir, de ne pas aller au bar...

— De toute façon, on a le dîner de l'association des brasseurs.

— C'est vrai, j'avais oublié. Tu sais, si j'étais toi, j'enverrais un message à Olive à ce sujet. De cette façon tu pourrais lui demander d'être ta cavalière sans trop avoir l'air de l'inviter à sortir avec toi. Si tu n'es pas trop sûr de toi...

Il avait bien fait de parler à Kiki. Elle était de bon conseil.

— J'ai l'air de ne pas être sûr de moi ?

— Ce n'est pas ça. L'impression que j'ai, c'est que tu sais ce que tu veux, mais que tu as peur de te montrer trop insistant pour la seule et unique raison que vous travaillez ensemble.

— C'est exactement ça.

Il la reconduisit chez elle et attendit qu'elle soit rentrée dans l'immeuble avant de repartir. Elle lui avait fourni un bon prétexte pour envoyer un message à Olive. Mais il n'avait pas besoin de ça. Il n'avait jamais été lâche. Même à l'époque où il était étudiant, il était très sûr de lui.

— Dis Siri, envoie un message à Olive Hayes.

— Que voulez-vous écrire ?

— Désolé de ne pas t'avoir recontactée plus tôt. J'ai vraiment passé un merveilleux moment ce week-end en ta compagnie. Accepterais-tu de dîner avec moi cette semaine ?

Et il demanda à Siri d'envoyer.

Il se sentait mieux à présent qu'il avait renoué le contact. Il avait très envie de la revoir. Et il allait lui dire la vérité sur leur passé commun afin qu'ils puissent tous deux tourner la page et aller de l'avant. Car ce soir-là, il avait compris une chose. En définitive, il savait ce qu'il désirait pour l'avenir. Il avait deux rêves : continuer de développer son entreprise et avoir Olive à son côté.

11

Le message de Dante avait tout changé. Olive avait retrouvé la totale assurance de la jeune femme qu'elle avait jadis été. Assurance cependant tempérée par le nouveau point de vue qu'elle portait sur le monde et sur la place qu'elle y occupait. Dante lui plaisait, elle n'avait aucun doute là-dessus. Mais elle devait se méfier de son instinct, qui lui avait souvent joué des tours dans le passé.

Fidèle à son style à la fois élégant et sexy, elle avait opté pour une minirobe à fleurs bleues, pourvue d'un profond décolleté en V, qu'elle avait assortie à une paire de sandales à talons compensés. En sortant de son Uber, elle se retrouva dans l'un des plus prestigieux quartiers de Chicago, en bordure du lac Michigan. La villa qui se dressait devant elle était littéralement époustouflante.

Au moment où elle appuya sur la sonnette, elle entendit le jingle de la brasserie Inferno résonner. Amusée, elle sourit. C'était tout à fait dans le style de Dante. Manifestement, il était important pour lui de ne pas oublier d'où provenait son argent. Quand il finit par lui ouvrir, elle le trouva plus beau que jamais. Il portait un short beige et un polo gris qui faisait ressortir le vert de ses yeux. Et il était pieds nus.

Des hommes vêtus de cette manière, elle en avait vu toute sa vie. Et dans une situation normale, elle aurait jugé ça sans intérêt. Mais la situation était loin d'être normale. Et l'homme qui se trouvait devant elle était extraordinaire. Il avait un véritable don pour rendre tout ce qu'il portait sexy. Tant et si bien qu'elle brûlait d'envie de se jeter dans ses bras pour l'embrasser avec toute la passion qu'il lui inspirait.

Tout en lui souriant, il s'écarta pour la laisser entrer. Le hall, en marbre clair, était décoré de tableaux modernes figurant des flammes.

— Bonsoir. Comment vas-tu ? lui demanda-t-il.

— Très bien, et toi ? Cette maison est bien loin de Desmond et de la banlieue, à ce que je vois.

Sa simple présence la rendait nerveuse. Elle ne pouvait pas prétendre que c'était normal. Ce n'était pas normal. Il suscitait chez elle des émotions qui lui faisaient palpiter le cœur. Elle était tellement heureuse de le voir et d'être là avec lui.

C'était ridicule. Et même un peu effrayant. Elle n'avait aucune raison d'être aussi heureuse de voir un homme. De voir Dante. D'ailleurs, elle ne savait toujours pas si elle l'appréciait pour lui-même ou…

Arrête. Arrête de te chercher des raisons de ne pas l'apprécier. Contente-toi de vivre l'instant présent.

— En effet. Je l'ai achetée pour mes parents, mais ils ont refusé d'emménager en ville.

— Où habitent-ils ?

— Schaumburg. Tu m'as dit que tu étais originaire du Texas… De quelle région, exactement ?

— Celle de Dallas. Southlake, plus précisément. Mais j'ai fait mes études à l'université Northwestern.

Une ombre sembla passer sur son visage, mais elle disparut si rapidement qu'elle se demanda si elle ne l'avait pas imaginée.

— J'ai pensé que dîner ici serait plus intime qu'au restaurant. J'ai beaucoup de choses à te dire ce soir.

— Ah oui ?

— Oui. Nous avons changé la donne le week-end dernier et je pense que nous devons parler de tout ce que cela implique. Je te sers quelque chose à boire ?

— Je n'aurais rien contre un verre de vin, lui répondit-elle en souriant. Désolée si c'est un sacrilège pour toi.

— Absolument pas. J'envisageais de nous faire griller des côtes de bœuf et j'avais ouvert deux bouteilles de vin pour servir avec.

— Deux ?

— J'ignorais si tu préférais le rouge ou le rosé. Je sais que ce n'est pas très bien vu, mais j'aime beaucoup boire du rosé l'été, lui dit-il en la conduisant jusqu'à une vaste cuisine moderne baignée de soleil.

— C'est une grande maison pour un homme seul.

— C'est vrai. Mais j'espère pouvoir fonder une famille un jour. Le rosé est dans le frigo, mais si tu préfères du rouge...

— Je vais boire du rosé avec toi. Je sors la bouteille. Tu as besoin de mon aide pour autre chose ?

Il fallait absolument qu'elle cesse de songer à nouveau à ce qu'il venait de dire sur ses espoirs de fonder une famille. Elle ne devait pas tirer de déductions hâtives de ces quelques paroles anodines.

— Je ne pense pas, non. La salade est prête et je ferai griller des cœurs d'artichaut en même temps que les côtes de bœuf.

— Hmm. Appétissant. Tu cuisines souvent ?

— Pas vraiment, non. L'été, je mange beaucoup de grillades. Mais le reste du temps, dans la plupart des cas, quand je rentre du travail, je me contente de passer au micro-ondes ce que ma gouvernante a cuisiné pour moi.

Après leur avoir servi à chacun un verre de vin, elle se tourna vers lui pour le regarder dans les yeux.

— Pourquoi m'avoir dit que tu vivais en banlieue ?

— Je suis désolé. J'ai pensé que tu ne me considérerais pas comme un homme bien et que tu ne me ferais pas confiance pour te raccompagner si je ne disais pas ça.

Cette explication la toucha profondément. Il était un homme bien, c'était incontestable, et ce pieux mensonge visant à renforcer son sentiment de sécurité ne faisait que le rendre plus attrayant encore à ses yeux. Décidément, il lui devenait de plus en plus difficile de trouver une bonne raison de ne pas s'éprendre de lui.

— Merci.

— Ce n'est rien, répondit-il en haussant les épaules. Je ne pouvais tout de même pas te laisser là à attendre un Uber. Ça n'aurait pas été très gentleman de ma part. Je sais que ce genre d'attitudes n'est plus vraiment à la mode à présent, mais que veux-tu ? Je suis comme ça.

— Tant mieux. J'aime ça, dit-elle d'une voix douce.

Elle le suivit jusqu'à la terrasse, qui disposait d'une vaste cuisine d'été et d'un mobilier de jardin placé devant une immense piscine avec une cascade à son extrémité. Ils parlèrent de tout et de rien pendant qu'il cuisinait. Et plus le temps passait, plus elle sentait son cœur fondre. Elle avait devant elle l'homme qu'elle ne pensait jamais trouver un jour. Un homme gentil, sexy, normal. Un homme qui l'acceptait pour ce qu'elle était.

Son instinct, et son karma, lui enjoignaient de rester prudente. Mais malgré cela, quand les lumières s'allumèrent et qu'ils allèrent s'installer à table en emportant avec eux leur deuxième verre de vin, elle comprit que c'était trop tard. Elle était tombée amoureuse de lui.

Dante était à l'affût d'une occasion d'évoquer le passé. D'avouer à Olive qu'elle était la garce qui l'avait tant fait souffrir. Il avait failli se lancer quand elle avait évoqué l'université Northwestern. L'ouverture semblait parfaite. Mais il avait fini par se dire qu'il était trop tôt, qu'elle venait tout juste d'arriver. Puis étaient venues un millier d'autres excuses.

Car au moment même où elle avait passé le seuil de sa maison, il avait réalisé qu'elle lui avait manqué. Énormément. Comment était-ce possible ? Cela faisait à peine trois jours qu'il l'avait quittée. Et pourtant il se sentait un peu perdu sans elle.

Puis elle lui avait souri et son instinct avait refait surface. Exigeant de lui qu'il fasse tout ce qui était en son pouvoir pour la garder. Or, quand il lui aurait révélé la vérité, elle partirait, c'était certain. Elle serait folle de rage contre lui.

Et à juste titre.

Le temps passait, cependant. Ils avaient fini de manger, ils faisaient le tour du jardin et il ne lui avait toujours rien dit.

Elle était tellement belle dans la lumière dorée du soleil couchant. Elle avait toujours été la femme de ses rêves, mais à présent qu'il la connaissait, le désir était encore plus vif.

Il avait envie de la caresser tandis qu'ils marchaient côte à côte, mais avec cette épée de Damoclès suspendue au-dessus de lui, il ne pouvait pas. Peut-être avait-il pu justifier une fois le fait d'avoir couché avec elle sans rien lui avoir dit. Mais deux fois... c'était impossible, non.

— C'est vraiment une très jolie propriété, lui dit-elle, coupant court à ses pensées. Depuis combien de temps envisages-tu de fonder une famille ?

Déstabilisé, il sursauta légèrement.

— Pas de panique, dit-elle d'un air amusé. Je te demandais juste ça par curiosité.

— Pour tout t'avouer, je n'y ai jamais beaucoup réfléchi. Jusqu'ici, j'ai toujours été très occupé par mon entreprise. Mais un jour, oui, j'aimerais fonder une famille. Et toi ?

Elle se rapprocha de la pergola sur laquelle s'entremêlaient les branches du jasmin. Dans ce décor, on aurait dit une créature tout droit sortie d'un rêve. Comment lui dire la vérité ?

Une fois qu'il l'aurait fait, plus rien ne serait jamais pareil entre eux.

— Je ne sais pas. Mon karma est déséquilibré et je fais beaucoup d'efforts pour remédier à ça. Tant que je ne me serai pas lavée de mes mauvaises actions, je ne me sentirais pas en mesure de fonder une famille.

Il. faut. Que. Tu. Le. Lui. Dises.

Maintenant.

Elle essayait de toutes ses forces de se racheter des erreurs de son passé et il avait en main la clé pour lui permettre de réussir dans cette entreprise.

Tout en haussant les épaules, elle s'était mise à le regarder d'un air penaud.

— Ce n'est sans doute pas la réponse à laquelle tu t'attendais.

— Non, mais je la comprends. Je n'ai jamais rencontré quelqu'un qui assumait son passé comme tu l'assumes.

Avant de répondre, elle se pencha vers le jasmin pour en humer le délicat parfum.

— Tu es pareil, sur ce point.

Non. Pas vraiment. Cédant à son instinct, il s'approcha d'elle. Il n'aurait pas dû mais il était incapable de résister à la tentation. D'abandonner cette femme pourvue de toutes les qualités qu'il avait toujours recherchées. Olive Hayes.

Délicatement, il passa la main dans ses boucles rousses et se pencha vers elle pour l'embrasser. Et au moment où elle joignit ses lèvres aux siennes, il sentit une décharge de plaisir le traverser.

Il n'allait pas y arriver.

Il avait longuement répété. Avait réfléchi à tout ce qu'il devait dire, à la façon dont il devait se comporter. Mais à présent qu'elle était là…

Brusquement, il s'écarta d'elle.

— Ça va ? lui demanda-t-elle d'un air surpris.

— Oui. Je voudrais te montrer quelque chose.

Prenant sa main dans la sienne, il la fit passer sous la pergola pour remonter avec elle la pente menant à la terrasse qui se trouvait un peu plus haut. Là, on pouvait s'installer dans de confortables chaises longues, qui surplombaient la maison, la piscine et le jardin.

— C'est magnifique, souffla-t-elle.

— Et c'est la raison pour laquelle j'ai acheté cette maison.

— Alors ce n'était pas pour tes parents ?

— Non. En fait, j'avais espéré qu'ils arrêteraient de travailler et qu'ils me laisseraient prendre soin d'eux. Mais ils ne sont pas du tout d'accord avec cette idée.

— Tu es vraiment quelqu'un de très altruiste.

En guise de réponse, il émit un petit son dubitatif.

— Je le pense vraiment, tu sais ? Je t'ai vu avec tes employés. Tu t'intéresses sincèrement à leur vie. Tout le monde n'est pas comme ça.

Il essayait d'être quelqu'un de bien. Ce n'est pas si difficile et, de façon générale, jusqu'à leurs retrouvailles, il lui semblait qu'il s'en était plutôt bien tiré. Mais à présent qu'il se trouvait confronté à elle… toutes ses certitudes semblaient avoir volé en éclats.

— Eh bien… merci.

Croisant les bras sous sa poitrine, elle se mit à le regarder sous ses longs cils.

Ce fut à ce moment-là qu'il prit sa décision : il ne lui dirait pas la vérité ce jour-là. Il ne voulait pas gâcher la magie de cette soirée.

Ce n'était pas une bonne raison, il le savait, mais peu lui importait. Il avait envie d'une soirée parfaite avec elle, dans cette maison qu'il avait achetée pour sa future famille. Car pour quelque étrange raison, la seule femme qu'il parvenait à se représenter avec lui dans cette vision de l'avenir se trouvait juste devant ses yeux à cet instant.

Son rêve ne se réaliserait jamais. Aussitôt qu'elle aurait appris la vérité, elle disparaîtrait de sa maison et de sa vie. Elle s'intéressait à son karma et cherchait à éponger sa dette. Mais elle ne lui pardonnerait jamais son erreur et elle aurait raison.

Parce qu'il allait la faire souffrir exactement comme elle l'avait fait souffrir, même si ce n'était en aucun cas son intention.

Des gouttes de pluie se mirent à tomber, froides et soudaines. D'un geste preste, Dante lui prit la main pour la conduire jusqu'à la *pool house*. Une fois qu'ils furent à l'abri, Olive releva les yeux vers lui. Ses beaux cheveux ondulés étaient collés à son front et son regard était trouble. Il avait quelque chose à l'esprit. Quelque chose de sérieux, en contradiction totale avec la légèreté de cette agréable soirée.

Il fit mine de parler, mais elle se hissa sur la pointe des pieds pour l'embrasser. Le baiser qu'ils avaient échangé sous la pergola ne lui avait pas suffi. Il lui avait manqué. Elle s'était languie de la sensation de son corps athlétique contre le sien, sa bouche virile contre la sienne.

Passant ses bras autour de sa taille pour l'attirer fermement contre lui, il prit le contrôle du baiser.

Un frisson la parcourut, mais sans lien aucun avec la fraîcheur du vent. Elle avait envie de lui depuis qu'elle l'avait quitté dans le Milwaukee.

Baissant la tête, il la regarda dans les yeux, avec une intensité qui avait presque quelque chose d'effrayant.

Ses vêtements humides lui collaient au corps. Sa robe était trempée. Elle sentit son corps tressaillir au moment où il l'attira de nouveau contre lui pour lui embrasser le cou. Ivre de désir, elle glissa ses mains sous son polo. Sa peau était chaude, les contours de ses muscles bien fermes sous ses doigts.

Elle laissa échapper un petit gémissement de plaisir quand

il passa ses mains sous sa robe pour lui caresser fermement les tétons. Elle avait tellement envie de lui que c'en était presque douloureux. Lentement, il recula de quelques pas pour s'asseoir sur un banc. Sans hésiter, elle s'installa à califourchon sur ses genoux et glissa fougueusement la main dans ses cheveux avant de joindre ses lèvres aux siennes.

La langue profondément enfoncée dans sa bouche, elle se mit à se déhancher contre son sexe dur, sur lequel elle finit par placer sa main. Au même instant, il glissa la sienne dans sa culotte, et du bout de son pouce, se mit à lui caresser voluptueusement le clitoris.

Baignée dans l'odeur de son parfum, de la pluie et des fleurs, elle se sentit transportée hors de sa vie. Loin des erreurs de son passé. Elle avait l'impression d'avoir fait un pas en avant, en direction d'un avenir dont elle n'aurait jamais osé rêver.

Cambrée contre lui, elle lui dévorait à présent la bouche. Elle n'avait jamais eu autant envie d'une chose qu'elle avait envie de lui en cet instant.

D'un geste ferme, elle ouvrit la braguette de son short et en sortit son sexe long et érigé, qu'elle se mit à caresser de haut en bas, jusqu'à ce que, dans un sourd grognement, il finisse par la forcer à s'écarter.

— Retire ta culotte, lui dit-il d'une voix impérieuse.

Sans hésiter une seule seconde, elle se leva et fit ce qu'il lui avait demandé. Au même instant, il sortit son portefeuille de sa poche et en tira un préservatif qu'il se hâta d'enfiler.

Quand il eut fini, elle releva le bas de sa robe. Et quand elle comprit que le regard brûlant qu'il portait sur son corps exposé ne faisait que l'enhardir davantage, elle le releva un peu plus, lui tirant un sourd grognement d'approbation.

Pleine d'assurance, elle fit un pas dans sa direction, tout en lâchant sa robe qui retomba sur son corps. Il marmonna une objection, mais au même moment, elle se retourna et se pencha pour défaire les lanières de ses sandales.

Elle sentit d'abord ses doigts glisser sensuellement sur l'arrière de ses cuisses. Puis, d'un coup, il remonta sa robe sur ses hanches. La sensation de ses mains sur sa peau était si délicieuse qu'elle en tremblait de plaisir et elle était tellement prise par l'instant présent qu'elle ne savait pas si elle parviendrait à se débarrasser de ses chaussures. Peu importait, de toute façon, parce que, les mains posées sur sa taille, il cherchait désormais à retourner son corps face à lui. De bonne grâce, elle se laissa faire, et au moment où elle ferma les yeux, elle sentit qu'il lui écartait doucement les cuisses. Du bout de sa langue, il décrivait à présent des cercles autour de son clitoris. Et quand il glissa un doigt en elle, le plaisir fut tel qu'elle sentit ses genoux se dérober et dut s'accrocher à ses épaules pour garder son équilibre. Sa bouche était toujours sur son sexe brûlant de désir, et avec son doigt, il continuait d'aller et venir en elle. Au bout de quelques secondes à peine, elle se cambra contre lui. L'orgasme venait d'éclater en elle, tel un feu d'artifice de sensations aussi intenses que voluptueuses.

Comme il était toujours assis sur le banc, elle se positionna juste au-dessus de son sexe qu'elle prit en elle, fougueusement, dans un long gémissement de plaisir. Les mains sur ses fesses, il l'aida à maintenir le rythme, qu'il accéléra progressivement, encore et encore, jusqu'à ce qu'elle se retrouve toute tremblante, son corps désespéré de connaître un nouvel orgasme. Dans un déferlement de volupté, ils finirent par venir ensemble, corps et souffles mêlés. Et quand les dernières vagues de plaisir furent passées, elle resta fermement accrochée à lui et plongea son regard dans les profondeurs du sien.

— Je...

Je t'aime, songea-t-elle. Mais quelque chose l'empêcha de terminer.

— Il faut que je te parle, Olive.

— De quoi ? demanda-t-elle, vaguement alertée.

Il y avait quelque chose dans la gravité du ton qu'il avait emprunté qui laissait entendre que la conversation n'aurait rien de frivole.

— Tu ne crois pas qu'on devrait s'habiller avant ?

— Désolé. Je ne voulais pas me montrer si brusque. Tu as raison. On va rentrer à la maison pour parler.

— D'accord, dit-elle en se penchant pour chercher sa culotte.

Mais il la devança et la lui tendit.

— Merci.

— Je t'aime vraiment beaucoup, Olive, et je n'ai pas envie de gâcher ce moment.

— Je t'aime vraiment beaucoup aussi, Dante, répondit-elle en hochant la tête.

Il écarta les bras, et quand elle vint se blottir contre lui, il la serra contre son corps comme s'il ne voulait jamais la voir partir. C'était plutôt rassurant. Tout bien considéré, peut-être voulait-il simplement lui faire part de quelque chose de difficile à dire. Rien de bien méchant.

Mais elle avait beau chercher à se tranquilliser, elle sentait l'angoisse monter en elle.

12

J'étais à l'université Northwestern. Je fais partie de ces personnes que tu as humiliées publiquement... Tels étaient les mots que Dante ne cessait de se répéter dans sa tête tandis qu'ils avançaient vers la maison. Une fois à l'intérieur, elle demanda à utiliser la salle de bains. Après s'être rapidement lavé dans celle de la chambre d'amis, il enfila un jean et une chemise, et retourna l'attendre dans le séjour.

Tout en se passant la main dans les cheveux, il se tourna vers le miroir. Et en observant sa nouvelle coiffure, il se dit que, s'il avait ressemblé à cela à l'université, elle ne l'aurait jamais traité comme elle l'avait fait. Que pouvait-il en déduire ?

Ses yeux. Ils étaient tels qu'ils avaient toujours été. Il n'avait pas à regretter d'avoir une fois encore couché avec elle sans lui dire la vérité. Non, il n'avait pas à regretter.

Ce n'était pas comme si elle avait couché avec le jeune homme en surpoids. S'il lui plaisait à présent, c'était parce qu'il avait travaillé sur son corps et opté pour un look plus tendance.

La salle de bains se trouvait juste derrière lui. Il se sentait de plus en plus nerveux, il ne pouvait plus l'attendre sans rien faire. Tout en marmonnant un juron, il se rendit à la cuisine, se servit un verre de vin, changea d'avis, se servit un verre d'eau.

Ce fut à ce moment-là que son téléphone bipa pour lui signaler la réception d'une alerte actualités. Kiki ayant programmé des notifications pour tout ce qui concernait Inferno, il s'attendait à des informations sur la fête de la bière, mais le titre du message le surprit. À en croire l'article de presse, « l'héritière du liquide vaisselle » avait été arrêtée pour violation de propriété.

L'héritière du liquide vaisselle ? N'était-ce pas l'amie d'Olive ? Vaguement alarmé, il alla frapper à la porte de la salle de bains.

— Oui ?

— Euh... Je crois que l'une de tes amies a des problèmes.

Elle ouvrit la porte. On aurait dit qu'elle avait pleuré. Tout était sa faute. Et il ne pourrait jamais se rattraper.

— Qui ?

— L'héritière du liquide vaisselle. Désolée, mais le titre de l'article ne cite pas son nom.

— Delaney. Je peux voir ton téléphone ? dit-elle anxieusement.

Les mains tremblantes, elle le lui prit et se mit à parcourir l'article. Quand elle eut terminé, elle le lui rendit et retourna précipitamment dans la salle de bains pour chercher le sien dans son sac.

— Y a-t-il quelque chose que je puisse faire pour t'aider ? lui demanda-t-il en plaçant doucement la main sur son épaule.

— Pour le moment, je ne pense pas, non. Merci, lui répondit-elle.

Et elle repartit vers la cuisine en tapant un message sur son téléphone.

Il l'observa attentivement. Elle avait mis un bandeau dans ses cheveux et, en dehors de ses yeux légèrement rouges et gonflés, elle paraissait normale. Mais il connaissait suffisamment les femmes pour savoir qu'il avait commis une erreur. Il aurait dû mieux programmer le moment de la discussion fatale. Le problème était que son propre silence était en train de le ronger de l'intérieur. Parce qu'il avait le sentiment de se transformer en la chose même qu'il s'était juré de ne jamais devenir.

Un crétin arrogant qui pensait que personne n'était aussi important que lui.

— Paisley n'est pas au courant et Delaney ne répond pas. Je vais voir si je peux la retrouver avec notre application de groupe.

— Je vais chercher mon portefeuille et mes clés pour te conduire là où tu voudras aller.

— Tu n'es pas obligé de faire ça. Je vais réserver un Uber.

— Je ne suis peut-être pas obligé de le faire, mais j'en ai envie.

Je ne plaisantais pas quand je t'ai dit que je t'aimais vraiment beaucoup, Olive. Je ne te laisserai pas toute seule.

Elle le regarda avec ses grands yeux bruns, qui trahissaient à la fois son angoisse et l'émotion que ses propos avaient suscitée en elle. Il fallait qu'il lui dise la vérité. Mais le moment n'était pas approprié.

— Merci. Delaney est comme une sœur pour moi. Je me fais vraiment beaucoup de souci pour elle. Je ne comprends pas pourquoi elle aurait été arrêtée.

Voyant à quel point elle était bouleversée et inquiète pour son amie, il la prit tendrement dans ses bras et la serra fort contre lui.

— Je ne sais pas ce qui se passe, mais on va trouver un moyen de régler ça ensemble.

— Ensemble ?

— Si tu veux de moi, je serai avec toi.

Elle hocha la tête avant de relever les yeux vers lui.

— Cette chose dont tu voulais me parler... est-ce que ça peut attendre ?

— Oui. Ne t'inquiète pas pour ça.

Il le fallait. Il ne pouvait pas ajouter à son anxiété.

Il venait de se faire cette réflexion quand le téléphone qu'elle tenait toujours à la main se mit à sonner.

— C'est Paisley.

— Réponds. Je vais chercher mes affaires pour qu'on puisse partir dès que tu seras prête. Je reviens tout de suite.

Quand il eut pris son portefeuille et ses clés, il se surprit à se regarder encore une fois dans le miroir. Il était là, à jouer les héros, alors qu'il savait parfaitement que ce qu'il avait à lui dire allait la faire souffrir.

À un moment ou à un autre de leur relation nouvelle, ils avaient échangé les rôles. C'était lui, à présent, qui se montrait cruel et malhonnête. Il pensait coucher avec elle parce qu'elle lui plaisait. Mais n'était-ce pas plutôt parce qu'il était flatté d'être assez bien pour elle à présent ?

Et si oui, qu'est-ce que cela disait sur lui ?

Rien de bon.

À son retour dans la cuisine, comme il vit qu'elle était toujours au téléphone, il se mit un peu à l'écart pour lui laisser une certaine intimité.

Très gentleman.

Décidément, il n'avait pas sa conscience pour lui. Il ne pouvait pas se mentir. Et il ne pouvait pas se cacher derrière des comportements qui le feraient apparaître comme un homme bien aux yeux d'Olive.

Comment les choses avaient-elles pu changer de façon aussi radicale en une heure à peine ? Un peu plus tôt, elle se trouvait sur un petit nuage, elle avait le sentiment d'être amoureuse, le sentiment que, peut-être, peut-être, elle avait fini par rétablir karmique. Mais au fond d'elle, elle ne pensait pas en avoir fait suffisamment pour mériter le pardon. Pas encore.

Cependant, on ne pouvait pas dire que Dante ait semblé pressé de la mettre à la porte. Ce qu'il voulait lui dire n'était peut-être pas une si mauvaise chose, tout bien considéré. En tout cas, elle l'espérait. Mais pour l'heure, elle ne pouvait pas réfléchir à tout ça, il fallait qu'elle se concentre sur Delaney. Manifestement, Paisley ne savait pas vraiment ce qui s'était passé.

— J'essaie d'obtenir des informations, lui dit-elle. J'ai appelé notre avocat, mais ils n'ont pas encore fixé de caution. Elle a été arrêtée après être entrée par effraction chez Malcolm. C'est en tout cas ce que m'a dit le sergent. J'ai aussi trouvé des photos d'elle dans *Wend-Z City*, où on peut la voir se faire menotter et traîner hors de la maison devant le majordome, qui regarde la scène les bras croisés.

— Je n'ai jamais pu le supporter, celui-là. Très bien. Et maintenant, où est-elle ? Dante et moi allons nous rendre sur place pour attendre qu'elle soit libérée.

Paisley lui donna le nom d'un commissariat de police, qui se trouvait être dans un quartier proche de celui où résidait Dante.

— Sais-tu pourquoi elle s'est rendue chez Malcolm ?

— Non. Elle m'a paru tout à fait normale aujourd'hui au bureau.

— C'est ce qu'il m'a semblé aussi. J'ai lu qu'il avait affirmé lui avoir dit à de nombreuses reprises que les choses étaient terminées entre eux, mais qu'elle ne semblait pas avoir compris le message, raison pour laquelle il l'avait fait arrêter, pour son propre bien. Incroyable ! Il n'a jamais rien fait pour le bien de Delaney.

— Je suis tout à fait d'accord avec toi. Oh ! attends… Il faut que je te laisse. L'avocat vient de m'envoyer un message pour me dire que la famille de Delaney avait été convoquée. Je vais lui demander s'il a d'autres nouvelles.

— Tiens-moi au courant par messages, d'accord ?

En raccrochant, elle trouva Dante à l'entrée de la pièce. Il l'attendait, à distance, discret. Tout en s'approchant d'elle, il lui adressa un sourire plein de compassion.

— Alors, où est-elle ?

Elle lui donna l'adresse du commissariat.

— Ce n'est pas trop loin, j'espère ?

— Pas du tout.

— La famille de Delaney a été convoquée. Je ne sais pas comment elle va le prendre…

— Je me doutais que ça allait arriver. Quand j'ai lu « l'héritière du produit vaisselle »…

— Elle déteste qu'on l'appelle comme ça. Son père est très gentil et il l'adore, mais dès qu'il intervient dans une affaire quelconque, tout le monde retient son souffle.

— Une force de la nature ?

— Je crois qu'on peut dire ça. Il est animé par un sens aigu de la justice. Donc, si Delaney est dans son tort, il s'assurera qu'elle répare ses erreurs. Mais si c'est Malcolm qui lui a fait un coup tordu, il risque de le payer très cher.

Elle avait appris beaucoup de choses grâce à la famille de Delaney à l'époque où elle avait commencé à travailler sur sa propre image et sa propre vie. Les Alexander faisaient bon usage de l'argent qu'ils possédaient, mais sans pour autant laisser ce facteur définir leur identité. Une leçon qui lui avait permis d'ouvrir les yeux, de regarder au-delà de l'aspect superficiel des choses.

— Le genre d'hommes que j'apprécie, murmura-t-il, coupant court à ses pensées.

— Je suis sûre qu'il t'appréciera aussi. Il a énormément de respect pour les personnes qui travaillent beaucoup.

— Alors il n'y a pas que l'argent pour lui ?

— Non. Ça peut paraître bizarre, parce que leur famille est riche depuis des générations, mais chaque nouvelle génération a gagné le sien à sa propre façon.

— Y compris Delaney ?

— Y compris Delaney, oui. Elle ne veut pas se donner l'image d'une jeune femme sérieuse, mais elle est vraiment très douée pour le travail qu'elle fait avec nous au bureau. Alors je pense que cet argent, elle le mérite.

Malgré toutes les plaisanteries qu'elles pouvaient faire sur Delaney, qui semblait parfois venir au bureau quand elle en avait le temps, la jeune femme travaillait beaucoup et décrochait toujours de très lucratifs contrats.

Tandis qu'elle se faisait ces réflexions, il l'avait conduite jusqu'à un immense garage où étaient rangées six voitures. Elle fut surprise de découvrir que la seule qui paraissait vraiment luxueuse était la Bugatti avec laquelle il l'avait raccompagnée chez elle quelques jours plus tôt. Parmi les autres se trouvaient une vieille Range Rover qui semblait dater des années 1980, un pick-up cabossé, une voiture électrique et un break.

— Je crois comprendre le choix de la plupart de ces voitures... mais un break ?

— Mon meilleur ami et sa femme viennent d'avoir un bébé. Ils m'ont dit que je ne pourrais transporter ma filleule que dans un véhicule sûr et adapté. Alors j'ai acheté ce break pour plaisanter.

— À part peut-être la Bugatti, toutes tes voitures me paraissaient sûres et adaptées au transport d'un bébé.

— Je sais bien qu'elles le sont, lui répondit-il en se tournant vers elle. Mais Rosie est une petite prématurée. Après sa naissance, elle a dû rester dans une unité spéciale de la maternité pendant trois semaines. J'ai fait ça pour les faire rire, leur remonter le moral.

— C'est vrai ?

— Oui.

Tout bien considéré, c'était parfaitement dans le style du Dante Russo qu'elle avait appris à connaître. Il se servait de sa fortune non pas pour se protéger des autres, mais pour les aider.

Et ce n'était peut-être qu'un petit détail, mais cela ne faisait que renforcer l'affection qu'elle avait pour lui.

— Tu es un homme bien, dit-elle doucement.

— Euh...

— Ne cherche pas à contester. Tu es un homme bien. Et ça ne fait pas de toi un homme moins sexy pour autant, lui dit-elle d'une voix rassurante en lui adressant un clin d'œil.

Beaucoup d'hommes refusent de voir leurs qualités humaines reconnues, parce qu'inconsciemment ils ont le sentiment que cela diminue leur pouvoir de séduction virile. Mais elle n'était pas d'accord avec cette théorie. Personnellement, elle était très heureuse d'avoir un homme bien à son côté.

Elle avait envie d'avoir un homme bien à son côté.

Comme il pleuvait toujours, il la déposa en Bugatti devant l'entrée du commissariat et partit se garer.

Avant d'entrer, elle essaya de se donner du courage en prenant une profonde inspiration. C'était seulement la deuxième fois de sa vie qu'elle se trouvait devant un commissariat de police et elle n'aimait pas ça du tout.

D'un pas mal assuré, elle s'approcha du bureau de la réception et demanda si elle pouvait voir Delaney.

Assis dans sa voiture, Dante hésitait à aller rejoindre Olive. Elle lui avait dit qu'il était un homme bien. Ce n'était pas du tout l'impression qu'il avait.

Sur un coup de tête, il décida d'appeler Max.

Mais à sa grande surprise, ce ne fut pas son ami qui décrocha.

— Salut, D, lança Mia.

— Salut. Comment vas-tu ?

— Bien. Max est en train de donner le bain à Rosie. Et comme ça fait longtemps qu'on n'a pas bavardé un peu tous les deux, je me suis permis de décrocher.

— Tu as bien fait.

Il aimait Mia comme une sœur, mais il ne pensait pas qu'elle lui serait très utile à cet instant.

Peut-être était-ce une façon pour l'univers de lui faire comprendre qu'il n'avait pas besoin de parler de ça encore une fois. C'était inutile, effectivement. Il savait très bien ce qu'il avait à faire.

— Alors, comment ça se passe avec Olive Hayes ?

— Max t'en a parlé ? Ça ne m'étonne pas. En fait… elle est vraiment très différente de la jeune femme qu'elle a été.

— Je sais. Je ne t'ai rien dit, parce que je pensais que c'était du passé, mais elle est venue à une réunion de notre sororité il y a quelques années et elle s'est excusée devant toutes les personnes présentes. On a eu une discussion très intéressante, toutes les deux. J'ai eu l'impression qu'elle avait eu un déclic.

— C'est l'impression que j'ai également. La femme qu'elle est devenue est très différente de la jeune fille qu'elle était à l'époque de l'université.

— Tu n'as pas tort. Bien. Tu as besoin de quelque chose ?

— J'aurais aimé parler à Max.

— Ah. De trucs de garçons ?

— Non. C'est au sujet d'Olive. Est-ce que Max t'a dit qu'elle ne m'avait pas reconnu ?

— Oui, répondit-elle en étirant longuement le mot. Et que tu envisageais de coucher avec elle et de rompre immédiatement après. Ce à quoi j'ai répondu : à quel moment Dante est-il devenu aussi stupide ?

— Pourquoi stupide ? demanda-t-il dans un petit rire nerveux.

— Jamais tu ne parviendras à te montrer détaché à l'égard d'Olive. Je n'imagine pas une seule seconde que tu puisses coucher avec elle juste pour la faire souffrir, tu n'es pas du tout comme ça, et si ça se produit, si tu couches avec elle… Mais attends… Tu as déjà couché avec elle, c'est ça ?

— Oui. Max ne te l'a pas dit ?

— Non. En revanche, il m'a parlé de ta proposition d'emploi et je l'ai encouragé à accepter. Tu sais, je le trouve plutôt bizarre depuis quelque temps. Il dit que c'est juste le problème de son travail, mais je crois aussi qu'il ne s'imaginait pas qu'être papa serait aussi difficile. Et… je ne sais pas, mais je pense qu'il y a peut-être autre chose.

Son ami avait-il des problèmes conjugaux ? Dante était-il devenu égoïste au point de passer à côté de ça ?

— Je ne pense pas, non. C'est son travail qui le tourmente. Il m'a expliqué qu'il détestait cet emploi mais qu'il ne voulait pas se décharger de ce poids sur toi.

— C'est vrai ?

— Oui. Tu sais… si vous voulez, je peux garder Rosie cette semaine et vous prêter ma maison au bord du lac. Vous seriez juste tous les deux. Vous pouvez venir dès samedi matin. J'ai le dîner de l'association des brasseurs vendredi soir.

— Je ne sais pas trop. On n'a jamais laissé Rosie avec…

— Quelqu'un d'autre que moi. Parce que je suis son parrain et parce que je suis un excellent baby-sitter. C'est toi-même qui l'as dit.

— Mais tu n'étais pas seul. Tu avais demandé à ta maman de rester avec toi.

— C'est vrai, mais elle m'a beaucoup appris. Laissez-moi faire ça pour vous deux.

— D'accord. Max a terminé. Je vais te le passer.

Un instant plus tard, il entendit la voix de son ami résonner dans le combiné.

— Salut, D. Comment ça va ?

L'un comme l'autre ne manquait jamais de prendre de ses nouvelles et était toujours là pour lui. Mais ne s'appuyait-il pas un peu trop sur eux ?

— Bien. Je t'appelais juste pour savoir si tu avais parlé du poste à Mia. Elle m'a dit que tu l'avais fait.

— Oui. Merci encore. J'accepte donc avec grand plaisir.

— Tant mieux. J'ai déjà prévenu les ressources humaines ; ils vont s'occuper de tout. Par ailleurs, j'ai proposé à Mia de vous prêter ma maison ce week-end, pour que vous puissiez prendre un peu de temps pour vous.

— Euh… quoi ?

— Vous avez besoin de passer un peu de temps tous les deux en couple. Ne me demande pas comment je le sais.

— Merci, D.

— Ce n'est rien. Tu ferais la même chose pour moi. Bon, il faut que je te laisse. On se rappelle demain ?

— Oui. Merci encore. Je t'adore, mon pote.

— De même.

Dante finit par sortir de la voiture. Il avait tellement cherché à comprendre si Olive se servait de lui, puis à trouver un moyen de se servir d'elle, qu'il en était venu à oublier l'homme qu'il avait toujours été. Il allait lui dire la vérité, et surtout, il allait tout faire pour la garder dans sa vie. Car s'il avait compris une chose en discutant avec Mia, c'était qu'il voulait vivre une relation semblable à celle que Max et elle partageaient.

Il voulait connaître cela avec Olive et il était certain qu'ils pouvaient être heureux. Il fallait juste qu'ils tournent la page sur leur passé une bonne fois pour toutes. Comme Olive elle-même l'avait déjà fait.

À l'approche du commissariat, il remarqua qu'une femme le suivait. Courtoisement, il lui ouvrit la porte.

— Merci, dit-elle.

Et elle se dirigea droit vers le bureau de la réception. Pour sa part, il s'arrêta sur le seuil afin de mieux observer les lieux. Olive était assise sur l'un des bancs, à droite de la pièce.

— Qu'est-ce qu'ils t'ont dit ? lui demanda-t-il en prenant place à côté d'elle.

— Juste que je ne pouvais pas la voir pour le moment. Elle n'a pas le droit aux visites. Il faut attendre qu'une caution ait été fixée.

— Alors attendons.

— C'est ce que je fais. Mais je trouve ça horrible.

— Je comprends. Au fait, tu avais des projets pour ce week-end ?

— À part aller au dîner des brasseurs avec toi, rien, non.

— Ça, c'est vendredi soir. Mais après, je dois garder ma filleule pour le week-end. Ça te dirait de m'aider ?

— Tu fais du baby-sitting ? s'exclama-t-elle, l'air sidéré.

— Pourquoi faut-il que toutes les femmes doutent de mes capacités à garder un bébé ? grommela-t-il. Pour tout t'avouer, ma maman est venue m'aider la dernière fois. Mais je m'en suis très bien sorti.

Elle se mit à rire, mais finit par acquiescer.

— D'accord. Ça me ferait plaisir. À moins bien sûr que Delaney n'ait besoin de moi...

— Je comprends.

La jeune femme qu'il avait laissée devant le bureau de la réception finit par interrompre leur conversation.

— Olive ! Contente de te voir ici.

Ce fut alors qu'il reconnut Paisley Campbell. Tous deux avaient suivi plusieurs modules ensemble à l'université, dont ils avaient été diplômés la même année. Allait-elle le reconnaître ?

Pourvu que non. Pourvu que non. Pourvu que non.

— Paisley, je te présente Dante Russo. Vous n'avez pas vraiment eu l'occasion de faire connaissance le soir où il m'a raccompagnée chez moi.

— Ravie de vous...

— Danny ? C'est bien toi ? Waouh ! Tu as tellement changé depuis la fac !

Le cœur battant à tout rompre, il tourna son regard vers Olive. Avait-elle fait le rapprochement ? Oui. Un simple coup d'œil à son visage avait suffi à répondre à sa question.

13

Comment Paisley pouvait-elle le connaître ? Cela paraissait invraisemblable. Et pourtant, au vu de l'expression du visage de Dante, il n'y avait pas de doute : l'explication était bien celle qu'elle avait devinée.

— Comment est-ce possible ? lui demanda-t-elle.

— Je suis allé à la Northwestern... commença-t-il.

Mais il ne put terminer sa phrase. Dans un immense fracas, la porte du commissariat venait de s'ouvrir sur Baxter Alexander, le père de Delaney, suivi de près par une troupe de paparazzis. S'étant dirigé droit vers le bureau de la réception, il se pencha pour parler à l'officier qui se trouvait derrière.

Des flashs crépitèrent, mais très rapidement, un autre officier demanda aux photographes d'attendre dehors. Le spectacle lui en aurait presque fait oublier Dante, ou plutôt Danny. Leurs chemins s'étaient-ils croisés à l'université ? Elle n'en avait aucune idée, mais s'il avait suivi des cours avec Paisley, il y avait de fortes chances pour qu'ils aient fréquenté les mêmes cercles.

Tout en essayant d'intégrer les conséquences de cette information nouvelle, elle souriait et essayait de faire comme si rien n'avait changé. Mais elle n'allait pas tenir bien longtemps comme ça.

— Bonjour, mesdemoiselles, dit le père de Delaney en s'approchant d'eux. Je suis désolée d'avoir renvoyé l'avocat que vous aviez embauché, mais il m'a semblé que cette affaire relevait de ma responsabilité. Ce Malcolm a proféré des menaces à mon encontre et je ne suis pas étonné que Delaney ait cherché à se confronter à lui. Mais cette affaire est terminée à présent. Je vais faire une déclaration à la presse aussitôt qu'elle sera libérée. Pourriez-vous aller lui dire de se préparer ?

— Ce serait avec plaisir, monsieur, répondit Olive, mais les visites lui ont été interdites.

— Plus maintenant. J'ai parlé au juge, personnellement.

Semblant enfin remarquer la présence de Dante, il se tourna vers lui en souriant poliment.

— H. Baxter Alexander.

— Dante Russo.

Les deux hommes échangèrent une poignée de main.

— Russo... des bières Inferno ?

— C'est exact.

— Je suis les progrès de votre société depuis ses tout débuts... commença à dire le père de Delaney.

Mais la conversation fut une fois encore interrompue. Les portes du fond de la salle venaient de s'ouvrir. Sur Delaney. Qui était dans un état lamentable. Son mascara avait coulé sous ses yeux et elle ne portait qu'une seule chaussure. Quant à sa robe, elle était tachée de boue et même déchirée à un endroit.

Son père et elle échangèrent un regard pendant quelques secondes. La tension était à son comble.

Mais soudain, il s'approcha d'elle pour la prendre dans ses bras. Comme il s'était mis à lui parler doucement à l'oreille, Olive se tourna vers Dante.

— C'est moi la fille qui s'est montrée si cruelle avec toi ?

Elle le savait au fond de son cœur, mais elle avait besoin de l'entendre. Pourquoi ne le lui avait-il pas dit dès le départ ? S'il l'avait connue dans le passé, pourquoi le lui avoir caché ?

La balance karmique. C'était la seule explication. Et peut-être plus tard parviendrait-elle à en tirer les leçons. Mais pour l'heure, elle se sentait à deux doigts de s'effondrer. La fille cruelle qu'elle avait été avait disparu depuis longtemps, il ne restait plus qu'Olive. Fragile, blessée, esseulée. La journée avait été longue et riche en émotions, sa meilleure amie avait été incarcérée. Et à présent, ça ?

— Oui, finit-il par répondre.

Sa voix était plus rauque que de coutume et elle percevait dans son regard une douleur semblable à celle qu'elle ressentait. Mais elle avait du mal à en tenir compte. Car elle avait le sentiment qu'elle allait se briser en un millier d'éclats.

— Pourquoi ne m'as-tu rien dit ? souffla-t-elle.

Comment aurait-elle réagi s'il l'avait fait ?

— Au départ, je ne pensais pas que c'était important, marmonna-t-il.

— Mais ensuite, ça l'est devenu. À partir du moment où on a couché ensemble, ou quand je t'ai expliqué combien j'avais été horrible… pourquoi ne pas… ?

— J'ai essayé. Mais tu étais tellement fragile.

Elle était fragile face à lui en effet. Parce qu'elle s'était éprise de lui.

— Tu as fait ça pour me faire souffrir ?

— Non. Non, absolument pas.

— Alors, pourquoi ? murmura-t-elle.

— Je… Je te demande pardon de ne pas te l'avoir dit plus tôt.

— Je ne peux pas m'occuper de ça maintenant.

Elle releva les yeux vers Delaney, qui paraissait ébranlée. Aussi ébranlée qu'elle, en réalité.

— Il faut que j'aille aider Delaney.

Elle voyait bien sur son visage qu'il aurait voulu la toucher, lui demander de rester. Mais il ne le fit pas.

Après avoir pris une profonde inspiration, elle s'approcha donc de Delaney et Paisley. Ses deux amies semblaient comme elle, usées. La vie n'avait pas été douce avec elles ces derniers temps.

M. Alexander les laissa pour remplir les documents nécessaires à la sortie de sa fille. On les conduisit ensuite dans une autre pièce, où Delaney put se changer en revêtant la tenue que son père lui avait apportée.

— Que s'est-il passé ?

— Malcolm est pire encore que je l'avais imaginé. Il a essayé de faire chanter mon père en le menaçant de diffuser des photos de moi. Papa a dit que c'était du bluff, et je ne me suis pas fait plus de souci que ça. Mais je ne pouvais pas le laisser gagner. Je savais qu'il cachait des choses dans son coffre-fort, et comme c'était son week-end avec Stanley et qu'il m'avait demandé de le lui déposer à l'aéroport, j'étais certaine qu'il n'était pas chez lui…

— Alors tu as essayé d'entrer par effraction, dit Olive en tirant un lisseur de son sac pour le brancher à la prise murale.

— Oui, mais il a changé le code de son Interphone. Alors j'ai dû escalader le portail. Mais ça a déclenché une alarme silencieuse.

— Tu as trouvé ce que tu cherchais ? lui demanda Paisley.

— Je ne sais pas. J'ai réussi à ouvrir le coffre. Ce code-là, il ne l'avait pas changé. J'en ai tiré tout un tas de photos, mais je n'ai pas eu le temps de les regarder, parce que c'est à ce moment-là que la police est arrivée.

Olive se mit à lisser les cheveux de son amie. Elle se sentait totalement sous le choc, mais la conversation l'aidait à ne pas trop songer à ce trou béant qui s'était creusé au fond de son cœur.

— Je suis toujours folle de rage contre lui, reprit Delaney. Maintenant, tout le monde pense que je n'arrive pas à l'oublier. N'importe quoi. Quand c'est fini, c'est fini, non ?

Paisley émit un murmure d'approbation. Olive, elle, ne répondit rien. Elle n'arrivait toujours pas à intégrer l'idée que Dante l'avait connue à l'époque de l'université. Dante... ou plutôt Danny. Elle ne s'en souvenait toujours pas, mais est-ce que cela avait de l'importance ? Oui. Une importance capitale, même. Comment allait-elle réussir à surmonter cette épreuve.

Mais peut-être n'était-elle pas destinée à la surmonter.

Peut-être était-ce une fois encore le retour de bâton de la justice karmique. Un signe qu'elle devait encore payer pour son passé. Qu'il était trop tôt pour qu'elle essaie de trouver le bonheur.

Elle essaya de soupirer, mais son souffle était haletant. Elle était au bord des larmes. Mais elle ne pouvait pas s'effondrer. Il fallait qu'elle soit forte pour Delaney.

— Ça va ? fit soudain l'intéressée, coupant court à ses pensées.

— Pourquoi est-ce que tu me demandes ça ?

— Ça fait cinq fois que tu me lisses la même mèche. Donne-moi ça. Je vais le faire, lui dit-elle en lui prenant l'appareil des mains. Qu'est-ce qui t'arrive ?

— Rien.

Elle ne pouvait tout de même pas parler de ses amourettes alors que son amie était menacée de poursuites judiciaires et n'allait pas tarder à être traquée par la presse.

Alors qu'elle se faisait ces réflexions, Paisley s'était approchée et les avait tendrement prises dans ses bras.

— Olive ignorait que Dante était en réalité Danny, avec qui nous sommes allées à la fac, dit-elle à Delaney avant de se tourner vers Olive. Si mes souvenirs sont bons, il t'avait invitée à danser au bal du printemps et tu lui avais répondu qu'une femme ayant un minimum d'amour-propre ne danserait jamais avec lui. Le problème, c'est que tu avais toujours ton micro et...

Non ! Oh ! non ! Cette soirée... Elle se souvenait de lui à présent. Danny, ce garçon très intelligent au physique insipide à qui elle apportait des cafés pour qu'il fasse à sa place ses devoirs de psychologie. Ce garçon qui lui faisait toujours un petit signe de la main quand elle traversait le campus. Ce garçon qu'elle prenait toujours soin de ridiculiser dès qu'il avait le dos tourné. C'était horrible.

— Tout le monde a entendu, souffla-t-elle. Et il est parti sans rien dire.

Il avait la même coupe de cheveux négligée que la première fois qu'elle l'avait rencontré dans son bureau. Le même sourire, aussi. Les mêmes yeux verts. Et elle avait fait bien plus que le rejeter ; elle l'avait humilié devant tout le monde.

Que devait-elle déduire du fait qu'il ne lui avait rien dit ? Était-ce par fierté qu'il avait préféré ne pas évoquer le sujet, puisqu'elle ne l'avait pas reconnu ? Ou avait-il vu là une occasion de prendre sur elle sa revanche ?

Dante regrettait de ne pas avoir parlé à Olive ne serait-ce que cinq minutes plus tôt. Il n'en voulait pas à Paisley. Il ne pouvait s'en prendre à personne d'autre qu'à lui-même. Le commissariat était désormais plus agité. Des hauts gradés se pressaient pour parler au père de Delaney. L'homme avait un charisme imposant, mais malgré son immense fortune, il se montrait courtois et respectueux. Il savait que les policiers faisaient un dur travail et il ne cherchait pas à trouver d'excuses à sa fille qui, à en croire la rumeur, n'en était pas à ses premiers heurts avec la loi.

Nerveusement, Dante se passa une main sur la nuque. Il n'avait aucune idée de ce qu'il devait faire. D'instinct, il aurait voulu aller trouver Olive pour tout lui expliquer, mais elle était dans une situation de gestion de crise, elle devait aider son amie. Il ne voulait pas rendre les choses plus compliquées encore pour elle. Il ne voulait pas ajouter à la pression qu'elle subissait déjà.

Mieux valait partir. Mais il ne pouvait pas disparaître sans lui avoir parlé. Sauf si elle le lui demandait, naturellement.

Il savait bien qu'il n'aurait pas dû garder ce secret si longtemps. Pourquoi ne lui avait-il rien dit ? Au fond de son cœur, il connaissait la vérité. Et il ne cherchait plus à se voiler la face à présent. S'il ne lui avait rien dit, c'est parce qu'il avait peur qu'elle oublie le relooking et ne voie plus en lui que le garçon insipide et négligé qu'il avait été. Parce qu'il avait peur que les sentiments qu'il lui inspirait ne changent si elle se souvenait de ce jeune étudiant. Il aurait dû tout lui dire au cours du dîner au lieu de se trouver des excuses. Il l'appréciait beaucoup. Cela allait même au-delà de ça. Il était peut-être déjà tombé amoureux d'elle.

Or, il l'avait fait souffrir tout autant qu'elle ne l'avait fait souffrir dans le passé.

Après l'incident, les autres étudiants avaient cessé de le regarder dans les yeux et il avait perdu ce sentiment de toute-puissance princière que sa mère lui avait insufflé. Il avait commencé à porter un regard critique sur lui-même, et des changements avaient suivi.

Cela avait été une période difficile, mais il l'avait passée et il pensait être devenu un homme nouveau. Jusqu'à ce qu'Olivia Hayes refasse surface dans sa vie.

La porte par laquelle elle avait disparu finit par s'ouvrir sur Delaney, qui arborait un air fier, comme si elle s'apprêtait à arpenter le tapis rouge du Met Gala. À ses côtés se trouvaient Paisley et Olive. Le regard d'Olive croisa le sien. Mais elle se détourna.

Comme il ne voulait pas envahir son espace personnel, il resta à distance. Le commissariat disposait d'une salle de presse, dans laquelle M. Alexander et Delaney furent conduits. Paisley et Olive leur emboîtèrent le pas. Sur un coup de tête, Dante finit par s'approcher pour attraper Olive par le bras.

— Qu'est-ce qu'il y a ? lui demanda-t-elle sur un ton glacial qui réveilla en lui le souvenir de son humiliation passée.

Sous le coup de la déception, il laissa mollement retomber son bras le long de son corps.

— Dante, je suis stressée, je n'arrive pas à réfléchir. Mais comment as-tu pu… ?

— Je te demande pardon, Olive. Si tu savais comme je regrette. J'aurais voulu que ce soit par moi que tu l'apprennes. Mais je ne savais pas comment te le dire…

— Je regrette moi aussi que ce ne soit pas toi qui me l'aies appris, répondit-elle en se détournant de lui, comme si elle cherchait ainsi à reprendre contenance.

— Euh… Dois-je attendre que tu aies fini ? Je peux rester là. Mais si tu préfères, je peux partir. En tout cas, je pense qu'il faut qu'on parle.

— Je ne sais pas.

— Olive, je ne t'ai pas menti tout à l'heure. Tu es importante pour moi. Je ne peux pas te laisser comme ça : blessée à cause de quelque chose que j'ai fait. Je veux juste que tu me laisses une chance d'en parler avec toi.

— Je peux t'envoyer un message tout à l'heure ? lui dit-elle d'une voix faible.

— D'accord. On fait comme ça.

Tout en hochant la tête, elle rejoignit ses amies dans la pièce, où les journalistes avaient également été conviés à entrer. Delaney leur souriait et elle eut même le cran de faire quelques plaisanteries ; elle semblait à présent parfaitement maîtresse de la situation. Mais il n'avait pas oublié l'image qu'elle renvoyait quelques minutes plus tôt. Celle d'une femme amoindrie et brisée.

Par curiosité, il décida de rester pour écouter son discours. Elle commença par déclarer à la presse qu'elle était retournée chez son ex pour récupérer un bracelet qui avait appartenu à la première des héritières de la fortune familiale, Emmeline Lucinda Alexander.

Dante finit par tourner son regard vers Olive, qui se tenait à côté de son amie.

Un peu plus tôt dans la soirée, il lui tenait la main et rêvait d'un avenir avec elle. Tout cela semblait bien loin à présent. Son instinct lui disait qu'elle avait réellement changé. Que la femme qu'il avait appris à connaître était la femme qu'elle était réellement. Mais cette excuse qu'elles avaient inventée pour Delaney semblait un peu trop commode. Ses amies et elle étaient vraiment très douées pour inventer des histoires. Pouvait-il se fier à celle qu'il pensait connaître sur Olive ?

Il avait tout fait pour oublier cette triste soirée où il était parvenu à surmonter l'embarras d'aller la trouver pour l'inviter à danser et où, non contente de refuser, elle avait rejeté tout ce qu'il était.

Certes, elle paraissait faible et vulnérable désormais, mais il savait que derrière ce masque se cachait une femme qui n'hésiterait pas une seule seconde à le poignarder. Le ton glacial qu'elle avait emprunté pour lui parler, quelques minutes plus tôt, tendait d'ailleurs à étayer cette théorie.

Alors qui était-elle réellement ? La femme qu'il avait appris à connaître au fil du mois passé, la fille qu'il avait rencontrée à l'université, une personne autrement plus complexe ou un savant mélange de tout cela ?

Pour sa part, il était bien plus que le jeune homme en surpoids qu'il avait été et le célibataire milliardaire qu'il était à présent. Mais il lui était plus difficile qu'il ne l'avait imaginé de pardonner et de baisser la garde. Parce qu'il n'avait aucune envie de s'éprendre d'une femme qui n'était pas celle qu'il croyait être. Il ne voulait pas se mettre dans une position de faiblesse et exposer ainsi son cœur à de nouvelles souffrances.

Olive ne savait pas trop comment réagir, mais après la conférence de presse, elle avait envoyé un message à Dante, et à présent, deux heures plus tard, ils se trouvaient là, assis ensemble dans ce bar. De cette façon, au moins, les choses seraient réglées. Quand elle se réveillerait le lendemain, tout cela serait loin derrière elle.

Ils étaient confortablement assis sur des banquettes, dans un coin de la salle. Comme il était tard et qu'on était un soir de semaine, l'ambiance était plutôt calme.

— J'imagine que c'est à moi de commencer, finit-il par dire.

Elle acquiesça.

— C'est toi qui as gardé ce secret. Pourquoi ?

Comme s'il cherchait ainsi à apaiser ses tensions, il se passa une main sur la nuque. Manifestement, ce n'était pas plus facile pour lui que pour elle. Jusqu'ici, elle avait eu le sentiment d'être la victime, mais elle commençait à comprendre qu'il n'y avait pas de gagnant dans leur situation.

— Tu te souviens de moi, maintenant ?

— Oui. Je me souviens de tout.

Elle ravala sa salive avec peine avant de reprendre.

— Et je te demande pardon pour la façon dont je t'ai traité ce jour-là. Mais ce n'est vraiment pas le sujet...

— Bien sûr que si, répliqua-t-il vivement avant de s'interrompre en secouant la tête. Quand Kiki t'a embauchée, je m'attendais à me retrouver face à cette jeune femme que tu avais été. Le problème, c'est que tu n'étais pas du tout comme je l'avais imaginé. De toute façon, j'ai pensé qu'il valait mieux rester sur une relation strictement professionnelle. Tu connaissais ton affaire et tu avais de bonnes idées.

— Merci. Je pense que cette idée de relation strictement professionnelle était très bonne. Dommage qu'il y ait eu cette incroyable attirance physique entre nous.

Il poussa un lourd soupir avant de parler.

— Je suis d'accord. Donc, il a commencé à se passer des choses entre nous. Tu m'as parlé de ton passé et je me suis rendu compte que j'étais l'un des hommes sans visage que tu avais croisés sur ton chemin. Je ne savais pas comment t'expliquer que j'avais compté parmi eux, et quand tu t'es excusée au nom de la fille qui m'avait fait souffrir... eh bien, j'ai accepté tes excuses au nom de tous les hommes sans visage.

Le cœur lourd, elle hocha la tête. C'était son karma. Les répercussions sur le long terme de ses actions passées. Son thérapeute lui avait dit qu'elle devait se pardonner elle-même pour les souffrances qu'elle avait occasionnées aux autres. Mais qu'en était-il des souffrances qu'elle s'était occasionnées à elle-même ? Elle s'était fait du mal. Et elle n'aurait jamais de véritable chance de développer une relation avec Dante. Ce qu'il venait de lui dire, c'était qu'il n'était pas sûr qu'elle ait véritablement changé. Il avait accepté ses excuses au nom des hommes sans visage. Mais les avait-il acceptées, lui ?

Comment lui prouver qu'elle avait changé ? Et au-delà de ça, pourrait-elle un jour lui pardonner de lui avoir menti ?

— Mais ensuite, reprit-il, tu m'as embrassé, et waouh... je n'ai plus du tout pensé au passé.

— C'est pour ça que tu ne m'as pas recontactée quand nous sommes rentrés du Milwaukee ?

— Oui et non. Je ne savais pas trop si tu voulais revenir à notre relation « strictement professionnelle », et par conséquent, je ne voulais pas faire pression sur toi. Et puis surtout, au fond de moi, je savais qu'il fallait que je te parle du rôle que tu avais joué dans ma vie.

Il se détourna d'elle quelques instants, et après avoir bu une longue gorgée de bière, il prit doucement sa main dans la sienne.

— J'ai essayé de te parler ce soir.

— Je sais, répondit-elle sans chercher à libérer sa main des siennes. Je regrette de ne pas t'avoir laissé faire. C'était juste que... j'avais avec moi cet homme qui était tout ce que j'avais toujours recherché sans jamais oser le demander. Et je n'avais pas envie que des problèmes quelconques surviennent entre nous.

— Moi non plus. Ce qui nous amène à un point intéressant : est-ce que je te plais parce que je suis cet homme ?

N'étant pas sûre d'avoir bien compris, elle plongea son regard dans le sien.

— Quel homme ?

— Celui qui a la coupe de cheveux et les vêtements que tu as choisis.

— Tu étais comme ça avant. J'ai lu cet article qui a été écrit sur toi quand tu as gagné ton premier million de dollars.

— Oui, mais à cette époque, j'étais une véritable ordure. Et c'est là la raison pour laquelle j'ai décidé de redevenir moi-même.

— Tu étais toi-même aussi à cette époque.

Il avait en quelque sorte une double personnalité. Ou plutôt non. C'étaient en réalité les deux aspects d'une seule et même personne.

— Nous ne sommes pas si différents, toi et moi, murmura-t-elle.

— Mais moi, je ne t'ai jamais humiliée, contre-attaqua-t-il.

— Si. Tu m'as menti et tu m'as fait croire une chose alors que la vérité… la vérité était plus dure à entendre. Mais c'est de ta bouche que j'aurais dû l'apprendre. Pas de celle de Paisley.

Il pouvait toujours dire ce qu'il voulait, il ne lui avait pas pardonné et ne lui pardonnerait jamais. Et cela lui faisait mal, bien plus qu'elle ne l'aurait imaginé. Par ailleurs, elle n'était pas sûre de pouvoir elle-même lui pardonner.

— Je me suis déjà excusée pour ce que je t'ai fait dans le passé, lui dit-elle.

— C'est exact.

— Mais ce n'est pas suffisant ?

— Je ne sais pas, murmura-t-il. Pour tout te dire, j'ai envisagé de te faire quelque chose du même acabit.

— Tu ne t'es pas contenté de l'envisager. Tu l'as fait.

Manifestement, il considérait qu'il était dans son bon droit. Une idée qui ne faisait qu'accroître sa peine. Parce qu'il avait sans doute raison. Elle avait fait souffrir tellement de personnes avec ses petits commentaires et son attitude égoïste.

— Quelles étaient tes intentions, exactement ? lui demanda-t-elle, bien qu'au fond d'elle elle n'eût aucune envie de savoir.

— J'ai envisagé de te séduire, et immédiatement après, de te laisser tomber.

— Je trouve ça vraiment mesquin et je te pensais au-dessus de ce genre de choses. Mais en réalité, je peux comprendre. Tu voulais te venger, et tout bien considéré, tu y es arrivé. Tu m'as séduite. J'ai tout gobé : l'image de l'homme sexy au cœur d'or, du milliardaire qui s'intéresse vraiment à ses employés. Tout. Tu as gagné.

Furieuse, elle se leva pour partir, mais comme il l'appela par son nom, elle se retourna vers lui.

— Je ne veux pas gagner. Je n'aurais jamais pu te faire ça, Olive. J'aime la femme que tu es et je te respecte beaucoup trop pour ça.

Elle avait à présent envie de pleurer. Ces mots lui avaient fait prendre conscience d'une chose : elle avait détruit sa propre vie toutes ces années plus tôt. Elle savait qu'il était l'homme avec qui elle avait envie de passer le reste de ses jours. Mais il ne parviendrait jamais vraiment à pardonner l'humiliation qu'elle lui avait fait subir. Elle ne lui pardonnerait pas, elle non plus. Et surtout, elle ne se le pardonnerait pas.

— Au revoir, Dante.

— Olive...

Elle perçut de la souffrance dans le ton de sa voix, mais elle ne pouvait plus continuer de faire ça. En ressassant le passé, ils ne faisaient que retourner au passé. Là où il n'y avait pas d'avenir pour eux.

— Écoute, je regretterai toujours de ne pas m'être montrée plus gentille avec toi la première fois que nous nous sommes rencontrés. Et pour ce qui est du présent, compte tenu de tout ce qui s'est passé, je pense qu'il serait malavisé pour nous de continuer de travailler ensemble. Alors, au revoir, Dante.

Sans attendre sa réponse, elle quitta le bar et héla un taxi. Elle réussit à tenir bon tout au long du trajet. Mais aussitôt qu'elle eut refermé la porte de chez elle, elle baissa la garde et éclata en sanglots.

14

Dante avait regretté un millier de fois de ne pas avoir rattrapé Olive ce soir-là. Mais il ne l'avait pas fait. Juillet s'était achevé, et en ce début de mois d'août, il était toujours à la recherche d'un bon moyen de revenir à elle. Mais il n'en trouvait pas.

Le plus naturel aurait été de lui envoyer un message, mais que pouvait-il lui écrire ? Il avait beau chercher et chercher encore, il ne savait pas comment lui expliquer ce qu'il avait sur le cœur. Pourtant, il fallait qu'il trouve un moyen de régler ce problème. Car les contrariétés de sa vie privée commençaient à avoir un impact sur sa vie professionnelle.

Au grand dam de Kiki, ses cheveux commençaient à repousser et sa barbe semblait de plus en plus négligée.

La sonnette de la porte d'entrée l'extirpa brusquement de ses pensées. Sa gouvernante avait demandé à partir plus tôt ce soir-là. Dommage, car il n'était pas du tout d'humeur à parler à qui que ce soit.

Nouveau coup de sonnette. Tout en soupirant, il ouvrit l'application du système de sécurité de la maison.

Max.

Il avait éludé toutes les questions que son ami lui avait posées sur sa vie privée depuis le départ d'Olive. Entre-temps, Max était devenu le juriste officiel d'Inferno, ce qui était une bonne chose. Le travail les avait tous deux tenus très occupés. Mais à présent, Max était là, sur le pas de sa porte.

Sous le regard de Dante, il finit par quitter le champ de la caméra. Un peu déçu que son ami ait abandonné au bout de deux essais seulement, Dante alla se réinstaller sur sa chaise longue.

Une voix d'homme le fit brusquement sursauter.

— Je n'arrive pas à croire qu'on puisse rentrer ici juste en passant sa main derrière la grille pour tourner un verrou. J'ai besoin d'une bière. Ensuite, il faut qu'on parle.

Dante se retourna vivement. Son ami se trouvait sur la terrasse, juste derrière lui.

— Il y a de la bière dans le frigo, dit-il en le foudroyant du regard.

— Va m'en chercher une.

— Je ne suis pas ta...

— Je ne suis pas venu par plaisir, Danny. Il faut vraiment qu'on parle.

— D'accord, d'accord. Mais ce n'est pas moi qui irai chercher la bière.

Sans répondre, Max tourna les talons pour rentrer dans la maison. Dante prit le temps de réfléchir. Il fallait qu'il trouve quelque chose pour apaiser son ami. Il ne pouvait pas laisser sa rupture avec Olive prendre une telle importance dans sa vie.

Mais pouvait-on vraiment parler de rupture ?

Ils étaient sortis ensemble une fois, avaient couché ensemble deux fois. Peu importait, de toute façon. Car depuis, tout avait changé pour lui. Alors, comment la reconquérir ? Il lui avait menti, et il avait beau se chercher des excuses, il savait qu'il avait commis une grave erreur.

— Merci pour la bière. Désolé de m'être montré si désagréable. Je n'avais aucune envie de venir ; c'est Mia qui a insisté pour que je te parle.

— Pas de problème. Du moment que tu ne t'es pas montré désagréable avec elle...

Il ne voulait pas être la cause de disputes entre ses amis.

— Ne t'inquiète pas pour ça. Elle est la meilleure chose qui me soit arrivée dans la vie, après Rosie. Je n'ai aucune envie de tout gâcher.

Max s'interrompit pour prendre une longue gorgée de bière.

— Bien. Nous savons tous que ton problème a trait à Olive. Mais nous ignorons ce qui s'est passé exactement.

— Quel problème ?

Manifestement agacé par la question, Max leva les yeux au ciel.

— Elle ne travaille plus pour toi. Tu es tout le temps de mauvais poil. Tu as perdu tout ton charme. Même le discours que tu as fait au dîner de l'association des brasseurs était morne et ennuyeux.

— Je n'ai pas envie de parler de ça, Max. Je ne sais pas comment régler le problème, mais je vais me ressaisir. Je vais prendre rendez-vous avec le coiffeur et je serai de retour au bureau lundi, frais et dispos.

— Parfait. Tu as intérêt. J'aimerais pouvoir te conseiller, mais en général, quand on se dispute, Mia et moi, je réagis de façon assez singulière. Dans un premier temps, je suis furieux. Parfois contre elle, mais le plus souvent contre moi-même, parce que je regrette de m'être emporté. Et je sais que je devrais m'excuser, mais j'ai horreur de ça. C'est compliqué d'être dans une relation sur le long terme.

— Alors, comment est-ce que tu fais ? Vous avez toujours l'air de si bien vous entendre…

— Je me contente de lui rappeler qu'elle est la meilleure chose qui me soit jamais arrivée. Je ne peux pas te dire si ça pourrait fonctionner avec Olive, mais ça ne fait jamais de mal d'exprimer ce que l'on ressent.

Olive était la meilleure chose qui lui soit arrivée à lui aussi. Mais il n'était pas sûr que ce sentiment soit partagé.

— C'est par l'une de ses amies qu'elle a appris que nous nous étions connus dans le passé. Elle m'en a voulu de ne rien lui avoir dit, et quand elle me l'a expliqué, j'ai… eh bien, j'ai tout déballé. Je lui ai dit que j'avais envisagé de me venger. Et comme tu l'auras sûrement deviné, elle l'a mal pris.

— Ah oui ? Pourtant, il me semble que l'honnêteté est la meilleure démarche à adopter dans ce type de situations. Qu'est-ce qui s'est passé ?

— Elle est partie, c'est tout.

— Aïe, fit Max en grimaçant. Et comment as-tu réagi ?

— Je n'ai pas réagi. Je l'ai juste laissée partir.

— Hein ? Mais pourquoi ?

— Pourquoi ? Parce que je n'allais tout de même pas supplier Olive Hayes de me laisser une deuxième chance.

À ces mots, Max reposa brusquement sa bière et se tourna vers lui.

— Tu es un imbécile. Elle n'est plus Olive Hayes pour toi. C'est Olive, juste Olive, et tu le sais très bien. Tu crois qu'elle va revenir à toi ?

— Comment veux-tu que je le sache ?

— Tu veux qu'elle revienne à toi ?

Oui. Il avait voulu qu'elle revienne dès le moment où elle lui avait dit adieu. Et si son ego ne s'était pas mis en travers de son chemin, il l'aurait rattrapée pour lui demander de rester.

— Oui. Mais si...

— Non. Épargne-moi les réponses prudentes. Je vais te dire une chose essentielle que j'ai apprise de ma relation avec Mia. L'amour ne connaît pas de zone de confort. Soit tu fonces tête baissée, soit tu restes sur le banc de touche.

En guise de réponse, Dante se contenta de soupirer bruyamment. Mais dans son esprit, il cherchait déjà un moyen de reconquérir Olive. Il voulait absolument qu'elle revienne dans sa vie et il était prêt à tout pour lui prouver que le passé n'avait pas d'importance.

La nouvelle cliente d'Olive n'était pas facile. Elle ne semblait pas disposée à procéder au moindre changement dans son attitude actuelle, et l'image qu'elle renvoyait était assez ambiguë. Plus Olive parlait, moins elle avait l'impression que la jeune femme écoutait. Cette séance commençait à lui apparaître comme une immense perte de temps.

Quand elle finit par retourner à son bureau, elle était fatiguée. Après s'être débarrassée de ses chaussures, elle consulta l'écran de son téléphone, dans l'espoir d'y voir apparaître le message qui n'était toujours pas arrivé.

Mais en réalité, elle n'était pas sûre de la façon dont elle aurait réagi si Dante lui avait écrit. C'était elle qui était partie. C'était elle qui lui avait dit adieu. Elle était passée à autre chose. Volontairement. Cependant, le bonheur qu'elle avait trouvé avec lui l'avait changée au plus profond d'elle-même et elle espérait trouver un moyen d'arranger les choses entre eux.

Déterminée à trouver un moyen de s'occuper, au lieu de rester chez elle à songer à nouveau à tous les bons moments qu'elle avait passés avec lui, elle ouvrit son téléphone.

Il lui avait demandé de l'aider à garder sa filleule ce week-end-là. Juste avant que tout ne s'effondre autour d'eux. Depuis, elle l'avait vu en photo dans un journal avec la petite dans les bras. Et elle avait senti son cœur se briser un peu plus.

Elle était amoureuse de lui.

Elle ne pouvait pas se voiler la face. Elle l'avait compris le soir où elle s'était rendue chez lui et où ils s'étaient fait surprendre par la pluie. Il lui manquait. Horriblement. Au départ, elle n'arrivait plus à penser qu'au fait qu'il avait envisagé de la séduire pour se venger. Était-il du genre rancunier ? Mais ensuite, elle avait compris qu'il lui avait dit la vérité quand il avait affirmé qu'il n'aurait jamais pu aller jusqu'au bout.

La voix de Paisley, qui venait d'apparaître sur le pas de sa porte, la tira brusquement de ses pensées.

— Besoin d'un peu de compagnie ?

— Ça ne me ferait pas de mal, en effet.

Ce fut Stanley qui arriva le premier devant elle, en remuant la queue. Paisley et Olive s'étaient mises d'accord pour le garder à tour de rôle en l'absence de Delaney, qui était partie en Europe pour essayer de se faire oublier par la presse. Heureusement, son ex avait décidé de ne pas engager de poursuites contre elle. Le scandale, depuis, c'était donc un peu tassé.

— Toujours pas de nouvelles de Dante ?

— Non. Mais je ne devrais peut-être pas attendre que ce soit lui qui revienne. Je n'arrête pas de m'interroger. Et pour commencer, comment se fait-il que je ne l'aie pas reconnu ?

C'était la question qu'elle ne cessait de se poser. Il avait disparu de sa mémoire et, tout à coup, quand Paisley en avait parlé, tout lui était brusquement revenu. Comment était-ce possible ?

— Je ne sais pas. Mais je pense que l'oubli a parfois trait à l'autoprotection. Je ne me souviens toujours pas de certains moments de mon enfance, à l'époque où papa multipliait les escroqueries.

Olive adressa à son amie un sourire plein de compassion. Le père de Paisley, qui avait occupé divers emplois respectables, avait fini par monter une escroquerie à vaste échelle visant à dépouiller des personnes âgées de leurs économies. Paisley l'avait découvert quand son père avait été arrêté, à l'époque où elle était à l'université. Elle avait alors coupé les ponts avec lui, mais son père était mort en prison, et elle l'avait profondément regretté. Olive ne connaissait pas tous les détails sordides de l'éducation qu'avait reçue son amie, mais Paisley en avait tiré une profonde aversion pour les mensonges. Y compris les pieux mensonges.

— Peut-être. Mais je ne sais pas comment renouer le contact. Je pourrais lui envoyer un message, bien sûr, mais je ne saurais pas quoi lui dire.

Avant de répondre, Paisley passa quelques instants à contempler le plafond. Et quand elle finit par baisser la tête, elle paraissait toute excitée.

— Le gala caritatif de la fin de l'été ! Je sais que la brasserie Inferno sera représentée, parce que, quand j'ai appelé pour réserver nos places, on m'a dit qu'on serait peut-être à la même table qu'eux.

Un gala ?

— Est-ce qu'on pourra danser ?

— Évidemment.

Olive avait une idée, une idée qui pouvait fonctionner, mais c'était une véritable prise de risque. En cas d'échec, elle se retrouverait humiliée publiquement à son tour. Ce qui ne rétablirait pas l'équilibre karmique, cependant. Mais au fond de son cœur, elle savait pourquoi il lui avait caché ce secret. Elle allait donc le faire, dans l'espoir qu'il finisse par lui pardonner. Dans l'espoir qu'il lui accorde une deuxième chance. Même s'il était fort probable qu'il la traite exactement comme elle l'avait traité.

Elle n'avait aucune envie de courir ce risque. Mais elle n'avait pas le choix. Elle le voulait de retour dans sa vie. Elle voulait lui prouver, et se prouver à elle-même, que le passé était définitivement derrière eux. Il lui avait dit qu'il lui avait pardonnée, mais elle ne s'était toujours pas pardonné à elle-même.

Il lui fallait saisir cette chance de lâcher prise une bonne fois pour toutes et de bâtir cet avenir auquel elle s'autorisait tout juste à rêver de nouveau.

— Merci, Pais. Tu viens encore une fois de prouver que tu es le cerveau de la bande.

L'air à la fois fière et amusée, Paisley sourit.

De retour à son bureau, Dante essaya d'échafauder un plan. Il avait reçu un message de l'organisateur du gala caritatif de la fin de l'été l'informant qu'ils devraient partager leur table avec des représentants d'IDG Brand Imaging. Une chance. Il allait donc pouvoir voir Olive et lui parler.

En personne.

Ce serait bien mieux que de lui envoyer un message. Il pourrait voir son visage, la toucher. La convaincre qu'il ne lui en voulait pas et qu'il souhaitait qu'elle revienne dans sa vie.

Machinalement, il regarda les photos qu'il avait d'elle dans son téléphone. Deux seulement. Dont un selfie qu'ils avaient pris au concert, le soir où tout avait changé entre eux.

Tout bien réfléchi, c'était à ce moment-là qu'il avait tiré un trait sur le passé. Mais il avait essayé de prétendre qu'il s'y accrochait toujours pour pouvoir avoir une porte de sortie. Un moyen de partir en toute sécurité plutôt que de lui laisser le pouvoir de lui briser le cœur.

Sur l'autre photo, prise à l'occasion de la fête de la bière, on pouvait la voir accroupie devant un enfant. Le sourire qu'elle affichait était si doux qu'il sentait son cœur fondre à chaque fois qu'il le regardait. Comment avait-il pu imaginer une seule seconde que les changements qui s'étaient opérés en elle n'étaient pas réels ?

Il suffisait de regarder son visage pour comprendre à quel point elle était sensible et fragile. Mais il n'avait pas voulu le reconnaître parce que, s'il avait admis qu'elle avait changé, il aurait dû admettre qu'il avait changé lui aussi.

Et en mal, contrairement à elle.

Nerveusement, il se passa la main sur la nuque.

Parviendrait-elle à lui pardonner ?

Il n'avait aucune excuse. Toutes celles qu'il s'était trouvées pour justifier son silence lui apparaissaient désormais comme des mensonges éhontés. Comment se faisait-il qu'il ne s'en soit pas aperçu plus tôt ? Comment avait-il pu se montrer aveugle à ce point ?

Entendant quelqu'un approcher dans le couloir, il éteignit son téléphone pour ne pas qu'on le surprenne à regarder des photos d'Olive.

— Salut, chef, se mit à débiter Kiki. Je voulais juste vous remercier de m'avoir invitée au gala et de m'avoir autorisée à venir accompagnée.

— Pas de problème. J'espère que ton cavalier n'est pas un lourdaud.

— Je n'en suis pas sûre à 100 %, mais pour l'instant, il n'en a pas l'air.

— Tu l'as rencontré dans un bar ?

— Non. En jouant à *Animal Crossing*. C'est un ami d'une de mes amies. Je l'ai rencontré chez elle.

— D'accord. J'ai hâte de le rencontrer.

— Et moi, j'ai hâte de le revoir. Ce sera notre premier rendez-vous. Quel est le dress code ?

— Robes de cocktail pour les femmes, costumes et cravate pour les hommes.

— J'ai vraiment hâte de voir Ben en costume. Mais pour en revenir aux affaires, on m'a demandé si tu serais d'accord pour participer à nouveau à l'émission matinale, la semaine prochaine. Ils voudraient t'interroger en qualité d'expert de l'Oktoberfest.

— D'accord. Je pense que ça devrait nous faire une bonne publicité.

— Super. À plus tard, chef.

Après son départ, il resongea à la conversation qu'il venait d'avoir avec elle. Elle n'avait apparemment pas peur de risquer son cœur encore une fois. Il allait falloir qu'il change. Cela faisait trop longtemps qu'il laissait cette humiliation passée régir sa vie. Il en était même venu à oublier que, avant ce moment, il était un homme bien et sûr de lui. Il avait laissé les mots d'Olive Hayes faire de lui quelqu'un qu'il n'était pas. Mais il avait fini par retrouver le chemin de son véritable moi.

Et à ce moment-là, elle était revenue dans sa vie.

Cela avait eu pour effet de le déstabiliser. Et il s'en voulait beaucoup de s'être montré si faible. Et surtout, de ne pas avoir vu immédiatement la femme qu'était Olive à présent.

Mais s'il ne l'avait pas vu, c'était tout simplement parce qu'il était tombé amoureux d'elle. Elle. La seule femme pour laquelle il s'était juré de ne jamais avoir de sentiments. La seule femme qui, en réalité, était faite pour lui.

À présent, il était déterminé à faire tout ce qui était en son pouvoir pour la reconquérir. Sans elle, il n'aurait plus jamais l'impression de vivre. De profiter de ce que la vie avait à offrir. Or, c'était là une chose qu'il ne pourrait tolérer.

Il brûlait d'envie de lui envoyer tout de suite un message, mais il devait s'en tenir à son plan. Heureusement, il n'avait que quelques jours à attendre pour la revoir.

Sûr de sa décision, il se remit au travail. Une nouvelle idée de recette venait de lui venir. Une bière chaude et automnale, qu'il allait baptiser Rédemption. Car quand on s'enfonce dans l'Enfer, il faut bien trouver un moyen d'en sortir.

Quand il quitta son bureau, tard ce soir-là, il songea encore à la dernière fois qu'il avait vu Olive. Jamais plus il ne la laisserait s'éloigner de lui.

15

Le gala de la fin de l'été devait avoir lieu dans un ancien entrepôt réaménagé pour y accueillir des soirées. Les murs en briques apparentes étaient en contraste direct avec la délicatesse des nappes en lin et le faste des couverts en argent. Des guirlandes lumineuses avaient été accrochées au plafond et de grands arbres en pot avaient été placés entre les tables afin de créer une illusion d'intimité.

En entrant, Olive s'émerveilla de l'opulence et de la majesté de ce décor. Elle espérait que ce serait une soirée magique pour elle. Elle avait pris soin de son apparence, en choisissant une robe du soir bleu roi, dont la taille était soulignée par une ceinture noire. Très ajustée au niveau du buste, elle dévoilait entièrement son dos. Ses élégantes sandales à talons noires s'harmonisaient parfaitement avec la tenue.

Elle avait pris le temps de se préparer pour paraître au meilleur d'elle-même, car elle savait que cela lui donnerait un petit surplus d'assurance. Or, il fallait absolument qu'elle fasse les choses bien ce soir-là.

— C'est magnifique ! s'exclama Paisley en s'approchant d'elle.

Jack étant parti rendre visite à sa grand-mère, qui était souffrante, elles seraient toutes les deux seules ce soir-là. Son amie portait une robe du soir blanche imprimée de fleurs et elle était perchée sur de jolies sandales Louboutin.

— Magnifique, je suis d'accord. Mais si tu savais comme je suis nerveuse.

Tout en souriant, Paisley la prit dans ses bras.

— Tu vas y arriver. Ne t'en fais pas. L'amour prend tous les risques et ne demande jamais rien.

Olive n'était pas sûre que cette affirmation l'aiderait, mais elle acquiesça. Après quoi elle prit une profonde inspiration. Tout bien réfléchi, son amie avait raison. Elle s'apprêtait à prendre un énorme risque, mais si elle ne le faisait pas, elle passerait le reste de sa vie à se demander ce que sa vie aurait pu être avec Dante. Peut-être n'était-il pas l'homme qu'elle espérait trouver en lui. Peut-être n'était-il qu'une illusion de son homme idéal, à cause du relooking dont elle était à l'origine. Ou peut-être était-il tout ce que son instinct lui disait qu'il était.

C'était sur cette dernière possibilité qu'elle allait parier ce soir-là. Ensemble, son amie et elle s'approchèrent du plan de tables. Comme Paisley le lui avait dit, elles devaient partager la leur avec les représentants de la brasserie Inferno, mais Olive fut surprise de trouver parmi les différents noms celui d'une femme qui avait fréquenté la même sororité qu'elle à l'université. Mia Richardson. Elles avaient eu une longue discussion quelques années plus tôt, sur laquelle elles s'étaient séparées en bons termes.

Mais que faisait-elle à la table de Dante ?

— Pourquoi est-ce que tu regardes les noms comme ça ? lui demanda Paisley.

— Je viens de lire le nom de Mia Richardson. C'est l'une des filles de ma sororité avec qui j'ai fait la paix il y a quelques années. Mais j'ignorais qu'elle connaissait Dante.

— Le monde est petit. Qu'est-ce qui te dérange là-dedans ?

— Elle figurait dans la liste des personnes qui ont porté plainte contre moi.

— Tu m'as dit que vous vous étiez réconciliées. Sois toi-même, c'est tout. J'imagine bien que ça ne t'aidera pas beaucoup, mais n'oublie pas que c'est pour Dante que tu es là. Pas pour le passé. D'accord ?

— D'accord.

Mais l'assurance dans laquelle elle s'était drapée à sa sortie de chez elle s'était un peu étiolée. Les choses lui semblaient différentes à présent qu'elle se trouvait dans cette lumineuse salle de bal, entourée de centaines de personnes.

Paisley finit par la prendre par le bras et elles se dirigèrent ensemble vers le bar, s'arrêtant au passage pour saluer quelques connaissances. Une fois qu'elles furent servies, Olive prit une longue gorgée de mojito. Jadis, elle agissait sans se soucier des conséquences. Ce soir-là, elle allait agir en toute connaissance de cause et elle savait exactement le résultat qu'elle souhaitait obtenir.

Si elle ne l'obtenait pas, la vie poursuivrait son cours. Mais au fond de son cœur, elle saurait qu'elle aurait fait tout ce qui était en son pouvoir pour prouver à Dante à quel point elle avait changé et à quel point elle voulait qu'il revienne dans sa vie.

Laissant son amie bavarder avec l'un de leurs clients, elle commença à avancer vers leur table. Un trio de musiciens jouait du Vivaldi. Perdue dans ses pensées, elle contourna la table pour observer les cartes marquées du nom des invités. Ce fut alors qu'elle sentit une présence derrière elle. Elle sut tout de suite que c'était lui.

Dante.

— Je crois qu'on est à côté, dit-il de sa belle voix grave.

— C'est vrai ?

Elle ne pouvait détacher son regard de lui. Ses traits virils et anguleux, la ligne droite de sa mâchoire, ses cheveux sombres, ondulés, artistiquement coiffés. La couleur anthracite de son costume, qui faisait ressortir le vert de ses yeux. Son cœur battait à présent à tout rompre. Et elle avait presque peur de respirer. Peur de briser la magie de cet instant.

À son arrivée, Dante trouva Max et Mia près de la porte. Le comportement de ses amis semblait plus normal ce soir-là. Il était ravi de constater que les tensions semblaient s'être dissipées entre eux.

— Waouh ! fit Mia d'un air taquin. Qui cherches-tu à impressionner, habillé comme ça ?

— C'est un gala.

Il avait refait appel aux services de Pietro pour ses cheveux et sa barbe, et contacté Sam pour lui demander son avis sur la tenue qu'il devait porter. Il voulait être sûr de plaire à Olive. Mais ne prétendait pas être un autre ; il était tout simplement la meilleure version de lui-même.

— Raison pour laquelle j'ai choisi de porter un smoking, grommela Max. même si personne ne semble l'avoir remarqué.

— Tu es très beau, lui dit Mia en l'embrassant tendrement sur la joue. Si on allait chercher des boissons, tous les deux ? On te laisse trouver notre table, Danny ? C'est la numéro 3, d'après ce qu'on m'a dit. Veille à ce qu'on soit tous assis les uns à côté des autres.

— Ça marche.

De jolies guirlandes lumineuses scintillaient entre de grands arbres en pots. Le plan de table devait probablement être affiché quelque part, mais il n'avait aucune envie d'affronter la foule pour le trouver. De toute façon, Mia lui avait donné le numéro.

Il aperçut Paisley, qui ne sembla pas remarquer sa présence. Cela valait mieux ainsi. Absorbé dans ses pensées, il poursuivit son chemin, mais s'arrêta net quand il vit Olive. Elle était dos à lui et elle était si belle qu'il en eut le souffle coupé. Quand elle se tourna sur le côté, il admira son profil et sentit son cœur cogner contre ses côtes.

Elle lui avait tellement manqué.

Il lui était facile de se concentrer sur sa réaction physique. Cette attirance sexuelle qu'il y avait entre eux, il l'avait sentie dès le jour où elle était entrée dans son bureau. Mais il savait à présent que s'il ressentait des émotions aussi intenses c'était parce qu'il l'aimait.

Il la regardait, comme hypnotisé, et il voulait lui dire ce qu'il devait lui dire, mais il se trouvait incapable de parler. Il avait peur de tout gâcher encore une fois.

Mais il allait y arriver.

Parce qu'il était Dante Russo. Le milliardaire à la belle voix grave et sexy qui avait conquis tous les habitants de Chicago.

Une voix de femme le tira brusquement de son état de stupeur.

— Qu'est-ce que tu fais ?

Kiki. Elle était vêtue d'une jolie robe de cocktail et ses beaux cheveux blond platine avaient été ramenés sur le côté.

— Quoi ?

— Qu'est-ce que tu fais là, au milieu du chemin ? Ah… c'est

Olive. Vas-y. Je vais faire diversion pour empêcher les autres d'approcher de la table.

— Merci, lui dit-il.

Et il se hâta de s'approcher d'Olive, qui inspectait les noms inscrits sur les cartes. Son parfum était encore plus enivrant que dans ses souvenirs. Allait-il réussir à surmonter sa nervosité ?

Il ne s'était jamais senti ainsi. Jamais. Elle était bien plus merveilleuse encore que dans ses rêves et il avait mal d'elle.

— Je crois qu'on est à côté, dit-il en tâchant de jouer au mieux sur la sensualité de sa voix.

— C'est vrai ? fit-elle en se tournant vers lui.

— Oui. Et c'est tant mieux. La dernière soirée à laquelle j'ai assisté était vraiment ennuyeuse. Tu te souviens de l'Art Institute ?

Il allait continuer de parler jusqu'à ce qu'il trouve le meilleur moyen de lui dire ce qu'il avait en tête.

Tu m'as manqué.

Je veux que tu reviennes dans ma vie.

Je suis désolé.

Tandis qu'il songeait à tout ça, elle avait hoché la tête mais n'avait rien répondu.

— Bien... Comment vas-tu ?

La tête inclinée sur le côté, elle prit une profonde inspiration avant de répondre.

— Mal. Et toi ?

L'honnêteté.

C'était devenu une qualité essentielle chez elle.

— Pareil. J'ai même commencé à me reglisser dans ma peau de bûcheron chic.

— Ça ne t'allait pas si mal, dit-elle.

Mais il fut un peu déçu par sa réponse. Peut-être se montrait-il un peu trop détaché. Il fallait pourtant qu'il prenne un risque.

— Olive...

— Dante... dit-elle au même moment.

— Les femmes d'abord.

Elle secoua plusieurs fois la tête avant de parler.

— Je ne sais pas trop comment te dire ça, mais je me demandais si tu serais d'accord pour qu'on essaie de surmonter nos problèmes. Est-ce que tu voulais vraiment qu'on se sépare ?

— Absolument pas.

— D'accord. Alors qu'est-ce que tu veux ? demanda-t-elle d'une voix hésitante.

— Je vais me montrer très clair, dit-il en prenant doucement sa main dans la sienne. Je veux que tu reviennes dans ma vie, Olive. Je veux être avec toi. Je t'aime.

Elle releva la tête vers lui et le regarda avec de grands yeux surpris. Mais elle ne répondit rien. Peut-être était-ce trop tard. Peut-être souhaitait-elle, pour sa part, qu'ils se séparent. Aurait-il mieux fait d'attendre qu'elle ait exposé son point de vue ?

Non. Il ne pouvait pas attendre.

À chaque fois qu'il avait hésité avec elle, cela lui était revenu en plein visage. S'il faisait la même chose cette fois-ci, tout serait terminé entre eux.

Les invités commençant à approcher de la table, Olive serra la main de Dante dans la sienne pour le conduire jusqu'à la sortie. Au passage, elle croisa Paisley qui l'encouragea en lui tapotant chaleureusement le bras. Un instant plus tard, ils se trouvaient au bord du lac Michigan. Elle continua d'avancer pour s'éloigner de la foule.

Puis elle s'arrêta.

Il avait dit qu'il l'aimait.

Son cœur battait si fort qu'on aurait dit un cheval au galop. Soudain prise de vertiges, elle ferma les yeux.

Dante l'aimait.

Il n'avait rien entendu de ce qu'elle avait à lui dire, et il lui avait dit qu'il l'aimait.

— Ça va ? lui demanda-t-il doucement. Je n'aurais peut-être pas dû me montrer aussi direct.

— Tu as bien fait, au contraire. Je ne suis pas sûre d'être digne de ton amour, Dante. Mais je suis heureuse que tu m'aimes. J'ai essayé de faire de toi un autre homme, mais la vérité, c'est que...

— Arrête, dit-il en posant doucement un doigt sur ses lèvres.

Tu t'es déjà excusée pour ce que tu as fait dans le passé. Et dans le présent, tu n'as rien fait de mal. Tu es tout ce que j'ai toujours recherché chez une femme et je t'ai trahie en laissant mes vieilles angoisses et mon ego se mettre en travers de notre chemin.

— Comment ça ?

— Je ne voulais pas réveiller le souvenir de cette soirée de peur que tu te remettes à me voir comme le raté qui n'était pas assez bien pour...

— Tu as toujours été assez bien pour moi, coupa-t-elle en insistant sur le « toujours ». Je t'aime, Dante. Si tu savais comme j'ai eu peur que tu ne veuilles plus de moi dans ta vie.

— Tout le monde se plaint que je suis d'une humeur massacrante depuis que je t'ai laissée partir.

Elle sourit de la façon dont il avait formulé les choses. Il n'était peut-être pas aussi charmant que d'habitude, mais elle ne l'imaginait pas une seule seconde se défouler sur les personnes de son entourage. D'ailleurs, elle ne l'avait jamais entendu dire quelque chose de méchant.

Et il l'aimait.

— Je ne suis pas parfaite. J'essaie tous les jours de m'améliorer mais il m'arrive parfois de faillir.

Elle voulait se montrer honnête avec lui. Elle ne pouvait pas le laisser croire qu'elle était devenue une personne totalement autre et que tout serait toujours merveilleux.

— Tu es parfaite pour moi. Et je ne suis pas l'homme idéal non plus. Il arrive à tout le monde de faillir.

Tendrement, il la prit dans ses bras et elle sentit son souffle chaud contre sa peau quand il murmura :

— Je t'aime tellement, Olive. Si tu savais comme j'ai eu peur que tu m'élimines de ta vie.

Les mains de chaque côté de son visage, elle plongea son regard dans le sien.

— J'avais peur de la même chose. Mais rester assise les bras croisés sans rien entreprendre... ce n'est pas mon mode d'action.

— À moi non plus, répondit-il.

Et il l'embrassa. Un baiser long et passionné. Et elle se lova contre lui, le serrant fort contre elle.

Quelques minutes plus tard, ils retournèrent au gala et passèrent leur soirée à rire, bavarder avec leurs amis et enchérir sur les objets proposés.

Mia était adorable. Olive fut ravie de cette occasion d'apprendre à la connaître. À la fin du dîner, un DJ prit la place du commissaire-priseur. Beaucoup de personnes se levèrent pour danser. Olive les observa.

Enfin. Enfin une chance de réparer ses erreurs passées.

Déterminée, elle prit Mia et Paisley à part.

— Je crois que je devrais inviter Dante à danser. Vous savez... comme lui-même avait fait pour moi dans le passé, leur dit-elle.

— Tu n'es pas obligée de faire ça, lui répondit Paisley.

— Elle a raison, intervint Mia. Mais si tu décidais tout de même de le faire... je crois que ce serait vraiment spécial.

Sûre d'elle, Olive s'approcha du DJ pour lui demander s'il pouvait passer *What Makes You Beautiful*, de One Direction, et si elle pouvait utiliser son micro avant. Elle était nerveuse et elle tremblait un peu, mais quand elle tourna son regard vers Dante et qu'elle le vit chanter avec Max sur *Ho Hey*, des Lumineers, elle sentit son cœur fondre. Et sa détermination ne fit que s'accroître.

— Je ne sais pas trop, lui répondit le DJ. Ce n'est pas vraiment le genre de soirée...

— C'est très important. Je vous jure que je ne ferai rien de déplacé. Je veux juste dire à mon homme que je l'aime.

Il ne se laissa pas convaincre tout de suite, mais quand Paisley et Mia vinrent la rejoindre pour argumenter en sa faveur, il finit par accepter.

— Cette chanson a été expressément demandée par Olive, qui souhaiterait faire une dédicace. Je lui laisse donc le micro.

— Il y a bien longtemps, un homme m'a invitée à danser et je lui ai répondu que personne ne voudrait danser avec lui et que jamais je ne le ferais. Dante, je te demande pardon de t'avoir dit ça et j'aimerais te proposer de danser avec moi sur cette chanson, qui résume assez bien tout ce que je ressens pour toi.

— Avec grand plaisir ! s'exclama-t-il en s'approchant de l'estrade.

Ivre de bonheur, elle lui sauta dans les bras tandis que le DJ lançait le disque. Et au moment où ils s'embrassèrent sous les applaudissements et les cris de joie, elle sentit les derniers vestiges de la femme qu'elle avait été s'évanouir.

Ils finirent par danser en chantant les paroles à pleins poumons. De temps à autre, elle souriait à Paisley, qui formait un cœur avec ses doigts.

Ils burent trop de champagne et passèrent toute la nuit à chanter et danser. Et quand il fut temps pour eux de rentrer, ils se rendirent ensemble chez lui.

Dans le hall de sa villa, il l'embrassa longuement avant de la hisser dans ses bras pour la porter jusqu'à sa chambre où il lui fit l'amour. Après ça, blottis dans les bras l'un de l'autre, ils discutèrent de leurs projets d'avenir en regardant la lune derrière les carreaux dans le ciel étoilé.

Et quand elle finit par s'endormir dans la chaleur de ses bras, Olive avait le sentiment que sa dette karmique était enfin payée. Elle allait pouvoir vivre l'instant présent. Profiter pleinement de son avenir avec l'homme qu'elle aimait.

Vous avez aimé ce roman ?
Retrouvez la suite de la série « Scandaleuses images »
dès le mois prochain dans votre collection Passions !

JO McNALLY

L'espoir de Noël

Traduction française de
FLORENCE MOREAU

PASSIONS

HARLEQUIN

Titre original :
IT STARTED AT CHRISTMAS...

© 2019, Jo McNally.
© 2023, HarperCollins France pour la traduction française.

Prologue

Trois jours après Noël...

De gros flocons de neige tournoyaient dans l'air, au cimetière, déposant un voile flou sur toute chose après le pire Noël de tous. Zachary regardait les gens revenir vers leurs voitures. Des monceaux de fleurs recouvraient la tombe de sa mère.

— Tu crois que c'est maman qui a envoyé la neige ?

— Quoi ?

Oncle Blake baissa les yeux vers lui et fronça les sourcils.

— La neige, c'est peut-être maman qui l'a envoyé. Comme message. Elle m'a appris à attraper les flocons avec ma langue, comme ça...

Il tira la langue : un flocon tout blanc y atterrit, fondant à la vitesse d'un éclair glacé en lui. Oncle Blake fit une sorte de grimace, comme s'il venait de marcher sur un Lego, mais Zach enchaîna aussitôt :

— Tu te souviens, oncle Blake, comme elle aimait Noël ? Peut-être qu'elle est encore là, mais qu'on ne peut pas la voir, comme le fantôme de Noël dans cette histoire de...

— Non ! trancha oncle Blake d'une voix rauque et éraillée. Elle n'est pas là, Zach. Ta maman n'est pas un fantôme. Elle est juste... partie.

Il voulait dire que sa maman était morte. Zach n'était pas stupide. Il savait ce que c'était, la mort. Ce qu'il ne comprenait pas en revanche, c'était pourquoi les gens refusaient de prononcer ce mot.

Oncle Blake contempla alors la neige pendant quelques instants avant de poursuivre :

— Elle adorait Noël parce que c'est une fête pour les petits enfants, et qu'elle n'a jamais cessé d'être... Elle a toujours gardé son âme d'enfant.

S'accroupissant devant Zach, il posa un genou dans la neige.

— Je sais que c'était un Noël épouvantable, et j'en suis désolé. Moi aussi, elle me manque. Mais maintenant, tu vas devoir te comporter en homme et arrêter de croire aux histoires imaginées pour les enfants, d'accord ?

Zach redressa les épaules. Sa mère lui manquait. Elle était drôle et faisait les meilleurs câlins du monde. Des câlins qui lui donnaient le sentiment d'être en sécurité, même au beau milieu d'un nouveau déménagement, même si elle venait encore de changer de petit ami. Il cligna des yeux. Qui l'étreindrait comme elle, maintenant ? Sans doute personne. Les câlins, c'était comme Noël – uniquement pour les petits enfants. Il regarda son oncle droit dans les yeux et hocha la tête.

Il n'était pas vraiment certain de savoir comment se comporter en homme, mais si tel était le souhait de son oncle, il essaierait.

1

— Ce doit être la chose plus stupide que j'aie jamais faite, déclara Amanda Lowery, jonglant avec les sacs qu'elle tenait à la main.

— De quoi parles-tu ? Du shopping ou du travail ?

La question de sa cousine la fit éclater de rire.

— Les deux, j'imagine ! Il est impossible que je décroche ce job après que Blake Randall m'aura rencontrée, demain, ce qui veut dire que je n'aurais pas dû acheter tout cela.

Elles se trouvaient actuellement à Gallant Lake, et venaient de sortir d'une des quelques boutiques encore ouvertes dans cette petite ville située au nord de l'État de New York, région où l'économie n'était guère florissante. En revanche, des couleurs commençaient à poindre sur les montagnes qui entouraient le lac, lequel reflétait le soleil de l'après-midi. Septembre approchant, ces arbres afficheraient bientôt les flamboyantes teintes rouge et or de l'automne.

Amanda et Mel s'apprêtaient maintenant à entrer dans un petit café à la façade très colorée, qui donnait sur le lac.

— Allons, tu as réussi à décrocher l'entretien en bonne et due forme ! reprit Mel avant de faire la grimace. Enfin, je ne sais pas si l'expression convient vraiment. Cela dit, c'est bel et bien toi qui as travaillé sur les plans qui ont plu à Randall.

— Oui, mais il croit qu'ils sont de David, pas de moi. Et donc il s'attend à rencontrer un homme, demain matin. Comme je te l'ai dit, c'est stupide.

Les yeux rivés à la porte du café, d'un bel orange soutenu, elle ajouta :

— Bon, allons boire un cappuccino avant de retourner à l'hôtel.

Après avoir commandé, elles s'installèrent à une table près de la fenêtre ; la salle était petite, mais il y avait peu de clients de sorte qu'elle n'aurait pas à s'inquiéter pour sa bulle intime.

La table était d'un bleu éclatant, et les chaises chacune d'une couleur différente. Rien n'était assorti, ce qui créait une atmosphère de joyeux chaos. En tant que décoratrice d'intérieur, Amanda aurait qualifié le tout d'éclectisme bohème. L'art local accroché aux murs de briques dévoilait une grande gamme de talents plus ou moins achevés, et des odeurs de café torréfié, de cannelle et de sciures de bois flottaient dans l'atmosphère, cette dernière étant due à l'atelier de menuiserie voisin.

— Tu sais, Amanda, reprit Mel, quand ce Randall apprendra que tu es spécialisée dans les demeures historiques et combien de projets tu as déjà gérés, il oubliera ce petit méli-mélo et t'engagera sur-le-champ.

Sur ces mots, sa belle cousine cala une mèche brune derrière son oreille et lui adressa son magnifique sourire. Deux hommes plus âgés assis près du comptoir n'avaient d'yeux que pour elle, mais Mel avait l'habitude d'aimanter les regards avec ses pommettes saillantes et ses yeux d'un violet qui évoquait Elizabeth Taylor. C'était pour cette raison qu'elle était mannequin, alors qu'elle, Amanda, demeurait en coulisses à assortir meubles et tissus : elle n'avait ni la taille, ni les longues jambes nécessaires pour défiler sur un podium.

— Méli-mélo, quel joli terme ! répondit-elle. Sauf que ce n'en était pas un, puisque c'était intentionnel. Je suis une usurpatrice, c'est tout !

Elle voulait si désespérément décrocher ce contrat qu'elle avait recouru à des procédés peu orthodoxes. Ce qui ne lui ressemblait absolument pas, mais il fallait bien qu'elle gagne sa vie…

D'un geste de la main, Mel balaya ses soucis – facile, lorsqu'on était belle et célèbre.

— Je me demande ce que signifient ces affiches, dit tout à coup cette dernière. J'en ai vu partout en ville.

Mel désigna près de la fenêtre un poster sur le fond noir duquel était écrit le mot « casino » dans un grand cercle rouge, barré d'une ligne en diagonale. Tiens, elle ne les avait pas remarquées...

À cet instant, la propriétaire du café leur apporta leurs cappuccinos. C'était une femme aux longs cheveux poivre et sel, portant une jupe évasée si longue qu'elle balayait le sol en se déplaçant. On devinait tout de suite d'où venait l'atmosphère hippie de ce charmant petit café.

— Et voilà, mes belles ! Je m'appelle Cathy. Si je peux vous être utile en quoi que ce soit, n'hésitez pas !

Mel désigna alors l'affiche.

— Quelle histoire se cache derrière ? demanda-t-elle.

Le sourire de Cathy disparut aussitôt.

— Ça, c'est synonyme de mauvaises nouvelles pour Gallant Lake, répondit-elle en secouant la tête. Un très riche promoteur a racheté il y a deux ans le vieil hôtel de la ville et, au lieu de le rénover comme nous l'espérions tous, il veut le remplacer par un casino. Comme si on était dans le New Jersey, ici ! Franchement, on va vivre dans un film de De Niro, maintenant ?

Son visage exprima du dégoût et elle ajouta :

— On est tous vent debout contre ce projet qui n'a rien à voir avec notre tranquille petite ville !

— Il s'agit de l'hôtel Gallant Lake ? s'enquit Mel.

Cathy acquiesça.

— Nous y avons justement réservé une chambre, poursuivit-elle. Il semble tout à fait correct.

Se déployant sur quatre niveaux, l'hôtel en pierres et en poutres apparentes donnait sur le lac ; on l'aurait dit directement sorti des années 1960, ce qui lui conférait un côté kitsch très agréable. Il était par ailleurs parfaitement bien tenu et offrait des vues à couper le souffle.

— Les anciens propriétaires étaient très soigneux, mais n'ont jamais eu les moyens de le rénover.

Amanda regarda par la fenêtre la rue principale, avec ses vitrines aux stores descendus...

— Un casino apporterait des touristes et du travail, vous ne croyez pas ? renchérit-elle.

Cathy haussa les épaules.

— À quel prix ? L'hôtel fait partie de notre histoire. Frank Sinatra en personne est venu y chanter, Barbara Streisand y a donné un concert pour l'anniversaire du gouverneur. Les gens venaient de partout pour assister aux soirées organisées par l'établissement. De trop nombreux hôtels ont déjà été détruits dans les Catskills, nous luttons pour conserver celui-ci. Avec un peu plus de publicité, les touristes reviendraient autour du lac. La station balnéaire rouvrirait peut-être. Sans parler du golf. Et cela redynamiserait toute la ville.

— Mais un joli nouveau casino n'aurait-il pas les mêmes effets ? insista Amanda, même si elle-même ne fréquentait pas ce genre d'endroits bondés.

Rien que d'y penser, ses mains en devenaient moites. Toutefois, un casino aurait rapporté de l'argent à cette ville qui en manquait visiblement.

— Ah, vous croyez que « joli » rime avec « casino » ? M. le grand ponte veut ériger un immeuble de dix étages au bord de notre magnifique lac. Cela invisibilisera tous les commerces de la ville, à commencer par mon café. Il est en train d'acheter tous les terrains ici pour les transformer en parkings. Vous vous rendez compte ?

Elle émit un petit rire sarcastique et ajouta :

— Mais on organise la résistance ! Et il y a au moins une propriété qui ne sera pas réduite à un parking. Nous avons réussi à la faire classer comme monument historique, de sorte qu'il ne peut plus y toucher. Bien fait pour lui ! Ce type n'a pas choisi la bonne ville pour mener à bien ses sordides projets.

Cathy s'éloigna tout en continuant à conspuer l'homme d'affaires en question.

— Je ne sais pas qui est ce « grand ponte », mais j'espère qu'il ne vient pas prendre son café ici, car Cathy cracherait dedans avant de lui apporter ! dit Mel à voix basse.

Amanda s'esclaffa puis étreignit la main de sa cousine.

— Merci d'être venue avec moi pour ce week-end, Mel. Quelle que soit l'issue de mon entretien demain, ce sera plus facile de l'assumer en ta compagnie.

Maintenant qu'elle était sur place, elle avait la conviction que rien ne se passerait comme prévu, que Randall la congédierait sans délai. Son estomac se serra : n'était-ce pas tout ce qu'elle méritait ?

— Tu vas t'en sortir haut la main, crois-moi, répliqua sa cousine. Peu importe *qui* il attend, les plans que tu lui as envoyés lui ont plu, il t'appréciera forcément toi aussi.

Mel n'avait pas la moindre idée de l'envie qui la tenaillait de tout laisser tomber et de rentrer dans son Kansas natal, au milieu de nulle part, tant elle avait le sentiment d'être un échec ambulant.

— J'espère, répondit-elle néanmoins. Si je décrochais un contrat de cette importance, je pourrais lancer mon affaire sans avoir à emprunter.

Et cela lui éviterait un retour placé sous le signe de la déconfiture à la maison, après avoir fait encore une fois confiance à la mauvaise personne.

— On rentre à l'hôtel ? ajouta-t-elle.

— Volontiers, répondit Mel. Je veux regarder de plus près le sac que tu as acheté chez le brocanteur. Je suis persuadée que la petite clé servait à fermer une ceinture de chasteté.

Elle sourit à sa cousine. En dépit de son budget serré, elle avait déniché un trésor auquel elle n'avait pu résister : il s'agissait d'un sac de soirée des années 1920, recouvert de perles. Elle avait poussé un cri de plaisir en découvrant une petite clé joliment façonnée à l'intérieur. Mel et elle avaient tout de suite imaginé les scénarios les plus improbables.

Prenant leurs nombreux paquets et sacs, elles regagnèrent leur voiture de location, tandis que Mel en profitait pour lui assurer de nouveau qu'elle se tracassait inutilement pour son entretien. Elle préféra ne pas la contredire car en discuter rajoutait à son anxiété.

Soudain, Mel la saisit par le bras alors qu'elle s'apprêtait à traverser : l'instant d'après, un énorme SUV noir passait à vive allure après avoir rasé le trottoir. Le véhicule roula ensuite dans une énorme flaque et l'éclaboussa sans qu'elle n'ait le temps de réagir ! Elle était toute trempée à présent et bien sûr, le crétin au volant avait à peine ralenti avant de bifurquer à l'angle.

— Quel abruti ! s'exclama-t-elle en se tournant vers Mel qui naturellement n'avait pas reçu la moindre goutte et se tordait de rire.

L'hilarité de sa cousine la gagna peu à peu et elle en oublia la fureur qui était montée en elle à la vue de son pull rose lui collant au corps. Elles riaient encore en arrivant à leur hôtel.

— Je vais salir le tapis de l'entrée, avec mes chaussures toutes mouillées, parvint-elle à dire entre deux hoquets.

— Quelle importance puisqu'ils vont tout détruire ? répondit Mel en éclatant de rire de plus belle.

— Tu te fiches de moi, Nathan ?

Furieux, Blake Randall en appuya sur l'accélérateur à l'approche de Gallant Lake.

— Tu as ramené notre neveu au pensionnat une semaine avant la reprise des cours pour pouvoir partir en vacances *juste* avec tes filles, sans lui ? Mais qui se comporte ainsi envers un enfant de dix ans ?

Mains étroitement agrippées au volant, il passait à présent devant de grandes demeures victoriennes.

— J'ai pris Zach pendant tout l'été, Blake, répondit son frère d'un ton plaintif à l'autre bout du fil. Michaela veut que l'on passe un peu de temps en famille.

— Je te rappelle qu'il fait partie de ta fichue famille !

Nathan et lui étaient les seuls parents qui restaient à Zach, leur père ne voulant même pas entendre parler de son existence.

— Et moi je te rappelle que tu es le tuteur de Zach, renchérit son frère à mi-voix, comme toujours lorsqu'il voulait le défier. Nous l'avons pris cet été, mais ce n'était en rien un arrangement permanent.

— Mais toi, tu as déjà une famille ! Moi je n'y connais rien aux enfants. Pourquoi ne peux-tu pas en élever un de plus ?

— Hors de question, Blake ! C'est toi que Tiffany a nommé tuteur dans son testament, pas moi.

— Tout ça parce que Michaela et elle se détestaient…

Un petit sourire lui monta aux lèvres : sa sœur l'appelait toujours « La Coincée ».

— Justement ! Tu crois que Michaela a envie d'élever l'enfant de Tiffany ? Cela n'aurait aucun sens.

Nathan venait de marquer un point. D'ailleurs, il ne supportait pas la façon dont sa femme et son frère élevaient leurs filles – comme s'il était un expert en la matière !

— En tout cas, il ne devrait pas être à Beakman Academy alors que tous les autres enfants sont encore en vacances.

— Mais non, les plus grands sont rentrés, le directeur m'a assuré que tout se passerait bien.

À cet instant, il ralentit pour doubler un tracteur. *Tiens, ce genre d'engins est vraiment autorisé à rouler sur une route goudronnée ?* se demanda-t-il avant d'accélérer de plus belle une fois le tracteur dépassé.

— Donc Zach est à l'école avec des garçons plus grands que lui ? Et tout est censé bien se passer ? Génial !

— Écoute, Blake, si tu n'es pas content, va le chercher, personne ne t'en empêche !

Il se mordit la lèvre. Zach n'avait que dix ans, il avait perdu sa mère il y avait moins d'un an, tout devait être terrible pour lui… Néanmoins, l'école lui donnait un cadre que lui, Blake, ne pouvait lui offrir. Et c'était sans doute mieux que de vivre chez Nathan et La Coincée.

— Pourras-tu au moins le prendre pour les vacances de fin d'année ? demanda-t-il. Tiffany est morte à Noël. Zach mérite d'avoir une meilleure fête, cette année.

— Pas question. J'ai déjà réservé pour une croisière avec les filles à Noël, et Michaela dit que…

— C'est bon, j'imagine ce que dit Michaela !

Sur ces mots, il raccrocha en donnant un nouveau coup d'accélérateur. Puis il voulut prendre son café dans le porte-gobelet et en renversa sur son pantalon. Et zut ! Quelle affreuse journée ! Ce fut alors qu'il aperçut une silhouette rose prête à traverser. Il fit une embardée pour l'éviter, son moteur émit un bruit affreux : il avait failli heurter le trottoir… et avoir une attaque ! La passante aussi, d'ailleurs. Après avoir frôlé le drame, il regarda dans son rétroviseur… Il venait de rouler dans une énorme flaque qui avait complètement éclaboussé la jeune femme en rose.

Une personne courtoise se serait arrêtée pour présenter de plates excuses. Mais il avait compris à ses dépens que la gentillesse était contreproductive, avec les gens de Gallant Lake. Il n'y était pas populaire, c'était un euphémisme, et il aurait eu tôt fait d'attirer une foule en colère en s'arrêtant au milieu de la ville. Il était réellement désolé pour la jeune femme en rose, et eut à cet instant l'impression de ressembler à l'ogre que les habitants de Gallant Lake voyaient en lui.

Tiens, en parlant de foule en colère…

À l'entrée de son hôtel, se tenaient cinq ou six personnes chacune munie d'une pancarte hostile au casino. La petite association de préservation de Gallant Lake adorait surgir sur son chemin quand il était en ville, pour lui rappeler haut et fort qu'ils « n'abandonneraient jamais la lutte » concernant le casino, ne semblant visiblement pas comprendre que la ville s'était abandonnée elle-même des années avant qu'il n'y rachète des terrains.

Il dut ralentir pour éviter tout accrochage, conscient qu'il ne servait à rien d'appeler Dan, le shérif, qu'il soupçonnait de les soutenir. Il s'engouffra ensuite bien vite dans le parking réservé aux employés, et entra par une porte latérale dans l'hôtel. L'établissement avait un certain cachet et bénéficiait d'un panorama extraordinaire, même si la décoration intérieure aurait mérité d'être rénovée de fond en comble. Cependant, comme il avait l'intention de construire un casino à la place, une réfection n'aurait pas eu de sens ; il ne lui manquait que quelques voix de la part des sénateurs de l'État et ses plans verraient enfin le jour.

Quand il l'avait racheté, il pensait que l'hôtel avait connu son heure de gloire, mais il avait été surpris de constater qu'il rapportait encore un peu. Lui qui était connu pour son approche sans surprise des affaires… Même s'il était plus petit que ses autres hôtels, il lui appliquait le même traitement, et les employés veillaient à régler les petits problèmes avant qu'ils ne dégénèrent.

En pénétrant dans le hall, il fronça les sourcils. Que signifiaient ces traces de boue sur la moquette ? On aurait dit que quelqu'un sortait directement du lac ! Ce fut alors qu'il repéra une silhouette rose devant lui, près de l'ascenseur. Et zut ! La jeune femme blonde qu'il avait manqué de renverser était descendue dans son hôtel.

On aurait dit qu'elle se vengeait de sa muflerie en laissant une belle traînée de boue derrière elle, comme si elle savait qu'il était le propriétaire des lieux. Il ne peut s'empêcher de sourire : cela lui servirait de leçon pour ne pas s'être arrêté !

2

Amanda fit une pause près des fenêtres du hall pour se calmer. La pelouse de l'hôtel descendait en pente douce jusqu'au bord du lac, et une brume matinale s'élevait de l'eau encore plongée dans l'ombre de la montagne. Posant la main sur son ventre, elle se concentra sur sa respiration. *Inspirer, expirer… Faire entrer le bon air, rejeter le mauvais*. Elle n'avait quasiment pas dormi de la nuit, et avait les nerfs à fleur de peau.

Elle considéra soudain la tasse de café qu'elle tenait à la main. La caféine était-elle en l'occurrence indiquée ? Pas réellement, mais elle était sur le point de rencontrer Blake Randall, et elle devait être en mesure de déployer son sens de la réplique quand elle lui apprendrait qu'il correspondait depuis le début avec une autre personne que son ex-chef. Que c'était à elle et non à David Franklin qu'il avait envoyé les plans de sa demeure classée monument historique. Enfin, presque… En réalité, elle les avait interceptés *fortuitement* et y avait répondu *sciemment* en proposant des plans pour un usage résidentiel de la maison, alors qu'il voulait de toute évidence la transformer en un espace plutôt commercial. Mais elle adorait la période où la maison avait été construite et avait estimé qu'il fallait lui rendre sa vocation première, celle d'être un foyer.

Bon, l'essentiel, c'était que ses plans avaient plu à Randall au point qu'il lui avait proposé un rendez-vous. Elle redressa les épaules. Il s'agissait de ses idées à elle, et elles étaient bonnes. Quelle importance pour le client qu'elles ne soient pas de Franklin ? Elle s'efforçait de s'en convaincre tout en sentant la panique monter en elle. Allons, elle pouvait y arriver ! Elle *devait* y arriver. Ce contrat était le marchepied qui lui permettrait de lancer sa propre société de design d'intérieur. Pas celle d'un employeur capricieux qui lui tenait la dragée haute.

Elle venait de passer un été si atroce que c'en était presque risible. Ses crises d'angoisse étaient de plus en plus fréquentes, et à cause de ses cauchemars récurrents, elle redoutait l'heure d'aller se coucher. Elle sursautait au moindre bruit, se faisant l'effet d'un parchemin friable.

Soudain, un homme d'une vingtaine d'années hurlant au téléphone la bouscula et poursuivit son chemin avec un vague « désolé » à son adresse. Or, tout contact physique avec un homme suffisait à mettre ses sens en état d'alerte ; des points noirs se mirent à tournoyer dans son champ de vision périphérique...

La crise allait surgir, cette compagne bien trop familière ces derniers temps, comme un requin flairant le sang. Par pitié ! C'était la dernière chose dont elle avait besoin ce matin, mais l'ignorer redoublerait sa puissance... Reposant le café, elle ferma les yeux, refit ses exercices de respiration, détendit ses muscles les uns après les autres, des orteils à la tête comme sa thérapeute, la Dr Jackson, le lui avait appris.

Faire entrer le bon air, rejeter le mauvais.

Se débarrasser des ondes négatives pour accueillir les positives, c'était évidemment plus facile à dire qu'à mettre en pratique. Mais elle y travaillait avec vaillance, s'emplissant les poumons d'air frais, agitant les doigts, roulant des épaules. Le monstre finit par se calmer et il fut temps pour elle d'affronter la journée.

L'information que Randall lui avait donnée était des plus cryptiques : elle devait en effet demander à la réception de l'hôtel le chemin pour Halcyon qui se trouvait à deux pas. Mais elle n'allait pas commencer par désobéir.

Une fois à l'extérieur, elle suivit le chemin qui menait dans les bois puis franchit le portail en fer forgé. Quelques instants plus tard, elle déboucha dans une clairière et se figea. Juché au sommet d'une colline, un château se dressait sur sa droite. Un véritable château, là, au cœur des Catskills.

Elle en resta bouche bée, puis cligna plusieurs fois des yeux comme s'il allait finir par disparaître quand elle rouvrirait les paupières. Une étrange émotion la parcourut alors, et elle en eut la chair de poule, incapable de croire à la vue qui s'offrait à elle tout en ayant la sensation d'être déjà venue ici. C'était insensé. Randall n'avait rien dévoilé de l'extérieur dans ses envois, se contentant des plans du premier étage.

Pourtant, l'impression de « déjà-vu » persistait comme si l'immense demeure l'appelait avec force, l'attirait tel le chant des sirènes.

Des murs de granit rose s'élevaient du sol, donnant le sentiment que l'édifice avait poussé ici, qu'il était un élément naturel du paysage. Il y avait deux étages au moins, des chiens-assis sur la toiture en ardoise, à pente abrupte. Deux tourelles étaient ancrées aux angles qui donnaient sur le lac, surmontées d'un toit pointu, comme un cône de glace inversé. Il y avait apparemment une autre tour plus grande, devant la demeure. À l'arrière, des portes-fenêtres donnaient sur une véranda qui longeait toute la façade.

Les plans envoyés ne rendaient pas justice aux lieux. Halcyon était à couper le souffle ! Amanda contourna le château pour regagner la façade avant, notant au passage des signes de négligence : des buissons non taillés, des fenêtres poussiéreuses sans rideaux et un air général d'abandon. L'allée qui menait à l'entrée passait autour d'une fontaine vide et oubliée depuis longtemps. Elle monta rapidement les marches en pierre pour regagner la terrasse couverte. L'échelle démesurée de la bâtisse lui donnait l'impression d'être Alice aux pays des merveilles, surtout quand elle s'approcha de l'immense porte en bois. Il n'y avait pas de sonnette. Un sourire lui monta aux lèvres : la seule appropriée à cet endroit aurait été une longue corde en velours sur laquelle il aurait fallu tirer avec vigueur pour activer une cloche.

Elle frappa, mais personne ne vint ouvrir. Curieux, d'autant qu'il n'y avait aucune voiture garée dans l'allée. Elle toqua à nouveau, plus fort… Toujours rien. Elle revint alors côté lac, à l'affût d'un signe de vie. Elle était certaine d'être au bon endroit, aussi, pourquoi ne lui répondait-on pas ?

Gravissant les marches qui menaient à la véranda, elle contempla la vue sur le lac, l'étendue de pelouse arborée qui y descendait ; bercée par le souffle du vent et les pépiements des oiseaux, elle eut soudain la sensation d'être au bout du monde... Quand elle se retourna vers la maison, elle remarqua qu'une des portes-fenêtres était entrebâillée... Des frissons la parcoururent. Blake Randall avait-il laissé cette porte ouverte à son attention ? Et s'il s'agissait d'un piège pour attirer une femme sans défense dans une maison abandonnée ? Son pouls s'accéléra d'un coup...

Non ! Elle avait échangé des e-mails avec Randall en tant que David Franklin, il n'attendait donc pas une femme. Et puisque la porte était entrouverte, pourquoi ne l'aurait-elle pas poussée pour explorer les lieux ? Si Blake Randall ne se montrait pas, alors elle verrait en ce rendez-vous manqué un châtiment karmique pour tous ses mensonges.

Elle laissa des empreintes dans la poussière quand elle entra dans la première pièce, ce qui lui permit de remarquer que le sol était recouvert d'un marbre couleur miel. Le plafond, très haut, était lambrissé et les murs portaient la trace d'un affreux papier peint de style victorien orné, entre autres, de fleurs, de belvédères, d'oiseaux. L'imposante cheminée était surmontée d'un manteau en bois. Le matériau recouvrait le mur jusqu'au plafond et une représentation de saint Georges terrassant le dragon y avait été gravée. Les quelques meubles de la pièce étaient recouverts de draps blancs.

Elle aurait aimé en voir plus : n'avait-elle pas été invitée dans cette demeure ? Enfin, en quelque sorte... En réalité, elle avait l'impression de s'introduire sans autorisation dans une propriété privée. Pourtant, l'endroit semblait si prometteur : peut-être pouvait-elle juste jeter un coup d'œil, d'autant qu'elle venait d'apercevoir d'impressionnants lustres en fer forgé dans la pièce voisine...

Ce château était décidément un rêve pour une décoratrice sensorielle comme elle. La lumière se déversait par de hautes fenêtres au centre du hall dans lequel elle se trouvait à présent, et ses deux lustres rappelaient des faucons protecteurs. La cheminée, façonnée dans le même marbre couleur miel que le sol, se fondait ici davantage dans le décor ; elle était ornée d'une rose gravée. Amanda passa le doigt sur le manteau, se demandant quelle était l'histoire de cette vieille maison... C'était d'ailleurs pour cette raison qu'elle les aimait tant, chacune recelait des secrets uniques.

Un siècle auparavant, quelqu'un avait dépensé sans compter pour créer une somptueuse demeure et aujourd'hui, elle était vide, poussiéreuse, désertée... Soudain, il lui sembla percevoir un bruit dans la maison. Des pas ?

— Monsieur Randall ?

Encore une fois, seul le silence lui répondit. Ce devait être le vent, ou bien son imagination débridée. Haussant les épaules, elle poursuivit son exploration. Près de la porte d'entrée, un escalier en colimaçon montait dans une large tour. De l'autre côté de la pièce se déployait un atrium semi-circulaire. Le verre était plus ou moins opaque en raison de la négligence générale et le sol en mosaïque recouvert d'une grosse couche de poussière souffrait du même abandon ; toutefois, elle se les représentait aisément au temps de leur splendeur.

Les propositions qu'elle avait envoyées pour la rénovation étaient précises, les plans en noir et blanc conçus par des programmes spécifiques, et pourtant, cela ne suffisait pas pour faire honneur à cette demeure qui avait surtout besoin de couleur et d'émotions.

Elle posa la main sur le mur lambrissé, près de l'atrium, puis ferma les yeux, s'efforçant d'imaginer le château tel qu'il était initialement... C'était une méthode à laquelle elle avait déjà recouru pour les anciens appartements qu'elle avait rénovés en ville. Elle vit alors l'atrium brillant de tous ses feux, des tapis persans aux couleurs chatoyantes dans le salon, de confortables fauteuils en velours autour de la cheminée, une bibliothèque en bois clair... Sortant sans hésitation son carnet de croquis et ses crayons de couleur, elle se mit à dessiner la demeure telle qu'elle se la représentait, d'en capturer l'esprit.

Le salon prit rapidement forme sur le papier, elle y apporta quelques touches de modernité avec des couleurs plus classiques, et... Oh oui, des rideaux en toile à voiles seraient parfaits, ici ! Puis elle passa à la salle à manger qu'elle transforma en bureau...

Un autre bruit l'arracha tout à coup à sa frénésie créatrice. Cette fois, il venait de l'intérieur, elle en était certaine. Glissant rapidement son carnet dans son sac, elle se dirigea vers la porte ouverte qui donnait sur la véranda, prête à fuir en cas de besoin. Son cœur se mit à battre comme un fou quand elle sentit une présence se matérialiser derrière elle.

— Hé, vous ! s'écria une voix masculine.

Elle sentit une main s'abattre sur son épaule. La panique, bête immonde, montra alors le bout de son nez redoutable...

— Qu'est-ce que vous faites chez moi, nom d'un chien ?

Par chance, il arrivait parfois que cette panique se transforme en rage : en l'occurrence, ce fut ce qui la sauva. Au lieu de s'évanouir, elle fit face à l'homme qui avait déclenché cet état émotionnel en elle.

— Lâchez-moi ! ordonna-t-elle.

Il obéit immédiatement, mais lui barra le passage. Il était plus âgé qu'elle – sans doute au milieu de la trentaine – et de haute stature puisque, en dépit de ses talons, elle ne lui arrivait pas à l'épaule. Les traits anguleux et les mâchoires carrées, il rivait sur elle des yeux couleur café, le visage encadré d'une épaisse crinière brune ondulée qui lui retombait dans le cou. Il portait des vêtements décontractés, comme s'il venait de travailler à l'extérieur.

Elle déglutit à plusieurs reprises pour reprendre le contrôle de sa respiration. Elle avait lu quelque part que le plus petit des animaux pouvait devenir féroce, indépendamment de sa taille, lorsqu'il se sentait piégé.

Se redressant, elle pointa le doigt vers lui.

— Je vous conseille de déguerpir pendant qu'il est encore temps, car Blake Randall va arriver d'un instant à l'autre. J'ai rendez-vous avec lui.

Il fronça alors les sourcils, mais au lieu de s'enfuir, il s'adossa à l'embrasure de la porte et croisa les bras, un grand sourire aux lèvres.

— Vraiment ? C'est très intéressant, vous savez, parce que moi, j'ai rendez-vous ici, avec un homme, pas avec une femme virulente qui est entrée sans autorisation dans une propriété privée.

Elle en resta bouche bée. C'était donc lui, Blake Randall ? Elle était une parfaite idiote qui venait de ruiner toutes ses chances. Elle voulut s'enfuir, mais se retrouva paralysée sur place, comme chaque fois qu'elle paniquait.

— Détendez-vous ! lui dit-il alors. J'en ai juste assez de ces intrus qui s'introduisent dans ma propriété par pure curiosité. Que voulez-vous ?

Elle sentit ses poumons se resserrer. *Faire entrer le bon air, rejeter le mauvais.* Elle ne savait même plus pourquoi elle avait entrepris cette aventure. Elle le vit passer la main dans ses cheveux, affichant clairement son impatience. Elle inspira profondément et l'inspiration qu'avait suscitée en elle ce lieu magique lui revint, lui redonnant du courage.

— Vous êtes Blake Randall ? reprit-elle d'une voix aussi assurée que possible.

Il hocha la tête.

— La porte était ouverte, monsieur Randall, poursuivit-elle. J'ai supposé que vous étiez à l'intérieur. Je suis Amanda Lowery, votre rendez-vous de 10 heures.

À cet instant, il éclata de rire.

— Vous croyez vraiment que je ne sais pas avec qui j'ai rendez-vous ? C'est avec...

— David Franklin, de Franklin Interiors, oui, je sais. J'ai travaillé pour David. J'étais son associée, et c'est moi qui ai répondu à votre e-mail.

Après que Franklin l'eut congédiée, la personne du service informatique avait été assez longue à supprimer son adresse mail : c'était ainsi que le message de Randall était arrivé dans sa boîte mail, un mois après son licenciement. Elle y avait vu un don du ciel.

— Vous avez répondu en tant que David Franklin.

— J'ai répondu en tant qu'associée de la société.

Toutefois, comme elle n'y travaillait plus, cela frôlait l'illégalité, elle en avait bien conscience : elle avait été si désespérée après que David avait sali sa réputation, la condamnant quasiment à ne plus exercer. Et puis elle n'avait pas signé ses messages du nom de ce dernier – ni du sien d'ailleurs.

— Donc vous représentez Franklin Interiors et leur proposition ?

— Eh bien, en réalité, il s'agit de *ma* proposition.

— Laissez-moi résumer la situation : vous travaillez désormais pour une autre société et vous essayez de voler son client, en l'occurrence moi, à Franklin Interiors, je me trompe ?

— Euh, ce n'est pas tout à fait exact, puisque je suis... Enfin, je travaille à présent en free-lance.

À cet instant, l'ombre d'une crise d'angoisse plana à nouveau sur elle. Et s'il appelait David ? Ou pire, la police ?

Mais à la place, il éclata de rire.

— Vous ne travaillez donc plus pour Franklin Interiors. On vous a congédiée ou vous avez donné votre démission ?

À cette question, son regard s'était fait plus perçant.

— Un peu des deux...

Quand elle avait accusé David de profiter de ses idées, il s'était vengé en la calomniant auprès de toute leur clientèle. Et elle aurait juré que son « je démissionne » et le « je te vire » de Franklin avaient fusé en même temps.

— Et maintenant, vous avez triché pour obtenir un rendez-vous afin de rénover une maison estimée à un demi-million ? Alors que vous venez tout juste de finir vos études ?

Sur ces mots, il plongea les yeux dans les siens... et elle eut envie de fuir sur-le-champ. Mais elle se visualisa aussitôt dans son Kansas natal et redressa les épaules. Elle devait se battre !

— J'ai vingt-huit ans, monsieur Randall, et je travaille chez Franklin Interiors depuis quatre ans. C'est moi qui ai élaboré la proposition qui a retenu votre attention. Cette demeure est magnifique et j'aimerais... Et je *veux* réellement ce contrat.

Il émit un rire sceptique.

— Magnifique, cette ruine ? Elle ne m'attire que des ennuis. Tout le monde en ville m'a forcé à la rénover, mais...

— Attendez... Cette demeure est celle qui a été classée monument historique après un combat acharné de la ville afin de la préserver de la destruction ?

— Qui vous a raconté ça ?

— La propriétaire du petit café bigarré, près du parc. Elle nous a dit qu'un imbécile voulait détruire l'hôtel et quelques maisons alentour en vue de construire un casino. Tout le monde dans la ville est contre cette idée, et déteste le type qui...

Elle se tut brusquement. L'expression de Randall était passée de l'amusement à une forme d'agacement.

Rougissante, elle enchaîna néanmoins :

— Ce type, c'est donc vous ? Et vous êtes également le propriétaire de ce lieu incroyable.

Il fit une petite révérence moqueuse.

— Blake Randall, le vilain petit canard de Gallant Lake, pour vous servir, rétorqua-t-il. Mais ne croyez pas Cathy sur parole quand elle prétend que tout le monde est contre le casino. Certaines personnes sont bien conscientes du nombre d'emplois que cela créerait dans cette petite ville à bout de souffle. Encore faut-il que j'aie l'approbation de la ville d'Albany.

Il fronça les sourcils avant d'enchaîner :

— Bref, grâce à Cathy et ses amis de l'association de préservation de Gallant Lake, je suis obligé de rénover ce château vétuste et c'est pour cette raison que j'ai fait appel à vos services, enfin visiblement ce ne sont pas les vôtres, pour avoir une proposition. Une autre société m'a suggéré de convertir ce lieu en des bureaux commerciaux, et de louer l'espace que je n'utilisais pas.

— Des bureaux commerciaux ? s'insurgea-t-elle. Mais ce serait criminel. Les vieilles demeures, c'est ma spécialité, et je peux vous assurer que celle-ci a été autrefois une maison de famille remplie de rires et d'amour. Elle pourrait le redevenir.

Il lui adressa soudain un regard confus, comme si elle venait de s'exprimer dans une langue qu'il ne comprenait pas. Elle crut distinguer un bref éclair d'intérêt au fond de ses prunelles avant qu'il ne secoue la tête.

— Écoutez, je mesure l'audace qu'il vous a fallu pour venir à ce rendez-vous en vous faisant passer pour une autre personne, et j'admire votre ambition. Mais…

— Ma proposition vous plaisait quand vous pensiez qu'elle venait de Franklin Interiors. Subitement, elle ne vous plaît donc plus ?

— Je vais être franc, c'est la meilleure de toutes celles que j'ai reçues concernant une exploitation résidentielle de cette demeure, mais je ne suis pas certain qu'un château comptant douze chambres puisse devenir un vrai foyer.

Il jeta un regard autour de lui, puis ajouta :

— Et puis même si c'était le cas, vous ne pensez pas que ce projet est un peu ambitieux pour vous ?

— Pourquoi ? Parce que je suis une femme ?

— Non. Parce que vous êtes jeune, seule et que vous ne pouvez donc pas avoir l'expérience ni les ressources pour exécuter un contrat de cette taille.

À cet instant, il écarta les bras pour désigner le chantier, et elle recula, effrayée par son mouvement si subit. Il n'allait pas recourir à ses services, cela ne servait à rien qu'elle le supplie. Son dernier espoir venait de s'effondrer. *Retour à la case départ, en l'occurrence au Kansas où tous mes cauchemars ont commencé*, pensa-t-elle en sentant les larmes lui monter aux yeux.

Elle devait partir avant de s'effondrer ! S'accrochant à la dignité qui lui restait, elle releva le menton :

— Il est évident que vous avez déjà pris votre décision. Veuillez m'excuser.

Elle se dirigea vers la porte d'un pas résolu.

— C'est tout ? Vous ne vous battez pas pour décrocher le contrat après la ruse à laquelle vous avez recouru afin de vous introduire chez moi ?

Cet échange n'avait été qu'un jeu pour lui. Il ne la prenait pas au sérieux – tout comme David insinuait qu'elle n'était pas une véritable décoratrice d'intérieur. Elle aurait aimé prouver à Randall qu'il avait tort mais elle sentait monter en elle une redoutable crise d'angoisse. Elle devait fuir pour qu'il n'en soit surtout pas témoin.

Hélas ! Quand elle voulut franchir le seuil pour sortir, elle demeura comme paralysée et vacilla. Du coin de l'œil, elle le vit accourir. Non, elle refusait qu'il la touche. Pitié ! Elle tendit le bras pour garder l'équilibre, mais il le lui saisit. Elle voulut se dégager et finit par tomber… Il s'agenouilla près d'elle, et la prit par les épaules.

— Madame Lowery ? Amanda ? l'entendit-elle répéter, obsédée par l'idée de ses mains sur elle.

Elle ne pouvait plus ni parler, ni bouger, ni respirer. Elle se mit à trembler des pieds à la tête, sa vision se brouilla… La douleur qui la terrassait au niveau de la poitrine était d'une telle violence qu'elle se demanda si elle n'était pas en train de mourir. Elle avait d'ailleurs dû marmonner quelque chose à ce sujet car il reprit de sa voix grave, mais bien trop près d'elle :

— Non, vous n'allez pas mourir. Il suffit que vous respiriez. Tenez-moi la main et serrez-la. Puis essayez de respirer.

— Impossible… J'ai mal… C'est… une crise d'angoisse.

De ses bras vigoureux, il la souleva dans les airs.

Non ! Par pitié… Elle n'avait malheureusement pas la force de lutter, employant la faible énergie qui lui restait à faire entrer de l'air dans ses poumons.

— Dites-moi comment vous aider, demanda-t-il.

Elle entendit de la peur dans sa voix, ce qui renforça la sienne. Les poumons en feu, elle parvint à prononcer :

— Lâchez-moi !

— Ce n'est pas possible.

Elle flottait à présent dans la pièce, il la portait pour l'emmener elle ne savait où, tout en tâtant sa poche, comme pour en sortir quelque chose. Elle n'aurait bientôt plus assez d'oxygène pour demeurer consciente…

De très loin lui parvinrent des bribes de conversation.

— Julie ?… Oui, Amanda Lowery qui est descendue à l'hôtel… Elle fait actuellement une crise d'angoisse… Au château.

À cet instant, elle sentit sa tête se poser malgré elle sur une solide épaule et renonça à combattre contre l'inévitable obscurité.

— Tout va s'arranger, je m'occupe de vous, furent les derniers mots qu'elle l'entendit murmurer doucement contre sa joue.

Blake regarda la belle au bois dormant étendue sur son lit, avec ses boucles dorées qui retombaient en cascade des deux côtés de son corps. Elle avait un visage d'ange. Une princesse ange, donc… Il se frotta le visage et s'adossa à la chaise haute.

— Vous allez finir par vous arracher la peau, à faire ce geste répétitif !

Il lança un coup d'œil par-dessus son épaule vers la cousine d'Amanda Lowery, puis émit un rire dérisoire.

— Je viens de passer une matinée cauchemardesque, Mel, répondit-il.

— Comme nous tous, renchérit la belle brune. Mais le médecin a dit qu'elle allait bien maintenant, et il lui a administré le médicament nécessaire. À présent, elle dort, rien de plus.

À présent, en effet, mais une heure plus tôt, elle l'avait fait vieillir de dix ans quand il l'avait vu littéralement se consumer d'angoisse et qu'il avait été incapable d'endiguer la crise.

Tout en la transportant dans sa chambre à Halcyon, il avait appelé Julie, la gérante adjointe de l'hôtel et quelques minutes plus tard, une grande brune furieuse avait déboulé dans sa suite, prête à secourir Amanda et l'accuser de tous les maux. Heureusement, Julie était arrivée peu de temps après Mel, en compagnie d'une médecin qui séjournait à l'hôtel, et avait convaincu cette dernière qu'il n'était pas un tueur en série, mais l'homme avec qui Amanda avait rendez-vous. Une fois calmée, Mel avait confirmé ce que celle-ci avait tenté de lui dire : qu'elle était en proie à une crise d'angoisse.

— Pourquoi avez-vous tellement tenu à la garder ici, chez vous, sachant de quelle manière elle a obtenu le rendez-vous de ce matin ? questionna Mel, assise sur le rebord du lit.

Il n'avait pas été étonné quand elle avait admis être Mellie Low, la célèbre mannequin. Ses gestes gracieux donnaient l'impression qu'elle avait conscience d'avoir un appareil-photo braqué sur elle en permanence. S'il avait cherché à nouer une relation, elle aurait été bien plus son type qu'Amanda – grande, élégante, assurée et décontractée à la fois. Mais il n'était pas du tout dans cette optique, le mur qu'il avait érigé autour de son cœur depuis le décès de Tiffany lui semblant indestructible. Il croisa son regard.

— Je ne suis pas un monstre, Mel. Elle a failli avoir une crise cardiaque chez moi, et m'en provoquer une en même temps.

Puis baissant la voix, il poursuivit :

— J'ai fait aménager quelques pièces ici pour avoir un pied-à-terre quand je viens en ville. Voilà pourquoi il m'a semblé logique de l'amener en haut, dans ma suite.

Devant son regard sceptique, il ajouta :

— Du moins au moment des faits.

Elle l'étudia d'un œil circonspect... Il plaignait les ennemis de cette femme aux yeux violets aussi tranchants que des lames de rasoir. Si elle avait été policière, nul doute que tout suspect aurait avoué ses méfaits sans délai. Elle s'efforçait actuellement de protéger sa cousine, attitude qu'il respectait : même s'il n'avait pas été élevé dans ce genre de familles, il était conscient que c'était sur ce modèle que fonctionnaient la plupart.

— Elle est en sécurité ici, je vous assure, insista-t-il.

À ces mots, Mel parut se détendre ce qui, paradoxalement, l'alarma.

— Ça n'a pas toujours été le cas, n'est-ce pas ? ajouta-t-il aussitôt.

— Non, en effet…

Elle jeta un coup d'œil à Amanda avant de poursuivre d'une voix voilée :

— Elle vient de vivre un été épouvantable. Elle a perdu son job, elle va perdre aussi sa colocation et quelqu'un…

S'apercevant qu'elle allait trop en dire, Mel se mordit la langue.

— Quelqu'un lui a fait du mal, compléta-t-il.

Pinçant les lèvres, elle secoua la tête, mais il distingua aisément la vérité dans ses prunelles : quelqu'un s'en était pris à la belle endormie dans son lit. Ce qui expliquait pourquoi elle lui avait intimé de ne pas la toucher. Était-ce un petit ami ? Un inconnu ? Malgré lui, il serra les poings, et demanda :

— Parlez-moi de ces crises d'angoisse.

— Je crois que vous avez vu de vos propres yeux à quel point elles peuvent être graves.

Il hocha la tête. Il avait d'abord cru à un malaise, à la suite de la révélation de ses manœuvres pour décrocher ce rendez-vous, mais quand il l'avait relevée et que leurs yeux s'étaient croisés, il avait eu la sensation qu'elle était piégée dans un cauchemar avec lequel il n'avait rien à voir. La terreur aperçue au fond de ses prunelles allait assurément le hanter un bon moment. Il venait vraiment d'avoir lui aussi la peur de sa vie et d'ailleurs, l'effroi ne l'avait toujours pas quitté, sans qu'il ne s'explique pourquoi.

— Cela lui arrive souvent ?

Mel haussa les épaules.

— Comme c'est assez récent, je ne saurais vous répondre.

— Est-ce qu'elle est aidée ?

Elle commença à acquiescer, puis parut se raviser :

— Cela ne vous regarde pas, Blake.

Donc, oui, elle était aidée, parfait… Et d'ailleurs, Mel avait raison : franchement, de quoi se mêlait-il ?

Tout à coup, Amanda remua ; simultanément, Mel et lui s'immobilisèrent, mais cette première se contenta de se mettre en chien de fusil, tout en poussant un petit soupir. Elle avait à présent la main sur la couverture et il ressentit l'étrange envie de la lui étreindre, mais il doutait que Mel apprécie.

— Vous êtes très proches l'une de l'autre, n'est-ce pas ?

Mel sourit.

— Nous sommes quatre cousines, quatre Lowery aussi unies que des sœurs. Comme je séjournais à New York cette semaine, j'ai tenu à l'accompagner à Gallant Lake, car je trouvais son plan bien peu orthodoxe. Mais il aurait tout à fait pu marcher. Ce qui n'est de toute évidence pas le cas… Encore que je ne sais pas… A-t-il marché ?

Bonne question !

— Eh bien, elle a poussé le bouchon très loin pour obtenir ce rendez-vous, mais…

— Elle est très douée, Blake. Elle comblerait toutes vos attentes…

À ces mots, il jeta un coup d'œil vers le lit.

— En tant que décoratrice d'intérieur, bien sûr ! s'empressa-t-elle d'ajouter. Vous a-t-elle montré son portfolio ? Il doit être dans son sac…

Sur ces mots, elle se leva pour aller chercher le sac à main d'Amanda d'où elle sortit un carnet de croquis qu'elle lui tendit.

— Je pense que ses photos sont sur sa tablette, mais vous pouvez déjà regarder ses dessins.

Il l'ouvrit d'un air absent. Recourir aux services d'Amanda Lowery aurait été la plus mauvaise idée de sa vie, il était évident qu'elle n'était pas à la hauteur de…

Tout à coup, il cligna des paupières : c'était un dessin de Halcyon qu'il avait sous les yeux. Pas le Halcyon qu'il connaissait, ni même celui qu'il s'était représenté à partir de sa proposition initiale, mais un Halcyon vivant, coloré. Le salon comportait un espace canapé en face de la cheminée, avec un écran plat au mur, et une console dans un angle. Le tout dans un château ? Était-ce bien raisonnable ? Il tourna la page. C'était le dessin de la pièce qui l'avait le plus intrigué, dans sa proposition originale – enfin celle qu'il pensait venir de David Franklin. Elle voulait en effet transformer la salle à manger en un immense bureau. Ce dont il aurait besoin si un jour il décidait de vivre ici.

Il n'avait jamais été le genre d'hommes à se fixer dans un lieu, mais maintenant que son neveu allait faire partie de sa vie, le temps était peut-être venu pour lui de mener une vie un peu plus stable. Et peut-être que cet endroit était celui qui s'y prêtait le mieux...

Grâce aux dessins d'Amanda, il parvenait désormais à associer ce vieux château à un chez-soi douillet.

3

Amanda était en train de faire un rêve très étrange, se déroulant au Moyen Âge. Elle se trouvait dans un lit imposant en bois sculpté. La chambre était immense et ronde, avec une cheminée en marbre. Un toit cathédrale s'élevait si haut au-dessus de sa tête qu'elle ne parvenait pas à en voir le sommet, en raison de l'obscurité. Des tentures damassées ornaient par ailleurs les hautes fenêtres.

Près du lit se trouvait un fauteuil à bascule : un homme y était assis, le pied posé sur le matelas, la regardant en silence. Mais avec son jean et son T-shirt, il ne ressemblait pas à un chevalier de la table ronde. Des boucles noires lui masquaient le cou.

Blake Randall !

Elle n'était absolument pas dans un rêve.

Elle se redressa d'un bond, incapable de retenir une petite exclamation mais se recouvrant en revanche de la couverture. Après une brève vérification, un immense soulagement la submergea : elle était encore tout habillée, seules ses chaussures avaient été retirées. Randall ne bougea pas, comme s'il pensait qu'elle allait se précipiter hors du lit. Et ce fut d'ailleurs ce qu'elle envisagea de faire quand la mémoire lui revint par bribes : elle s'était effondrée dans le salon, il l'avait prise dans ses bras et transportée en haut par un escalier en colimaçon... Tout cela n'avait pas vraiment de sens, mais elle n'avait pas non plus l'impression d'être en danger.

— Où suis-je ? questionna-t-elle.

Il se redressa, reposa le pied par terre, se pencha légèrement puis, coudes sur les genoux, croisa les mains. Sa voix était douce et profonde quand il lui répondit :

— Vous êtes dans ma suite, à Halcyon.

— Quelle heure est-il ?

— 13 heures.

— Ma cousine sait-elle où je suis, monsieur Randall ? Est-ce que quelqu'un le sait ?

Un petit sourire se dessina sur ses lèvres.

— Ne vous inquiétez pas, je ne vous ai pas kidnappée. Mel est juste partie chercher de quoi déjeuner.

Son sourire s'élargit et il ajouta :

— Et je pense que l'expérience particulière que nous avons vécue ensemble nous autorise à nous appeler par nos prénoms, Amanda.

— Euh… Donc vous m'avez portée dans vos bras jusqu'ici ? demanda-t-elle d'une voix plus aiguë qu'elle n'aurait voulu.

— Rassurez-vous, ce n'était pas grand-chose. Comme il n'y a pas beaucoup de pièces meublées dans cette maison, il était logique que je choisisse celle-ci.

La Dr Jackson lui répétait tout le temps qu'elle devait surmonter le passé pour avancer, mais elles devraient revoir cette stratégie : celle-ci l'avait en effet conduite à se retrouver dans une situation impossible à gérer, à savoir se réveiller dans le lit d'un inconnu ! Blake pensait désormais qu'elle était une créature bien faible et pathétique, ce qui ne correspondait absolument pas à sa personnalité. Bref, tout était compromis.

— Écoutez, je dois m'en aller…

— Mel sera de retour sous peu, lui assura-t-il, reposez-vous en attendant. Après le déjeuner, je vous libérerai, promis.

Là-dessus, il lui adressa un sourire taquin.

Elle s'adossa contre la tête de lit, et la pensée qu'elle serait bientôt en route pour le Kansas, sans emploi, la dévasta.

— Eh, qu'est-ce qui ne va pas ? s'enquit-il en s'asseyant sur le rebord du lit.

Elle se figea quand il lui toucha le visage… pour essuyer des larmes qu'elle n'avait pas senties couler.

— *Qu'est-ce qui ne va pas* ? répéta-t-elle. Je viens de me ridiculiser !

Je vous ai menti pour avoir un entretien, puis j'ai eu une crise d'angoisse devant vous. C'est ridicule, *je suis* ridicule.

— Allons, vous avez eu une crise d'angoisse, ce que personne ne peut contrôler quand cela lui tombe dessus. Je me réjouis que vous alliez mieux, à présent.

— Vous êtes gentil, mais je suis très loin d'aller mieux, et de toute façon, j'ai assez abusé de votre temps. Je dois partir !

— Mais non ! Restez...

Et il lui saisit les mains, visiblement aussi surpris qu'elle de son geste.

À cet instant, les pas de Mel retentirent et ils se relâchèrent promptement avant qu'elle n'entre dans la pièce. Le regard suspicieux de cette dernière passa de l'un à l'autre avant de se poser sur Amanda, qui essuyait ses dernières larmes.

— Que s'est-il passé ?

— Rien, tout va bien, je meurs juste de faim.

— Ça tombe bien, j'apporte de la nourriture !

Blake proposa qu'ils s'installent tous les trois dans la cuisine pour déjeuner. Il était conscient des coups d'œil sceptiques que lui jetait Mel, cependant qu'Amanda fuyait au contraire son regard. Pour faire diversion, il posa son carnet de croquis sur le comptoir et déclara :

— J'ai regardé vos dessins.

Amanda se raidit.

— Vous avez fouillé dans mon sac quand j'étais inconsciente ?

— N-non, intervint Mel. Je voulais juste montrer ton portfolio à Blake et comme il n'y avait que ton carnet de croquis dans ton sac...

— Ce sont des ébauches, Mel, certainement pas des choses que je montre à mes clients.

— Amanda, intervint-il alors, vous avez eu raison ce matin de me rappeler que votre proposition originale me plaisait. Et ces esquisses ont vraiment donné vie à vos idées.

Il ouvrit le carnet de croquis.

— Vous avez dessiné un espace salon avec un grand écran

plat, dit-il d'un air songeur. C'est vraiment envisageable, dans un château victorien ?

— Bien sûr ! Il faut des contrastes, des espaces cosy ! Je ne crois pas que vous ayez envie de vivre dans un style victorien.

Il émit un grognement d'acquiescement : il détestait par exemple le papier peint rose et vert. Elle hocha la tête en souriant.

— L'architecture de Halcyon est assez imposante pour qu'on puisse choisir le style d'intérieur que l'on veut. Je proposerais de rester classique, en ajoutant des touches de modernité ici et là avec des éclats de couleur ou quelques meubles plus extravagants.

Visiblement, elle savait de quoi elle parlait : elle avait beau être jeune, la proposition qu'elle lui avait faite était extrêmement détaillée et professionnelle. Et ces esquisses crayonnées en un rien de temps stupéfiantes !

— Donc, vous croyez que cela est réalisable ? demanda-t-il en désignant le dessin du bureau.

— Tout à fait ! C'est juste de la cosmétique, il n'y a rien à démolir ou construire, mis à part une bibliothèque. Si le budget est élevé, c'est parce que ce château est immense et qu'il y a des quantités d'horribles papiers peints à enlever.

— J'ai besoin que le tout soit terminé pour Noël. Est-ce possible ?

Nathan n'ayant de toute évidence pas l'intention d'organiser un Noël familial qui aurait inclus Zach, c'était lui qui devrait s'en charger. À cette pensée, un sentiment de malaise le saisit : il n'avait jamais acheté de décorations de Noël, mais cette année, il devrait bien s'y mettre pour son neveu... Soudain, il remarqua qu'Amanda le regardait fixement, yeux écarquillés.

— Que venez-vous de dire ?

— Que je vous embauchais.

Il reposa le carnet de croquis sur le comptoir. Il prenait rarement de décisions impulsives, mais en l'occurrence, celle-ci lui semblait la bonne.

— Vous m'avez vendu votre vision, poursuivit-il, donc maintenant, dites-moi combien de temps il vous faudra.

— Eh bien, cette conversation étant professionnelle, je crois que le moment est venu pour moi de m'éclipser, déclara Mel en riant. Finalement, je ne vais pas manquer mon rendez-vous au spa.

Elle prit rapidement Amanda dans ses bras.

— Je savais que tu décrocherais ce contrat, ma chérie, ajouta-t-elle avant de se tourner vers lui : Vous venez de prendre une excellente décision.

— Je ne l'ai pas encore acceptée, renchérit Amanda en relevant le menton.

Intéressant. Quelques heures plus tôt, elle le suppliait de l'embaucher.

Mel se mit à rire.

— En tout cas, vous n'avez pas besoin de moi pour régler les modalités. Après ce qui s'est passé ce matin, ne te surmène pas, s'il te plaît. Compris ?

La dernière question lui étant adressée, il répondit du tac au tac :

— Compris !

Et ce fut d'un air satisfait que Mel sortit de la cuisine.

Amanda semblait un peu sous le choc de son annonce, il allait lui laisser le temps de l'absorber. Mais son silence se prolongea au point de devenir quelque peu pesant… Il en aurait presque douté du bien-fondé de sa décision. S'emparant de son carnet, il le feuilleta à nouveau.

— Vous voulez vraiment repeindre les chandeliers en orange ? Ce n'est pas vraiment un éclat de couleur, c'est plutôt… une explosion, non ?

— Ce n'est pas orange, c'est paprika, précisa-t-elle comme sur la défensive. C'est une couleur épicée qui apportera une touche de fantaisie à cet espace et le rendra un rien cocasse : quand vous y entrerez, vous pourrez enlever vos chaussures et vous détendre sans éprouver le moindre sentiment de culpabilité.

— En général, les gens n'associent pas spontanément à ma personne les mots « fantaisie » et « cocasse ».

— Eh bien, surprenez-les !

Il baissa les yeux pour contempler une nouvelle fois ses dessins.

— C'est vous qui me surprenez, renchérit-il. Alors, vous acceptez ce contrat ?

Elle parut hésiter.

— Ne m'embauchez pas par pitié, Blake. Je ne veux pas de votre charité.

Il lui décocha son fameux regard d'acier qui avait en général le don de faire trembler ses employés. Mais Amanda se contenta de cligner des yeux, droite dans ses bottes, sans détourner la tête.

— Ma société vaut un milliard de dollars, je n'ai donc pas pour habitude de faire la charité à mes employés. Vous êtes une décoratrice d'intérieur sans contrat, je recherche justement une décoratrice d'intérieur. Voulez-vous ce travail, oui ou non ?

Ces tergiversations le stupéfiaient. Elle finit par soupirer et repoussa son assiette.

— Écoutez, je vous propose de refaire un point tous les deux sur les changements à apporter à la propriété et...

— J'ai promis à Mel que je vous épargnerais des gros efforts et...

— Il ne s'agit pas de refaire le tour de la propriété. Prenons cette cuisine. Elle a été rajoutée dans les années 1990, n'est-ce pas ?

Il hocha la tête et elle fit la grimace.

— Elle ne va pas du tout, dans cette demeure. Elle est pratique, mais trop standard.

Il ne comprenait pas où elle voulait en venir, mais quand elle se leva, il la suivit dans le hall d'entrée. Elle posa alors la main sur le manteau de la cheminée et un petit sourire énigmatique barra son beau visage ; les battements de son cœur s'accélérèrent.

— Autrefois, cette demeure était remplie d'amour, je le sens. Vous connaissez son histoire ? lui demanda-t-elle en levant son regard vers lui à travers ses longs cils.

— Oui, c'est une histoire pleine de romance et de tragédies...

— Intéressant ! Racontez-moi.

Et cette fois, un large sourire qui lui était destiné éclaira ses traits de sorte qu'il en balbutia :

— Vous... vous raconter quoi ?

— L'histoire de Halcyon ! Parlez-moi des gens qui y ont vécu, décrivez-moi des anecdotes, cela m'aidera à cerner la « personnalité » des lieux.

Il secoua la tête. Il n'avait pas du tout l'étoffe d'un conteur, personne ne lui avait lu d'histoires le soir avant d'aller au lit. Même ses nourrices étaient trop occupées pour de telles frivolités. Zach aimait-il les histoires ? se demanda-t-il alors. Tiffany lui en lisait-elle ?

— De nombreuses personnes dans les environs vous en parleront bien mieux que moi. C'était la propriété qui m'intéressait, pas la légende !

— Ah bon, une légende est attachée à ces lieux ? Et c'est maintenant que vous me le dites !

S'adossant au manteau de la cheminée, il fouilla dans sa mémoire pour retrouver l'histoire de Halcyon. Il l'avait toujours trouvée stupide jusqu'à ce qu'Amanda s'y intéresse… et tombe visiblement sous le charme.

— Cette demeure a été construite à la fin du XIXe siècle par un riche banquier de New York, un certain Otis Pendleton. Sa jeune femme, Madeleine, ayant une santé fragile, ils pensèrent que l'air de la campagne lui serait propice. Ils vinrent s'installer ici et comme Madeleine parut reprendre des forces, il décida de lui construire un château. Il venait la retrouver ici tous les week-ends, ainsi que leurs enfants.

Amanda alla alors s'asseoir sur une marche de l'escalier.

— Vous êtes fatiguée ? On peut continuer une autre fois…

— Tout va bien, poursuivez votre histoire.

Et elle fit un petit geste de la main pour l'inciter à continuer. Cette femme était une vraie cheftaine quand elle n'avait pas de crise d'angoisse. Il s'assit sur la marche en dessous d'elle, et déploya ses jambes devant lui.

— Durant le krach boursier des années 1920, Pendleton perdit toute sa fortune, et il sauta par la fenêtre de son bureau de Manhattan, situé au vingtième étage.

Elle poussa une petite exclamation.

— Certaines personnes ont prétendu que son frère l'avait poussé, de toute évidence il y avait du ressentiment entre eux. Les enfants étaient certains qu'Otis ne se serait pas suicidé, il était bien trop épris de Madeleine pour la laisser toute seule.

Amanda soupira et balaya le hall d'un regard mélancolique : son intuition lui dit alors qu'elle ne voyait pas une pièce vide, mais la maison des Pendleton au temps de sa splendeur. Elle était romantique, cela ne l'étonnait pas du tout ; en revanche, il ne comprenait pas pourquoi lui aussi se sentait un rien romantique en lui contant ce récit.

— Inconsolable, Madeleine ne quitta plus le lit, et y mourut avant que la maison ne soit mise aux enchères et qu'elle ne soit expulsée. On raconte depuis qu'elle hante les lieux.

— Ah bon, c'est une maison hantée ? reprit-elle, le regard brillant. Et vous avez déjà vu Madeleine ?

Il roula des yeux.

— Non, je n'ai jamais croisé Madeleine Pendleton à Halcyon.

Elle se contenta d'un petit sourire, puis demanda :

— Et que s'est-il passé, après la mort de Madeleine ?

— Halcyon a été successivement une pension de famille, un motel, et même une maison close durant deux ou trois ans, selon la rumeur. Puis le château est resté inoccupé pendant des années jusqu'à ce qu'un jeune couple le rachète, dans les années 1990. Ils y ont mis toute leur fortune, pensant en faire des chambres d'hôtes.

Il leva les yeux vers elle : elle était suspendue à chacun de ses mots.

— Ce sont eux qui ont ajouté la cuisine et l'ascenseur. Mais les revenus qu'ils tiraient de leur activité étaient insuffisants et ils ont dû fermer il y a dix ans. Je l'ai racheté l'an dernier.

Pourquoi se sentait-il si à l'aise sur cette marche et dans cette discussion ? Il regarda le plafond en bois, et éprouva subitement bien plus d'affection pour cette maison que depuis le jour où il l'avait acquise.

— Curieusement, bien qu'elle soit restée très longtemps inoccupée, elle n'est pas devenue une ruine.

— Vous venez de me raconter l'histoire de Halcyon. Mais quelle est la légende ?

Il émit un soupir.

— La légende veut que Madeleine ne reposera pas en paix tant que cet endroit ne sera pas redevenu une vraie maison, et que c'est pour cette raison qu'aucune affaire n'a pu y prospérer. Donc vous avez raison, ce ne serait pas une bonne idée d'y établir des bureaux.

Il lui adressa un sourire en coin, qu'elle lui rendit mais qui disparut quand il demanda :

— Alors, vous acceptez le contrat ?

— À vrai dire, je ne sais pas, j'ai peut-être sous-estimé l'énormité du projet.

— Ah bon ? Vous pensez ne pas être à la hauteur ?

— Pas du tout ! Je suis précisément spécialisée dans les maisons d'époque, je peux tout à fait gérer ce projet !

À ces mots, il lui décocha un sourire triomphant.

— Donc, vous acceptez ! Et vous aurez terminé à Noël, n'est-ce pas ?

Il lui sembla soudain impératif que Zach vive de belles fêtes de fin d'année pour effacer l'affreux souvenir des dernières.

— Cela me laisse peu de mois !

— Vous m'avez convaincu que ce lieu pouvait devenir un foyer et il se trouve que j'en cherche un. Pour Noël.

Elle fronça les sourcils.

— Vous n'avez pas de domicile ?

— Je descends dans les suites des hôtels que je possède.

— Combien en avez-vous ?

Il haussa les épaules.

— Cinq. Mais vous n'avez toujours pas répondu à ma question. Vous aurez terminé pour les vacances de fin d'année ?

Elle inspecta alors d'un œil fiévreux ce qui l'entourait, calculant sans doute le temps que les travaux prendraient. Un regard enflammé… Brusquement, il se leva et s'éloigna de quelques pas. Que lui prenait-il ? Pourquoi un tel mot lui avait-il traversé l'esprit ?

— Avec des gens doués, j'aurais réalisé l'essentiel du travail dans les temps. Seulement, je vais devoir louer un appartement ici…

Et il se rappela tout à coup qu'elle avait perdu le sien.

— Vous pouvez habiter ici, pendant les travaux, proposa-t-il aussitôt.

— Pardon ?

— Vous savez, c'est très grand. Il y a une belle suite en haut, avec un balcon. Je pars mi-septembre pour Hawaï, puis Bali. Je serai absent la plupart du temps, en fait. Je vous aurais bien donné une chambre à l'hôtel mais en septembre, il sera sans doute complet, pour la saison des couleurs de l'automne.

Conscient qu'elle réfléchissait à sa proposition, il ajouta :

— Vous pourrez commander tous vos repas à l'hôtel, bien sûr.

Julie se chargera de l'organisation. Son frère est un entrepreneur et il a réalisé du bon travail à l'hôtel et dans d'autres endroits de la ville. Bobby pourra concrétiser vos projets, et trouver des ouvriers locaux. Et vous n'avez aucune crainte à avoir, ici, le système de sécurité est excellent...

Voilà qu'il était quasiment en train de la supplier. Encore une fois, que lui arrivait-il ? Il avait tant envie qu'elle lui réponde oui. Elle le regarda fixement quelques instants, puis hocha la tête d'un air professionnel.

— J'ai besoin d'une semaine ou deux pour faire mes cartons avant de venir m'installer ici. Il faudra aussi que je rencontre l'entrepreneur le plus tôt possible afin que nous établissions un planning.

— J'appellerai Bobby demain matin pour prévoir un rendez-vous.

— De toute évidence, vous n'aimez pas cet endroit, aussi pourquoi dépensez-vous autant d'argent pour sa rénovation ? Et pourquoi tenez-vous tellement à ce que tout soit fini pour Noël ?

Ces questions inopinées le prirent de court... Il dut déglutir et lever les yeux au plafond pour juguler ses émotions avant de répondre :

— J'ai un neveu dont je suis responsable depuis la mort de ma sœur.

Il ignora la petite exclamation de sympathie et poursuit :

— Ma vie de nomade me convenait parfaitement jusque-là, mais il va être nécessaire que je change mes habitudes. Et je n'avais jamais envisagé de transformer cette demeure en un lieu d'habitation avant que vous n'arriviez. Mais c'est suffisamment près de la ville pour que ce soit jouable pour moi, et ça devrait plaire à un petit garçon de dix ans d'habiter dans un château, vous ne croyez pas ?

Elle se mit à rire.

— Blake, tous les enfants du monde rêvent de vivre dans un château. Je ferai en sorte qu'il adore cet endroit.

Sur ces mots, ils échangèrent leurs cartes de visite puis il appela l'hôtel pour qu'on vienne la chercher afin qu'elle n'ait pas à marcher. Il la regarda descendre l'escalier et s'éloigner, ses boucles blondes ondoyant au rythme contraire de ses hanches.

Bon sang, c'était elle la vraie affaire : talentueuse, créative... et incroyablement sexy !

Elle travaillait pour lui, désormais. Sa voix et son visage se métamorphosaient lorsqu'elle parlait de ses projets de décoration intérieure, sa nervosité s'évanouissait. Et elle allait vivre dans sa maison.

Fermant les paupières, il plaqua la main sur son front : mais qu'avait-il fait, au juste ? Il n'était pas exclu qu'il vienne de déclencher lui aussi son propre enfer à Halcyon.

Plus vite il partirait pour Hawaï, le mieux ce serait.

4

Deux semaines plus tard, quand Amanda pénétra dans le restaurant de l'hôtel Gallant Lake, elle pouvait à peine tenir debout : la mise en cartons de ce qui lui appartenait dans la colocation qu'elle partageait avec deux autres femmes et surtout des nuits blanches à se demander si elle avait pris la bonne décision, en acceptant d'une part ce contrat et d'autre part de s'installer au château, l'avaient sacrément éprouvée. Cependant, il était trop tard pour revenir en arrière ! Ses maigres possessions se trouvaient maintenant dans un garde-meuble, et elle s'apprêtait à dîner avec l'entrepreneur.

Elle avait pris ses quartiers à Halcyon le matin même, accroché ses vêtements dans les placards et sorti une poignée d'objets personnels qu'elle avait emportés avec elle. La suite jaune et ensoleillée du deuxième étage serait son domicile pour les prochains mois. Le lieu était des plus agréable, ce qui expliquait probablement le sentiment de familiarité qu'elle y ressentait, accompagné d'une sensation de bien-être. Sans compter le magnifique panorama dont elle bénéficiait !

Au début, elle s'était demandé pourquoi Blake Randall l'avait installée dans la suite qui jouxtait la sienne, mais après avoir fait le tour du propriétaire, elle s'était rendu compte qu'il n'y avait pas réellement d'autre possibilité, la troisième suite de l'étage étant le domaine de son jeune neveu, eu égard au lit recouvert de peluches, et le premier niveau étant entièrement vide. Elle avait reçu les clés de la maison par courrier quelques jours plus tôt, accompagnée d'une lettre manuscrite qui l'avait laissée quelque peu perplexe, par son manque de chaleur. Blake lui indiquait en effet que deux de ses employés l'aideraient à s'installer le jour de son arrivée, que lui-même reviendrait de Las Vegas assez tard ce mercredi soir-là, mais que Julie et Bobby dîneraient avec elle afin qu'ils puissent discuter de la logistique concernant le chantier, le repas étant prévu à 19 heures, au Gallantè.

À quoi s'était-elle attendue, au juste ? Il était désormais son employeur et, s'il avait séché ses larmes le premier jour, c'était sans doute un comportement exceptionnel chez lui. Désormais, il instaurait des relations professionnelles entre eux.

Gallantè était le restaurant très chic de l'hôtel, avec une paroi vitrée qui donnait sur le lac. Celui-ci resplendissait de tous ses feux sous la lumière de cette mi-septembre, toutes les couleurs des arbres s'y reflétant au coucher du soleil. Elle roula les épaules, pour les détendre un peu, avançant d'un pas assuré dans son élégante robe bleu nuit et ses chaussures assorties. Ce fut alors que Julie Brown, l'assistante de Blake, lui fit un signe de la main ; elle était assise à une table près de la paroi vitrée. Bobby, son frère, aurait pu être son jumeau, tant ils se ressemblaient avec leurs crinières châtains, leurs yeux noisette et leurs sourires chaleureux. Elle découvrit qu'ils possédaient le même sens de l'humour et qu'ils riaient souvent et facilement.

L'échange qu'elle eut avec eux au cours du dîner la remplit de satisfaction. Bobby était tout à fait qualifié pour mener à bien le projet qu'elle avait conçu, et il disposait d'une équipe assez étoffée.

Reposant sa serviette, Julie s'éclaircit la gorge et lui demanda :

— Vous n'avez pas peur de séjourner seule à Halcyon, en l'absence de M. Randall ?

Comme elle secouait la tête, cette dernière enchaîna :

— Vous êtes plus courageuse que moi, je peux vous le certifier. En tout cas, une femme de chambre de l'hôtel viendra chaque jour faire le ménage, là-bas, et vous pourrez prendre tous vos repas à l'hôtel.

— C'est fort aimable, Julie, mais ce ne sera pas nécessaire. Je suis capable de me gérer toute seule. J'adore cuisiner et j'ai vu qu'il y avait un lave-linge dans la cuisine.

Le sourire de Julie s'évanouit.

— Je crains que cela ne déplaise à M. Randall, si vous refusez sa proposition.

Elle roula des yeux, peu désireuse de placer Julie dans une position délicate.

— Dans ce cas, j'accepte la femme de ménage, mais je tiens à cuisiner mes propres repas. Et tant pis si M. Randall y trouve à redire, il sait bien que dans la vie on n'a pas toujours ce que l'on veut. Dites-moi, Julie, y a-t-il un véhicule que je pourrais emprunter pour aller faire mes courses ?

— L'hôtel dispose d'un minivan et...

— Absurde !

La voix grave de Blake Randall la fit sursauter. Il se glissa sur la chaise à côté d'elle et poursuivit :

— Amanda pourra prendre une de mes voitures, ou la limousine.

— Bien sûr, monsieur Randall, enchaîna aussitôt Julie en réintégrant son rôle d'employée.

Aller en limousine à l'épicerie ? Elle en aurait éclaté de rire.

— Je suis désolé de n'avoir pu arriver plus tôt, mais j'imagine que vous avez discuté de toute la logistique.

— Tout à fait, monsieur Randall, répondit Bobby. Je commanderai le matériel demain et nous pourrons attaquer la peinture dès lundi matin.

Un peu plus tard, sur le chemin qui les ramenait à Halcyon, Amanda et Blake parlèrent très peu, et elle s'efforçait de suivre le rythme de ce dernier qui semblait absorbé dans ses pensées. À moins qu'il ne soit toujours ainsi...

Une fois le portail franchi, elle lui demanda sur une impulsion :

— Vous avez quelque chose à me dire ?

— Non, pourquoi ? répondit-il sans même lui lancer un coup d'œil.

— Parce que... Eh bien, vous allez l'air tendu. Si vous préférez que je m'installe ailleurs...

— La question est plutôt de savoir si vous avez réellement envie de séjourner au château, rétorqua-t-il. Si cette perspective vous rend nerveuse, nous allons vous trouver un autre logement.

— Absolument pas, dit-elle alors qu'ils montaient les marches de la véranda.

Le château rougeoyait à la lumière du soleil déclinant : il offrait un spectacle des plus paisible, et n'avait rien d'effrayant.

— Néanmoins, je ne veux pas vous déranger, ajouta-t-elle.

— Écoutez, Amanda, dit-il en plissant les yeux, vous n'êtes pas mon invitée, juste une employée logée sur une propriété qui m'appartient. Vous êtes libre d'aller et venir à votre guise. Vous m'aviez dit que cela vous convenait.

— C'est toujours le cas.

— Alors, parfait !

Et sur ses mots, il accéléra le pas, visiblement désireux qu'ils se séparent avant d'entrer.

— Vous savez, pour une personne qui travaille dans le domaine de l'hôtellerie, vous faites preuve d'une hospitalité toute relative, lança-t-elle malgré elle.

À ces mots, il s'immobilisa et se retourna lentement pour lui faire face. Elle se raidit : ne venait-elle pas de signer son renvoi par son audace intempestive ? Mais contre toute attente, il secoua la tête et se mit à rire.

— Vous avez eu raison de me rappeler à l'ordre, avoua-t-il en dardant sur elle un regard ardent. La plupart des gens s'en abstiennent, de sorte que j'ai des manières parfois un peu rudes. Désolé... À ma décharge, le vol de Las Vegas m'a épuisé, sans compter une dispute avec mon père.

— Vous ne vous entendez pas avec lui ?

— Non, et ce depuis toujours. Bon, êtes-vous bien installée ? Il ne vous manque rien ?

De toute évidence, il était prompt à changer de sujet, mais après tout, il ne lui devait pas d'explication sur ses relations familiales.

— La suite est superbe, et j'ai déjà investi tous les placards... Mais dites-moi, où vit votre neveu ? Chez votre père ?

Il émit un grognement dérisoire.

— Certainement pas ! Zachary a passé l'été avec mon frère et sa famille, et maintenant, il est au pensionnat.

— Au pensionnat ? Mais quel âge a-t-il ? questionna-t-elle en se rappelant les peluches qui recouvraient le lit de son neveu.

— Il vient de fêter ses dix ans.

— *Pardon* ? s'étrangla-t-elle. Et il est déjà en pension ? Pourquoi ne va-t-il pas à l'école de Gallant Lake ?

Il éclata froidement de rire.

— Vous voulez que je l'envoie à l'école publique ? Je crains que ce soit impossible. Il est inscrit à Beakman Academy dans le Connecticut, ce n'est pas très loin d'ici, et c'est parfait. De toute façon, avec mon emploi du temps, c'est la meilleure solution pour lui.

— On dirait que vous parlez d'un chien, pas d'un petit garçon !

— Vous êtes toujours aussi frontale ?

— Il y a un instant à peine, vous me complimentiez pour ma franchise.

— Il s'agissait alors de ma conduite envers vous. En l'occurrence, vous vous mêlez de l'éducation de mon neveu, or cela ne vous concerne absolument pas.

Tout à coup, il regarda sa montre et ajouta :

— J'ai un appel en visioconférence dans quelques minutes avec la côte Est. Je dois regagner ma suite sans tarder. Bonne nuit, Amanda.

Et cette fois-ci, il partit pour de bon, la laissant seule sur la véranda ; quelques instants plus tard, il s'engouffrait dans le château. Elle expira l'air qu'elle retenait dans ses poumons sans en avoir eu conscience puis tourna les yeux vers le lac. Il n'allait pas être évident de vivre sous le même toit ! Manifestement, elle l'avait froissé avec son neveu : c'était un sujet tabou. Elle allait devoir trouver ses marques.

Elle passa la journée du jeudi à acheter des meubles pour le château, puis retrouva Julie le vendredi matin au petit déjeuner. Blake passait le plus clair de son temps dans son bureau à l'hôtel, se préparant pour ses déplacements dans ses autres hôtels. Julie lui présenta le chef de l'hôtel, Dario Manzetti, un charmant Italien à l'accent chantant qui lui plut immédiatement et lui assura qu'il lui commanderait tout ce qu'elle voulait à l'épicerie, qu'il suffisait qu'elle lui donne sa liste de courses, ne s'offusquant nullement qu'elle veuille cuisiner par elle-même.

Ce soir-là, Blake lui fit la surprise d'un dîner chinois acheté chez le traiteur au centre-ville et ils dînèrent ensemble autour de l'îlot de la cuisine, tout en partageant une bouteille de vin. Leur conversation fut uniquement professionnelle mais détendue ; elle aimait quand ils échangeaient sur ce mode, cela calmait la tension qui l'habitait en permanence.

Comme prévu, l'échafaudage fut monté au cours de la semaine suivante, le sol recouvert de bâches et Halcyon devint officiellement un chantier. Blake partit de bonne heure ce matin-là, de sorte qu'il évita le bruit et le chaos, mais la surprise se lut sur son visage à son retour : comme beaucoup de clients, il n'avait pas mesuré ce qu'engendraient des travaux à l'intérieur d'une maison. Retenant un petit sourire, elle le vit contourner les échelles et autres matériels, et se réjouit de son départ imminent pour Hawaï. Mais pour l'heure, elle lui tendit un verre de vin et le rassura :

— Tout bon projet commence ainsi, Blake. Je vous assure que je sais ce que je fais.

— Je n'en doute pas, répondit-il sur un ton pourtant peu assuré.

— Bon, je sais que vous partez vendredi, et j'aimerais vous inviter à dîner avec moi demain soir. Je voudrais vous préparer un repas pour vous remercier de toute votre générosité. Et de ne pas m'avoir tenu rigueur de mon petit mensonge initial, ni de mon évanouissement.

Il lui adressa un regard sceptique, puis finit par dire :

— On pique-niquera sur l'échafaudage ?

Elle éclata de rire et il lui adressa son plus beau sourire. Attention à rester dans le domaine professionnel ! se rappela-t-elle.

— Je vous propose l'atrium. À 18 heures demain soir ?

— Vous êtes certaine ? Je ne veux pas vous...

— J'en ai envie, Blake. Il s'agit d'un simple dîner, vous savez.

Dans ce cas, pourquoi avait-elle l'impression que c'était davantage ? Assez ! pensa-t-elle en le regardant s'éloigner. C'était son client, et elle avait un grand sens professionnel.

En ce jeudi après-midi, Blake venait de terminer une visioconférence avec son équipe de Bali, et se félicitait de s'y rendre sous peu, car les constructions avançaient trop lentement à son goût.

Et comme toujours, ses pensées dérivèrent vers Amanda...

Il la revoyait au petit déjeuner, les yeux endormis et la voix un peu rauque tant qu'elle n'avait pas bu son deuxième café. D'une manière ou d'une autre, ils n'arrêtaient pas de se croiser à Halcyon. Il l'avait vue travailler avec Bobby et son équipe : vive et efficace, elle maîtrisait parfaitement la situation. Elle s'entendait très bien avec ce premier et ils passaient beaucoup de temps ensemble, tous les deux, à discuter des plans. Il fronça les sourcils. *Beaucoup* de temps.

En outre, il ne pouvait même pas l'éviter à l'hôtel puisqu'elle y prenait tous ses déjeuners avec Julie, même s'il se réjouissait que les deux femmes s'entendent, elles aussi, si bien ; ainsi Amanda ne serait-elle pas seule pendant son absence. Toutefois, la voir appuyée à la réception chaque midi, ses cheveux blonds ruisselant en cascade sur ses épaules, en train de rire de façon insouciante avec Julie ne laissait pas son corps tout à fait insensible.

En sa compagnie, il s'efforçait toujours d'en rester aux sujets professionnels, ou au pire consentait à discuter cinéma mais jamais rien de personnel. C'était la seule façon pour lui de maintenir la forteresse érigée autour de son cœur : il était hors de question qu'il aille plus loin avec Amanda. Pourquoi une relation avec elle aurait-elle fait exception à la règle et se serait-elle bien terminée ? Par ailleurs, elle travaillait pour lui, il ne devait pas tout mélanger.

Il repensa à Bobby, qui était célibataire, et dont la sœur était si intime avec Amanda. L'inviterait-il à dîner en son absence ? Accepterait-elle ? Quand il reviendrait dans un mois, découvrirait-il qu'il l'avait perdue ?

Il poussa un juron à voix haute !

Pourquoi nourrissait-il de telles pensées alors qu'une relation entre eux était exclue ? Il aurait sans doute été préférable qu'il parte plus tôt à Hawaï. Mais puisqu'il était à Gallant Lake, il décida d'aller faire un tour à Halcyon pour voir comment le chantier avançait… et ce qu'elle faisait.

Comme par hasard, elle discutait avec Bobby, dans le salon ! Elle semblait très investie dans la conversation, moulée dans un jean slim et un haut en denim bien ajusté – il avait frisé l'arrêt cardiaque quand il avait posé les yeux sur elle ! Avec sa queue-de-cheval et sans maquillage, elle n'avait jamais été si belle…

Sans réfléchir, il s'avança d'un pas décidé vers elle, comme si elle l'aimantait.

— Blake ! s'exclama-t-elle d'un ton enjoué. Bobby et moi discutions justement des tentures. Selon moi, de la toile de voile serait du meilleur effet. Qu'en pensez-vous ?

—Bon, moi, je retourne au travail, glissa ce dernier en s'éclipsant.

— C'est vous la créatrice qui visualisait la pièce finie, pas moi, répondit-il sans prêter attention à Bobby.

— Dans ce cas, je parie que ça vous plaira.

Lui non plus n'en doutait pas. Soudain, une mèche lui barra la joue et sans réfléchir il la lui cala derrière l'oreille. Son sourire s'évanouit aussitôt et elle ouvrit de grands yeux, avant de déglutir et de reculer. Fasciné par sa beauté, il en avait tout oublié, mais percevait maintenant de la nervosité chez elle. Brusquement, elle déclara :

— Le dîner étant à 18 heures, je dois commencer à me mettre aux fourneaux.

Et sur ces mots, elle s'éloigna. Il la suivit des yeux, dans sa tenue très étroite, et la sienne lui parut elle aussi un peu trop serrée à un certain endroit...

Tournant brusquement les yeux vers le lac, il se demanda comment il allait survivre au dîner.

5

Le soleil se déversait à flot dans l'atrium, soulignant l'éclat des mosaïques et prêtant un côté magique à l'endroit où Amanda avait dressé la table. Mais pour l'heure, elle ajoutait la touche finale à son risotto en le parsemant de ciboulette, sans oublier de fredonner de concert avec Bruno Mars qu'elle écoutait à plein volume sur son baffle connecté à son téléphone. Elle rinça ensuite une laitue romaine en vue de l'accommoder pour une salade Caesar, et une fois celle-ci prête, elle voulut aller la poser sur la table… mais s'arrêta dans ses pas, laissant échapper un petit cri.

Adossé à l'encadrement de la porte, bras croisé, Blake l'observait d'un air amusé. Le saladier vacilla, mais il fit un bond en avant et le lui prit des mains.

— Vous sembliez si heureuse que je n'ai pas osé vous interrompre, dit-il en lui adressant un grand sourire qui la fit littéralement fondre. Vous avez vraiment préparé le dîner ? Je pensais que vous auriez commandé le repas à Dario…

Elle se raidit. Ne la croyait-il donc pas capable de cuisiner ?

— Eh bien, vous vous êtes trompé ! J'ai tout préparé avec mes petits doigts, y compris le dessert !

Et elle désigna son crumble aux myrtilles. Il cligna des yeux, comme s'il venait de découvrir un tableau de Rembrandt dans sa cuisine.

— C'est la première fois qu'une femme cuisine pour moi.

Cette fois, ce fut elle qui en resta bouche bée.

— Ah bon ? Pas même votre mère ?

Il émit un rire dérisoire.

— Certainement pas ma mère ! Mes parents employaient du personnel qui préparait les repas, et pour ma part, je vis constamment dans mes hôtels où j'ai aussi du personnel à ma disposition. Quant aux femmes que j'ai connues, elles étaient de grandes adeptes de traiteurs ou de room service.

Elle sentit ses joues s'enflammer. Il était beau et riche, et avait sans doute eu quantité de femmes dans sa vie, mais elle n'avait pas du tout envie qu'il lui donne des détails.

— Euh... Que voulez-vous que je fasse avec ce plat ? poursuivit-il.

Elle roula des yeux. N'avait-il donc jamais mis les pieds dans une cuisine ?

— Eh bien, vous pouvez poser ce *saladier* sur la table dressée dans l'atrium ! répondit-elle. À moins que vous ne préfériez manger debout, et avec les doigts. Vous pourrez ensuite nous verser deux verres de vin, la bouteille est déjà ouverte, donc pas de panique, vous n'aurez pas à vous servir d'un tire-bouchon.

Et elle désigna le vin sur l'îlot de la cuisine.

— Je vous conseille de tenir votre langue, jeune fille, je n'ai pas l'habitude qu'on se moque de moi, répliqua-t-il avant de lui adresser de nouveau un large sourire.

Elle avait rarement vu ce côté pince-sans-rire chez Blake Randall ; or, cet aspect de sa personnalité était très plaisant...

Pendant le dîner, la conversation fut aisée et détendue. Ils évoquèrent les légendes entourant Halcyon, puis la lutte des locaux concernant ses plans de démolition.

— Pour tout vous avouer, déclara-t-elle, je me réjouis de leur victoire. Ils ont préservé une part importante de l'histoire de la ville.

Il écarquilla les yeux.

— Et vous les soutenez aussi contre le casino ?

Il lui était impossible de mentir à cet homme.

— Oui répondit-elle.

Il s'adossa à sa chaise.

— Eh bien, je dois avouer que votre franchise est à la fois rafraîchissante... et irritante.

— Selon ma thérapeute, l'honnêteté est toujours la voie la plus simple pour régler un problème, et j'essaie de m'y conformer.

Elle sourcilla : comment avait-elle pu citer la Dr Johnson

devant lui, elle qui n'évoquait jamais sa thérapie ? Troublée, elle fit glisser ses doigts sur le pied de son verre : était-ce l'alcool ou sa compagnie qui la poussait à parler si franchement ?

— Parlez-moi de ce qui s'est passé cet été.

Elle lui lança un regard surpris.

— Que... que voulez-vous dire ?

Nul doute qu'il lui posait cette question à cause de Mel et de la discussion que Blake et sa cousine avaient eue ensemble, tandis qu'elle dormait, à la suite de sa crise d'angoisse, le premier jour.

Prenant sa respiration, elle fit abstraction des battements de son cœur et déclara :

— Tout a commencé en mai, quand j'ai perdu mon travail... Je m'étais en effet rendu compte que David Franklin se servait de mes idées en les faisant passer pour les siennes et que c'était une habitude chez lui, avec ses collaboratrices. Au lieu de faire profil bas, je l'ai confronté à son imposture.

— C'était courageux de votre part, assura-t-il avec chaleur.

— Sans doute, mais il s'est vengé en me licenciant et en me discréditant dans le milieu, afin que plus personne ne m'embauche. Voilà pourquoi je n'ai pas hésité à sauter sur l'occasion que vous représentiez lorsque, après mon licenciement, j'ai reçu votre demande par e-mail : ils avaient oublié de me retirer de la messagerie de la société.

Elle marqua une pause. Concernant ce terrible été, elle aurait tout à fait pu s'arrêter là, c'était déjà suffisamment. Devant son silence, il s'éclaircit la gorge et enchaîna :

— Franklin est un requin. Je suis na...

— Je n'ai pas fini.

Et voilà, c'était trop tard ! Mue par un besoin irrépressible, elle poursuivit :

— Un autre fait s'est déroulé cet été-là qui a fini de m'achever. J'ai été agressée par un homme, en rentrant chez moi tard le soir, après une sortie avec une ancienne collègue. Un type sentant l'alcool et la cigarette a surgi d'une allée, il m'a plaquée contre un mur...

— J'ai compris, inutile de m'en dire davantage.

— En réalité, il n'y a pas grand-chose de plus à raconter. Je me suis débattue, il a sorti un couteau et par chance, un cuisinier qui prenait sa pause dans la ruelle a couru vers moi et m'a sauvé la vie.

Blake vit qu'elle prenait sur elle-même pour ajouter dans un petit sourire :

— Donc, vous voyez, mon affreux été aurait pu être bien pire ! Ç'aurait pu être le dernier.

Et sur ces mots, elle leva son verre comme pour porter un toast ironique.

Il ne l'imita pas, tétanisé par l'image d'Amanda contre le mur d'une allée sombre. Et pourtant, elle était devant lui ce soir, deux ou trois mois plus tard, et il émanait d'elle une force remarquable. Cette femme était incroyable.

— Je suis désolé pour ce qui vous est arrivé l'été dernier, dit-il avec sincérité.

Et il plongea ses yeux dans les siens, constatant que le sang qui avait déserté ses joues revenait. Puis elle haussa les épaules, comme si elle rangeait le sordide épisode dans un coin de sa mémoire pour passer à autre chose.

— Et moi, je suis ravie de m'en être remise et de constater qu'un bien meilleur automne m'attend. Je suis impatiente de redonner vie à Halcyon.

Sur cette déclaration, elle se leva et commença à débarrasser la table.

— Laissez, Amanda, mon personnel s'en chargera.

Elle roula des yeux – ce qui était fréquent chez elle – puis éclata de rire. Cela aussi l'était, et ce rire avait le don de le déstabiliser, ce qui ne le ravissait guère.

— Franchement, Blake, aidez-moi à rapporter ces assiettes dans la cuisine et à les mettre dans le lave-vaisselle. Le ménage n'est fait que deux fois par semaine, je ne vais pas garder un évier tout sale pendant trois jours !

Devant son sourire irrésistible, il obtempéra comme un petit toutou, et posa les assiettes et les verres dans la casserole déjà dans l'évier. Si un tiers l'avait vu, il en serait mort de honte !

— Mais enfin, Blake ! Vous ne pouvez pas laver du cristal dans l'eau savonneuse de la casserole que j'ai fait tremper avant de la récurer. Vous n'avez jamais mis les pieds dans une cuisine, c'est donc bien vrai ?

Devant son air consterné, il éluda :

— Euh... Je ne sais plus...

Elle braqua sur lui ses grands yeux bleus où brillaient des éclats amusés.

— Je pensais que vous exagériez, tout à l'heure, mais en fait, non. Vous êtes né dans une famille très fortunée, n'est-ce pas ?

À cet instant, il s'empara d'un torchon pour essuyer le verre qu'elle venait de laver : il pouvait tout de même exécuter cette tâche sans se ridiculiser plus avant !

Devant son mutisme, elle se retourna et ses boucles virevoltèrent sur ses épaules... La couleur de son haut était accordée à l'azur de ses yeux, pensa-t-il, et elle portait un parfum aux enivrantes fragrances vanillées...

— Blake ?

Il tressaillit et recula d'un pas pour retrouver une contenance.

— Vous venez d'une famille très aisée, n'est-ce pas ?

Il plissa le nez : rien de tel que parler de sa famille pour refroidir sa libido.

— Bien vu ! Avec une cuillère en argent dans la bouche, comme le dit le proverbe. Mon père descend d'une longue lignée d'investisseurs et la famille de ma mère a fait fortune dans le pétrole, avant de tout perdre. Voilà pourquoi elle a épousé mon père, pour retrouver le style de vie qu'elle avait connu. Elle trouvait si vulgaire de devoir travailler pour vivre.

Et puis elle avait estimé que la maternité était tout aussi vulgaire, mais cela, il ne le précisa pas à Amanda, se contentant de sourire et d'ajouter, à la vue de ses bras plongés dans l'eau mousseuse jusqu'aux coudes :

— Ne le prenez surtout pas pour vous !

— Rassurez-vous ! Ma famille du Midwest, qui appartenait à la classe moyenne, vénérait les travailleurs manuels.

— J'imagine que vous avez dû avoir une enfance parfaite, comme on en rêve tous. Une petite fille avec des nattes, au sein d'une famille aimante avec deux ou trois enfants et un chien. Et un pavillon dans une rue aux arbres bien alignés. Je parie même que vous étiez cheerleader au lycée, et que tous les garçons flirtaient avec vous.

— Euh... Pas vraiment, non.

Et à cet instant, une assiette manqua lui échapper des mains, mais elle la rattrapa à temps.

— Amanda ?

Ses mains s'étaient mises à trembler, et elle était devenue toute pâle. Et zut ! Quelle bourde venait-il de commettre ? Il aurait aimé la prendre dans ses bras pour qu'elle cesse de trembler, mais d'instinct il perçut que la solution n'était pas appropriée. D'une voix un rien trop enjouée, elle répondit :

— Vous avez vu juste pour le voisinage. Sinon, je suis une enfant unique, mon père est mort à Noël quand j'avais six ans, et mon beau-père détestait les chiens. Quant à moi, je détestais le lycée.

Un silence embarrassant s'ensuivit. Que venait-il de déclencher de façon involontaire ?

Elle lui avait parlé librement de son agression de l'été, aussi pourquoi était-elle toute tendue en évoquant son enfance ? Ce fut alors qu'elle voulut lui tendre la casserole qu'elle venait de récurer, mais la laissa tomber avant qu'il ne s'en saisisse. L'ustensile résonna sur les carreaux et Amanda poussa un petit cri.

C'en était assez ! À ce rythme-là, une nouvelle crise d'angoisse la guettait. Il posa avec délicatesse les mains sur ses épaules, conscient qu'il ne devait pas les plaquer pour ne pas aggraver la situation, mais désireux de juguler ses tremblements. Elle regarda dans le vide, et se mit à respirer très rapidement.

— Prenez une longue inspiration, Amanda... Voilà, très bien et maintenant expirez doucement... Désolé, je ne voulais pas du tout vous stresser.

À ces mots, elle lui adressa un regard empli d'une tristesse poignante, et cligna des yeux avant de les river à son torse.

— Ce n'est pas vous, Blake... Il y a des jours où tout m'effraie.

Il repensa au premier jour quand elle s'était évanouie dans ses bras. Glissant un doigt sous son menton, il lui releva légèrement la tête, la regarda...

Et une irrésistible envie de l'embrasser le saisit !

Non, ce serait parfaitement insensé... Il ne devait pas absolument pas... Une seconde plus tard, il enfouissait son autre main dans ses boucles blondes et, à sa grande surprise, elle ne le repoussa pas. Il pencha la tête vers elle, inspirant à pleins poumons les notes de vanille, de myrtille et de syrah qui émanaient d'elle. Bouche entrouverte, elle braqua sur lui ses immenses prunelles.

— Je te jure que je ne veux pas t'angoisser, Amanda. Mais... puis-je t'embrasser ? demanda-t-il dans un souffle tremblant. Je t'en prie, permets-moi de t'embrasser.

Elle avait décidément le don de le tournebouler : depuis quand implorait-il une femme pour l'embrasser ? Mais en l'occurrence, il aurait été capable de se mettre à genoux pour obtenir un baiser. *La preuve de sa faiblesse*, aurait dit son père.

— Oui, murmura-t-elle contre toute attente.

Une bouffée d'adrénaline le traversa et il empoigna plus étroitement sa crinière bouclée, happé par l'océan de ses yeux, un bleu dangereux où il sentait qu'il aurait pu se noyer.

Quand il comprit qu'elle lui accordait sa confiance, ce fut cette fois une poussée de peur qui l'inonda, lui, mais le désir triompha et bientôt, de ses lèvres, il effleura les siennes avant de les titiller du bout de sa langue... Il éprouva une reconnaissance infinie quand elle l'accueillit dans sa bouche...

Il était impératif qu'il tienne en bride le désir violent qu'elle lui inspirait pour ne pas l'effrayer, aussi lui donna-t-il un baiser d'une douceur sensuelle, tenaillé par l'envie de ne plus jamais la relâcher...

Ce fut elle qui s'écarta la première, puis leva les yeux vers lui, stupéfaite. Sentant que les genoux d'Amanda se dérobaient, il l'enlaça tendrement et captura de nouveau sa bouche jusqu'à ce qu'elle pousse de petits gémissements, saisie par la même fièvre que lui. Quand elle se pressa son corps tout chaud contre le sien, il perçut nettement qu'ils devaient s'arrêter là avant d'aller plus loin – trop loin sans doute.

Dans un sursaut de raison, il détacha sa bouche de la sienne et se redressa. Ils échangèrent un long regard, puis elle posa la main sur sa joue et il s'appuya contre sa paume, yeux fermés, savourant l'instant présent, conscient qu'ils venaient de passer de l'électricité à la sérénité. Il ne se rappelait pas avoir connu un tel moment d'intimité avec une femme.

— Je… Je dois y aller, balbutia-t-elle.

Et sans attendre, elle se dégagea de son étreinte et sortit de la cuisine ; tout en entendant ses pas dans l'escalier, il tenta de recouvrer ses esprits…

Ce qui venait de se passer était aussi dommageable pour l'un que pour l'autre. Pas simplement parce qu'Amanda travaillait pour lui, mais car elle était vulnérable… et lui aussi ! Aucun des deux ne pourrait supporter une autre fêlure, un chagrin supplémentaire.

Il ne serait pas davantage en mesure d'aider Amanda que Tiffany. Perdre sa sœur l'avait anéanti, et pour se protéger, il avait caparaçonné son cœur ; or, il avait senti cette forteresse se fissurer quand il avait embrassé Amanda, comme si quelque chose au fond de son cœur tentait de revenir à la vie, alors qu'il pensait celui-ci figé à jamais depuis le mois de décembre de l'année précédente.

Son monde venait littéralement de se désaxer et il ignorait où tout cela allait le conduire !

6

Du balcon de sa chambre, Amanda regardait le soleil se hisser derrière les montagnes qui surplombaient Gallant Lake. Le mug de café qu'elle tenait à la main commençait à refroidir : elle ne cessait de se repasser la soirée de la veille, de revivre le baiser échangé avec Blake. De comprendre ce qu'il signifiait et d'imaginer la suite.

L'intimité n'avait rien d'évident pour elle, et c'était toujours avec réticence qu'elle y cédait, parce qu'elle s'y sentait obligée vis-à-vis de son partenaire. Elle était persuadée qu'une part d'elle-même était morte pour toujours ce soir d'octobre dans le Kansas, douze ans auparavant. Elle avait bien tenté de nouer des relations depuis, mais elles n'avaient pas fonctionné ; elle était donc arrivée à la conclusion fataliste qu'elle ne connaîtrait jamais l'exaltation liée aux baisers ou aux relations sexuelles.

Mais voilà, tout avait changé la veille au soir ! Lorsque Blake l'avait touchée, embrassée, elle avait eu la sensation, tel le phœnix, de renaître de ses cendres. Des braises s'étaient rallumées dans son cœur, et avaient embrasé tout son être, au point qu'elle aurait été prête à se laisser consumer...

Et c'était précisément ce qui l'effrayait !

À présent, elle redoutait de l'affronter. Elle s'adossa au mur, désireuse de demeurer pour toujours sur ce balcon qui lui servait de refuge...

Et sursauta vivement quand on toqua à sa porte !

— Amanda ? Je peux entrer.

C'était Blake, avec une voix insistante qui ne lui ressemblait guère.

— Oui, je suis sur le balcon.

Ne parvenant pas à se détacher du mur pour aller l'accueillir, elle le laissa venir jusqu'à elle.

Dès que leurs regards se croisèrent, il détourna le sien. Des regrets, voilà ce qu'il éprouvait, elle en était certaine ! Dépitée, elle dirigea les yeux vers le lac, attendant qu'il s'exprime.

— Je pars dans quelques heures, Amanda, et je tenais à m'ex...

— Non ! s'écria-t-elle en effectuant une preste virevolte. Cela ne se reproduira plus, mais je t'en prie, ne me dis pas que tu regrettes.

Il ouvrit de grands yeux.

— Je ne regrette absolument pas notre baiser, Amanda. Mais je ne savais pas ce que tu ressentais... Je me demandais si je n'avais pas été trop loin, c'est tout.

Il s'éclaircit la voix et ajouta :

— En fait, j'aimerais vraiment qu'on s'embrasse à nouveau...

Elle posa promptement la main sur son torse pour qu'il n'avance pas davantage. Un autre baiser ? Et ensuite ? À ce rythme-là, elle était certaine de ne jamais pouvoir repartir.

— Blake, j'imagine que tu es coutumier de ce genre de situations, mais pas moi. Je n'ai jamais éprouvé de sentiments semblables à ceux d'hier soir avec un homme, et je crains que cette relation ne soit déséquilibrée. Or, je ne peux pas...

Elle s'interrompit car, de ses lèvres, il venait d'effleurer les siennes. Tout à coup, il se fit plus impérieux, captura sa bouche pour emmêler sa langue à la sienne et lui donner un baiser plus langoureux. Un petit gémissement lui échappa...

Dans la foulée, il la plaqua contre le mur mais, prise de panique, elle le repoussa ; reculant d'un pas, il la relâcha aussitôt.

— Désolée, je suis bien trop nerveuse... Tu n'y es pour rien, cela fait des années que... Je suis désolée, je ne suis pas faite pour les aventures et...

— Chut ! Doucement, Amanda. Tu as peur, j'ai compris, dit-il en lui caressant la joue. Mais pour être franc, tu me fais perdre la tête.

Il répéta cette dernière phrase dans un troublant murmure avant d'ajouter :

— Cela ne m'était pas arrivé depuis une éternité.

— Je ne sais pas ce qui nous arrive, Blake.

— Moi non plus... La dernière chose que je recherche, c'est une relation, je ne suis pas doué pour ça, mais toi, tu me...

Il s'interrompit, toussota... puis parut reprendre contenance. Le Blake qu'elle connaissait était subitement de retour.

— Écoute, voici ce que je te propose. Allons-y étape par étape, sans en brûler aucune. De toute façon, nous aurons tout le temps voulu pour réfléchir pendant mon absence...

Il secoua la tête et poursuivit :

— Allons prendre notre petit déjeuner à présent, d'accord ? À propos, il y aura une livraison d'appareils ménagers pour la cuisine cet après-midi, donc j'espère que tout va bien se passer maintenant que j'ai dépensé autant d'argent. J'ai appelé Dario qui...

Elle secoua la tête, ne l'écoutant plus que d'une oreille distraite. Il avait repris possession du monde qui l'entourait, et en était visiblement satisfait.

Trois heures plus tard, elle se tenait sur la véranda pour les adieux, tandis que les ouvriers allaient et venaient en transportant les nouveaux appareils ménagers.

— Bon, je dois y aller, dit Blake.

Elle leva les yeux vers lui, mains moites. Alors que si souvent elle avait été terrifiée par le contact d'un homme, en l'occurrence, c'était à l'idée de leur séparation imminente que l'effroi la submergeait .

— Je ne sais pas exactement combien de temps je serai absent, continua-t-il, sans doute un mois, en fonction de l'avancement des réunions à Honolulu et des chantiers à Bali. N'hésite pas à m'appeler, en cas de problème ou si tu as des questions. Et surtout, n'oublie pas que tu peux toujours compter sur Jamal.

Jamal Brickman était chef de la sécurité, à l'hôtel Gallant Lake ; Blake lui avait présenté quelques jours auparavant alors qu'il lui montrait toutes les caméras installées sur la propriété, dans l'optique de sa politique zéro surprise ; aucun danger particulier ne planait sur la propriété, lui avait-il précisé, conscient que l'arsenal impressionnant était aussi susceptible d'inquiéter.

— Si quoi que ce soit te chiffonne, appelle-le immédiatement, d'accord ?

— Oui, papa, dit-elle en roulant des yeux.

— J'adore quand l'insolence sort d'une si belle bouche, renchérit-il en portant les yeux sur ses lèvres.

Et l'espace d'un instant, elle eut le fol espoir qu'il allait l'embrasser de nouveau, mais il se contenta de lui caresser la joue avant d'ajouter :

— Jamais je n'ai eu autant de mal à quitter Halcyon.

— Vas-y, tu vas manquer ton avion, trancha-t-elle. Tout va bien se passer. Et tu vas adorer les transformations, à ton retour. Et tu n'auras rien vu du chaos lié aux travaux.

— Ne te surmène pas... Et surtout, ne te tracasse pas pour ce qu'il y a entre nous. Peut-être que ce sera passé quand je reviendrai, sinon, nous aviserons. Mais d'ici là, pas de regrets, ni de ressassements, on se concentre sur nos occupations. D'accord ?

— D'accord ! Bon vol, Blake. Je t'enverrai des nouvelles régulières sur l'avancement des travaux.

— Entendu... Oh ! j'allais oublier, voici les clés de la Cadillac et de la télécommande pour le garage.

— Sois sans crainte, je ne ferai pas une égratignure à ton carrosse, lui assura-t-elle d'un ton taquin. Et maintenant, file !

Ils se regardèrent quelques secondes en silence, puis il pivota sur ses talons pour regagner la limousine qui l'attendait...

Désormais, elle était seule face à Halcyon, se dit-elle, lorsque la voiture disparut de sa vue.

7

Une semaine plus tard, épuisée et en sueur, Amanda contemplait la zone sinistrée : ils en étaient à la pire étape d'une rénovation, quand tout était affreux avant que ne commence l'embellissement.

Il y avait de la poussière partout, des lambeaux de papier peint revêches pendaient des murs mais l'équipe de peinture ne pouvait pas commencer avant le sablage, et l'odeur des décombres mêlée à celle des produits chimiques lui donnait la migraine en permanence.

Sur une impulsion insensée, la semaine passée, elle avait décidé de faire une surprise à Blake en repeignant sa suite, de sorte qu'à l'étage aussi, c'était le chaos. Sans compter que même si Bobby et ses ouvriers étaient fort sympathiques, tous ces hommes autour d'elle qu'elle ne connaissait pas vraiment représentaient une source de stress diffus, même si elle parvenait à le dissimuler. Et puis il n'était pas question qu'une crise d'angoisse fasse dérailler son travail.

Depuis le départ de Blake, elle lui avait parlé une ou deux fois au téléphone, ils échangeaient des messages à peu près tous les jours, mais il était clairement en mode « affaires », ce qui lui convenait. Cela prouvait que le baiser qu'ils avaient échangé relevait juste d'un moment d'égarement, et qu'il était préférable que l'un comme l'autre tourne la page.

— Bonjour !

La voix de Bobby venait de résonner dans le hall d'entrée. Il était accompagné de cinq ouvriers, constata-t-elle en tournant la tête dans sa direction.

— Salut, Bobby. Prêt pour une nouvelle semaine de destruction et de désordre ?

Il se mit à rire.

— Nous commencerons à peindre dans deux ou trois jours, promis. Plus de ponçage ni de sablage ! Sinon, pour les lustres, tu restes sur ta couleur initiale ?

— Tout à fait. Du paprika. Le plus éclatant possible pour apporter une touche originale et gaie dans l'entrée.

Bobby secoua la tête et sourit :

— J'ai dû mal à imaginer que cela va plaire à M. Randall, mais c'est toi la cheffe !

Elle attendait avec impatience que les échafaudages soient retirés, et que les embellissements commencent réellement pour que tout soit prêt à Noël...

— Salut, bonhomme. Tu es perdu ? ajouta-t-il inopinément.

Amanda effectua une preste virevolte : un petit garçon se tenait sur le seuil de la porte. Ses cheveux bruns hirsutes lui tombaient sur les yeux, d'un marron chocolat. Il avait l'air à la fois défiant et apeuré.

— Mon oncle est là ? demanda-t-il.

Elle en resta bouche bée. Était-ce le neveu de Blake ? Celui qu'on avait envoyé au pensionnat ?

— Tu es Zachary ?

Il hocha la tête avec circonspection.

Elle s'avança vers lui.

— Bonjour, je m'appelle Amanda et je travaille pour ton oncle Blake. Mais il n'est pas ici. Était-il au courant de ta venue ?

— Non, répondit-il d'un ton frondeur en redressant les épaules.

Elle jeta un coup d'œil à Bobby qui semblait encore plus décontenancé qu'elle. Zachary était le portrait craché de Blake, pensa-t-elle, incapable de détacher les yeux du petit garçon. Et elle sentit un sourire lui monter aux lèvres.

— Ton oncle m'a parlé de toi, Zachary, reprit-elle. Tu as dix ans, n'est-ce pas ? Eh bien, raconte-moi ce qui s'est passé.

— Je préfère que tu m'appelles Zach, répondit-il. J'ai pris le bus.

— Pardon ? *Tout seul* ? Mais c'est très dangereux !

Il haussa les épaules.

— Je sais, mais je suis ici, maintenant.

Bien que sous le choc, elle eut envie de rire : non seulement la ressemblance physique avec Blake était frappante, mais il se comportait comme lui.

— Tu as eu beaucoup de chance, Zach, que tout se soit bien passé. Et *oui*, tu es ici maintenant et tu vas me dire pourquoi.

— Je ne voulais plus rester à l'école. Les autres garçons étaient méchants avec moi. Alors je me suis enfui, et je ne veux pas y retourner. Je ne *veux* pas ! Je ne...

— Zach, tu ne vas pas y retourner. Du moins pas tout de suite. Es-tu déjà venu ici ?

Il hocha la tête.

— Une fois, l'hiver dernier, avant la mort de maman. Mais ce n'était pas comme ça.

Le pauvre enfant avait traversé de si rudes épreuves...

— Je suis désolée pour ta maman, Zach. Je vais appeler ton oncle pour lui dire que tu es ici, d'accord ? Est-ce que tu as faim ?

Il hésita et Bobby déclara :

— Je vais l'emmener au restaurant de l'hôtel où il pourra manger pendant que tu téléphones à M. Randall.

Souriant à Zach, il ajouta :

— Je m'appelle Bobby et je suis un ami d'Amanda. Allons chercher de quoi te remplir le ventre et après, tu pourras nous aider à retaper cette vieille baraque, ça te va ?

Zach le gratifia d'un regard calme et bien trop mûr pour un enfant de dix ans, et le suivit lentement vers la porte.

Aussitôt, elle saisit son téléphone. Il était 11 heures, donc... 5 heures à Hawaï ? Blake devait dormir, aussi se contenta-t-elle d'un court message :

Zachary est à Halcyon.

Le téléphone sonna presque aussitôt et la voix furieuse de Blake résonna à son oreille.

— C'est quoi, cette histoire ? Il est censé être à Beakman Academy. Que s'est-il passé ?

— Il s'est enfui. Il a dit que les autres étaient méchants avec lui.

Blake soupira lourdement.

— Zach a hérité du penchant à la dramatisation de sa mère. Comment est-il venu jusqu'ici ?

— Crois-le ou non, il a pris le bus.

— Pardon ? Du Connecticut ?

— Oui, tu as bien entendu ! Et quand je lui ai dit que c'était dangereux, il m'a répondu : « Je sais, mais je suis ici, maintenant. »

Il éclata de rire.

— Je sais que ce n'est pas drôle, mais cet enfant ne cessera jamais de m'étonner. Passe-le-moi s'il te plaît.

— Il est à l'hôtel, avec Bobby. Je me suis dit qu'il devait être affamé.

Il marqua une pause, puis répondit :

— Bon, très bien. Je vais appeler Beakman pour voir ce qui s'est passé. Et d'ici là, je vais voir si ma belle-sœur peut venir le chercher.

— Il peut rester ici, déclara-t-elle sans la moindre hésitation. Je le surveillerai.

Quelque chose chez le petit garçon – peut-être la solitude qu'elle avait perçue dans ses yeux, ou bien son air de défi – l'avait profondément touchée.

— Toi ? reprit Blake surpris. Mais tu gères déjà un projet de rénovation. Tu veux aussi être la nounou de mon neveu ?

À nouveau, il poussa un soupir.

— Tu m'as complètement retourné, avec cet appel. De toute façon, Zach est à Halcyon maintenant, donc... Si tu veux bien le prendre en charge pendant quelques jours, je t'en serai reconnaissant. J'appellerai le pensionnat pour arranger les choses et qu'il ne le renvoie pas.

— Je suis ravie de m'occuper de lui. Mais je t'en prie, Blake, réfléchis quant au pensionnant. Il s'est produit quelque chose qui l'a poussé à fuir. Et il est si jeune.

— Il a eu une année difficile, Amanda, je le reconnais. Mais l'école lui donne un cadre nécessaire à son éducation.

— Mais...

— Écoute, c'est un problème familial, et je vais le régler. Surveille-le juste pendant quelques jours, le temps que je passe des appels. OK ?

— Entendu.

— Merci. Je te rappelle.

Et il raccrocha.

Elle était désormais responsable d'un enfant de dix ans dont elle venait juste de faire la connaissance... La vie devenait décidément de plus en plus intéressante, à Gallant Lake.

8

Une fois les ouvriers repartis, Amanda se retrouva seule avec Zach. Malgré le bruit ambiant, il avait dormi une bonne partie de la journée puis avait rejoint Bobby pour le sablage, et était à présent plus détendu qu'à son arrivée. Sans doute commençait-il à croire à la promesse qu'elle lui avait faite de ne pas le renvoyer au pensionnat. Du moins pour l'instant.

Au cours du dîner, il lui expliqua qu'il avait été harcelé par des garçons de sa classe et que ceux-ci avaient traité sa mère de « junkie ». Ils en étaient venus aux mains, mais c'était lui, Zach, qui avait eu des ennuis avec la direction. Alors il avait décidé de s'enfuir.

— Ma mère disait toujours qu'il ne fallait pas se battre, précisa-t-il en mordant dans un brownie, mais là-bas, ça n'a pas marché. Et puis oncle Blake m'a dit qu'il serait là pour moi si j'avais besoin de lui. Et là, c'était le cas. À l'arrêt de bus, j'ai repéré une vieille dame et je lui ai dit que je devais aller voir ma grand-mère malade. Alors elle a demandé au chauffeur de me laisser monter dans le bus et de m'installer juste derrière lui.

Elle remercia en silence cet ange gardien tombé du ciel puis emmena son petit visiteur au lit. Quand il entra dans sa chambre, il fit la grimace en découvrant les peluches. Elle lui sourit.

— Bobby et moi, on va donner un air moins bébé à cette chambre, rassure-toi. Qu'est-ce que tu aimerais ?

— Vous pouvez faire des rayures aux couleurs de mon équipe de base-ball préférée ? demanda-t-il avec un grand sourire.

— C'est dans nos cordes, répondit-elle.

— Vous allez vous marier, oncle Blake et toi ?

Prise de court, elle se mit à tousser violemment.

— Non, non ! répondit-elle. Nous sommes juste... amis. Et je travaille aussi pour ton oncle.

— Mais tu vis ici.

— Le temps des travaux pour surveiller les transformations.

Et l'idée de quitter Gallant Lake la rendit tout à coup triste. D'abord, elle n'avait nulle part où aller, et ici au moins, elle n'était pas seule...

— Et pour l'instant, toi aussi tu vis ici, ajouta-t-elle. Jusqu'à nouvel ordre.

Il bondit sur ses pieds.

— Je ne retournerai jamais à Beakman. Si tu me forces, je m'enfuirai une deuxième fois.

— Pourquoi ça te déplaît à ce point, là-bas ?

— Je déteste cette école, c'est tout... La semaine dernière, c'était le week-end des parents, et personne n'est venu me voir. Les autres se sont moqués de moi.

— Oh ! Zach, je suis vraiment désolée ! Ton oncle était à Hawaï, donc il ne pouvait pas...

Elle se tut devant le regard accusateur de l'enfant. De fait, mettre un si jeune orphelin au pensionnat était indéfendable. Qu'est-ce qui n'allait donc pas dans la famille de Blake et chez ce dernier pour qu'ils ne s'occupent pas mieux de Zach ?

— Zach, prenons les choses au jour le jour, d'accord ? Pour l'instant, tu es ici avec moi et tu nous aides, Bobby et moi, à rénover la maison jusqu'à ce qu'on trouve une solution pour ta scolarité. Tu pourrais peut-être aller à l'école à Gallant Lake...

Elle se mordit la langue d'avoir formulé cette idée à voix haute devant l'excitation de Zach quand il répondit :

— Ça veut dire que je resterai ici pour de vrai ? Que je prendrai le bus pour aller à l'école ? Waouh, j'en rêve ! Et je serai aussi ici à Noël ?

— Écoute, reprit-elle en lui tendant un pyjama, je t'ai promis de plaider ta cause auprès de ton oncle concernant l'école, mais de ton côté, il faut que tu me promettes de ne pas t'enfuir d'ici. Tu dois me faire confiance, compris ?

Il hocha la tête.

— Je te le promets. Mais je ne retournerai pas là-bas.

Quelques instants plus tard, il s'endormait.

Amanda regagna sa chambre et envoya tout de suite un texto à Blake :

S'il te plaît, ne le renvoie pas à Beakman.

Aucune réponse ne lui parvint, alors elle attendit une journée entière pour lui écrire à nouveau :

Il faut qu'on parle. Zach ne peut pas retourner à Beakman.

Le même silence lui répondit.

Au bout de quelques jours, Zach parut avoir pris pour acquis qu'il allait rester à Halcyon, grâce à son intervention. Il voyait sans doute en elle un ange gardien, parce qu'elle ne l'avait pas renvoyé... La première fois qu'il l'enlaça, ce fut le lendemain de son arrivée. Une fois remise de sa surprise, elle lui rendit son câlin.

De toute évidence, il avait un énorme besoin de contact humain, ce qui n'était pas son cas, mais pour lui, elle ferait une exception, d'autant qu'il lui avait raconté que sa mère le cajolait à longueur de temps. Si Zach avait besoin d'une mère de substitution, il ne lui déplaisait pas de remplir ce rôle et de recevoir elle aussi des câlins.

Ils se mirent d'accord sur un certain nombre de règles, notamment sur le fait qu'elle devait toujours savoir où il était... cependant que son oncle semblait l'avoir oublié ! Pourtant, cet enfant devait être scolarisé quelque part. Elle n'osait pas lui demander de quoi sa mère était morte, ni s'il suivait une thérapie, s'il était aidé.

Après que Blake eut ignoré son troisième texto en trois jours ainsi qu'un message vocal, elle prit les choses en mains : à la suite d'une discussion avec Julie, qui avait des amies qui travaillaient à l'école primaire, elle s'y rendit en compagnie de Zach et rencontra l'instituteur de CM2, Bruce Hoffman, ainsi que la directrice, Elizabeth Cantore. Ce premier, avec sa queue-de-cheval et ses Birkenstock aux pieds, plut tout de suite à son petit protégé, et une heure plus tard, tout était arrangé : il était inscrit sous le nom de Zach Lowery afin de protéger son identité, le nom de Randall étant très bien connu dans la petite ville, et pas pour les bonnes raisons. Quant à l'intéressé, il était surtout fou de joie à l'idée d'aller à l'école en bus.

Ce soir-là, Blake daigna enfin lui répondre, juste au moment où elle se mettait au lit.

J'ai appelé le directeur de Beakman. Ils sont d'accord pour lui donner une deuxième chance. Ils enverront un chauffeur le chercher.

Sa réponse fusa :

C'est une mauvaise décision. Très mauvaise. La pire.

Son téléphone sonna alors qu'elle ne l'avait pas encore reposé. Sans prendre la peine de la saluer, il demanda d'emblée :

— Et en quoi, s'il te plaît, est-ce une mauvaise décision ? Même si ce problème ne te regarde pas.

— Sache, Blake, qu'on le harcèle, au pensionnat. Et que le personnel encadrant ne le croit pas quand il va se plaindre. C'est pour cette raison que j'ai tenté de te joindre. Il ne peut pas retourner là-bas. Essaie de comprendre, s'il te plaît...

Les émotions la submergèrent et sa voix se brisa.

Blake demeura quelques instants silencieux avant de reprendre sur un ton adouci :

— Je l'ignorai.

— Et pour cause ! Tu n'as répondu à aucun de mes messages. Sais-tu seulement pourquoi les choses ont dégénéré à ce point ? Parce qu'aucun membre de ta famille ne s'est rendu au week-end des parents et que les autres enfants se sont moqués de lui.

Il jura et enchaîna :

— Je comptais demander à Nathan d'y aller, et j'ai oublié. Je suis incapable de faire ce qu'il faut pour lui, j'ignore ce qui est bien pour lui et je ne comprends vraiment pas pourquoi Tiffany m'a désigné, *moi*, comme son tuteur. Je suis la dernière personne à être en mesure de m'occuper de lui.

Elle pouvait difficilement le contredire, mais il avait l'air si perdu qu'elle éprouva de la compassion pour lui.

— Ce n'est pas si grave, Blake. Il va bien, maintenant, la vie ici lui plaît. Je l'ai inscrit à l'école locale et...

— Les Randall ne fréquentent pas l'école publique, Amanda,

déclara-t-il d'un ton catégorique. Zach doit être inscrit dans un établissement privé où on lui donnera tout ce dont il a besoin. Je vais rappeler Beakman pour lui demander de veiller sur lui.

— Mais il veut aller à l'école ici ! Il est si excité à cette idée. S'il te plaît, Blake...

— Il veut, il veut, mais on ne peut pas laisser les enfants décider. La réponse est non ! Je m'envole pour Bali demain, et je vais demander à Beakman de t'appeler concernant les modalités de son retour. Tout va bien se passer, il reviendra à Halcyon pour Noël.

— Mais, Blake...

— Amanda, je dois aller en réunion, maintenant. Je suis désolé que tu aies été mêlée à ces sombres histoires familiales, et reconnaissant de tout ce que tu as fait pour Zach. Je te dédommagerai pour cette peine.

— Mais il ne s'agit pas d'argent, et Zach est adorable ! Il a juste besoin d'une stabilité et il se plaît vraiment ici. En plus, l'idée de prendre le bus pour aller à l'école le...

— C'est exclu, Amanda. Mais tout ira bien pour Zach. On se rappelle.

Et il raccrocha.

Elle s'adossa à la tête du lit. Ce que l'on ignorait ne vous affectait pas, n'est-ce pas ? Elle enverrait Zach à l'école dès le lendemain, comme prévu, et trouverait une façon d'arranger la situation avec l'école privée... Après tout, elle n'était plus à un petit mensonge près pour servir la bonne cause.

Une semaine plus tard, le silence de sa cousine Nora au téléphone se révéla plus éloquent qu'un discours.

— Dis au moins quelque chose, Nora ! la supplia Amanda.

— Par où commencer, Mandy ? Tu as embrassé ce type, il te plaît, puis il part, tu transformes sa maison en chantier, et maintenant, tu t'occupes de son neveu ? D'ailleurs, comment as-tu pu l'inscrire alors que tu n'es pas sa tutrice ?

— En fait, ils ont cru que j'étais sa tutrice, et n'ont pas cherché plus loin.

— Et qu'a dit Blake quand il a su ?

— Eh bien, je ne lui ai encore rien dit. Je sais que tout cela peut finir par un véritable désastre, mais je croise les doigts pour que ce ne soit pas le cas.

— Je trouve que tu prends beaucoup de risques, pour une personne sujette à des crises d'angoisse.

À ces mots, elle se tendit. Elle avait effectivement pris de nombreuses initiatives, ces derniers temps, ce à quoi l'encourageait sa thérapeute, mais à présent elle était fatiguée et s'inquiétait pour la réaction de Blake. Sans compter qu'elle avait toujours peur que des manifestants hostiles au casino surgissent à Halcyon et harcèlent Zach. Elle en porterait alors la responsabilité.

— Ne t'inquiète pas, tout va bien, parvint-elle à répliquer. Bon, je dois raccrocher, le bus va bientôt arriver, et Zach aime quand je vais le chercher à l'arrêt. Merci pour ton appel, Nora. Bisous.

Devant Zach, elle s'efforçait de garder la tête haute, mais deux soirs plus tard, le petit garçon la trouva en pleurs sur les mosaïques de l'atrium... Il se blottit contre elle et la serra très fort contre lui de sorte que, bien sûr, ses sanglots redoublèrent. Et puis ses cauchemars étaient revenus.

Pour couronner le tout, un des ouvriers ouvertement hostile au casino avait dû être renvoyé par Bobby. Les autres éprouvaient-ils le même ressentiment ? se questionnait-elle constamment. Tout comme la question de la réaction de Blake à son retour revenait en boucle dans son cerveau. C'était sans doute très égoïste de sa part, mais depuis l'arrivée de Zach, Halcyon lui semblait différent. Plus chaleureux, plus vivant. Pour l'heure, elle vivait au jour le jour, en s'efforçant d'ignorer l'orage qui allait finir par éclater.

9

Blake tremblait de colère en traversant l'aéroport de Sydney, en Australie. Dix jours plus tôt, il avait expliqué à Amanda pourquoi Zach devait retourner à Beakman, et ne l'avait pas rappelée depuis, estimant la situation réglée.

Or, la veille, le directeur de Beakman lui avait laissé un message lui demandant à quelle adresse il devait envoyer les affaires de Zach. Il avait frisé l'AVC ! *Amanda lui avait menti sur son propre neveu*. Il avait bien vite évoqué un malentendu auprès du directeur, et immédiatement réservé un vol pour rentrer. Comment avait-elle pu avoir le cran de le défier ainsi ? Apparemment, il s'était mépris sur son compte. Elle devait pourtant s'attendre à être renvoyée dès qu'il découvrirait ses mensonges.

Au moment où il allait embarquer, il sourcilla : il aurait dû prendre des nouvelles plus tôt, c'était certain, son silence avait dû conforter Amanda dans sa décision. Et si l'école ne l'avait pas prévenu, il ne serait sans doute pas revenu avant une ou deux semaines.

Or, s'il ne l'avait pas appelée, c'était intentionnel, car chaque fois qu'il entendait sa voix suave à l'autre bout du monde, le désir qu'il éprouvait pour elle s'en trouvait renforcé, alors même qu'il était en voyage d'affaires et devait se concentrer sur son travail. Elle parvenait à le troubler à des milliers de kilomètres, sans parler de la photo d'elle qu'elle lui avait envoyée au tout début : un grand sourire aux lèvres, elle était juchée sur une échelle, coiffée d'une casquette d'où dépassait sa queue-de-cheval et moulée dans un jean ultra-sexy. Il avait failli quitter sa réunion sur-le-champ pour rentrer à Halcyon. Décidément, cette femme était néfaste à ses affaires, à sa manière de mener son existence.

En attendant, elle devait tout de même avoir la gorge un peu nouée à l'idée de sa réaction, non ? Il était temps pour lui de la mettre mal à l'aise !

Comment avancent les travaux ? Pas de problème concernant le retour de Zack à l'école ?

Il allait se mettre en mode avion quand sa réponse lui parvint :

Tout avance bien. Les meubles arrivent. Zach adore l'école.

Il en éclata de rire. Elle ne lui mentait pas vraiment, elle éludait juste en ne précisant pas de quelle école il s'agissait. Pensait-elle poursuivre longtemps ce petit jeu ? Il avait hâte de voir sa tête demain, quand il débarquerait à Gallant Lake.

Ravi de l'apprendre. On se revoit dans deux semaines.

Il dormit peu pendant ce long vol de vingt-quatre heures et il bouillait toujours d'impatience et de colère lorsqu'il arriva à l'aéroport JFK, incapable de digérer le fait qu'Amanda ait semé la zizanie dans son mode de vie zéro surprise. Toutefois, une chose en lui l'intriguait : pourquoi la pensée de la confronter enfin à son mensonge ne le réjouissait-elle pas ?

Amanda faisait nerveusement les cent pas dans l'entrée principale de Halcyon. La maison était vide, les ouvriers ne travaillant pas aujourd'hui, et Zach étant par ailleurs à l'école. Soudain, elle repéra un détail qui la chiffonna au plafond : une marque de pinceau... Comme l'échelle, les pots de peinture et les outils de travail étaient restés sur place, elle décida de régler tout de suite le problème qui allait sinon l'obséder. Cette occupation lui permettrait aussi de cesser d'être obnubilée par Blake qui de toute façon ne reviendrait pas avant deux semaines.

Ni une ni deux, elle monta à l'échelle et s'appliquait à rectifier la petite irrégularité quand tout à coup...

— Amanda !

Son cœur fit un énorme bond dans sa poitrine.

Comment Blake pouvait-il être à Halcyon, après le message

qu'il lui avait envoyé la veille ? Le jour qu'elle redoutait le plus était donc arrivé : il avait découvert le pot aux roses et était rentré dare-dare de l'autre côté du monde pour entendre ses explications.

Comme il l'avait appelée de l'escalier, elle le vit avant qu'il ne la repère en haut de l'échelle. Vêtu d'un costume de lin adapté aux îles, il était encore plus beau que dans son souvenir, même si ses mâchoires serrées et ses sourcils froncés indiquaient une tension palpable chez lui.

Il inspecta la pièce du regard, et leva soudain les yeux vers elle. La colère qui brillait dans ses prunelles cohabita soudain avec de la surprise, voire une certaine inquiétude, quand il se rendit compte qu'elle se trouvait à quelque trois mètres du sol.

— Que fais-tu là-haut ? s'écria-t-il en se dirigeant vers l'échelle.

— Euh... Une retouche de peinture, répondit-elle d'une voix aiguë.

Du calme, Amanda, du calme.

— Ce n'est pas à toi d'effectuer ce travail. Descends avant de tomber !

Mais au lieu d'obtempérer, elle gravit encore un échelon et s'assit tout en haut de l'échelle qui se mit alors à trembler. Elle en saisit les deux montants et il s'élança aussitôt pour la stabiliser.

— Bon sang, Amanda, je n'ai nulle intention de m'en prendre à toi physiquement !

Avec prudence, elle se laissa glisser sur le barreau inférieur et une fois bien calée, elle demanda d'un ton calme :

— Donc... Tu voulais parler ?

Il secoua la tête, puis leva les yeux vers elle.

— Tu images à quel point je me suis senti ridiculisé quand le directeur m'a appelé pour me demander où envoyer les affaires de Zach ? Ma fureur quand j'ai appris que tu l'avais inscrit dans une école publique alors que je l'avais proscrit ?

Il passa une main fébrile dans ses cheveux avant d'enchaîner, écumant littéralement de rage :

— Mais pour qui te prends-tu, Amanda ? Tu n'es pas la tutrice de Zach, tu ne fais même pas partie de sa famille. Tu es juste une employée incapable de suivre de simples instructions.

Elle se raidit.

— Je suis peut-être « juste une employée », mais quel genre d'oncles es-tu ? Car quand ton neveu avait le plus besoin de toi, tu l'as confié à cette employée que tu connais à peine.

Et repensant à son propre beau-père qui l'avait négligée à l'heure la plus sombre de sa vie, elle poursuivit :

— Et ainsi, tu as pu continuer à mener à bien tes projets si importants à l'autre bout du monde. Tu n'as même pas appelé pour savoir si tout se passait bien, comment il allait. Tu te rends compte de combien de jours il t'a fallu pour t'apercevoir qu'il n'était pas retourné à Beakman ? Tant que tu pouvais tenir le problème à distance, cela te convenait !

Il recula d'un pas, visiblement stupéfié par sa virulence. Pourtant, ce n'était qu'un début.

— C'est un petit garçon, Blake. Un petit garçon sans parents et avec une famille qui de toute évidence le considère comme un boulet. Tu crois vraiment qu'il ne voit pas à quel point il est insignifiant pour vous tous ?

— Insignifiant, je ne peux pas te laisser dire cela. Je dépense une fortune dans son éducation et…

À cet instant, elle leva les mains en l'air et ce simple geste eut pour effet de faire trembler l'échelle… vers laquelle il se précipita à nouveau.

— L'argent ! dit-elle d'un ton méprisant tandis qu'il maintenant l'échelle. C'est tout ce qui t'intéresse.

— Allez, Amanda, descends avant de tomber !

Qu'il ne compte pas là-dessus ! Elle nourrissait sa rage depuis des jours et elle n'allait pas la retenir.

— J'ignore ce qui ne va pas dans votre famille, mais vous avez tous perdu la boussole. Cet enfant, car j'insiste, il s'agit d'un enfant, a perdu sa mère et personne ne veut de lui dans sa propre famille. Tu l'inscris dans des écoles privées à qui tu en confies la garde alors qu'il n'a que dix ans. Mais enfin, Blake, tu te rends compte ? C'est un orphelin apeuré qui a juste envie de vivre son enfance. Mais qu'avez-vous dans le cœur, dans votre famille ?

— Comment oses-tu insinuer que je néglige Zachary ?

répliqua-t-il d'une voix rauque. C'est le fils de ma sœur, et je ne veux pas qu'il soit aussi faible que sa mère. Il a besoin de discipline, d'un cadre. Beakman n'est pas une prison, c'est une école où il est en sécurité, où on lui donne une éducation...

— Zach n'est pas faible, juste terrifié et seul. Ce dont il a surtout besoin, c'est d'amour.

Il roula des yeux.

— Ah, l'amour, bien sûr ! Ça résout tout, reprit-il avec dérision. Il va falloir que tu m'expliques comment fonctionne ton monde de contes de fées, car dans celui où je vis, c'est le dur labeur et les études qui sont la clé du succès.

Il reprit son souffle et poursuit :

— L'amour est éphémère, ma sœur était encore en quête du grand amour quand elle est morte. Ma mère aussi lorsqu'elle a abandonné ses enfants. Et toi, n'est-ce pas aussi l'amour que tu recherches en voulant te substituer à la mère de Zach ?

Ses paroles désabusées lui transpercèrent le cœur, mais il n'avait de toute évidence pas terminé sa tirade.

— L'amour est une illusion, Amanda, une imposture. Un éblouissement passager qui ne vaut pas les tracas qu'il engendre.

Elle regarda Blake droit dans les yeux. La dureté qui s'y lisait était stupéfiante. Pensait-il réellement ce qu'il disait ? Dans ce cas, quel espoir restait-il à Zachary ? Et à elle, par la même occasion ?

Avec prudence, elle descendit de l'échelle, puis s'arrêta sur le dernier barreau, et lui lança un regard empli de tristesse.

— Zach est un petit garçon débordant d'amour. Et il n'a personne à qui le donner. Comment cela va-t-il se passer pour *lui*, Blake ?

Il cligna des yeux, puis les détourna. D'une voix qui sonnait creux, il répondit :

— Les enfants grandissent, Amanda. Il devra juste le faire un peu plus tôt que les autres. Mais il survivra.

— À quel prix ? murmura-t-elle.

Elle le vit tressaillir comme si elle venait de le gifler.

S'éloignant de l'échelle, le cœur lourd comme du plomb, elle passa devant lui et ajouta d'une voix plus haute :

— Je ne suis peut-être qu'une employée qui désobéit aux ordres, mais ton neveu est heureux à l'école de Gallant Lake. Il s'y est fait des amis, il consacre chaque jour au moins une heure à ses devoirs, c'est vraiment un enfant adorable, Blake. Il mérite plus que ce que toi tu as reçu.

À ces mots, il la saisit par le bras et la fit pivoter sur elle-même.

— Plus que ce que j'ai reçu ? Tu ne sais visiblement pas de quoi tu parles, Amanda. J'avais tout, j'ai été élevé dans une famille de privilégiés, comme ce sera le cas de Zach. Il se fera sa place au soleil, comme les autres Randall avant lui. C'est ce qu'on attend de...

Il s'interrompit, comme s'il doutait tout à coup de ses propres affirmations. Comme s'il venait de réciter un mantra familial qu'on lui avait martelé jusqu'à ce qu'il l'assimile.

Elle sentit la colère renaître en elle.

— Et comment tout cela a marché pour toi, Blake ? Tu avais donc « tout » ? Que représente exactement ce « tout » ? Combien te faut-il pour être satisfait, aujourd'hui ? Cette propriété te suffit-elle ? Ou comptes-tu défier les tribunaux et détruire toutes les propriétés alentour pour construire ton grand casino ? Et une fois celui-ci construit, cela te suffira-t-il ? Ruiner une communauté entière te suffira-t-il ?

Consciente qu'elle était en train d'écraser tout espoir d'un avenir avec lui, elle sentit des larmes couler sur ses joues : les merveilleux baisers échangés n'étaient plus que des souvenirs doux-amers.

— Et qu'attends-tu de Zach ? Qu'il devienne encore plus riche que toi ? Qu'il possède davantage de propriétés ? N'est-ce pas ce qui a brisé le cœur de sa mère ?

À ces mots, il resserra son étreinte.

— De quel droit parles-tu de sa mère ? Tu ne connais rien de Tiffany. Tout comme tu ne sais rien de moi. Tu m'entends, Amanda ?

Sa voix ne cessait de monter, son étreinte n'était pas douloureuse, mais elle sentit pourtant la panique monter en elle. Ou bien était-ce sa propre souffrance qui l'étouffait ? Il était bien trop proche d'elle, tout cela était bien trop insupportable pour elle...

— Lâche-la !

Zachary se tenait sur le seuil. À sa vue, elle sentit son cœur flancher : qu'avait-il entendu au juste de cette conversation ? Subitement, il s'élança vers son oncle et se mit à lui asséner des coups, de ses petits poings résolument fermés.

— Lâche-la, oncle Blake. Ne lui fais pas mal. Laisse-la tranquille !

10

Blake obtempéra puis saisit gentiment son neveu par les bras.

— Arrête, Zach ! Jamais je ne ferai de mal à Amanda...

Levant les yeux, il vit cette dernière s'enfuir par l'escalier et un sentiment de culpabilité l'étreignit.

— Mais si, je t'ai vu ! C'est la seule qui a été gentille avec moi, et toi, tu l'as fait pleurer. Alors qu'elle a déjà beaucoup pleuré...

Et il comprit que Zach n'était pas loin de verser des larmes lui aussi. Consterné, il le serra contre lui... et se souvint soudain de sa dernière phrase.

— Pourquoi as-tu dit qu'elle avait « déjà beaucoup pleuré » ?

Zach haussa les épaules et renifla.

— L'autre jour, elle pleurait dans la pièce pleine de soleil. Et elle a aussi des cauchemars et là, elle hurle vraiment. Mais elle ferme sa porte à clé, parce qu'elle ne veut pas que je rentre. Je l'ai fait la première fois, et elle a eu peur de m'avoir traumatisé.

Bon sang, mais que s'était-il passé dans cette fichue maison durant son absence ? Alors qu'il était à des kilomètres d'ici, une femme terrifiée et son neveu solitaire s'étaient mutuellement soutenus. Ce qui lui rappela la façon dont il avait laissé Zach seul avec Tiffany, alors prisonnière de ses démons. Était-il donc insensible à ce point au sort d'autrui ?

— Un méchant homme l'a effrayé, affirma son neveu en dardant sur lui des yeux d'un marron chocolat aussi chaud que ceux de sa sœur.

— C'est-à-dire ? questionna-t-il, paniqué à l'idée d'être le personnage en question.

— Elle m'a dit que ça s'était passé il y a très longtemps, mais qu'elle le voit parfois encore dans ses cauchemars.

Que s'était-il donc passé dans l'enfance d'Amanda ? Il se sentit rougir de honte en se remémorant la brutalité dont il venait de faire preuve avec elle.

— Zach, où est allée Amanda selon toi ?

— Sur son balcon, c'est sûr. Mais tu promets de ne pas lui faire de mal ?

— Naturellement, répondit-il, affligé que son neveu puisse le croire capable d'une telle monstruosité. Sache que je n'avais pas du tout l'intention de lui faire du mal, on ne doit jamais faire de mal aux filles, tu le sais, n'est-ce pas ?

Zach hocha la tête. Sa ressemblance avec sa mère était troublante, avec ce mélange d'innocence et de sagesse.

Il soupira.

— L'école te plaît, ici ?

— Oh oui ! M. Hoffman est trop cool, et les enfants sont gentils avec moi. Et tu sais, je prends le bus !

Il lui sourit et le serra rapidement dans ses bras. Amanda avait raison : il s'était défaussé de son éducation sur Beakman Academy, et elle avait sans doute été la première à lui témoigner de l'affection depuis la mort de sa mère.

— Je suis ravi que tu te plaises ici. Et maintenant, va faire tes devoirs. On ira tous dîner à l'hôtel, après.

— Je peux les faire dans le salon ?

— Bien sûr !

Zach y fonça avec son sac à dos, et Blake monta l'escalier quatre à quatre, se demandant si Amanda allait être indulgente alors qu'il avait lui-même du mal à se pardonner

Assise sur la balustrade en pierre du balcon, elle avait un pied dans le vide, le dos certes appuyé contre la tour, mais cela représentait une position tout de même un peu périlleuse, à cette hauteur. De toute évidence, elle n'avait aucun problème de vertige, contrairement à lui.

Ce qu'elle était belle, sous la lumière du soleil !

Elle essuya bien vite une larme quand elle se rendit compte

de sa présence. Relevant le menton, elle tourna la tête vers le lac, puis descendit de son perchoir.

— Ne t'inquiète pas, je vais faire mes valises, annonça-t-elle en passant devant lui.

D'un geste prompt, il l'enlaça par la taille pour l'empêcher d'aller plus loin. Ils demeurèrent une poignée de secondes dans cette position, sans prononcer un mot, les yeux dans les yeux...

— Lâche-moi ! finit-elle par dire, l'air las et l'œil encore brillant de larmes.

Son cœur se serra. Quel idiot il avait été !

— J'aimerais qu'on parle, Amanda, répondit-il avec douceur.

Puis penchant la tête en avant, il posa le front contre le sien.

— On s'assoit pour discuter ? poursuivit-il. Je suis désolé, vraiment, je ne voulais pas te faire peur... Même si j'étais très en colère, jamais cette pensée ne m'a effleuré.

Sur une impulsion, il lui baisa le front et ajouta :

— Et je t'en prie, ne reparle pas de faire tes valises. Je ne veux pas que tu t'en ailles.

Quelques instants plus tard, assis l'un en face de l'autre, leurs genoux se touchant presque, elle tournait toujours la tête résolument vers le lac.

— Regarde-moi, Amanda.

Alors avec lenteur, elle posa ses yeux couleur de l'azur sur lui, et comme toujours leur beauté lui coupa le souffle.

— Je suis désolé pour la scène que je viens de faire, je te promets que cela ne se reproduira plus jamais.

Elle soutint longuement son regard, puis finit par hocher la tête.

— Nous étions tous les deux très énervés, concéda-t-elle. Je suis sortie de mon rôle, avec Zach, j'en suis tout à fait consciente.

— C'est vrai, mais cela n'excuse en rien mon attitude. Je t'en prie, pardonne-moi, Amanda.

Et voilà qu'il la suppliait, maintenant ! Suspendu à ses lèvres, il attendit sa réponse.

— Je te pardonne, dit-elle.

Un immense soulagement le submergea : pourquoi son pardon lui tenait-il tant à cœur ? Il avait eu l'impression que toute sa vie dépendait de sa réponse.

—Je n'aurais pas dû parler de ta famille comme je l'ai fait. Ni de ta relation avec Zach.

— Cela m'a rendu furieux, en effet, mais parce que tu as vu juste. Ma famille est complètement désaxée, mais je n'aime pas l'entendre dire. Pourtant, moi non plus je ne me gêne pas pour les critiquer. Ma mère n'est qu'une aventurière et mon père un sale type sans cœur. Ma sœur était une droguée, et mon frère un pleutre sous la coupe de sa femme et de mon père. Mais aujourd'hui, j'ai compris qu'il n'y avait pas de fatalité, puisque je vois combien mon neveu est heureux, ici.

— Oui, acquiesça-t-elle, il se plaît réellement à Gallant Lake, et il travaille très bien.

Un sourire dansa alors sur ses lèvres follement appétissantes et éclaira ses prunelles.

— Les Randall ne sont pas vraiment populaires par ici, j'espère que...

— Ne t'inquiète pas, seuls Bruce et le directeur savent qui est réellement Zach.

— Bruce ?

— Bruce Hoffman, son professeur. Je l'ai inscrit sous le nom de Zach Lowery. Bruce garde un œil sur lui, et il s'assure qu'il monte sans problème dans le bus.

— On dirait que vous vous entendez bien, Bruce et toi, dit-il malgré lui, sentant la jalousie poindre en lui et agacé par la façon dont elle prononçait ce prénom récurrent dans son discours.

Elle haussa les épaules.

— On a juste dîné ensemble pour parler de Zach. Pour mettre en place le meilleur dispositif de sécurité pour lui.

— Dîné ensemble ? répéta-t-il sous le choc avant d'enchaîner bien vite : Je dois dire, Amanda, que je suis admiratif de la façon dont tu as assuré les arrières, même si je n'imagine pas la tête que fera ma famille quand elle saura qu'il va à l'école publique.

— Il veut juste avoir un chez-lui, avec toi, plaida-t-elle.

— Le problème, c'est que je ne sais pas comment élever un enfant ! dit-il en baissant les paupières.

— Comment se fait-il que ta sœur t'ait nommé, *toi*, tuteur et pas ton frère, alors qu'il est marié et père de famille ?

Il haussa les épaules. C'était la question à cent mille dollars !

— Enfants, nous étions très proches, nous avions peu de différence. Elle était la petite dernière. Non programmée. J'ai toujours tenté de la protéger contre tous et contre elle-même... Mais j'ai fini par échouer...

— Blake, ne dis pas cela ! s'exclama-t-elle en posant la main sur la sienne.

Il émit un rire dérisoire et tourna la tête vers le lac.

— Elle était si vive et joyeuse, enfant. Mais après le divorce de mes parents, quand ma mère nous a quittés pour un champion de courses automobiles italien et qu'elle a compris que jamais elle ne serait à la hauteur des ambitions de mon père, elle s'est tournée vers de nouveaux amis peu fréquentables, a plongé dans la drogue et est devenue incontrôlable... J'ignore même si elle savait qui était le père de Zach. Je l'ai pourtant envoyée dans de nombreux centres de désintoxication, elle allait mieux pendant quelque temps, et puis elle replongeait. J'ai payé des internats privés à Zach pour qu'il ne mesure pas la réalité de son addiction, mais bien sûr, il percevait que quelque chose n'allait pas...

Blake releva alors les yeux et vit dans ceux d'Amanda se refléter sa propre souffrance.

— Mais je ne me pardonnerai jamais de ne pas avoir accouru lorsqu'elle m'a appelé une énième fois pour me dire que sa vie était un vrai gâchis, qu'elle ne se supportait plus etc., comme elle en avait l'habitude. Je lui ai dit d'aller se coucher, Zach étant en vacances chez des amis dans le Vermont, et j'ai raccroché. Le lendemain, la femme de ménage a retrouvé son corps sans vie, étendu par terre, dans le salon. C'était le jour de Noël. Elle qui aimait tant cette fête...

Cet aveu, il ne l'avait jamais fait à personne.

— Blake, tu ne pouvais pas deviner... Pauvre Zach ! Je comprends pourquoi tu tiens à organiser une très belle fête pour lui, cette année.

— J'espère y arriver, dit-il avec un sourire peu convaincu. Si tu savais comme il aimait sa mère, et elle l'adorait. Elle jouait avec lui comme une enfant...

Il ferma les yeux, entendant encore son rire...

— Après sa mort, on m'a annoncé que, conformément aux vœux de ma sœur, j'étais le tuteur de Zach. J'ai tenté de négocier avec mon frère pour qu'il se charge de lui, mais il s'est montré intraitable. Il l'a juste pris l'été dernier, car j'étais en déplacement pendant de longues semaines. Quant à mon père, il ne veut pas entendre parler de ce petit-fils né hors des liens du mariage. Zach n'a donc que moi, qui ne suis pas du tout à la hauteur… J'ai trahi Tiffany.

Voilà, Amanda savait désormais quel loser il était !

— Allons, Blake, tu n'as trahi personne. Tu as tenté de sauver ta sœur, et tu t'es occupé de son fils. Ce n'est pas de la trahison, c'est de l'amour.

De l'amour ? Son cœur se mit à battre plus fort. Mais il était incapable d'amour… *Vraiment ?* Le rire de Tiffany résonna à ses oreilles et il ferma les yeux. Les jeux de leur enfance lui revinrent, leurs courses dans le vent, il la laissait toujours gagner pour contempler sa joie…

Amanda serra ses mains dans les siennes, et il rouvrit les paupières pour regarder la femme qui était en train de transformer non seulement sa maison, mais aussi sa vie.

— J'aimais ma sœur, avoua-t-il alors.

— Et tu aimeras Zach autant qu'elle, car c'est son fils et que comme elle, il adore la vie. Et puis il est tellement attentionné. Il a été si adorable avec moi…

À ces mots, il se rappela les pleurs et cauchemars d'Amanda évoqués par son neveu. Se levant, il lui tendit les bras pour qu'elle l'imite, puis lui enserra le visage. Elle lui adressa un regard incertain.

— Elle est toujours là, n'est-ce pas ? murmura-t-il. Cette attirance entre nous ? Même après tout ce qui s'est passé, on dirait bien que rien n'a changé.

Elle hocha la tête, l'air soudain solennel.

Effleurant doucement sa bouche de la sienne, il n'osa aller plus loin… Mais il sentit soudain les mains d'Amanda s'enfouir dans sa chevelure, invitation tacite à aller plus loin. Sans plus d'hésitation, il lui donna le baiser sur lequel il fantasmait depuis de longues semaines… Ce qu'elle lui avait manqué ! Et comme il était bon de retrouver sa chaleur, son enivrante et dangereuse douceur…

L'enlaçant par la taille, il la souleva de terre et ils s'embrassèrent avec une ardeur telle qu'il en eut le tournis… Quand il la reposa, il comprit que des baisers ne suffiraient plus à calmer le désir qu'il éprouvait pour elle.

11

Amanda ne parvenait plus à penser, son sang battait comme un fou dans ses veines, son corps vibrait comme un diapason.

Blake venait de la relâcher, et ses yeux reflétaient le désir violent qu'elle éprouvait elle aussi pour lui. Elle ferma bien vite les paupières, terrifiée par ce qu'il aurait pu voir dans ses prunelles. Elle ne se reconnaissait plus, cet homme l'avait éjectée de sa zone de confort... Un frisson la parcourut.

— Amanda...

Sa voix profonde et chaude accentua le malaise qu'elle sentait monter en elle.

— Respire, poursuivit-il, tout va bien. Nous allons trouver tous les deux une solution, détends-toi.

— Impossible, balbutia-t-elle en se dégageant de son étreinte. Tout cela est trop, trop... Me submerge...

Et le stress des dernières semaines s'abattit sur elle comme une vague glacée. Quand, de ses mains fermées, il se mit à essuyer les larmes qui roulaient sur ses joues, elle eut à la fois envie de le repousser et d'enfouir ses doigts dans ses boucles noires pour l'embrasser à nouveau avec passion.

— Tu es épuisée, lui dit-il. C'est ma faute, j'aurais dû revenir dès l'arrivée de Zach. Mais pour tout avouer, j'avais peur de te retrouver.

Il sourit devant son air étonné.

— Mais oui, ma chérie, tu n'es pas la seule à être troublée par toute cette énergie qui existe entre nous. Je suis un homme qui ne croit pas à l'amour et toi une femme que l'idée d'aimer terrifie.

Je ne sais si cela fait de nous le couple parfait ou un passeport pour la catastrophe.

Ces paroles lui arrachèrent un sourire.

— Nous allons ralentir le cours des événements entre nous, promit-il. J'y suis prêt si tu en as besoin. Et toi, de ton côté, pourras-tu m'aider à mieux connaître mon neveu ?

Subitement, elle sentit sa panique refluer : il venait de lui parler à cœur ouvert et elle doutait que cela lui arrive souvent.

— On peut commencer par être amis, dit-elle en lui adressant cette fois un sourire plus affirmé.

Puis, brisant le sortilège de son regard, elle tourna la tête vers le lac et perçut clairement de la musique.

— À propos, où est Zach ? demanda-t-elle.

— Il fait ses devoirs.

— Je ne te demande pas ce qu'il fait, mais où il est.

— Dans le salon, pourquoi ?

Elle éclata de rire.

— Tu as raison, tu as beaucoup à apprendre en matière d'éducation. Il t'a demandé s'il pouvait utiliser cette pièce, n'est-ce pas ?

— En effet...

— Forcément, puisque je la lui interdis pour ses devoirs ! Tu entends la musique ?

— Euh... Quelle musique ?

— Il y a maintenant un écran plat dans ton salon, Blake. Une sono, des consoles de jeux. Et je crois entendre la musique de *Guitar Gods*, pas celle des devoirs !

Du doigt, elle lui tapota le bout du nez et ajouta :

— Tu t'es fait avoir par un enfant de dix ans, oncle Blake.

Puis, pivotant, sur ses talons, elle se dirigea vers l'escalier.

Après qu'ils eurent « transféré » Zach dans l'atrium pour qu'il fasse ses devoirs sans tentation d'appareils électroniques en tout genre, elle l'emmena visiter les lieux pour qu'il mesure le travail accompli.

Elle était très fière de l'allure qu'affichait désormais la vieille demeure, mais Blake ne montra aucune émotion particulière, à l'exception d'un petit sourire quand il aperçut les lustres paprika.

Son bureau ressemblait encore à un chantier, la construction des bibliothèques étant en cours. Le salon était presque terminé et comprenait, outre l'espace détente, une table de jeux et des chaises près des fenêtres hautes.

Pourquoi Blake demeurait-il muet ? Il devait détester, assurément. Et quand il s'arrêta subitement sur le seuil de sa chambre, puisqu'ils étaient à présent à l'étage, elle en eut la confirmation.

Elle avait repeint son lit dans les tons de beige, les murs étaient désormais bleus comme le lac… et Blake se tenait à présent au milieu, silencieux.

— Dis quelque chose, Blake ! Ton silence me tue.

— Tu as repeint mon lit ?

Il passa la main sur le bois puis se dirigea vers la fenêtre, toucha les rideaux en soie sauvage. Tout était élégant et authentique, comme lui.

— C'est incroyable, tu es incroyable, déclara-t-il. En fait, je suis muet de stupeur. Je savais que tu avais du talent, mais ce que tu as accompli en un mois, c'est juste… bluffant.

Elle éclata de rire, entièrement soulagée !

— Quand tu auras fini ici, je veux que tu viennes avec moi à Bali pour gérer la décoration de l'hôtel. Tu as un goût infaillible.

S'avançant vers elle, il la prit par les épaules ; elle frissonna.

— Je veux aussi que tu redécores certains de mes hôtels.

Un vertige la saisit : rester à Gallant Lake, travailler pour lui, s'occuper de Zach, n'était-ce pas ce dont elle rêvait ? Mais il y avait aussi tous ces baisers entre eux, cette attirance…

— Nous en reparlerons plus tard, éluda-t-elle. Pour l'instant, Zach doit dîner pour aller au lit de bonne heure. Il a école, demain.

— Oui, maman.

Elle fit mine de lui donner une petite tape, qu'il esquiva en riant. Puis la prenant par les épaules, il l'entraîna vers l'escalier.

12

S'adossant à un des piliers en pierre du portail, Amanda regretta de ne pas avoir pris de veste avant d'aller attendre Zach à sa descente du bus. Novembre arrivait à grands pas et l'air devenait frais et humide, en soirée.

Blake était à Halcyon depuis deux semaines et ils s'étaient installés dans une routine confortable. Ils entretenaient une relation professionnelle pendant la journée, et prudemment platonique hors des heures de travail – ce à quoi ils parvenaient en accordant la priorité à Zach. Il avait fallu un certain temps pour que l'oncle et le neveu s'apprivoisent, Zach tenant rigueur à Blake de l'avoir envoyé à Beakman, mais leur passion commune pour le sport avait fini par briser définitivement la glace entre eux, et ils s'étaient ensuite découvert de nombreuses affinités : les jeux vidéo, *Star Wars*, *Star Trek*, bref tout ce qui commençait par Star. Sans compter que tous deux adoraient les gâteaux au chocolat qu'elle aimait leur préparer.

Quand Zach revenait de l'école, Blake revenait de son bureau, à l'hôtel, afin d'aider son neveu à faire ses devoirs, et après le dîner, ils se retrouvaient tous ensemble dans le salon pour regarder un film, jouer à des jeux vidéo ou des jeux de cartes toujours très animés.

Une fois Zach au lit, Amanda et Blake regardaient la télévision ensemble puis chacun regagnait sa chambre. L'atmosphère était détendue entre eux, elle se sentait bien en sa compagnie, mis à part le fait que sa présence faisait toujours battre son cœur plus vite et qu'elle devait refréner le désir qu'il lui inspirait.

Les travaux n'étaient pas encore finis, pour l'instant suspendus à l'intérieur : le bois pour la bibliothèque du bureau n'ayant pas encore été livré, Bobby et son équipe travaillaient actuellement à la rénovation de la fontaine et à la taille des arbustes, ce qui lui convenait tout à fait car la présence des ouvriers, et notamment d'un certain Russ qui la regardait toujours d'un air insistant, la mettait mal à l'aise ; en outre, ce dernier fumait, lui rappelant son agresseur de l'été dernier.

Il lui arrivait encore de devoir lutter contre des crises d'angoisse mais bien moins depuis le retour de Blake. En outre, si ses cauchemars étaient eux aussi moins fréquents, elle en avait toujours. En raison de tout ce stress, elle estimait peu propice d'entamer une relation amoureuse avec ce dernier, et puis tous deux devaient tenir compte de Zachary : il avait besoin d'un foyer stable, sans drame. Voilà pourquoi elle avait prié Blake de ne rien précipiter, même si lui résister s'apparentait parfois à une torture, surtout quand elle surprenait son regard posé sur elle et qu'il lui adressait un sourire en coin qui en disait long...

Le moteur du bus l'arracha soudain à ses rêveries. De derrière la vitre, Zach agita sa main pour la saluer, puis bondit quelques instants plus tard du bus, un ballon sous le bras, tandis que plusieurs garçons agitaient la main à son attention en guise d'au revoir.

— Regarde, Amanda ! Kyle m'a donné ce vieux ballon pour que je m'entraîne.

Et il le lui tendit afin qu'elle puisse l'admirer, ce qu'elle fit tout en le serrant dans ses bras, une étreinte qu'il lui rendit chaleureusement, comme à leur habitude.

— C'est très sympathique de sa part, dit-elle.

— Tu veux voir comme je sais bien le lancer ?

Elle se mit à rire devant son impatience.

— Bien sûr ! Je remonte l'allée pour que tu me le lances.

Elle attrapa sans problème sa première passe, le lui renvoya, courut pour rattraper la deuxième, et sauta en reculant pour la troisième... avant de glisser dans une grande flaque d'eau stagnante qui datait de la dernière pluie !

Blake discutait tranquillement avec Jamal dans la salle des caméras de surveillance, pour vérifier les nouvelles installées à l'entrée de Halcyon, quand ce dernier s'éclaircit la voix.

— J'ai discuté avec Julie, hier, et elle m'a dit que certains des employés étaient harcelés, en ville.

— Pardon ?

— Oui, à commencer par elle. On lui a craché aux pieds, il y a peu, après lui avoir demandé si elle travaillait bien pour vous.

— Incroyable !

— Des voitures garées sur le parking ont également été rayées. On a rapporté tous ces incidents à Dan, notre shérif, qui va mener l'enquête.

— C'est bien, même si Dan est lui aussi contre le casino.

— Dan fait respecter la loi, et ne veut surtout pas d'agitation dans sa ville. Et puis nous avons ces nouvelles caméras...

Il cessa soudain d'écouter Jamal, concentré précisément sur l'une de celles-ci : Amanda venait de tomber dans une flaque en tentant de rattraper un ballon... Il retint son souffle jusqu'à ce qu'elle s'assoie et qu'il ait la certitude qu'elle n'était pas blessée. Sa queue-de-cheval était trempée, mais elle serrait fièrement le ballon dégouttant de boue dans ses bras. Il éclata de rire, et Jamal l'imita.

Zach entra dans le champ, visiblement hilare. Elle lui tendit alors la main...

— Non ! s'écrièrent en même temps Blake et Jamal.

En tant que spectateurs, ils avaient aisément déduit qu'Amanda requérait son aide pour l'attirer dans la flaque lui aussi !

Et ce qui devait arriver advint : une seconde plus tard, Zach la rejoignit dans la flaque et tous deux se mirent à s'éclabousser copieusement, jusqu'à ce que ce premier prenne une poignée de boue et la répande sur le visage d'Amanda. Blake fit la grimace puis se mit de nouveau à rire : celle-ci venait de riposter. Il n'entendait pas leurs rires mais ils s'amusaient de toute évidence comme des petits fous, tout cela dans une flaque d'eau... Cette scène lui rappela assurément Tiffany qui aimait danser sous la pluie, sur la terrasse arrière de leur maison, à Long Island...

Il revint à la réalité, et fut soudain envieux de la capacité de

Zach à faire rire Amanda tandis que lui observait cette scène hilarante de derrière un écran silencieux. Il était plus qu'envieux, il voulait participer !

Se levant brusquement, il sortit de la pièce sans dire un mot et regagna Halcyon.

13

Tout essoufflés, Amanda et Zach montaient à présent les marches en pierre, riant encore. Il y avait une éternité qu'elle n'avait pas eu un tel fou rire. Toutefois, en arrivant sur le seuil, elle comprit le problème : tout trempés et recouverts de boue, ils allaient maculer le marbre récemment poli et les beaux tapis.

— Bon, dit-elle, je vais aller chercher des serviettes dans la buanderie. Attends-moi ici.

Puis elle retira ses chaussures et chaussettes, essora sa queue-de-cheval.

— Je reviens tout de suite, ajouta-t-elle. Mets-toi ici, tu seras à l'abri du vent.

— Fais vite, s'il te plaît, j'ai froid.

— Je vais être aussi rapide qu'une fusée, chronomètre-moi en comptant dans ta tête.

Et elle se précipita à l'intérieur.

Quelques instants plus tard, elle rapportait deux grandes serviettes et s'immobilisa en apercevant Zach dans les bras de Blake. Oh ! oh... Elle doutait que ce dernier approuve leurs petits jeux dans la boue et il allait sans doute la réprimander devant Zach. Ce fut alors qu'elle s'aperçut que Blake souriait. Il lui adressa même un clin d'œil quand il passa devant elle.

— Je m'occupe de ce petit bonhomme, déclara-t-il. Va te faire couler un bain chaud.

— Mais tes vêtements...

À cet instant, le petit garçon appliqua avec malice sa main

sur la belle chemise blanche de Blake et éclata de rire. Elle ne put que l'imiter.

— Très beau, décréta ce dernier d'un ton résigné. Mais au point l'on en est, il est un peu tard pour se préoccuper des vêtements. Allez vite, au bain tous les deux !

Il avait pris un ton autoritaire mais ses yeux brillaient d'humour. Elle recouvrit Zach d'une des serviettes et s'enroula dans l'autre pour éviter que ses habits ne laissent des gouttes derrière elle.

La douche chaude lui fit un bien fou et quand elle en sortit, elle entendit les rires qui fusaient de la suite de Blake. Celui de ce dernier lui valut quelques frissons quand elle enfila un jean et un pull propres. Et soudain, sa voix s'éleva derrière sa porte :

— Zach et moi descendons au salon. Je vais allumer un feu.

— Entendu. Je vous rejoins sous peu.

En passant devant la suite, elle vit que la porte de leur salle de bains était ouverte et fut atterrée de l'état des lieux... Se penchant en avant pour ramasser au moins le peignoir mouillé étendu par terre, elle sentit soudain une présence derrière elle : Blake se tenait sur le seuil, chemise non boutonnée, et il avait visiblement bien profité de la vue qu'elle lui offrait dans cette position, eu égard à l'éclat qui brillait dans ses yeux !

— Nous avons du personnel dévolu à ces tâches, lui dit-il. Allons plutôt profiter du feu. Encore que la vue que je viens d'avoir me ferait peut-être changer d'avis...

Elle lui lança au visage l'éponge qu'elle tenait à la main, qu'il esquiva aisément.

— Tu es une vraie diva, Blake ! Comment peux-tu laisser un tel désordre derrière toi ?

— On se demande bien qui l'a provoqué ! Allez, viens, dit-il en lui tendant la main.

— Je ne vois pas pourquoi tu dis ça.

— Vraiment ?

Et il lui prit fermement la main.

Pourquoi une telle poigne ? s'interrogea-t-elle, confuse.

— J'étais dans la salle des caméras de surveillance, et j'ai tout vu, lui annonça-t-il d'un ton triomphant.

— Quoi ? On nous observe de l'hôtel ?

— Détends-toi, ce sont juste des caméras extérieures installées sur le portail, et aujourd'hui l'épisode de la vie quotidienne à Halcyon était extrêmement divertissant.

Sur ces mots, il lui lança un regard à la fois amusé et appuyé, troublant… Elle eut l'impression de manquer d'air quand il glissa ses bras sur ses reins et ajouta :

— De fait, tout ce que tu fais est extrêmement divertissant.

Depuis son retour, ils avaient soigneusement évité de se toucher, et ils s'en étaient bien sortis, mais en l'occurrence, il était trop proche… Il sentait le savon conjugué à une autre odeur enivrante… Alors au lieu de le repousser, elle noua les bras autour de son cou, puis ils échangèrent un long regard intense : de toute évidence, il lui laissait le choix de l'issue. Sans hésiter, elle captura sa bouche, mue par un désir qui la dépassait.

Il poussa un petit grognement et bientôt leurs langues se mirent à danser à une cadence infernale, tandis qu'ils s'étreignaient étroitement… Un délicieux frissonnement la parcourut quand elle le sentit se durcir contre elle. Alors elle s'accrocha à ses épaules, comme si elle se sentait tomber, et de fait, elle était en train de tomber amoureuse de lui… Au bout d'un moment, il écarta ses lèvres des siennes, haletant, puis les paupières lourdes, la voix rauque, il déclara :

— Je ne m'excuserai pas de te désirer si fort, Amanda.

Contre toute attente, ces paroles ne l'effrayèrent pas du tout : le désir qu'elle éprouvait elle aussi pour lui avait triomphé de ses démons.

Il embrassa une dernière fois sa bouche et ajouta :

— Allons-y ! Zach nous attend pour nous battre tous les deux à *Guitar Gods*, et la pizza que j'ai commandée en ville ne devrait pas tarder à arriver.

Blake contemplait Amanda : elle s'était endormie sur son livre dans le plus grand fauteuil de la pièce, tout près de la cheminée. Pendant qu'elle avait lu, Zach et lui avaient continué à jouer à un énième jeu vidéo. Ils avaient passé une très agréable soirée en famille. Une première, pour lui.

Dans son enfance, il n'y avait eu ni bagarre de boue, ni pizza, ni éclats de rire. Et il se rendit soudain compte à quel point cela lui avait manqué.

Zach était au lit à présent : il y avait fort à parier qu'il s'était endormi très rapidement ! Il s'agenouilla à côté d'Amanda et repoussa une boucle blonde de son visage. Elle bougea légèrement, puis ouvrit des yeux songeurs avant de s'étirer comme un chat, puis de soupirer et de lui adresser le plus merveilleux des sourires qu'il aurait aimé voir chaque jour pour le reste de sa vie…

Cette pensée bien peu coutumière le fit presque sursauter : s'il se mettait à penser à des « toujours » et des « à jamais », cela en disait long sur l'être vulnérable qu'il était devenu. Le mur qu'il avait érigé autour de son cœur était en train de s'effriter à un rythme plutôt effrayant.

Amanda se redressa, et retrouva un visage sérieux. Repensait-elle au baiser de la salle de bains ? Quand elle se leva, ils se retrouvèrent face à face… Conscient de la tension qui montait entre eux, il posa les mains sur ses épaules et fit ce qu'il estimait être son devoir en déclarant, au prix d'un mensonge :

— Rien n'a changé, Amanda.

Il ne savait pas ce qu'il en était pour elle, mais pour lui *tout* au contraire avait changé ! Pourtant, il préférait lui dire ce qu'elle avait besoin d'entendre.

— Nous prendrons notre temps, ajouta-t-il, ce ne sera pas facile après le baiser de tout à l'heure, mais nous sommes des adultes, et nous pouvons gérer la situation.

Puis il pressa sa bouche contre son front, et il la sentit se raidir. Décidément, il y avait une partie de son histoire qui lui échappait. Soudain, il lut comme de la peur dans ses yeux.

— Que se passe-t-il, Amanda ? Pourquoi es-tu si effrayée ? Qui t'a fait du mal ?

Elle secoua la tête, puis lui adressa un sourire vaillant mais peu sincère, ce qui se percevait tout de suite chez une personne aussi authentique qu'elle. Manifestement, elle lui cachait des terreurs enfouies au plus profond de son être.

— Dis-moi ce qui se passe, insista-t-il. Laisse-moi t'aider…

— Tout va bien, je t'assure, je suis juste fatiguée. Bonne nuit, Blake.

Puis elle se dirigea vers l'escalier.

Quelques instants plus tard, debout devant la fenêtre de sa chambre, il regardait Gallant Lake baigné dans la douce lueur de la lune sans même apprécier la beauté de la vue, bien trop préoccupé par Amanda et le malaise chevillé à cette dernière.

Finalement, il ouvrit son portable pour vérifier ses e-mails et y répondre, car le travail représentait sa zone de confort : il y maîtrisait toujours la situation, ce qui n'était pas le cas avec Amanda.

Une demi-heure plus tard, alors qu'il s'étirait et s'apprêtait à se mettre au lit, il entendit un premier hurlement.

Elle était en train de faire un cauchemar !

Vêtu d'un simple jean, il se rua sur le palier, voulut ouvrir la porte de sa chambre, mais s'aperçut qu'elle était fermée à clé. Sans la moindre hésitation, il donna un coup d'épaule pour l'enfoncer, et la porte céda. Elle s'agitait sous la couette, remuant la tête d'un côté puis de l'autre.

— Laissez-moi ! Arrêtez !

— Amanda, réveille-toi, c'est juste un rêve !

Il la saisit par les épaules, elle tenta de le frapper, alors il prit ses mains dans les siennes, et les maintint au-dessus de sa tête avec l'une des siennes.

— Ouvre les yeux, Amanda, c'est moi, Blake ! Regarde-moi.

Elle finit par obtempérer, sa respiration se calma, mais elle tremblait toujours de tout son corps. Quand elle tenta de se dégager de ses mains, il refusa de la relâcher. Elle pâlit.

— Je t'en prie… C'est comme ça qu'il…

Il la libéra immédiatement.

— Zach ? dit-elle alors dans un souffle.

Il se retourna, et vit la silhouette de son neveu sur le seuil.

— Va au lit, mon bonhomme. C'était juste un mauvais rêve, je m'occupe d'Amanda.

Zach le regarda, puis tourna les yeux vers Amanda qui confirma ses propos d'un hochement de tête. Il parut hésiter, mais sortit finalement de la chambre. Une fois que Blake l'eut entendu refermer la porte de la sienne, il poussa un long soupir.

— Bon sang, Amanda, pourquoi ne m'as-tu pas dit qu'il t'arrivait de faire de redoutables cauchemars ?

Simultanément, un élan de culpabilité le traversa : elle avait raison, il gérait les problèmes qu'il ne savait pas comment régler en les ignorant.

Elle se redressa sur ses coudes, et il se précipita pour mettre des oreillers derrière sa tête. Ses joues étaient mouillées de larmes et sa chemise de nuit trempée de sueur.

— Tu as forcé ma porte, dit-elle d'un ton accusateur.

— Oui. Et je recommencerai s'il le faut. Désormais, plus question que tu la verrouilles ! Je refuse que tu continues à avoir des cauchemars derrière des portes closes, Amanda.

S'allongeant sur le lit à côté d'elle, il l'attira en douceur contre lui et elle posa la tête sur son torse, manifestement en confiance dans ses bras. Elle demeura silencieuse de longues minutes et puis soudain...

— J'avais seize ans, déclara-t-elle.

Et il sentit une ombre s'abattre sur la chambre. Il retint son souffle.

— J'avais seize ans, répéta-t-elle d'une voix plus forte, et comme tu l'avais deviné, j'étais cheerleader, au lycée. Jimmy Waldron était notre coach. Notre équipe était invincible, cette année-là, et Jimmy était le héros de Kenner, ma ville natale au Texas. Il était bel homme, très apprécié de tous. Et il m'avait demandé de lui réserver la première danse au bal organisé pour fêter la victoire de l'équipe. J'en avais été flattée, j'avais mis une belle robe longue, jaune... Moi qui étais un vrai garçon manqué, qui adorais grimper aux arbres et jouer au softball, ce soir-là, j'avais l'impression d'être une princesse.

Il remonta la couverture sur elle, imaginant aisément l'adolescente prometteuse qu'elle était alors mais pressentant aussi que la suite serait aux antipodes d'un conte de fées.

— Après la fête, Jimmy m'a dit qu'il avait une surprise pour moi, et il m'a conduite près de la rivière, dans son pick-up. La lune était pleine, ce soir-là... Je pensais qu'il voulait me montrer le spectacle de ses rayons sur l'eau... Seulement, une fois sur place, il m'a embrassée sur la bouche... Il...

Il la laissa reprendre son souffle, peu désireux de la brusquer.

— Il m'a prise fermement dans ses bras, et quand je me suis débattue parce que j'avais peur, il est devenu brutal. Il m'a renversée par terre... J'étais tétanisée, incapable de me relever, de m'enfuir. J'étais si stupide...

— Non, ne dis pas cela. Tu n'y es pour rien. Ce n'est pas ta faute, toi, tu n'as rien fait de mal.

— Alors, il m'a arraché ma robe, et puis il s'est jeté sur moi... Je ne comprenais pas ce qui se passait, j'étais horrifiée, je le suppliais d'arrêter... Mais il répétait que moi aussi j'en avais envie, ce qui était faux, absolument faux... J'ai cru que j'allais mourir, et puis je me suis concentrée sur la pierre qui s'enfonçait dans mon épaule gauche pendant qu'il, qu'il... Je ne pensais à rien d'autre qu'à cette pierre tranchante...

— Amanda...

— Quand il m'a ramenée à la maison, j'étais dans un état second.

— Et pour cause ! murmura-t-il. Il est en prison, maintenant ?

Elle secoua la tête.

— La dernière fois que j'ai entendu parler de lui, il vendait des voitures à Wichita.

— Il n'a pas été condamné ? Comment a-t-on pu libérer cette ordure qui t'a violée ?

— C'était... compliqué, voilà le mot que mon beau-père utilisait. Le père de Jimmy était maire de notre bourgade, il était concessionnaire automobile, et Mitch, mon beau-père travaillait pour lui. Ma mère voulait appeler la police, mais Mitch ne voulait pas créer des difficultés à cause de moi...

— Et ta mère n'a pas insisté ?

— Elle venait auprès de moi la nuit quand j'avais des cauchemars, mais elle n'avait pas la force de s'opposer à Mitch, pas même pour moi. Je l'ai détestée pour sa faiblesse. Deux ans après, il l'a quittée pour une autre femme à qui il avait vendu une voiture.

Il la serra plus étroitement, scandalisé par ces révélations et conscient que son père aurait sans doute réagi de la même façon. Surtout, ne pas faire de vague, de pas ternir la réputation de la famille, ne pas montrer ses faiblesses.

— Après ça, je n'ai plus supporté pendant longtemps, très longtemps qu'un homme me touche.

— Et tes cauchemars ne se sont jamais arrêtés depuis ?

— Si. Je les ai bloqués pendant très longtemps après avoir quitté le Texas pour étudier à New York. À cette époque, j'ai consulté pour gérer ma peur du contact physique. Après mes études, j'ai commencé à construire ma carrière de décoratrice, mais chaque fois que je sortais avec des garçons, c'était problématique...

Elle s'interrompit un instant, puis reprit :

— Alors je suis de nouveau allée chez une psy, la Dr Jackson, qui a insisté pour que je lui décrive le viol, que j'en parle et cela a tout ramené. Les cauchemars et les crises de panique. Elle me disait que dans un sens, c'était sain, que je devais affronter le passé pour le surmonter.

— Et toi, tu penses que c'est le cas ?

— En partie, oui, j'espère que ça va aller de mieux en mieux.

Et pour la première fois depuis cette affreuse confession, elle lui sourit. Soulagé, il lui donna un baiser sur le front.

— Selon elle, je suis restée trop longtemps dans le déni, c'est pour cette raison que désormais je surréagis. Mais elle insiste sur le fait que si le viol a été la fin de mon enfance, je ne dois pas l'assimiler à la fin de ma vie.

Sa voix s'évanouit presque, comme si elle n'en était pas tout à fait convaincue. Il repensa au jour de leur première rencontre : tout s'éclairait d'un jour nouveau.

— Merci, Amanda, de m'avoir confié tout cela. Je sais l'effort que cela t'a coûté.

Elle laissa sa tête posée sur ton torse, et il plaça délicatement la main sur son crâne, prêt à se battre pour la protéger de tous les dangers de ce fichu monde.

— Tu sais, dans mes cauchemars, je commence à rendre les coups, et la Dr Jackson affirme que c'est important, cela signifie que je cherche à retrouver mon pouvoir, ma puissance. Elle m'encourage à en parler autour de moi, dit que cela permettra de prendre de la distance, d'avancer... Mais c'est toujours si pénible d'aborder ce sujet... Cela m'épuise complètement...

Et en une seconde, sa respiration changea de cadence : elle venait de se rendormir.

Une émotion inconnue s'empara de lui tandis qu'il la regardait inspirer et expirer régulièrement, une émotion qui l'effraya… Se coulant encore plus près d'elle, il ferma à son tour les paupières.

14

À contrecœur, Blake se glissa hors du lit d'Amanda avant qu'elle ne se réveille, et il lui fut bien plus difficile qu'il ne l'aurait cru de se détacher de son corps tout chaud.

Il aurait voulu lui promettre que désormais, plus jamais elle ne serait malheureuse. *Plus jamais.* Et littéralement terrifié par ses propres sensations, si fortes et inhabituelles, il sortit de sa chambre.

Il alla rapidement se doucher et prit son petit déjeuner de la même façon, conscient qu'il se comportait en véritable pleutre, mais il ne savait pas quoi faire. Jamais il n'avait éprouvé de tels sentiments pour une femme, en général, c'était elles qui le poursuivaient de leurs assiduités. Et puis il n'avait que de mauvais exemples autour de lui, des relations qui avaient mal tourné, à commencer par le mariage de ses parents.

Faisant les cent pas dans son bureau sans cesser de ressasser, il s'immobilisa tout à coup : Amanda était la seule qui connaissait les circonstances de la mort de sa sœur, ses peurs pour Zach, ses secrets, et depuis la veille au soir, il savait aussi les siens. Cela signifiait-il qu'ils étaient en couple ? En avait-il envie ? Et elle ?

Elle ne correspondait pas du tout à son type de femmes, il préférait les brunes exotiques au corps de liane. Elle était tout le contraire, sans compter qu'elle le mettait toujours au défi comme aucune autre avant elle. Ce qu'il détestait… Et pourtant, quand elle posait sur lui ses yeux où un coin d'azur s'était enraciné, il en perdait presque la tête ; sa silhouette voluptueuse semblait le convier à un voyage des sens chaque fois qu'il la frôlait, et ses lèvres étaient du velours. Bon sang, il allait devenir fou !

— Tout va bien, monsieur Randall ?

Il tressauta.

Julie était entrée dans son bureau et dardait sur lui un regard inquiet. Depuis combien de temps l'observait-elle ?

— Oui, désolé, je suis juste fatigué.

— Vous êtes satisfait des travaux réalisés par Amanda ? s'enquit-elle alors d'un ton presque inquiet.

Malgré lui, il lui sourit : ce n'était pas pour lui qu'elle se tracassait, mais pour son amie. Et il lui plut de savoir qu'Amanda avait au moins une fervente supportrice.

— Oui, Julie, je suis entièrement satisfait.

— J'en suis ravie, renchérit-elle d'une voix plus détendue. Elle est si investie dans son travail. Et puis Zach est un enfant adorable. Il nous manquerait tant s'il partait. Amanda serait...

— Personne ne va partir, Julie, lui assura-t-il.

En tout cas, ce ne serait pas de son fait.

— Merci pour ces excellentes nouvelles !

Subitement, il aperçut le nez d'une Rolls-Royce gris métallisé. Encore !

— Ai-je la berlue ou bien y a-t-il un défilé de voitures de luxe depuis une demi-heure, sous mes fenêtres ?

— Non, non, vous ne rêvez pas. Toute l'aile ouest de l'hôtel est privatisée pour un mariage, demain, répondit Julie. De gens très huppés. De nombreux invités arrivent aujourd'hui. Depuis que nous avons autorisé les petits animaux domestiques, nous attirons une clientèle très fortunée...

À l'initiative de cette dernière, se rappela-t-il. Pas étonnant qu'Amanda et elle soient amies, elles étaient aussi intelligentes l'une que l'autre.

— Et visiblement, vous maîtrisez parfaitement la situation, Julie. Beau travail !

— Merci, monsieur Randall. Bon, je dois m'en aller à présent.

— Julie... Merci aussi d'avoir soutenu Amanda et Zachary en mon absence.

Elle hésita, puis répondit :

— Vous avez de la chance d'avoir deux êtres comme eux dans votre vie.

Cette fois, elle s'éclipsa, le laissant songeur. À une époque très peu éloignée, il existait une séparation très claire entre sa vie professionnelle, qui happait tout son temps, et sa vie personnelle quasiment inexistante. La frontière commençait à se brouiller entre les deux.

Tout en préparant le dîner, Amanda s'efforçait d'analyser ses sentiments vis-à-vis de tout ce qui s'était passé, ces dernières vingt-quatre heures. Quand il s'était allongé près d'elle, elle s'était sentie rassurée, pas du tout effrayée. Mais lui, ne l'avait-elle pas traumatisé avec son passé ? Allaient-ils continuer longtemps à se tourner autour ? Mais peut-être était-elle trop compliquée pour un homme comme lui.

Alors qu'elle plongeait les pâtes dans l'eau bouillante, elle aperçut une ombre dans son champ de vision. Son cœur se mit à cogner comme un fou... Assemblant tout son courage, elle se retourna : Blake était appuyé contre le chambranle, dans cette pose qui devenait une habitude chez lui, chaque fois qu'elle cuisinait.

— J'ai de très bons souvenirs dans cette cuisine, dit-il d'un ton amusé.

Elle tenait une cuillère en bois à la main qu'elle plaça devant elle, à l'instar d'un bouclier. Il ne s'arrêta que lorsque la cuillère toucha son propre torse.

— Je dois me rendre en ville demain pour une réunion, mais je serai de retour le soir. Et je t'invite au Galantè.

— Que fait-on de Zach ?

— Annie, la femme de Jamal, s'occupera de lui pendant quelques heures...

Il redevint sérieux et ajouta :

— Je crois qu'il est temps pour nous de passer à l'étape supérieure, tu ne penses pas ? Maintenant que nous élevons un enfant ensemble et que nous avons partagé nos secrets les mieux gardés, il est normal que nous allions dîner en tête à tête ?

Elle éclata de rire.

— Sans doute est-ce l'étape suivante logique de cette relation complètement illogique.

En réalité, cette invitation représentait un pas de géant, et c'en était un peu effrayant. Était-elle prête à ce que tout cela impliquait ? Visiblement pas torturé par les mêmes pensées, Blake se pencha vers elle et l'embrassa, un baiser prometteur de ce qui allait advenir entre eux.

Dans un soupir, il écarta sa bouche de la sienne, et lui dit :

— Porte quelque chose de plus chic, demain.

Et sur ces mots, il s'éclipsa et elle l'entendit appeler Zach pour qu'il vienne à table. Elle s'adossa au comptoir, songeuse : demain, elle avait un premier rendez-vous avec un homme qui la connaissait mieux que tout autre avant lui.

Le lendemain soir, comme promis, ils se retrouvèrent assis à une table près de la paroi vitrée, à Galantè. Elle avait mis une jupe en velours bleu canard longue et fluide que Mel lui avait envoyée l'hiver dernier, et qui dansait autour de ses chevilles quand elle marchait, avec un chemisier en satin épaulé qui se nouait à la taille.

Blake était d'une beauté à se damner dans son costume anthracite, rehaussé d'une cravate violette. Et actuellement, il l'observait d'un air amusé.

— Qu'est-ce qu'il y a ? demanda-t-elle en se tamponnant les lèvres avec sa serviette.

— Je me demande juste où tu mets tout ce que tu manges !

Génial, il l'observait en train de manger !

À cet instant, la serveuse apporta la carte des desserts, et devant son hésitation, il lui conseilla le coulant au chocolat, qu'il commanda également, ainsi que deux cappuccinos.

Elle regarda ensuite le lac tranquille qui scintillait sous le clair de lune, puis demanda :

— Comment es-tu arrivé ici ?

— Que veux-tu dire ?

— Tu possèdes des hôtels à la Barbade, à Miami, Bali, Las Vegas. Qu'est-ce qui t'a incité à venir investir dans cette petite ville ouvrière au nord de l'État de New York ?

— Un de mes conseillers y a vu du potentiel, et a fait une étude de marché concernant la construction d'un casino, me prévenant que ce serait difficile mais pas impossible. Le défi était tentant, et puis ce n'est pas loin de Manhattan. Comme Halcyon était à vendre, je me suis dit que je pouvais inclure un château dans mon investissement.

S'interrompant un instant, il ajouta :

— Il va falloir que je trouve une solution de remplacement si mon projet de casino échoue à cause de l'association de préservation de Gallant Lake.

Il lui adressa alors un sourire qu'elle lui rendit.

— Justement, enchaîna-t-elle, Julie et moi en parlions, la semaine dernière. Et on pensait qu'Halcyon serait une formidable destination pour les mariages. C'est si près de New York et…

— Halcyon ?

— Tu pourrais louer l'extérieur comme décor et installer des tentes dans le jardin pour la cérémonie ou bien la réception pourrait tout à fait avoir lieu ici.

— Non, Halcyon est destiné à mon usage privé.

— Je pensais que tu ne voulais pas t'installer quelque part.

Il lui adressa un sourire oblique, celui qui avait le don d'accélérer les battements de son cœur.

— La donne a changé, avec Zach. Et je crois que moi aussi, j'ai désormais besoin d'un endroit où me poser. Sinon, que penses-tu de l'idée d'un hôtel boutique, aux abords de la ville ? Entre le spa et le nouveau golf, ce serait judicieux, non ?

— Donc cela remplacerait le casino ?

— Tu as l'air soulagée. Cette idée de casino susceptible de générer des centaines d'emplois dans la région est donc si affreuse ?

— Moins judicieuse que l'hôtel boutique, éluda-t-elle.

— Eh ! Ma *bambolina* ! Comment vas-tu ce soir, *bella mia* ? Tu es magnifique !

C'était Dario qui venait de jaillir des cuisines !

— Ah, *mi angelo bello* ! répliqua-t-elle. Le filet mignon était fantastique. Il faudra que tu m'apprennes à faire cette sauce au cognac !

Il se mit à rire : elle savait très bien que le chef gardait farouchement pour lui le secret de ses recettes.

— Monsieur Randall, enchaîna-t-il, vous avez un trésor avec Mme Amanda et votre petit garçon. Ils nous rendent la vie plus belle ici, à Gallant Lake.

Blake hocha la tête.

— À moi aussi, dit-il, les yeux noirs d'émotion.

Elle se sentit rougir.

Quelques minutes plus tard, alors qu'ils se levaient de table, Blake glissa son bras sous le sien et lui murmura à l'oreille :

— Chère madame Amanda, je crois que tu as conquis tout mon personnel. Quel est ton secret ?

Elle se mit à rire.

— Je crois que c'est la magie des lieux, monsieur Blake.

— Tu attends toujours que le fantôme de Madeleine t'apparaisse ?

— Qui te dit que je ne l'ai pas déjà vu ?

À ces mots, ils éclatèrent tous les deux de rire. Il devait penser qu'elle était un peu folle d'accorder tant d'importance à cette légende, mais au fond d'elle-même, elle estimait que seul un sortilège avait pu les rassembler tous les trois, Zach, lui et elle, sous ce même toit.

Quand ils passèrent devant la salle de bal, l'orchestre du mariage entamait un slow, un titre qu'elle aimait particulièrement, surtout la voix de la chanteuse.

— On danse ? proposa-t-il.

D'instinct, elle se crispa, puis quand il se mit à fredonner la chanson, elle se détendit.

— Je t'avais dit que c'était un rendez-vous...

Une sensation de peur surgit alors des ombres qui la hantaient toujours pour lui murmurer que les sentiments de Blake étaient peut-être juste liés à la maison et à sa nouvelle relation avec son neveu. Si elle lui accordait sa confiance et qu'il la trahissait, elle ne s'en remettrait jamais : elle croisa les doigts pour que Blake soit différent des autres hommes qui avaient traversé sa vie.

En soupirant, elle lui accorda le slow et laissa ses craintes se dissoudre à la chaleur de son corps tandis qu'ils évoluaient sur la piste de danse...

15

Blake observait Amanda qui regardait le feu d'un air songeur, installée sur le canapé. Zach était endormi quand ils étaient rentrés après avoir dansé à l'hôtel, et selon Annie il avait été adorable. Ce n'était donc pas son neveu qui la préoccupait, mais *lui*.

— Hé ! Qu'est-ce qui ne va pas ?

Clignant des yeux, elle lui adressa un regard perçant. Chaque fois, ces deux bouts de ciel bleu le saisissaient.

— Comment ça ?

— Tu as l'air ailleurs. À quoi penses-tu ?

— Je pense à Madeleine…

— Encore ? dit-il en éclatant de rire.

Les yeux toujours rivés à son profil de madone, à son chignon de boucles blondes savamment désordonnées, il se dit qu'il voulait bien accepter l'idée que Halcyon soit hanté : si elle croyait au fantôme, il y croyait aussi, même s'il n'était pas près de le lui avouer.

— Ce n'est pas parce que nous sommes dans un château qu'il est hanté.

— Qui sait ? Peut-être que Madeleine est heureuse que Halcyon soit devenu un foyer pour Zach et toi.

— Et toi, ajouta-t-il avec une ardeur qui parut la surprendre.

— Étape par étape, tu te souviens ? C'est ce qu'on a dit, Blake.

— Je fais de mon mieux, mais tu habites déjà à Halcyon.

Il s'assit près d'elle, pressa ses lèvres contre son front et ajouta :

— Je ne suis pas prêt à te laisser partir. Pas au moment où je te découvre. Je n'ai pas envie de te perdre, Amanda.

Elle lui sourit.

— Je me suis toujours considérée comme une éclopée de la vie, mais tu me donnes une autre image de moi. Avec toi, je me sens de nouveau intègre, je n'ai plus peur. Je ne saurais comment le décrire mais…

Il la bâillonna d'un long et tendre baiser, prenant tout son temps pour explorer sa bouche si suave. Puis il fit glisser ses mains sur ses reins, et l'attira plus étroitement à lui avant de la regarder d'un air interrogateur… Elle lui murmura alors le mot magique qu'il attendait :

— Oui.

Quelques instants plus tard, ils se retrouvèrent dans sa chambre ; sans avoir prononcé une seule parole depuis son consentement, elle commença à déboutonner sa chemise avant de la lui ôter par la tête tandis que sa jupe glissa par terre. Il n'était pas en reste !

Il se reput du spectacle merveilleux de son corps voluptueux, incapable de s'en rassasier.

— Tu es si belle, Amanda, lui dit-il d'une voix saturée de désir.

Elle le regardait droit dans les yeux, et il comprit que jamais il ne trahirait cette femme-là : elle était sa planche de salut ! Et son devoir était de la rassurer car des éclats de panique brillaient de temps à autre dans l'océan de ses yeux. Par conséquent, il devait procéder avec lenteur, en dépit du désir fou qui le consumait et le poussait à lui arracher ses vêtements !

Ce qu'en l'occurrence il ne fit pas, s'en remettant à la douceur et la sensualité, la sentait légèrement frémissante sous ses doigts. Mais dans son regard attaché au sien, il lisait la confiance qu'elle lui accordait. Elle poussa un petit gémissement au moment où il glissa la main entre ses cuisses…

— Blake, dit-elle d'un ton haletant lorsque ses doigts touchèrent leur cible.

Il dut faire appel à tout son sang-froid pour ne pas se jeter sur elle, quand elle le regarda droit dans les yeux alors qu'il caressait les plis intimes de sa chair, tout en émettant de petits sons qui en disaient long sur ce qu'elle ressentait.

À nouveau, il reprit sa bouche, puis descendit le long de sa gorge, captura un sein, l'autre, les titilla…

— Blake, s'il te plaît, viens ! J'ai besoin de toi !

À peine eut-elle fini sa phrase qu'il tendit la main vers sa table de nuit, en quête d'un préservatif : elle se cambra délicieusement pour l'accueillir... Bientôt, leurs corps ne firent plus qu'un, et ils se mirent à onduler à l'unisson... Il était exactement là où il devait être, pensa-t-il, sur un petit nuage, mais tout à coup, il perçut une hésitation, chez elle. Distrait par la perfection du moment, il avait détourné les yeux des siens, ce qu'elle avait sans doute mal interprété.

— C'est moi, ma chérie. Moi, Blake, qui te fais l'amour...

Alors de nouveau, elle se détendit, et tous deux voguèrent avec de plus en plus de passion vers les rives du plaisir qu'elle atteignit un peu avant lui : ses gémissements le rendirent fou et il la rejoignit bien vite dans l'orgasme.

Amanda avait l'impression que son être avait éclaté en millions de particules, chacune porteuse d'un bonheur indicible. C'était donc cela, faire réellement l'amour. Elle ignorait qu'elle pouvait se sentir à la fois si puissante, si sage et si féminine. Quand il se redressa sur les coudes, au-dessus d'elle, ses boucles brunes en désordre la firent rire.

— Ce n'est pas exactement un rire qu'un homme attend après un corps à corps aussi hallucinant ! se plaignit-il, même si ses yeux reflétaient tant de l'amusement que de la passion.

Beaucoup de passion... Et il avait dit « hallucinant », un terme fort.

— C'est ta coiffure qui m'amuse, dit-elle.

À cet instant, elle glissa les doigts dans sa crinière. Il ferma les paupières, semblant apprécier sa caresse, et appuya sa joue sur sa paume, quand elle la posa dessus.

— J'ai besoin de retrouver mes esprits, dit-il. C'était... Je n'ai pas de mot pour décrire ce que je viens de vivre avec toi.

— C'était mon premier, dit-elle en rougissant.

— Ton premier quoi ?

— Enfin, tu vois ce que je veux dire...

— Très honoré, dit-il avec un sourire lascif. Et alors ?

Elle rit à nouveau.

— Tu étais aux premières loges, non ? Merci...

— Non, c'est moi qui te remercie. Jamais ça n'a été aussi merveilleux avec une femme, dit-il en embrassant ses lèvres. Je veux te garder pour toujours dans mon lit.

Le souffle lui manqua.

Pour toujours.

— Blake...

— Chuuut ! On parlera plus tard, pour l'instant, il faut qu'on dorme. Reste dans ma chambre, s'il te plaît.

Accédant volontiers à sa demande, elle se blottit dans le creux de ses bras, où elle se sentit en sécurité et en paix...

Quand elle se réveilla, le soleil se déversait à flots dans la chambre, mais elle était toute seule dans le lit. Elle ferma étroitement les yeux.

Elle avait fait l'amour avec Blake Randall. Son client. L'oncle de Zach. Son « ami ». Son rendez-vous de la veille. Celui sans qui elle n'imaginait plus vivre. Cette fois, elle se sentait éperdument amoureuse...

La porte de la suite s'ouvrit, et il entra, avec deux mugs de café. Ses cheveux encore humides indiquaient qu'il venait de prendre sa douche, et contrairement à elle, il était habillé. Par instinct, elle se saisit du drap pour se couvrir le corps, ce qui lui valut un bel éclat de rire.

— C'est un peu tard pour jouer les pudiques, non ? Ton peignoir est au pied du lit, mais tu peux tout à fait rester dans cette tenue, cela me va parfaitement.

— J'ai trop dormi. Zach ! Son petit déjeuner !

— Zach est dans la salle de jeux, à l'hôtel. Jamal garde un œil sur lui. Je ne comprends vraiment pas pourquoi tu t'es réveillée si tard.

À nouveau, il se mit à rire, puis ajouta :

— Ne t'inquiète pas, ma chérie, je suis tout de même capable de préparer un petit déjeuner et Zach a pris le sien.

Enfilant son peignoir, elle prit le mug qu'il avait posé sur la table de nuit à son attention. Un souffle de cannelle recouvrait la mousse blanche, au-dessus.

— Toi, tu es passé chez Dario ! décréta-t-elle. Sois honnête, s'il te plaît : c'est lui qui a préparé le petit déjeuner de Zach !

Il pencha la tête en arrière et se mit à rire de bon cœur. Comme elle aimait le son de son rire. Comme elle l'aimait.

Pardon ?

Elle le considéra, sous le choc, mais par chance, il regardait encore le plafond, hilare. Oh non ! Elle était bel et bien amoureuse de Blake Randall, l'homme qui avait abandonné son neveu, qui menaçait de construire un casino dans la petite bourgade tranquille de Gallant Lake. Un homme qui ne croyait pas en l'amour, mais qui en prenant son corps, avait aussi pris son cœur, hier soir. Où tout cela allait-il la mener ?

— OK, j'avoue, ce n'est pas moi qui ai préparé le petit déjeuner de Zach mais j'ai fait en sorte de lui en procurer un... Amanda ?

Elle s'efforça de lui sourire et haussa les épaules.

S'asseyant sur le rebord du lit, il enchaîna :

— Pas de regrets, d'accord ? On va trouver la meilleure solution pour nous tous.

À ces mots, un souffle d'énergie la parcourut et elle plongea les yeux dans les siens. Des yeux qui l'avaient tant rassurée, la veille au soir, qui étaient synonymes de confiance.

— Écoute, si tu continues ainsi, je vais rater mon rendez-vous en ville avec un homme qui accepte de me vendre un terrain qui m'intéresse.

Un terrain ? Encore ce fichu casino ? Par pitié !

— Tu as toujours l'intention de construire ton casino ?

— Mais non, dit-il en lui donnant un baiser sur la bouche. J'ai abandonné l'idée. Cette terre est devenue sacrée pour moi. Tu as ruiné mon plan, ma chérie. Gallant Lake demeure inchangé, Halcyon est mon foyer, mon neveu va à l'école publique et j'ai une vaillante ensorceleuse dans mon lit.

Ces paroles résonnaient très fort dans sa tête quand elle noua les bras autour de son cou pour l'embrasser avec ardeur. Lorsqu'il détacha sa bouche de la sienne, ce fut pour affirmer :

— Je suis sérieux quand je dis que je ne veux plus que tu sortes de mon lit. Tant pis si nous mourons de faim, au moins, nous mourrons heureux. Dis-moi que toi aussi tu désires la même chose ?

— Rester dans ton lit, oui, mais y mourir, non !

Elle se mit à rire, puis soupira.

— Blake Randall, tu me rends heureuse, heureuse à en être terrifiée.

— Euh... Cela résume sans doute la situation. Le bonheur fait peur à qui ne l'a jamais connu, comme nous. Mais c'est une peur grisante !

Là-dessus, il se leva et se dirigea vers la porte tout en ajoutant :

— Bois ton café, et lève-toi, paresseuse ! Je serai de retour vers 13 heures, et j'ai promis à Zach qu'on irait à la pêche, tous les trois.

16

Assise dans un fauteuil de jardin en bois, Amanda savourait sur la rive un roman emprunté à Julie tandis que les garçons s'étaient embarqués dans un petit bateau en aluminium. Novembre approchait, mais le soleil était encore chaud. Elle éprouvait quelques difficultés à se concentrer sur sa lecture, son cerveau étant envahi par les incroyables caresses de Blake… Souvenirs qui, à la lumière du jour, traçaient aussi des frissons de panique dans son dos…

Quand les deux pêcheurs revinrent, Blake lui donna un baiser sur la bouche devant Zach, ce qui la fit rougir. Ce dernier se contenta de sourire en détournant la tête. Elle fronça les sourcils pour montrer sa désapprobation à Blake, mais il se mit à rire.

— Il fait un peu frais, ici, madame Amanda. Et si on rentrait prendre un verre de vin pour se réchauffer ?

Quand elle les rejoignit, elle fut de nouveau partagée par les rires qui résonnaient dans le salon. La voix de la peur était revenue et elle entendait distinctement ses murmures : combien de temps allait durer leur petit conte de famille idéale ? Blake était-il vraiment prêt à se fixer quelque part et à mener une vie familiale ? N'allait-il pas se lasser du quotidien à Halcyon, au bout de quelques semaines ? Ses affaires le conduiraient tôt ou tard à repartir, et à les laisser seuls…

Pourtant, elle voulait croire que cela marcherait entre eux car elle était complètement éprise de lui, il était inutile de le nier. Alors qu'elle se tenait derrière la porte-fenêtre dans le salon, elle le sentit l'enlacer par la taille.

— Tu réfléchis trop, Amanda.

— Je me demandais juste si nous ne sommes pas en train de nous faire des illusions.

— Pardon ?

Ces paroles étaient sorties malgré elle.

— Eh bien, nous vivons dans une bulle, mais que se passera-t-il pour Zach si ça ne marchait pas entre nous ?

— Pourquoi vois-tu toujours le pire partout ?

— Au contraire, je le devance. On lui donne l'illusion qu'on est devenu une famille comme par magie, mais il serait anéanti si notre relation ne tenait pas.

Et elle aussi, mais elle se garda de le préciser.

— Il a déjà vécu tant d'épreuves. Est-ce qu'on agit raisonnablement en ne se cachant pas de lui ? Pour l'instant, tout est parfait, mais bientôt tu devras repartir. Et cette maison sera sinistre sous la neige, tandis que toi tu te promèneras sur les plages de la Barbade, ou que sais-je ?

— Que se passe-t-il ? demanda-t-il en s'écartant un peu d'elle. Qu'ai-je fait pour que tu croies subitement que je n'ai pas été honnête avec toi ?

— Mais rien.

— Alors c'est quoi le problème, Amanda ?

— Écoute, je sais comment tu as été élevé. Ce que tu penses de l'amour. Es-tu en train de me dire qu'en quelques semaines, tu t'es métamorphosé ?

— Oui !

Elle poussa une petite exclamation de surprise face à la promptitude de son affirmation.

— Oui, Amanda, reprit-il en dardant sur elle un regard intense, j'ai changé. Pas toi ?

Bien sûr que si. Ne s'était-elle pas totalement abandonnée avec lui, ce qui n'avait été le cas avec aucun autre homme avant lui ?

— Si, en un sens. Mais peut-être qu'on devrait ralentir un peu le cours des événements, entre nous.

Quand cesserait-elle de vivre dans la peur ? Pourquoi ne pouvait-elle pas lui confier son cœur ?

Car l'amour est une illusion, Amanda. L'emballement d'un instant qui ne vaut pas les ennuis qui s'ensuivent.

Amanda ouvrit lentement les yeux, essayant de comprendre où elle était. Elle se retourna et vit la source de la chaleur, à côté d'elle : Blake… Il était aussi beau dans son sommeil qu'éveillé. Si sexy… Il souriait presque en dormant. Elle tira un peu le drap à elle, car il était quasiment enroulé dedans, il ouvrit alors un œil, et l'attira à lui avec un sourire à la fois endormi et plein de convoitise… C'était sans doute ainsi qu'elle le préférait…

Assez ! Il n'était pas amoureux d'elle, compris ? Il pourrait facilement la trahir. Pourtant, lorsqu'il recouvrit son corps du sien tout en continuant à l'embrasser, toutes ces inquiétudes s'évanouirent. Bientôt, il roula sa chemise de nuit vers le haut, et la laissa attraper le préservatif sur la table de nuit… Elle murmura son nom.

— Je suis là, je suis là, ma belle, et je serai toujours là.

Alors bercée par ces douces paroles, elle s'abandonna totalement aux sensations qui l'envahissaient, et peu à peu leurs souffles se mêlèrent tandis qu'ils chevauchaient les territoires du plaisir le plus absolu… Quand elle hurla une dernière fois son prénom, il s'écroula sur elle et déclara haletant :

— Tu es… le meilleur réveil… de tous les temps.

Elle gloussa et reprit :

— En parlant de réveil, Zach va bientôt se lever et s'il ne me trouve pas dans mon lit…

— Comment peux-tu parler de Zach alors que nous venons de mettre le feu aux draps, Amanda, franchement ? On peut savourer ce moment, s'il te plaît ? Même si Madeleine Pendleton en personne entrait dans cette chambre, je ne bougerai pas.

Elle resserra son étreinte : il lui briserait peut-être le cœur un jour ou l'autre mais pour l'instant, il était à elle…

Lorsqu'il descendit prendre son petit déjeuner, après que Zach fut parti à l'école, il avait l'air si satisfait de lui-même qu'elle éclata de rire.

— Décidément, chaque fois que l'on fait l'amour, ça te fait rire. Je vais commencer à me questionner sur moi-même.

— Désolée, dit-elle en poussant vers lui un mug rempli de café, sur l'îlot de la cuisine. C'est juste que tu as l'air… Je ne sais pas… Si content de toi.

— Mais c'est le cas ! Je ne t'ai pas entendue sortir du lit. Où est Zach ?

— À ton avis, paresseux ? Le bus scolaire est passé depuis longtemps. Un bagel ? lui proposa-t-elle.

À cet instant, son téléphone sonna... et elle se mit à tourner joyeusement sur elle-même une fois qu'elle eut raccroché. Sous le regard surpris de Blake.

— Youpi ! Ton bureau est prêt ! annonça-t-elle.

Elle avait en effet déniché un vrai trésor dans le grenier, recouvert de draps et de couvertures, qu'elle avait confié aux soins d'un menuisier car il méritait une ou deux petites retouches. Dans la foulée, elle ajouta :

— Le projet est quasi terminé.

Un silence s'abattit alors sur la cuisine. Du moins lui sembla-t-il, Blake se contentant de hausser les épaules et de reprendre un bagel.

— Super, ma chérie. J'ai hâte de le voir.

Donc la fin arrivait à grands pas, et elle était la seule à la déplorer. Ce fut alors que Blake la prit dans ses bras et lui donna un baiser impérieux.

— Détends-toi ! lui dit-il ensuite. La maison est achevée, mais toi et moi sommes très très loin d'en avoir fini. Je t'ai dit que je voulais te confier d'autres projets.

Et il lui adressa un sourire en coin avant d'ajouter :

— Je dois donner quelques coups de fil, maintenant. On ira manger une pizza en ville, ce soir, avec Zach ? Un dîner en famille ?

À cet instant, elle faillit lui dire qu'elle l'aimait, mais à nouveau, il captura sa bouche, lui volant son aveu. Elle ne tarderait plus à lui dire combien elle l'aimait, se promit-elle.

Le meilleur ami de Blake poussa un sifflement, au bout du fil.

— Pardon ? J'ai bien compris ? Ta décoratrice s'est fait passer pour une autre personne pour décrocher le contrat, et au lieu de la renvoyer, tu sors avec elle ?

Il ne répondit pas, fasciné par le spectacle que lui offrait

Amanda en se promenant sur la rive du lac et qui, de là où elle se trouvait, ne pouvait le voir derrière la vitre.

— Blake ? Tu es toujours là ?

La voix d'Andy McCormack l'interrompit dans ses pensées.

— Oui, désolé. Je regardais justement Amanda qui se promène au bord du lac.

— Elle doit être sacrément spéciale pour avoir percé ton armure.

— Elle est solide, Andy. Forte et belle.

— Toi, tu es un homme fichu !

Andy et lui étaient meilleurs amis depuis Harvard et investissaient mutuellement dans les sociétés que chacun possédait. Il lui fournissait toute la logistique liée à la sécurité, domaine dans lequel sa société était spécialisée. Il assurait notamment la sécurité de nombreuses célébrités dans le monde entier.

— Bon, reprit-il, comment a réagi l'association de préservation quand tu as annoncé que tu renonçais au casino ? Les choses ont dû se calmer, non ?

Des actes de vandalisme avaient régulièrement lieu, depuis qu'il avait fait part de son projet initial à la communauté locale.

— Je n'ai encore rien dit. Certains de mes investisseurs sont à cran à l'idée de renoncer, donc je veux les caresser dans le sens du poil avant d'annoncer l'abandon officiel de la construction du casino. Et puis je dois des comptes à ceux qui espéraient que je créerais des postes. Il faut qu'ils comprennent que nous pouvons générer de l'emploi en rénovant l'hôtel et en proposant de nouveaux services pour attirer les gens à Gallant Lake.

— Et ta famille ? Comment va-t-elle réagir quand tu vas amener Amanda à Noël ?

— Comme si je passais Noël avec eux ! s'esclaffa-t-il. Et puis ils n'ont jamais fait partie officiellement du projet lié au casino. Papa réclamait une trop grosse part, donc on n'avait encore rien signé, et je ne suis même pas certain que Nathan soit au courant.

Mais Andy avait déjà enchaîné sur un autre sujet, en l'occurrence son mariage à la Barbade avec celle dont il était fou amoureux depuis plusieurs mois.

— Donc au printemps prochain, on se retrouve tous à la

Barbade. Mais d'ici là, Caroline sera présente au Builders Ball, à New York ? Tu viendras avec Amanda ?

Et zut ! Il avait oublié ce gala mondain des investisseurs immobiliers... Pas sûr qu'Amanda y soit très à l'aise. Il n'aurait plus manqué qu'elle ait une crise d'angoisse au milieu du gotha new-yorkais !

— Je ne sais pas encore, répondit-il en s'éclaircissant la voix avant de reprendre : Je n'arrive toujours pas à croire que tu vas te marier, Andy !

— Et pourtant... Je suis sur un petit nuage, et quelque chose me dit que je ne suis pas le seul...

Andy avait raison, mais de là à se marier ? À nouveau, il préféra changer de sujet : il n'avait pas envie de décortiquer ses sentiments envers Amanda, même avec son meilleur ami – du moins pas avant d'être au clair avec lui-même.

Pourtant ce soir-là quand, du seuil du salon, il observa à leur insu Amanda et Zach en train de se lancer du pop-corn que chacun attrapait avec la bouche en riant, il eut la sensation que son cœur enflait d'amour, comme dans les dessins animés. Ces deux-là étaient de vrais complices, ils prendraient soin l'un de l'autre lorsque ses contrats l'entraîneraient au bout du monde, mais pour l'heure, il possédait une certitude : celle d'être amoureux d'Amanda Lowery. En dépit de toutes ses tergiversations, il devait bien finir par se l'avouer.

Et tout à coup, il eut l'impression de se retrouver au bord d'un précipice : allait-il voler s'il sautait, ou bien s'écraser ? Mais avait-il seulement le choix puisque son cœur avait déjà fait le grand saut ? La vie telle qu'il la connaissait était terminée, et au fond, il ne regrettait rien.

17

Le lendemain matin, Blake arriva en retard : Zach ayant manqué le bus, il l'avait accompagné à l'école. Amanda et lui n'avaient en effet pas entendu le réveil car...

— Monsieur Randall...

Julie venait d'entrer précipitamment dans son bureau, l'empêchant de revivre sa nuit fabuleuse.

— Je vous en prie, appelez-moi Blake, vous êtes l'amie d'Amanda, ça devient un peu gênant.

Elle lui adressa un regard à la fois étonné et soulagé.

— Oui, c'est aussi, ce que je pense, Blake. Je voulais juste vous rappeler votre vidéoconférence avec Miami, ils sont en ligne.

— Oh ! bien sûr !

Une heure après, il était toujours hanté par les cheveux dorés d'Amanda dans le clair de lune quand on tapa à sa porte. Il s'attendait à voir de nouveau Julie, aussi, quelle ne fut pas sa surprise, ou plus exactement sa déconvenue en découvrant qui venait lui rendre visite...

Son père et Nathan déboulèrent sans même le saluer, son frère furetant du regard autour de lui, comme toujours jaloux de sa réussite – en l'occurrence de sa vue imprenable sur le lac et les montagnes depuis son bureau – tandis que le premier semblait bien peu impressionné.

— Père, Nathan... Que faites-vous donc ici ? demanda-t-il en espérant que son ton n'était pas trop ironique.

— Nous sommes venus parler du casino. Il paraît que tu te retires de l'affaire ? Autant te prévenir que c'est impossible.

Blake secoua la tête.

— Il s'agissait juste d'une proposition de ma part. Vous n'avez rien signé, nous n'avons passé aucun contrat qui nous lie.

— Tu nous en as suffisamment parlé pour qu'on croie en ce projet, renchérit Nathan. Et puis tu as presque tous les votes nécessaires. Donc il est trop tard pour revenir sur ta parole. Nous allons construire un casino à Gallant Lake, et nous sommes prêts à acheter un autre terrain en ville, s'il le faut.

À ces mots, il éclata de rire, ce qui prit ses visiteurs de court : on n'avait guère l'habitude de s'amuser, chez les Randall.

— Ne crois pas que l'on va laisser tomber ! Si tu ne veux plus faire partie du projet, tant pis pour toi, mais on le mènera à bien.

Cessant de rire, Blake se leva et les regarda droit dans les yeux tour à tour.

— Eh bien, bonne chance, messieurs !

À son tour, son frère se mit debout.

— Tu ne pourras pas nous en empêcher ! La communauté attend les emplois promis. Soit on le construit ici, soit on achète de l'autre côté de la ville.

— Vraiment ? Il se trouve que je connais le propriétaire du terrain que vous visez et je vous assure qu'il n'a pas du tout l'intention de vendre.

Son père parut confus, mais son frère arbora un petit sourire méprisant.

— Donc, c'est bien vrai, ce qu'on raconte ? Que c'est toi qui rachètes toutes les propriétés par ici ? Que tu as retapé ce vieux château en ruines et que tu y as élu domicile ? Que tu envoies Zach à l'école publique ? Que tu te tapes ta décoratrice ?

Ces dernières paroles le firent sortir de la désinvolture qu'il s'était jusque-là efforcé d'afficher. Il serra les poings, tandis que Nathan, bien que pâlissant, poursuivait :

— On sait tout de ta nouvelle petite amie. Comment cette usurpatrice a perdu son dernier emploi ! Amanda Lowery était quasiment SDF quand elle t'a embobiné. Et tu veux que cette aventurière élève Zachary ? Quel juge aux affaires familiales approuverait un tel choix, Blake ? Michaela et moi devrions demander la tutelle pour protéger ce pauvre orphelin. Si Tiffany savait ! Réfléchis bien à tout cela, avant de prendre une décision intempestive pour le casino, petit frère.

Il regarda Nathan sans cligner. Son corps était certes immobile, mais en pensée, il rouait le mufle de coups ! Un jour, sans doute, il lui donnerait une bonne correction, mais pas aujourd'hui : ç'aurait été un signe de faiblesse, il ne lui concéderait pas ce plaisir, conscient que sa femme et lui étaient certes des serpents, mais sans venin.

— Ne t'avise pas de te mêler de ma vie privée, Nathan. Et toi non plus, père. Et maintenant, dégagez ! Tous les deux ! Au lieu de perdre votre salive à proférer de vaines menaces.

Ils reculèrent d'un pas, et il se pencha vers son frère pour ajouter :

— Quant à toi, ne prononce plus jamais le nom d'Amanda ou de Tiffany devant moi, ou tu risques de t'en mordre les doigts.

Et ce fut lui qui sortit de son propre bureau, laissant son frère hurler qu'il allait le détruire. La seule personne qui aurait été capable de l'anéantir se trouvait dans le petit château en granit rose, perché sur la colline.

Après le petit déjeuner, Amanda sentait qu'elle avait de l'énergie à revendre, elle ne pouvait pas tenir en place, sans compter que l'équipe d'ouvriers la rendait nerveuse, notamment Russ qui, dès qu'il le pouvait, lui lançait des regards noirs en coin. Bobby avait renvoyé un des amis de ce dernier qui, du matin au soir, ne cessait de critiquer le casino, sans doute cela expliquait-il son hostilité. Cependant, gagner de l'argent grâce à Blake ne lui posait visiblement aucun problème de conscience.

Mais pourquoi était-elle si agitée, voire paranoïaque, ce matin ? Peut-être était-ce en raison de sa discussion avec l'instituteur de Zach, hier. Elle s'était rendue à l'école pour une réunion scolaire et avait remarqué la présence de flyers anti-casino sur son bureau. Elle lui avait alors appris que, selon des sources bien informées, le projet avait été abandonné. Bruce avait toutefois paru sceptique.

— Ne vous offusquez pas, Amanda, avait-il dit, mais j'ai un peu de mal à le croire étant donné que Blake Randall rachète toutes les propriétés à vendre dans les environs. Je ne crois pas qu'il soit très fiable. La semaine dernière encore, il a acquis la ferme Maguire.

Elle n'avait pas argumenté, Blake lui ayant précisé que la nouvelle concernant l'abandon du casino n'était pas encore officielle. Et puis il pouvait tout à fait acquérir des propriétés pour toute autre sorte de raison, si toutefois ces rachats ne relevaient pas de la rumeur. Pourtant, cette conversation avec Bruce l'obsédait. Alors que franchement, elle n'avait aucune raison de se méfier de méfier de Blake...

Rien que de repenser aux merveilles qu'avait réalisées sa bouche, ce matin au réveil, elle en rougissait presque... Perdue dans ses pensées, elle laissait courir ses doigts sur le manteau de la cheminée, se promettant de lui rendre la pareille, ce soir...

— Waouh ! Tes rêveries ont l'air fabuleuses, s'écria Julie en entrant dans la pièce. Je suis en retard pour le déjeuner ?

Amanda tressauta, prise en flagrant délit de rêves sexuels éveillés. Mais son amie ne pouvait pas deviner de quoi il retournait exactement.

— Salut, Julie ! Je ne t'ai pas entendue arriver.

— Désolée, mais la porte était ouverte.

— Pas de problème. On va déjeuner dans l'atrium. Tout est prêt.

— Je ne te demande pas à quoi tu rêvais, car Blake avait le même regard rêveur post-coïtal, ce matin.

— Julie ! se récria-t-elle en riant malgré elle. Enfin, imagine si les ouvriers t'entendaient. Suis-je si transparente ?

— Ma chérie, nous sommes amies. Donc les choses deviennent sérieuses, entre vous ?

À cette question, un sentiment de panique bien familier lui courut le long du dos : était-ce vraiment le cas, ou était-elle la seule à se l'imaginer ? Ils couchaient ensemble, vivaient sous le même toit, s'occupaient tous les deux de Zach, et pourtant jusque-là, il n'avait abordé l'avenir qu'en termes de projets qu'il lui confierait. Rien concernant leur relation.

Une fois assises à la table où une tarte salée les attendait, elle répondit :

— Je ne sais pas, Julie. Je t'avoue nager en pleine confusion. Je suis hélas d'une nature très méfiante, même avec Blake. Je ne peux m'empêcher de songer à ce qui va faire dérailler mon bonheur...

Elle but une gorgée de thé glacé puis ajouta :

— Noël est dans deux mois, et il ne me parle même pas de ses projets. Serai-je seulement encore ici ?

Julie se mit à rire.

— Selon moi, oui, sans hésitation. Il est fou de toi, ça se voit. D'ailleurs, il m'a demandé d'acheter deux billets pour le Builders Ball à Manhattan, ce week-end. Je suis certaine que tu es celle qu'il a l'intention d'emmener à ce gala grandiose des investisseurs immobiliers.

C'était la première fois qu'elle entendait parler de ce gala. Curieux... Elle repensa alors aux propos de Bruce.

— Est-ce que tu sais si Blake rachète en ce moment des terrains pour le casino ?

— Quel brusque changement de conversation ! s'exclama Julie en ouvrant de grands yeux. Je sais qu'il a rencontré des agents immobiliers, mais il me semble qu'il a renoncé au casino. Pourquoi ?

Elle lui rapporta alors sa conversation avec Bruce Hoffman, le fait que Blake n'entendait pas apporter de transformation à l'hôtel, mais qu'en revanche, il n'avait pas dit qu'il ne construirait pas un casino autre part.

Tout à coup, un rire brutal les fit toutes les deux sursauter. Russ se tenait sur le seuil de l'atrium, l'air narquois et, avant qu'elle n'ait le temps de lui demander ce qu'il faisait ici, il déclara :

— Vous n'avez toujours pas compris que Randall rachète toute la ville ? Il est en train d'acquérir la moindre parcelle en vente. Personne ne pourra l'arrêter dans ses projets de casino. Sauf si quelqu'un parvient à le convaincre...

Et à ces mots, il lui adressa un regard furieux plein de sous-entendus.

— *Russ* !

Bobby venait de surgir derrière lui.

— Qu'est-ce que tu fiches ici ? Je t'ai dit de fignoler le bureau, pas d'importuner les autres.

Russ marmonna des excuses et s'en alla.

— Qu'est-ce qu'il vous racontait ? s'enquit ensuite Bobby. Il a déjà travaillé pour moi, mais sur ce projet, il commence vraiment à dépasser les bornes. Je peux le renvoyer si vous...

Amanda secoua la tête.

— Non, les travaux touchent à leur fin, et tous les bras sont utiles. Mais merci de l'avoir remis à sa place.

Une fois qu'il fut parti, Julie et Amanda se regardèrent, puis cette dernière demanda à Julie :

— Tu crois que Blake a l'intention de construire un casino à un autre endroit de la ville, et comme ce ne sera pas à Gallant Lake, il prétendra qu'il a tenu parole ?

— Eh bien, j'aimerais te répondre par la négative, j'ai du mal à croire qu'il joue un double jeu, seulement il a reçu la visite de son frère et de son père, ce matin.

Même si Blake les détestait, ceux-ci n'en étaient pas moins des investisseurs et des membres de sa famille.

— Bruce et Russ affirment tous les deux qu'il achète des terrains...

— Tu sais quoi ? Nous allons vérifier sur le site du cadastre, décréta Julie. Je sais comment faire. Mais cela m'étonnerait vraiment qu'il rachète tous les terrains à vendre, sinon, on le saurait. C'est encore une folle rumeur.

Sans doute, mais elle alimentait sa plus grande peur : celle que tout n'ait été qu'illusion, à Gallant Lake. Que Blake ne soit pas un homme à qui l'on pouvait se fier, et qu'il finirait par la trahir, comme tous les autres : son beau-père, Jimmy Waldron, David Franklin. Sans parler de son agresseur à New York.

— J'espère, dit-elle en clignant des yeux pour retenir ses larmes, car je suis amoureuse de lui.

— Oui, ça se voit, et je t'assure que c'est réciproque. Il a tellement changé, depuis ton arrivée.

Réciproque, vraiment ?

Résolue à découvrir la vérité, elle déclara :

— Je vais chercher mon ordinateur, je reviens.

— Tu es bien certaine que tu veux vérifier ? s'assura une dernière fois Julie.

Elle hocha la tête.

— Oui, je veux en avoir le cœur net !

18

Seule à présent dans l'atrium et totalement atterrée, Amanda contemplait la pile de pages qu'elle avait imprimées après que Julie fut allée sur le site… Sur toutes les vingt propriétés récemment acquises et enregistrées au cadastre figurait le nom de Blake.

— Salut !

Elle sursauta : il se tenait sur le seuil, l'air tendu.

Elle sentit son cœur s'accélérer : elle aurait tant aimé courir vers lui pour l'enlacer. Mais non, elle devait être forte ! Agir en fonction de ce qui s'imposait, non de ses désirs ! Et en l'occurrence, elle se devait de protéger son cœur. Elle posa la main sur la liasse de feuilles.

— Vas-tu construire un casino à Gallant Lake ?

Il roula des yeux.

— Tu ne vas pas t'y mettre toi aussi ! Pourquoi construirais-je un casino après t'avoir dit que non ?

— Pourquoi ne réponds-tu pas à ma question, Blake ? Tu achètes tout ce qui est à vendre en ville et dans les environs. Vingt propriétés en tout ! À quelle fin si ce n'est pas pour construire un casino ?

Il avança de quelques pas, bouche bée.

— Tu as vérifié auprès du cadastre ? Tu as rassemblé les preuves et tu m'as condamné avant même de me poser cette question ? Mais bon sang, Amanda, que t'arrive-t-il ?

Son cœur cognait toujours comme un fou, et pourtant elle devait aller jusqu'au bout, indépendamment de la douleur qui l'étreignait.

— Tu n'as toujours pas répondu à ma question, Blake !

De l'autre côté de la table, l'air à la fois blessé, furieux et triste, il répondit :

— Non, je ne vais pas construire un casino, ni ici ni ailleurs. Mais je crois te l'avoir déjà dit, n'est-ce pas ?

— Dans ce cas, pourquoi achètes-tu tout bien disponible ? Des maisons, des fermes, des sociétés, des terres. Pourquoi ?

Elle devait se calmer, cette discussion ne devait pas dégénérer...

Blake prit une grande inspiration, puis porta son poing à sa bouche.

— Ce n'est pas ce que tu crois, Amanda, renchérit-il.

— Ce n'est pas ce que je crois ? répéta-t-elle, consciente qu'elle allait se mordre la langue quand elle ajouta : D'après mon expérience, c'est toujours ce que dit un homme quand c'est *exactement* ce de quoi ça a l'air !

Ses épaules s'affaissèrent.

— Mais enfin, Amanda, t'ai-je donné la moindre raison de douter de moi ? Tu me prends pour Franklin ou un de ces hommes de ton passé qui t'ont anéantie ? Eh, c'est *moi*, Blake...

Elle aurait tant aimé le croire, mais rongée par le doute, la peur d'une nouvelle trahison, elle lui tourna le dos et enchaîna :

— Ton père et ton frère sont venus te rendre visite pour discuter du casino, n'est-ce pas ?

— Oui, mais...

Elle pivota de nouveau sur ses talons et, lui faisant face cette fois, poursuivit l'interrogatoire :

— Est-ce que tu vas à New York, ce week-end ? Seul ?

Car il ne l'avait pas invitée, elle s'en souviendrait !

Il ferma les yeux, comme s'il comptait jusqu'à dix pour retrouver son sang-froid. Au bout d'un long moment, il les rouvrit, puis déclara avec lenteur :

— Si tu te transformes en une maîtresse jalouse chaque fois que...

— Une *maîtresse* ? C'est comme ça que tu me désignes ?

— Allons, tu sais très bien ce que je voulais dire.

— Vraiment ?

Il soutint quelques instants son regard, puis poussa un soupir.

— Si tu penses que je te prends pour une maîtresse, je me demande ce que l'on fait ensemble.

Elle voulait rembobiner, revenir en arrière, arrêter de détruire tout ce qu'ils avaient construit à Halcyon, mais le passé la rattrapait, avec toutes les peurs qui lui étaient liées.

Relevant le menton, elle demanda :

— Qui comptes-tu emmener au gala de New York ?

Il posa les paumes sur la table avec une telle vigueur que les titres de propriétés enregistrées au cadastre volèrent aux quatre coins de la pièce.

— Tu te fiches de moi ? *Toi, justement* ! Mais à la réflexion, c'est une très mauvaise idée. La seule attitude qui me semble en revanche raisonnable, c'est de partir avant que l'on se fasse encore plus de mal.

Et voilà, elle le savait depuis le début qu'il allait la quitter !

— Eh bien, je t'en prie, vas-y ! Retourne à ta vraie vie, à tes super galas et tes voyages. Avoue que tu n'as jamais eu l'intention de rester avec moi ?

Il écarta grands les bras, visiblement furieux.

— Décidément, tu cherches des prétextes pour poursuivre cette dispute ridicule. Or, c'est précisément ce genre de scènes que je déteste : piéger l'autre par des mots. Ma famille excelle en la matière, je n'ai pas besoin que tu t'y mettes toi aussi !

Il lui tourna le dos, puis lui fit à nouveau face, comme s'il menait la même bataille intérieure qu'elle.

— Amanda, je ne sais même pas quoi te dire... Après la nuit dernière, le week-end dernier... Après que j'ai...

S'interrompant brusquement, il prit un air dur avant d'ajouter :

— Si tu ne peux pas me faire confiance, si tu as une si piètre opinion de moi et que tu croies la moindre rumeur qui circule sur mon compte, alors que fait-on ensemble ?

— Que fait-on ensemble ? Effectivement, on peut se le demander ! rétorqua-t-elle, incapable de tenir la bride à sa folle colère, consciente qu'elle était en train de tout perdre.

— Je vais partir avant que l'un de nous deux ne prononce des paroles impardonnables, déclara-t-il. D'ailleurs, on n'en est pas loin. Fichues relations ! Je n'y comprendrai décidément jamais rien.

Sur ces mots, il sortit en trombe de l'atrium qui plongea alors dans l'ombre, sans doute en raison de nuages qui passaient dans le ciel. L'air devint soudain plus frais.

Elle murmura son nom, se précipita vers la porte d'entrée, mais quand elle arriva en haut des marches, les pneus de son SUV crissaient déjà sur les graviers de l'allée ; quelques secondes plus tard, celui-ci disparaissait.

19

À chaque heure qui passait, Amanda se sentait de plus en plus accablée. Jeudi après-midi était arrivé, et Blake ne lui avait ni téléphoné ni envoyé de texto depuis leur dispute du lundi. En revanche, il appelait Zach tous les jours. Elle savait qu'il était à New York car ce dernier lui racontait les moindres faits et gestes de son oncle, mais elle ignorait quand il reviendrait. S'il revenait... Et tout cela, c'était sa faute à elle !

Julie lui avait proposé de passer la voir, mais elle préférait ressasser son chagrin en solitaire. Comment en étaient-ils arrivés là après avoir connu un tel bonheur ? Qu'avait-elle donc fait, et surtout pourquoi ? Était-ce irréparable ?

Impuissante, elle finit par se réfugier dans le bureau de Blake : il était presque terminé. Un tapis persan dans des tons de bleu recouvrait le sol, les livres reliés avaient été alignés dans la nouvelle bibliothèque qui montait jusqu'au plafond ; une échelle à l'ancienne permettrait d'atteindre ceux du haut, et glisserait sur toute la longueur une fois le rail installé.

Le bureau avait été livré la veille, et cette pièce d'époque semblait ne pas avoir livré tous ses secrets, comme lui avait précisé le menuisier. Il avait en effet trouvé des compartiments cachés et de faux boutons de tiroirs. La plupart de ceux-ci s'ouvraient par un mécanisme à ressort, mais le plus bas était bel et bien fermé. Une serrure en filigrane montrait qu'une petite clé était nécessaire pour le déverrouiller, et tout le monde s'était accordé à dire qu'il aurait été dommage de prendre le risque de détruire un ouvrage aussi délicat en tentant de l'ouvrir à tout prix. Il était donc scellé.

Elle passa les mains sur le bureau et les rideaux remuèrent comme si quelqu'un venait de les frôler.

— Madeleine, tu perds ton temps, tu sais. Entre Blake et moi, il n'y a plus d'espoir.

— Amanda ? À qui tu parles ? Oncle Blake est au téléphone ?

Elle se tourna vers le petit garçon qui, tête penchée sur le côté, semblait sceptique.

— Euh... non. Je parlais toute seule, ça m'arrive parfois. C'est idiot, n'est-ce pas ?

Il hocha la tête, peu convaincu.

— Quand est-ce qu'oncle Blake va rentrer ? Pourquoi il passe toute la semaine à New York ?

Elle aurait voulu hurler que c'était à cause d'elle qu'il était loin d'eux. Qu'elle l'avait blessé par sa méfiance et ignorait s'il reviendrait. Mais à la place, elle adressa un beau sourire à Zach et tenta de le rassurer :

— Son travail le retient là-bas, mais il devrait revenir la semaine prochaine.

Puis pour changer de sujet, elle demanda :

— Tous tes copains viennent nager, aujourd'hui ?

Deux semaines auparavant, il avait déjà invité un groupe de camarades à profiter de la piscine chauffée et intérieure de l'hôtel. Même s'il était toujours inscrit sous le nom de Zach Lowery, ses plus proches amis savaient désormais qui il était, qu'il vivait dans un château et que son oncle possédait l'hôtel voisin.

— Non, peut-être demain... Oncle Blake et toi vous vous êtes disputés, c'est ça ?

Zach dépendait d'eux, il les considérait désormais comme *sa* famille, et il méritait mieux que d'être entouré d'adultes qui passaient leur temps à se disputer.

— Juste un petit désaccord, concéda-t-elle. Rien qui doive te tracasser.

Et elle espérait tellement dire vrai.

— Je vous ai entendu vous disputer l'autre jour, à propos du casino. Mais tu sais, il m'a dit qu'il n'avait pas l'intention d'en construire un.

Ces paroles inattendues firent jaillir un regain d'espoir en elle.

— Ah bon ? Quand t'a-t-il dit cela ?

— Le jour où on est allés pêcher. Il a dit qu'il voulait persérver euh… préverser…

— Préserver, dit-elle avec un petit sourire.

— Oui, *préserver* Gallant Lake. Et qu'il allait tout faire pour le préserver aussi d'oncle Nathan et grand-père.

Zach avait-il bien compris ? N'était-ce pas plutôt l'inverse ? Ne voulait-il pas plutôt préserver ses projets liés au casino de sa famille ?

— Il a aussi dit qu'il rachetait tout pour qu'oncle Nathan et grand-père ne puissent rien acheter et comme ça, ils ne pourraient pas construire de casino. Ça coûte cher, mais il trouve que ça vaut la peine pour que sa famille soit en sécurité à Halcyon. C'est-à-dire toi et moi.

— Toi et moi ? répéta-t-elle dans un murmure.

— Oui, affirma Zach d'un ton assuré. Il a dit que c'était son rôle de protéger les personnes qu'il aimait.

Son cœur se mit subitement à cogner comme un fou : elle venait de comprendre cette fièvre acheteuse, chez Blake. C'était pour protéger Gallant Lake !

Les personnes qu'il aimait…

— Amanda, ça va ?

— Oui, oui, mon chéri, dit-elle bien vite en clignant des paupières pour ne pas verser de larmes. Viens me faire un câlin et va faire tes devoirs, d'accord ?

Il obtempéra à contrecœur tandis qu'elle se laissait tomber dans le fauteuil le plus proche, affligée d'avoir mis en doute la parole de Blake alors qu'il avait dépensé une fortune pour les protéger, leur fabriquer un nid douillet. Accablée de ne pas avoir écouté la voix de son cœur pendant cette abominable dispute. Elle enfouit les mains dans son visage et pleura sur les ravages engendrés par ses peurs viscérales alors que Blake ne lui avait donné aucun motif de douter de lui.

Après le dîner qui passa comme dans un brouillard et au cours duquel Zach anima grandement la conversation en parlant de ses amis et de sa grande envie d'apprendre à jouer au golf, ils regardèrent ensemble un dessin animé, puis ce fut l'heure du coucher pour le petit garçon. Après quoi, elle se retrouva de nouveau dans le bureau de Blake, à faire les cent pas et à se demander comment réparer les dégâts...

Soudain, son regard tomba sur la petite serrure en cuivre filigranée. Curieusement, elle lui semblait familière. Elle s'agenouilla, en retraça le dessin, et se rappela alors où elle l'avait déjà vu !

Non, c'était *impossible*, pensa-t-elle en s'essayant sur ses talons. Et pourtant... En toute hâte, elle monta dans sa chambre, incapable de croire que tout cela remontait au mois d'août quand elle avait acheté un sac de soirée, chez un brocanteur. Le retirant de son papier de soie, elle l'ouvrit : la minuscule clé qui se trouvait à l'intérieur était surmontée d'un filigrane qui correspondait à celui de la serrure.

La clé du bureau d'Otis...

Dans le sac de Madeleine...

Elle redescendit et ne fut absolument pas surprise de constater que la petite clé s'insérait parfaitement dans la serrure. Ce qui la stupéfia en revanche, ce fut la liasse de lettres attachées par un ruban bleu qu'elle découvrit à l'intérieur du tiroir. Chacune avait été glissée dans une enveloppe adressée à Otis Pendleton, à Manhattan, comprit-elle quand elle défit le nœud. Une odeur familière lui monta alors au nez... Tiens donc ! Madeleine aspergeait ses lettres d'eau de rose, fragrance qu'il lui avait déjà semblé sentir à plusieurs reprises à Halcyon, sans qu'une raison particulière n'explique cette impression.

Les étalant par terre, elle se rendit compte que les lettres recouvraient presque trois décennies, du début du mariage des Pendleton jusqu'à sa fin. Incapable de résister à leur lecture, elle s'empara de la première...

Le 18 septembre 1903

Mon Otis chéri,

Il y a des semaines où je me maudis d'avoir accepté cet arrangement entre nous. Bien sûr, j'adore vivre dans cet insensé palais rose que tu as construit pour moi, mais y vivre seule pendant de longs jours s'apparente à une torture. Alors que toi, mon tendre amour, es seul dans la ville bruyante (enfin, j'espère que tu es seul). Oui, tu me diras qu'il est idiot de m'inquiéter comme ça, mais au fil de mes nuits d'insomnie, je passe de plus en plus de temps à arpenter les couloirs de Halcyon avec le Doute pour seul compagnon. J'ai peur que tu m'oublies et qu'une autre femme capture ton cœur et ton corps que j'estime à moi.

Le 27 octobre 1903

Oh ! mon amour !

Tu as eu raison de me semoncer si vertement, ce week-end. Ma jalousie m'a quasi rendue folle. Jamais je ne te trahirai, plutôt mourir. Aussi comment ai-je pu croire que ton amour est en quelque sorte inférieur au mien ? Comment ai-je pu t'insulter de cette manière ? J'ai tant détesté les paroles qui sont sorties de ta bouche parce que leur vérité m'a déchiré le cœur. Merci de tolérer mes peurs insensées, et de m'avoir assuré encore une fois que tu n'aimes que moi…

Le 16 janvier 1904

… Je crois que j'ai eu plus de plaisir à te donner mon cadeau de Noël que toi à le recevoir, mon amour. Ton regard quand je t'ai annoncé que je portais ton enfant, je ne l'oublierai jamais et le chérirai toute ma vie. Quand je pense que la passion déchaînée que nous avons connue dans notre lit conjugal – j'en rougis en l'écrivant – ait pu déboucher sur une telle bénédiction ! L'idée que la chaleur de ton corps contre le mien puisse produire la vie est si enivrante. Je t'aime, mon tendre amour, et je sais que tu seras un père formidable.

Le 22 juillet 1917

Mon adoré,

Les jours suffocants du début d'été sont derrière nous. J'aime maintenant passer les heures fraîches de l'aube sur le balcon, à imaginer qu'Emily est encore en vie. Notre cinquième et sans aucun doute dernière enfant nous a été ôtée si cruellement à la naissance. Mais même la magie de Halcyon n'a pas pu empêcher Dieu de la reprendre à lui. Elle me manque tant ! Cependant, Otis Jr, Andrew, Michael et notre petite Tabitha ont besoin de nous, donc nous devons survivre. Oui, je suis dévorée de douleur, mais j'ai besoin de sentir tes mains sur mon corps. Rentre vite, mon amour. Nous pourrons surmonter tous les malheurs de la vie tant que nous serons ensemble...

Le 7 juin 1929

Mon aimé,

Je n'arrive pas à croire que nous ayons déjà organisé quatre mariages à Halcyon ! Et Tabby, n'était-elle pas la plus adorable des mariées ? Tu as dû te rendre compte que ta femme déraisonnable n'a pas arrêté de pleurer pendant la cérémonie. Mais quand je l'ai vue descendre les marches dans sa magnifique robe blanche, j'ai été ramenée des années en arrière, le jour de nos noces. Tu es toujours le seul et unique amour de ma vie, Otis, et je suis toujours aussi stupéfaite de la joie que tu me procures. Cette maison est la preuve de l'amour que tu me portes, je le sens et le vois dans chaque pierre. Nous avons construit un endroit magique ici, mon chéri, et nous sommes plus heureux que la plupart des mortels...

Le 21 septembre 1929

... Si seulement j'avais pu être auprès de toi aujourd'hui, mon amour, pour te soutenir ! Je sais combien il a dû t'être pénible de renvoyer ton frère, mais il ne reste plus qu'à lui souhaiter bonne chance. Il a été un partenaire en affaires si affreux, et un frère bien pire encore. L'effondrement des marchés londoniens prouve que tu as eu raison de te méfier de ces investissements menés à la hâte. Je suis absolument certaine que tu parviendras à rétablir les comptes de la société, quels que soient les dommages que ces folles décisions aient causés...

Le 25 octobre 1929

... Je sais que l'époque semble désespérément sombre et désespérée, mon amour. Mais il y a tant d'années maintenant que tu as fait le choix de travailler en ville la semaine au lieu de venir te réfugier chaque soir dans mes bras qui n'attendent que toi. Je le comprends, mais je n'en souffre pas moins. Il n'est d'ailleurs pas exclu que je vienne te chercher en ville ! Ceci dit, peu importe, ce qui compte c'est que nous nous ayons l'un l'autre, que nous possédions Halcyon. Et en toute honnêteté, mon aimé, si nous perdions Halcyon, le château servirait à quelqu'un d'autre. Si toi et moi devions finir dans une bicoque, je sais qu'une nouvelle histoire d'amour naîtrait dans cette demeure que je chéris tant. Qu'un autre couple chanceux se rendrait compte que nous pauvres mortels pouvons bien remplir nos vies de tout ce que nous voulons, en vérité seul l'amour compte...

Quand le soleil se leva sur Gallant Lake, les lettres au papier fin jonchaient le sol autour du fauteuil où Amanda avait passé la nuit et s'était assoupie à plusieurs reprises avant de reprendre la lecture de cette correspondance fascinante entre Otis et Madeleine. Elle avait pleuré et ri avec eux toute la nuit en le lisant une à une. Ces lettres étaient le legs de Halcyon, une leçon d'amour et de confiance. C'était à elle que Madeleine les destinait à présent et elle avait compris leur message. L'amour valait la peine qu'on se batte pour lui, la confiance n'était pas toujours aisée, mais nécessaire.

Jamais elle ne trahirait Blake, aussi comment avait-elle pu se figurer qu'il ne lui était pas loyal ? Elle avait laissé ses doutes et ses peurs saboter ses chances de bonheur, mais peut-être n'était-il pas trop tard. Il lui fallait se battre, et elle y était résolue ! Blake et elle ramèneraient l'amour à Halcyon.

Elle sortit son téléphone, prête à l'appeler... Non, elle devait le voir, plonger son regard dans ses yeux de braise pour lui déclarer sa flamme.

Ce fut alors qu'une idée germa dans son esprit...

Une fois Zach parti pour l'école, elle appela Julie, puis Jamal dans la foulée avant que ne s'évapore l'audace qui la motivait.

— Jamal, j'aurais besoin d'une petite faveur. Julie m'a dit que vous connaissiez un ami de Blake qui pourrait nous aider à lui préparer une petite surprise. Mais vous ne devez absolument rien lui dire. Est-ce possible ?

Un long silence s'ensuivit.

— Eh bien, tout dépend de la surprise, finit-il par répondre.

— Je voudrais me rendre au Builders Ball et ce, sans que Blake le sache. On s'est disputés, j'ai eu tort, et je voudrais profiter de cette occasion spéciale pour le revoir et le lui dire.

À nouveau, Jamal resta muet quelques instants.

— Écoutez, dit-il enfin, mon ancien patron, Andy McCormack, est l'ami de Blake. Je suis certain qu'Andy ira à ce bal, lui aussi. Il peut vous avoir un billet d'entrée. Je vais vous donner son numéro de téléphone. Si Andy est OK, alors je me tairai.

20

À midi, ce jour-là, pour la plus grande joie d'Amanda, le plan était au point.

Au départ, Andy avait été sceptique, sachant que son ami détestait les surprises, mais comme Blake lui avait confié qu'il était follement épris de sa décoratrice et comptait s'installer à Halcyon, il avait compris que, dans la vie, tout pouvait arriver.

— N'est-ce pas ? avait-elle entendu une voix féminine rieuse renchérir en arrière-plan.

Il allait donc volontiers aider à la réconciliation, aucun couple n'étant à l'abri d'une dispute, et acheter un billet pour elle à leur table, précisant que ce serait la première fois qu'il se rendrait lui-même à ce gala avec Caroline, la femme de sa vie.

— À propos, elle meurt d'envie de faire votre connaissance ! avait-il ajouté. On vous réserve une chambre dans l'hôtel où a lieu le gala, ne vous occupez de rien.

Elle l'avait remercié chaleureusement, puis s'était rendu compte que le gala était le lendemain. Elle avait inspecté sa garde-robe : rien ne convenait pour l'événement mondain que lui avait décrit Andy. Elle avait besoin d'une bonne fée. Voire de deux ou trois. De nouveau, elle avait saisi son téléphone :

— Mel ? J'ai besoin d'un miracle : dans vingt-quatre heures, je dois être la plus belle du bal ! Je pense que Bree et Nora pourraient également participer. Voilà, je t'explique...

De la suite de son hôtel, Blake regardait les immeubles new-yorkais sous le soleil déclinant de cette fin d'après-midi. Il ferait comme prévu une apparition à ce fichu gala, serrerait quelques mains, rencontrerait la fiancée d'Andy, puis rentrerait bien vite à Halcyon après le repas. La séparation avait assez duré.

Eu égard à son terrible passé, il était normal qu'Amanda soit méfiante, et elle ne pouvait mesurer l'amour fou qu'il éprouvait pour elle, puisqu'il ne lui avait rien dit !

Pourtant, elle était devenue le centre de son univers et tout tournait pour lui autour de cette beauté aux cheveux d'or – et de son neveu, bien sûr. Un amour fort et indiscutable les liait les uns aux autres.

Que pouvait-elle bien faire, actuellement ? Julie et Jamal avaient été bien peu bavards, au téléphone, depuis la veille. Et cette première avait tenu des propos un peu étranges quand il avait demandé des détails. Vivement que ce gala soit derrière lui pour qu'il puisse rentrer ! Sur cette pensée, il avala une gorgée de whisky.

Amanda inspira profondément : avait-elle vraiment pris la bonne décision en venant à Manhattan ? Blake détestait les surprises. Et tout à coup, elle frissonna : *s'il était avec une autre* ? Eh bien, au moins, elle serait fixée et mourrait certainement sur-le-champ. Bon, ce n'était pas le moment de s'inquiéter, mais plutôt de se concentrer sur sa tenue.

— Amanda ? Tu es là ?

Elle avait une visioconférence avec ses trois cousines et son iPad était posé sur la commode de l'hôtel.

Mel venait de rejoindre la réunion et avant qu'elle n'ait le temps de lui répondre, une autre fenêtre s'ouvrit.

— Amanda ? C'est Bree. Tu es là ?

Se plantant devant sa tablette, elle sourit à ses cousines.

— Salut les filles ! Je suis prête pour être transformée en la plus belle princesse du bal.

— Oh ! mais tu es déjà superbe ! déclarèrent en chœur ses cousines, l'une de Miami, l'autre de Los Angeles.

— Raquel est déjà arrivée ? enchaîna Bree.

Il s'agissait de la meilleure costumière et maquilleuse des stars : Bree était elle-même une célébrité de la téléréalité, et celle-ci lui devait justement un service. Aussi Raquel avait-elle accepté sans hésitation d'apporter des tenues appropriées au gala afin qu'elle en choisisse une, et d'exercer ses talents sur le visage d'Amanda.

— Elle t'a sublimée avec ce maquillage, renchérit Mel. Et si tu y vas juste avec ces dessous sexy, tu feras sensation.

Toutes trois éclatèrent de rire.

— Bon, les filles, je n'arrive pas à me décider pour les robes. Le fourreau noir sans bretelle, la rouge avec l'immense décolleté, ou la bleu nuit avec une fente jusqu'à mi-cuisse.

Et elle les fit toutes défiler devant l'écran.

— Quel message veux-tu lui envoyer ? Le rendre jaloux ? Lui faire regretter son départ pour New York ? Le rendre fou de désir ?

— Je veux être la femme qu'il aime.

Bree reposa le verre de vin qu'elle tenait à la main et Mel toussota.

— OK, commença celle-ci, je suggère la robe bleue. Qu'en penses-tu, Raquel ?

— Je penchais aussi pour celle-ci.

— Et toi, Mel ?

— Même chose.

— Dans ce cas, je vais défaire le chignon, une crinière qui retombe en cascade sera du meilleur effet avec, dit Raquel.

Elles choisirent ensuite les bijoux, optant pour de l'or, puis Bree demanda :

— Et comme sac ?

Amanda brandit alors celui de Madeleine.

— Je porterai celui que j'ai acheté à Gallant Lake avec Mel.

— Mais oui, il est parfait, surtout la clé, dit cette dernière en éclatant de rire.

Elle ignorait encore toute de l'histoire de la clé sur laquelle elles avaient tant plaisanté et imaginé les scénarios les plus improbables. Elles étaient alors pourtant loin du compte…

Une autre fenêtre s'ouvrit. C'était Nora, leur cousine d'Atlanta qui passait son temps à courir les mondanités.

— Désolée pour le retard. Waouh ! Tu as l'air d'une star

hollywoodienne, Amanda. Et pourtant, on te reconnaît bien. Quelle robe as-tu choisie ?

Raquel lui enfila la tenue, et de nouveau, les compliments fusèrent.

— Cette robe est splendide !

— Tu as l'air d'une nymphe dedans.

— Tu vas éclipser toutes les autres !

Elle tournoya, se reconnaissant à peine dans le miroir. Jamais elle n'avait porté une robe qui valait cinquante mille dollars ! Et encore moins des diamants... Elle redressa les épaules. Du cran ! Elle pouvait le faire, elle allait le faire...

Son téléphone vibra. C'était Caroline Patterson, la fiancée d'Andy.

On vient d'arriver. On est à la table 4. Je porte une robe en velours bordeaux. Blake n'est pas encore là.

Elle lui répondit rapidement.

J'arrive. Je porte une robe bleue.

Elle regarda alors son iPad et fit au revoir à ses cousines.

— Souhaitez-moi, bonne chance, les filles !

Puis elle leur envoya un baiser tandis que toutes lui criaient qu'elles l'aimaient et qu'elle était la plus belle.

Jamal l'attendait dans le corridor, à côté de la porte de sa chambre, vêtu d'un smoking.

— Vous êtes magnifique, Amanda.

— Merci, Jamal. Espérons que Blake pensera la même chose !

21

Amanda fut impressionnée par la salle de bal qui étincelait, tel un pays des merveilles. La table 4 se trouvait assez loin de la piste de danse, constata-t-elle, tout en repérant une jeune femme brune hilare, moulée dans un magnifique fourreau bordeaux moiré, un chignon auburn haut mettant en valeur son beau visage. Près d'elle se tenait un homme de haute taille, à la chevelure blond vénitien et aux yeux bleu vif. Elle s'avança vers eux.

— Oh ! je suppose que tu es Amanda ! Moi, c'est Caroline, s'exclama cette dernière dès qu'elle arriva à la hauteur de leur table. Waouh, tu es ravissante ! Et voici Andy, mon fiancé. Il est dans ses petits souliers, quant à la réaction de Blake. Croisons les doigts !

Elle leur adressa un grand sourire faussement assuré, et leur serra la main à tous les deux, tout en priant pour que la « surprise » ne provoque pas un scandale… Elle commençait à avoir des doutes.

— Si tu cherches à le faire tomber à la renverse, c'est réussi, reprit Caroline avec un sourire rayonnant, tandis qu'Andy discutait avec deux autres personnes autour de la table.

— Je veux juste lui montrer à quel point je l'aime.

— Euh… Tu ne lui as pas encore dit ? Ce n'est pas tout à fait le lieu idéal pour une déclaration d'amour. Il y a de nombreuses personnalités rassemblées ici ce soir, dont le gouverneur et le maire qui vont prendre la parole. En tout cas, on peut dire que tu ne manques pas d'air.

Et elle éclata de rire.

Amanda sentit de la sueur lui couler le long des reins. Si elle échouait, ce serait en public, et elle en serait doublement brisée. S'efforçant de repousser les premières griffes de la panique qui montaient en elle, elle renchérit :

— Depuis quand Andy et toi êtes-vous fiancés ?

— Environ un mois et nous espérons pouvoir nous marier à la Barbade au printemps prochain, si l'hôtel de Blake est terminé. Andy voulait qu'on aille à Las Vegas pour...

Elle cessa d'écouter : Blake venait d'entrer dans la pièce. Seul, ce qui représenta pour elle un immense soulagement. Il paraissait fatigué. Il serra quelques mains, puis son regard se tourna vers la table 4... et croisa le sien. Il se figea, tout comme elle...

Passé le choc et la confusion, un petit sourire oblique éclaira son visage quand il laissa son regard glisser sur elle, avant de s'avancer vers leur table. Caroline avait raison, sa robe avait attisé son désir, se dit-elle tandis qu'il s'approchait d'un pas résolu. C'était quitte ou double...

Il s'arrêta de façon abrupte devant elle, quand de son torse il toucha presque son menton relevé. Alors il enserra son visage dans ses paumes, le visage tout près du sien, dardant sur elle un regard si intense qu'il en était difficile à supporter...

— Bon, Randall, tu ne vois pas que tu gênes ?

Andy venait d'interrompre ce temps suspendu. Sans réellement lui prêter attention, ils se décalèrent un peu, et Blake prit soudain la parole, d'une voix lourde d'émotion :

— Dis-moi que tu m'aimes, Amanda Lowery, parce que moi, je t'aime plus que tout !

Une deuxième vague de soulagement l'inonda.

— Je t'aime, eut-elle le temps de prononcer avant qu'il ne capture fougueusement sa bouche...

Elle s'agrippa à sa veste, emportée dans un maelström de sensations si fortes que...

— Mais monte dans ta chambre ! Un peu de tenue, mon vieux !

C'était de nouveau Andy.

Cette fois, ils s'écartèrent l'un de l'autre à regret. Effectivement, ils étaient le centre d'attention de la salle, à présent. Ses joues se mirent à la brûler, mais Blake, l'enlaçant par la taille, tendit son autre main à Andy.

— Je suppose que tu n'es pas étranger à tout cela ? dit-il avec un grand sourire.

Son ami se mit à rire.

— J'avoue que je n'en menais pas large jusqu'à ce baiser torride, car je sais que tu détestes les surprises, mais Amanda a su se montrer très persuasive.

Attirant Caroline à lui, il poursuivit :

— Et voici la femme qui m'a fait perdre tout mon bon sens ! Blake, je te présente Caroline.

Il lui serra la main avec empressement.

— Je suis si ravi de te rencontrer. Andy est un homme chanceux. Prévoyez-vous toujours de vous marier à la Barbade ?

— Bon, tu lui lâches la main, s'il te plaît ? Tu as ta fiancée, maintenant.

Blake se mit à rire.

— N'aie aucune crainte !

Puis se tournant vers elle, il ajouta :

— Champagne, ma chérie ? Je vais chercher deux coupes, mais ne crois pas que tu ne me doives pas des explications.

Elle profita de cette éclipse pour se livrer à une petite inspection des invités. Ce fabuleux endroit accueillait la crème de la crème, et elle se félicitait d'avoir pu compter sur Bree pour être à la hauteur et ne pas détonner. De nombreux visages lui étaient familiers par la presse et la télévision... Son regard tomba alors sur Blake près du buffet, comme aimanté par lui. Elle poussa un soupir d'aise : il l'aimait.

Le repas se déroula dans un méli-mélo de plats exquis et de rires, puis l'orchestre ouvrit le bal, et les quatre amis furent les premiers sur la piste. Après avoir valsé et ri pendant une bonne demi-heure, ils revinrent à la table pour constater que Jamal était au téléphone, l'air sombre. Il attira Blake à part et quand Amanda le vit pâlir, elle s'avança à son tour vers eux.

— Que se passe-t-il ?

— Un petit problème à l'hôtel. Un incendie s'est déclenché au vieux club de golf en attente de rénovation.

— Y a-t-il des blessés ?

— Non, mais tout porte à croire que c'est volontaire.

— Volontaire ?

Elle repensa à tous ceux qui contestaient le casino, elle revit Russ et son visage menaçant.

— Zach... Il est à Halcyon avec Julie. Si quelqu'un essaie de s'en prendre à la maison...

Il l'attira contre lui et lui posa un baiser sur le front.

— Ils vont bien tous les deux, rassure-toi, Halcyon est sous bonne garde. Mais nous allons rentrer. Jamal est parti chercher la voiture.

22

Le dimanche matin, Amanda sirotait un café sur le balcon, au soleil, quand elle aperçut une silhouette parmi les arbres... Elle retint son souffle jusqu'à ce qu'elle reconnaisse Tim, de l'équipe de sécurité. Halcyon était désormais surveillé en permanence, et la société de préservation de Gallant Lake coopérait avec les enquêteurs, ses membres affirmant tous qu'ils n'avaient rien à voir avec l'incendie, ni tout acte de vandalisme récent.

— Salut, toi ! dit une voix rauque derrière elle.

Elle se retourna et sourit à Blake qui se tenait sur le seuil de la porte-fenêtre.

— Salut, toi, répéta-t-elle en écho.

Ils échangèrent un baiser, et elle savoura le fait que ni l'un ni l'autre ne soit plus sur ses gardes. Jamais elle n'aurait cru être un jour aussi détendue et heureuse avec un homme...

— Tu as l'air ailleurs, déclara-t-il. Je suis assommant ?

— Au contraire. Je pensais à combien je t'aimais.

Elle le sentit sourire contre sa bouche.

— Dans ce cas, je n'ai rien à dire.

Détachant enfin ses lèvres des siennes, il se rendit compte qu'elle avait sa tasse de café à la main.

— Bravo ! Tu n'en as pas renversé une goutte ! Eh bien, quels sont tes plans, pour aujourd'hui ?

— Je veux en dessiner, justement. Tu es prêt à faire tomber des murs, au premier étage ? On n'a pas franchement besoin de douze chambres à coucher, et les pièces sont un peu petites.

Il hocha la tête.

— Pas de problème, mais les travaux commenceront après les fêtes de Noël.

— Ah bon ? Le Père Noël a lui aussi des plans ?

— Tu verras, répondit-il en riant.

— Très bien, monsieur le mystérieux ! N'oublie pas que Zach va à un anniversaire, cet après-midi.

— Je ne vois pas comment je pourrais oublier, étant donné qu'il n'arrête pas d'en parler. Un après-midi entier dans un centre de jeux d'arcades, le rêve pour un enfant de dix ans !

Elle vit alors passer un ombre sur son visage et comprit aussitôt à quoi il pensait.

— Rassure-toi, pour son anniversaire, au printemps, nous lui organiserons une fête inoubliable qui lui fera oublier toutes celles qu'il n'a pas eues jusque-là.

— Je te laisse aux commandes, madame Amanda !

Le lendemain, Amanda inspecta Halcyon avec Bobby, les travaux – du moins la première phase – étant terminés.

— Difficile de croire que c'est la même maison ! s'exclama-t-elle, satisfaite.

— C'est vous qui avez tout conçu, j'ai juste fourni les muscles, répondit-il en souriant. Blake m'a dit qu'on allait faire une pause et qu'on entamerait les nouveaux aménagements après les fêtes de fin d'année.

Elle hocha la tête, consciente que Blake voulait organiser un formidable Noël pour Zach, mais il ne lui en avait pas touché mot.

Bobby et elle se prirent dans les bras, puis elle le regarda s'éloigner avec les ouvriers en leur faisant au revoir de la main. Elle s'apprêtait à réchauffer une soupe pour Zach qui n'était pas à l'école aujourd'hui, indisposé en raison de la quantité excessive de bonbons qu'il avait ingérés à l'anniversaire, la veille, quand elle se heurta à Russ dans la cuisine…, un bidon d'essence dans une main, un pistolet dans l'autre !

FUIS !

Hélas, elle était comme tétanisée ! Pas par une crise d'angoisse, mais à l'idée que Zack était à l'étage.

Elle cligna des paupières.

— Euh, je ne comprends pas… Que voulez-vous, Russ ?

— Je veux que votre petit ami s'en aille et laisse ma ville tranquille. Ainsi que mes parents.

Elle recula d'un pas, il leva le pistolet. L'odeur de cigarette qui émanait de sa personne lui souleva le cœur, tout comme ses yeux étroits et froids. Fournissant un effort surhumain pour ne pas hurler, elle reprit :

— Vos parents ?

— Il leur a racheté toutes leurs terres.

— Parce qu'elles étaient à vendre, non ?

— Oui, mais personne ne les aurait achetées si Randall n'avait pas tout bouleversé ici. Et j'en aurais hérité à leurs morts. Je ne suis pas le seul dans ce cas.

Réfléchis, Amanda. Ce n'est pas le moment de paniquer.

— Écoutez, Blake a changé d'avis, il ne va pas construire de casino.

— J'ai entendu la rumeur, je n'y crois pas. De toute façon, c'est trop tard, maintenant. Le temps de la vengeance est venu.

Elle respira profondément, soutenant le regard de Russ. Elle en avait assez d'avoir peur.

— Vous irez en prison, si vous mettez le feu à Halcyon.

— Le temps que les pompiers et la police arrivent, je serai loin. Je vais commencer par…

— Amanda ? J'ai faim…

Elle tourna la tête : Zach était dans l'escalier. Il écarquilla de grands yeux en voyant le pistolet. Une bouffée d'adrénaline la parcourut.

— Zach ! Fuis !

Puis elle se jeta sur Russ, mais ne parvint pas à le faire tomber. Elle recommença et il lui donna un coup de crosse sur la tête. Elle vit double, puis il la bouscula, résolu à monter à l'étage. Elle le rattrapa par la chemise, le ralentissant dans son élan et finit par rouler avec lui dans l'escalier.

— Je vous en prie, c'est un petit garçon.

— Oui, mais un Randall. Je vais d'abord en finir avec toi, ce sera plus facile !

Et il pressa le métal froid du pistolet contre sa tempe. Elle crut sa dernière heure venue... Mais à cet instant, une porte claqua à l'étage et tous deux sursautèrent.

— Non, c'est lui qui va y passer le premier, marmonna Russ avec des yeux de dément.

Et il s'élança de nouveau à l'étage. Elle le talonna, et constata comme son agresseur que la chambre de Zach était vide... La salle de bains aussi... Russ s'arrêta tout net devant le placard. Zach y était forcément, tous deux le déduisirent. Elle se précipita sur lui quand il leva son arme pour tirer, mais un premier bruit assourdissant résonna soudain, puis un deuxième, un troisième, et tout à coup, le temps se suspendit. Elle se vit tomber par terre au ralenti, une affreuse douleur lui déchira l'épaule, elle entendit ses propres cris... Dans un brouillard de rouge, elle vit Russ ouvrir le placard : il était vide !

Elle sombra quelques instants dans l'inconscience et quand elle rouvrit les yeux, Blake se tenait au-dessus d'elle. Puis tout devint de nouveau noir, froid...

— On l'a, entendit-elle Jamal crier.

— Amanda a été touchée. Appelez une ambulance, hurla à son tour Blake avant de la bercer doucement dans ses bras, tout en murmurant : Reste avec nous, mon amour, les secours arrivent, s'il te plaît, reste...

— Zach ? eut-elle la force de demander.

— Il est sauf ! C'est lui qui m'a prévenu. Amanda... Amanda ? Oh non ! Nooon...

Et elle plongea dans le silence.

23

Blake regarda la fragile silhouette d'Amanda, rattachée à des fils et des tuyaux. Elle était d'une pâleur effrayante. Ses cheveux dorés retombaient d'un seul côté de son visage, ayant été soigneusement brossés par Nora.

Ses cousines avaient accouru la veille, et se relayaient à son chevet, à côté de lui. Il aurait tout donné pour que le médecin prononce enfin des paroles rassurantes, mais il fallait attendre, et l'attente était insupportable. Sentant une main vigoureuse se poser sur son épaule, il leva les yeux : c'était Andy, avec Caroline juste derrière lui. Et dire qu'il y avait quelques jours à peine, ils riaient ensemble au gala de New York !

— Elle est forte, déclara tout de suite Caroline. C'est la première pensée qui m'est venue à l'esprit quand je l'ai rencontrée.

— Je sais, mais elle a perdu tant de sang...

— Elle va s'en remettre, faisons confiance au temps et à la médecine.

— L'ordure qui a fait ça, est-il en prison ? s'enquit Andy.

— Pour l'instant, il est à l'hôpital car il a de multiples fractures suite à sa chute dans l'escalier. Mais qu'il aille au diable, ce que je veux c'est la récupérer, elle...

Et il prit la main d'Amanda, conscient qu'il devait avoir une tête à faire peur tant il était fatigué à cause du manque de sommeil et du stress. Et du fait que ses amis veillaient en silence sur eux, telles des sentinelles.

Le cerveau d'Amanda était comme cotonneux. Des fragments de souvenirs semblaient parfois s'assembler, puis s'évanouissaient. Elle voulait ouvrir les yeux, mais n'y parvenait pas, avait soif sans pouvoir demander de l'eau, ses lèvres étant trop sèches. Elle entendait des bribes de conversation dans la pièce, les voix se mélangeant toutes sans qu'elle ne parvienne à en identifier une. Une fois, il lui sembla reconnaître celle de Blake, elle eut l'impression qu'il... qu'il quoi au juste... qu'il implorait, mais qu'il implorait quoi ? Elle sentit aussi des larmes sur sa main. Elle ignorait quelle heure il était, n'avait plus la moindre notion du temps, ne sachant pas si elle était prisonnière de l'obscurité depuis quelques heures ou quelques jours.

Et puis tout à coup, comme guidée par une force inconnue, elle ouvrit les yeux. Elle cligna, s'efforçant de comprendre où elle était. Une machine lumineuse bipait doucement dans une pièce sombre. Elle tourna la tête : elle était à l'hôpital.

Alors tout lui revint d'un coup. On lui avait tiré dessus. Elle prit une profonde inspiration, sentit l'air emplir ses poumons : elle était en vie. *En vie.*

— Blake, elle se réveille...

Une voix de femme venait de murmurer ces paroles. Elle perçut un mouvement à ses côtés, et tout à coup le visage de Blake, magnifique, superbe, surgit devant le sien. Il avait les traits tirés, l'air épuisé, de gros cernes sous les yeux, mais la lueur reconnaissable entre toutes de l'amour y brillait. Elle lui sourit.

— Waouh ! dit-elle d'une voix à peine audible. Ai-je l'air aussi affreuse que toi ?

Il en resta bouche bée, de toute évidence pas préparé à son humour. Mais lentement, son sourire lui revint.

— Tu es parfaite, ma chérie, murmura-t-il.

Et avec une grande délicatesse, il déposa un baiser sur son front.

— Absolument parfaite. Tu m'es enfin revenue.

— Zach va bien ?

— Oui, il n'a rien eu.

Il effleura alors sa bouche de ses lèvres, leurs nez se touchèrent. Puis elle aperçut Andy et Caroline, debout à côté du lit. Cette dernière lui fit un clin d'œil.

— On vous laisse un peu de temps en tête à tête, et puis on prévient tout le monde que tu es réveillée, dit-elle.

Et sur ces mots, Andy et elle sortirent de la chambre.

Blake lui donna un verre d'eau puis, assis dans le fauteuil à côté d'elle, et lui prit doucement la main.

— J'ai eu si peur, Amanda. Je pensais t'avoir perdue...

— Raconte-moi plutôt ce qui s'est passé, l'encouragea-t-elle d'une voix douce. Comment Zach s'est-il échappé ? Et ce... ce forcené, que lui est-il arrivé ?

— Je crois que tu devrais te reposer...

— J'ai besoin de savoir, déclara-t-elle d'une voix plus ferme.

Il jeta un coup d'œil par-dessus son épaule.

— Je crains que tes cousines ne déboulent d'un instant à l'autre, même si Caroline et Andy essaient de les contenir.

Ses cousines étaient ici ? Elle plissa les yeux. Il tentait sans doute de faire diversion.

— Dans ce cas, tu ferais mieux de tout me raconter. J'ai besoin de mettre de l'ordre dans mes idées, Blake, ma mémoire est pleine de trous, rien n'a de sens.

— Très bien, très bien... Zach s'est enfermé dans sa chambre, et il a repéré une petite porte entrouverte près de la cheminée qu'il n'avait encore jamais vue. Incroyable coïncidence ! C'était un passage secret qui menait à un escalier dérobé. Alors il s'est faufilé par cette étroite ouverture, puis a couru me prévenir que Garity, Russ Garity et toi, vous vous bagarriez. Je crois n'avoir jamais couru aussi vite de ma vie. Quand Jamal et moi avons pénétré dans la maison, on a entendu plusieurs coups de feu, puis je t'ai entendue crier. Au moins, j'ai su que tu étais vivante. On est montés à toute vitesse à l'étage, Jamal a maîtrisé Garity en un rien de temps et j'ai vu que tu étais sérieusement blessée, que tu perdais ton sang...

Il se tut un instant et ferma les yeux, comme s'il revivait la scène. Elle lui étreignit la main.

— On a tout de suite appelé les secours, poursuivit-il, mais tu as perdu connaissance...

Tout se remettait en place dans sa tête, quand un élément anormal entra dans son champ de vision : une bague étincelait en effet à sa main gauche. Elle ouvrit plus grand les yeux. C'était un diamant canari d'un ton intense, serti de plus petits de couleur blanche, le tout monté sur un anneau en or blanc qui convenait parfaitement à sa main étroite.

— C'est un diamant couleur or, pour ma fiancée en or, reprit alors Blake se rendant compte qu'elle était complètement fascinée par la bague. Je comptais te demander en mariage ce week-end à Halcyon, et te proposer une cérémonie pour Noël, mais rien ne s'est passé comme prévu… Et j'ai eu tellement peur que j'ai préféré… Enfin, j'ai tenu à ce que tu la portes le plus tôt possible pour que tu sois ma fiancée au cas où l'impensable se serait produit…

Son cœur battait si fort qu'elle n'entendait plus ce qu'il disait. Elle n'osait pas imaginer ce qu'il avait vécu quand elle était inconsciente. Mais tout à coup, il releva la tête et lui adressa un sourire presque enfantin.

— Tu sais quoi ? Dès le premier jour, quand tu t'es introduite chez moi, j'ai su que l'on finirait ensemble, toi et moi. Et quand je t'ai regardée dormir dans mon lit après ta crise d'angoisse, j'ai compris que je venais d'entrer dans un conte de fées.

Elle se mit à rire, et grimaça, car les secousses réveillèrent sa douleur.

— Dis donc, je ne me suis pas introduite chez toi comme une voleuse, la porte était ouverte.

— Peu importe ! D'emblée, je me suis senti comme un papillon attiré par ta lumière.

Elle roula des yeux.

— Je suis sérieux, Amanda. Tu es la première qui n'hésitait pas à me dire mes quatre vérités quand j'étais dans le déni, ou couard. Tu m'as métamorphosé. Moi qui croyais détester les surprises, je me rends compte que j'ai envie que tu m'étonnes pour le reste de mes jours. Les fantômes de nos passés ne peuvent plus nous atteindre et ceux de Halcyon sont clairement dans notre camp. Veux-tu m'épouser, Amanda ?

Une rumeur s'éleva derrière la porte. Le temps pressait et de toute façon, à quoi aurait-il servi de le faire patienter ? C'était tout vu !

— Blake, dès l'instant où tu m'as touchée, je me suis sentie en sécurité. Bien sûr, je t'ai combattu, j'ai paniqué, je t'ai repoussé, mais tu as insisté et voilà… Grâce à toi, j'ai surmonté mes peurs. L'avenir est à nous Blake, je ne peux plus l'imaginer sans toi, je t'aime et…

Et sa bouche recouvrit la sienne avant qu'elle n'ait le temps de terminer sa phrase. Leur baiser fut passionné, comme la vie qui les attendait le serait à coup sûr, pleine de rires, de disputes aussi, de défis, d'ennemis communs et de nombreux amis. Et il y aurait sans doute aussi des frères et sœurs pour Zach…

Elle se rendit à peine compte que la porte s'ouvrait, Nora en tête, levant la main pour faire taire le petit groupe qui la talonnait. Julie tenait Zach par les épaules pour ne pas qu'il s'élance vers elle, il y avait Mel, Bree, Andy, Caroline, et… oui, même Dario. Ils attendirent la fin du baiser pour lui souhaiter un bon retour dans le monde des vivants.

Épilogue

Le 29 décembre

Blake ajusta encore une fois le nœud papillon qu'Amanda avait tenu à ce qu'il porte, et qu'il avait bien sûr été incapable de refuser. Zachary marchait à ses côtés, triturant lui aussi le même nœud, et portant le même costume gris que lui. Blake lui fit un clin d'œil et Zach roula des yeux.

— Ça va durer encore longtemps, papa ?

Il était son témoin, et portait leurs deux anneaux. Blake et Amanda avaient ouvert la procédure d'adoption au début de mois de novembre, avec l'accord de Zach bien sûr. Comme il n'avait jamais connu son père, son neveu l'avait tout naturellement appelé « papa », et il en était aussi ravi que lui. Amanda pour sa part n'avait pas envie de remplacer Tiffany dans le cœur de Zach, elle ne trouvait pas sain pour l'équilibre psychique de Zach qu'il l'appelle « maman », aussi avait-elle proposé « tante Amanda », et comme celui-ci n'était guère satisfait, elle avait émis une deuxième suggestion : Mamanda. Il en avait paru comblé, mais nul doute que le petit futé laisserait tomber la dernière syllabe en cours de route...

Un groupe de quelques personnes tirées à quatre épingles se tenait à présent près de l'immense sapin paré de minuscules lumières blanches. Des nœuds avaient été accrochés aux lustres, à la rampe de l'escalier, tous déclinés dans des tons de rose et ivoire, les couleurs préférées d'Amanda, comme l'étaient les roses qui ornaient le manteau de la cheminée et formaient l'allée qui menait à l'autel conçu pour la cérémonie.

Un quatuor à cordes était installé au pied du sapin et jouait pour l'instant des standards de Noël. Soudain, des rires éclatèrent et un flot de soie rose et de velours ivoire dévala l'escalier : c'étaient les cousines d'Amanda qui, enfin prêtes, les rejoignaient. Celle-ci, qui souhaitait une cérémonie distinguée et intime, leur en avait confié l'organisation et était de toute évidence ravie du résultat. Julie, tout aussi splendide avec ses cheveux remontés et de superbes clips aux oreilles, les suivit dans la foulée, les yeux rivés à Zach qui lui adressa un immense sourire.

Tout le monde retint alors son souffle...

Il ne manquait plus qu'Amanda. Elle fit son apparition quelques secondes plus tard, les cheveux relevés en un chignon haut, dont quelques mèches s'échappaient savamment. À la main, elle tenait une brassée de roses ivoire et s'avançait dans une robe de mariée vintage, celle de Madeleine retouchée par une amie designer de Mel, qui avait fait des merveilles : un voile de dentelle irlandaise orné de minuscules perles recouvrait un fourreau en satin couleur crème, mettant la silhouette d'Amanda en valeur et lui prêtant des airs de fée des temps modernes. Le décolleté était très osé, ou bien était-ce sa poitrine qui était déjà très généreuse ? se demanda-t-il. Elle lui adressa un merveilleux sourire ainsi qu'un discret clin d'œil, consciente qu'il la détaillait et qu'ils étaient les seuls à connaître le petit secret sur lequel elle venait de poser sa main.

Elle était si belle. Et il était si amoureux d'elle ! D'un amour qui n'existait que dans les romans et auquel il ne croyait pas avant qu'Amanda ne transforme sa maison et sa vie, quelques mois plus tôt, telle une magicienne.

Après le repas, Amanda monta dans leur suite pour se rafraîchir. Elle se trouva l'air vaguement fatigué dans le miroir, mais quoi de plus normal, après toutes les émotions de cette journée, sans compter les nausées du matin… La médecin l'avait rassurée, elles étaient tout à fait normales.

Difficile de se rappeler sa vie avant de rencontrer Blake, se dit-elle soudain. C'était comme une renaissance, elle avait découvert une nouvelle famille à Halcyon.

Alors qu'elle s'apprêtait à rejoindre les invités, elle s'arrêta un instant dans l'escalier, pour observer le bal animé par un DJ, dans le salon. Ses cousines enflammaient la piste de danse, avec Caroline, bien sûr, et Andy, sans oublier Zach, très fier d'être entouré de tant de femmes. Blake se tenait avec Julie et Bobby près du sapin, en grande discussion.

Sa mère avait été effrayée à l'idée de prendre l'avion et ils lui avaient promis de venir lui rendre bientôt visite au Texas. Quant à la famille de Blake, il l'avait exclue d'emblée, celle du cœur étant la plus importante à ses yeux.

L'apercevant, son mari lui sourit et elle posa instinctivement la main sur son ventre. Le sourire de celui-ci s'élargit : de toute évidence, son cadeau de Noël l'avait comblé. Elle avait appris la nouvelle à l'hôpital, ce qui l'avait à la fois choquée et rassurée car tout allait bien pour la future petite fille à naître. Parfois, les meilleurs contraceptifs ne fonctionnaient pas, avait dit la médecin. Madeleine Tiffany Randall avait survécu aux balles et semblait déjà fort vigoureuse, à neuf semaines…

À cet instant, il lui sembla apercevoir une femme aux cheveux blancs et aux traits doux, habillée à la mode des années 1920, en grande conversation avec une autre plus jeune, au style bohème très contemporain ; cette dernière avait les yeux couleur chocolat de Zach.

Madeleine et Tiffany…

— Amanda ? Tout va bien ?

Blake venait de bondir vers elle, et sa vision de s'évaporer.

— Tu es toute pâle. C'est notre petite Maddy qui danse déjà dans ton ventre ?

Sans répondre, elle plongea les yeux dans son regard rieur.

— J'ai vu…

— Qu'as-tu vu, ma chérie ?

Se hissant sur la pointe des pieds, elle lui murmura à l'oreille :
— J'ai vu notre avenir, mon amour, et il s'annonce merveilleux.
— Je n'en doute pas un instant. Viens, allons danser !
— Oh oui ! La vie est une farandole bien orchestrée, Blake !

BRENDA JACKSON

L'inconnu de Yellowstone

Traduction française de
SYLVIE TROIN

PASSIONS

HARLEQUIN

Titre original :
THE DURANGO AFFAIR

Ce roman a déjà été publié en 2007.

© 2006, Brenda Streater Jackson.
© 2007, 2023, HarperCollins France pour la traduction française.

1

Depuis la fenêtre de son salon, Durango Westmoreland scrutait avec inquiétude le ciel gris et plombé. Il fallait être bien naïf pour croire les bulletins rassurants des services météorologiques et penser que la tempête de neige prévue pour la mi-journée allait changer de trajectoire et épargner la région de Bozeman. La douleur lancinante qu'il ressentait à la cheville, souvenir d'une chute quelques années plus tôt, lui indiquait au contraire que la neige était toute proche et que son chalet serait bientôt au cœur de la tourmente.

Sa cheville était le plus fiable des baromètres.

Nul ne pouvait survivre dans le Montana sans se sentir en parfaite harmonie avec la nature. Ces magnifiques montagnes qui faisaient le bonheur des vacanciers pouvaient aussi se montrer impitoyables et meurtrières. Nombreux étaient les randonneurs et skieurs imprudents qui en avaient fait la cruelle expérience. Pourtant, Durango s'était pris de passion pour cette région. Il s'y sentait chez lui, autant qu'à Atlanta, sa ville natale où résidaient encore ses parents et la plupart de ses proches.

Seul son oncle Corey habitait lui aussi dans les Rocheuses, à quelques heures de Bozeman. Mais depuis son mariage, il quittait rarement son ranch et, de son côté, Durango était trop pris par son travail de ranger au Parc de Yellowstone pour pouvoir effectuer régulièrement le trajet jusqu'à la Montagne de Corey, comme l'avaient baptisée les autochtones. Il n'avait donc pas revu son oncle depuis le mariage de son cousin Chase avec Jessica Clairborne, deux mois plus tôt à Atlanta.

L'événement restait gravé dans sa mémoire, et pas seulement parce qu'il avait été stupéfait de voir Chase, un célibataire endurci et noceur invétéré, se laisser passer la corde au cou. Non, c'était Savannah qui l'avait marqué ! À l'instant où il avait croisé le regard de la sœur de la mariée, tout son corps avait été comme traversé par une décharge électrique. Jamais une femme ne lui avait inspiré une attirance aussi violente et immédiate... Il avait fallu une fraction de seconde à Savannah Clairborne pour le bouleverser complètement, au point de lui faire perdre toute raison.

Après le départ des mariés pour leur voyage de noces, le champagne avait continué à couler à flots dans les salons de l'hôtel loué pour la circonstance. D'humeur festive, les invités avaient bu et dansé jusqu'au bout de la nuit. Durango était donc quelque peu éméché lorsqu'il avait galamment raccompagné Savannah à sa chambre peu après minuit.

Sur le moment, il lui avait semblé normal d'accepter un dernier verre avec la ravissante et pétillante sœur de la mariée. Mais une chose en avait entraîné une autre...

Depuis qu'il était rentré à Bozeman, il était souvent assailli par d'étranges élans mélancoliques. Des jours comme celui-ci, alors qu'il se repassait inlassablement le film de sa nuit torride avec Savannah, il regrettait même de vivre comme un loup solitaire, songeant qu'il serait sans doute agréable d'avoir une charmante compagne avec qui passer l'hiver...

Bon sang ! D'où lui venaient ces idées saugrenues indignes d'un célibataire, fier de l'être et fermement décidé à le rester ?

Sans doute avait-il assisté à trop de mariages ces derniers temps. Il comprenait que des couples aient envie de s'engager pour la vie devant Dieu et devant les hommes. Mais c'était très peu pour lui ! Il avait aussi succombé aux feux de la passion et avait cru en l'amour éternel, mais il s'était brûlé les ailes. À l'époque, il avait bien failli ne jamais s'en remettre et il avait juré qu'on ne l'y reprendrait plus.

Depuis, il se contentait de multiplier les aventures avec des femmes qui n'attendaient rien de lui sinon quelques heures de pure sensualité et de plaisir.

Cette vie de séducteur lui convenait parfaitement. Jusqu'à sa rencontre avec Savannah Clairborne...

C'était comme si la jeune femme l'avait ensorcelé. Même s'il n'avait de cesse de se répéter qu'elle n'était qu'une jeune femme comme les autres à rajouter à la longue liste de ses conquêtes, elle s'imposait sans cesse dans son esprit.

Elle était littéralement « extra-ordinaire »...

En cet instant, il pouvait presque la sentir de nouveau frissonner contre lui, voir son joli visage rosir tandis qu'elle s'abandonnait au plaisir...

Surpris et irrité de voir la violence des effets que provoquaient en lui ces simples souvenirs, Durango s'efforça de revenir à la réalité et gagna son bureau à grandes enjambées. Son collègue Lonie Berman ayant récemment subi une opération du ménisque, les rangers étaient en sous-effectif. Bien qu'il fût de repos aujourd'hui, il se ferait un plaisir d'aller prêter main-forte à ses collègues s'ils avaient besoin de lui.

Alors qu'il décrochait le téléphone et composait le numéro familier, il se sentit redevenir lui-même. Ces moments de nostalgie n'étaient que de simples coups de blues, rien de plus. Maintenant qu'il avait recouvré son bon sens et sa lucidité, il était convaincu que les avantages du célibat l'emportaient de loin sur ceux du mariage, même en cette rude et sinistre journée d'hiver.

Il aimait sa vie comme elle était. Rien ni personne ne l'en ferait changer.

Le 4x4 garé devant le grand chalet de rondins de bois et la fumée qui s'échappait de la cheminée indiquaient que le propriétaire des lieux était chez lui. Pourtant, Savannah Clairborne avait du mal à réaliser qu'elle allait revoir Durango Westmoreland...

Lorsqu'elle avait décidé de lui rendre visite dans le Montana, sa démarche lui avait paru normale et logique, mais aussi et surtout indispensable. Elle n'avait pas imaginé une seule seconde que lui annoncer la nouvelle serait aussi difficile.

Pourtant, maintenant qu'elle était au pied du mur, l'appréhension lui nouait la gorge et elle tremblait de tout son corps. Il était un peu tard pour se demander si un simple et bref coup de fil depuis Philadelphie, n'aurait pas été préférable !

Comment avait-elle pu se fourrer dans une situation pareille ? s'interrogea-t-elle pour la énième fois depuis qu'elle avait vu une croix bleue apparaître au fond de l'éprouvette du test de grossesse. À vingt-sept ans, elle n'était plus une adolescente naïve ou irresponsable, elle connaissait tous les moyens de contraception. Cependant les faits étaient là : dans la frénésie des préparatifs du mariage de Jessica, elle avait oublié de prendre la pilule.

Résultat, dans sept mois, elle mettrait un bébé au monde.

Elle ne savait pratiquement rien du père de son enfant, sinon qu'il était grand, beau et viril, qu'il exerçait le métier de ranger au parc de Yellowstone, qu'il faisait très bien l'amour… et les bébés.

Depuis sa dernière conversation téléphonique avec sa sœur, elle avait également appris que Durango était un séducteur patenté doublé d'un célibataire endurci. Tout cela n'était pas très encourageant…

Cependant, il n'avait pas à s'inquiéter, Savannah aussi tenait à son indépendance. Elle trouvait seulement qu'il était juste de l'informer de sa future paternité. Ensuite, elle regagnerait Philadelphie par le premier avion et elle commencerait à organiser sa vie de mère célibataire. Même si ce bébé était la conséquence d'une étourderie, elle le désirait maintenant de tout son cœur…

Levant la main pour frapper à la porte de chêne sculpté, la jeune femme secoua la tête et se ravisa. Se retrouver face à face avec Durango allait être extrêmement embarrassant. La dernière fois qu'elle l'avait vu, il quittait discrètement sa chambre d'hôtel au petit matin…

Pourtant, les aventures sans lendemain n'étaient pas du tout son genre. Au mariage de sa sœur, elle s'était laissé emporter par la liesse et l'excitation générale et avait bu quelques verres de trop…

Depuis cette fameuse nuit, elle ne cessait de penser à Durango. Il hantait ses rêves les plus échevelés, à tel point qu'elle n'arrivait plus à se concentrer et souffrait même d'insomnies.

Et maintenant, il gâchait également ses matinées, car il était en partie responsable de ses nausées !

Seule Jessica était au courant de son état. Elle aussi estimait que Durango devait être mis au courant et qu'il valait mieux que Savannah lui apprenne la nouvelle en personne.

Rassemblant tout son courage, elle se résolut enfin à frapper à la porte. Après ce qui lui parut une éternité, la porte s'ouvrit lentement.

Mon Dieu qu'il était beau ! Front haut, nez bien droit, lèvres fermes et sensuelles, mâchoire carrée, menton volontaire... Au cours de cette fameuse nuit, elle avait appris par cœur les moindres détails de son visage taillé à la serpe. D'ordinaire, elle n'était pourtant pas très attirée par ce genre de grand brun ténébreux, mais elle avait immédiatement succombé à son regard d'un brun profond, à sa virilité. Dans l'encadrement de cette porte, avec ses larges épaules moulées dans une chemise western et son jean élimé qui mettait en valeur la longueur de ses jambes et l'étroitesse de ses hanches, il se dégageait de lui une force qui s'harmonisait parfaitement avec celle des montagnes alentour. Il était encore plus séduisant que dans son souvenir !

Il était même dangereusement séduisant...

— Savannah ! Quelle surprise ! Que fais-tu ici ?

Rien qu'en le regardant, Savannah avait senti son pouls s'affoler de peur, mais pas seulement...

— Je suis venue te parler, répondit-elle d'une voix nouée par l'angoisse et l'émotion.

Tout en la dévisageant avec perplexité, Durango s'écarta pour la laisser passer.

— Entre, je t'en prie.

Durango ne croyait pas à toutes ces fadaises sur la télépathie et les pouvoirs surnaturels. Mais se pouvait-il que le fait de penser constamment à Savannah ait pu la faire se matérialiser devant sa porte ?

Quoi qu'elle ait à lui dire, ce devait être terriblement important. Savannah habitait et travaillait à Philadelphie, et personne ne s'imposait un aussi long voyage en plein cœur de l'hiver sans une bonne raison.

De plus en plus intrigué, Durango étudia sa visiteuse à la dérobée alors qu'elle accrochait son manteau, son bonnet de laine et ses gants à la patère de l'entrée.

— Je viens de préparer du chocolat chaud. En veux-tu une tasse ? proposa-t-il en la voyant souffler sur le bout de ses doigts pour tenter de les réchauffer.

— Volontiers. Je ne pensais pas qu'il ferait si froid.

Était-elle aussi belle au mariage de Chase ? se demanda-t-il avec émotion. Parce que aujourd'hui, alors qu'il la regardait dans son pantalon noir et son pull de cachemire vieux rose, il avait l'impression que son cœur allait exploser. Avait-elle conscience de la sensualité que dégageait son corps fin aux courbes voluptueuses ? Son visage exquis, ses pommettes hautes, ses lèvres framboise charnues, ses yeux d'une si étrange couleur jaune ?

Durango inspira profondément. Deux mois plus tôt, ces grands yeux ambrés avaient causé sa perte ! Dès l'instant où il s'était plongé dans leurs profondeurs ensorcelantes, il était devenu un autre homme. Quand la tempête du plaisir les avait assombris, il avait perdu tout contrôle sur ses sens pour la première fois de sa vie, et connu la plus déchirante et la plus intense des jouissances.

Encore maintenant, le souvenir de ces instants éblouissants de perfection le bouleversait…

La vue du logo de grand couturier qui ornait la poche du pantalon de la jeune femme le dégrisa cependant quelque peu. Il devait se reprendre, se souvenir que Savannah était une jeune femme de la ville, raffinée et sophistiquée à l'extrême. Même si dans ses bras ce soir-là, elle avait révélé sa nature passionnée et audacieuse de mille manières…

Ils n'appartenaient pas au même monde. Il était un ranger solitaire du Montana, elle était une brillante photographe de Philadelphie, ce qu'ils avaient partagé ensemble était purement physique…

Sentant une chaleur insidieuse envahir ses veines et se répandre dans tout son corps, il se ressaisit. Pourquoi se comportait-il comme un adolescent affolé par ses hormones et non comme l'homme réfléchi de trente-cinq ans qu'il était censé être ?

— Fais comme chez toi, lui dit-il, après s'être éclairci la voix. Je reviens dans une seconde.

Tout en s'activant dans la cuisine, il se demanda pourquoi il se mettait en quatre pour sa visiteuse. Les rares fois où une femme était venue sans prévenir, il ne s'était pas gêné pour la renvoyer d'où elle venait.

Sans doute se sentait-il obligé de faire une exception pour la belle-sœur de son cousin Chase. D'autant plus qu'elle avait fait des milliers de kilomètres et bravé le froid pour arriver chez lui.

Mais son indulgence et sa patience avaient des limites. Sitôt qu'elle aurait son chocolat chaud, il entendait bien que Savannah lui dise au plus vite ce qui l'amenait dans le Montana et en particulier chez lui.

Savannah s'efforça de maîtriser sa nervosité grandissante. Sa tâche ne serait pas aisée, mais Durango avait le droit de savoir. Peut-être même qu'en dépit de ce que lui avait révélé sa sœur sur son style de vie, ferait-il un bon père ? Dieu sait combien Jess, Rico et elle avaient souffert de l'indifférence paternelle.

L'évocation de son frère ramena un pâle sourire sur ses lèvres, et lui redonna du courage. Même s'il serait furieux en apprenant qu'elle avait conçu un enfant hors mariage, Rico allait être fou de bonheur d'avoir un neveu ou une nièce à gâter. Si Durango ne voulait pas entendre parler du bébé, ce ne serait pas un drame. Rico se ferait un plaisir et une joie d'incarner la figure masculine nécessaire à l'épanouissement de tout enfant !

Pour se détendre, la jeune femme déambula dans le salon, et examina le décor simple et accueillant du chalet de Durango. Son regard de photographe professionnelle la rendait particulièrement sensible à la beauté du lieu. Elle admira les poutres qui soutenaient le plafond et la galerie du premier étage, le large escalier, la cheminée de pierre flanquée d'étagères remplies de livres, le canapé de cuir fauve recouvert d'un plaid.

Tous les meubles étaient de bois massif : la bibliothèque, la table basse, la salle à manger, les rocking-chairs. De grandes baies vitrées s'ouvraient sous la véranda et, plus loin, sur le jardin aux arbres dénudés par l'hiver.

— Madame est servie.

Durango déposa sur la table basse un plateau sur lequel se trouvaient deux tasses de chocolat et des serviettes en papier. Savannah avait du mal à le quitter des yeux. Le moindre de ses mouvements était empreint d'aisance et de virilité. Rien qu'à le regarder, elle se sentit fondre. Elle avait l'impression que les battements de son cœur faisaient un bruit assourdissant.

— Merci.

Après s'être accordé le plaisir de respirer le sillage de son parfum fleuri, Durango l'invita à prendre place sur le canapé et se laissa tomber dans un fauteuil. Croisant les bras, il la regarda droit dans les yeux. Il estimait avoir parfaitement rempli son rôle d'hôte attentionné ; maintenant, il voulait savoir ce qu'elle faisait ici et ce qu'elle avait de si important à lui dire.

Comme elle gardait le silence et évitait son regard, il passa à l'offensive.

— Qu'est-ce qui me vaut la surprise de ta visite, Savannah ?

Elle n'avait aucune raison de faire irruption chez lui en plein cœur de l'hiver, songea-t-il. Certes, ils avaient couché ensemble deux mois plus tôt mais...

Il fronça les sourcils alors qu'une sourde appréhension naissait en lui. Il n'était pas né de la dernière pluie, il avait assez d'expérience de la vie pour savoir que les maîtresses d'une nuit ne débarquaient chez un homme que pour deux raisons : soit elles voulaient renouveler l'expérience...

Soit elles avaient une mauvaise nouvelle à annoncer. Une très mauvaise nouvelle...

Son inquiétude s'accrut quand il la vit rougir. Manifestement, elle n'était pas là pour renouveler l'expérience.

— Ne tourne pas autour du pot, ordonna-t-il. Pourquoi es-tu ici ?

Après avoir reposé sa tasse, Savannah se résolut à affronter le regard courroucé de Durango. Bien sûr, il n'avait pas manqué d'additionner deux et deux et avait deviné le motif de sa visite, c'était écrit sur son visage crispé par la colère.

Il n’avait pourtant aucune raison d’être agressif, pensa-t-elle en levant le menton. Elle n’avait pas l’intention de lui demander quoi que ce soit, elle voulait seulement faire ce qui lui semblait juste.

— Je suis enceinte.

2

Même s'il s'était attendu à ces mots, Durango en eut le souffle coupé. Elle osait insinuer que cet enfant était de lui malgré ce qu'elle lui avait assuré au petit matin, après la seule et unique nuit qu'ils avaient passée ensemble.

— C'est impossible, déclara-t-il froidement.

Savannah haussa un sourcil.

— Si tu veux me faire croire que tu es stérile, c'est raté, répliqua-t-elle entre ses dents.

Il croisa les bras et la foudroya du regard.

— Si mes souvenirs sont bons, tu m'as pourtant affirmé que je n'avais pas à m'inquiéter.

Adoptant inconsciemment la même posture défensive Savannah répliqua vivement :

— J'avais oublié de prendre ma pilule. C'est généralement sans conséquence, mais de toute évidence… il y a des exceptions.

Durango secoua la tête avec incrédulité. Elle avait oublié justement ce jour-là ? Était-ce une malheureuse coïncidence ?

Non, bien sûr. Sauf si…

— Tu l'as fait exprès ! s'écria-t-il violemment. Tu voulais tomber enceinte, n'est-ce pas ?

Savannah ouvrit de grands yeux. Puis elle fronça les sourcils et redressa le menton d'un air de défi.

— Comment oses-tu dire une chose pareille ?

— Réponds ! ordonna-t-il.

Penser qu'elle était de ces femmes qui tombent enceintes

dans le seul but de se faire épouser le mettait au comble de l'exaspération.

— Ce n'était pas prémédité, se défendit Savannah.

Ses yeux lançaient des éclairs.

— Crois-moi, reprit-elle, si j'avais vraiment voulu un enfant, j'aurais choisi quelqu'un d'autre !

Ivre de rage, Durango serra les poings. Suggérait-elle qu'il n'était pas assez bien pour être le père de son enfant ?

Découvrir qu'il accordait une quelconque importance à l'opinion de Savannah acheva de le mettre totalement hors de lui. Depuis quand se souciait-il d'être considéré comme un père idéal ?

— Il vaut mieux que je m'en aille.

La voix cassante de son interlocutrice l'arracha à ses réflexions. Il la fixa avec un mélange d'indignation et d'incrédulité.

— Tu comptes repartir comme si de rien n'était après m'avoir annoncé que tu es enceinte ?

Savannah haussa les épaules.

— Je ne vois pas où est le problème. Je suis venue uniquement parce que j'estimais devoir t'informer de mon état. C'est fait.

— Tu veux garder cet enfant ?

Elle le toisa d'un regard glacial.

— Si tu penses m'en dissuader, tu peux aller...

— Pour qui me prends-tu ? coupa-t-il, outré. Si cet enfant est de moi, j'assumerai mes responsabilités.

— Si ?

Savannah avait presque crié. Tâchant cependant de conserver son calme, elle demanda d'une voix plus modérée :

— Tu ne crois pas que l'enfant que je porte est de toi ?

Tout en se remémorant leurs étreintes torrides, Durango l'étudia attentivement. Si elle avait vraiment oublié sa pilule, elle pouvait effectivement être enceinte de lui.

— C'est une possibilité, admit-il du bout des lèvres.

La jeune femme se leva d'un bond. Il osait mettre sa moralité et son honnêteté en doute ! Non seulement il pensait qu'elle couchait avec n'importe qui, mais en plus, il la croyait capable de vouloir lui faire endosser la paternité de l'enfant d'un autre.

— C'est avec toi que j'ai conçu ce bébé, affirma-t-elle. Si tu ne me crois pas, c'est tant pis, tu ne connaîtras jamais ton enfant. Au revoir, Durango, prends soin de toi !

Tremblante de rage contenue, elle se précipita vers l'entrée.

— Où vas-tu ? s'écria Durango, au comble de l'exaspération.

— J'ai un avion à prendre.

— Une minute ! Si tu dis vrai, nous devons parler.

Elle lui décocha un regard torve par-dessus son épaule.

— Étant donné ton attitude, je crois au contraire que nous n'avons plus rien à nous dire.

Une seconde plus tard, la porte claquait derrière elle.

Lorsque sa visiteuse s'éloigna au volant de sa voiture, Durango s'efforça de réfléchir calmement à la situation.

Déjà il regrettait de s'être montré si impulsif. Il aurait donné n'importe quoi pour pouvoir remonter le temps et rejouer le drame qui venait de se dérouler sous son toit. Savannah avait fait des milliers de kilomètres pour lui annoncer qu'elle portait son enfant et il l'avait envoyée au diable, la traitant au passage de menteuse et de calculatrice ! Cette attitude était indigne d'un Westmoreland.

Quand Chase apprendrait la manière dont il avait reçu sa belle-sœur, il serait fou de rage.

Se laissant tomber dans un rocking-chair, Durango se prit la tête entre les mains. L'idée d'être père l'angoissait et le paniquait. Ces derniers temps, les bébés poussaient comme des champignons dans la famille Westmoreland. Storm et Jayla avaient récemment eu des jumeaux, Delaney et Jamal avaient déjà mis en route leur second enfant, même chose pour Dare et Shelly.

Il se réjouissait sincèrement pour eux. Mais dans son esprit, les bébés c'était pour les autres, pas pour lui. Un enfant ne cadrait pas du tout avec sa vie de célibataire et sa soif de liberté.

Cependant, comme ses cinq frères et ses cousins, il avait appris dès son plus jeune âge qu'un Westmoreland ne fuit jamais ses responsabilités et fait face à tous les défis que la vie lui présente, même les plus difficiles. Un homme digne de ce nom devait reconnaître et assumer ses erreurs quelles qu'elles soient.

Au fond de lui, il savait qu'elle ne lui mentait pas. Savannah était une jeune femme indépendante, elle n'avait aucune raison de piéger un homme. Puisqu'elle affirmait être enceinte de lui, il pouvait la croire. En dépit de ses réticences, il fallait qu'il accepte sa toute nouvelle paternité.

Après un rapide coup d'œil à sa montre, il se précipita vers son 4x4. Avec un peu de chance, il arriverait à l'aéroport à temps pour empêcher Savannah de repartir.

Où avait-elle la tête ? Si elle s'imaginait qu'elle pouvait faire irruption chez lui, lancer une véritable bombe et s'en aller comme si de rien n'était, elle se mettait le doigt dans l'œil ! C'était la mère de son enfant ! Dorénavant, elle devrait compter avec lui, même si la perspective de nouer une relation, surtout de ce type, avec une citadine dans son genre était loin de l'enchanter.

Sa brève liaison avec Tricia Carrington remontait déjà à quatre ans, mais son souvenir était encore très présent et douloureux dans sa mémoire. La jeune New-Yorkaise était venue visiter le Parc de Yellowstone avec des amies appartenant comme elle à la haute société. Éperdument amoureux, il avait ignoré les avertissements répétés de son oncle Corey qui avait immédiatement perçu le caractère hypocrite, manipulateur et superficiel de Tricia.

Lorsqu'il avait déclaré son amour à Tricia et l'avait demandée en mariage, elle avait éclaté de rire et lui avait expliqué qu'elle était sortie avec lui uniquement parce qu'elle avait parié avec ses amies qu'elle pourrait séduire un ranger en moins d'une semaine. Il était hors de question qu'elle passe sa vie avec un péquenaud sans envergure ni avenir, avait-elle ajouté avec mépris. Maintenant qu'elle s'était offert une petite distraction, elle allait regagner New York et épouser le fils de banquier que ses parents avaient choisi pour elle.

Profondément humilié, Durango s'était fait le serment de ne plus jamais tomber amoureux et de fuir ce genre de femmes comme la peste.

Savannah rentrait dans cette catégorie. Elle était riche, élégante et sophistiquée. Tout, dans ses vêtements de grand couturier, dans son port de tête, dans sa démarche, en était la preuve.

Elle était exactement le type de femme qu'il s'était promis de ne pas fréquenter.

Cependant, cela ne l'empêcherait pas de faire son devoir envers l'enfant à naître. Maintenant qu'il avait surmonté le choc premier de la nouvelle et admis sa part de responsabilité dans l'agrandissement de la famille Westmoreland, il allait reprendre la situation en main.

Quelle brute ! songea Savannah. Jamais elle n'avait pensé que Durango réagirait avec une telle violence. Pourtant, avant de se rendre dans le Montana, elle avait imaginé tous les scénarios possibles. Elle s'était attendue à ce qu'il soit stupéfait, voire choqué, par son annonce. Cependant, elle n'avait pas envisagé une seconde qu'il douterait de sa paternité.

— Que puis-je faire pour vous, madame ?

Cette question la ramena brusquement à la réalité.

— Je viens rendre la voiture que j'ai louée ce matin.

Tout en signant les formulaires qu'on lui tendait, elle regarda sa montre, priant pour trouver une place dans le prochain avion en direction de Philadelphie. Elle avait hâte de retrouver le calme de son appartement et de commencer à organiser sa nouvelle vie.

Dans un premier temps, elle appellerait ses clients afin de les informer qu'elle n'était plus disponible pour des missions à l'étranger. En tant que photographe free-lance elle travaillait avec divers magazines et chaînes de télévision, et partait souvent au bout du monde du jour au lendemain, sans savoir quand elle serait de retour. L'aventure et les voyages lui manqueraient, mais elle devait lever le pied. Heureusement, elle avait mis de l'argent de côté et pourrait prendre un congé avant et après son accouchement. Lorsqu'elle recommencerait à travailler, elle engagerait une nourrice. Il était hors de question qu'elle demande à ses proches de garder son enfant quand elle devrait s'absenter. Sa mère avait enfin trouvé le bonheur avec Brad Richman, sa sœur Jessica venait de se marier et son frère Rico avait récemment ouvert une agence de détective. Elle allait devoir se débrouiller seule.

Tout en se dirigeant vers le comptoir d'enregistrement, Savannah caressa doucement son ventre. Tous ces bouleversements qu'elle allait devoir apporter dans sa vie n'étaient rien comparés au bonheur qu'elle éprouvait à l'idée d'avoir cet enfant. C'était si merveilleux, si excitant !

Posté près de la fontaine à eau, Durango admira cette si belle jeune femme sur laquelle se retournaient les passants.

Elle était superbe. Magnifique. D'une beauté à faire fantasmer beaucoup d'hommes.

Et elle portait son enfant.

Alors qu'elle s'avançait vers le comptoir d'enregistrement, il lui barra le chemin.

— Savannah, il faut que nous parlions.

Savannah sursauta et faillit laisser tomber son sac.

— Nous n'avons plus rien à nous dire. Laisse-moi passer.

— Je suis désolé de m'être comporté comme un idiot et un mufle tout à l'heure.

Elle le toisa d'un regard glacial.

— Et... ?

— Et je te crois quand tu dis que ce bébé est le mien.

— Qu'est-ce qui t'a fait changer d'avis ?

— Je n'ai aucune raison de mettre ta parole en doute.

Percevant un léger radoucissement sur les traits de son interlocutrice, Durango sourit.

— Maintenant que tout est réglé...

Savannah n'en crut pas ses oreilles. S'il s'imaginait que le simple fait de présenter ses excuses et d'affirmer qu'il la croyait réglait quoi que ce soit, il se trompait lourdement.

— Rien n'est réglé ! coupa-t-elle. Mais puisque tu daignes reconnaître que c'est bien ton enfant que j'attends, tu seras le premier à recevoir un faire-part avec une photo.

Lorsqu'elle le contourna et voulut poursuivre son chemin, Durango la retint par le coude.

— Je ne te laisserai pas me priver de mes droits paternels.

Elle leva les yeux au ciel.

— Si j'avais voulu le faire, je ne serais pas venue jusqu'ici.

Après avoir pris une inspiration tremblante, elle précisa :

— J'ai fait le voyage parce que je pensais que c'était important que tu le saches et non parce que j'attendais quelque chose de toi.

Elle rougit sous l'intensité insondable de son regard. Pourquoi la toisait-il ainsi ? Ses cheveux étaient-ils en bataille ? Ses vêtements froissés ? Le vol depuis Philadelphie n'avait pas été de tout repos, les turbulences s'étaient succédé sans discontinuer. Dès son arrivée, elle avait loué une voiture et pris la route, sans se soucier de son apparence ou penser à retoucher son maquillage. Mais de toute évidence, les préoccupations de Durango étaient ailleurs.

— J'ai des responsabilités envers mon enfant et j'entends les assumer, affirma Durango d'un ton sans appel. Alors, maintenant que j'ai repris mes esprits, nous allons nous comporter tous les deux en adultes et nous asseoir quelque part pour discuter calmement.

Savannah le dévisagea avec méfiance. Pourquoi tenait-il tant à lui parler ? Elle lui avait déjà clairement dit qu'elle n'espérait rien de lui.

Tout à coup, la colère laissa place à une certaine inquiétude. Si c'était lui qui avait des exigences ? La semaine dernière, elle avait lu dans un journal qu'un homme avait traîné sa compagne en justice pour obtenir la garde de leur enfant à naître et avait obtenu gain de cause.

Tout compte fait, peut-être valait-il mieux accepter le dialogue afin de mettre immédiatement certaines choses au point et éviter d'éventuels malentendus.

— D'accord, dit-elle en ravalant sa colère. Où pouvons-nous aller ?

Durango la conduisit au bar de l'aéroport. Quand il lui avança une chaise, elle ne put s'empêcher d'admirer la beauté virile de son visage, s'attardant sur ses lèvres, se remémorant leur douceur et leur caresse affolante sur sa peau.

Ils n'avaient jamais été assis à la même table, songea-t-elle. Il était étrange de se dire qu'ils avaient partagé un lit avant même d'avoir eu l'occasion de prendre un repas ou un café ensemble. Au dîner de répétition et au mariage de sa sœur, Durango était assis avec ses frères et ses cousins, alors que Savannah se trouvait à la table des mariés.

— Veux-tu boire quelque chose, Savannah ?

— Non merci.

— Comment vas-tu depuis le mariage de Chase ? demanda Durango après avoir commandé un soda à la serveuse. As-tu beaucoup de travail ?

Il était un peu tard pour se montrer aimable ! Il choisissait bien mal son moment pour être gentil. Cependant, elle choisit de jouer le jeu, décidant de lui répondre poliment, en attendant qu'il se décide à entrer dans le vif du sujet.

— Ça va. Et toi ?

— L'hiver est une période difficile pour les rangers.

— Ah, bon ?

— Oui, à cause du froid, c'est éprouvant physiquement. Et puis, en plus de notre travail habituel, nous devons empêcher les chasseurs et les braconniers de s'aventurer dans le parc.

Pour avoir vu des reportages télévisés sur les parcs nationaux d'Amérique, Savannah savait qu'outre conseiller touristes et randonneurs, veiller à leur faire respecter les règlements en vigueur, les rangers avaient pour mission d'entretenir les sentiers et les pistes ainsi que de protéger la faune et la flore.

Elle frissonna légèrement en imaginant son interlocuteur attaqué par un ours.

Aussitôt, Durango se pencha vers elle avec sollicitude.

— Tu as froid ?

Elle secoua la tête.

— Je t'imaginais face à une bête sauvage.

Rassuré, il sourit.

— Il m'est arrivé de croiser le chemin d'un grizzly. Mais j'ai eu la chance de bien m'entendre avec lui.

Savannah resta silencieuse. Cette conversation anodine commençait à lui taper sur les nerfs. Quand Durango allait-il en venir au fait ?

— De quoi as-tu besoin, Savannah ? demanda ce dernier, comme s'il avait pu lire dans ses pensées.

Elle soutint son regard sans ciller.

— Je te l'ai déjà dit : je ne veux ni n'ai besoin de rien. Je tenais juste à t'informer de mon état, parce que je trouve atroces ces histoires d'enfants qui grandissent sans savoir qui est leur père ou d'hommes qui découvrent des années après qu'ils ont des enfants. Je pensais que ce serait injuste pour toi et pour mon enfant de ne pas vous connaître.

Durango fronça les sourcils.

— Tu veux dire *notre* enfant.

Savannah se crispa. C'était son enfant ! Elle l'avait considéré comme sien dès l'instant où son médecin lui avait confirmé le résultat du test de grossesse. Elle l'aimait déjà plus que tout au monde, et être une mère célibataire ne lui posait aucun problème. Durango avait certes involontairement participé à la conception de ce petit être qui grandissait en elle, mais son rôle s'arrêterait là.

— Comprenons-nous bien, Savannah, reprit Durango, le visage dur comme du granit. Je tiens à jouer un rôle dans la vie de notre enfant.

Elle cacha tant bien que mal son inquiétude.

— Quel rôle ?

— Celui de père.

— C'est impossible. Tu vis à des milliers de kilomètres de Philadelphie.

Durango haussa les épaules.

— Il ne tient qu'à nous de réduire les distances.

Elle écarta les mains.

— Je ne vois pas comment.

— Moi si.

Croisant les bras, Durango poursuivit d'un ton résolu :

— En fait, nous n'avons qu'une solution.

Perplexe, Savannah se pencha en avant, curieuse d'entendre ce qu'il avait derrière la tête.

— Laquelle ?

— Nous marier.

3

Sous l'effet de la surprise, Savannah manqua tomber de sa chaise. Elle avait dû mal comprendre. Mais l'expression déterminée de son interlocuteur lui confirma qu'elle avait bien entendu.

Elle ravala un rire nerveux.

— Tu plaisantes !

— Je suis on ne peut plus sérieux, affirma Durango.

— Désolée, le mariage n'est pas une option.

— Pourquoi ?

Il la foudroya du regard.

— Je ne suis pas assez bien pour toi ?

Elle le considéra avec étonnement. Où avait-il été chercher cette idée absurde ? Durango devait savoir qu'il était un homme extrêmement séduisant et que de nombreuses femmes se damneraient pour l'épouser. Mais là n'était pas la question, on ne se marie pas avec quelqu'un que l'on connaît à peine.

— Cela n'a rien à voir avec toi. Nous ne nous connaissons même pas !

— Cela ne nous a pas empêchés de passer la nuit ensemble.

Certes.

— J'avais un peu trop bu, je n'avais pas toute ma tête. Crois-moi, je n'ai pas l'habitude des aventures sans lendemain.

— Tu as visiblement fait une exception avec moi.

Il avait décidément réponse à tout. Exaspérée, Savannah leva les yeux au ciel.

— Tout le monde commet des erreurs ! Nous n'allons pas

nous marier juste parce que je suis enceinte. Nous ne sommes plus au siècle dernier !

Une veine se mit à palpiter sur la tempe de Durango.

— Nous, les Westmoreland, nous avons encore des principes et le sens des responsabilités.

Peu importait qu'il n'ait pas prévu cet enfant ni souhaité renoncer à sa liberté. Dans sa famille, personne n'avait d'enfant illégitime. Cela ne se faisait tout simplement pas, voilà tout.

D'accord, concéda-t-il, son cousin Dare et son oncle Corey s'étaient retrouvés dans cette situation, mais c'étaient là des exceptions qui confirmaient la règle. Du reste, en découvrant qu'il avait un fils âgé de dix ans, Dare n'avait eu de cesse d'épouser la mère de son enfant et, depuis, Shelly et lui vivaient un bonheur sans nuage. Quant à Corey, il n'avait pas pu légitimer ses triplés parce qu'il avait ignoré leur existence.

La situation de Durango était entièrement différente. Il *savait* qu'il allait être père. Il ne pouvait pas rester les bras croisés, c'était inconcevable.

Il s'était montré coupable de négligence et avait conçu un enfant. Il allait donc assumer son erreur et agir au mieux. Étant donné la situation, un mariage temporaire lui semblait la meilleure solution. Savannah et lui n'étaient pas amoureux et ils étaient tous deux pragmatiques et sensés. Une fois l'enfant reconnu, ils sauraient se séparer sans regrets ni rancœur et reprendre chacun le cours de leur existence.

— Tu n'as aucune obligation envers moi, déclara Savannah. Il n'y a que Jessica qui sait que tu es le père de mon enfant. Elle l'a sans doute confié à Chase, mais si nous le leur demandons, ils garderont notre secret. Personne d'autre n'a besoin d'être au courant.

— Il est hors de question que je ne reconnaisse pas mon enfant !

Elle ne put s'empêcher d'apprécier son sens de l'honneur et des responsabilités. L'espace d'un instant elle se radoucit. Mais elle se reprit rapidement.

Jamais elle ne se marierait pour respecter des convenances qu'elle jugeait archaïques. Cette discussion ne rimait à rien. Plus tôt elle rentrerait chez elle, mieux ce serait.

Le visage fermé, elle se leva et ramassa son sac.

— J'apprécie ta proposition, Durango. Mais je refuse de me marier, avec toi ou avec un autre, juste parce que je suis enceinte.

Vif comme l'éclair, Durango contourna la table.

— Écoute Savannah...

— Non, toi, écoute-moi !... Que les choses soient bien claires : il est tout simplement hors de question que nous nous mariions dans ces conditions.

Savannah savait à quel point ce genre de mariage arrangé pouvait être dramatique. Son père avait épousé sa mère uniquement parce qu'elle avait été enceinte de Rico. Et ils avaient été très malheureux... Mais ce n'était ni le lieu ni le moment de raconter à Durango le mélodrame des Clairborne.

Sans ajouter un mot, le menton levé, les épaules raides, elle tourna les talons et se dirigea de nouveau vers le comptoir d'enregistrement.

— Je suis désolé, madame. Suite à un avis de tempête, le trafic aérien est suspendu au moins jusqu'à demain midi.

Savannah ouvrit de grands yeux.

— Tous les vols sont annulés ? Même ceux pour Atlanta ?

— Tous, confirma l'employé.

Secouant la tête, il ajouta :

— Je ne peux même pas vous proposer une chambre d'hôtel. Tous les établissements de la région sont complets depuis midi.

Savannah laissa échapper un soupir de lassitude. C'était un cauchemar !

— Je vois... Tant pis, je vais attendre le prochain vol ici.

— Tu ne vas pas passer la nuit ici, je te ramène chez moi, intervint une voix profonde et maintenant familière juste derrière elle.

Elle fit volte-face.

— Certainement pas !

— Sois raisonnable, Savannah. Tu as entendu : aucun avion ne décollera avant demain.

— Cet homme vous importune, madame ? s'inquiéta l'agent de comptoir. Voulez-vous que j'appelle quelqu'un de la sécurité ?

Savannah frémit intérieurement en voyant une profonde ride creuser le front de Durango. Afin d'éviter un esclandre, elle sourit gentiment à l'autre homme.

— Ce monsieur est un ami. Excusez-moi une minute.

Prenant Durango par le coude, elle l'entraîna avec brusquerie à l'écart.

— Nous devons mettre une chose au point.

— Laquelle ? répondit-il.

— Personne, je dis bien personne, ne me donne d'ordres et ne prend de décisions à ma place !

Elle était encore plus belle quand elle était en colère, songea Durango en admirant le joli visage rouge d'irritation.

Il savait qu'il avait été trop loin en essayant de lui imposer un mariage de convenance et en décidant qu'elle devait passer la nuit chez lui sans même lui demander son avis. Cela ne lui ressemblait pas. Même s'il était fermement résolu à les maintenir hors de sa vie, il ne s'était jamais comporté en tyran avec les femmes !

Sauf avec Delaney, lui rappela une toute petite voix. Mais c'était sa cousine et il se devait de la protéger. D'ailleurs, ses frères et ses cousins avaient, eux aussi, usé et abusé de leur autorité à son égard.

Dans le cas de Savannah, c'était encore différent. Elle portait son enfant et il était hors de question qu'elle passe la nuit recroquevillée sur une chaise inconfortable dans un aéroport glacial. Mais c'était à elle d'en décider, et il devait faire preuve de diplomatie.

Changeant de tactique, il lui prit gentiment les mains.

— Excuse-moi, Savannah, je ne voulais pas te froisser. Je pensais juste que le bébé et toi seriez mieux au chaud et au calme.

Avec un regard suppliant qui aurait fait fondre un iceberg, il poursuivit :

— Et cela me ferait vraiment plaisir de t'accueillir chez moi.

Insensible aux efforts de Durango, Savannah sentit au contraire sa colère redoubler. Pour qui la prenait-il ? Elle savait reconnaître un beau parleur et un manipulateur. Son père avait été un expert en la matière…

Elle aurait volontiers envoyé Durango au diable. Mais elle devait reconnaître que passer la nuit dans cette aérogare glacée ne serait guère prudent. Pour être franche, elle mourait d'envie de prendre un bon bain chaud et de dormir dans un lit douillet.

Seule.

Elle était bien placée, en effet, pour savoir que Durango était un redoutable séducteur. Même si le mal était déjà fait, elle ne voulait pas risquer de se retrouver de nouveau dans ses bras.

Après l'avoir dévisagé avec méfiance, elle demanda :

— As-tu une chambre d'amis ?

Le sourire tout en fossettes de Durango la bouleversa malgré elle.

— J'en ai même plusieurs, dit-il. Tu es la bienvenue chez moi aussi longtemps que tu le voudras.

Triturant la bandoulière de son sac, elle se mordilla les lèvres et pesa une dernière fois le pour et le contre.

— Je te suis si tu promets de ne plus me parler mariage. Pour moi, le sujet est clos.

Après un silence tendu, Durango hocha la tête.

— Si tu veux.

Satisfaite et soulagée, elle lui sourit.

— Dans ce cas, j'accepte ton invitation avec plaisir !

Sans perdre de temps, Durango lui prit son sac des mains et l'entraîna vers la sortie.

— Je suis garé juste devant la porte, dit-il simplement.

Mais tandis qu'ils quittaient le terminal, il se promit que lorsque Savannah repartirait pour Philadelphie, elle serait sa femme.

Une demi-heure plus tard, il la précédait dans l'escalier qui menait au premier étage de son chalet.

— J'ai trois chambres d'amis mais je pense que tu préféreras celle-ci, dit-il en ouvrant une porte au fond de la galerie. C'est la plus grande et elle a sa propre salle de bains.

Savannah fit quelques pas sur l'épaisse moquette blanche

et regarda autour d'elle avec admiration et étonnement. La chambre ressemblait en fait à une suite d'hôtel. Un secrétaire, une méridienne et un fauteuil disposés devant une table basse constituaient la partie salon. Quelques marches et une arche délimitaient la partie chambre à coucher, presque entièrement occupée par un grand lit recouvert d'un édredon vieux rose assorti aux rideaux. Les murs étaient recouverts d'une tenture liberty et décorés d'aquarelles et de fusains. Des compositions de fleurs de soie et des pots-pourris ornaient la commode et la table de nuit. Il était évident qu'une femme s'était chargée de l'aménagement de cette partie du chalet.

Devinant les causes de sa surprise, Durango sourit et expliqua :

— C'est ma mère qui a décoré cette chambre, elle trouvait les autres trop masculines. J'espère qu'elle te plaît.

Durant quelques secondes, leurs regards se rivèrent l'un à l'autre. Esquissant un léger mouvement de recul, Savannah finit par se détourner la première.

— Elle est parfaite. Merci beaucoup, murmura-t-elle.

Elle observa son hôte tandis qu'il ouvrait les rideaux des deux fenêtres. Comment un homme si grand et si imposant pouvait-il se mouvoir avec tant de grâce et de souplesse ?

Lors du dîner de répétition du mariage de Jessica, elle avait déjà été sensible à l'intense virilité qu'il dégageait. Quand ils avaient fait l'amour, elle avait découvert que la réalité dépassait les apparences. Durango était un homme. Un vrai.

Cette nuit-là, il avait embrasé ses sens au point qu'elle, d'ordinaire si raisonnable, avait tout oublié : convenances, pudeur, précautions... Encore maintenant, elle ressentait une chaleur insidieuse monter au fond d'elle-même alors qu'elle repensait à tout ce qu'ils avaient fait ensemble. Ils n'avaient gaspillé aucune minute, aucune seconde.

Son trouble s'accrut quand Durango se tourna vers elle et la fixa de ses yeux bruns. Pouvait-il entendre le martèlement frénétique de son cœur ? Voyait-il les pointes de ses seins se durcir sous son pull ?

— À cette époque de l'année, les montagnes sont magnifiques, dit-il d'une voix légèrement éraillée avant de se perdre de nouveau dans la contemplation du paysage.

Intriguée, Savannah voulut voir ce qui le fascinait tant. Lorsqu'elle regarda à son tour par la fenêtre, elle n'en crut pas ses yeux. Le paysage était d'une beauté à couper le souffle. Les montagnes encapuchonnées de neige semblaient s'élancer à l'assaut du ciel, des dizaines de cascades dévalaient leurs pentes vertigineuses pour plonger vers la vallée tapissée de forêts de résineux à travers lesquelles serpentaient des rivières scintillantes. Elle se promit de photographier ce panorama grandiose avant son départ.

— Cela fait longtemps que tu habites ici ? demanda-t-elle avec curiosité.

— Presque cinq ans, répondit Durango.

— Pourquoi as-tu décidé de partir si loin d'Atlanta ?

— Quand j'étais adolescent, je venais souvent en vacances chez mon oncle Corey qui a un ranch non loin d'ici. J'aimais tellement la vie dans le Montana qu'à la fin de mes études, j'ai postulé pour un emploi chez les rangers. Mon oncle m'a hébergé quelque temps, et puis j'ai fait construire mon chalet.

Avec une pointe de fierté, Durango précisa :

— J'ai près de cent acres de terrain.

— C'est énorme !

— Ce sont les sources chaudes qui m'ont fait me décider. J'ai fait installer un jacuzzi derrière la maison. Si la tempête ne menaçait pas, je te proposerais de l'essayer.

Il regarda sa montre.

— Je vais redescendre préparer le dîner. Cuisses de poulet rôties et purée de pommes de terre maison, cela te convient ?

Et comment ! Savannah en avait l'eau à la bouche. À cause de ses nausées matinales, le dîner était son seul vrai repas. Elle n'avait rien mangé depuis la veille à part une poignée de crackers.

— Ce sera parfait. Veux-tu de l'aide ?

— Je contrôle parfaitement la situation. À tout à l'heure.

Arrivé devant la porte, Durango se retourna.

— Qui a choisi ton prénom ? Il est assez inhabituel.

— Ma mère adore Savannah et l'histoire du vieux Sud. C'est sa ville préférée, répondit-elle.

Durango hocha la tête. La mère de Savannah avait fait un excellent choix. Ce nom symbolisait toute l'élégance, le charme et la délicatesse de celle qui le portait.

En entrant dans la cuisine, Savannah regarda autour d'elle avec envie. D'une propreté et d'une blancheur éclatante, elle était équipée d'appareils électroménagers flambant neufs, tous plus sophistiqués les uns que les autres. Les marmites et les casseroles de cuivre accrochées au-dessus de l'îlot de cuisson central indiquaient que contrairement à la plupart des hommes célibataires, Durango ne se contentait pas de faire réchauffer des plats surgelés pour se nourrir. C'était manifestement un fin gourmet.

S'apercevant de sa présence, Durango cessa momentanément de verser du lait dans la purée, et lui sourit.

— Tu es bien installée ? Tu as pu ranger toutes tes affaires ?

— Oui, merci.

Tout en admirant l'habileté de Durango, elle ajouta :

— Je n'avais pas grand-chose à déballer.

Savannah n'avait pas prévu de s'attarder dans le Montana, elle n'avait donc emporté, en plus de son appareil photo dont elle ne se séparait jamais, que quelques affaires de toilette et un livre pour l'avion.

— Fais comme chez toi, conseilla Durango. À mon avis, tu vas être bloquée ici plusieurs jours.

— Pourquoi ?

— Regarde par la fenêtre.

À sa grande stupéfaction, Savannah constata que le temps avait brusquement changé : un vent furieux faisait tourbillonner des flocons blancs et agitait les branches des arbres à peine visibles sur le ciel menaçant.

— Que s'est-il passé ? s'étonna-t-elle. Il faisait encore beau tout à l'heure.

Durango se mit à rire.

— Bienvenue dans le Montana. Ici le climat change en moins de temps qu'il n'en faut pour le dire.

— Tu penses qu'il va neiger longtemps ?

— Au moins deux jours. Mais le plus gros de la tempête est prévu pour ce soir. Alors, autant faire contre mauvaise fortune bon cœur.

Qu'entendait-il par là ? s'interrogea Savannah qui avait surpris son sourire en coin. Elle était coincée en pleine tempête de neige avec un homme dont le charme et le sex-appeal étaient capables de lui faire oublier les plus élémentaires précautions. Et elle ne savait même pas quand elle pourrait rentrer chez elle ! Il n'y avait vraiment pas de quoi se réjouir !

— Tout est prêt, annonça Durango. Nous pouvons dîner.

Elle le regarda poser le poulet et la purée sur la table du salon brillamment éclairée par des spots halogènes encastrés dans le plafond.

— J'ai remarqué que tout est électrique chez toi, même le chauffage. Que fais-tu en cas de panne ? demanda-t-elle.

Durango la considéra avec une certaine froideur. Que croyait-elle ? Que dès que l'on ne vivait pas à New York, on s'habillait de peaux de bêtes et on se lavait dans des ruisseaux ? Il réussit néanmoins à masquer son irritation.

— J'ai un générateur. Et il y a des cheminées dans toutes les pièces. Ne t'inquiète pas, même s'il gelait à pierre fendre dehors, nous serons toujours bien au chaud.

Sans aucun doute, se dit Savannah, avec une certaine ironie, en s'installant en face de lui. Parce que s'il se mettait en tête de la séduire et qu'elle ne trouvât pas la force de résister à son charme fatal, la passion qui exploserait entre eux suffirait amplement à les réchauffer. Mais peut-être valait-il mieux avoir un peu froid...

— Tu es un vrai cordon-bleu, remarqua-t-elle après avoir goûté la purée, onctueuse à souhait.

Durango avait souri en la voyant se servir généreusement. Il avait toujours eu un faible pour les femmes qui avaient de l'appétit et ne se comportaient pas comme si manger était un péché.

— Tout célibataire qui se respecte doit savoir cuisiner. Mais j'avoue que j'ai eu de la chance : ma mère a tenu à enseigner à tous ses fils les règles élémentaires de survie.

Savannah s'attaqua à son poulet avec entrain :

— Excellent, déclara-t-elle avec un sourire ravi.

— Merci.

Après quelques secondes de silence, son compagnon observa :

— Tu n'as pas grossi. On ne dirait pas que tu es enceinte.

Cette remarque ne l'étonna pas. Elle l'avait surpris en train de la toiser attentivement à plusieurs reprises, à l'aéroport et quand ils étaient dans la cuisine.

— Je suis enceinte de seulement deux mois ! Le bébé n'est probablement pas plus gros qu'un petit pois.

Un peu dérouté, Durango hocha la tête.

— Comment se passe ta grossesse jusqu'à présent ? s'enquit-il finalement.

— Normalement je suppose… Comme je suis souvent nauséeuse le matin, j'ai pris l'habitude de ne manger que des crackers jusqu'en milieu d'après-midi.

Avec un petit sourire d'excuse, elle ajouta :

— Voilà pourquoi j'ai tant d'appétit le soir.

Les sourcils froncés, Durango répéta :

— Tu es malade tous les matins ?

— Presque. Mais, selon mon médecin, cela devrait s'arranger d'ici quelques semaines.

Amusée par l'inquiétude qui se peignait sur le visage de son compagnon, Savannah demanda :

— Tu n'as jamais eu de femme enceinte dans ton entourage ?

— Si bien sûr ! se récria-t-il. Quand je suis rentré à Atlanta l'année dernière, ma cousine Jayla attendait des jumeaux.

Il tendit la main et lui effleura doucement la joue.

— J'espère que notre enfant aura tes yeux, reprit-il. Ils sont magnifiques.

Troublée et déroutée tout à coup, Savannah sentit ses bonnes résolutions vaciller dangereusement. Ce bref contact lui avait rappelé la divine brûlure des caresses et des baisers de Durango sur les endroits les plus sensibles de son corps. Le désir qu'elle voyait luire dans son regard était si tentant…

— Je veux voir notre enfant grandir en toi, chuchota Durango.

La tendresse contenue dans sa voix l'émut profondément et éveilla en elle des pensées déroutantes, qu'elle écarta à regret.

— Je doute que ce soit possible, articula-t-elle péniblement.

— Cela le sera si nous nous marions.

Soudain dégrisée, elle fronça les sourcils.

— Tu m'avais promis de ne plus aborder ce sujet.

Une étrange lueur passa dans les yeux de Durango.

— J'ai une proposition à te faire.

Elle le dévisagea avec méfiance.

— Laquelle ?

— Nous pourrions envisager un mariage temporaire, vivre ensemble jusqu'aux six mois du bébé puis demander le divorce.

Un mariage temporaire ! L'audace de Durango laissa Savannah sans voix. Cette proposition était la chose la plus folle qu'elle ait jamais entendue.

— À quoi cela servirait-il ? demanda-t-elle lorsqu'elle eut recouvré l'usage de la parole.

— D'abord, cela me permettrait de t'assister pendant toute ta grossesse, et puis mon enfant ne naîtrait pas illégitime.

Après une courte pause, Durango reprit :

— Nous ne parlons pas ici d'un vrai mariage. Comme toi je pense qu'il doit y avoir bien plus, entre des conjoints, qu'un enfant et un sentiment d'obligation. Et puis, pour être franc avec toi, je n'ai aucune envie de renoncer à ma liberté. Mais je pense qu'un mariage provisoire est la meilleure chose à faire pour le bien de notre enfant.

Afin de couper court aux protestations qu'il lisait dans les yeux de son interlocutrice, il se hâta d'enchaîner :

— Tu ne cours aucun risque. Tu saurais dès le départ à quoi t'en tenir.

Savannah voulu être certaine d'avoir bien compris.

— Tu me proposes un mariage de convenance, c'est bien ça ?

— Exactement, répondit-il sans se démonter.

Des dizaines de questions se bousculèrent dans son esprit mais elle se contenta de poser celle qui lui semblait la plus importante.

— Mais ce serait un mariage blanc, je suppose ?

Durango s'efforça de ne pas ciller sous son regard méfiant. Le simple fait de lui parler le consumait de désir. Il n'osait imaginer ce qu'il endurerait s'il devait vivre avec elle pendant plusieurs mois sans la toucher !

Il répondit calmement :

— Pas forcément. J'ai réfléchi à la question et j'en suis arrivé à la conclusion que...

— Garde-la pour toi ! coupa précipitamment Savannah. Si — je dis bien *si* — j'accepte de t'épouser, ce sera à la seule et unique condition que nous ne partagions pas le même lit.

Il prit un air faussement innocent.

— Tu n'as pas aimé dormir avec moi ?

Savannah contint un soupir excédé. Comme s'il avait été question de dormir cette nuit-là ! Ils avaient fait l'amour toute la nuit, repoussant sans cesse les limites du plaisir.

— Là n'est pas la question.

— Alors quelle est-elle ?

Elle le foudroya du regard.

— Je n'ai pas pour habitude de partager le lit d'un homme sans avoir de relation sérieuse avec lui.

Redevenant grave, il se pencha vers elle.

— Il ne me semble pas qu'il y ait de relation plus sérieuse qu'un mariage, même s'il est temporaire. Et franchement, je ne vois pas pourquoi nous devrions nous empêcher de passer de bons moments tant que nous serons ensemble. Nous sommes tous les deux adultes et libres. Sois honnête et reconnais que nous sommes attirés l'un par l'autre depuis le premier jour !

Avec un petit sourire, il ajouta :

— Ce n'est pas pour rien que nous nous retrouvons dans cette situation !

Voyant que Savannah s'apprêtait à monter sur ses grands chevaux, il la fit taire d'un geste et poursuivit :

— Même si nous étions tous les deux un peu ivres, tu ne peux pas nier que nous avons passé une nuit inoubliable.

Certes, songea avec ironie Savannah, la nuit était inoubliable à plus d'un titre. Mais même si elle avait connu un plaisir inouï dans ses bras, elle n'avait pas l'intention de renouveler l'expérience.

— Tu t'écartes du sujet.

— Pas du tout puisque c'est à cause de cette attirance explosive que tu es enceinte.

Redevenant soudain sérieux Durango déclara d'un ton grave :

— Je veux aussi t'aider et accompagner mon enfant dans ses débuts dans la vie.

Savannah le considéra avec suspicion et appréhension.

— Combien de temps resterions-nous mariés ?

— Environ un an. Un peu plus si c'est vraiment nécessaire, répondit-il.

Il parlait comme si elle exigeait de lui un énorme sacrifice ! songea Savannah avec irritation. Quel culot !

— Je ne t'ai rien demandé à ce que je sache ! dit-elle sèchement.

— Je sais, je sais..., répliqua-t-il d'un ton apaisant. C'est moi qui tiens à tisser des liens avec mon enfant. Je pense que nous pourrions nous séparer quand il aura six mois. À moins que tu souhaites attendre davantage.

Savannah s'abstint de tout commentaire. Si Durango allait vraiment trop loin avec cette idée grotesque de mariage temporaire, elle savait, pour l'avoir lu dans des manuels de puériculture, que la présence paternelle dans les premiers mois d'un enfant est capitale pour son bien-être et son épanouissement futur. Il était effectivement important qu'il trouve un arrangement qui leur permette de participer tous deux à l'éducation de leur enfant. Cela dit, jamais elle n'aurait pensé que Durango puisse être au fait les théories des pédopsychiatres et s'y intéresser.

À regret, elle repoussa son assiette vide, sachant qu'elle venait de prendre son dernier repas jusqu'au lendemain soir.

— Tu me prends au dépourvu. Je dois réfléchir à tête reposée.

Pour éviter toute équivoque, elle précisa :

— Une chose, en tout cas, est sûre : si ta proposition inclut une quelconque intimité entre nous, je peux te répondre non dès maintenant.

Soudain, une question lui traversa l'esprit.

— Si jamais j'acceptais ta proposition, où habiterions-nous ?

— Je préférerais rester chez moi, bien sûr. Mais si tu le souhaites, ou si c'est plus commode pour toi, je viendrai m'installer à Philadelphie, répondit Durango.

Elle l'observa à travers ses cils. Ici dans le calme des montagnes, il était dans son élément, il supporterait difficilement le bruit et l'agitation de la ville. Que ferait-il de ses journées à Philadelphie ?

— Ton travail est ici, soupira-t-elle.

— Je peux demander un congé.

Elle le dévisagea avec étonnement.

— Tu ferais ça ?

— Sans problème.

La détermination qu'elle lut dans son regard la toucha. Il était vraiment prêt à d'énormes sacrifices pour le bonheur de leur enfant !

Étouffant un bâillement derrière sa main, elle se leva. La journée avait été riche en émotions et elle se sentait épuisée. D'autre part, elle avait besoin d'être seule afin de réfléchir à la proposition de Durango.

— Je vais monter me coucher. Je suis épuisée.

— Je comprends, tu as eu une rude journée.

Après une courte pause, Durango reprit :

— Sache que même si tu refuses de partager mon lit, ma proposition tiendra toujours.

Il contourna la table et ajouta :

— Tu trouveras une robe de chambre et un peignoir derrière la porte de ta salle de bains et des serviettes dans le meuble sous le lavabo. S'il te faut autre chose, n'hésite pas à m'appeler.

— Entendu. Merci beaucoup. Je vais t'aider à débarrasser la table et ensuite...

— C'est inutile. Je m'occuperai de tout quand j'aurai fermé l'écurie et rentré du bois pour la nuit.

Mieux valait conserver une distance raisonnable entre eux, décida Durango en l'accompagnant jusqu'à l'escalier. Depuis qu'il l'avait ramenée chez lui, il devait constamment lutter contre l'envie de l'embrasser, de la serrer dans ses bras afin de retrouver la chaleur excitante de son corps pressé contre le sien. S'il restait encore cinq minutes près d'elle, il ne répondait plus de lui !

Ce n'était pas le moment de se comporter comme un homme des cavernes et de la mettre dans de mauvaises dispositions. Elle était déjà suffisamment méfiante. Il tenait à ce qu'elle réfléchisse à sa proposition en toute sérénité.

Une fois seul, Durango fut pris d'une certaine appréhension. Il souhaitait de toutes ses forces que Savannah accepte sa proposition. Cela semblait être la meilleure solution pour le bien de leur enfant. Mais quel supplice ce serait d'être le mari d'une femme aussi attirante et de ne pouvoir la toucher !

4

Savannah n'avait pratiquement pas fermé l'œil de la nuit. Elle n'avait cessé de penser à la proposition de Durango.

En sa présence, son esprit était constamment traversé d'images sensuelles où elle et Durango jouaient les premiers rôles. Vivre avec lui ne serait-ce que quelques mois la mettrait à rude épreuve.

D'un autre côté, elle était sensible au désir de Durango de l'aider pendant sa grossesse, et de s'impliquer dans la vie de son enfant. Elle lui découvrait des qualités qu'elle n'aurait jamais soupçonnées chez cet homme un peu macho. Peu d'hommes confrontés à une paternité non désirée se seraient montrés aussi nobles et prévenants !

L'esprit encore plein de confusion, la jeune femme s'assit dans son lit et regarda par la fenêtre. Dehors, tout était noyé de blancheur. Il neigeait toujours à gros flocons et le vent ne parvenait pas à dissiper le brouillard qui enveloppait les montagnes. À moins d'un miracle, elle ne quitterait pas le Montana aujourd'hui.

Heureusement, sa chambre était un havre de chaleur et de calme, songea-t-elle avec un soupir de bien-être. Pendant la nuit, Durango avait allumé un feu dans la cheminée et il était revenu à plusieurs reprises ajouter du bois sur les braises.

Elle ne s'était pas privée de l'admirer tandis qu'il s'affairait dans la lumière chatoyante des flammes. De délicieux frissons l'avaient parcourue alors qu'elle détaillait son corps musclé, ses longues jambes… Aucun homme ne portait si bien le jean ! À y bien réfléchir, il était également pas mal du tout totalement nu songea-t-elle avec malice. Ses épaules puissantes, la toison qui bouclait sur son torse, son ventre plat... Tout son corps était un appel à l'amour !

Un léger coup frappé à la porte coupa court à ces agréables rêveries.

— Entre ! lança-t-elle.

Le sourire chaleureux qu'il lui adressa rivalisait avec l'éclat des flammes dans la cheminée.

— Bonjour Savannah ! J'espère que tu as bien dormi et que tu es reposée.

— Oui merci, mentit-elle.

De la main, elle indiqua le ciel bas derrière la fenêtre.

— Tu avais raison. Je ne repartirai pas aujourd'hui. Il fait encore plus mauvais qu'hier.

Se souvenant tout à coup qu'elle était vêtue en tout et pour tout d'un T-shirt des Atlanta Braves trouvé dans la commode de sa chambre, elle remonta pudiquement son édredon de plume sous son menton.

Durango s'arrêta au pied de son lit.

— Je suis venu te prévenir que je dois m'absenter quelques heures.

Elle ouvrit de grands yeux.

— Tu vas sortir en pleine tempête de neige ?

— Mes collègues viennent de m'appeler, ils ont besoin d'aide. Un groupe de randonneurs est porté disparu.

Avec un léger sourire, Durango assura :

— J'ai l'habitude de travailler dans des conditions difficiles.

Savannah regarda de nouveau par la fenêtre. Elle eut un haut-le-corps en s'imaginant perdue dans la montagne, errant dans le froid et de la neige.

— Crois-tu que tu pourras te débrouiller en mon absence ? s'inquiéta Durango qui l'avait vue pâlir.

Elle se força à sourire.

— Tout ira bien.

Comme il se dirigeait vers la porte, elle ajouta :

— Sois prudent...

Il l'enveloppa d'un regard tendre et lui adressa un sourire radieux qui l'atteignit en plein cœur.

— Ne te fais aucun souci. Je n'ai pas l'intention de te laisser avoir mon enfant sans moi !

Savannah fut saisie de nausées dès qu'elle posa le pied par terre. Après avoir pris un long bain chaud, elle se sentit légèrement mieux et s'enveloppa dans un peignoir pour descendre dans la cuisine. Là, elle découvrit que Durango lui avait laissé un appétissant petit déjeuner : toasts, divers pots de confiture, du beurre, des céréales et un pichet de lait... Elle ne fut pas vraiment surprise. Elle connaissait maintenant toutes les attentions dont Durango était capable.

Préférant ne pas tenter le diable, elle décida à regret de se passer de petit déjeuner et de se contenter de ses habituels crackers. À son grand soulagement, elle trouva plusieurs paquets de sa marque préférée dans l'un des placards. Tout en ouvrant une boîte, elle regarda pensivement par la fenêtre. Le vent avait encore gagné en violence et les flocons de neige étaient si denses qu'ils formaient un rideau blanc qui occultait la vue sur les montagnes.

À ce rythme-là, elle n'était pas près de rentrer chez elle !

Après avoir tapé vigoureusement des pieds sur le paillasson pour se débarrasser de la neige qui collait à ses bottes, Durango se précipita à l'intérieur de son chalet.

Jamais il n'avait été aussi impatient et heureux de rentrer chez lui. Durant toute la matinée, il avait savouré le souvenir du sourire de Savannah, de la tendresse contenue dans sa voix et dans son regard lorsqu'elle lui avait recommandé la prudence. Tout à ses douces réminiscences il avait à peine senti la fatigue et la morsure du froid tandis qu'avec son équipe il se lançait à la recherche des randonneurs égarés.

En accrochant sa parka à la patère de l'entrée, il regarda dans le salon et découvrit Savannah profondément endormie sur le canapé. Ses magnifiques cheveux de jais encadraient son visage délicat. Endormie, elle était encore plus belle. Elle avait l'air tellement calme et sereine ! Il aurait pu rester des heures à la contempler.

Soudain, il prit vraiment conscience qu'une vie grandissait au sein de ce corps voluptueux. Il sourit en imaginant une petite fille avec des tresses ébène et des yeux d'ambre qui scintilleraient comme des joyaux sur sa peau mate.

Au-delà de la violente attirance qu'il éprouvait pour elle, il ressentait aussi une grande admiration. Elle n'avait même pas envisagé de lui passer la corde au cou ! À sa place, la plupart des femmes auraient exigé le mariage. Elle, en revanche, était opposée à une union uniquement motivée par sa grossesse.

Il espérait cependant qu'elle finirait par accepter sa proposition. Non seulement parce qu'il désirait participer à la vie de son enfant dès maintenant, mais aussi parce qu'il mourait d'envie de la savoir légalement toute à lui. Même pour quelques mois...

Bien que le T-shirt et le bas de jogging qu'il lui avait prêtés avant de partir soient quatre fois trop grands pour elle, le fin coton soulignait la forme de ses seins. En y regardant de près, sa poitrine semblait plus ronde. Ce serait fascinant et émouvant de regarder son corps sensuel changer au fil des semaines, de poser la main sur le ventre qui abritait leur enfant...

Durango secoua la tête. Si la veille encore son meilleur ami lui avait dit qu'il se réjouirait à l'idée d'être père et de participer à la grossesse d'une femme qu'il connaissait à peine, il aurait éclaté de rire et l'aurait traité de fou.

Il allait d'ailleurs avoir beaucoup de mal à convaincre McKinnon que non seulement il avait admis sa future paternité, mais qu'en plus il était pressé de tenir son enfant dans ses bras.

Tous deux étaient considérés comme les deux célibataires les plus redoutables de la région. Ils répétaient à qui voulait l'entendre que les obligations, les contraintes, les complications sentimentales n'étaient pas pour eux. Ils papillonnaient de femme en femme, fuyant comme la peste celles qui pourraient vouloir passer plus de quelques heures en leur compagnie.

Quand Savannah soupira dans son sommeil et se tourna

sur le côté, son T-shirt remonta sous ses seins. Durango contint un gémissement et se réfugia précipitamment dans la cuisine pour ne pas céder à la tentation d'embrasser sa peau laiteuse.

Bien sûr, un simple et chaste baiser n'était pas la fin du monde ! Mais il savait qu'il ne pourrait s'arrêter là. Même épuisé par sa matinée de marche dans le froid et la neige, il était consumé par le désir et le souvenir encore vivace de leurs étreintes passionnées était à deux doigts de lui faire oublier qu'il était un gentleman.

Savannah fut réveillée par de délicieux effluves venant de la cuisine. Elle regarda autour d'elle avec perplexité, étonnée de ne pas être dans sa chambre douillette au premier étage. Puis tout lui revint : son incursion dans la cuisine pour trouver des crackers, les vertiges qui l'avaient obligée à s'étendre sur le canapé...

Épuisée par sa nuit blanche, elle s'était endormie. Elle n'avait même pas entendu Durango rentrer. Pourquoi ne l'avait-il pas réveillée ?

— Tu n'as pas pris de petit déjeuner ?

La voix chaude de son hôte la fit tressaillir. Lorsqu'il s'approcha d'elle, elle eut l'impression de plonger au cœur des flammes qui dansaient dans la cheminée.

Il était l'image même de la décontraction, de la force tranquille et de la virilité. Sa chemise à carreaux déboutonnée au col était tendue à craquer sur ses épaules musclées, son jean moulait ses jambes comme une seconde peau. Savannah sentit immédiatement son pouls s'accélérer et ses seins se durcir sous son T-shirt.

Elle n'avait qu'une envie : se jeter dans ses bras.

Se souvenant qu'il attendait une réponse, elle se força à revenir à la réalité :

— Mon estomac ne l'aurait pas supporté. Mais merci quand même d'avoir laissé des toasts au chaud dans le four en partant.

Inquiet, Durango la fixa avec attention.

— Tu devrais peut-être voir un médecin.

— Je suis suivie par le Dr Wilson, il est très compétent. Il nous a mis au monde mon frère Rico et moi. Malheureusement il prend sa retraite dans quelques mois.

— N'a-t-il pas peur que le bébé et toi manquiez de vitamines si tu ne manges pas le matin ? demanda Durango ?

— Selon lui, nous allons bien.

Cette affirmation ne parut nullement le rassurer.

— J'aimerais t'accompagner à ta prochaine consultation.

— Tu veux venir jusqu'à Philadelphie pour un simple contrôle prénatal ?

— Juste pour ton information, il y a un excellent obstétricien ici, à Bozeman, se contenta-t-il de répondre.

— C'est bon à savoir.

Après avoir remis du bois dans la cheminée, Durango se cala confortablement dans un fauteuil et étendit ses longues jambes devant lui.

— As-tu réfléchi à ma proposition ?

Profondément troublée par la force qui émanait de lui, Savannah s'obligea à fixer les flammes.

— Bien sûr.

Sachant qu'il ne gagnerait rien à la bousculer, il s'efforça de dominer son impatience.

— Et ?

— Je n'ai pas encore de réponse à te donner, répondit Savannah après un silence qui mit ses nerfs à rude épreuve.

Il eut du mal à masquer sa déception.

— J'aimerais pouvoir te dire de prendre tout ton temps pour réfléchir, mais c'est impossible. Il faut réserver une église, préparer la cérémonie, prévenir nos proches, organiser la réception...

Étonnée, Savannah écarquilla les yeux.

— Tu veux une cérémonie et une réception ?

Il sourit.

— Comme tu as pu le constater, les Westmoreland sont nombreux. Si l'on ajoute les amis, les connaissances et...

— Ce ne serait qu'un mariage de convenance et, qui plus est, temporaire, objecta Savannah. Alors pourquoi en faire tout un plat ?

— Mes parents ne sont pas censés le savoir, ils voudront organiser un mariage traditionnel.

Savannah fronça les sourcils.

— Si jamais j'accepte ta proposition, je préférerais faire un voyage éclair à Las Vegas, juste nous deux. De toute façon, d'ici quelques semaines, les vraies raisons de notre mariage seront plus qu'évidentes pour tout le monde.

Un point pour elle, concéda Durango en silence. Dans sa famille, nul n'ignorait son aversion pour les engagements à long terme. Quoi qu'il pût dire, tous ses proches sauraient à quoi s'en tenir dès que la grossesse de Savannah deviendrait visible.

— Ta mère t'en voudra de ne pas l'avoir invitée, souligna-t-il.

Sa mère serait sans doute surprise de ce mariage précipité, mais Savannah savait qu'elle ne lui tiendrait pas rigueur de ne pas l'avoir invitée. Elle comprendrait...

— Elle sait que je ne crois pas au grand amour et aux fins heureuses, dit-elle. Elle comprendra mon choix. De toute façon, elle s'envole pour Paris demain.

Durango se massa la nuque. Depuis sa pénible expérience avec Tricia, lui aussi avait cessé de croire aux contes de fées. Plus il y réfléchissait, plus il devait admettre que Savannah avait raison. Mieux valait une cérémonie discrète.

— Va pour Las Vegas, acquiesça-t-il.

Il ne put s'empêcher d'ajouter :

— Quand penses-tu me donner ta réponse ?

— D'ici mon départ, certainement.

Savannah se dirigea vers la fenêtre.

— À ton avis, pouvons-nous espérer une amélioration pour demain ?

Il secoua la tête.

— J'en doute. Cette tempête est particulièrement violente, nous en avons au moins pour une semaine.

La jeune femme ouvrit des yeux horrifiés.

— Une semaine ? Mais je n'ai pas de vêtements de rechange.

Il faillit répondre qu'il ne voyait aucun inconvénient à ce qu'elle reste nue jusqu'à son départ mais il se ravisa. Elle n'accepterait jamais de se marier avec un homme qui ne pensait qu'au sexe !

— Lors de sa dernière visite, ma cousine Delaney a laissé quelques affaires ici, se contenta-t-il de dire. Vous faites à peu près la même taille, alors tu devrais trouver de quoi te changer.

— Cela ne dérangera pas ta cousine ?

— Bien sûr que non !

Durango se leva.

— J'ai l'estomac dans les talons. Cela te dit de goûter le bœuf au paprika que j'ai préparé pour le dîner ?

Savannah acquiesça avec enthousiasme. Sa sieste l'avait revigorée et elle mourait de faim.

— Volontiers. As-tu besoin d'aide ?

— Si tu t'en sens le courage, tu peux mettre la table.

— Je suis en pleine forme.

Soudain, Savannah se rappela pourquoi il était parti toute la matinée.

— Au fait, as-tu retrouvé les randonneurs ?

— Oui, ils sont sains et saufs.

Elle sourit avec soulagement.

— Ils ont eu beaucoup de chance.

— En fait, l'un d'eux avait été scout, il savait que dans ce genre de situation, il vaut toujours mieux trouver un abri et attendre les secours plutôt que de risquer l'hypothermie en s'obstinant à essayer de retrouver son chemin, expliqua Durango.

Avec un hochement de tête approbateur, il ajouta :

— Il a même eu l'idée de faire du feu avec tout le papier qu'ils avaient sur eux pour faire fondre de la neige et avoir de quoi boire !

Savannah le suivit dans la cuisine.

— Tout est bien qui finit bien alors... Tant mieux...

Une heure plus tard, Durango contemplait avec amusement Savannah en train d'achever sa deuxième assiette de ragoût. Il avait rarement vu une femme manger d'aussi bon appétit.

Avec un sourire penaud, elle posa ses couverts.

— J'avais faim.

Durango rit doucement.

— C'est ce que j'ai cru comprendre. Mais ne t'arrête pas en si bon chemin. Ressers-toi.

Elle secoua la tête.

— Ce ne serait pas raisonnable.

— Il faut que la petite ballerine soit en forme, rétorqua-t-il.

— Hein... Quelle ballerine ?

— Notre fille.

Après avoir bu quelques gorgées de lait, elle demanda :

— Qu'est-ce qui te fait croire que j'attends une fille ?

Avec un léger sourire, Durango essuya gentiment une goutte de lait sur sa lèvre supérieure avec le coin de sa serviette.

— Parce que c'est ce que je souhaite et que je suis assez arrogant pour penser que j'obtiens toujours ce que je veux.

Elle le dévisagea attentivement.

— Pourquoi préférerais-tu avoir une fille ?

— Pourquoi pas ?

Durango était incapable d'expliquer pourquoi l'idée d'avoir une petite fille qui serait le portrait de Savannah l'attendrissait et l'emplissait de joie. Lui-même n'y comprenait rien.

— D'après ce que je sais, il y a une majorité de garçons dans ta famille, observa Savannah. Tu serais sans doute plus à l'aise avec un fils.

Il sourit avec amusement.

— Mes frères, mes cousins et moi avons su parfaitement veiller sur Delaney et la protéger des soupirants aux intentions peu louables.

D'accord, reconnut-il, sa cousine n'avait pas toujours apprécié leurs constantes ingérences dans sa vie sentimentale. Mais il comptait bien veiller aussi jalousement sur sa fille !

— Je saurai faire de même avec ma fille et mes nièces, affirma-t-il à voix haute.

Une étincelle malicieuse dans le regard, il ajouta :

— Et puis, les petites filles sont la prunelle des yeux de leur papa. Elles savent les mener par le bout du nez, c'est bien connu.

— Ce n'est pas toujours vrai, murmura Savannah en songeant à l'indifférence que lui avait toujours manifestée son propre père.

— Attention, reprit Durango, interrompant ses réflexions

mélancoliques, j'aimerais autant que ce soit une fille ou un garçon. Mais j'avoue qu'avoir une petite fille serait… tout simplement formidable !

Savannah comprenait parfaitement ce qu'il ressentait. Sans savoir pourquoi, elle aussi espérait avoir une fille. Mais elle était surprise de la joie et de l'enthousiasme que Durango manifestait à l'idée d'être père, lui qui semblait si attaché à son célibat.

Soudain, son esprit fut traversé par une image, venue de nulle part, qui fit chavirer son cœur : Durango perchant sur ses genoux une fillette aux cheveux noir de jais et aux grands yeux noisette afin de lui lire une histoire.

— Qu'en dis-tu ? s'enquit Durango un peu plus tard.

Elle examina rapidement le tas de vêtements qu'il venait de déposer sur son lit.

— C'est parfait ! Quand je suis à Philadelphie, je n'ai pas souvent l'occasion de me mettre en jean, ce sera agréable d'être à l'aise. Et ces gros pulls me semblent très chauds et très confortables.

— Qu'aimerais-tu faire ce soir ?

Surprise par cette question inattendue, elle releva vivement la tête. Comme chaque fois qu'elle croisait le regard brun de Durango, elle se sentit aussitôt envahie par une vague de chaleur. À la lueur dorée du feu de cheminée qui soulignait les traits virils de son visage, il était encore plus sexy que jamais.

— Je pensais lire un peu, répondit-elle d'une voix sourde.

Tentant d'ignorer les frissons brûlants qui la parcouraient, elle se laissa tomber sur la méridienne et prit son livre sur la table basse. Rester avec Durango près de son lit n'était pas une bonne idée. Plus vite il sortirait de sa chambre, mieux ce serait.

— Que lis-tu ? voulut savoir son compagnon.

— Un manuel de puériculture qui explique à quoi s'attendre pendant la grossesse et l'accouchement et durant la première année d'un enfant.

— Ce doit être intéressant.

Après une brève hésitation, Savannah se décida enfin à poser la question qui lui brûlait les lèvres depuis le matin.

— Puis-je te poser une question ?

Durango haussa un sourcil.

— Bien sûr. Vas-y, je t'écoute.

— Jessica m'a dit que tu détestais les citadines, pourquoi ?

5

Dès qu'elle vit le visage de Durango se rembrunir, elle sut qu'elle était allée trop loin. En une fraction de seconde, son regard était devenu glacial, et ses traits s'étaient durcis.

— Durango ? insista-t-elle d'une voix douce alors qu'un silence pesant s'installait entre eux.

— Je préfère ne pas en parler.

Le ton abrupt de son interlocuteur lui confirma qu'elle n'obtiendrait pas de réponse et qu'il était inutile d'insister.

— Ce n'est pas parce que nous allons peut-être nous marier que tu dois tout savoir de mon passé. Je respecte ta vie privée, fais de même.

Elle le dévisagea intensément, résolue à ne pas abandonner la partie. Même si elle comprenait et partageait son désir d'intimité, elle tenait à s'assurer que ses expériences passées n'auraient aucune incidence sur leur relation.

— Bien sûr, assura-t-elle avec un sourire apaisant. Mais avant d'envisager de t'épouser ne serait-ce que pour quelques mois, je veux être certaine que tu ne me feras pas payer les fautes d'une autre.

— Ce ne sera pas le cas.

Le visage radouci, Durango ajouta :

— Laissons le passé où il est. Aujourd'hui, il n'y a que toi et moi...

Leurs regards se rencontrèrent et un étrange courant sembla les relier l'un à l'autre.

Comme envoûtée, Savannah se leva sans hésiter lorsque

Durango lui tendit la main, puis, les yeux mi-clos, elle savoura la douceur des lèvres qui effleuraient les siennes.

Encouragé par son abandon, Durango approfondit son baiser, les entraînant tous deux dans un tourbillon d'une sensualité irrésistible.

Savannah ne chercha pas à résister. Ils étaient tous les deux adultes et consentants, un petit baiser n'avait jamais fait de mal à personne, se rassura-t-elle en savourant ces sensations exquises. Elle savait bien pourtant qu'il ne s'agissait pas d'un baiser anodin. Tout comme à Atlanta, le baiser de Durango était plein de troublantes promesses qui la mettaient en transe.

Elle tremblait de frustration quand il se redressa et la parcourut d'un regard plein de désir.

— J'adore t'embrasser.

— C'est ce que j'avais cru comprendre, murmura-t-elle avec un air faussement détaché.

Pour rien au monde, elle n'aurait admis combien elle aimait qu'il l'embrasse. Deux mois plus tôt, il lui avait fait perdre la tête d'un simple baiser. Elle avait alors compris pour la première fois ce que le mot passion voulait dire. Ce qui venait de se passer lui confirmait que ses souvenirs étaient bel et bien à la hauteur de la réalité.

— Il vaut mieux que je te laisse. À demain, chuchota Durango en reculant à contrecœur vers la porte.

Tandis que la porte de la chambre se refermait doucement sur Durango, Savannah tituba vers son lit.

C'était complètement fou ! Elle avait l'impression que la terre tremblait encore sous ses pieds. Son corps était parcouru de légers frémissements, son esprit et ses sens étaient survoltés…

Hélas, c'était bien là le problème. C'était précisément parce que Durango savait si bien l'embrasser qu'elle s'était retrouvée enceinte. Quand elle l'avait invité à boire un dernier verre dans sa chambre d'hôtel, elle n'avait pas eu le temps de remplir leurs coupes que déjà il la tenait dans ses bras. Ses lèvres avaient été douces et expertes, plus enivrantes encore que le champagne qu'ils avaient bu sans modération au dîner...

C'est ainsi que, d'un baiser à l'autre, sans même savoir comment, elle s'était retrouvée entièrement nue, avide de plaisir et de jouissance.

Elle savait que Durango était aussi dépassé qu'elle par la violence de leur attirance. Elle avait vu la crispation de ses mâchoires et la frustration qui brillait dans ses yeux quand il avait interrompu leur baiser quelques minutes plus tôt.

— Et il voudrait que je l'épouse, marmonna-t-elle avec dépit.

Les bras croisés, elle fixa le plafond.

— D'accord, ce mariage ne durerait même pas un an. Mais qu'ai-je à gagner en acceptant un tel arrangement ?

« Des moments de pur plaisir, lui suggéra une petite voix diabolique. Un amant hors pair. »

Oui, et sans beaucoup de risque, songea-t-elle. Car il n'était pas question d'amour entre eux. Rien qui puisse la faire souffrir ou la décevoir. En plus, elle permettait à son enfant de connaître l'affection et l'attention d'un père. Pourquoi le priver de ce qui lui avait tant manqué ?

Elle ne doutait pas que Durango resterait très présent dans la vie de leur enfant après leur séparation. Était-ce, néanmoins, une raison suffisante pour accepter de l'épouser ?

Cela faisait deux ans qu'elle était seule. C'était long, et souvent elle regrettait de n'avoir personne à qui parler et avec qui passer de bons moments. Mais elle n'avait pas oublié de quelle déception avait été suivie sa liaison avec Thomas.

Celui-ci était photographe comme elle. Tout s'était bien passé entre eux jusqu'à ce qu'il soit jaloux de son succès professionnel et l'oblige à renoncer à un contrat qu'elle avait décroché.

Durango et elle ne se faisaient aucune illusion sur leurs sentiments mutuels. Ils n'auraient donc aucune exigence l'un envers l'autre, et donc pas de raison d'être déçus ou amers. Leur séparation se passerait ensuite le plus naturellement du monde.

Plus elle réfléchissait, plus elle était tentée d'accepter la proposition de Durango. Contrairement à elle, son enfant aurait un père sur lequel compter. Il serait également entouré de l'affection d'une grande famille, ce dont elle avait tant rêvé étant enfant. Lors du mariage de Chase et Jessica, elle avait vu combien les Westmoreland étaient chaleureux et soudés. Elle n'avait pas le cœur de priver son enfant du bonheur de se savoir aimé et protégé par une kyrielle d'oncles et de tantes.

Oui, les avantages étaient nombreux. Il devait bien y avoir des inconvénients aussi, mais pour le moment, elle n'arrivait pas à en trouver un seul. Enfin, il y en avait quand même un... Et non des moindres.

Ne risquait-elle pas de tomber amoureuse de son mari ?

Hormis le fait qu'il était terriblement séduisant, Durango avait toutes les qualités pour conquérir le cœur d'une femme. Attentionné, prévenant et sensible, il était plein d'humour, et avait le sens du devoir et des responsabilités. Combien d'hommes prenaient la peine de préparer le petit déjeuner de leur compagne avant d'aller travailler ? Combien se levaient plusieurs fois dans la nuit pour s'assurer qu'elle dormait au chaud ? Elle devait se rendre à l'évidence : malgré son arrogance, Durango n'était pas loin d'être l'homme idéal.

Cependant, Savannah avait vu sa mère souffrir année après année parce qu'elle aimait un mari qui ne lui rendait pas ses sentiments. Et elle savait depuis qu'elle ne pourrait jamais donner son cœur et sa confiance à un homme, aussi merveilleux soit-il. Même si elle apprécierait les moments qu'elle passerait aux côtés de Durango, jamais elle ne baisserait la garde. Elle ne courait donc aucun risque à accepter l'étrange arrangement de Durango.

Deux heures après avoir quitté précipitamment la chambre de Savannah, Durango était toujours en proie à un violent tumulte intérieur. Il s'était enfermé dans son bureau pour mettre à jour la comptabilité de son élevage de chevaux, mais il était incapable de se concentrer, les chiffres se brouillaient devant ses yeux. Il repensait constamment au baiser torride qu'il avait échangé avec Savannah, à la violence du désir qu'il avait éprouvé. Encore maintenant, il frissonnait de frustration, le corps et l'esprit en feu. Mais que lui arrivait-il ?

Aucune femme n'avait jamais eu cet effet sur lui. Les lèvres de Savannah avaient une saveur unique : un mélange détonant de douceur, d'innocence et de sensualité qui suscitait en lui des émotions incontrôlables et des pensées déroutantes. Elle faisait bouillir son sang, embrumait sa raison ; en sa présence son pouls et son cœur s'affolaient. Il avait l'impression qu'il mourrait s'il ne lui faisait pas bientôt l'amour !

— Bon sang !

Durango éteignit son ordinateur avec un soupir excédé. Son associé et ami Quinn McKinnon devrait encore attendre avant d'obtenir les comptes de leur ranch. Tant que Savannah ne lui aurait pas donné sa réponse, il ne parviendrait pas à distinguer un crédit d'un débit.

Il espérait de toutes ses forces que Savannah, la mère de son enfant, allait accepter sa proposition, car si elle refusait...

Mais non, c'était impossible ! Elle allait l'épouser ! Il ne pouvait tout simplement pas envisager une autre éventualité.

6

— Savannah ! Tu vas bien ?

Savannah avait entendu les pas précipités dans sa chambre, elle avait également perçu l'inquiétude dans la voix de Durango mais elle était trop faible pour répondre.

De toute façon, elle ne tenait pas à ce qu'il la voie, assise à même le sol de la salle de bains, ruisselante de sueur et parcourue de haut-le cœur, tellement mal en point qu'elle n'avait même pas la force de bouger. C'était si humiliant !

— Savannah, que se passe-t-il ? interrogea Durango en s'agenouillant près d'elle.

Elle balbutia à grand-peine les deux mots qui suffisaient à tout expliquer :

— Nausées... matinales.

— Ça, des nausées ? s'écria Durango, atterré.

Il n'avait jamais imaginé que de simples nausées puissent rendre aussi malade.

— Que puis-je faire pour toi ?

« Me laisser tranquille ! » faillit-elle répondre.

Elle se sentait trop mal pour supporter quelqu'un à ses côtés.

— S'il te plaît..., articula-t-elle laborieusement. Je préfère être seule.

— C'est hors de question !

Durango lissa ses cheveux en arrière et chuchota :

— Laisse-moi t'aider, chérie.

Se redressant, Durango mouilla un gant de toilette et le lui passa sur le front et les joues. Touchée par sa sollicitude, elle se laissa enfin aller. Fermant les yeux, elle s'abandonna avec soulagement contre son épaule réconfortante.

Personne ne lui avait jamais manifesté tant d'attention et de tendresse. Certes, Rico était toujours là quand elle avait besoin d'aide, mais c'était son frère.

— Détends-toi, l'encouragea Durango en déposant un baiser léger sur sa tempe moite. Tout ira bien. Je vais prendre soin de toi.

Savannah ne pesait pas plus qu'un fétu de paille, Durango n'eut aucun mal à la soulever dans ses bras et à l'asseoir doucement sur le bord de la baignoire.

— Penses-tu qu'un soda te ferait du bien ?

Elle sentit son cœur fondre sous son regard tendre et inquiet.

— Peut-être...

— Ne bouge pas, je reviens tout de suite.

Après qu'il fut parti comme une flèche en direction de la cuisine, elle prit une inspiration tremblante et s'aspergea le visage d'eau fraîche. Elle se sentait déjà mieux. Comme chaque matin, les nausées allaient disparaître aussi subitement qu'elles étaient venues.

— Et voilà !

Durango lui tendit une cannette fraîche de Coca.

— Merci.

Comme il l'étudiait attentivement, elle baissa la tête piteusement. Elle savait qu'elle offrait une image pitoyable avec son teint blême et les cheveux collés à son front et à ses joues moites. À l'école pour jeunes filles dans laquelle ses grands-parents l'avaient envoyée, elle avait appris qu'une dame devait toujours paraître à son avantage devant les messieurs. Malheureusement, songea-t-elle en soupirant intérieurement, il y avait des moments où ce beau principe n'était pas toujours applicable ! Quoi qu'il en soit, ce n'était pas comme si elle avait invité Durango à se joindre à elle dans la salle de bains.

Et d'ailleurs, que faisait-il dans sa chambre si tôt le matin ?

Comme s'il avait deviné la question de Savannah, Durango expliqua :

— J'allais prendre mon petit déjeuner et je suis monté voir si tu voulais te joindre à moi.

— Je n'aurais rien pu avaler, répondit-elle d'une voix faible.

— Tu es malade comme ça tous les matins ?

— Plus ou moins.

— Et ton médecin trouve ça normal ?

Savannah secoua la tête avec lassitude.

— D'après lui, les nausées sont monnaie courante durant le premier trimestre d'une grossesse.

— C'est tout ce qu'il trouve à dire ?

La crispation des traits de Durango trahissait son inquiétude. Savannah devina qu'il était tenté de l'emmener chez le gynécologue local sur-le-champ.

— Nous en parlerons plus tard, promit-elle d'un ton apaisant. Pour l'instant, je veux juste me reposer.

Durango la dévisagea avec anxiété.

— Tu es sûre que tu vas bien ?

— Certaine.

— Tu n'as besoin de rien d'autre ?

Savannah se mordit la lèvre. Il était vraiment gentil, mais elle n'avait qu'une envie : se pelotonner sous la couette et se réveiller dans neuf mois.

— Non merci.

Avec une réticence manifeste, Durango se dirigea vers la porte de la salle de bains.

— Je vais te laisser.

Soudain, il revint vers elle et déposa un petit baiser sur ses lèvres.

— Je suis désolé que ce bébé te crée tant de problèmes.

Durango arpentait frénétiquement son salon. Dieu merci, il avait été de repos ce matin, Savannah n'avait pas été seule pour endurer ce calvaire !

Presque aussitôt, il réalisa avec un pincement de cœur que la jeune femme avait dû déjà passer de nombreuses matinées sans pouvoir compter sur personne. Lorsqu'elle avait évoqué des nausées matinales, il avait pensé qu'elle avait un peu mal à l'estomac. Jamais il n'avait imaginé qu'elle était si malade !

Il avait rarement eu l'occasion de côtoyer des femmes enceintes. Sa cousine Delaney avait passé toute sa grossesse chez son mari, au Moyen-Orient. Certes, il avait vu Jayla quand elle attendait ses jumeaux, mais à part le fait qu'elle était énorme, elle semblait se porter comme un charme. Il ferait bien de lire le manuel de puériculture de Savannah pour savoir à quoi s'attendre dans les prochains mois.

Fourrant les mains dans les poches de son jean, il reprit de plus belle sa ronde autour de la pièce. Il était inquiet. Très inquiet. Savannah lui avait assuré à plusieurs reprises que sa grossesse se déroulait tout à fait normalement, mais après la scène de ce matin, il ne la croyait qu'à moitié. Un tête-à-tête avec un grizzly était bien moins angoissant que d'être confronté à une femme enceinte !

Entendant le pas de la jeune femme derrière lui, il se retourna et resta sans voix. Cette jeune femme, fraîche comme une rose, était-elle bien la même que la petite chose souffrante qu'il avait laissée, quelques heures plus tôt, dans la salle de bains ?

Elle s'était légèrement maquillée et elle avait enfilé un jean et un T-shirt. Resplendissante de fraîcheur, de naturel, et de beauté, elle illuminait la pièce par sa seule présence. En fait, songea-t-il, le cœur palpitant d'admiration, elle était belle, quoi qu'elle portât. Qu'elle fût en robe du soir ou en maxi T-shirt, elle incarnait la grâce, la féminité et la classe.

— Comment te sens-tu ? s'enquit-il d'une voix encore enrouée par l'inquiétude.

Savannah lui sourit.

— Beaucoup mieux, merci. Je tiens à m'excuser pour...

Il agita la main.

— Je suis heureux d'avoir été là pour toi.

Bien qu'elle ait du mal à le reconnaître, Savannah avait apprécié de l'avoir près d'elle. Même si elle s'était presque habituée à vivre ces moments pénibles seule, elle avait été infiniment soulagée d'avoir une épaule sur laquelle s'appuyer. Le fait que cette épaule appartienne à l'homme en partie responsable de son état, n'était pas étranger à sa satisfaction.

Elle n'aimait pas non plus admettre que chaque heure passée

en sa compagnie, le rendait encore plus séduisant à ses yeux. Pour ne plus être tentée de le dévisager, elle se détourna et s'approcha de la fenêtre afin de scruter le ciel. Dehors la tempête continuait à faire rage, il neigeait toujours à gros flocons.

— Dois-tu aller travailler aujourd'hui ? demanda-t-elle avec inquiétude.

— Je suis de repos. Mais bien sûr, précisa Durango, je peux être appelé pour une urgence à n'importe quel moment.

Les sourcils froncés, elle pivota vers lui.

— Je ne serai pas tranquille si tu dois encore sortir par ce temps, confia-t-elle.

Il lui adressa un sourire rassurant.

— La météo prévoit une amélioration en cours de journée.

— Cela veut dire que je pourrai repartir aujourd'hui ?

— C'est possible.

Après une courte pause, Durango reprit :

— Je sais que tu ne peux pas prendre un vrai petit déjeuner, mais y a-t-il quelque chose qui te ferait envie ?

Penchant la tête sur le côté, elle réfléchit brièvement.

— Je pense que quelques crackers et une tasse de tisane pourraient passer.

— Tes désirs sont des ordres.

Durango s'apprêta à quitter la pièce.

— Durango ?

— Oui ?

Coupé dans son élan, il se retourna lentement.

— J'ai pris ma décision.

Le cœur battant à tout rompre, il dévisagea attentivement Savannah mais son regard restait impénétrable.

— Si tu veux, proposa-t-il, nous pouvons nous installer dans la cuisine pour en parler.

— Entendu.

— Qu'as-tu décidé ? demanda Durango, tandis qu'elle continuait de fixer sa tasse sans mot dire.

Il avait rongé son frein pendant tout son petit déjeuner. Il était à bout de patience.

Après avoir bu une gorgée de tisane, Savannah leva lentement les yeux et prit une profonde inspiration. Elle avait encore tergiversé toute la nuit et, au petit matin, elle en était arrivée à la conclusion qu'un mariage temporaire était la meilleure solution pour leur enfant. La sollicitude et la délicatesse dont Durango avait fait preuve dans la salle de bains quand elle était au plus mal l'avait confortée dans sa décision.

— J'accepte de t'épouser.

Comme son interlocuteur lui souriait avec un mélange de satisfaction et de soulagement, elle se hâta d'ajouter :

— Il s'agit évidemment d'un mariage blanc. Et j'aimerais que certaines choses soient claires entre nous.

Aussitôt, elle vit Durango se raidir.

— Je t'écoute.

— Si tu te souviens, je t'ai dit que je ne voulais pas me marier uniquement parce que j'étais enceinte.

Elle prit une profonde inspiration afin de se donner du courage, et contrôler l'émotion qui déjà lui nouait la gorge.

— Mes parents se sont connus durant leur dernière année de lycée. Quand ma mère a annoncé à ses parents qu'elle était enceinte et qu'elle allait se marier, mes grands-parents ont vu rouge et ont menacé de la déshériter.

— Comment a-t-elle réagi ? demanda Durango.

— Elle n'a rien voulu entendre. Pour elle, Jeff Clairborne était la perfection faite homme. D'après ce que je sais, tout s'est relativement bien passé entre eux jusqu'à ce que mon père se retrouve au chômage et prenne un emploi de représentant de commerce.

Les larmes aux yeux, elle reprit :

— C'est à partir de là que les choses ont mal tourné. Papa était sans cesse en voyage. Les rares fois où il rentrait à la maison, il était distant. Ma mère et lui se disputaient constamment.

Le regard perdu dans ses souvenirs, elle continua :

— Ma mère a mis quinze ans à découvrir qu'il menait une

double vie. Quand elle a su qu'il avait eu une fille avec une autre femme sur la côte Ouest, elle a failli en mourir de chagrin.

Durango s'abstint de lui révéler qu'il savait déjà que Jessica était en fait sa demi-sœur. Chase lui avait raconté dans les grandes lignes l'histoire familiale des Clairborne.

Durango appréciait qu'elle se confie à lui ; il ne put néanmoins s'empêcher de demander avec une pointe d'impatience :

— Quel est le rapport avec le fait que tu ne veuilles pas partager mon lit ?

Savannah le toisa du regard et reprit lentement.

— J'y viens. Je tiens à ce que mon enfant grandisse entouré de l'affection d'une grande famille. Je veux aussi qu'il sache que son père veille sur lui parce qu'il le veut et non parce qu'il y a été contraint.

Le cœur de Durango se gonfla de fierté. Il était heureux qu'elle ait compris qu'il n'était pas homme à négliger son enfant.

— Je serai un bon père, Savannah, promit-il d'un ton grave.

La jeune femme esquissa un sourire sans joie.

— Je te crois. Mais seras-tu un bon mari ?

Il haussa les sourcils.

— Tu as peur que je te rende malheureuse ?

Elle secoua la tête.

— Je pense que tu sais que tu plais aux femmes. Je ne veux pas être pour toi qu'une simple partenaire, facile et disponible.

Durango grinça des dents. Si elle s'imaginait qu'il allait s'excuser pour toutes les conquêtes qu'il avait eues avant de la connaître, elle pouvait toujours attendre ! Ses succès passés auprès du sexe faible n'avaient aucun rapport avec leur projet de mariage. À moins que...

— As-tu peur que je te sois infidèle tant que nous serons mariés ? demanda-t-il les sourcils froncés.

Savannah secoua vivement la tête.

— Cela ne m'a pas traversé l'esprit.

Elle le regarda droit dans les yeux.

— Cela aurait dû ?

— Absolument pas.

Il était soulagé qu'elle n'ait pas envisagé cette éventualité, parce qu'il préférait mourir de frustration plutôt que de lui donner un jour des raisons de douter de sa fidélité.

Il avait toujours séparé les femmes en deux catégories : celles avec qui l'on passe de bons moments sans que cela ne devienne jamais sérieux, et celles avec lesquelles on avait envie de s'engager.

Savannah rentrait dans la seconde catégorie.

Elle valait bien plus qu'un mariage à durée déterminée. Elle méritait d'être aimée et choyée pour le meilleur et pour le pire et ce jusqu'à la fin de ses jours par un mari digne d'elle. Un mari qui saurait lui redonner confiance et l'envie de s'abandonner aux plaisirs et non de s'en priver.

Il n'oublierait jamais son expression émerveillée quand elle avait atteint la jouissance dans ses bras. On aurait dit qu'elle découvrait un monde merveilleux dont elle avait jusque-là ignoré l'existence. Il était heureux et fier d'avoir partagé cette expérience avec elle. Mais il voulait lui faire découvrir tellement plus !

Elle se trompait lourdement en pensant qu'il ne lui proposait ce mariage que pour assouvir ses besoins de mâle. Mais le moment était mal choisi pour lui expliquer qu'ils pouvaient être deux à bénéficier des plaisirs sensuels du mariage. Il aurait certainement d'autres occasions de le lui prouver...

— Tu es bien plus, pour moi, qu'une femme avec qui coucher, affirma-t-il du fond du cœur. Je suis désolé que tu voies les choses ainsi. Dans mon esprit, il n'y a rien de mal à ce qu'un homme et une femme couchent ensemble s'ils en éprouvent le désir.

Il fut très déçu de s'apercevoir que même si elle l'écoutait attentivement, elle semblait ne pas comprendre de quoi il parlait.

Quand elle caressait distraitement le bord de sa tasse comme maintenant, il imaginait ses longs doigts fins courant sur sa peau, attisant le feu qui couvait en lui. Il était si conscient de sa présence, de sa féminité, de sa beauté que cela en était presque douloureux. Elle était magnifique, irrésistible...

Un jour, elle s'abandonnerait au besoin incontrôlable que l'on peut avoir de l'autre. Elle comprendrait que le désir ne peut pas toujours être rationnel et maîtrisable.

— Cependant, ajouta-t-il d'un ton rassurant, si tu préfères

que nous fassions chambre à part pendant notre mariage, je respecterai ton souhait.

Alors même qu'il prenait cet engagement, il se promit en son for intérieur de faire tout ce qui était en son pouvoir pour qu'elle change d'avis.

Savannah lui sourit, apparemment ravie.

— Bien. Ceci étant réglé, nous devons décider où nous vivrons.

Il acquiesça.

— Comme je te l'ai dit, je suis disposé à m'installer où tu le souhaites.

Savannah avait déjà réfléchi à la question. Il serait absurde que Durango demande un congé afin de la suivre à Philadelphie, alors qu'en tant que photographe indépendante, elle pouvait établir sa base de travail où bon lui semblait. De plus, elle était déjà sous le charme de ces imposantes montagnes.

— Si cela ne te dérange pas, je préférerais que nous restions chez toi.

Durango ne cacha pas sa stupéfaction. Jamais il n'aurait pensé qu'une femme comme Savannah accepterait de renoncer à l'animation et aux distractions de la ville pour se retirer dans le calme des montagnes.

— Et ton travail ? objecta-t-il.

— Étant donné ma condition, je vais devoir refuser les contrats à l'étranger. Je peux donc très bien m'installer ici pendant quelques mois, si tu n'y vois pas d'inconvénient, bien sûr... Je vais essayer de proposer à mon principal client un reportage sur les rangers de Yellowstone.

Toujours étonné mais ravi, Durango secoua la tête.

— Aucun. J'espère juste que tu supporteras les rigueurs du climat du Montana.

— Je ne pense pas que ce soit un problème, affirma Savannah très tranquillement.

Durango ne prit pas le temps d'analyser cette vague de joie et d'excitation qui soudain déferla en lui, alors même qu'il s'engageait tête baissée dans cette vie de couple qu'il avait si souvent dénigrée.

Il allait épouser la mère de son enfant. C'était tout ce qui importait.

— Alors il ne nous reste plus qu'à choisir la date et le lieu de notre mariage.

D'un ton pressant, il ajouta :

— Nous ne devons pas trop tarder, tu es déjà enceinte de deux mois.

Savannah eut un léger haussement d'épaules.

— Je te laisse tout arranger. Tu n'auras qu'à me dire où et quand te retrouver.

— Et après la cérémonie, tu emménageras avec moi ?

Durango osait à peine croire que ses plans allaient se réaliser.

— Je resterai jusqu'à ce que le bébé ait six mois, confirma-t-elle. Ensuite je rentrerai à Philadelphie et je recommencerai à travailler normalement. Cela te convient ?

— C'est parfait.

Durango était un homme d'action et il était inutile de faire traîner les choses. Des dizaines d'idées se bousculaient déjà dans son esprit.

— Tu préfères toujours un mariage dans l'intimité ? demanda-t-il par acquit de conscience.

— Plus nous resterons simples et discrets, mieux ce sera, assura sa compagne. Ce serait ridicule et déplacé d'en faire trop, vu les circonstances.

Il hocha la tête.

— Entendu. Je vais voir ce que je peux faire.

Lorsque Savannah se retira dans sa chambre pour faire un petit somme, Durango s'assit dans son bureau et prit enfin le temps de réfléchir. Tout à la joie d'avoir réussi à convaincre Savannah, il n'avait pas mesuré tout ce que cela impliquait. À commencer par l'abandon de sa précieuse liberté...

Bien sûr, il n'y avait pas lieu de s'inquiéter, il ne s'agissait pas d'un mariage pour la vie. Comme lui, Savannah savait ce que temporaire signifiait : ils vivraient ensemble seulement jusqu'aux six mois de leur enfant.

Ses parents, ses oncles et tantes, ses cousins seraient stupéfaits d'apprendre qu'il s'était marié. Tous savaient combien il tenait à sa liberté et s'étaient résignés à ne jamais le voir se ranger. Sa mère, dont le principal souci était de caser ses fils serait cependant folle de joie. Jared ayant récemment capitulé, Sarah Westmoreland avait reporté tous ses espoirs matrimoniaux sur Ian et Durango. Pour sa part, il ne voyait aucun inconvénient à lui accorder une nouvelle victoire.

Du moins pendant quelques mois...

Curieusement pourtant, même si leur mariage n'était que provisoire, Durango souhaitait que Savannah en chérisse le souvenir toute sa vie. Il ne voulait pas se contenter d'une cérémonie à la sauvette dans l'une de ces nombreuses usines à mariage impersonnelles de Las Vegas. Il devait bien y avoir un moyen de concilier rapidité, simplicité et bon goût.

Son visage s'éclaira alors qu'une idée germait dans son esprit. Son petit frère Ian était depuis peu l'heureux propriétaire d'un complexe hôtelier non loin de Reno. Il n'avait pas encore eu l'occasion de lui rendre visite, mais ses frères et ses cousins qui avaient séjourné à l'Hôtel Casino de la Cascade le lui avaient décrit comme étant le summum du luxe et du romantisme. C'était le lieu idéal.

Débordant d'enthousiasme, il tendit la main vers le téléphone. Savannah n'oublierait jamais leur mariage, foi de Durango !

De retour dans sa chambre, Savannah éprouva le besoin de se confier à sa sœur. S'allongeant sur son lit, elle composa le numéro de Jessica.

Comme si elle attendait cet appel, celle-ci décrocha dès la deuxième sonnerie.

— Savannah, enfin ! Je commençais à m'inquiéter. Comment s'est passé ton voyage dans le Montana ? Comment a réagi Durango ? Pourquoi ne m'as-tu pas appelée dès ton retour à Philadelphie ?

Savannah sourit. Elle s'était attendue à être bombardée de questions.

— Je suis toujours à Bozeman. Le trafic aérien est suspendu à cause d'une tempête de neige.

— Tu as trouvé un hôtel confortable ?

— En fait, je suis chez Durango. Il a proposé de m'héberger jusqu'à ce que je puisse reprendre l'avion.

— C'est très gentil de sa part. J'en conclus qu'il a bien pris la nouvelle.

— Sur le moment, il a été très choqué et il a nié toute responsabilité. Ensuite, il a repris ses esprits et… et…

Savannah se mordit la lèvre. Comment annoncer son mariage à Jessica ? Elle-même avait encore du mal à y croire.

— Alors ? s'impatienta Jessica.

— Il m'a demandé de l'épouser.

— Et, bien sûr, tu as refusé catégoriquement.

Évidemment, Jessica ne pouvait imaginer qu'elle tienne à épouser Durango juste à cause du bébé… Elles avaient souvent évoqué l'échec du mariage de ses parents, les conséquences désastreuses d'une union motivée par le devoir et non par l'amour.

— J'ai commencé par refuser, mais…

— Commencé ?

Visiblement sous le choc, Jessica s'écria d'une voix suraiguë :

— Cela veut dire qu'ensuite, tu as accepté ?

— Uniquement pour mon enfant, et seulement pour quelque temps, précisa Savannah.

Après un long silence perplexe, sa sœur murmura :

— Je ne comprends pas. Qu'est-ce qui sera seulement pour quelque temps ?

— Notre mariage.

— Corrige-moi si je me trompe, soupira Jessica. Durango et toi avez déjà prévu de divorcer, c'est bien ça ?

— Exactement. Nous resterons ensemble jusqu'aux six mois du bébé.

— Mais… Durango et toi… vous allez… vous ne…

Savannah n'avait encore jamais vu sa sœur à court d'arguments.

— Quoi donc ?

— Vous allez vivre ensemble sous le même toit ?

— Pendant quelques mois.

— Cela veut dire que vous mangerez ensemble, vous respirerez le même air, demanda perfidement Jessica.

Savannah fronça les sourcils en se demandant où sa sœur voulait en venir.

— Et alors ?

— Mais enfin, réfléchis ! répliqua Jessica comme si elle s'adressait à une enfant particulièrement obtuse. Tu as déjà couché avec Durango !

Savannah haussa les épaules.

— Je n'avais pas toute ma tête.

— Tu penses que tu as fini dans ses bras uniquement parce que tu avais trop bu de champagne ?

— Non bien sûr, admit Savannah. Durango est très séduisant.

Dans un élan de franchise, elle avoua :

— Il m'attire toujours énormément. Mais maintenant je suis plus raisonnable.

— Tu ne parles pas de n'importe quel homme, tu parles d'un Westmoreland, rappela Jessica. Crois-moi, cela fait toute la différence !

Savannah leva les yeux au ciel.

— Que vas-tu chercher ? Durango est un homme comme les autres, répliqua Savannah avec violence.

— Si c'était vrai, il ne t'aurait pas séduite au premier regard. Allons sois honnête, Savannah. Il t'a fascinée dès que tu l'as vu. Tu m'as harcelée de questions à son sujet pendant tout le dîner de répétition ! Il t'est monté à la tête avant même que tu boives une goutte d'alcool !

Savannah soupira avec exaspération.

— Cela veut simplement dire qu'il est sexy et qu'il sait y faire avec les femmes. Ce que tu ne comprends pas, c'est que maintenant il n'y a plus rien entre nous.

— Tu n'as pas peur de tomber amoureuse de lui ?

— Grâce à notre père, je suis depuis longtemps vaccinée contre ce genre de sentiment. Si je me marie, c'est uniquement pour donner à mon enfant la grande famille unie et aimante que je n'ai jamais eue, et pour permettre à Durango de nouer des liens avec lui.

Avec un rire amer, Savannah poursuivit :

— Je n'aurais jamais pensé qu'un homme pouvait souhaiter être proche de son enfant. Notre propre père s'est toujours pas mal moqué de nous. Il était trop occupé à mentir à nos mères pour se rappeler notre existence !

— Oublie le passé, lui conseilla sa sœur. Tu ne vas tout de même pas laisser les faiblesses et les fautes de Jeff Clairborne influencer et gâcher ta vie.

Savannah s'efforça de ravaler la rancune qui lui nouait la gorge. Elle ne voyait pas comment il lui serait possible d'oublier la négligence et l'indifférence de son père vis-à-vis de ses trois enfants et des deux femmes qui l'avaient aimé de tout leur cœur.

— Franchement, Jess, je ne comprends pas comment tu peux être si magnanime. Ta mère est morte à cause de lui !

— Je n'ai jamais pensé que tous les hommes étaient comme lui. Tu ne le devrais pas non plus.

N'obtenant aucune réponse, Jessica s'inquiéta :

— Savannah ?

— Je suis toujours là.

Savannah soupira tristement.

— Sois prudente, recommanda Jessica.

— Pourquoi ?

— Ne sous-estime pas le charme des Westmoreland. Quand ils se mettent en tête de conquérir le cœur d'une femme, rien ni personne ne peut les arrêter. Crois-moi, il est difficile de ne pas tomber amoureuse de tels hommes. Tu te rappelles comme je détestais Chase au début ? Eh bien maintenant je suis folle de lui, il est toute ma vie.

— Je suis vraiment heureuse pour toi, déclara Savannah du fond du cœur. Mais nous sommes très différentes. Moi, je n'ai jamais cru aux contes de fées et à l'amour. Quand Durango et moi nous nous séparerons, ce sera sans cris et sans heurt. Nous n'attendons rien l'un de l'autre, il ne m'aime pas, je ne l'aime pas. Nous nous marions uniquement pour le bien de notre enfant. Tu n'as pas à t'inquiéter...

Le long silence de Jessica indiqua qu'elle n'était pas de cet avis.

— Combien de personnes pensez-vous inviter ? finit-elle par demander afin de changer de sujet.

— Étant donné les circonstances, nous allons nous contenter de faire un aller-retour à Las Vegas. Dans quelques mois, tout le monde comprendra pourquoi nous n'avons pas mis les petits plats dans les grands.

— Tu vas te contenter d'un mariage à la va-vite ?

Jessica ne cachait pas son scepticisme.

— J'y tiens. Sois heureuse pour moi, Jess, lui répondit Savannah d'une voix lasse.

— Je le suis. As-tu au moins prévenu ta mère et Rico ?

— Je préfère les mettre devant le fait accompli. Tu es la seule à être au courant.

— Et Durango ? A-t-il appelé ses parents ?

— J'en doute.

— Je vois.

Après une courte pause, Jessica renchérit :

— Quand comptez-vous vous marier ?

— Je pense qu'il nous faudra une quinzaine de jours pour nous organiser. Durango ne veut pas perdre de temps.

— J'aurais tellement aimé être avec toi le jour de ton mariage, soupira Jessica.

— Nous nous verrons sans doute à Atlanta. Durango pense que sa mère voudra certainement réunir toute sa famille et leurs proches pour fêter notre mariage.

— Connaissant ta mère, elle voudra faire de même, souligna Jessica.

— Maman a rencontré Mme Westmoreland à ton mariage, elles se sont beaucoup appréciées, Ce serait plus simple si elles combinaient leurs efforts pour organiser une seule réception ensemble.

— Tu as raison. J'ai vraiment hâte d'y être ! Je sens que je vais pleurer d'émotion.

Savannah secoua la tête.

— Rappelle-toi que ce mariage est un simple arrangement. J'en sortirai telle que j'y suis entrée.

— C'est-à-dire ?

— Avec la tête froide et sans regret...

7

En revenant dans le salon, Savannah se heurta à Durango qui sortait de son bureau. Alors qu'il plongeait son regard dans le sien, elle sentit sa respiration se bloquer. Une fois encore, elle fut surprise de la violence du courant qui les poussait l'un vers l'autre dès qu'ils étaient dans la même pièce.

Durango se reprit le premier.

— As-tu pu te reposer un peu ? s'enquit-il d'une voix légèrement rauque.

Elle baissa la tête. Après avoir parlé avec sa sœur, elle avait décidé de faire une sieste. Mais à peine avait-elle fermé les yeux, qu'elle avait été assaillie par des images entêtantes : les mains audacieuses de Durango explorant délicatement son corps, sa bouche jouant avec les pointes durcies de ses seins...

— Savannah ?

Elle sursauta et rougit d'embarras, réalisant qu'elle rêvait tout éveillée.

— Je me sens beaucoup mieux, assura-t-elle. Si tu veux, je peux m'occuper du dîner. Hier, pendant que je cherchais des crackers, j'ai vu que tu avais tous les ingrédients pour faire des spaghettis bolognaise.

Durango haussa un sourcil.

— Qu'en pense ton estomac ?

Savannah se laissa tomber sur le canapé, essayant d'ignorer combien il était attirant. Nonchalamment adossé à l'encadrement de la porte de la cuisine, les pouces calés dans les passants du jean, il était craquant. Et elle mourait de faim...

— Je suis patraque seulement le matin, précisa-t-elle. Passé midi, je retrouve mon appétit. Alors, qu'en dis-tu ? Veux-tu tester mes talents culinaires ?

Elle s'efforçait de parler avec entrain, pour cacher combien elle était troublée par sa présence.

— Volontiers. Je vais en profiter pour monter prendre une douche, décida Durango. Ensuite, j'aurai quelques petites choses à te dire.

Elle le considéra avec appréhension.

— À quel propos ?

— À propos de notre mariage. Je sais que tu me laisses le soin de tout organiser, mais je veux quand même m'assurer que mon idée te convient avant de confirmer les réservations d'hôtel et d'avion.

Il n'avait pas perdu de temps, songea Savannah avec étonnement.

— D'accord, nous verrons tout cela au dîner.

— Je me dépêche.

Pivotant en direction de l'escalier, Durango ajouta par-dessus son épaule :

— Tu es certaine de ne pas avoir besoin de moi ?

— Je saurai me débrouiller seule.

— Je n'en doute pas une seconde.

Quelque chose dans le ton de la voix de Durango lui dit qu'il ne parlait pas seulement de ses talents culinaires.

— Tes pâtes étaient délicieuses, Savannah.

— Merci.

Savannah faisait de son mieux pour éviter de croiser le regard de son compagnon. Quand il l'avait rejointe dans la cuisine, les cheveux encore humides, son jean tombant bas sur ses hanches, sa chemise partiellement ouverte sur la toison brune de son torse, elle avait eu du mal à contenir un gémissement. Mon Dieu, si elle s'écoutait, elle se précipiterait dans ses bras sans plus attendre !

Depuis le début du dîner, elle regardait partout sauf devant elle. Elle avait longuement observé les flocons de neige qui s'écrasaient sans discontinuer contre la vitre, compté plusieurs fois les carreaux du plan de travail, mais son trouble demeurait.

— Savannah ? Tu te sens bien ?

Pour ne pas paraître désagréable et éviter d'éveiller les soupçons de Durango, elle dut finalement se résoudre à le regarder. Aussitôt, elle sentit l'air se raréfier autour d'elle.

— Oui, pourquoi ?

— Tu sembles ailleurs, ce soir.

— Excuse-moi, je pensais à mon travail, improvisa-t-elle. Depuis ce matin, je me demande si je dois prévenir mes clients.

— Tu penses que cela leur posera un problème ?

— J'en doute. Nous correspondons surtout par e-mail.

Curieuse de savoir ce qu'il avait à lui dire à propos de l'organisation de leur mariage, elle finit par lui demander :

— Parle-moi plutôt de ce que tu as prévu pour notre mariage.

— D'accord. J'ai pensé que nous pourrions aller au Lac Tahoe.

Le Lac Tahoe ! Savannah connaissait la région pour l'avoir traversée des années plus tôt. Elle s'était promis d'y retourner tant la beauté des paysages l'avait marquée.

— C'est une idée magnifique ! Quand partirions-nous ?

— Après-demain.

Savannah manqua de s'étrangler avec ses spaghettis.

— Quoi !

Son expression interloquée fit sourire Durango.

— Le temps va s'améliorer dès cette nuit. Alors nous pourrons...

Elle leva une main tremblante.

— Une minute ! Nous ne pouvons pas nous marier si vite. Je dois d'abord rentrer chez moi, préparer mes bagages, prendre mes dispositions. Ensuite, nous devons organiser la cérémonie, prévoir...

Durango haussa un sourcil.

— Je croyais que tu voulais un mariage éclair, sans chichis d'aucune sorte ?

— C'est toujours le cas. Mais je ne pensais pas me marier avant deux ou trois semaines.

— Le plus tôt sera le mieux, affirma Durango. Quand j'ai vu

ma cousine Jayla chez mes parents l'année dernière, elle était enceinte de seulement quatre mois mais elle était déjà énorme.

Savannah leva les yeux au ciel, consternée par le manque de tact de Durango. Elle espérait qu'il s'était abstenu de tout commentaire devant la future maman. Même enceinte, les femmes sont toujours très susceptibles en ce qui concerne leur poids et leur physique.

— C'est normal. Tu m'as dit qu'elle attendait des jumeaux.

— C'est peut-être ton cas aussi, répliqua-t-il. Les naissances multiples sont courantes dans ma famille. Mon père est le frère jumeau du père de Chase et tous deux ont eu des jumeaux. Et mon oncle Corey a des triplés.

Savannah eut un mouvement de panique à l'idée de se retrouver avec deux bébés pour le prix d'un. En même temps, ce serait deux fois plus d'amour et de tendresse...

— Je ne serai jamais prête pour vendredi, gémit-elle. Je n'ai même pas une robe convenable.

— Il nous reste toute la journée de demain pour faire des courses, rétorqua Durango. Même si Bozeman n'est pas Philadelphie ou Atlanta, tu y trouveras tout ce qu'il te faut, je t'assure.

Tout allait trop vite pour Savannah. Elle en avait le tournis.

— Tu me bouscules, reprocha-t-elle.

Durango sourit sans l'ombre d'un remords.

— Puisque nous avons pris notre décision, pourquoi attendre ? Je veux t'épouser le plus vite possible.

Savannah le dévisagea à la dérobée. Pourquoi tant de hâte ? Redoutait-il qu'elle change d'avis ? Si c'était le cas, il s'inquiétait pour rien, elle avait pris sa décision. Elle était maintenant persuadée que c'était la meilleure solution pour son enfant.

Elle avait tout de même pensé avoir un peu plus de temps pour s'habituer à l'idée de son futur mariage. En fait, elle avait prévu de regagner Philadelphie dès que le temps le permettrait, et de régler les détails de la cérémonie par téléphone.

— Savannah, insista Durango en venant près d'elle. Nous n'avons pas de temps à perdre. Il faut régler ça au plus vite.

Elle sentit la moutarde lui monter au nez. Il parlait comme si l'épouser était une obligation, une corvée. Personne ne l'obligeait à le faire. Après tout, ce mariage, c'était son idée à lui !

Comme elle ouvrait la bouche pour le lui rappeler, il la prit au dépourvu en l'attirant contre lui.

— Ne fais pas la tête.

Elle s'abandonna contre lui. Comment pouvait-elle lui en vouloir lorsqu'il avait ce sourire malicieux et tendre !

— Pourquoi faire traîner les choses ? Tout est réglé. J'ai trouvé un vol qui atterrit à Reno en début d'après-midi vendredi et j'ai déjà prévenu mon frère qui est ravi de nous recevoir et qui va s'occuper de tous les détails pratiques.

Voyant la jeune femme rougir, Durango la rassura immédiatement.

— Ne t'inquiète pas, je ne lui ai pas dit que tu étais enceinte.

Devant son air inquiet, il plissa le front et demanda :

— Tu as changé d'avis ? Tu préfères que nous nous mariions en présence de nos familles ?

Elle secoua vivement la tête.

— Non, non, je veux toujours un mariage en toute intimité.

Avec un profond soupir, elle avoua :

— Je suis simplement prise de court parce que j'avais envisagé de rentrer chez moi avant de me marier.

— Tu n'es pas prête à rentrer à Philadelphie avec un mari ? demanda doucement Durango.

Elle le dévisagea avec des yeux ronds.

— Tu comptes rentrer avec moi ?

— Il faudra bien que tu me présentes à ta famille un jour.

— Tu as déjà rencontré ma mère et mon frère au mariage de Jess, souligna-t-elle.

— J'étais le cousin du marié, pas ton mari ! Quand les gens apprendront que nous nous sommes mariés, ils s'attendront à nous voir ensemble.

— Oui, mais...

— Il nous faudra également passer à Atlanta. Je tiens à te présenter à ma famille.

Avant même que Savannah puisse émettre la moindre objection, Durango ajouta :

— Dans un premier temps, nous dirons que nous sommes tombés amoureux lors du mariage de Chase et Jessica et que nous avons décidé de ne plus nous quitter.

Savannah fit une moue dubitative. Elle était certaine que personne ne croirait à cette fable romantique. Mais à en juger par son sourire, il en avait, lui aussi, parfaitement conscience.

— Quelle importance s'ils se perdent en conjectures et tirent ensuite leurs propres conclusions ? demanda-t-il avec indifférence. Notre vie ne concerne que nous.

Il avait raison, admit la jeune femme. Leur vie privée ne regardait personne. Et puisqu'ils avaient décidé de se marier, autant que ce soit fait le plus vite possible.

— Va pour vendredi ! acquiesça-t-elle après un long silence.

Avec un sourire mi-soulagé mi-victorieux, Durango l'étreignit brièvement.

— J'espérais que tu dirais ça.

Subitement sérieux, il ajouta :

— À part écumer les magasins, nous aurons une autre chose à faire avant de partir pour le Lac Tahoe.

— Quoi donc ?

— Je t'ai pris rendez-vous pour demain matin chez le gynécologue de Bozeman.

— Pour quoi faire ? interrogea Savannah avec une pointe d'agressivité. Tu ne crois pas que je suis enceinte ? Tu veux une confirmation de mon état avant de m'épouser ?

— Ne dis pas de sottises, la réprimanda-t-il gentiment. Tu m'as fait une peur bleue ce matin. Je veux seulement m'assurer que tout va bien pour toi et le bébé.

Une fois de plus, elle fut à la fois surprise et touchée par la sollicitude de Durango. Un homme pouvait-il être aussi prévenant ?

— D'accord, murmura-t-elle. Une visite de contrôle ne peut pas me faire de mal.

Réalisant soudain qu'elle était toujours blottie dans les bras de Durango et que la chaleur de son corps alliée à la douceur de son regard commençait à avoir un effet dangereux sur ses sens, elle se dégagea à regret.

— Je vais débarrasser la table.

— C'est hors de question, tu as préparé le dîner, je m'occupe du rangement.

— Durango, je peux très bien...

— Repose-toi. Nous aurons une journée chargée demain. Heureusement, le temps semble se mettre au beau.

Un bref regard par la fenêtre apprit à la jeune femme qu'il avait en effet enfin cessé de neiger. Elle vit même quelques étoiles scintiller dans le ciel sombre. L'accalmie qu'elle avait tant attendue et espérée se produisait enfin. Mais au lieu de rentrer chez elle à Philadelphie, elle allait partir se marier au Lac Tahoe...

Elle se sentit gagnée par la panique alors qu'elle prenait conscience que désormais, plus rien ne serait comme avant. En deux petits jours, elle avait perdu le contrôle de sa vie.

Elle allait passer quelques coups de fil professionnels, décida-t-elle dans l'espoir que s'occuper de questions pratiques allait l'aider à apaiser son trouble.

— Il faut que je téléphone à mon client, nous avions rendez-vous à son bureau lundi.

— Entendu.

Comme elle se dirigeait vers l'escalier, Durango l'interpella :

— Savannah ?

— Oui.

— Je vais rappeler mon frère pour lui confirmer que nous descendrons à son hôtel. Je pensais réserver une suite, cela te convient ?

Elle hocha la tête.

— Tant qu'il y a deux chambres..., bredouilla-t-elle.

— Tes désirs sont des ordres, répondit Durango avec un petit clin d'œil.

Savannah s'empressa de quitter la pièce.

Était-ce la perspective de son mariage imminent ou un simple hasard ? Le fait est qu'en dépit de son manque de sommeil, elle s'était réveillée en pleine forme, sans éprouver la moindre nausée.

Durango aimait cependant parer à toute éventualité, constata-t-elle en le trouvant assis dans un rocking-chair à son chevet, muni d'une assiette de crackers et d'une cannette de soda lorsqu'elle ouvrit les yeux.

— Bonjour, jolie marmotte.

Avec sa voix chaleureuse et sensuelle et son sourire craquant, il lui donnait des palpitations dès le réveil.

— Bonjour à toi aussi...

S'asseyant dans son lit, elle repoussa ses cheveux ébouriffés en arrière et s'étira. Même si elle appréciait la sollicitude de Durango, elle aurait préféré avoir le temps de se rafraîchir et se donner un coup de peigne. Elle devait avoir piètre allure !

— Comment te sens-tu, ce matin ? s'enquit Durango en l'étudiant avec anxiété.

— Très bien. Je n'ai pas du tout mal au cœur.

— C'est super !

Il indiqua les hautes flammes dans la cheminée.

— J'espère que tu n'as pas eu froid. J'ai fait de mon mieux pour entretenir le feu.

— Je sais.

Comme lors de sa première nuit, elle l'avait vu entrer dans sa chambre sur la pointe des pieds et ajouter du bois dans l'âtre.

— Tant mieux si tu es en forme aujourd'hui, se réjouit Durango. Nous n'allons pas tarder à partir. Après ta visite chez le gynécologue, je te déposerai au centre commercial.

Avec un sourire entendu, il ajouta :

— J'imagine que tu préfères être seule pour faire les magasins. J'en profiterai pour rendre visite à McKinnon. Tu te souviens de lui ? C'est mon meilleur ami.

— Bien sûr.

Quelle femme aurait pu oublier le métis indien aux yeux couleur d'or liquide ? McKinnon était incontestablement très beau... mais il n'avait pas l'allure et la séduction de Durango.

Entièrement vêtu de noir, depuis son pull à col roulé jusqu'à ses bottes de cuir en passant par son pantalon à pinces, son futur mari avait un charme fou. Aucun homme ne pouvait rivaliser avec son élégance décontractée, cet extraordinaire mélange de puissance contenue et de naturel.

— Je te laisse te préparer.

Durango se leva après avoir posé les crackers et le soda sur la table de nuit.

— Merci, dit-elle.

— Je t'en prie. C'est un plaisir.

Lorsque leurs regards se rencontrèrent, elle eut l'impression de manquer d'air.

Au prix d'un effort manifeste, Durango se tourna vers la cheminée.

— Elle chauffe bien, n'est-ce pas ?

Savannah faillit répliquer qu'en cet instant la chaleur qu'elle ressentait ne venait pas de la seule cheminée.

— C'est certain, se contenta-t-elle de murmurer avec une ironie imperceptible.

Elle était quand même bien contente d'avoir du feu dans sa chambre ! En plus de la douce chaleur qui baignait la pièce, elle s'était habituée à s'endormir avec le crépitement joyeux du bois et la lueur rassurante des flammes.

— Penses-tu pouvoir prendre un vrai petit déjeuner avant que nous partions ? demanda Durango avec espoir.

Elle secoua la tête.

— Je préfère ne pas prendre de risque. Ce que tu m'as apporté me suffira amplement jusqu'à ce soir.

Une fois seule, elle s'assit au bord de son lit et dressa mentalement la liste de tout ce qu'elle devrait faire avant de s'envoler pour le Nevada : acheter des vêtements, appeler sa sœur et finir de prévenir tous ses clients, préparer ses bagages, se laver les cheveux...

Rien que d'y penser, elle eut envie de retourner sous la couette. Mais elle se força à se lever et à gagner la salle de bains. Une douche rapide achèverait de la réveiller tout à fait.

Même si une visite chez le gynécologue lui semblait totalement superflue, Savannah ne pouvait s'empêcher d'être excitée et impatiente à l'idée de partager cette expérience avec Durango.

8

— Qu'en penses-tu, Patrina ? Comment va le bébé ? demanda Durango avec appréhension.

Âgé d'une trentaine d'années, le Dr Foreman était non seulement sympathique mais également très compétent, avait conclu Savannah dès les premières minutes d'entretien avec la gynécologue.

Tout en l'aidant à s'étendre sur la table d'examen, cette dernière lui avait raconté qu'elle était fille, petite-fille et arrière-petite-fille de sage-femme, et qu'après avoir décroché elle aussi son diplôme, elle avait finalement décidé de devenir médecin, pour donner à ses patientes le meilleur des deux professions. Elle alliait la sécurité qu'apportent les examens sophistiqués comme les amniocentèses et les échographies, à l'attention et au savoir-faire ancestral.

Appliquant la sonde sur le ventre de la future maman, Patrina sourit à Durango :

— Écoutez bien, tous les deux.

Durango et Savannah tendirent l'oreille. Après quelques instants, ils perçurent comme un martèlement précipité et échangèrent un regard interloqué, réalisant que c'était le cœur de leur enfant qu'ils entendaient.

Savannah prit alors pleinement conscience de la présence du petit être qui grandissait en elle. Lorsque son compagnon lui serra l'épaule d'une main tremblante et lui sourit, les yeux brillants d'émotion, elle sut qu'il était tout aussi bouleversé qu'elle.

— Tu ne l'avais pas entendu avant ? chuchota-t-il d'une voix enrouée par l'émotion.

— C'est la première fois pour moi aussi, répondit-elle.

— C'est toujours un moment spécial pour les parents quand ils entendent le cœur de leur enfant pour la première fois, déclara Patrina. Les battements du cœur sont forts et réguliers. Ce bébé est en pleine forme !

Durango rit avec soulagement.

— Merci Patrina !

— Tu n'as plus à t'inquiéter. La mère et l'enfant vont très bien, assura le médecin.

S'adressant à la future maman, elle lui recommanda :

— Surtout, continuez à prendre vos vitamines, Savannah.

— Tu ne peux rien lui prescrire pour calmer ses nausées ? interrogea Durango.

Patrina lui sourit avec indulgence.

— Ces désagréments matinaux sont causés par la soudaine montée d'hormones qui accompagne le début de grossesse, ils sont tout à fait normaux et régressent spontanément vers la fin du troisième mois.

Tapotant la main de Savannah, elle ajouta :

— Courage, vous n'en avez plus pour longtemps.

— Tu parles d'un réconfort, maugréa Durango.

Saisi d'une nouvelle inquiétude, il fronça les sourcils et demanda :

— Le bébé souffre-t-il de ces malaises ?

— Absolument pas, répondit Patrina sans hésiter. Tant que Savannah réussit à manger un peu et prend du poids, tout va bien.

Ouvrant un placard près de la table d'examen, elle en sortit une petite boîte qu'elle tendit à Savannah.

— Ceci vous aidera peut-être. C'est un bracelet destiné à combattre le mal des transports, la plupart de mes patientes affirment que cela les soulage.

Durant les quinze minutes suivantes, elle répondit avec une patience infinie aux nombreuses autres questions des futurs parents. Quand Durango laissa échapper qu'ils allaient bientôt se marier, elle les félicita chaleureusement.

— Je la trouve très bien, déclara Savannah tandis que son compagnon l'aidait à remonter dans le 4x4. Je suis très à l'aise avec elle. Mais je t'avoue que je ne m'attendais pas à ce qu'elle soit si jeune.

Durango sourit.

— Il paraît que Trina est la meilleure dans sa spécialité. Au départ, j'étais surtout ami avec son mari. Il était le shérif de Bozeman, il a été tué alors qu'il tentait d'arrêter un prisonnier évadé.

— Oh, mais c'est terrible !

— Perry était un type bien, tout le monde l'appréciait et le respectait. Trina et lui s'aimaient depuis le lycée.

Tandis qu'il s'asseyait derrière le volant et bouclait sa ceinture de sécurité, Savannah demanda avec curiosité :

— Est-ce une coïncidence si tu roules dans un 4x4 qui porte ton prénom ?

— Pas du tout.

Avec un petit rire, il lui expliqua :

— J'ai pensé que puisque j'avais inspiré Dodge, je me devais d'acheter mon homonyme.

Avec une pointe de suffisance, il ajouta :

— Nous avons beaucoup de points communs : nous sommes robustes, fiables et nous garantissons des promenades inoubliables.

Il ne croyait pas si bien dire ! À l'évocation du voyage qu'ils avaient fait ensemble deux mois plus tôt, elle sentit une onde de désir la traverser.

Tâchant de dissimuler les frissons qui la parcouraient, elle demanda :

— Où allons-nous, maintenant ?

Durango lança le moteur.

— Je vais te déposer au Gallatin Valley Mall. Pendant que tu feras tes courses, j'irai voir McKinnon.

Tout en se mêlant à la circulation, il proposa :

— À moins que tu préfères que je reste avec toi.

— Non merci. S'il est une activité qu'une femme sait faire sans aide, c'est bien du lèche-vitrines !

En fait, Savannah éprouvait surtout le besoin d'être seule,

pour reprendre le contrôle de ses sens et de ses émotions et calmer la sourde inquiétude qu'elle sentait monter en elle. Elle avait de plus en plus de mal à résister au charme de Durango et à masquer la violence du désir qu'il éveillait en elle. Qu'est-ce que ce serait lorsqu'ils seraient mari et femme et partageraient la douce quiétude du chalet de Durango ?

Justement...

Son compagnon était-il toujours certain de l'utilité de leur arrangement ? Souhaitait-il toujours l'épouser ?

Prise soudain d'une panique inexplicable, elle éprouva le besoin urgent d'être rassurée.

— Durango ?

— Oui ?

S'arrêtant à un feu rouge, Durango se tourna vers elle.

— Veux-tu toujours te marier ? interrogea-t-elle sans toutefois se résoudre à affronter son regard.

— Encore plus maintenant que j'ai entendu le cœur de notre bébé, répondit-il.

L'émerveillement sans bornes qui baignait ses traits apaisa la jeune femme.

— C'était tellement fort. Nous avons créé un être vivant, Savannah, tu te rends compte ? Je tiens plus que jamais à être proche de lui.

La jeune femme se laissa aller sur son siège avec un soupir de soulagement. La ferveur contenue dans la voix de son compagnon avait dissipé tous ses doutes et ses angoisses.

Nichée au cœur des Rocheuses, la petit ville de Bozeman était non seulement réputée pour son domaine skiable et le sens de l'hospitalité de ses quinze mille habitants, mais également pour la qualité de vie qu'elle offrait. Elle séduisait autant les touristes que les familles désireuses de vivre au contact de la nature tout en bénéficiant du confort des infrastructures propres à une ville universitaire.

Durango ne se contenta pas de déposer sa compagne devant l'entrée du centre commercial. Après s'être garé sur le parking, il lui offrit un verre de Coca dans un bar et en profita pour lui donner son numéro de téléphone portable, en lui recommandant de ne pas hésiter à l'appeler si elle finissait ses courses avant qu'il ne revienne la chercher.

Dès qu'ils se séparèrent, Savannah entreprit une exploration systématique et méthodique de tous les magasins. En un temps record, elle trouva ce dont elle aurait besoin pendant son séjour dans le Montana et pour son voyage au Lac Tahoe : pantalons décontractés et habillés, jeans, chemisiers, pulls à col roulé, parka, chaussures de marche et bottes fourrées, ainsi que divers articles de toilette et de maquillage et bien sûr, une valise à roulettes pour ranger et transporter ses emplettes.

Elle put ensuite concentrer ses efforts sur la robe simple mais élégante qu'elle souhaitait porter pour son mariage. Elle voulait sincèrement que tout soit parfait. Un mariage, même temporaire, était une étape importante dans la vie d'une femme !

Toutes ces missions dûment accomplies, elle ne put résister à la tentation d'entrer chez Victoria's Secret pour s'offrir les jolis dessous et les chemises de nuit sexy dont elle raffolait. Lorsqu'elle en ressortit, les bras chargés de paquets, elle décida de mettre un terme à sa fièvre acheteuse et elle téléphona à Durango pour l'informer qu'il pouvait venir la chercher quand il le voulait. Celui-ci venait justement de se garer sur le parking du centre commercial.

Son cœur se mit à battre à un rythme frénétique quand elle vit son futur mari venir dans sa direction quelques minutes plus tard. Elle le trouvait tout simplement magnifique. Et elle n'était pas la seule visiblement, constata-t-elle non sans irritation. Tandis qu'il venait vers elle de sa démarche souple et assurée, beaucoup de femmes se retournaient discrètement sur son passage.

Elle était ridicule ! Elle n'avait aucune raison d'être jalouse. Durango n'avait aucun compte à lui rendre.

Après l'avoir débarrassée de ses paquets et de sa valise, Durango l'enlaça par la taille et l'embrassa sur la bouche. Comme si c'était la chose la plus naturelle du monde, elle s'abandonna à son étreinte et lui rendit son baiser.

— As-tu acheté tout ce que tu voulais ? demanda-t-il lorsqu'ils se séparèrent, à bout de souffle.

Encore bouleversée, elle hocha la tête.

— J'ai même trouvé une robe parfaite pour demain.

L'enveloppant d'un ardent regard, Durango lui prit la main et l'emmena vers le meilleur restaurant de la ville.

— J'ai hâte de la voir sur toi. Je suis certain que tu seras magnifique.

Quelle merveilleuse journée ! songea Savannah alors qu'elle préparait sa valise pour leur séjour dans le Nevada. D'abord elle avait entendu le cœur de son bébé pour la première fois. Elle avait ensuite partagé un merveilleux dîner aux chandelles avec Durango. Enfin, de retour au chalet, elle avait trouvé sur le répondeur un message qui l'avait comblée de joie : Jessica et son mari avaient décidé de se rendre au Lac Tahoe afin d'assister à leur mariage !

Elle était bien contente que sa sœur soit trop têtue pour tenir compte de son désir d'intimité et de simplicité.

Durango avait été également très heureux d'apprendre que son cousin Chase tenait à être à ses côtés. Malgré les circonstances particulières de leur mariage, demain serait un jour important dont ils se souviendraient toute leur vie, avait-il affirmé.

Elle sourit en entendant frapper à la porte de sa chambre.

— Entre ! lança-t-elle.

Durango avait enfilé un bas de jogging et un T-shirt et tenait une serviette de bain à la main.

— Je vais me détendre dans le jacuzzi. Veux-tu te joindre à moi.

— Il fait trop froid ! protesta-t-elle.

— L'eau est tellement chaude que tu oublieras la température extérieure. Je t'assure que tu vas adorer.

Après des heures passées à piétiner dans le bruit et la foule du centre commercial, Savannah était épuisée. Son dos et ses jambes la faisaient souffrir. La perspective de se laisser masser par l'eau bouillonnante était terriblement tentante. Cependant...

— Y a-t-il assez de place pour nous deux dans ton jacuzzi ?

Emmitouflé dans sa grosse parka de ranger, Durango réussissait à la rendre folle de désir, comment pourrait-elle garder la tête froide s'ils étaient serrés l'un contre l'autre et pratiquement nus ?

— Il a été conçu pour recevoir quatre personnes, assura Durango.

Rassurée, elle hocha la tête.

— D'accord, je te rejoins dans cinq minutes.

Bénissant l'impulsion qui lui avait fait acheter un maillot de bain chez Macy's, elle se changea rapidement. Après s'être examinée d'un œil critique dans le miroir de la commode, elle hocha la tête avec satisfaction. Dieu merci, elle avait choisi un maillot une pièce très sobre ! Il n'était vraiment pas nécessaire d'attiser le feu brûlant qui couvait constamment entre eux avec une tenue provocante.

— Te voilà enfin ! s'écria Durango lorsqu'elle parut sous la véranda.

— Je suis désolée, s'excusa-t-elle. Ma mère m'a appelée juste quand je sortais de ma chambre.

Durango lui jeta un regard interrogateur.

— L'as-tu informée de nos projets ?

— Je n'ai pas pu faire autrement.

Après s'être débarrassée de son peignoir, la jeune femme s'immergea jusqu'au menton dans l'eau bouillonnante. Avec un soupir de contentement, elle ajouta :

— Mais j'ai éludé la plupart de ses questions. Je lui ai promis que nous parlerions plus longuement à son retour d'Europe.

Secouant la tête, elle confia :

— À mon avis, elle a deviné pourquoi nous sommes si pressés de nous marier.

— Savait-elle qu'il y avait eu quelque chose entre nous ? demanda Durango, regrettant amèrement de ne pas avoir le don de voir sous l'eau.

Il avait déjà eu un petit aperçu paradisiaque quand sa compagne avait ôté son peignoir, et il brûlait d'en découvrir davantage. Son maillot noir était des plus sexy. Sa coupe échancrée mettait en valeur ses longues jambes, le lycra moulait ses formes parfaites...

— Je ne lui ai jamais fait de confidences, assura Savannah en le tirant de ses étourdissantes réflexions. Cependant, quand nous avons déjeuné ensemble le mois dernier, elle m'a taquinée en disant qu'elle avait remarqué que nous nous buvions des yeux pendant le mariage de Jess.

Elle jugea inutile de préciser que, selon elle, sa mère les avait également vus quitter la réception ensemble.

— Tu avais raison, admit-elle en savourant la caresse de l'eau sur ses jambes douloureuses. Il fait tellement bon dans l'eau qu'on en oublie la température extérieure.

— Alors tu n'as pas besoin de te cacher sous l'écume, repartit Durango avec un sourire taquin. Je te promets de ne pas me jeter sur toi si j'aperçois tes épaules...

Piquée au vif, elle se redressa crânement et s'adossa à la paroi du bassin. L'eau mousseuse glissa le long de sa poitrine et de son ventre, la picotant légèrement.

— J'aime ton maillot, commenta Durango en fixant effrontément ses seins moulés par le lycra. Du moins ce que j'en ai vu jusqu'à présent.

— Merci.

Feignant le détachement, elle se concentra sur le large pont en teck qui entourait le jacuzzi, s'obligeant à un nouvel inventaire pour se calmer : les arbustes plantés dans des jardinières, les meubles en ferronnerie, le barbecue sous la véranda... Il fallait absolument qu'elle garde son sang-froid...

— Comment t'est venue l'idée d'installer un jacuzzi dans ton jardin ? voulut-elle savoir.

— C'était le meilleur moyen d'exploiter la présence de sources chaudes sur mon terrain.

— Il y en a beaucoup ?

Elle se souciait peu de la réponse. Mais elle était résolue à faire son possible pour maintenir la conversation sur un terrain neutre.

— Une demi-douzaine. Mais ne t'attends pas à ce que je te les montre ce soir.

Quand Durango étendit ses jambes, il lui frôla la cuisse au passage. Savannah ne fut pas dupe, ce n'était pas accidentel. Elle s'écarta d'un bond, comme s'il l'avait brûlée au fer rouge.

— Que fais-tu ? demanda Durango d'un air innocent.

— Je te fais de la place.

— Je n'en ai pas besoin.

— Ce n'est pas l'impression que j'ai, marmonna-t-elle dans sa barbe.

— Pardon ?

Elle le foudroya du regard.

— Rien. Je réfléchissais tout haut.

Avec un léger sourire, il se rapprocha d'elle et se pencha dangereusement vers ses lèvres.

— Qu'as-tu dit, Savannah ?

Elle gémit intérieurement. Il était à portée de main, à portée de baiser. L'eau du jacuzzi lui sembla tout à coup bouillante.

— T'ai-je déjà dit combien j'aime t'embrasser, Savannah ?

Une onde fulgurante de désir la parcourut des pieds à la tête.

— Je ne m'en souviens pas, mentit-elle dans un souffle.

Son cœur allait exploser.

— Ta bouche a un goût unique.

— Vraiment ?

La voix de Durango se fit plus pressante.

— Je pourrais la savourer pendant des heures et ne pas m'en lasser.

Durango effleura ses lèvres des siennes. Elle laissa échapper un petit gémissement.

— Personne ne m'a jamais dit ça.

— Tu n'as peut-être pas embrassé les bonnes personnes.

— Peut-être...

La voix de Savannah n'était plus qu'un chuchotement rauque.

— Je sais que tu ne veux pas faire l'amour avec moi. Mais tu ne m'as pas interdit de t'embrasser, n'est-ce pas ? lui murmura Durango.

— Heu... non.

Savannah comprit tout de suite qu'elle venait de commettre

une grosse erreur… Mais c'était déjà trop tard : Durango venait de fondre sur elle avec avidité.

— Tant mieux. Parce que je compte bien le faire chaque fois que j'en aurai l'occasion.

Lorsqu'il la prit par la taille et redessina ses lèvres du bout de la langue, elle se força à conserver son calme. Mais quand sa langue força doucement la barrière de ses dents, elle frémit de tout son corps et s'abandonna au délicieux vertige qui s'emparait d'elle.

Sans savoir comment, elle se retrouva dans ses bras. Leurs corps s'emboîtaient parfaitement, elle ne savait plus où finissait son corps et où commençait celui de Durango. Elle essaya de réagir. Elle savait qu'elle jouait un jeu dangereux, qu'il lui fallait au plus vite sortir du jacuzzi mais ses membres ne lui obéissaient plus. Un incendie dévastateur la consumait tout entière. Incontrôlable, son corps se pressait contre celui de Durango assoiffé de passion et de plaisir.

Elle faillit crier de soulagement et de volupté quand son compagnon arrondit la main sur un sein pour en titiller longuement et savamment la pointe.

Durango interrompit momentanément son baiser pour chuchoter contre ses lèvres :

— J'aime aussi te toucher. Te caresser. Partout.

De son autre main, il dessina des cercles enivrants sur son ventre, puis glissa lentement, plus bas, entre ses cuisses.

— Je sais bien qu'il s'agit d'une zone interdite, assura-t-il. Mais je connais la petite perle qui m'y attend. Elle a envie du plaisir que je pourrais lui donner, elle est prête pour moi, comme je le suis pour toi…

Se concentrant sur la partie la plus intime de son être avec une efficacité redoutable, il ajouta :

— Je pense à toi jour et nuit depuis deux mois. Je me souviens de tout ce que nous avons partagé… je me dis que c'était délicieux et que cela pourrait l'être bien plus encore si tu le voulais.

Enivrée par sa voix chaude et sensuelle, Savannah renversa la tête en arrière et cessa de lutter contre les vagues de plaisir qui la submergeaient.

— Il nous sera difficile de vivre ensemble pendant plusieurs mois sans céder tôt ou tard à la passion qui nous torture, tu ne crois pas ? demanda Durango en accélérant le ballet de ses doigts au creux de ses cuisses.

— C'est... vrai, haleta-t-elle.

— Je t'ai promis de garder mes distances et je tiendrai parole... sauf si tu changes d'avis. Dans ce cas... tu ne pourras plus m'arrêter, Savannah.

Penser à ce qui se passerait si elle cédait à la tentation de refaire l'amour avec Durango suffit à déclencher la plus intense des jouissances. Criant son nom, Savannah se cambra à la rencontre des vagues brûlantes qui s'abattaient sur elle.

Avec une tendresse infinie, Durango cueillit les soupirs de plaisir sur ses lèvres. Lorsque enfin elle recouvra son souffle, elle s'aperçut que sans même s'en rendre compte, elle avait noué les jambes autour des hanches de Durango et que seule une fine barrière de lycra les empêchait de commettre l'irréparable.

Un simple baiser lui avait encore fait perdre la tête !

Jessica avait raison. Durango n'était pas un homme ordinaire. Qui d'autre pouvait l'emmener au septième ciel sans même la déshabiller ?

Lorsqu'elle osa enfin affronter son regard, il lui sourit puis reprit ses lèvres avec tendresse et ferveur à la fois.

— Je pensais ce que j'ai dit, Savannah. J'ai terriblement envie de te faire l'amour, mais tant que tu ne m'en donneras pas l'autorisation, je me contenterai de t'embrasser. Et de te caresser.

Trop épuisée et bouleversée pour parler, elle hocha la tête. Elle avait toujours su qu'il respecterait les conditions qu'elle avait posées à leur mariage temporaire. Mais maintenant, elle savait aussi qu'il n'hésiterait pas à utiliser le pouvoir magique de ses baisers pour la faire changer d'avis.

Quelques minutes plus tard, Durango sortit du jacuzzi. Son maillot mouillé collait à sa peau, ne laissant planer aucun doute sur la violence de son désir. Loin d'en être gêné et de se détourner pudiquement, il se campa fièrement face à sa compagne et prit tout son temps pour se sécher, puis il la regarda droit dans les yeux et déclara :

— Demain, sera un grand jour. Malgré les circonstances, je tiens à ce que notre mariage reste un souvenir précieux pour toi comme pour moi.

Lorsqu'il disparut à l'intérieur du chalet, Savannah se laissa glisser dans l'eau chaude avec délectation. Elle se sentait délicieusement bien. La chaleur et la force de ses bras lui manquaient déjà. Même si ce n'était que pour un temps, elle avait hâte de devenir Mme Durango Westmoreland.

9

Arrivés à l'aéroport de Reno, ils avaient loué une voiture et choisi de gagner le Lac Tahoe en prenant la route touristique. Durant ses nombreux déplacements professionnels, Savannah avait découvert beaucoup de sites pittoresques, mais aucun ne pouvait rivaliser avec le paysage grandiose qui défilait devant ses yeux éblouis.

À maintes reprises, elle demanda à son compagnon de s'arrêter et photographia les énormes blocs de roche, les cascades scintillantes, les forêts de pins et de séquoias qui dévalaient les pentes abruptes des montagnes jusqu'aux eaux bleues cristallines du lac qui s'étendaient à perte de vue.

Tout en conduisant, Durango raconta à sa passagère comment son frère Ian était devenu propriétaire d'hôtel. Avant de s'installer dans le Nevada, Ian avait exploité une société qui organisait des promenades en bateau sur le Mississipi, mais l'ouragan Katrina avait entièrement détruit sa flotte. Apprenant que l'Hôtel Casino de la Cascade avait été mis aux enchères après la condamnation de son propriétaire pour blanchiment d'argent, Ian s'était associé avec des investisseurs et s'était porté acquéreur.

Rouvert depuis six mois, l'établissement entièrement rénové engrangeait déjà d'importants bénéfices et commençait à faire de l'ombre à ses nombreux concurrents.

— C'est splendide, s'émerveilla Savannah lorsqu'ils franchirent les grilles de fer forgé du complexe hôtelier pour emprunter l'allée goudronnée qui longeait un terrain de golf et plusieurs piscines, puis serpentait à travers les pelouses verdoyantes plantées d'antiques résineux.

L'Hôtel Casino de la Cascade était différent de tous les établissements qu'ils avaient pu apercevoir en chemin. Il constituait un petit village à lui tout seul. Dominant le lac, les bâtiments de verre et d'acier étaient construits en arc de cercle autour de magasins, de restaurants et de bars.

Dès que Durango s'arrêta devant l'entrée principale, une armée de grooms en livrée or et blanc leur souhaita la bienvenue et se livra à un ballet parfaitement millimétré déchargeant leurs bagages et emmenant leur voiture au parking en un temps record.

Passant un bras protecteur autour des épaules de Savannah, Durango l'entraîna vers les portes automatiques. Une fois à l'intérieur, il émit un petit sifflement admiratif.

— Ian s'est surpassé, commenta-t-il en regardant autour de lui. On dirait qu'il a vraiment trouvé sa voie.

— C'est ce que je me dis chaque jour ! claironna joyeusement son frère derrière lui.

Après avoir enveloppé Durango dans une étreinte affectueuse, Ian embrassa Savannah sur la joue.

— Je suis ravi et flatté que mon bébé vous plaise.

— Tout est magnifique, complimenta Savannah en lui rendant son sourire.

Elle était sincère. La réception de l'hôtel était spectaculaire sans pour autant être clinquante ou ostentatoire. Les verrières au plafond et des pans de mur entièrement vitrés laissaient entrer des flots de soleil. Des plantes exotiques luxuriantes, des aquariums intégrés dans les comptoirs et des tables basses parachevaient le décor. Il y avait même des fontaines et des rivières artificielles ingénieusement éclairées par des spots multicolores. L'ensemble donnait une impression d'espace, de lumière et de calme.

Mis à part sa barbe rase qui lui donnait une allure de boucanier, Ian ressemblait énormément à son frère, remarqua Savannah. Tous les Westmoreland étaient bâtis sur le même modèle : cheveux bruns, sourire ravageur contrastant avec un visage anguleux et extrêmement viril... Jessica avait bien fait de la mettre en garde contre le charme légendaire du clan Westmoreland.

— Je te remercie de nous recevoir à la dernière minute, ajouta-t-elle poliment.

— De rien. Je suis ravi d'avoir pu faire descendre Durango de sa montagne.

Ian lui fit un clin d'œil et poursuivit :

— Et puis ce n'est pas tous les jours qu'un Westmoreland se marie.

D'un geste cérémonieux, il tendit une clé magnétique à son frère.

— Je vais vous montrer votre suite. Vous aurez tout le temps de vous reposer et de visiter La Cascade... J'ai réservé la chapelle pour 19 heures.

— Chase et Jessica sont-ils déjà arrivés ? s'enquit Durango.

— La dernière fois que je les ai vus, ils sortaient faire les magasins.

Ian eut un sourire mystérieux.

— J'ai une bonne surprise pour toi, Durango.

— Quoi donc ?

— McKinnon vient de m'appeler. Il sera là en fin d'après-midi. Apparemment, il s'est débrouillé pour se débarrasser de toutes ses obligations afin d'être là.

Durango ne tenait plus de joie. Son meilleur ami serait à ses côtés lorsqu'il se marierait ! Décidément, cette journée s'annonçait mémorable.

Leur suite était en réalité l'ancien appartement privé du précédent propriétaire de La Cascade, expliqua Ian alors qu'il leur faisait visiter la longue enfilade de pièces.

À son grand soulagement, Savannah constata quelques instants plus tard que Durango et elle auraient chacun leur chambre et leur salle de bains. Après l'épisode du Jacuzzi, elle savait qu'une trop grande promiscuité avec Durango était dangereuse.

— Je te laisse la plus grande chambre, proposa galamment

Durango quand son frère les abandonna pour retourner vaquer à ses occupations.

Muette d'admiration, Savannah posa son sac à main sur la console de l'entrée et explora ce qui allait être leur domaine pour le week-end. Toutes les pièces donnaient sur une terrasse circulaire qui offrait une vue imprenable sur le lac et les montagnes. Le décor était sobre, élégant et raffiné jusque dans les moindres détails. L'épaisse moquette et la soie ivoire tendue sur les murs mettaient en valeur le design moderne des meubles noirs. Il y avait des bouquets de fleurs fraîches et des coupelles d'argent remplies de pots-pourris dans toutes les pièces, un seau en argent avec une bouteille de champagne sur la table basse du salon. Dans la salle de bains elle découvrit un panier rempli de produits de beauté, ainsi qu'un peignoir avec le logo de l'hôtel. Le confort et le bien-être des clients étaient visiblement le principal souci du personnel. Savannah était étourdie par tout ce luxe. Ian avait vraiment bien fait les choses.

— C'est très gentil à Ian de nous donner sa plus belle suite, soupira-t-elle en se laissant tomber sur le canapé du salon avec un sourire émerveillé.

— Mon frère est aussi adorable qu'il peut être casse-pieds, plaisanta Durango.

Après un rapide coup d'œil à sa montre, il proposa :

— Veux-tu aller te promener au bord du lac ?

Savannah se releva aussitôt, débordante d'énergie.

— Volontiers. Donne-moi juste quelques minutes pour me rafraîchir.

Avec un sourire espiègle, il l'informa :

— Au fait, Ian m'a dit que nous avons un jacuzzi sur le toit. Veux-tu l'essayer avant de sortir ?

Comme dans un film au ralenti, Savannah se revit s'asseyant près de lui dans l'eau mousseuse. Elle revécut leur baiser incendiaire, la perte totale de contrôle et les sensations merveilleuses qui s'en étaient suivies.

— Pas aujourd'hui, merci.

— Si tu ne m'avais pas mise au courant de votre accord, je jurerais que Durango et toi êtes très amoureux et heureux de vous marier, confia Jessica en s'allongeant de tout son long sur le lit de sa sœur.

Le nez plongé dans sa valise, Savannah secoua la tête. Durango et elle avaient croisé Jessica et Chase dans le hall de l'hôtel. Tous les quatre avaient fait une promenade très agréable au bord du lac et partagé un café dans l'un des nombreux bars construits sur pilotis, puis ils avaient décidé qu'il était temps de rentrer se préparer pour la cérémonie.

Juste comme ils prenaient l'ascenseur, Jessica avait rappelé que Durango ne devait pas voir sa future épouse avant le mariage. Savannah et elle se prépareraient dans la suite du dernier étage et Durango s'habillerait dans la chambre de Chase.

— Tu te fais des idées, finit par répondre Savannah. Nous nous marions uniquement parce que je suis enceinte.

Jessica avait déjà entendu maintes fois les véritables raisons du mariage de Savannah et Durango. Mais elle était persuadée qu'il y avait plus entre eux qu'un simple arrangement. Elle balaya d'un geste de la main la réponse de Savannah.

— Peu importe. Vous formez un beau couple, tous les deux.

Savannah commençait à perdre patience.

— Ça suffit, Jess ! Il n'y aura rien entre Durango et moi, mets-toi ça dans la tête une bonne fois pour toutes !

— Alors comment expliques-tu ces jolies choses ? interrogea Jessica en indiquant les déshabillés, pyjamas et chemises de nuit que Savannah avait sortis de sa valise quelques minutes plus tôt.

Elle prit une nuisette de dentelle saumon par une bretelle et l'agita sous le nez de Savannah.

— Pour qui as-tu acheté cette nuisette froufroutante ?

— Pour moi.

Au comble de l'irritation, Savannah lui arracha le vêtement des mains.

— Durango et moi faisons chambre à part ! Ce que je porte la nuit n'a aucune importance.

Jessica l'étudia d'un air pensif.

— Tu n'as toujours pas compris, on dirait.

— Quoi donc ?

— On ne provoque pas impunément un Westmoreland. Combien de temps crois-tu pouvoir résister ?

Jessica leva la main pour prévenir toute objection.

— Ne nie pas. Je vous ai observés pendant que nous marchions au bord du lac. Dès qu'il croit que tu ne le vois pas, Durango te dévore des yeux, et tu fais exactement la même chose. On peut presque sentir l'électricité entre vous. C'est encore plus flagrant qu'à mon mariage.

— Et alors ?

— Tu sais ce qui s'est passé ce soir-là.

Tout en enfilant sa robe de mariée, Savannah leva les yeux au ciel. Pourquoi Jessica ne la laissait pas tranquille avec cette histoire ? C'était sa vie après tout !

— Combien de fois dois-je te répéter que nous avions trop bu ? Cela n'arrivera plus puisque de toute façon je ne boirai pas une goutte d'alcool pendant ma grossesse.

— L'harmonie sexuelle peut être plus grisante que le champagne, déclara Jessica avec un sourire entendu.

— Je ne perdrai plus la tête.

— Et ton cœur ?

— Il est désormais immunisé contre le charme de Durango, affirma Savannah, le front buté.

Achevant de boutonner sa robe, elle pivota sur elle-même et demanda :

— Comment me trouves-tu ?

Jessica la contempla bouche bée. En entrant dans la chambre, elle avait vu la robe crème accrochée à la porte de la penderie et elle l'avait trouvée jolie, mais somme toute assez ordinaire. Cependant, sur Savannah, la création de dentelle n'avait plus rien de banal. Le bustier ajusté et brodé de minuscules perles soulignait la délicate rondeur de sa poitrine, le drapé savant de la jupe mettait en valeur la finesse de sa taille et le galbe sensuel de ses hanches et une fente audacieuse attirait l'œil sur ses cuisses fuselées.

— Qu'en penses-tu ? insista Savannah que le silence de sa sœur finit par inquiéter.

— Je ne trouve pas mes mots, confia Jessica d'une voix étranglée par l'émotion. Tu es la plus belle des mariées. Quel dommage que ta mère ne puisse pas te voir !

— Elle sait que ce mariage est juste une formalité, pour le bien du bébé.

Un sourire ironique aux lèvres, Jessica s'assit sur le lit et replia ostensiblement un string à paillettes. Mortifiée, Savannah lui donna une vigoureuse tape sur la main et alla ranger toute sa lingerie dans la commode de la chambre. L'obstination de sa sœur à croire qu'elle voulait plaire à Durango l'agaçait prodigieusement.

— Quand comptes-tu avouer à ton frère que tu es devenue une honnête femme ? demanda Jessica.

— J'appellerai Rico de chez Durango.

D'un ton où perçait un réel regret, Savannah ajouta :

— Nous avions prévu d'aller annoncer la nouvelle à nos familles la semaine prochaine en nous rendant à Atlanta puis Philadelphie, mais un des rangers est tombé malade. Comme un autre de ses collèges vient d'être opéré du genou, Durango ne pourra pas s'absenter avant au moins un mois.

Avec un soupir, elle ajouta :

— C'est peut-être tout aussi bien que ses parents aient le temps de digérer le choc de n'avoir été ni prévenus ni invités.

Jessica rit doucement.

— Votre mariage va semer la panique. Chase m'a dit que plus personne ne pensait voir Durango se ranger un jour.

— Il m'épouse uniquement parce que je suis enceinte, ne l'oublie pas, rappela Savannah avec lassitude.

Elle commençait à avoir l'impression de ressasser toujours la même rengaine, comme un disque rayé.

Sa sœur eut un rire taquin.

— Maintenant que j'ai vu les chemises de nuit que tu as achetées pour ton « simple mariage de convenance », je me demande si ce n'est pas plutôt toi que tu vas devoir convaincre.

« Mon Dieu qu'elle est belle ! » songea Durango, éperdu d'admiration et la gorge serrée par l'émotion. Il regardait Savannah remonter la nef de la chapelle de l'Hôtel de la Cascade, qui pour la circonstance, avait été abondamment fleurie et parée d'une multitude de nœuds de tulle et de satin.

Elle était si belle... Comment une femme pouvait-elle être à la fois si sophistiquée et si naturelle ? Sa robe épousait parfaitement sa silhouette élancée. Ses cheveux bouclés étaient simplement maintenus en arrière par des peignes incrustés de perles et lui donnaient un air angélique. Ses magnifiques yeux ambrés semblaient encore plus grands, sa bouche plus pulpeuse. On aurait dit une apparition...

— Ta future épouse est très belle, commenta McKinnon à l'oreille de Durango. Combien de temps comptes-tu pouvoir tenir tes distances ? Un an c'est long...

Il était le seul des proches de Durango à être au courant de la situation. La veille, pendant que Savannah faisait ses courses au centre commercial, Durango était passé le voir pour le prévenir qu'il partait se marier au Lac Tahoe. McKinnon n'avait pas cru une seconde à son histoire romantique de coup de foudre et d'amour fou. Il connaissait assez bien Durango pour savoir que ce dernier n'aurait jamais été aveuglé par l'amour au point de se jeter volontairement dans la gueule du loup.

Renonçant à mentir, Durango avait reconnu que Savannah était enceinte et qu'il voulait légitimer leur enfant. Il avait cependant précisé qu'il s'agissait d'un mariage blanc et qu'ils reprendraient chacun leur liberté d'ici un an.

— Je contrôle la situation, déclara-t-il avec une assurance qu'il était loin de ressentir.

Son meilleur ami lui sourit avec ironie.

— Bien sûr, si tu le dis...

À voix basse, il confia :

— Je n'aimerais pas être à ta place. Je ne suis pas un saint, je ne pourrais pas résister longtemps à une si jolie tentation.

En croisant les regards songeurs de son frère et de son cousin, Durango comprit qu'ils avaient deviné les enjeux de ce mariage. Et eux aussi doutaient de sa capacité de résistance maintenant qu'ils voyaient Savannah dans toute sa splendeur. Jessica avait certainement mis Chase dans la confidence, songea-t-il. Quant à Ian, il connaissait bien son frère et n'avait pas manqué de tirer ses propres conclusions lorsque celui-ci lui avait fait part de sa visite et lui avait demandé de réserver la chapelle.

Durango laissa là ses supputations dès que Savannah nicha sa main dans la sienne. Quel pouvoir extraordinaire elle avait sur ses sens ! constata-t-il une fois de plus en respirant son parfum subtilement fleuri. Instantanément d'exquis souvenirs lui revinrent à la mémoire, lui suggérant une foule de choses plus audacieuses les unes que les autres... Bon sang, il était dans une église !

Alors qu'il se perdait dans les immenses yeux d'ambre de la jeune femme, il se demanda pour la première fois s'il n'avait pas présumé de ses forces en promettant à Savannah que ce mariage serait blanc.

Il n'hésita cependant pas une seconde à répondre d'une voix forte et assurée « Je le veux » aux questions rituelles du chapelain de l'hôtel. Il avait la ferme intention d'honorer et de chérir et de prêter assistance et secours à Savannah à chaque instant de leur mariage... Aussi court fût-il...

— Je vous déclare mari et femme, annonça le chapelain quand la mariée acheva de prononcer ses vœux.

Puis il ajouta d'un ton jovial à l'adresse de Durango :

— Vous pouvez embrasser la mariée.

Durango sentit Savannah se raidir imperceptiblement. Il comprenait sa réaction, lui-même venait de réaliser l'énormité de ce qu'ils venaient de faire. Il lui caressa tendrement la joue comme pour lui assurer que tout irait bien et qu'ils avaient pris la bonne décision pour leur enfant. Son message silencieux parut la rassurer. Elle ferma à demi les yeux et lui tendit les lèvres.

Dès que Durango retrouva la chaleur enivrante de sa bouche, il fut submergé par une violente vague de désir. La fougue avec laquelle Savannah noua ses bras autour de son cou et se pressa contre lui, lui fit perdre la tête. Son baiser tendre et rassurant se mua en un baiser exigeant, plein de passion et de sensualité.

— Ces deux-là prennent un bon départ plaisanta McKinnon.

Une main douce mais ferme posée sur son épaule, ramena Durango à la réalité. Sans cette intervention, nul ne sait de quoi il aurait été capable...

— Surtout ne dites rien à personne pour le moment, recommanda Durango à son frère et à son cousin lorsqu'ils sortirent de la chapelle.

— Maman sera furieuse de n'avoir pas pu t'organiser un beau mariage, prévint Ian.

— Je lui expliquerai que Savannah et moi préférions une cérémonie simple et intime.

— N'attends pas trop pour l'appeler, lui conseilla cependant Chase.

L'idée de devoir mentir à sa tante, avec qui il était régulièrement en contact, le mettait très mal à l'aise. L'inconvénient de faire partie d'une grande famille unie, c'était qu'on ne pouvait jamais garder un secret bien longtemps !

— Je le ferai dès mon retour à Bozeman, promit Durango.

Avec un petit rire, il ajouta :

— À mon avis, je n'aurai pas besoin d'envoyer des faire-part. Maman se chargera de répandre la nouvelle.

— Tu as intérêt à te rendre très vite à Atlanta avec Savannah, soupira Ian.

Durango secoua la tête, d'un air désolé.

— Je ne pourrai pas prendre de congé avant plusieurs semaines. Mon équipe est à court de personnel.

— La colère de Tante Sarah ne durera pas, assura Chase. En réalisant qu'un autre de ses fils est casé, elle se lancera à corps perdu dans les préparatifs d'une grande réception en l'honneur de sa belle-fille.

Durango imaginait déjà la surprise et la joie de sa mère quand il arriverait à Atlanta avec Savannah à son bras. D'ici un mois, la grossesse de cette dernière serait visible. Sarah Westmoreland aurait alors toutes les raisons de se réjouir : non seulement un autre de ses fils serait marié, mais en plus, son premier petit-enfant serait en route !

Ian le ramena à la réalité d'un coup de coude.

— Resserre ta cravate. Ta délicieuse épouse vient nous chercher pour la traditionnelle séance de photos.

Il avait engagé le meilleur photographe de la région, dans l'espoir d'amadouer sa mère en lui envoyant des clichés du mariage dès qu'elle serait au courant. Durango ne lui avait pas expliqué pourquoi il avait subitement décidé de se marier mais il avait sa petite idée. Il n'y avait pas trente-six raisons qui pouvaient pousser un célibataire endurci à changer de vie. Dans quelque temps, il saurait s'il avait vu juste...

— Savannah est vraiment superbe, commenta-t-il, même s'il avait bien conscience du caractère totalement superflu de sa remarque.

— Tu as beaucoup de chance, renchérit Chase.

Durango les entendit à peine. Il était bien trop perdu dans la contemplation de sa ravissante épouse. Il avait du mal à croire à sa chance. Savannah Clairborne avait accepté de l'épouser !

Tout en prenant sa douche, Savannah se demandait ce que faisait Durango. Repensait-il, comme elle, à la magie des moments qu'ils venaient de vivre.

Après la cérémonie, Ian les avait invités ainsi que McKinnon, Chase et Jessica au restaurant panoramique de l'hôtel où les attendait un véritable festin : langouste grillée, caviar, filet de bœuf et farandole de légumes, et bien sûr, une pièce montée spectaculaire accompagnée du meilleur des champagnes.

Le dîner s'était déroulé dans une atmosphère joyeuse et détendue. Les quatre hommes avaient fait rire Savannah et sa sœur aux éclats en leur racontant les bêtises qu'ils avaient faites étant enfants. Puis les jeunes mariés avaient regagné leur suite et s'étaient séparés devant la porte de leurs chambres respectives.

Durango aurait au moins pu l'embrasser ! songea Savannah. Mais aussitôt elle se rappela les effets dévastateurs de leurs baisers. Un simple baiser en aurait entraîné un autre et encore un autre, toujours plus intense et plus tentant, et ils auraient fini ensemble dans le même lit.

Durango était visiblement disposé à se contenter d'un mariage blanc. Fidèle à sa promesse, il ne lui demanderait jamais plus que ce qu'elle était disposée à lui donner. Elle ne l'en respectait et ne l'en estimait que davantage.

Il avait été si beau dans la chapelle, tandis qu'il lui promettait amour et fidélité de sa voix profonde. L'espace de quelques secondes, elle avait regretté que leur mariage ne soit qu'un arrangement provisoire. Comme elle avait eu envie d'être réellement sa femme ! Légalement et physiquement ! Mais elle avait très vite recouvré ses esprits. Dans un an, ils reprendraient chacun le cours de leur vie, s'en tenir à des rapports cordiaux et amicaux jusque-là était plus prudent et leur éviterait des complications inutiles.

Pourtant, maintenant qu'elle était seule dans sa grande chambre, elle n'était plus si certaine de vouloir une relation platonique.

Avant de connaître Durango, elle n'avait jamais été sensible au côté strictement physique des relations amoureuses. Leur nuit de passion avait réveillé la femme sensuelle qui sommeillait en elle, lui révélant des facettes jusque-là inconnues de sa personnalité. Ces souvenirs torrides la hantaient de plus en plus souvent. Aux moments les plus inopportuns, elle se remémorait la troublante chaleur du contact de la peau de Durango tout contre la sienne, la flamme dévorante dans son regard quand il l'encourageait et l'accompagnait vers l'extase.

Il avait marqué sa mémoire de manière indélébile. Et il lui avait laissé un merveilleux cadeau, ajouta-t-elle en silence tout en caressant tendrement son ventre.

Pourquoi se contenter de souvenirs alors que la réalité était à portée de main ? Serait-ce si mal ? Au pire, cela lui laisserait d'autres beaux souvenirs. Elle ne se voilait pas la face et gardait à l'esprit qu'il ne pourrait jamais être plus pour elle que le père de son enfant. Alors pourquoi ne pas se laisser aller ?

Il ne l'aimait pas et elle ne l'aimait pas. Se répéter cette évidence comme un mantra lui éviterait des regrets inutiles quand viendrait le moment de la séparation.

Tout en enfilant la nuisette de dentelle couleur pêche qu'elle avait achetée la veille, elle repensa au baiser passionné qu'elle avait échangé avec Durango quand le chapelain les avait déclarés mari et femme. Prise dans un tourbillon de sensations grisantes, elle avait failli oublier où ils se trouvaient.

Durango avait raison. Jamais ils ne pourraient vivre sous le même toit sans avoir envie de redevenir amants. Certains mariages pouvaient rester blancs, mais pas le leur. Le désir qui couvait entre eux depuis le premier jour était tout simplement trop viscéral et trop intense !

Savannah sentit ses dernières résistances s'évanouir. Elle pouvait s'autoriser à savourer quelques mois de passion avec Durango, avant de revenir à sa vie normale. Ce ne serait pas si grave.

La perspective de se retrouver de nouveau seule ne l'inquiétait en aucune manière. Elle savait déjà que les jours et les nuits qu'elle passerait dans les bras de Durango lui laisseraient assez de bons souvenirs pour toute une vie.

Sa décision était prise : elle voulait faire l'amour avec Durango. Et pas seulement cette nuit.

Elle le vit dès qu'elle sortit sur la terrasse. Accoudé à la rambarde de bois, il fixait pensivement les eaux paisibles du lac, argentées sous la lune. Il avait ôté son costume et sa chemise de soie blanche pour passer un simple bas de pyjama noir. Son torse nu, large et musclé, semblait sculpté dans du bronze. Le seul fait de le regarder la toucha au plus profond d'elle-même. L'admiration lui noua la gorge, instinctivement, son corps se tendit vers Durango.

Elle éprouva l'irrésistible besoin d'immortaliser la scène, afin que son souvenir l'accompagne tout le reste de son existence et elle pivota vers sa chambre pour aller prendre son appareil photo.

Comme s'il avait senti sa présence, Durango se retourna. Ils se fixèrent en silence durant quelques secondes et l'atmosphère fut soudain chargée d'électricité. La tension monta encore d'un cran tandis que le regard de Durango entreprenait un lent périple le long de ses courbes à peine voilées par la courte nuisette.

Savannah se demanda confusément si Durango était conscient

de l'effet dévastateur qu'il avait sur elle et s'il savait à quel point il était beau.

Certes, il avait la réputation d'être séduisant, sexy, plein de charme. Comme beaucoup d'hommes… Mais en réalité, il était surtout d'une beauté spectaculaire ! Tout en lui était parfait : ses beaux traits un peu anguleux, l'intensité de son profond regard brun, ses lèvres sensuelles qui semblaient n'avoir été faites que pour elle…

Le cœur battant la chamade, elle fit quelques pas vers lui.

— J'ai changé d'avis, informa-t-elle.

— À quel sujet ?

La voix veloutée de Durango était aussi excitante qu'une caresse.

— À propos de ma… nuit de noces.

Durango la dévisagea en silence. Avait-il bien entendu ?

— *Ta* nuit de noces ?

Elle rougit légèrement mais continua d'affronter son regard.

— Je voudrais que ce soit une vraie nuit de noces.

Durango ne laissa rien paraître de sa joie et de son excitation, il resta calme et se pencha légèrement vers elle.

— D'accord.

Après une petite hésitation, Savannah précisa d'une voix sourde :

— En fait, j'aimerais que nous soyons réellement mari et femme jusqu'à notre séparation.

Durango fut frappé de stupeur. Il avait en effet nourri l'espoir qu'elle cède à ses avances et à ses tentatives d'approche, mais il avait renoncé à l'entendre admettre franchement l'attirance qu'elle éprouvait à son égard. Durango se sentit pousser des ailes. Non seulement elle avouait qu'elle le désirait, mais en plus, elle manifestait le désir de vivre avec lui plus que quelques heures de passion !

Un lent sourire étira ses lèvres.

— Je suis entièrement d'accord. Mais qu'est-ce qui t'a fait changer d'avis ?

Intimidée par le regard insistant de Durango, Savannah baissa la tête.

— J'ai pensé qu'il serait difficile pour nous de vivre sous le même toit sans... sans partager le même lit. C'est impossible. Nous en avons beaucoup trop envie l'un et l'autre et...

Il haussa un sourcil quand elle laissa sa phrase en suspens.

— Et quoi ?

— Et je résiste mal à la tentation. Surtout quand elle s'appelle Durango Westmoreland, acheva-t-elle précipitamment.

Fou de bonheur, il franchit la courte distance qui les séparait et la prit dans ses bras.

— Puis-je te confier un secret ? chuchota-t-il contre ses lèvres.

— Bien sûr.

— Je résiste mal à la tentation, moi aussi. Surtout quand elle s'appelle Savannah Clairborne.

Avec un petit rire, il ajouta :

— On dirait que nous voyons enfin les choses de la même manière. C'est bon signe.

— Tu crois ?

Savannah ne parvenait pas à arracher son regard de ses lèvres fermes.

— Laisse-moi te montrer à quel point.

Lorsqu'il resserra son étreinte et emprisonna sa bouche sous la sienne, elle se plaqua contre lui dans un élan passionné.

— Il y a quelque chose que j'aimerais faire avec toi, confia Durango lorsqu'ils parvinrent enfin à s'arracher l'un à l'autre. J'en avais déjà très envie lors du mariage de Jessica et de Chase, mais je n'en ai pas eu l'occasion.

Elle contint un gémissement de plaisir alors qu'il lui mordillait la lèvre inférieure puis traçait un sentier de baisers jusqu'à son oreille.

— Mmm... Quoi donc ? demanda-t-elle dans un souffle.

— J'aimerais danser avec toi.

Reculant d'un pas, Durango s'inclina très bas devant elle et lui tendit la main. Ce n'est qu'alors qu'elle entendit les notes plaintives d'un saxophone provenant du salon et elle reconnut une ballade mélancolique d'Anita Baker. Avec un sourire tremblant, elle prit la main que lui tendait Durango.

Leurs pas s'accordaient parfaitement, comme s'ils avaient dansé ensemble depuis toujours. Leur excitation augmentait au fil des secondes alors que chacun prenait conscience de l'intensité du désir de l'autre. À chaque mouvement qu'il faisait, Durango sentait glisser contre son torse les pointes frémissantes des seins de sa compagne. De son côté, Savannah savourait avec un trouble grandissant la pression de son sexe durci contre son ventre.

Dans un profond soupir, Savannah enfouit son visage dans l'épaule de Durango pour mieux s'imprégner de son odeur et de sa force, puis elle suivit de la langue un muscle noueux pour en goûter la saveur.

— J'espère avoir le droit de faire la même chose, murmura Durango... À l'endroit de mon choix.

Elle leva vers lui un regard voilé. L'impatience faisait battre son cœur, accélérant la montée du désir. Mon Dieu, elle allait devenir folle s'il ne l'embrassait pas tout de suite !

Quand leurs bouches se soudèrent de nouveau en un élan impétueux, elle crut défaillir de soulagement. Son souffle s'accéléra alors que Durango la soulevait sans effort et la portait jusque dans sa chambre.

Leur nuit de noces ne faisait que commencer...

Après l'avoir déposée sur son lit, Durango recula d'un pas afin de mieux l'admirer, s'attardant sur la courbe voluptueuse de ses seins et sur le triangle plus sombre sous la dentelle diaphane.

La lave du désir rugissant à ses oreilles, il défit d'une main tremblante le ruban de satin qui fermait la nuisette pour pouvoir enfin contempler le corps nu de Savannah dans toute sa splendeur.

Aucune femme ne devrait être aussi belle, aussi tentante et sexy, pensa-t-il alors qu'un brasier enflammait son ventre. Il éprouvait un besoin impérieux de se perdre en elle, de la savoir et de la sentir toute à lui.

Lentement comme si elle était la chose la plus précieuse du monde, il remodela de ses doigts et de ses lèvres le galbe de ses seins doux comme la soie, avant de tracer de savantes arabesques sur son ventre et de se perdre dans le delta de ses cuisses.

En découvrant sa chair tendre, humide de désir, il gémit sourdement. Maintenant, il savait qu'elle était prête et impatiente de l'accueillir en lui. Il ne pouvait plus attendre. Mais cette fois, il ne voulait pas seulement coucher avec elle, il voulait lui faire l'amour, l'aimer comme un mari aime son épouse.

Il tressaillit légèrement alors qu'il prenait conscience de son nouveau statut d'homme marié, mais il était trop ensorcelé par la beauté de Savannah, par la passion qu'elle allumait au plus profond de lui pour réfléchir.

S'étendant tout contre la jeune femme, il la regarda droit dans les yeux.

— Je sais que tu m'attends.

La douceur du sourire de Savannah lui donna l'impression de pouvoir soulever des montagnes. Auprès d'elle, il se sentait plus fort, invincible.

Incapable de se priver plus longtemps de sa douceur et de sa chaleur, il la pénétra doucement, ému par les étincelles de plaisir qui s'allumaient dans ses yeux.

Cette nuit resterait à jamais gravée dans leur mémoire, se promit-il. Il allait lui donner plus de plaisir et de passion qu'elle n'en avait jamais rêvé.

Avec d'envoûtantes ondulations des hanches, Savannah l'encouragea à aller de plus en plus loin, de plus en plus vite. Il résista à la tornade qu'il sentait grandir au creux de ses reins et poursuivit ses mouvements amples et voluptueux, maintenant habilement la jeune femme sur une ligne de tension, entre plaisir et frustration. Mais quand elle laissa échapper une longue plainte et se contracta autour de lui comme si elle voulait l'absorber tout entier et ne plus jamais le laisser partir. Alors seulement, il s'abandonna, cédant à la jouissance qui s'abattait sur lui, si violente qu'il crut qu'il allait mourir de plaisir.

Tandis qu'il se perdait en elle, et sombrait avec Savannah dans un abandon délicieux, il sut avec une certitude absolue qu'il ne connaîtrait jamais avec une autre femme cette harmonie parfaite du corps et de l'âme.

Savannah était exceptionnelle, unique. Elle était faite pour lui. Au diable les mariages temporaires, le célibat, la tranquillité... en cet instant elle était sa femme !

10

Durango leva les yeux au ciel avec un soupir d'exaspération. Comme il l'avait promis à son frère et à son cousin, il avait appelé ses parents sitôt rentré chez lui et il commençait à regretter de n'avoir pas attendu le lendemain.

— Non maman, répéta-t-il d'un ton las et pour la énième fois. Je ne me moque pas de toi. J'ai réellement épousé la sœur de Jessica, vendredi.

Du coin de l'œil, il vit Savannah sortir de la salle de bains. Elle était merveilleusement appétissante dans ce peignoir de satin bleu qui couvrait à peine le haut de ses cuisses.

— Nous nous sommes mariés au Lac Tahoe, à l'hôtel de Ian.

Désireux d'éviter tout malentendu, il s'empressa de préciser :

— Ian ne vous a pas prévenus parce que je lui avais fait jurer le secret.

Comme il l'avait prévu, sa mère oublia vite ses griefs lorsqu'elle commença à réaliser qu'un autre de ses fils était enfin marié. Elle se mit aussitôt en devoir d'organiser une somptueuse fête en leur honneur.

— Oui, bien sûr, tu peux commencer à prévoir une réception avec la maman de Savannah... J'ignore quand nous pourrons venir à Atlanta, je ne peux pas m'absenter de mon travail pour l'instant... À mon avis, ce ne sera pas avant un mois.

Pour amadouer sa mère, il ajouta :

— Cela vous laisse tout le temps de vous organiser.

Mais contrairement à ce qu'il espérait, la curiosité de sa mère n'était pas entièrement satisfaite. Elle tenait à savoir pourquoi il n'avait pas pu attendre qu'elle organise un grand et beau mariage. Il resta le plus près possible de la vérité.

— Savannah et moi avions eu le coup de foudre au mariage de Chase. Nous nous sommes revus et nous avons décidé de ne plus nous quitter. Voilà tout !

Il frémit en voyant Savannah sécher ses cheveux avec une serviette. Lorsqu'elle levait les bras, son peignoir laissait entrapercevoir la naissance de ses seins.

Elle était tellement attirante. Rien qu'à la regarder, il vibrait de désir et son cœur se gonflait de fierté. Mais ce n'était pas seulement son physique qui l'emplissait de bonheur, c'était le simple fait de la voir là, déambulant dans sa chambre de manière si naturelle. Elle y semblait tellement à sa place.

Déconcerté par le tour que prenaient ses pensées, il fronça les sourcils.

— Oui maman, tu peux mettre le reste de la famille au courant. Je comprends que tu sois fière et heureuse d'avoir une nouvelle belle-fille.

Tel qu'il connaissait sa mère, dès qu'elle raccrocherait, elle se demanderait sur lequel de ses autres fils elle allait pouvoir reporter ses projets matrimoniaux. Il rit sous cape. Ian, Spencer, Quade et Reggie avaient du souci à se faire !

— Je t'aime aussi, maman. Embrasse papa pour moi.

À bout de patience, il enchaîna :

— Savannah est près de moi. Veux-tu lui parler ?

Couvrant le combiné de sa paume, il avertit Savannah :

— Prépare-toi à la grande Inquisition.

Mais Savannah était charmante et avait beaucoup plus de patience que lui. Après avoir assuré qu'elle était la seule responsable de leur fuite au Lac Tahoe et avoir présenté ses plus plates excuses à sa belle-mère, la jeune femme assura qu'elle se réjouissait déjà à la perspective d'être présentée à sa nouvelle famille. Elle remercia ensuite son interlocutrice d'avoir la gentillesse d'associer sa mère aux préparatifs de la réception destinée à fêter son arrivée dans le clan Westmoreland.

Durango se mit à faire les cent pas dans la chambre. Il avait hâte que Savannah raccroche et lui consacre toute son attention.

Mais elle continuait de s'entretenir gentiment avec sa mère, lui promettant de lui envoyer par mail les photos de leur mariage.

Dix minutes plus tard, il perdit définitivement patience et lui prit doucement mais fermement le téléphone des mains.

— Maman, tu as suffisamment monopolisé ma femme, lança-t-il dans le combiné. Il est tard et nous voudrions nous coucher. Nous sommes des jeunes mariés, rappelle-toi !

— Durango ! protesta Savannah, horrifiée.

— Merci maman, je savais que tu comprendrais. D'accord, je veillerai à ce que Savannah t'envoie les photos après... avant de s'endormir. Bonne nuit maman.

Lorsqu'il raccrocha, Savannah le foudroya du regard.

— Durango Westmoreland ! Comment as-tu osé insinuer que nous...

L'embrassant à pleine bouche, il la renversa sur le lit et lui arracha son peignoir.

— Je n'ai dit que la stricte vérité, se défendit-il. Nous sommes des jeunes mariés et il est tard.

Après un autre baiser encore plus fougueux, il se redressa et sourit avec malice.

— C'est comme ça que je t'aime : nue et soumise.

La réaction de Savannah ne se fit pas attendre. Elle le repoussa vivement.

— Soumise ? Moi ? Sache que...

Riant aux éclats, Durango étouffa ses protestations sous une pluie de baisers torrides et songea que sa vie avait été bien terne avant que Savannah l'illumine de mille couleurs.

Voilà qu'il raisonnait comme un amoureux transi ! songea-t-il tout à coup. En même temps, il ne voyait vraiment pas en quoi apprécier la compagnie de Savannah remettait en cause son goût pour l'indépendance et la solitude.

— Tu ne respectes pas les règles du jeu, maugréa Savannah, la mine boudeuse lorsqu'elle parvint à se soustraire à la bouche vorace qui lui dévorait le visage et la gorge.

Nullement contrit, Durango sourit.

— Je ne joue pas, chérie. Je suis toujours sérieux quand je te serre dans mes bras.

Après s'être débarrassé de son propre peignoir, il la ramena contre lui.

— As-tu aimé ton séjour au Lac Tahoe ?

Savannah sourit béatement, repensant à tout ce qu'ils avaient fait ensemble : du ski alpin, du ski de fond, des promenades en raquettes, de longues marches main dans la main au bord du lac. Tout cela avait été merveilleux. Mais, les meilleures promenades furent celles qu'ils firent dans l'univers de la passion, entre les murs de leur chambre à coucher.

Durango et elle semblaient ne jamais pouvoir se rassasier l'un de l'autre, avait-elle constaté avec stupéfaction. Chaque étreinte était une merveilleuse et excitante découverte. Sans cesse ils découvraient de nouveaux plaisirs, de nouvelles sensations.

— C'était le paradis, répondit-elle avec un sourire ravi.

— Tu n'as même pas eu de nausées, se réjouit Durango.

Elle hocha la tête.

— On dirait que le bracelet contre le mal des transports de Patrina est efficace.

Avec une tendresse infinie, Durango caressa le ventre encore plat qui abritait son enfant.

— Notre petite fille va bien ?

— Elle est en pleine forme.

— Alors je peux consacrer toute mon attention à sa maman et lui montrer à quel point elle me plaît ?

La promesse sensuelle contenue dans son regard et dans sa voix profonde fit frissonner Savannah d'excitation.

— Comment comptes-tu t'y prendre ? demanda-t-elle d'un ton innocent.

— Ferme les yeux et tu comprendras.

— Déplace-toi sur la droite. Oui ! C'est ça. Maintenant, penche légèrement la tête en arrière. Un peu moins. Voilà, parfait.

Savannah appuya sur le déclencheur et prit une dizaine de photos en rafales. Depuis que Durango était rentré de son travail, elle n'avait pas cessé de le mitrailler. Docile, il avait pris toutes les poses qu'elle lui demandait : dans son bureau en train de travailler sur son ordinateur, assis sur le canapé du salon, perché sur l'accoudoir d'un fauteuil.

— Maintenant, déboutonne ta chemise.

Durango fronça les sourcils.

— Je t'avertis, je n'ai pas l'intention de poser nu.

Elle rit de bon cœur.

— Je ne fais pas ce genre de photos. En fait, je vais proposer à mon principal client de faire un calendrier des rangers. Il y a bien celui des pompiers et des policiers, pourquoi ne pas honorer tous les héros américains.

Durango avait l'air peu convaincu par son projet.

— Qui peut bien acheter ce genre de calendrier ?

— Tous ceux et celles qui apprécient l'art... et les hommes séduisants.

Après une courte pause, Savannah ajouta :

— Maintenant que j'y pense, la vente de ce calendrier pourrait financer des œuvres de charité locales.

Après avoir pris son compagnon en gros plan devant la cheminée, elle l'enveloppa d'un regard pensif et murmura :

— Je te vois bien en Monsieur février.

Il haussa un sourcil.

— Pourquoi pas en Monsieur août ou décembre ?

— Février est le mois de la Saint-Valentin et des cartes couvertes de cœurs roses. C'est durant ce mois que nous avons entendu le cœur de notre enfant pour la première fois et que mes nausées se sont arrêtées. Ça a l'air absurde, mais pour moi tu es Monsieur février...

Durango comprenait et partageait parfaitement le raisonnement de Savannah. Même après leur séparation, le mois de février garderait pour lui une importance et une signification toute particulière. Il évoquerait une quantité de souvenirs heureux.

Sans plus protester, il déboutonna entièrement sa chemise et sourit à l'objectif.

— Oui, oui, oui... Parfait ! exulta Savannah en tournant autour de lui, le doigt collé au déclencheur. Avec un modèle aussi viril et sexy, tout le monde va s'arracher le calendrier des rangers !

Lorsqu'elle estima avoir suffisamment de photos à soumettre à son client, elle rangea l'appareil.

— C'était amusant, admit Durango. Et surtout flatteur.

S'adossant à la baie vitrée, il demanda avec curiosité :

— Comment t'est venue l'idée de devenir photographe professionnelle ?

Sur ce fond de montagnes enneigées se découpant sur le ciel étincelant de pureté, il était tellement irrésistible que Savannah fut tentée de ressortir son appareil illico. Mais il ne fallait pas abuser de sa gentillesse.

— Mes grands-parents m'ont offert mon premier appareil pour mes seize ans. Pendant les mois qui ont suivi, j'ai mitraillé mon entourage : j'ai pris Jessica en train de fumer en cachette au fond du jardin, Rico qui prenait dans ses bras une petite rousse qui n'était pas sa petite amie...

— Tu me fais peur, plaisanta Durango.

Elle rit doucement.

— Depuis, j'ai grandi. Je suis devenue tout à fait inoffensive.

Durango était loin de partager cet avis. Elle avait mis sa vie sens dessus dessous ! Ses collègues de travail avaient cru qu'il plaisantait quand il leur avait annoncé son mariage. Mais quand elle était venue lui apporter des sandwichs à la station, il avait lu à la fois l'approbation, la compréhension et l'envie dans leur regard. Ils le traiteraient de fou quand il divorcerait.

— J'espère que tu aimeras ce que je t'ai préparé pour le dîner.

Le regard anxieux de Savannah le tira de ses réflexions.

— Je suis sûr que tout sera délicieux. Mais tu n'aurais pas dû te donner ce mal. J'aurais très bien pu m'occuper du repas.

— C'est la moindre des choses. Tu travailles toute la journée.

Secouant la tête, Savannah poursuivit :

— Je déteste me tourner les pouces. J'espère que mon client approuvera mon projet de calendrier pour que je puisse commencer à me mettre au travail.

Saisie d'une soudaine inquiétude, elle plissa le front.

— Crois-tu que tes collègues accepteront de poser pour moi ?

— Ils vont se battre pour figurer sur ce calendrier ! s'esclaffa-t-il.

Mais quelque chose dans le regard de Savannah mit brutalement fin à son hilarité. Trop occupé par leur séance de photo, il n'avait rien remarqué. Mais à présent, sa nervosité était plus qu'évidente. Quelque chose n'allait pas. Il ne lui avait jamais vu cet air angoissé et torturé, pas même quand elle lui avait annoncé qu'elle était enceinte. Cela devait être sérieux.

— On dirait que quelque chose te tracasse. Il s'est passé quelque chose de spécial, aujourd'hui ? s'enquit-il avec inquiétude. Tu as encore eu ta mère ou ton frère au téléphone ?

La veille, Savannah avait appelé sa mère et son frère pour leur apprendre qu'elle s'était mariée. Jennifer et Rico Clairborne avaient bien entendu été stupéfaits mais lorsqu'ils étaient revenus de leur surprise, ils avaient assuré qu'ils étaient heureux pour elle et qu'ils avaient hâte de la revoir.

Savannah secoua nerveusement la tête.

— Ce n'est pas ma famille.

Donc le problème venait des Westmoreland, conclut-il en silence. Il avait beau réfléchir, il ne voyait pas qui aurait osé lui faire de la peine. Elle faisait partie du clan maintenant, tout le monde allait la respecter parce qu'elle était sa femme.

— Un de mes proches t'a appelée ?

Pour toute réponse, Savannah hocha la tête.

— Qui ? voulut-il savoir.

— Demande-moi plutôt qui ne m'a pas encore téléphoné ! Vous êtes très nombreux, répondit-elle.

Nombreux au point d'être intimidants et étouffants. Les craintes de Durango s'accrurent.

— Que te voulaient-ils ?

— Eh bien… me souhaiter la bienvenue parmi eux et me dire qu'ils se réjouissaient de me rencontrer bientôt.

Durango soupira de soulagement. Une autre attitude de la part de ses proches l'aurait étonné. Mais alors qu'est-ce qui mettait Savannah dans cet état ?

Celle-ci baissa la tête et finit par avouer.

— Je suis une horrible menteuse. Une traîtresse qui abuse de la gentillesse de toute une famille.

C'était donc ça ! Mais ce n'était pas si étonnant. Lui-même s'était senti un peu malhonnête quand ses collègues l'avaient félicité chaleureusement et lui avaient souhaité tout le bonheur du monde.

— Les termes de notre mariage ne regardent que nous, déclara-t-il d'un ton apaisant.

— Je sais, mais…

Savannah se tordit les mains de plus belle.

— Mais quoi ?

— Tout le monde a été tellement adorable ! Ta cousine Delaney a même pris la peine de m'appeler du Moyen-Orient ! Et toutes tes belles-sœurs et tes cousines par alliance m'ont dit que dorénavant, nous étions toutes sœurs. Je sais qu'elles avaient accueilli Jessica avec la même chaleur. Tu ne peux pas imaginer ce que j'ai pu éprouver !

La voix de Savannah se mit à trembler, des larmes noyèrent ses beaux yeux.

— Dis-moi, lui demanda Durango d'une voix douce.

— Je me suis sentie… aimée… désirée… entourée. J'ai eu l'impression que mon rêve de faire partie d'une grande famille était devenu réalité.

Elle secoua la tête et acheva dans un soupir :

— Mais ensuite, j'ai réalisé que tout ceci n'était qu'une comédie et que bientôt, je devrais laisser tomber le masque. Tu comprends ce que je veux dire ?

Durango savait que si elle avait accepté de l'épouser, c'était surtout pour donner à leur enfant la famille qu'elle n'avait jamais eue. Une famille comme la sienne, qui était toujours là dans les moments difficiles, qui restait soudée quoi qu'il arrive, et qui enseignait les mêmes principes et les mêmes valeurs depuis des générations.

— Bien sûr, répondit-il avec émotion. Quoi qu'il arrive, tu seras la mère d'un Westmoreland, tu pourras toujours compter sur la protection et l'affection de tous.

— Je déteste répondre à leur gentillesse par des mensonges ! Cela me mine.

Troublé par le désarroi de Savannah, il ne put s'empêcher de penser à Tricia. Plus le temps passait, plus il constatait qu'il s'était lourdement trompé. Savannah et Tricia vivaient toutes deux dans une grande ville, la ressemblance s'arrêtait là. Mentir rendait Savannah malade alors que Tricia n'avait eu aucun scrupule à l'utiliser et à se moquer de lui. Savannah était généreuse, sensible et honnête, alors que Tricia avait un cœur de pierre et une moralité douteuse.

Afin de mettre un terme à cette conversation et de se changer les idées, Savannah se dirigea vers la cuisine.

— Je vais finir de préparer le dîner. Je t'appellerai quand tout sera prêt.

— As-tu besoin d'aide ? lui demanda-t-il.

— Je peux me débrouiller.

Éprouvant lui aussi le besoin de remettre de l'ordre dans son esprit, Durango sortit sous la véranda afin de trouver du réconfort auprès de cette nature qu'il aimait tant. Pour la première fois depuis qu'il s'était installé dans le Montana, la vue des montagnes inondées de soleil ne l'aida pas à recouvrer sa sérénité. La tristesse de Savannah l'avait profondément affecté.

Le souvenir des larmes de Savannah lui soulevait le cœur. Il lui avait proposé un mariage temporaire parce qu'il était certain de ne jamais éprouver plus que du désir pour elle. Il pensait être à l'abri de toute complication sentimentale. Mais plus il la connaissait, plus il l'appréciait. Parfois, quand ils se donnaient l'un à l'autre avec une passion sans égale, il se surprenait alors à rêver que leur mariage puisse durer toujours.

Mais tout cela n'était qu'une parenthèse enchantée. Dans la réalité, l'amour n'était que souffrance et humiliation.

Il ne voulait plus jamais aimer. C'était comme ça.

Après le dîner, ils s'installèrent devant la cheminée du salon.

— Je me suis régalé, complimenta Durango. Tout était délicieux, du soufflé au fromage à la tarte aux pommes.

Sa compagne rougit de plaisir.

— Merci. J'ai été à bonne école. Ma grand-mère est un cordon-bleu.

— Qu'est-ce qu'on fait ce soir ?

Elle fit mine de ne pas voir où il voulait en venir.

— Des photos ?

— Tu as déjà de quoi remplir une dizaine d'albums, protesta-t-il. Trouvons quelque chose à faire ensemble.

— Quoi par exemple ? demanda-t-elle ingénument.

— Voir à quel point les choses peuvent devenir plus torrides entre nous.

Savannah sentit son pouls s'accélérer.

— Qu'as-tu à l'esprit ?

Pour toute réponse, Durango l'attira contre lui et tira sur l'encolure de son peignoir.

— Veux-tu connaître la prochaine étape ? demanda-t-il après avoir dévoré sa nuque de baisers.

Elle lui lança un regard brillant de désir.

— Je crois plus ou moins savoir ce qui va se passer.

— Bien.

Posant une main à plat sur son torse pour le tenir à distance, elle précisa :

— Je suis d'accord à une condition.

Durango fronça légèrement les sourcils.

— Laquelle ?

— C'est moi qui te déshabille en premier.

— D'accord.

Lorsqu'il fut entièrement nu, elle se souleva sur un coude pour mieux l'admirer.

— Tu es superbe.

Il rit doucement, étrangement intimidé par le regard de la jeune femme.

— Merci.

Recouvrant sa gravité, Durango fit glisser son peignoir le long de son corps soyeux. Sa voix se fit plus rauque lorsqu'il découvrit ses seins dorés par la lueur des flammes.

— Il n'y a pas de mots pour décrire ta beauté. Il me suffit de te regarder pour perdre la tête.

Après l'avoir allongée sur le tapis, il embrassa chacun de ses orteils, lui mordilla les chevilles, remonta lentement jusqu'à l'arrière de ses genoux avant de faire glisser sa bouche vers le haut de ses cuisses.

Lorsqu'il atteignit enfin son but, Savannah inspira violemment.

— Durango !

Le plaisir qui ricocha en elle était si violent qu'elle oublia rapidement toute pudeur. Assoiffée de plaisir, elle s'ouvrit à lui, s'abandonnant entièrement à la bouche audacieuse qui la dévorait.

Après l'avoir menée plusieurs fois au bord le la jouissance, Durango la pénétra d'un puissant coup de reins, satisfait de lire la montée du plaisir sur son visage, s'enorgueillissant de savoir que c'était grâce à lui et pour lui qu'elle se consumait.

Lorsqu'il perçut le long frisson qui la parcourait, il sut qu'elle atteignait le paroxysme de la passion. Au comble du bonheur, il l'étreignit de toutes ses forces et se propulsa avec elle au-delà des étoiles, dans un monde connu d'eux seuls.

De retour à la réalité, il la garda dans ses bras et fixa pensivement les flammes dans la cheminée. Il était habitué à la force de leur passion et à la magie de leurs étreintes. Et il savait que les mois qu'ils passeraient ensemble ne seraient qu'une succession de plaisirs toujours renouvelés. Mais découvrir toutes les facettes de la personnalité de Savannah était une expérience nouvelle et inattendue. Elle était si complexe : tout à la fois vulnérable et indépendante, innocente et sexy, sensible et volontaire.

Lorsqu'elle repartirait, elle laisserait un grand vide dans sa vie.

— Repose-toi ma chérie, je reviens tout de suite, promit Durango après avoir tendrement bordé Savannah dans son lit.

Une fois en bas, il fit pivoter son fauteuil face à la fenêtre pour pouvoir contempler les montagnes baignées par le clair de lune et savourer le bonheur et le sentiment de plénitude qui inondait son cœur.

Sa vie était vraiment parfaite, songea-t-il. Il vivait dans le plus bel endroit du monde, il avait un travail passionnant et une compagne adorable avec qui il partageait autant de complicité que de passion. Chaque journée qu'ils passaient ensemble était idyllique et meilleure que la précédente.

Peut-être trop.

La sonnerie du téléphone le tira fort à propos de ses réflexions. Sachant que Savannah dormait, il décrocha rapidement, sans prendre la peine de regarder le numéro qui s'affichait sur l'écran digital.

Comme à son habitude, son correspondant ne perdit pas de temps en politesses inutiles.

— Bon sang, Durango ! Quel est ton problème ?

Il leva les yeux au ciel. Quand Jared cesserait-il de se comporter comme si ses frères cadets étaient des enfants terribles !

— Bonsoir à toi aussi, Jared, ironisa-t-il. Comment vas-tu ?

— Au diable les politesses ! Réponds-moi !

— Pourquoi penses-tu que quelque chose ne va pas ?

— Tu t'es marié... !

Durango sourit et répondit du tac au tac.

— Ton bonheur conjugal m'a fait envie. J'ai décidé de suivre ton exemple et de me ranger.

— À d'autres !

Au comble de l'exaspération, Jared s'écria :

— Ian est muet comme une tombe. Il ne veut rien me dire. Quant à maman, elle ne se tient plus de joie. Elle ne cherche même pas à savoir ce qui t'a pris, elle est bien trop occupée à montrer les photos de ton mariage à toute la ville.

Après une courte pause pour reprendre son souffle, il exigea :

— Je veux savoir pourquoi tu as fait ça.

— Je viens de te le dire, répondit posément Durango. Je voulais être aussi heureux que toi.

— Je ne te crois pas.

Durango savait que s'il avait réussi à tromper ses parents, jamais Jared, Stone et Dare ne seraient dupes une seule seconde. Il allait devoir se justifier.

Stone le connaissait mieux que personne, s'il n'avait pas encore appelé, c'était sans doute parce qu'il était en Europe avec son épouse Madison, pour faire la promotion de leur dernier livre. Quant à Dare, c'était un ancien agent du FBI, il se méfiait de tout et de tout le monde. Il ne tarderait pas à se manifester et à lui dire sa façon de penser.

— Vas-tu te décider à me dire la vérité ou préfères-tu que je prenne le prochain avion à destination du Montana afin d'avoir une petite conversation avec ton épouse ? s'impatienta Jared à l'autre bout du fil.

Durango se raidit en imaginant Savannah en butte à un interrogatoire en règle mené par son tyrannique grand frère.

— D'accord, d'accord. Savannah est enceinte.

— Je m'en doutais, marmonna son frère. De combien ?

— Elle entre dans son troisième mois.

Le silence qui suivit lui indiqua que Jared se livrait à un rapide calcul mental.

— C'est arrivé au mariage de Chase.

Durango ne chercha pas à nier.

— Comment peux-tu le savoir ?

— Pour l'amour du ciel, Durango, je ne suis ni aveugle ni stupide ! Je t'ai attendu des heures pour jouer au poker. Et quand je suis parti à ta recherche, je t'ai vu en train de quitter la réception avec la sœur de Jess.

D'un ton radouci, Jared ajouta :

— Remarque, cela ne m'a pas étonné. Tout le monde avait remarqué que tu la mangeais des yeux.

Durango secoua la tête. Sa fascination pour Savannah semblait n'avoir échappé à personne.

— Tu as voulu légitimer ton enfant, c'est ça ? interrogea son aîné.

— Entre autres, oui.

— Que veux-tu dire ?

— Je tenais à aider Savannah pendant sa grossesse et à tisser des liens avec mon enfant.

— C'est normal. Je te comprends.

— Savannah et moi avons prévu de nous séparer dans un an, précisa Durango. Mais bien évidemment, je continuerai à veiller sur mon enfant. Ce ne sera pas facile car nous serons séparés par des milliers de kilomètres, mais je me débrouillerai.

— Cet arrangement te convient ? demanda Jared d'un ton sceptique.

— Pourquoi me poses-tu cette question ?

— J'ai vu les photos de ton mariage. Savannah et toi êtes

radieux. Si tu ne m'avais pas dit ce qu'il en est, je penserais que tu es...

Ce fut au tour de Durango de s'agacer.

— Maintenant, tu sais à quoi t'en tenir, coupa-t-il d'un ton sec. Ne te laisse pas abuser par des sourires de commande. Quand le bébé aura six mois, Savannah repartira de son côté et moi du mien, un point c'est tout.

— Mais jusque-là, vous vivrez ensemble... Comme un vrai couple...

— Plus ou moins.

Plus que moins, admit Durango en silence. S'il ne voulait toujours pas s'investir émotionnellement dans sa relation avec Savannah, il appréciait chaque jour davantage sa nature généreuse et aimante. Comment aurait-il pu donner moins que ce qu'il recevait ?

— Sois prudent, Durango, recommanda Jared.

— À quel propos ?

— Tu risques de découvrir que ton cœur n'est pas de pierre et qu'une femme faite pour toi peut le transformer en guimauve.

Durango secoua énergiquement la tête.

— Cela n'arrivera pas.

Jared éclata d'un rire sonore.

— J'étais aussi catégorique que toi, il n'y a pas si longtemps, tu te souviens ?

— Évidemment.

Comme tout le reste de leur famille, Durango avait entendu son frère affirmer haut et fort et à maintes reprises qu'à force de préparer des divorces, il avait fini par comprendre que les mariages d'amour n'existaient que dans les livres. Mais un jour, Jared avait croisé le chemin de Dana Rollins et il était devenu un mari comblé et soumis. Il admettait volontiers être éperdument amoureux de sa femme.

— Crois-en mon expérience, une relation de convenance peut évoluer sans que l'on s'en aperçoive, déclara Jared.

— Je ne vois pas où tu veux en venir, répondit Durango.

— Mes fiançailles avec Dana étaient une comédie. Nous ne sortions même pas ensemble.

Durango plissa le front.

— Allons donc ! J'étais présent quand tu as annoncé la nouvelle à la soirée d'anniversaire de papa.

— C'est maman qui l'a fait.

Durango essaya de se remémorer le déroulement de la soirée. Effectivement, c'est leur mère qui avait présenté Dana comme sa future belle-fille, Jared quant à lui avait gardé le silence.

— Tu veux dire que maman t'a piégé ?

— C'est plus compliqué que ça. Rappelle-toi, elle s'était mis dans la tête que je devais me marier. À l'époque, elle était très malade et j'ai voulu lui faire plaisir.

Durango hocha la tête. Il aurait fait la même chose.

— Tu as convaincu Dana de se faire passer pour ta petite amie, devina-t-il.

— Exactement, confirma Jared. Mais plus je passais du temps avec elle, plus je l'appréciais, et j'ai fini par tomber amoureux d'elle.

Durango n'en revenait pas que son frère l'ait si facilement berné.

— Quelqu'un savait que tu jouais la comédie ?

— Seulement Dare. Si je t'en parle, maintenant, c'est pour que tu comprennes que tout peut arriver, et que les choses ne se passent pas toujours comme on le prévoit. Le soir du mariage de Chase, je vous ai bien observés, Savannah et toi. Elle est le genre de femme dont n'importe quel homme serait fou, même le pire des célibataires.

Durango se redressa d'un bond.

— Jamais de la vie ! aboya-t-il.

Se reprenant, il ajouta un peu plus calmement :

— Ma situation est totalement différente de la tienne. Je ne suis pas toi Jared...

— Vraiment ? demanda Jared sans cacher son scepticisme.

— Tu es capable d'aimer, moi pas. Du moins plus maintenant. Si j'avais rencontré Savannah avant Tricia, peut-être, mais...

— Quand vas-tu te décider à oublier cette peste new-yorkaise ?

— C'est fait. Mais cela ne veut pas dire que je suis prêt à souffrir encore.

— Tu crois qu'il y a un risque ?

— Je ne veux pas le savoir.

Après un long silence, Jared demanda d'un ton neutre :

— Savannah partage-t-elle ton amour de la liberté ?

— Elle est encore plus indépendante que moi. J'ai dû déployer des trésors de persuasion pour la convaincre de m'épouser. Elle sera la première à vouloir repartir quand le bébé aura six mois.

— En es-tu certain ?

Durango comprit soudain de quoi il voulait parler.

— Nous n'avons pas signé de contrat, si c'est ce qui te préoccupe.

Après une brève réflexion, il ajouta :

— Maintenant que j'y pense, ce serait une bonne chose que Savannah sache que je respecterai mes engagements... Toi qui es avocat, peux-tu me préparer un papier qui dit que je m'engage à verser une pension à Savannah et à déposer sur un compte épargne de quoi payer les études de notre enfant ?

Avec un petit rire satisfait, il reprit :

— Je peux me permettre d'être généreux, mon élevage de chevaux marche bien.

— Tu veux vraiment officialiser votre accord ?

— Savannah sera soulagée de savoir que je n'ai pas l'intention de fuir mes responsabilités et que je continuerai de veiller sur elle et sur notre enfant même après notre divorce. D'après ce qu'elle m'a dit, son père ne s'est jamais occupé d'elle. Je veux lui prouver que je ne suis pas comme lui.

Lorsqu'il raccrocha, une demi-heure plus tard, Durango hocha la tête avec satisfaction. Son frère allait établir un contrat contenant tous ses engagements et en envoyer un exemplaire à Savannah. Elle n'aurait plus aucun souci à se faire.

11

Deux semaines ! Cela faisait maintenant deux semaines qu'elle et Durango s'étaient mariés ! Savannah n'avait pas vu le temps passer. Ses nausées matinales avaient complètement disparu, elle se levait chaque matin pleine d'entrain et d'énergie, prête à affronter chaque journée comme une nouvelle aventure.

Tout semblait marcher à merveille. Non seulement son client avait été séduit par cette idée de calendrier des rangers, mais il envisageait même de réaliser un documentaire sur les parcs nationaux en hiver. Il lui avait demandé de profiter de son séjour dans le Montana pour repérer des sites insolites qui conviendraient au reportage qu'il avait en tête. Elle passait donc le plus clair de ses journées à photographier la faune et la flore du parc en compagnie de Durango ou d'un de ses collègues.

Ses soirées et ses nuits étaient en revanche exclusivement consacrées à Durango. Après le dîner qu'ils préparaient à tour de rôle, ils s'installaient confortablement dans le salon pour lire ensemble les passages du manuel de puériculture concernant les différents stades d'une grossesse et l'évolution du fœtus mois après mois.

Ensuite, ils montaient se coucher main dans la main et Durango vérifiait à sa manière les transformations de son corps, l'épanouissement de ses seins, l'arrondi de son ventre. Cela donnait immanquablement lieu à des joutes érotiques très excitantes.

Leurs instants d'intimité étaient uniques et merveilleux. Ils resteraient pour toujours gravés dans sa mémoire. Elle n'avait plus aucune envie de retourner à Philadelphie. Même si c'était la meilleure chose à faire, elle savait que Durango lui manquerait cruellement.

En fait, réalisa-t-elle un soir tandis que Durango s'affairait dans la cuisine, elle ne parvenait plus à envisager la vie sans lui, sans son sourire, son rire, ses bras tendres.

Elle devait l'admettre. Malgré toutes ses résolutions : elle était tombée amoureuse de son mari temporaire.

Quand était-ce arrivé ? demanda-t-elle aux étoiles qui constellaient le ciel de velours sombre depuis la fenêtre de la chambre de Durango.

Était-ce deux soirs plus tôt, quand ils avaient fait l'amour sous la douche ? Ou bien la veille, quand Durango l'avait caressée avec tant de douceur et de tendresse qu'elle avait failli pleurer d'émotion ?

À moins que ce ne soit la semaine dernière, quand ils avaient fait une magnifique randonnée dans la montagne et pique-niqué dans la cabane que Durango avait construite de ses mains ? Ou alors un peu plus tard, quand ils avaient fait l'amour au bord d'un torrent ?

La sonnerie du téléphone la tira de ses réflexions. Elle fit la grimace en reconnaissant le numéro sur l'écran.

— Inutile de me raconter des histoires, je sais tout ! affirma Rico en guise de préambule.

Comme toujours, son frère allait droit au but.

— Bonjour à toi aussi, Rico. Comment vas-tu ? lui répondit-elle comme si de rien n'était.

Pas gêné le moins du monde de son impolitesse, son interlocuteur ignora royalement sa tentative de diversion.

— Tu es enceinte, lança-t-il d'un ton accusateur.

Sa mère n'avait pu s'empêcher de faire part de ses doutes à Rico.

— J'avais l'intention de te le dire, assura-t-elle. Mais j'attendais le bon moment.

Le silence de Rico lui confirma qu'il digérait la nouvelle. Une chose était d'avoir des doutes, une autre était de se les voir confirmer.

— Tu vas bien ? s'enquit-il ensuite avec inquiétude.

— Plus que bien ! Je suis ravie. Bien sûr, au début, j'étais morte de peur. Mais ensuite, j'ai pensé que ce n'était pas parce que j'avais décidé de ne jamais me marier que je ne devais pas avoir d'enfants.

— Mais tu t'es mariée !

— Seulement pour le bien du bébé, répliqua-t-elle.

— Tu t'étais juré de ne jamais le faire.

Savannah soupira. La voix de son frère était lourde de reproches. Elle pouvait compter sur lui pour lui rappeler le serment qu'elle avait fait adolescente !

— C'est différent. Durango et moi voulons ce qui est le mieux pour notre enfant.

— Même si cela vous condamne à rester ensemble toute votre vie ?

— Ce mariage est temporaire, Rico. Nous divorcerons quand le bébé aura six mois.

Un silence interloqué accueillit cette précision.

— Et cela te convient ? demanda finalement Rico.

— Bien sûr. Pourquoi en doutes-tu ?

— Comme ça, répondit-il négligemment.

Savannah le connaissait assez pour savoir qu'il ne manquerait pas de revenir sur ce point à la première occasion. Elle ne fut donc pas surprise de l'entendre demander :

— Quand rentres-tu ?

Elle secoua la tête.

— Je ne sais pas encore. Je dois passer à Philadelphie pour régler quelques détails. Mais rien ne presse. Franchement, je me plais beaucoup dans le Montana.

— Comment te traite ton mari ? voulut savoir Rico.

« Il me rend heureuse de toutes les manières possibles et imaginables » faillit répondre Savannah. Mais, c'était sans doute parce qu'elle savait son mariage limité qu'elle en savourait chaque minute. L'attrait de la nouveauté et le caractère éphémère de leur histoire rendait tout plus attirant, plus excitant, essaya-t-elle de se convaincre.

N'était-ce pas surtout parce qu'elle était amoureuse de Durango qu'elle appréciait tant sa vie avec lui ?

Elle avait eu le coup de foudre pour lui au premier regard.

C'était pour cette seule et unique raison qu'elle avait passé la nuit avec lui. Contrairement à ce qu'elle avait prétendu, ce n'était pas l'alcool qui lui avait fait perdre la tête, c'était l'amour. Maintenant, elle en avait pleinement conscience.

— Savannah ? s'inquiéta Rico à l'autre bout du fil. Comment te traite ton mari ?

— Ne te fais aucun souci. Durango est un gentleman.

— Un gentleman qui t'a mise enceinte.

La voix de Rico vibrait de ressentiment et de colère.

— Il ne m'a pas violée ! répliqua Savannah. Je suis une grande fille, Rico, souviens-t'en !

Son frère rit doucement.

— Dans quelques mois, tu seras surtout une grosse fille.

Elle sourit, soulagée de voir que la tension entre eux était retombée.

— Peut-être encore plus que tu ne le crois. Les naissances multiples sont fréquentes dans la famille Westmoreland.

Rico poussa un long gémissement assez comique.

— Apprendre en même temps que tu es enceinte et que tu attends peut-être des jumeaux, ça fait beaucoup pour moi, Savannah.

— Je sais que tu seras le meilleur des oncles..., répondit-elle en riant aux éclats.

— Tes collègues sont vraiment adorables, chuchota Savannah à l'oreille de son mari alors qu'ils arrivaient devant la grande maison de Beth et Paul Manning.

Beth était la seule femme de l'équipe de rangers. Quelques jours plus tôt, elle avait appelé Savannah et Durango pour les inviter à dîner. Tous les membres de la station souhaitaient fêter leur mariage.

Depuis, Savannah faisait de son mieux pour apaiser son sentiment de culpabilité, en se répétant que Durango avait raison, les termes de leur mariage ne regardaient personne d'autre qu'eux.

— Ils sont tous épatants, acquiesça Durango en l'enlaçant étroitement par les épaules pour entrer dans la villa construite de plain-pied au centre d'une clairière. Ils sont devenus ma seconde famille.

Savannah avait déjà fait la connaissance de certains rangers quand elle était allée chercher Durango pour déjeuner avec lui, mais elle n'avait pas eu l'occasion de rencontrer leurs épouses. Elles lui réservèrent un accueil très chaleureux et firent tout pour la mettre à l'aise. Dès la fin de l'apéritif, elle avait l'impression de faire partie de la petite communauté des rangers depuis toujours. Tout le monde était si gentil avec elle !

Au cours de la soirée, elle remarqua que Durango restait toujours à ses côtés. Qu'elle allât se resservir au buffet qui croulait sous les spécialités confectionnées par chacun, qu'elle passât d'un couple à l'autre pour bavarder, il enlaçait ses doigts aux siens ou gardait un bras autour de sa taille. Aux yeux d'un observateur non averti, ils donnaient l'image d'un couple heureux et très amoureux.

— Si vous ouvriez vos cadeaux ? suggéra Beth après le café, ses yeux bleus pétillants d'excitation.

Durango regarda sa montre et hocha la tête.

— Avec plaisir. Il se fait tard.

Le mari de Beth laissa échapper un rire.

— Depuis quand regardes-tu l'heure, Westmoreland ? Depuis que je te connais, tu es toujours le dernier à quitter une soirée.

— Ton copain est un homme marié, maintenant, rappela Beth avec un clin d'œil malicieux. Tu as devant toi un nouveau Durango Westmoreland.

Les paroles de Beth frappèrent Savannah en plein cœur. Elle savait déjà par Jessica que Durango était un joyeux fêtard. Avec son physique avantageux et son charme magnétique, il devait attirer les femmes comme un aimant ! À peine aurait-il retrouvé sa liberté qu'il recommencerait à papillonner allègrement de femme en femme... Il allait sans doute leur murmurer les même mots qu'à elle... Leur prodiguer les mêmes caresses ensorcelantes...

Elle ravala sa tristesse et suivit Beth jusqu'au centre du salon où Durango l'attendait pour ouvrir un immense tas de paquets joliment enrubannés.

Très émus, ils ouvrirent leurs cadeaux. C'était pour la plupart le genre de présent que l'on offre traditionnellement à un jeune ménage qui vient de se marier : un service de verres en cristal, un seau à champagne en argent, un tête-à-tête en porcelaine liberty, des parures de bain brodées à leurs initiales. Mais ce qui retint l'attention de Durango, ce fut un magnifique édredon en patchwork de satin bleu.

Il les vit lui et Savannah en train de faire l'amour sur ce couvre-lit... Aussitôt, une flambée de désir embrasa ses veines. Lorsqu'il croisa le regard brillant de la jeune femme, il sut qu'elle avait eu la même idée que lui. Ils fallaient qu'ils rentrent au plus vite...

Heureusement, il ne restait plus de paquet, songea-t-il avec un frisson d'excitation et d'impatience.

— Savannah et moi allons rentrer, annonça-t-il à la cantonade en se levant. La route est longue jusqu'à mon chalet.

Paul Manning éclata de rire.

— Dix minutes, c'est vraiment un interminable voyage, ironisa-t-il.

Donnant une bourrade à son ami, il ajouta avec un clin d'œil :

— Inutile d'inventer des excuses, Westmoreland, nous savons tous que tu as hâte d'être seul avec ta charmante épouse.

Pendant que tous les hommes sortaient charger les nombreux cadeaux dans le coffre du 4x4, Savannah remercia ses nouvelles amies et leur souhaita une bonne nuit.

— Durango a vraiment changé, commenta l'épouse d'un ranger. Ce n'est plus le même homme.

— Tu as raison, acquiesça une autre femme. Qui aurait cru le voir un jour amoureux à ce point ?

— Il est fou de vous, Savannah, renchérit Beth. Et c'est réciproque. Cela saute aux yeux.

Savannah faillit répliquer que les apparences étaient parfois trompeuses et que Durango était tout simplement meilleur comédien qu'elle, mais elle se ravisa. À quoi bon décevoir et peiner Beth et ses amies en leur révélant que son mariage n'en était pas vraiment un ? Que d'ici un an à peine, Durango redeviendrait le don juan et le noceur qu'il avait toujours été ?

L'idée que son amour pour Durango était si visible commençait à l'angoisser. Comment réagirait Durango s'il s'apercevait qu'elle était amoureuse de lui ? Il crierait sans doute à la trahison et lui rappellerait les clauses de leur accord : surtout pas de complication sentimentale.

Voyant Durango revenir vers elle, elle se força à sourire.

— Tu es prête, chérie ? demanda-t-il en passant un bras possessif autour de ses épaules pour l'entraîner vers la porte.

Le regard dont il l'enveloppa ne laissait aucun doute sur les raisons qui le poussaient à regagner rapidement le chalet. Parcourue d'un frisson d'excitation, elle hocha la tête.

— Une minute, Durango ! appela un ranger. Tu sais comment ces fêtes sont censées se terminer. Tu dois embrasser ton épouse pour nous.

Durango sourit.

— Avec grand plaisir.

Enlaçant Savannah par la taille, il l'embrassa avec autant de passion et de fougue que s'ils avaient été seuls. Perdue dans un tourbillon de plaisir et de désir, la jeune femme se lova contre lui et se livra entièrement à son assaut. Elle n'entendit même pas les vivats et les applaudissements de leur public.

Moins de cinq minutes après avoir quitté la maison des Manning, Durango s'arrêta sur le bas-côté de la route. Il lui fallait absolument un autre baiser sinon il allait mourir de frustration !

Comme les lèvres de sa compagne s'épanouissaient sous les siennes, il gémit de plaisir. Il aimait tant la sentir vibrer de passion contre lui, prendre conscience de l'immense pouvoir qu'il avait sur elle.

N'y tenant plus, il voulut attirer la jeune femme contre lui pour lui faire sentir la force de son désir. Sa ceinture de sécurité l'en empêcha. À contrecœur, il se rassit derrière le volant et redémarra en trombe.

— Quand nous serons à la maison, je te montrerai quelque chose, promit-il.

— Quoi donc ? demanda Savannah.

Son cœur palpitait déjà d'excitation. Les pointes de ses seins étaient dures et douloureuses.

— Tu verras, répondit Durango avec un sourire mystérieux.

Le reste du trajet leur parut durer une éternité. Après s'être garé devant la porte de son chalet, Durango contourna la voiture aussi vite que possible et souleva sa compagne dans ses bras.

— Et nos cadeaux ? s'inquiéta-t-elle tandis qu'il la portait à l'intérieur.

— Ils ne risquent rien. Je m'en occuperai demain. Ce soir, j'ai plus urgent à faire.

Avec un sourire ravi, Savannah se laissa emmener à l'intérieur du chalet.

Une fois dans leur chambre, Durango la déposa sur le lit et la déshabilla. En un clin d'œil tous ses vêtements volèrent dans la pièce. Pour ne pas être en reste, elle fit passer son pull par-dessus sa tête et le laissa tomber sur le sol, puis elle s'attaqua à son jean.

Savannah ronronna puis gémit de plaisir alors qu'il caressait et embrassait chaque parcelle de son corps enfiévré par la passion. Entre eux, c'était une danse endiablée au rythme fluide qui attisait son désir en même temps qu'il le satisfaisait. Comme s'ils se connaissaient depuis toujours.

Sentant la bouche de Durango délaisser ses seins pour s'attarder entres ses cuisses, elle retint son souffle et s'arqua à sa rencontre.

— Tu me rends fou, Savannah…, chuchota Durango quand il la pénétra après l'avoir fait jouir.

Elle aussi était folle, songea Savannah. Oui, elle devait être folle, puisque quand elle était dans ses bras, elle s'imaginait qu'ils pourraient rester ensemble pour toujours.

Ils n'avaient pas d'avenir ensemble, se rappela-t-elle. Quand le brouillard de passion qui embrumait son esprit se dissipait, elle redevenait raisonnable. Elle aimait Durango mais il ne l'aimait pas… C'était aussi bête que cela.

Pourtant, ce soir, juste ce soir, elle avait envie de croire que tout pouvait arriver.

Quelque chose semblait avoir changé entre eux. C'était dans la manière presque désespérée dont Durango la serrait contre lui, dans son expression affamée alors qu'il s'enfonçait en elle comme s'il voulait la marquer de son sceau. C'était dans la réponse de son propre corps qui semblait vouloir tout absorber de lui, sa puissance, sa chaleur.

La jouissance fondit sur eux au même instant, les pétrifiant d'émotion. Dans un sanglot de bonheur, Savannah souda ses lèvres à celles de son compagnon et l'emprisonna dans l'étau de ses bras. Ils ne faisaient plus qu'un.

En cet instant précis, elle sut qu'il serait le seul homme dans son cœur et dans sa vie jusqu'à la fin de ses jours.

Plus tard dans la nuit, elle soupira de contentement alors que Durango l'embrassait tendrement et mettait ses mains en coupe autour de ses seins.

— J'ai encore envie de toi, lui chuchota-t-il au creux de l'oreille.

Elle sourit, flattée et heureuse. Comme toujours, leur désir était au diapason !

— C'est réciproque.

Se rappelant la surprise qu'il lui avait promise un peu plus tôt, elle demanda :

— Tout à l'heure, dans la voiture, tu as dit que tu voulais me montrer quelque chose.

Le regard brillant d'excitation, Durango l'attira sur lui.

— C'est toi qui vas me montrer quelque chose ! Je suis pour l'égalité des sexes. Je veux que tu découvres combien c'est agréable de mener la danse.

— Parle-moi de ta famille, murmura Savannah un peu plus tard, tout en contemplant le beau visage de Durango.

Elle était étendue de tout son long sur lui, tellement épuisée par leur violente chevauchée qu'elle ne se sentait pas la force de bouger le petit doigt.

— Tu vas bientôt rencontrer tout le monde, assura Durango. Ce soir, pendant la fête, Lonie m'a confirmé qu'il est presque remis de son opération.

— Tu veux dire que tu vas prendre quelques jours de congé et que nous pourrons aller à Atlanta et à Philadelphie ?

— Dans une semaine, si tout va bien.

Elle se blottit plus étroitement contre lui.

— J'ai rencontré tes frères au mariage de Jess et de Chase, mais je ne sais rien d'eux. Dis-moi à quoi m'attendre, je ne veux pas risquer de faire une gaffe.

L'inquiétude qui perçait dans sa voix attendrit son mari.

— Comme tu le sais, nous sommes cinq garçons. L'aîné est Jared, il a trente-huit ans et il est avocat pour célébrités, son épouse s'appelle Dana. Ensuite, il y a Spencer, qui est analyste financier pour une multinationale basée en Californie. Sa fiancée est morte il y a quelques années et il ne s'en est jamais remis.

Avec un sourire, Durango poursuivit :

— Je suis le troisième. Tu sais tout ce qu'il y a à savoir sur moi mais je suis à ta disposition si tu veux creuser le sujet.

Savannah refusa de se laisser distraire.

— Je pense te connaître assez bien. Passons à tes cadets.

— Après moi, mes parents ont eu des jumeaux. Tu connais déjà Ian, le golden boy de l'hôtellerie de luxe. Il est sorti avec une assistante de mon cousin Dare il y a quelque temps, mais ils ont rompu sans que personne sache exactement pourquoi. Depuis, il ne veut plus entendre parler des femmes.

Incapable de résister à la tentation, Durango caressa la chute de reins satinée de Savannah, savourant la douceur et la tiédeur de sa peau. Il sentit avec satisfaction son corps frémir sous ses doigts.

— Son jumeau, Quade, travaille pour les services secrets. Nous ne savons jamais ce qu'il fait ni où il est et nous avons compris qu'il valait mieux ne jamais lui poser de questions.

Avec un sourire attendri, il continua :

— Reginald c'est le petit dernier... même s'il a trente ans. Il est expert-comptable à Atlanta.

Savannah avait remarqué l'affection et le respect qui vibraient dans sa voix quand il évoquait ses frères. Ce devait être agréable d'appartenir à une si grande famille.

— Et tes cousins ? voulut-elle savoir. Sont-ils aussi gentils que Chase ?

— Je n'ai plus envie de parler.

Elle se redressa afin de croiser son regard.
— Que voudrais-tu faire ?
Le sourire coquin de Durango était sans équivoque.
— J'aimerais que tu m'emmènes de nouveau en balade.

12

Le lundi matin, des élancements dans sa cheville indiquèrent à Durango que même si derrière la fenêtre de sa chambre, le ciel était entièrement dégagé et le soleil radieux, une violente tempête de neige se préparait. Sa journée de travail allait être longue et harassante. Il lui faudrait disposer des panneaux de signalisation à toutes les entrées du parc, donner des conseils de prudence aux éventuels promeneurs et touristes. Et surtout ne pas oublier de passer annuler les visites guidées prévues pour la semaine. Il devait se rendre sans tarder à la station.

Prenant soin de ne pas réveiller Savannah, il se leva avec d'infinies précautions et gagna la salle de bains à pas de loup. Les mains sur les hanches, il s'examina attentivement dans le miroir au-dessus du lavabo. Ses yeux embués de sommeil et l'ombre de barbe qui mangeait ses joues étaient les mêmes que chaque matin. Pourtant aujourd'hui, il se sentait différent. Quelque chose avait changé. Il n'arrivait pas encore à percevoir ce que c'était, mais il savait déjà que ce changement était irrémédiable.

Étrange... Il n'avait jamais éprouvé cette sensation avec aucune femme, pas même avec Tricia.

Et soudain, il comprit. Repenser à celle qui l'avait cruellement rejeté ne suscitait plus la moindre émotion en lui. Pas même un léger pincement au cœur.

C'était ça qui avait changé.

La rancœur et l'amertume qu'il avait éprouvées chaque fois qu'il évoquait sa déception amoureuse avaient entièrement disparu, remplacées par un merveilleux sentiment de plénitude et de sérénité. Il n'avait pas besoin d'être devin ou fin psychologue. Cette transformation, c'était à Savannah qu'il la devait.

En moins d'un mois, il avait appris à la connaître, à apprécier ses nombreuses qualités. Elle était parvenue à accomplir un miracle. Elle avait touché son cœur et lui avait redonné confiance en l'amour.

L'amour.

Il aimait tout chez Savannah, son corps de rêve, bien sûr, mais aussi, son sourire, sa générosité, sa spontanéité...

Il l'aimait, tout simplement. Autant qu'il aimait déjà l'enfant qu'elle allait lui donner. Maintenant qu'il avait pris conscience de ses sentiments, il ne pouvait supporter l'idée de la perdre. Il était prêt à tout pour les garder tous les deux avec lui. Définitivement.

Il voulait un vrai mariage. Un mariage d'amour. Pour toujours.

Jared avait raison, admit-il avec un profond soupir. Savannah était faite pour lui et avait fait de la guimauve de son cœur !

Qu'allait-il faire, maintenant ? Il avait déjà eu un mal fou à la convaincre d'accepter un mariage temporaire. Elle allait se braquer et prendre ses jambes à son cou s'il lui disait qu'il avait changé d'avis et lui proposait un engagement pour la vie.

Il fallait qu'elle comprenne qu'ils étaient faits l'un pour l'autre et ne devaient pas se quitter !

Rien ne l'empêcherait de conquérir le cœur de celle qu'il aimait plus que sa vie.

Depuis qu'elle était levée, Savannah guettait le passage du facteur. Elle avait hâte de recevoir le contrat qui la chargeait officiellement de réaliser les photos du calendrier de rangers pour pouvoir se mettre au travail. Tous les collègues de Durango s'étaient déjà portés volontaires et se réjouissaient de poser pour elle.

Tout en se préparant une tasse de thé, elle regarda par la fenêtre. Durango l'avait déjà appelée à deux reprises pour l'avertir de l'arrivée imminente d'une tempête de neige et lui recommander de ne pas sortir. Cette fois, elle se réjouissait de rester bloquée plusieurs jours en sa compagnie dans la chaleur douillette du chalet.

Elle se rembrunit en se souvenant que lors de son second coup de téléphone, Durango l'avait prévenue qu'il voulait lui parler à son retour. Que pouvait-il donc avoir à lui dire ? Au ton de sa voix, elle avait senti que le sujet était sérieux. Mais elle n'avait pas osé le questionner, il devait être débordé de travail à cause de la tempête. Elle devrait attendre ce soir et se contenter de faire des supputations.

Quand la fourgonnette du facteur s'arrêta enfin devant le chalet, elle se précipita vers la boîte aux lettres, courbée en deux pour résister aux rafales de vent glacé. En l'espace de quelques heures, le temps avait changé : la température avait chuté de manière impressionnante, un épais brouillard s'était abattu sur les montagnes. La tempête de neige n'allait pas tarder à se déchaîner.

Claquant des dents, elle regagna la douce tiédeur du chalet et posa les lettres destinées à Durango sur la console de l'entrée. Elle s'installa ensuite confortablement sur le canapé du salon et ouvrit les deux enveloppes qui lui étaient adressées.

La première enveloppe contenait son contrat. La seconde...

Elle haussa les sourcils en voyant le cachet de l'expéditeur : « Etude de Maître Jared Westmoreland ».

Le souffle court, elle lut les deux feuillets dactylographiés qui officialisaient son arrangement avec Durango. Leur mariage était conclu pour une durée d'un an, après quoi ils seraient libres d'entamer une procédure de divorce à l'amiable. Le document précisait également le montant de la pension alimentaire que Durango s'engageait à lui verser et attestait que ce dernier avait d'ores et déjà versé sur un compte bancaire de quoi financer entièrement les études de leur enfant. Durango ne lui avait pas menti, il avait tout prévu pour leur enfant...

Elle avait entre les mains un banal contrat d'affaires.

Était-ce de cela que Durango voulait lui parler ce soir ?

Oui bien sûr, songea-t-elle alors que des larmes brûlantes lui montaient aux yeux. Il avait compris qu'elle était tombée amoureuse de lui et il avait décidé de lui remettre les idées en place en lui rappelant que les sentiments n'étaient pas de mise entre eux.

Ces quelques lignes en jargon juridique, lui signifiaient cruellement que Durango ne l'aimait pas et ne l'aimerait jamais. Il n'avait jamais perdu de vue les termes de leur arrangement. Elle avait été sotte de penser qu'il puisse en être autrement.

Le cœur de Savannah vola en éclats. Éclatant en sanglots, elle jeta le contrat sur la table basse et elle enfouit son visage dans ses mains.

Après avoir épuisé tout son stock de larmes, un semblant de calme et de lucidité lui revint. Elle ne commettrait pas la même erreur que sa mère. Elle allait rentrer chez elle et reprendre sa vie. Impossible de rester une journée de plus auprès d'un homme qui ne voulait pas d'elle !

Tremblant des pieds à la tête, elle monta récupérer sa valise dans la penderie de la chambre d'amis. Si elle se dépêchait, elle pourrait prendre l'avion pour Philadelphie avant que la tempête n'atteigne Bozeman.

Durango sourit à Beth qui entrait dans son bureau. Il allait la remercier d'avoir organisé une si belle fête pour Savannah et lui quand il remarqua qu'elle avait l'air préoccupée.

— Paul vient de m'appeler pour me dire qu'il a croisé ton 4x4 en rentrant de Bozeman. Tu as laissé ta voiture à Savannah, ce matin, non ?

Il acquiesça d'un hochement de tête. Ces derniers jours, il avait pris l'habitude d'utiliser une voiture de service pour que Savannah puisse sortir faire des courses ou aller se promener.

Paul devait avoir vu un autre 4x4, se dit-il. Savannah n'aurait pas pris le volant alors qu'il l'avait appelée deux fois pour lui recommander de bien rester à la maison.

— Paul a pu se tromper. Il y a d'autres Durango dans le coin, tenta de le rassurer sa collègue qui avait manifestement suivi le même raisonnement que lui.

De plus en plus inquiet, il tendit la main vers le téléphone et composa le numéro de son chalet. Tous les habitants des environs connaissaient son 4x4, le seul à être équipé d'un pare-buffle chromé et d'une rampe de phares sur le toit.

Son inquiétude se mua en panique alors que le téléphone continuait de sonner dans le vide. S'efforçant de rester calme, il essaya ensuite le numéro de portable de Savannah mais tomba sur la messagerie vocale.

Quand il raccrocha, il avait le visage blême. Penser à ce qui arriverait à Savannah si elle était prise dans la tempête de neige lui noua l'estomac.

— Je rentre chez moi, lança-t-il en fonçant vers la porte de la station. Je dois m'assurer que Savannah va bien.

— Appelle-moi pour me tenir au courant ! recommanda Beth.

— O.K., promis.

Savannah ne voyait plus la route. Il neigeait si fort que les essuie-glaces ne parvenaient pas à dégager le pare-brise et que le 4x4 commençait à chasser de l'arrière.

Sachant qu'il était trop risqué de s'obstiner à rouler, elle se rangea sur la droite et coupa le contact. Mon Dieu, elle allait se retrouver coincée sous la tempête de neige ! Elle voulut appeler Durango avec son portable, mais s'aperçut qu'elle n'avait pas de tonalité.

Le chauffage étant arrêté, le froid et l'humidité imprégnèrent rapidement son véhicule, elle se mit à grelotter et à claquer des dents. Soudain, elle se souvint que Durango gardait toujours une couverture sous son siège. Elle s'en empara et s'enroula dedans.

Luttant contre un immense sentiment de panique, elle essaya d'analyser la situation. Elle ne devait pas être loin du chalet, mais si elle essayait de rentrer à pied, elle se perdrait car elle n'aurait aucun point de repère. Le paysage d'ordinaire magnifique était devenu un enfer blanc. De plus, s'exposer au vent et au froid sans équipement adéquat serait suicidaire.

Mieux valait rester à l'abri et faire tourner le moteur de la voiture pour faire marcher le chauffage, en faisant bien attention de ne pas s'asphyxier avec les gaz d'échappement.

Comme il y avait peu de chances que la tempête s'apaise, son seul espoir était que quelqu'un passe sur la route et lui porte secours. Des larmes de peur et d'impuissance roulant sur ses joues, Savannah se laissa aller contre le siège de la voiture.

Durango trouva son chalet désert. Fou d'inquiétude, il remonta dans sa voiture et prit la direction de Bozeman. Tout en roulant aussi vite qu'il le pouvait sur l'épaisse couche de neige fraîche, il fit plusieurs autres tentatives pour joindre Savannah sur son portable. En vain.

Mais pourquoi diable était-elle sortie ?

Après une dizaine de kilomètres, il aperçut son 4x4 sur le côté droit de la route. Il s'arrêta tout contre son pare-chocs. La vapeur qui s'élevait du capot indiquait que le moteur était encore chaud. Savannah ne devait pas s'être arrêtée depuis très longtemps.

Son irritation laissa place au soulagement de l'avoir retrouvée si vite. Mais celui-ci fut de courte durée. Savannah était enroulée dans une couverture, recroquevillée en chien de fusil sur son siège. Pourvu qu'elle n'ait rien !

— Savannah ! Tu vas bien ?

Tout en prenant fébrilement sa main glacée dans la sienne, il remarqua la valise et la sacoche de matériel photographique sur la banquette arrière.

Où pensait-elle partir par ce temps ? Et pourquoi était-elle partie sans le prévenir ?

Son sang se glaça dans ses veines quand il s'aperçut que la jeune femme ne lui répondait pas et n'ouvrait même pas les yeux. Au bord de la panique, il lui tâta le pouls et le trouva faible et filant.

Sans plus attendre, il la souleva dans ses bras et repartit vers sa voiture. Étant donné les conditions de circulation déplorables, il lui faudrait au moins deux heures pour atteindre l'hôpital le plus proche, songea-t-il en pataugeant dans la neige qui lui arrivait aux genoux, Savannah et son enfant serrés contre son cœur. Grâce à ses nombreux stages de secourisme, il savait qu'en cas de risque d'hypothermie, chaque seconde comptait. Il n'y avait pas une minute à perdre.

Il allait ramener Savannah chez lui et faire venir Trina, décida-t-il en déposant son précieux fardeau sur la banquette arrière de sa voiture. Peu avant qu'il ne quitte la station, son amie gynécologue l'avait appelé pour le prévenir qu'elle se rendait à la ferme des Marshall. Elle voulait s'assurer que leur bébé ne viendrait pas au monde avant plusieurs jours. Sachant que toute évacuation par hélicoptère était impossible en pleine tempête de neige, elle préférait ne pas avoir à pratiquer un accouchement dans des conditions de fortune. Les rangers devaient être prêts à lui apporter leur aide en cas de besoin.

Tout en redémarrant, il prit une inspiration tremblante. La vie de Savannah et de son enfant étaient en jeu, il ne devait pas céder à la panique et au désespoir qui lui nouait le ventre.

Maintenant qu'il l'avait retrouvée, il se jura de ne plus jamais la laisser repartir.

— Tu es certaine que Savannah et le bébé vont bien ? interrogea Durango alors que Trina rangeait son stéthoscope et son tensiomètre dans sa mallette.

Son amie lui fit signe de sortir dans le couloir.

— Tu n'as aucune inquiétude à avoir, dit-elle après avoir refermé la porte de la chambre derrière eux. Les battements du cœur du bébé sont forts et réguliers. Quant à Savannah, elle sera sans doute fatiguée pendant quelques jours, mais elle est hors de danger.

Elle avait toujours pensé qu'il s'était marié par obligation, mais à présent, elle savait qu'il n'en était rien. Il avait été à la limite de l'hystérie quand elle avait sonné à sa porte. Il était plus qu'évident qu'il aimait sa jeune épouse de tout son cœur.

Comme il se déridait légèrement, elle lui serra l'épaule et le complimenta :

— Tu as bien fait de la ramener chez toi au lieu de perdre du temps à essayer de gagner l'hôpital. Et c'était une idée de génie de lui faire boire du thé.

Maintenant que tout danger était écarté, elle se permit d'ajouter :

— Tu lui as sauvé la vie. Il s'en est fallu de peu.

Durango hocha machinalement la tête, il était encore sous le choc. Il n'osait même pas penser à ce qui aurait pu se passer s'il était arrivé une demi-heure plus tard.

— Tu crois qu'elle va dormir longtemps ?

— Au moins deux heures.

Trina récupéra son manteau dans l'entrée.

— Tu tiens vraiment à repartir maintenant ? demanda Durango. Tu pourrais dormir dans ma chambre d'amis.

Elle secoua la tête.

— Merci, mais c'est inutile, j'habite à deux pas d'ici. J'ai l'habitude de conduire par n'importe quel temps et j'ai chaîné mes pneus. Je suis née ici, tu te souviens ?

Lui tapotant l'épaule en un geste apaisant, elle promit :

— Je t'appellerai en arrivant chez moi.

Durango renonça à insister. Il savait que rien ne pourrait la faire changer d'avis. Perry Foreman disait toujours que le prénom de son épouse aurait dû être Têtue.

— Comment pourrais-je te remercier, Trina ?

— Tu l'as déjà fait. Après la mort de Perry, tu étais là pour me réconforter et me donner un coup de main chaque fois que j'en avais besoin. C'est moi qui te suis éternellement redevable.

Avec un sourire mélancolique, Trina confia :

— Mon plus grand regret est de ne pas avoir eu l'enfant de Perry. Tu es béni des dieux Durango : tu as une épouse que tu aimes et bientôt, vous aurez un enfant. Prends bien soin d'eux.

Une heure plus tard, Durango raccrocha le téléphone du salon et se laissa enfin aller. Après s'être assuré que Savannah dormait toujours profondément, il avait remis du bois dans la cheminée de sa chambre. Ensuite, il avait appelé la station des rangers pour rassurer Beth, et attendu le coup de téléphone de Trina. Fidèle à sa promesse, celle-ci venait de lui confirmer qu'elle était rentrée chez elle saine et sauve.

Maintenant, il pouvait se concentrer sur la lettre qu'il avait trouvée sur la table basse du salon. Lui-même en avait reçu un exemplaire par pli séparé. Comme toujours, son frère avait fait du bon travail. Méthodique et précis, il n'avait rien omis : la date à partir de laquelle les conjoints pourraient demander le divorce, la pension que Savannah percevrait, la somme que Durango avait bloquée sur un compte rémunéré pour financer les études de son enfant.

Bouleversé, il n'osait imaginer ce que Savannah avait pu éprouver en lisant ce document. Elle avait dû se dire qu'il ne l'aimait pas et qu'il avait hâte de recouvrer sa liberté. Il était furieux contre lui-même. Quel homme préparait son divorce seulement deux semaines après son mariage !

Pas étonnant qu'elle ait voulu le quitter.

Si vraiment elle repartait pour Philadelphie, son chalet serait froid et triste comme une tombe, sa vie, un désert de solitude.

Jamais il ne supporterait de vivre sans elle.

Il allait se jeter à ses genoux, la supplier de ne pas le quitter. Pourvu qu'elle lui laisse une seconde chance...

Un léger bruit tira Savannah du merveilleux rêve dans lequel Durango l'embrassait avec tout l'amour et toute la tendresse du monde.

Se forçant à ouvrir les yeux, elle vit le héros de son rêve en train d'attiser le feu dans la cheminée de sa chambre. Son cœur se gonfla d'amour. Mais presque aussitôt, tout lui revint : le contrat envoyé par Jared, son désespoir, sa fuite pour l'aéroport. Elle se revit ensuite prisonnière de la tempête de neige dans la voiture de Durango...

Qui l'avait secourue ? Qui l'avait ramenée chez celui qui ne voulait pas d'elle ?

Durango avait entendu son sanglot de désespoir. Il se retourna et la fixa avec intensité.

— Tu allais me quitter, dit-il d'un ton accusateur en s'approchant du lit. Tu partais sans même me prévenir, sans même me dire au revoir !

Pourquoi était-il en colère ? Puisqu'il planifiait leur divorce, il aurait dû être soulagé de retrouver sa liberté plus tôt que prévu, pensa Savannah. C'était sans doute parce qu'il était blessé dans son orgueil. De toute évidence, il n'avait pas l'habitude d'être quitté par une femme.

— Tu ne veux pas de moi, dit-elle platement.

— Tu en es arrivée à cette conclusion en lisant le contrat que Jared t'a envoyé ?

Durango lut sa réponse dans son regard.

— Vous vous êtes trompée, madame Westmoreland.

Savannah avait du mal à suivre. Il ne l'avait jamais appelée ainsi depuis qu'ils étaient mariés. Après tout, elle n'était pas vraiment sa femme.

— Je ne crois pas, murmura-t-elle.

— J'ai demandé à mon frère de dresser ce contrat uniquement parce que je pensais qu'avoir un engagement écrit de ma part te rassurerait.

Durango secoua la tête et poursuivit lentement :

— Moi aussi je me suis trompé, je ne pensais qu'à te protéger.

— Ce n'est pas grave.

La voyant lutter contre les larmes, il s'assit au bord du lit et lui prit la main.

— C'est très important, au contraire. Parce que tu comptes pour moi. Tu comptes énormément, Savannah...

Elle fixa tristement leurs doigts enlacés.

— C'est le bébé qui compte.

— Pas seulement ! Je t'aime.

Elle le dévisagea avec un mélange d'incrédulité et de stupeur.

— Je t'aime, répéta-t-il, farouchement résolu à la convaincre de sa sincérité. Je ne sais pas quand ni comment c'est arrivé. Sans doute à l'instant où je t'ai vue pour la première fois. Quand nos regards se sont croisés, j'ai eu l'impression d'être frappé par la foudre. Ce n'était pas du désir comme je le croyais, c'était de l'amour.

Durango prit une lente inspiration avant de poursuivre :

— Je ne suis plus un gamin. Jamais l'alcool et le désir ne m'ont fait oublier de prendre mes précautions. Je crois qu'inconsciemment, je voulais tout te donner de moi.

Il s'allongea près d'elle et la prit dans ses bras.

— Quels que soient tes sentiments pour moi, ils ne changeront rien au fait que moi je t'aime.

Déposant un baiser tendre sur sa tempe, il ajouta :

— Tu veux que je te raconte pourquoi je détestais tant les citadines.

En quelques mots, il raconta comment Tricia l'avait humilié et blessé.

— Je m'étais promis d'éviter les femmes comme elle et de ne plus jamais aimer, afin de ne plus risquer de souffrir.

Appuyant sa joue contre celle de Savannah, il rit doucement.

— Aaah... Le cœur a ses raisons que la raison ignore. Quand je t'ai rencontrée, j'ai tout de suite vu que tu étais une citadine. Pourtant je suis tombé amoureux de toi...

Il lui sourit et lui caressa la joue.

— Je t'aime. Passionnément. À la folie et pour toujours.

Des larmes d'émotion inondèrent les joues de Savannah. Elle voulut les essuyer d'un revers de main mais Durango la devança et les sécha d'un baiser. Il la regarda avec étonnement.

— Tes larmes sont sucrées. Y a-t-il quelque chose qui ne soit pas parfait en toi ?

Savannah était folle de joie. Elle noua les bras autour de son cou et le serra à l'étouffer.

— Je t'aime aussi, Durango. Depuis le premier soir.

Le visage résolu, il se dégagea doucement et s'approcha de la cheminée.

— Alors, il ne nous reste qu'une chose à faire.

Prenant le contrat dans la poche de sa chemise, il le jeta dans les flammes et le regarda se consumer.

— Voilà !

Savannah ne le quittait pas des yeux alors qu'il ôtait sa chemise et son jean.

— Je sais que tu as besoin de repos, je veux juste te serrer contre moi, assura-t-il. J'ai besoin de ta chaleur, de ta douceur. Et je veux t'entendre me promettre que tu ne me quitteras plus jamais.

Quand il se glissa sous les couvertures, Savannah se coula dans ses bras.

— Je veux rester avec toi pour toujours, mon amour.

Un sourire tentateur aux lèvres, elle précisa :

— Et je ne suis pas fatiguée.

Après l'avoir embrassée avec la douceur infinie d'un homme qui sait son amour partagé, Durango plongea son regard dans le sien et lui dit d'un ton solennel :

— Madame Westmoreland, acceptez-vous de rester mon épouse, pour le meilleur et pour le pire, et jusqu'à ce que la mort nous sépare ?

Elle lui sourit à travers ses larmes de joie.

— Oui, oui, oui, mon amour. Mais pour le meilleur...

La couvrant de baisers, Durango promit avec ferveur :

— J'y veillerai.

RESTEZ CONNECTÉ AVEC HARLEQUIN

Harlequin vous offre un large choix de littérature sentimentale !

Sélectionnez votre style parmi toutes les idées de lecture proposées !

www.harlequin.fr

Découvrez toutes nos actualités, exclusivités, promotions, parutions à venir…

Partagez vos avis sur vos dernières lectures…

Lisez gratuitement en ligne

Retrouvez vos abonnements, vos romans dédicacés, vos livres et vos ebooks en précommande…

L'application Harlequin

- Des **ebooks gratuits** inclus dans l'application
- **+ de 50 nouveautés tous les mois !**
- Des **petits prix** toute l'année
- Une **facilité de lecture** en un clic hors connexion
- Et plein d'autres avantages…

Téléchargez notre application gratuitement

Télécharger dans l'App Store

DISPONIBLE SUR Google Play

SUIVEZ-NOUS !

facebook.com/HarlequinFrance
twitter.com/harlequinfrance

Vous aimez la romance et souhaitez découvrir nos collections ?
Abonnez-vous dès maintenant, c'est sans engagement !

Recevez tous les mois (ou tous les 2 mois) vos romances préférées directement chez vous et offrez-vous un véritable moment de détente. En plus, le premier colis est à prix réduit !

Votre 1er colis à **-60%** (incluant 3€ de frais d'envoi) contenant :
2 livres de la collection choisie + en cadeau
le 1er tome de la saga *La couronne de Santina*

8 tomes en tout sont à collectionner !

COCHEZ la collection choisie et renvoyez cette page au
Service Lectrices Harlequin – CS 20008 – 59718 Lille Cedex 9 – France

Collections	Prix 1er colis	Réf.	Prix abonnement (frais de port comp
❑ **AZUR**	5,00€	AZ1406	6 livres par mois 31,50€
❑ **BLANCHE**	7,12€	BL1603	3 livres par mois 25,20€
❑ **PASSIONS**	7,52€	PS0903	3 livres par mois 26,79€
❑ **BLACK ROSE**	7,60€	BR0013	3 livres par mois 27,09€
❑ **HARMONY***	5,99€	HA0513	3 livres par mois 20,97€
❑ **LES HISTORIQUES**	7,12€	LH2202	2 livres tous les deux mois 17,80€
❑ **SAGAS***	7,68€	SG2303	3 livres tous les 2 mois, 29,46€
❑ **VICTORIA**	7,52€	VI2115	5 livres tous les 2 mois 42,59€
❑ **GENTLEMEN***	7,20€	GT2022	2 livres tous les 2 mois 18,00€
❑ **NORA ROBERTS***	7,52€	NR2402	2 livres tous les 2 mois prix variabl
❑ **HORS-SÉRIE***	7,44€	HS2812	2 livres tous les 2 mois 18,65€

*Livres réédités / **Entre 18,80€ et 19,00€ suivant le prix des livres

F24PDFM

N° d'abonnée Harlequin (si vous en avez un) |_|_|_|_|_|_|_|

Mme ❑ Mlle ❑ Nom : ____________________

Prénom : ____________________ Adresse : ____________________

____

Code Postal : |_|_|_|_|_| Ville : ____________________

Pays : ____________________ Tél. : |_|_|_|_|_|_|_|_|_|_|

E-mail : ____________________

Date de naissance : ____________________

Date limite : 31 décembre 2023. Vous recevrez votre colis environ 20 jours après réception de ce bon. Offre soumise à acceptation et réservée aux personnes majeures, résidant en France métropolitaine, dans la limite des stocks disponibles. Prix susceptibles de modification en cours d'année. Vous pouvez demander à accéder à vos données personnelles, à les rectifier ou à les effacer. Il vous suffit de nous écrire en nous indiquant vos nom, prénom et adresse à : Service Lectrices Harlequin CS 20008 59718 LILLE Cedex 9. Service Lectrices disponible du lundi au vendredi de 9h à 17h : 01 45 82 47 47.

Harlequin® est une marque déposée du groupe HarperCollins France – 83/85, Bd Vincent Auriol – 75646 Paris cedex 13. SA au capital de 1 149 680€ – R.C. Paris. Siret 31867159100069/APE5811Z.